HAEFS · ALEXANDER · HELLAS

GISBERT HAEFS

ALEXANDER

DER ROMAN
DER EINIGUNG GRIECHENLANDS
»HELLAS«

HAFFMANS VERLAG

1. Auflage, Herbst 1992
2. Auflage, Frühling 1994

Umschlagbild:
Albrecht Altdorfer,
Die Alexanderschlacht (1529), Detail

Haffmans Verlag AG Zürich
Satz: Jung Satzcentrum GmbH, Lahnau
Herstellung: Ebner Ulm
ISBN 3 251 00206 6

»Wie ich vernahm, ließ Alexander sich auf all seinen Wegen von sechs Gruppen von Menschen begleiten: Eisenkauende Schwertkämpfer, von denen er einige Tausend um sich hatte; Beschwörer, die mit ihrem Zauber selbst den Bann Haruts zu lösen vermochten; Sprecher und Dolmetscher, die mit dem Glanz ihrer Beredsamkeit der Sonne ihre Röte raubten; Weise, deren Scharfsinn so fein war, daß ich mich nicht damit plagen mag, darüber nachzudenken; asketische Greise von rechter Gesinnung, die nachts Gottes Hilfe erflehten; und schließlich Gottesboten, zu denen er seine Zuflucht nahm.«

NIZAMI, *Iskandar-Namah*

»Es hat der Autor, wenn er schreibt,
So was Gewisses, das ihn treibt.
Der Trieb zog auch den Alexander
Und alle Helden miteinander.
Drum schreib ich auch allhier mich ein:
Ich möcht nicht gern vergessen sein.«
GOETHE, *In das Stammbuch von F. W. Moors*

Für Material, Rat, Hilfe und Belehrung Dank an:
Gabriele Beer, Daniela Edelburg, Ralph Korf, Stephan Opitz, Thomas Schühly, Oliver Stone, Ernst Voggenreiter *(r.i.p.)*, Gerhard Wirth und besonders Wolfgang Will – *chaire*.

Inhalt

1. DIE LÜGE DES ARISTOTELES

Östlich der Acharnai-Straße, am Rand des Berghangs, schoben und zerrten Sklaven den Abfall Athens zu einer Senke zwischen Felsen. Nächtlicher Regen hatte den Boden aufgeweicht; einige der Männer waren so verdreckt, daß weder ihre helle Haut noch die in die Schultern eingebrannten Eulen zu erkennen waren. Vier skythische Bogenschützen, angekaufte Ordner der Stadt, bewachten sie.

Noch immer trieb die träge Masse dunkler Wolken nach Norden; über den Gemüsefeldern und den Hütten der nördlichen Vorstadt zeigten sich erste Risse. Bis der letzte der zwanzig einachsigen Kastenwagen den Platz zwischen den Felsen erreichte, war auch dort der Boden aufgewühlt und tief. Einer der Skythen hob den angewinkelten Unterschenkel und betrachtete seine grüne, mit schwarzweißen Rhomben besetzte Tuchhose; unterhalb des Knies war alles ein nasser finsterer Schlammstiefel. Er rümpfte die Nase, zupfte an der Ohrenklappe seines spitzen Helms und pfiff auf zwei Fingern.

Die Sklaven begannen mit dem Abladen: Dreck, Kot, Abfälle, Knochen, Tierkadaver, teils zu Haufen aufgeschüttet, teils in Bottichen und Flechtkörben. Die Behälter wurden von den Karren gehoben und zum Rand der weiten Senke geschleppt. Leere Körbe trug man zu den Karren zurück, auf denen andere Männer mit groben Schaufeln, dreizinkigen Gabeln und Reisigbesen warteten. Der Skythe kratzte sich den Bart; als ein Mann – sein Oberkörper ein verdrecktes Flechtwerk aus Narben und Muskelwülsten – den aufgedunsenen Kadaver eines Hundes zur Felskante schleifte, wandte er sich ab und ging langsam zu den drei übrigen Bognern. Aus der Pfeiltasche an der Hüfte holte er eine Lederflasche, einen Brotfladen und ein paar Zwiebeln. An den Felsen neben der Straße gelehnt, wo der Gestank nicht so gewaltig war und sie gleichzeitig die Sklaven, das Land und den Weg beobachten konnten, verzehrten die Skythen ihr Morgenmahl.

Plötzlich rissen die Wolken auf; Sonnenvorhänge fielen blendend über die Welt. Jenseits der Straße leuchtete etwas auf: Metall an der

Wand einer schiefen Bretterhütte, neben der zwei Bauern in schmierig-braunen Chitonen arbeiteten.

Weiter nördlich flatterten kreischend einige Vögel auf; dann kamen Jungen die Straße herabgerannt. Sie hatten Früchte aufgelesen, die vom Unwetter der Nacht abgeschlagen worden waren. Aber sie liefen ohne Körbe.

»Makedonen! Die Makedonen kommen!«

Überall auf den Feldern brachen Leute ihre Arbeiten ab, ließen Karren und Gerät zurück und flohen zur Stadt. Die Sklaven standen starr, blickten die Straße hinauf und begannen zu tuscheln.

Langsam und ruhig nahmen drei der Skythen die Bogen von den Schultern, zogen Pfeile aus den Köchertaschen und legten auf die Sklaven an. Der vierte entrollte ebenso gelassen eine lange Peitsche.

»Ihr weiter Scheiße schippen.« Seine Stimme war tief und heiser. »Makedonen nix euch wollen. Los.« Er zog das lange Leder durch die Luft, ließ die Peitsche knallen. Mit steifen Bewegungen machten die Sklaven weiter.

Die Truppe kam schnell näher. Sie bestand aus etwa vierhundert Fußkämpfern – zur Hälfte Leichtbewaffnete, zur Hälfte Hopliten –, dazu je sechzig schwere thessalische und leichte thrakische Reiter, alle mehr oder minder unbewaffnet. Sie redeten, lachten, aßen im Gehen; nicht einmal die Panzer waren verschnürt. Nur die beiden Flügelleute mit den Feldzeichen – Makedoniens goldene Sonnenscheibe, des Groß-königs liegender Adler auf goldenem Grund – waren voll bekleidet und bewaffnet. Am Schluß kam der Troß: Pferde- und Maultierkarren mit Waffen, Rüstungsteilen, Zelten, gebündelten Sarissen und Kampfspee-ren, Vorräten, Werkzeug, Weibern und Heilern.

Hinter der ersten Reitergruppe, wie von den anderen geleitet, ritten fünf Männer. Drei von ihnen trugen verzierte Brustpanzer und Helme mit rotem Busch, die beiden anderen nur den hellen Chiton und Reise-umhang. Als sie an der Senke vorbeikamen, hielt einer der Offiziere sich die Nase zu.

»Das muß die Akademie sein.« Er lachte wiehernd.

Der jüngere der beiden Helmlosen lächelte. »Kaum. Philosophen riechen anders.«

»Bist du sicher? In welchem Ruch stehen Philosophen denn bei dir?« Der Ältere zupfte an seiner Nase. Er hatte als einziger der gesamten Truppe einen gestutzten dunklen Vollbart.

»Also, mit Scheiße oder toten Hunden hat ein Philosoph in Athen keinen Umgang. Der riecht eher...« Der Jüngere streckte den Arm aus und schnippte mit den Fingern. »Na ja, nach Staub, nach Papyros, allenfalls nach Maden. Übrigens auch nur selten nach redlichem Schweiß.«

Der vor ihm reitende Offizier drehte sich halb um. »Und egal wonach sie sonst riechen, Peukestas – sobald wir in Athen sind, hört der Spott auf, klar?«

Der junge Mann legte die flache Hand auf die Brust. »Götter und Feldherren finden mich allezeit gehorsam, o Kleitarchos.«

Die Hütten und Häuser der Vorstadt waren verlassen und versperrt; überall lagen und standen Geräte, Karren und andere Dinge herum. Auf dem Platz vor dem Acharnischen Tor, wo fünf Straßen zusammentrafen, hatten Bauern und Händler eilig einen Markt abgebrochen; was nicht weggeräumt worden war, hatten die Fliehenden zertrampelt. Kleitarchos ließ die Truppe Halt machen; mit den beiden Feldzeichenträgern ritt er zum Tor.

Die schweren, eisenbeschlagenen Flügel waren geschlossen. Auf der Mauer blinkten Helme und Speerspitzen. Ein junger Führer der Stadtwache, mit Muskelpanzer und wallendem Helmbusch, beugte sich über den Mauerrand.

Kleitarchos schob den Helm zurück, legte den Kopf in den Nacken und rief hinauf: »Im Namen des göttlichen Alexander, macht auf.«

Der Athener fuchtelte mit einer Hand. »Der Name eines toten Tyrannen ist kein Schlüssel.«

Kleitarchos bleckte die Zähne. »Soll ich fortreiten und zehntausend Krieger mit zehntausend scharfen Schlüsseln herbeiholen? Fein herausgeputzt hast du dich aber, Fürst der attischen Nachtwächter.«

Der Athener räusperte sich und deutete auf die wartenden Kämpfer. »Zehntausend? Ich zittere. Ist das da alles, was du mitgebracht hast, um Athen zu zertrümmern?«

Der Makedone lachte. »Wozu sollen wir Waffen benutzen, wenn ein paar Worte ausreichen?«

»Der Rat entscheidet, ob geöffnet wird. Was wollt ihr?«

»Wir bringen eine Botschaft von Antipatros und Krateros.«

Der Athener wiegte den Kopf. »Seit wann schicken Sieger eine Gesandtschaft? Unsere Boten sind doch längst zu euch unterwegs.«

»Das wissen wir; wir haben Demades und seine Leute getroffen. Aber wir haben besondere Aufträge.«

»Und zwar?«

Der Makedone seufzte. »Kannst du nicht wenigstens runterkommen, damit ich nicht so brüllen muß? Mein Nacken wird schon steif.«

Der Athener verschwand; bald öffnete sich das Tor halb. Dahinter sah man Fußkämpfer und dichtgedrängtes Volk. Der Hauptmann kam auf den Platz; hinter ihm wurde das Tor wieder geschlossen.

»Also sprich leiser. Und steig von deinem hohen Roß.«

Der Makedone glitt von der Reitdecke und legte den rechten Arm um den Hals des Pferdes. »So ist es besser. – Also, sag deinem Rat dieses. So sprechen Antipatros und Krateros. Vor sechsundzwanzig Jahren hat Demosthenes der Schlammwerfer Athen und andere Städte zum Krieg gegen unseren Herrn Philipp getrieben. Philipp hat gesiegt und Demosthenes geschont. Vor zwanzig Jahren hat Demosthenes die Viper euch wieder mit Worten gebissen und zum Krieg gehetzt, und er hat persisches Gold genommen, damit Hellenen gegen Hellenen kämpfen. Unser König Philipp hat gesiegt, sechzehn Jahre ist es her, und Demosthenes geschont, ebenso wie die Stadt Athen. Vor vierzehn Jahren wurde Philipp ermordet, und Demosthenes die Tarantel wußte so früh von diesem Tod, daß . . . nun ja. Und er hat sofort den nächsten Krieg angestiftet, gegen Alexander. Der König hat die Stadt Theben, die auf Demosthenes hörte, ausgetilgt; aber er hat die Stadt Athen verschont, und auch Demosthenes. Und vor einem Jahr, als Alexander zu den übrigen Göttern entrückt wurde, war es wiederum Demosthenes der Skorpion, der mit seinem Gift Hellenen gegen Hellenen ins Feld hetzte. Ihr habt Antipatros belagert, in der Stadt Lamia eingeschlossen; Antipatros und Krateros haben eure Heere bei Krannon aufgerieben. Vor der Insel Amorgos haben wir eure Flotte vernichtet. Und nun befehlen Antipatros und Krateros dies.« Der Makedone holte Luft und zog die Brauen zusammen. »Bedenke, Athener – sie bitten nicht, sie fragen nicht, sie befehlen: Ehe ein Friede geschlossen werden kann, hat die Stadt Athen Demosthenes auszuliefern. Alle, die von ihm und seinen Genossen aus Athen vertrieben wurden, sind sofort in Ehren wieder aufzunehmen. Dies gilt auch für den großen Aristoteles. – Sag dies deinem Rat. Und sag auch, daß der Gesandte von Antipatros und Krateros weitere bedenkenswerte Anregungen für die künftigen Dinge auszusprechen weiß.«

Der Athener kaute einen Moment auf der Unterlippe. »Du erlaubst sicherlich, daß ich bei der Weitergabe dieser Dinge an den Rat all das Kleingetier weglasse, die Vipern und derlei, ja? Braucht ihr etwas?«

»Brot, Wein, Wasser, Fleisch.« Der Makedone grinste. »Es schadet nicht, wenn hübsche Mädchen dies bringen. Und schick uns einen, der uns sagt, wo wir lagern können.«

Der Athener hob die Hand und ging zum Tor; diesmal blieb es offen. Nach und nach kamen die geflüchteten Bauern und Vorstädter heraus. Karren und Lastträger verließen die Stadt, und die Wachtruppen zogen sich ein wenig zurück, ohne das Tor ganz freizugeben. Händler schleppten ihre Tische und Waren wieder hinaus, um den unterbrochenen Tor-Markt fortzusetzen; junge Frauen mit bemalten Lippen und bunten Hüftschärpen gingen zu den Makedonen, gefolgt von Verkäufern mit Wein, ein paar Männern mit Eseln und Wasserschläuchen, Bäckerburschen und Obstbauern.

Peukestas und der ältere Chitonträger ließen ihre Pferde an der Mauer grasen und hockten im Schatten einer Pinie. Der Ältere holte Nüsse aus seinem Beutel; schweigend kauten sie eine Weile und betrachteten die Dinge und Menschen.

»Glaubst du, sie geben Demosthenes heraus?« sagte Peukestas.

»Sie müssen. Es wird ihnen nicht gefallen. Andererseits – bei allem Unheil, das er angerichtet hat, sind bestimmt einige froh, ihn loszuwerden.«

»Und du? Ich meine, du wirst ihn zu Antipatros bringen müssen. Bist du sicher, daß er dir nicht unterwegs mit seinem Gerede das Gehirn verklebt?«

»Ah, Demosthenes war nie ein wirklich guter Redner; er war nur dann brauchbar, wenn er sich lange vorbereiten konnte. Unvorbereitet hat er meistens nur gestottert. Aber selbst wenn...« Der Ältere langte hinter sich und zog etwas aus der Gürteltasche, hielt es hoch, ließ es vor Peukestas' Gesicht baumeln. Es war ein lederner Maulkorb.

Die engen, ungepflasterten Straßen waren aufgeweicht vom Regen und starrten vor Schmutz. Immer wieder bogen sich die Makedonen auf ihren Pferden zur Seite, wenn aus Fenstern Nachttöpfe geleert wurden oder Abfall auf die Straße stürzte. Auf einem kleinen Platz zertrümmerte der Huf eines Pferdes ein Ölgefäß; einer der Offiziere warf dem geschädigten Bauern eine Münze zu. Johlende Kinder, von der Politik unberührt, machten sich einen Spaß daraus, möglichst dicht vor den Pferden herumzutanzen und erst im letzten Moment wegzuspringen. Hinter einer Biegung, von Kot und Schlamm verdreckt bis zu den Hüften, saß ein weißbärtiger Greis und redete für vier oder fünf Zuhörer. »So also verhält es sich mit diesen Dingen. Nun sagt aber Sokrates, daß alles Heilige...« Er brach ab und ballte die Faust, als die Makedonen vorüberritten.

Die schäbigen, halbverfallenen Lehmziegelhäuser wurden von festeren zweigeschossigen Gebäuden aus Stein abgelöst; dann blieben die Gassen und die wimmelnden Massen zurück. Die Makedonen erreichten die Stelle nördlich der Agora, wo die vom Acharnischen Tor nach Süden verlaufende Straße auf die Straße zum westlichen Dipylon-Tor traf. Der Platz, auf den auch kleinere Wege mündeten, war nach Norden zu von Tempeln, Handelshäusern, Verwaltungsgebäuden und der Getreidebörse gesäumt. Die Reiter hielten einen Moment an. Rechts vor ihnen, auf dem Agora-Hügel, leuchteten die bunten Giebelfelder des Hephaistos-Tempels; links, nach Südosten, führte der Panathenaia-Weg zur Akropolis, vorbei an Münze und Brunnenhaus. Genau vor ihnen lag der große Platz, die Agora, das Herz von Athen: Tempel, Säulen, Standbilder, Bauten mit weiß-rot-blauen Säulenköpfen und bunten Mauerflächen, und auf dem Platz zahllose Menschen, die meisten in Weiß, in Gruppen, an Tischen oder auf und ab gehend.

»Das also ist das Herz all dessen, was Hellas ausmacht.« Der Ältere sah sich gierig um.

Peukestas blickte hinüber und hinauf zur Akropolis. »Ich habe Babylon gesehen. Persepolis. Ekbatana. Und Memphis. *Das* hier...« Er winkte – oder warf die Wörter – mit der flachen Hand über die Schulter nach hinten.

Sie ritten weiter, zwischen dem Amtssitz der Archonten, der Königlichen Stoa, und dem Leokoreion nach Süden, vorbei an den Tempeln für Zeus und Apollon, zum doppelten Ratsgebäude, dem alten und dahinter, am Berg, dem neuen Bouleuterion, und warfen einen eher gleichgültigen Blick auf die Reihe der Statuen der attischen Helden auf ihrem Mauersockel zwischen Gebäuden und Platz.

Auf ein Zeichen des Atheners, der ihnen zu Fuß vorangegangen war, stiegen sie vor dem kreisrunden Gebäude am südwestlichen Ende des Platzes ab: der Tholos, in der die Ratsvorsitzenden gemeinsam aßen und in der immer einige der wichtigen Ratsherren schliefen, damit die Stadt auch bei Nacht handlungsfähig sei.

Peukestas blieb noch einen Moment neben seinem Pferd stehen. Aus dem kastenförmigen alten Gerichtsgebäude, das neben der langen Wandelhalle mit ihren Geschäfts- und Verhandlungsräumen den Platz zum Areopag im Süden hin abschloß, traten einige Männer; ihre Gesichter verdüsterten sich, als sie die Makedonen sahen. Einer sagte halblaut etwas über die Schändung der Agora durch Barbaren und Pferde; ein anderer legte die Finger an die Lippen. Auch aus dem Gebäude der Strategen, am Weg zur kaum noch für Volksversammlungen genutzten Pnyx, näherten sich Männer, vermutlich Vertreter der nach der Schlacht von Krannon gefangenen Feldherren. Zusammen mit ihnen betraten die Makedonen die Tholos. Die Marmorstufen des rot und ockerfarben bemalten Kalksteingebäudes starrten vor Taubendreck.

In einem kühlen, dämmerigen Raum nahmen alle Platz auf Steinbänken; Sklaven brachten Becher, Weinkrüge, Wasser und Oliven. Nach kurzem Austausch von Höflichkeiten wiederholte Kleitarchos den Ratsherren und Beamten gegenüber die Botschaft, die er am Tor verkündet hatte. Im Schweigen der Athener war etwas beinahe greifbar, was Peukestas dennoch nicht völlig erfassen konnte – furchtsame Verachtung, geringschätziger Haß?

»Ihr mögt die Tore versperren und bewaffnete Sklaven auf die Mauern stellen, aber eure Hände sind leer. Dies sagen Antipatros und Krateros: Ehe ein einziges Wort über Frieden gesagt werden kann, wird Athen die Viper Demosthenes und seinen Helfer Hypereides ausliefern. Wir werden Demosthenes am Hals aufhängen, damit er feststellen kann, wie schwer sein Arsch wiegt. Über Hypereides ist noch nicht entschieden. Und – alle Athener, die wegen ihrer Haltung zu Alexander aus der Stadt gejagt wurden, werden in Ehren wieder aufgenommen. Dies gilt vor allem für den großen Aristoteles.«

Die Ratsherren wechselten lange Blicke. Einer räusperte sich. »Es ist unüblich, hier derlei anmaßende Reden zu halten.«

Kleitarchos entblößte die Zähne. »Ich will gern mit zehntausend sittsam schweigenden Kämpfern zurückkommen. Ihr werdet dann aber keine Ohren mehr haben, zu hören, und keine Köpfe, das Gehörte zu bedenken.«

Die Athener tuschelten miteinander; dann lächelte der Vorsitzer des Prytaneions den Makedonen beflissen an.

»Eure Männer vor der Stadt sind natürlich unsere Gäste. Sie sollen alles erhalten, was sie brauchen. Habt ihr besondere Wünsche? Braucht ihr Decken? Brot? Feuerholz?«

»Den Kopf des Demosthenes«, sagte der Makedone ruhig.

Peukestas hob die Hand. »Auskunft über ihn, Hypereides und Aristoteles.«

»Hypereides? Niemand weiß, wo er sich aufhält. Und, ah, Demosthenes? Ich glaube, er hat sich vor ein paar Tagen zum Piräus begeben, für eine kleine Seereise. Bevor eure Schiffe erschienen.«

Kleitarchos runzelte die Stirn und wandte sich an den älteren Helmlosen. »Du weißt, was zu tun ist? Deine Aufgabe. Zum Hafen; nimm zwei Schiffe mit Kämpfern und bring Demosthenes zurück.«

Der Unbewaffnete stand auf, senkte den Kopf, legte die Hand auf Peukestas' Schulter und ging.

»Was nun Aristoteles angeht«, sagte der Athener müde, »so lebt er in einem Haus außerhalb von Chalkis, auf der Insel Euboia. Zuletzt hieß es, er liege im Sterben.«

»Aber wir haben doch Truppen in Chalkis«, sagte Peukestas beinahe empört. »Warum melden die so etwas nicht?«

Kleitarchos hob die Schultern. »Wen kümmert ein Philosoph, wenn er einen nicht kümmert? Nimm ein paar Reiter, Peukestas. Heil und hurtigen Weg.«

Die hölzerne Zugbrücke an der engsten Stelle des Euripos zwischen Boiotien und Euboia war zerstört, ebenso ein Teil des aufgeschütteten Damms. Ein paar Bausklaven hockten im Schatten eines Uferbaums, neben Werkzeug und Steinhaufen; sie würfelten und redeten leise. Nicht weit von ihnen schnarchte der Aufseher und Baumeister. In den Haaren auf seiner Brust badete ein gleißend roter Schmetterling in einem Strahlenbündel, das durchs Laub fiel. Die Luft war süß und schwer von Stauden, Geißblatt und dem Gesang der Zikaden; keine Brise rührte Salz aus der öligen Wasserfläche, die unter der Nachmittagssonne glitzerte.

Auf der anderen Seite der Brücke hatte man Pfosten in den Uferboden gerammt, an denen dicke Taue befestigt waren. Die breite flache Zugfähre zwischen dem Festland und Euboia füllte sich mit heimkehrenden Bauern und Händlern. In der Mitte der Fähre standen drei Ochsenkarren; zwei waren leer, der dritte überladen mit leeren Körben und

Amphoren. Auf der linken Seite war noch ein wenig Platz; rechts von den Wagen drängten sich die Leute. Jemand reichte eine lederne Feldflasche herum.

»Guter Tag«, sagte einer der Bauern. »Ich bin alle Vögel und Eier losgeworden. Wie war's bei euch?«

Der Händler, der sich gegen den beladenen Karren lehnte, gluckste laut. »Ich hab meine Eier noch, zum Glück. Aber seit der Krieg zu Ende ist, geben die Leute wieder mehr Geld aus. Gut für uns – alle.«

Ein Reiter trieb sein Pferd die Rampe hinauf. Es tänzelte nervös, scheute mehrmals, und bis er das Tier rechts neben die Karren gelenkt hatte, verging einige Zeit. Die Männer sahen ihm neugierig zu, als hofften sie auf einen ansehnlichen Sturz; ihre Spötteleien wurden leiser, als hinter ihm Peukestas erschien, gefolgt von sechs schweren makedonischen Reitern. Sie ritten nach links, auf die andere Seite der Wagen.

»He, Gorgias, lang nicht gesehen«, sagte einer der Bauern. »Wo warst du? Hattest du nicht was von Aulis gesagt?«

Gorgias nickte; er grinste breit. »Aulis und ein bißchen weiter. Es gibt da ein paar athenische Handelsherren.«

»Das hochmögende Pack. Anmaßende Dreckschleudern.« Einer der anderen Händler spuckte über die Bordwand. »Sind jetzt ein bißchen weniger vorlaut, was?«

»Hm. Brauchen ganz dringend alles Getreide, das sie nur kriegen können. Ah, wie die zahlen müssen!« Er kicherte und tätschelte den Hals des Pferdes.

Die anderen lachten; einer sagte: »Wie schön für uns. Und denen geschieht's recht, mit ihrem Scheißkrieg. Hast du alles verkauft?«

Gorgias nestelte an seinem Umhang, den er vor sich über die Reitdecke gelegt hatte. »Alles, was die Gilde rausrückt – was wir nicht selber brauchen; und was übrigbleibt, nachdem die makedonischen Lümmel ihren Teil eingefordert haben.«

Ein Bauer räusperte sich und blickte zu Peukestas und seinen Männern, die abgestiegen waren. Der reitende Händler achtete nicht darauf.

»Und zweieinhalbmal so teuer wie vor einem Jahr. Außerdem müssen wir nicht liefern; die holen ab. In vier Tagen kommen die Karren hierher.« Er wies mit dem Daumen über die Schulter, an Land.

Die Fähre war voll; der Fährmeister klatschte in die Hände und trieb die Sklaven an, die zur linken Bugwand gingen. Das dicke Tau lief über Rollen an Bug und Heck; es hielt die Fähre auf Kurs. Zwei weitere Taue dienten zur Fortbewegung; der Fährmeister löste die hintere Winde, und die Sklaven griffen in die Speichen der vorderen. Langsam glitt das schwere Fahrzeug vom Ufer weg.

»Immer noch nicht weiter mit der blöden Brücke?« Gorgias deutete mit dem Kinn zu den würfelnden Bausklaven hinüber.

»Ah, du weißt doch, wie das ist«, sagte der Geflügelzüchter. »Wenn du langsame Arbeit willst, laß den Staat ran.« Die Männer lachten gedämpft, blickten zu Peukestas' Makedonen. Gorgias, den Rücken zu den Karren, redete weiter.

»Scheißmadekonen. Warum haben sie auch die Brücke zerstört? Wenn sie verloren hätten, wären die Athener auch ohne Brücke schnell in Chalkis gewesen. Aber die müssen böse fertiggemacht worden sein, da oben. Ein Glück, daß wir besetzt waren. Ein paar Leute in Chalkis hätten sich ja glatt auf das Geschwätz von Demosthenes eingelassen, dann wären wir jetzt auch dran. Und diesmal lassen sie das Schwein bestimmt nicht weitergrunzen. Das war der vierte Krieg, den er angezettelt hat. Jetzt kostet es ihn den Kopf. Ah, überhaupt – einer von den Athenern hat mir was erzählt.« Er kicherte. »Als Alexander tot war und die Nachricht kam, hat einer im Rat von Athen das nicht glauben wollen. Warum? Na, er hat gesagt, Alexander hat doch fast die ganze bewohnbare Erde geschluckt; wenn er wirklich tot wäre, müßte jetzt die ganze Oikumene nach seinem Kadaver stinken.« Er grölte vor Lachen.

Die anderen lachten nur sehr schwach; sie beobachteten besorgt die Makedonen, die Gorgias noch immer nicht gesehen hatte. Peukestas grinste leicht. Mit Grimassen versuchten einige der Bauern, Gorgias zu bremsen, aber er achtete wieder nicht darauf.

»Jedenfalls gehen Alexanders Feldherren jetzt einander an die Kehle, nehm ich an; von wegen, wer kriegt was von dem ganzen Haufen, den er erobert hat. Wird ein böses Gemetzel werden. Geschieht denen aber recht.«

Peukestas hustete. Gorgias wandte sich um und wurde blaß. »Ich... ich«, stammelte er.

»Ach ja – du?« sagte Peukestas. »Könnte einer von euch Herren mir sagen, wo ich in Chalkis Aristoteles finde?«

Die Fähre näherte sich der Landerampe südlich des Hafens von Chalkis. Einer der Bauern kratzte sich den Kopf.

»Aristoteles? Welcher Aristoteles? Der Weinhändler? Der Verschneider? Oder der mit der riesigen Ölpresse?«

»Der Philosoph.«

»Ach, der Alte, den die Athener rausgeschmissen haben, weil er ein halber Makedone ist? Uh, war nicht so gemeint. Der wohnt da oben.« Er deutete auf einen niedrigen Küstenhügel im Süden, mit einem kleinen weißen Haus.

Unterhalb des Hügels weideten einige Schafe und Ziegen, bewacht von einem uralten Sklaven, der unter einer Eiche döste. Neben dem mit Feldsteinen eingefaßten Brunnen erstreckte sich ein kleiner Gemüsegarten, ebenfalls lose ummauert. Zwei der Kataphrakten waren zur Burg von Chalkis geritten, um festzustellen, ob es bei der makedonischen Besatzung Unterkunft gab; die übrigen ließ Peukestas am Brunnen lagern.

Zu Fuß stieg er den Hügel hinauf, nur mit seinem Umhang und dem schweren Tuchbeutel. Aus der Nähe wirkte das Haus ärmlich. Der Bewurf der Wände war aufgeplatzt; vor dem Eingang lag neben einem umgestürzten Altarstein ein geborstener Dionysoskopf. Der Hauch einer Brise ließ die Tonperlenschnüre des Durchgangs kaum merklich beben.

Dumpfe Schläge hallten aus dem kahlen Innenhof. Dort kauerte eine Sklavin, die in einem Bronzetiegel Körner zerstieß. Sie blickte flüchtig auf, als Peukestas sich räusperte. Aus den Schnüren in der Tür zum Wohnhaus erschien eine Frau; sie mochte etwas jünger sein als Peukestas, vielleicht achtzehn Jahre. Sie ging barfuß; das weiße Gewand war sauber, aber ebenso schmucklos wie Hände, Hals und dunkles Haar. Um die Augen lagen Schatten; das ovale Gesicht war müde.

»Ist dies das Haus, in dem der große Artistoteles lebt?«

Ehe die Frau antworten konnte, klang die mürbe Stimme eines Greises durch den Schnurvorhang. »Dies ist das Haus, in dem der alte Aristoteles stirbt. Frag ihn, was er will, Pythias.«

Sie blickte Peukestas an. »Also?«

Er neigte knapp den Kopf und versuchte ein Lächeln. »Peukestas, Unterführer der Hetairenreiter, zuletzt Schreiber des Eumenes. Ich war in Babylon, als Alexander starb. Nun schicken mich Antipatros und Krateros mit Geschenken und Fragen.«

Pythias blickte zum Vorhang. Die alte Stimme sagte: »Bring ihn herein, Tochter.«

Peukestas folgte ihr in einen hellen Raum mit einer verhängten Fensteröffnung. Um den niedrigen Tisch waren im Halbkreis Schemel angeordnet. Hinter dem Tisch, auf einer Liege, unter Decken und Fellen, sah Peukestas den Größten der Philosophen. Das Gesicht war fahl unter dem grauen Haupthaar, der Bart noch immer fast schwarz. Wie die Augen, die noch sehr durchdringend waren und durchdrungen von Leben. Auf dem Tisch standen ein Wasserkrug, ein Tonbecher und eine flache Schale mit Wasser, Kräutern und Blütenblättern. Der Duft war herb und frisch.

An einer Wand gab es eine Feuerstelle mit eisernem Rost unter einem gemauerten, trichterförmigen Rauchabzug. An den Wänden standen Regale aus Holz und Bastgeflecht, angefüllt mit Papyrosrollen, einige in Tonröhren, die meisten ungeschützt.

Peukestas legte die rechte Hand auf sein Herz, nahm den Beutel von der Schulter, setzte ihn auf den Tisch und löste die Verschnürung. Er zog einen kleinen Lederbeutel heraus, öffnete ihn und ließ einen Strom von Goldmünzen herausfließen: Dareiken, und Statere mit dem Kopf Alexanders. Wieder langte er in den großen Beutel und holte mehrere verknotete Tücher hervor, die er langsam öffnete. Sie enthielten Ringe mit glitzernden Steinen, Broschen, indische Perlen, einen schweren goldenen Halsschmuck, zuletzt einen mit feinsten erhabenen Verzierungen bedeckten Goldkelch, besetzt mit einem Kranz von Rubinen. Pythias war im Durchgang zur Küche stehengeblieben und ächzte. Aristoteles hatte sich aufgerichtet, auf einen dürren Ellenbogen gestützt.

»Geschenke von Königen.« Mit einem schiefen Lächeln ließ er sich wieder auf die Liege sinken. Pythias seufzte und verschwand in der Küche.

»Nicht ganz königlich, Aristoteles. Diese Gaben senden dir Antipatros und Krateros.«

»Herren von Makedonien und Hellas, aber keine Könige; ja. Sie würden mir diese nichtigen Kostbarkeiten niemals umsonst schicken. So großzügig war nur Alexander, und er ist tot. Was verlangen sie als Gegenleistung?«

Peukestas lächelte. »Wissen und Rat.«

Pythias kam aus der Küche zurück. Sie trug eine Holzplatte mit einem Weinkrug, einem Becher, Brot, kaltem Fleisch und Früchten. Vorsichtig, die Augen auf die Schätze gerichtet, setzte sie die Platte auf den Tisch. Sie deutete auf einen Schemel; dann ging sie wieder. Peukestas setzte sich und goß Wasser und Wein in den Becher.

Aristoteles kicherte heiser. »Wissen und Rat? Mein Wissen ist nicht zu kaufen, mein Rat ist kostenlos. Was wollen sie erfahren?«

Peukestas blickte ihn über den Becher hinweg an. »Als Alexander starb, gab es keinen Erben. Die Regelungen, die nach seinem Tod getroffen wurden, waren nur vorläufig. Er selbst hat ja nichts angeordnet. Jetzt, nachdem die Unruhen in Hellas niedergeschlagen sind, fürchten wir alle, daß seine alten Gefährten und Krieger gegeneinander kämpfen werden, um das Reich und die Reichtümer.«

»Eine nicht ganz ferne Annahme. Es gehört lediglich ein wenig Kenntnis der Menschen dazu.«

Peukestas leerte den Becher, füllte ihn erneut. »Ich habe in den letzten Jahren unter Eumenes als Schreiber gearbeitet – Aufseher der Schreiber in den königlichen Archiven, die Eumenes so vortrefflich geleitet hat. Wir wissen, daß alle Briefe Alexanders zweimal geschrieben wurden: ein Brief für den Empfänger, ein Brief für die Archive. Alle Briefe des Königs, außer den wenigen, die er bis zuletzt mit eigener Hand geschrieben hat. Briefe an seine Mutter; ein paar Briefe an Antipatros; Aufträge für Krateros, der die alten Krieger heimbringen sollte; und Briefe an seinen ehrwürdigen Lehrer Aristoteles.«

Der alte Philosoph hustete rasselnd. »Nun wollt ihr wissen, ob in einem dieser Briefe an mich zu lesen steht, wer die Bürde des Reichs tragen soll.«

Peukestas bohrte seinen Blick in die halbgeöffneten Augen des Greises. »Als Alexander starb, hat er vielleicht gesagt, der Beste solle sein Nachfolger werden. Der Stärkste, der Tüchtigste. Sein schwachsinniger Halbbruder. Sein ungeborener Sohn von Roxane. Vielleicht hat er auch etwas anderes gesagt, aber das wissen wir nicht. Du weißt, wie es in Asien aussieht. Wenn nicht etwas Großes geschieht, wird es zu langen Bruderkriegen um die Nachfolge kommen. Um das größte Erbe, das je ein Mensch hinterlassen hat. Die Feldherren und Fürsten werden einander zerfleischen, das Reich wird zerbrechen.«

»Wäre das schlimm?«

»Es wäre ein furchtbares Morden, Aristoteles. Deshalb bitten die Fürsten um deinen Rat. Steht in einem von Alexanders Briefen der Name eines Nachfolgers?«

Aristoteles bewegte eine knochige Hand. »Mir ist kalt«, murmelte er. »Ruf Pythias. Es ist ungerecht, daß ein Sterbender friere.«

Peukestas stand auf, ging zum Küchendurchgang und winkte der

Frau, die mit Gefäßen hantierte und nichts gehört hatte. Sie kam sehr schnell, warf einen Blick auf das eingefallene Gesicht des Vaters, schob die Unterlippe vor und ging zur Feuerstelle, neben der ein Haufen Scheite lag.

»Nimm Rollen zum Entzünden.« Die Stimme des Philosophen klang wie schwarze Kreide, die unter einem Schuh zerquetscht wird.

»Was nützen sie noch? – Also das ist die Frage, die Krateros stellt?«

»Ja. Und von ihrer Beantwortung hängt vielleicht die Welt ab.«

Aristoteles richtete sich mühsam halb auf. Er sah zur Feuerstelle, wo Pythias vier Rollen Papyros aus einem der Regale zurechtlegte. Sie entzündete einen Span an dem Öllämpchen und türmte Scheite auf die Rollen, als sie zu brennen begannen.

»Die Welt wird fortdauern. Sie besteht aus dem Willen der Götter, dem Zufall, und aus tugendhaften Taten der Menschen. Nicht aus Fragen und Antworten.«

Peukestas beugte sich vor und sagte eindringlich: »Jeder der ruhmreichen Gefährten des Königs kann heute sagen, Alexander hat dich oder mich oder jenen dort ernannt, aber die anderen werden ihm nicht glauben. Ein Brief von Alexanders Hand, an dich gerichtet und von dir bezeugt, wäre ein Beweis, den keiner bezweifeln könnte. Ein Beweis, den Krieg abzuwenden und das Reich zu festigen.«

Aristoteles lächelte Pythias zu, die wieder in die Küche ging. »Mehr nicht? Nur die Oikumene soll ich retten – die bewohnbare Welt, deren größten Teil ihr mit dem Schwert erobert habt? Sie wird durch Schwerter zerstückelt werden. Was tut das Wort eines toten Greises dazu? Es wird verhallen wie die Worte lebendiger Könige. Und wer zweifeln will, weil der Zweifel ihm zu einem Teil der Macht verhilft, während die Gewißheit die ganze Macht einem anderen gäbe, der wird auch an einem Brief zweifeln.« Aristoteles deutete auf den leeren Becher.

Peukestas setzte seinen ab, kniete neben der lederbespannten Bettstatt nieder, füllte den Becher mit Wasser und Wein und stützte den alten Mann, damit er trinken konnte.

»So viele Fragen.« Es klang bitter; Peukestas versuchte nicht, um das Wissen des Greises zu flehen. »Ich war in Pella und habe mit vielen gesprochen. Ich will das Leben des Königs schreiben. Teile habe ich selbst gesehen, über andere Teile gibt es Papyros und die Worte vieler, die dabei waren. Aber manche Dinge... Wer war Alexander wirklich? Was hast du ihn gelehrt? Wo hat sein langer Weg begonnen? Was war sein Ziel? Gab es ein Ziel?«

Aristoteles lächelte. »Der Weg ist das Ziel. Wenn du genug weißt, um eine Frage richtig zu stellen, dann weißt du auch genug, um selbst die Antwort zu geben.«

Peukestas kniete noch immer neben der Liege. »Dann hilf mir, die Fragen richtig zu stellen, Aristoteles!«

»Warum sollte ich? Wegen dieser Stückchen aus bunten Steinen und albernen Metallen?«

Scheinbar zögernd murmelte Peukestas: »So vieles, was ich nie erfahren werde, Aristoteles. Ich hatte auf dich gehofft. Dein Neffe Kallisthenes hat dir geschrieben, bis er... starb. Ihn kann ich nicht fragen. Parmenion, der große Parmenion ist so lange tot; er hätte vieles gewußt. Und auch mein Vater, der lange dabei war, ist gestorben, ehe ich wußte, was ich ihn fragen sollte...«

Aristoteles kniff die Augen zusammen. »Dein Vater, eh? Du sagst, du warst Unterführer der Hetairenreiter? Jung wie du bist... Dann hast du vorher zu den Knaben des Königs gehört. Dein Vater muß also einer der Edlen gewesen sein. Oder enger Freund des Königs. Vielleicht seines Vaters Philipp. Hm. Dein Gesicht – es ist da etwas.«

Peukestas fischte eines der Blütenblätter aus der Schale auf dem Tisch, zeigte die Zähne und kaute auf dem Blatt. Aristoteles begann zu lachen, brach dann in einem würgenden Husten ab.

»Drakon der Heiler«, keuchte er. »Du Sohn eines alten Freundes.« Er streckte die Hand aus und legte sie einen Moment auf Peukestas' Kopf. Der junge Makedone schwieg und wartete.

»Nun ja.« Aristoteles zog die Hand zurück, unter die Decken. »Wer war Alexander? Dazu ist nicht viel zu sagen. Alexander mußte immer wissen, was auf der anderen Seite des Hügels liegt. Dieses gewaltige Sehnen – an den Rand der Welt gehen und darüber hinaus. Aber« – er versuchte sich aufzurichten – »die Welt hat nur einen Rand, nur eine Kante, und diese dunkle Grenze ist der Tod. Tod und Leben sind aber nichts als die beiden Seiten jener einen Münze, die keiner ausgeben, prägen oder begleichen kann.«

In der Küche klapperte Pythias mit Geschirr. »Das kann doch nicht alles sein«, sagte Peukestas leise. »Ich habe selbst mehr gesehen als dies. Ich will es dir sagen, wenn du magst – erzählen, was ich gesehen habe.«

Aristoteles zuckte mit den Schultern. »Meine Füße sind eisig«, sagte er, als spräche er über einen belanglosen Gegenstand. »Die Nieren, verstehst du, und das Herz. Ich sterbe von unten nach oben. Vor mir liegt die lange Nacht, in der niemand mehr arbeiten oder reden kann. Mein Leben lang habe ich gelauscht und gefragt, Wissensstückchen gesammelt, nur um jetzt zu begreifen, daß es gleich ist, ob man als Narr oder als Weiser stirbt. Aber... wir könnten trotzdem reden. Besser redend sterben als gar nicht. Oder stumm. Was willst du wissen?«

»Alles. Über Alexander, über Philipp, über Olympias – über dich, Aristoteles. Hat er dir geschrieben, wer die Macht haben soll? Weißt du, ob wirklich jemand aus Hellas Gift geschickt hat? Hast du jemals...«

Aristoteles kicherte. »Langsam, Peukestas, langsam. Was am Ende geerntet wird, wurde am Anfang gesät.«

»Wo ist der Anfang?«

»Vor der Geburt, wie bei jedem von uns. Ah – Ägypten ist ein guter Beginn für jede gute Lügengeschichte. Die Sterne, und die Lebern von Opfertieren, und die Weissagungen trunkener Priester. Die Lehrer...« Er hustete wieder. »Zuviel, viel zuviel, ehe meine Stimme bricht.«

»Warum hat Philipp *dich* gewählt, um Alexander zu lehren? Weil du der größte Philosoph bist?«

»Den gibt es nicht, Junge. Außerdem war ich damals nur einer von tausend. Aber wir haben uns gekannt, Philipp und ich; mein Vater war der Arzt seines Vaters. Philipp und ich haben als Kinder miteinander gespielt. *Und* ich bin aus dem Norden, aus Stageira. Mich hat es nie beschäftigt, ob die Makedonen barbarisierte Hellenen sind oder hellenisierte Barbaren; einer der Großen aus Athen wäre vielleicht gar nicht nach Pella gegangen.« Leiser und mit einer kleinen Grimasse setzte er hinzu: »Dann gab es da noch einen politischen Grund... Aber wir sind schon viel zu weit hinten in deiner Geschichte, Sohn Drakons.«

»Noch einmal – wo ist der Anfang, Aristoteles?« Peukestas kniete noch immer neben der Liege.

Aristoteles keckerte; seine Hand kroch in seltsamen Schlangenlinien über die Decken. »Eine Prophezeiung. Prophezeiungen sagen Ereignisse voraus, die dann eintreffen, weil alle sich bemühen, die Prophezeiung wahrzumachen. Aber...«

Er richtete sich langsam auf, mühevoll. Von seinem hageren Hals löste er eine feine Kette, an der ein etwas mehr als münzengroßes

Amulett hing: ein ägyptisches *ankh* aus Gold, mit einem dämonischen Horos-Auge aus dunklen Steinen in der Schlaufe.

»Schau her, Junge.« Plötzlich war seine Stimme nicht mehr die eines Sterbenden, sondern die eines Herren, der befiehlt und weiß, daß man ihm gehorchen muß. »Ich will dich Bilder sehen lassen, die besser sind als Worte – Bilder von Dingen, die nicht in Worte passen. Sie sind auch schneller als Worte; mein Leben rinnt dahin. Schau in dieses Auge.«

Peukestas öffnete den Mund, schloß ihn wieder und schüttelte langsam den Kopf, wie über einen seltsamen Anblick. Er lehnte sich gegen die Liege und starrte ins Auge des Horos.

Aristoteles streckte den Arm aus. »Auch wenn man nichts davon hält – in einem langen Leben lernt man viele nützliche Formen von Unfug.« Mit kaum sichtbaren Bewegungen des Handgelenks ließ er das Amulett pendeln, gemessen, stetig. Peukestas folgte den Schwingungen mit den Augen; sein Gesicht erschlaffte. Hinter dem Amulett, sechs oder sieben Schritte entfernt, barst ein Scheit auf dem Rost; eine Flammenkugel stieg zum Rauchfang empor. Feuer und Rauch wurden zu Schlieren, zu Nebel; dann formten sich Bilder vor der rußigen Wand.

⁎

Der sinkende Feuerball im Westen überzieht fern im Osten die Spitzen kaum noch sichtbarer Pyramiden mit Glut. Die Dämmerung über der Wüste ist kurz; nur wenige Momente glitzert der Sand. Von Osten nähert sich ein einachsiger Wagen mit zwei Männern. In der Nähe lacht eine Hyäne; das Gelächter bricht ab, als weiter fort ein Löwe brüllt. Eine kleine Schlange gleitet von einem Steinhaufen und verschwindet zwischen Flechten. Der Steinhaufen ist die Spitze einer fast versunkenen Tempelpyramide. Bis die beiden Männer mit dem Wagen sie erreichen, sind die ersten Sterne zu sehen. Im knisternden Schweigen der Nacht sind nur die leisen Stimmen zu hören, als die Männer vom Wagen steigen und zur Pyramide gehen: ein Ägypter und ein Hellene. Mit harten Vokalen sagt der Ägypter, der Priesterkleidung trägt:

»Der Ehrwürdigste ist weit hergekommen, aus dem Heiligtum in Siwah. Er wird nicht erfreut sein, statt eines Priesters nur einen Händler zu sehen – auch wenn du in die Mysterien eingeweiht bist. Sag möglichst wenig.«

Der Hellene macht eine Handbewegung, als ob er ein aufgerafftes Gewand fallen ließe; sie gehen zur anderen Seite der Pyramide. Dort führen halbverfallene Stufen in den Boden. Im ersten Raum lodern Fackeln zwischen geborstenen Säulen und verwitterten Götterstatuen. Die Schatten scheinen zu tanzen; eine Ratte verbirgt sich zu Füßen des Horosköpfigen.

Der zweite Raum ist heller: mehr Fackeln, dazu Lampen und ein großes Feuer. Auch hier taumelnde Säulen und wankende Götter: Isis, Thoth, Hathor, Horos, ein Apisstier ohne Kopf (der Kopf liegt halb verborgen zwischen den Vorderhufen), ein geköpfter Ammonswidder (der Kopf liegt zu Füßen einer Herrscherstatue); ringsum an den Wänden Glyphen und Darstellungen aus den Totenbüchern. Jenseits des Feuers die Statue eines hockenden Greises unter einer großen Tafel der Sternzeichen.

Die Statue bewegt sich; der Greis hebt den Kopf und starrt den Eintretenden entgegen. Er ist uralt. Den kahlen Kopf bedeckt eine schwarze Priestermütze nur zum Teil; der lange weiße Bart vermengt sich mit den Falten des weißen Gewands. Die tiefliegenden Augen versprühen schwarzes Feuer.

Der Greis öffnet den beinahe zahnlosen Mund; er spricht sehr tief. Ägyptisch, schnell, hart und hörbar zornig. Der andere Priester verneigt sich mehrmals, antwortet betont demütig, wendet sich schließlich an den Hellenen.

»Wie ich sagte«, flüstert er; dann, lauter: »Der Ehrwürdigste ist aus Siwah gekommen, um die wichtigste Botschaft seit Jahrhunderten zu überbringen. Was weißt du vom Großen Jahr?«

Der Hellene hebt die Schultern. »So viel und so wenig wie jeder. Die kleinen Sterne rennen, die großen, die unsere Zeichen bilden, stehen scheinbar still, aber auch sie bewegen sich. Nach etwas mehr als fünfundzwanzigtausend Jahren stehen sie dann wieder so wie zu Beginn. Dann fängt ein Neues Zeitalter an – ein neues Großes Jahr. Ist es das?«

Der Uralte blinzelt; langsam steht er auf. Er beginnt mit schwarzer, knarrender Stimme zu sprechen. Während er redet, berührt er auf der Zodiak-Tafel die einzelnen Sternbilder.

»Unser kleines Jahr endet, wenn der Winter endet, im Zeichen der Fische. Das neue Jahr beginnt mit dem Widder, es ist die Zeit des Säens und des Aufbruchs, wenn die Reiher fliegen und die Schiffe segeln. Dann kommt der Stier, dann all die anderen Zeichen. Im Großen Jahr läuft der Kreis anders herum. Die letzten Weltenmonde im Großen

Jahr sind Stier, dann Widder; das Neue Zeitalter beginnt im Zeichen der Fische.«

Er macht eine Pause, scheint aber keineswegs erschöpft. Der jüngere Ägypter blickt den Hellenen von der Seite an. »Hast du verstanden?«

Der Hellene grinst plötzlich. »Ich bin ja nur ein Händler und Seefahrer, aber mit den Sternen muß ich mich ein wenig auskennen, sonst komm ich nicht an mein Ziel. Ja, ich hab das verstanden. Ist ja nicht so schwer. Ich weiß nur nicht, was daran so unendlich wichtig ist.«

Der Alte macht ein kratzendes Geräusch tief in der Kehle. »Du wirst hören, Hellene. Jeder Weltenmond wird beherrscht von dem Gott, in dessen Zeichen er steht.« Die Hand geht wieder zur Karte des Zodiak. »Es sind immer etwa zweitausendeinhundert unserer kleinen Jahre. Als Die Fruchtbare endete und das milde Atlantis versank, begann der Mond des Löwen, des Herrn über Feuer und Krieg; an ihn und seine Einheit mit den großen Fürsten erinnert der Sphinx. Er wurde am Ende des Großen Löwen-Monds errichtet. Dann kamen die Monde des Gepanzerten und der Göttlichen Brüder, dann der des Stiers.« Der Alte deutet auf den geköpften Apisbullen. »Nun leben wir vor dem Ende des Großen Widder-Monds, unter der Herrschaft Amûns, dessen Sohn und Gefäß der Pharao ist. In etwa zweihundertfünfzig kleinen Jahren ist das Ende der Zeit, und es beginnt ein neues Großes Jahr. Wir wissen nicht, wer der Herr der Fische sein wird. Aber wir wissen, daß der Herr des Widders bis dahin herrschen muß, wenn nicht Mâats ewige Waage kippen soll.«

Der jüngere Priester legt beide Hände flach an die Stirn. »Die Ordnung von Himmel und Erde«, murmelt er. »Und das ist der Grund, aus dem du hier bist – aus dem der Ehrwürdigste Siwah verlassen hat.«

Der Hellene blickt zwischen beiden hin und her; insgeheim scheint er zu zweifeln, zu staunen, vielleicht zu spotten.

Der Uralte wendet sich nun ganz dem Hellenen zu. »Seit jener, den ihr Kambyses nennt, König der Könige Persiens, Amûns heiliges Land eroberte, hat Amûn kein würdiges Gefäß mehr gefunden. Die Priester haben es gewußt; um nicht das Volk zu verwirren, haben sie die Herrscher, die nach den Persern kamen, als Söhne Amûns begrüßt. Ein wenig war der Gott immer anwesend. Nun hat er sich ganz von uns zurückgezogen.«

Der Hellene blinzelt. »Ammon, der Zeus ist? Er hat Ägypten verlassen? Auch Siwah?«

»Wir ergründen seinen Willen – wir ertasten sein *ka*. Aber er hat kein Gefäß mehr im Reich. Sein Wille hat sich nach Norden gewandt, nach Hellas. Dort wird sein neues Gefäß geboren, sein nächster Sohn, ein Herrscher. Er wird geboren im Zeichen von Feuer und Krieg, im Zeichen des Löwen.« Der Alte streckt die Arme aus und intoniert die letzten Sätze beinahe singend. »Dann wird er kommen, die Waage zu stützen, die Perser zu werfen, Amûn zu erfüllen.« Er bricht ab, starrt den Hellenen an. »Alles muß bereitet werden. Geh, Bruder; zeig es ihm.« Er richtet noch ein paar Worte in Ägyptisch an den anderen Priester; dann sinkt er wieder zu einer sitzenden Figur zusammen.

Der jüngere Ägypter berührt den Ellenbogen des Hellenen. »Komm.«

Sie gehen hinaus in die Nacht. Der Himmel ist ein gleißendes Sternenmeer. Der Ägypter deutet auf das Sternbild des Widders.

»Ammon und Zeus.« Er nestelt unter seinem Umhang und holt ein Amulett hervor: das Horos-Auge in der Schlaufe des *ankh*. Der Hellene hält die offene Hand hin und nimmt es entgegen.

»Geh nach Dodona und nach Samothrake. Sie müssen wissen – wenn sie es nicht schon selbst erkannt haben. Sag, was du gehört hast, und zeig ihnen das Auge.«

Der Hellene hängt sich das Amulett um den Hals. Zögernd sagt er: »Aber – werden sie das Gefäß des Gottes erkennen? Und werden sie mir glauben?«

»Sie werden glauben, weil sie wissen. Sie werden erkennen, weil sie wissen. – Schau!«

Ein Komet rast über den Sternenhimmel. Er durchquert das Sternbild des Widders.

Der Ägypter hebt beide Hände. »Das Zeichen – nach Norden!«

Der Komet wird zu einem langen Blitz im Dunkel, das er zerfetzt. Krachender Donner folgt, Woge um Woge, als wollte er nie enden. Dann weitere Blitze, die sich langsam entfernen; der Donner wird leiser. Unter dem trüben Himmel eines späten Nachmittags knien vier Frauen vor einem weißen Altar. Er ist bedeckt mit Taubenkot. Dahinter und seitlich stehen knotige Eichen. Auf den Ästen und in den Zweigen hocken Tauben; einige flattern fort, andere landen.

Eine der Frauen ist schwarz; sie trägt ein ägyptisches Priestergewand und kostbaren Kopfschmuck. Die zweite Frau ist gelb und in ein fast durchscheinendes, eng anliegendes Gewand aus gelber Seide gehüllt;

ihre Augen sind wie Schlitze, die Wangenknochen hoch. Die dritte Frau ist weiß und hellblond; sie hat blaue Augen und trägt ein ledernes Jagdgewand. Die vierte Frau, die jüngste der vier, ist nackt bis auf einen knappen weißen Chiton; ihr Haar ist wie brennende Kastanie. Sie ist üppig; das Gesicht strahlt Sinnlichkeit aus, aber auch dämonische Willenskraft.

Der Donner kommt leiser, aus größerer Ferne. Der Wind wird stärker, raschelt in den Eichen, reißt einen der um kleine Zweige gewickelten Papyrosstreifen ab. Die Tauben gurren und seufzen. Die drei Frauen scheinen zu lauschen, die jüngste blickt zwischen ihnen und dem Altar hin und her. Die schwarze Ägypterin bewegt den Oberkörper rhythmisch vor und zurück. Zunächst murmelt sie etwas, dann singt sie monoton, immer lauter:

»Ammon – Ammon – Ammon...«

Wieder und wieder sagt sie den Namen, schrill und tief, lauter und leiser, bis der Platz um den Altar vom Namen des Gottes widerhallt.

Die Frau in gelber Seide nimmt ein Eichenstöckchen und malt in den Staub einen Kreis, halbiert ihn durch eine Wellenlinie, bringt in beiden Hälften je einen augenartigen dicken Punkt an, schraffiert eine Hälfte.

Die Hellblonde wirft den Kopf hin und her, bis ihr Haar das Gesicht bedeckt.

Die Schwarze beendet die Anrufung des Gottes und blickt die jüngste der Frauen an. »Die Götter haben deinen Vater den König früh zu sich gerufen, Olympias.«

Die Weiße spricht durch den Haarvorhang. »Er war ein guter Mann, aber zu früh hat er den Nabelstrang durchtrennt, der Menschen an den Himmel bindet. Dein Oheim ist eingeweiht.«

Die Gelbe: »Er ist Herrscher und Priester. Er hat dich zu uns gebracht. Es ist sein Wille, daß der Wille der Götter geschehe.«

Die Ägypterin: »Olympias, du wirst den Heiligen Hain von Dodona verlassen. Du wirst zum Tempel des Zeus reisen, der auch Ammon ist und Bel-Marduk. Der Tempel auf der Insel Samothrake. Dort wirst du in die übrigen Mysterien eingeweiht, und für eine Zeit wirst du *hetaira* sein im Tempel.«

Der Wind nimmt zu, weht das Haar aus dem Gesicht der Weißen, als sie weiterspricht. »Olympias, ein großer dunkler Krieger und Herrscher wird nach Samothrake kommen. Er wird sich dort von Blut reinigen, das er vergossen hat. Du wirst ihn sehen, er wird dich sehen. Du wirst seinen Sohn gebären, das neue Gefäß, das Ammon auserwählt hat. Er wird die Welt verwandeln.«

Der Wind ist nun beinahe zum Sturm geworden und verweht einen Teil dessen, was die Gelbe sagt. Sie hält den Kopf gebeugt; beim Sprechen betrachtet sie den Wellenkreis auf dem Boden. »Dein Sohn, Olympias, Gefäß des Gottes, auserwählter Sohn des Ammon, der Zeus ist und Bel-Marduk und... wird er sein Alles für Alle, Gott und Mensch, Vater und Sohn, Mann und Frau, Feind und Freund... die Welt zerstören und heilen. Er wird zweifeln und glauben, den Glauben bezweifeln und an den Zweifel glauben... den Ungläubigen Glaube sein. Er wird jung sterben und unsterblich leben. Alle Gaben sind sein, mehr als je ein Sterblicher besaß, und er wird alles verschenken. Alle Gewalt, gut und schlecht, Demut und Anmaßung, und...«

Ein Kugelblitz birst vielfarbig neben den Frauen und dem Altar; er tilgt das kreisförmige Zeichen auf dem Boden. Donner, Regen und rauschende Eichen übertönen alles. Die Frauen stehen auf; schrilles Gelächter schneidet durch die anderen Geräusche. Die drei Priesterinnen fassen einander bei den Händen. Für Momente wird der Sturm leiser; die Weiße sagt: »Wir Drei sehen uns wieder.« Ihre Gesichter altern jäh; dann lösen sich die drei Frauen auf und werden zu Nebel, den der Sturm verweht.

Olympias wendet sich vom Altar fort. Sie ist durchnäßt und bebt. Sie hebt die Arme zum dunklen Himmel; in ihrem Gesicht mischen sich Angst und Grauen mit Lust und Triumph.

Die Farben des Hintergrunds ändern sich von Grau zu trübem Rotgelb. Olympias, noch immer in der gleichen Haltung, steht in einem erleuchteten Tempel. Die Farben und Lichter schwanken; ein großes Feuer und flackernde Fackeln lassen die Umrisse und Schatten tanzen. Olympias trägt einen weißen Chiton und eine leuchtend hellrote Hüftschärpe. Neben ihr, die Arme vor der Brust verschränkt, bewegt ein ägyptischer Priester in langem schwarzen Gewand mit feurig goldenen Bildern und Zeichen den Oberkörper langsam vor und zurück. Seine tiefe Stimme füllt den riesigen Tempel aus.

»Ammon – AMmon – ammON – AAAmon – aaaMUN...« Er singt den Namen wieder und wieder, mit kleinen Abwandlungen; die Anrufung endet mit einem dröhnenden, beinahe ekstatischen »Om«.

Vor ihnen, auf einem weißen Altarstein, liegt ein Widder. Blut aus der zerschnittenen Kehle und dem aufgerissenen Bauch rinnt hinab zu den milchig grauen Steinplatten des Bodens. Aus dem Schlangennest der Eingeweide steigt Dampf.

Hinter dem Altar, erst nach und nach zu erfassen in seiner ungeheuren Größe, sitzt Zeus-Ammon auf einem Thron aus Gold und schwarzem Holz. Der Thron ruht auf einem breiten, weißen, viereckigen Sockel mit schwarzen und roten Symbolen: hellenischen Zeichen, ägyptischen Glyphen und kantigen Schriftkeilen. Die Statue des Gottes – Elfenbein und Gold – berührt im oberen Zwielicht die von massiven Säulen getragene Decke. Auf einem der goldenen Widderhörner des Gottes glüht der Widerschein des Feuers. Weihrauchschwaden treiben durch den Tempel. Beim letzten dröhnenden »Om« scheint ein tückisches Lächeln um die Lippen des Gottes zu spielen. Er hat einen schwarzen Bart; seine Ohren sind riesig.

Der Ägypter läßt die Arme sinken und wendet sich zur Seite. »Komm, Aristandros.« Seine Stimme ist heiser und wie geschrumpft.

Ein hellenischer Priester hat vor dem Gott ausgestreckt auf dem Boden gelegen. Nun steht er auf. Er geht zum Altar, berührt eines der Hörner des geopferten Widders, wühlt in den Eingeweiden und untersucht die Leber. Der Ägypter und Olympias treten neben ihn.

»Es ist gut«, sagt Aristandros.

Der Ägypter nickt, dann schaut er Olympias an. »Bist du bereit, die Bürde zu tragen?«

»Habe ich eine Wahl?« Ihre Stimme klingt traurig und einsam.

Der Ägypter schweigt; Aristandros seufzt leise. »Wie können wir das wissen? Die Götter haben die Dinge *so* angeordnet. Vielleicht haben sie auch vorherbestimmt, ob wir gehorchen oder uns weigern. Aber ich werde bei dir sein – wenn das ein Trost ist.«

Der Ägypter öffnet sein bis zum Hals verschlossenes Gewand. Er streift die feine Goldkette über den Kopf, kniet vor Aristandros und hebt die zum Teller geformten Hände.

Der Hellene nimmt das Amulett entgegen: ein goldenes *ankh* mit dem Auge des Horos in der Schlaufe. Er führt es an die Lippen, dann taucht er es in das Blut des Opfertiers und reicht es Olympias. Sie hängt das Amulett um ihren Hals und schiebt es unter den weißen Stoff. Über ihren Brüsten verfärbt sich der Chiton.

*

Peukestas zuckte zusammen; wie einer, der im Einschlafen noch einmal jäh geweckt wird. Seine Knie schmerzten ein wenig. Aristoteles ließ sich in die Decken und Kissen sinken; die Hand mit dem Amulett verschwand unter einem Fell.

»Das ist untauglich.« Die Stimme des Philosophen war heiser und erschöpft. »Und es ist zu sehr wie Platon.«

Peukestas rieb sich die Augen und blinzelte. »Wie lang hat es gedauert?«

Aristoteles grunzte leise. »Vielleicht zehn Atemzüge. Aber es taugt nicht.«

Peukestas erhob sich und tastete nach seinem Schemel. »Auf diese Weise könntest du in einer Stunde ein Leben wiedergeben.« Seine Stimme war flach von Staunen, aber auch Entsetzen darüber, Spielball einer unheimlichen Macht gewesen zu sein.

Aristoteles verzog das Gesicht; etwas wie Geringschätzung schwang in seiner Stimme mit. »Wie gesagt: Langes Leben lehrt vielerlei Unfug. Aber ich habe die Kraft nicht mehr, die eine Stunde davon kosten würde. Und...«

»Wieso ist es zu sehr wie Platon und taugt nicht?«

Der Greis runzelte die Stirn. »Erworbenes Wissen ist Besitz, eingeflößtes Wissen ist Traum von Besitz. Münze, mit der du nicht zahlen kannst. Sie hat nur eine Seite.«

»Gibt es das – eine Münze mit einer Seite?«

Aristoteles betrachtete ihn; die Augen des alten Mannes glühten. »Wörter, die nicht oft genug von allen Seiten beschaut und befragt werden, verlieren für den, der sie verwendet, am Ende ihre Vielfalt. Sie zeigen ihm nur noch die eine Seite, die er sehen will, und schließlich glaubt er selbst, sie hätten nie eine oder mehrere andere gehabt. So hat sich Platon in einem Wortlabyrinth eingemauert – ärmliche Steine, die von außen keinerlei Form, Farbe und Verstand zeigen. Nur dem, der ins Labyrinth geht, zeigen sie ihre Prägung; aber diese Prägung war nicht in den Dingen, sondern sie stammt von Platon. Sie ist unnütz, sie mehrt das Wissen nicht, und es ist sehr schwierig, das Labyrinth wieder zu verlassen. Viele sehen nie wieder Sonne, spüren nie wieder frischen Wind. Nein, es taugt nicht. Es ist wie Nahrung, die ein anderer für dich gekaut hat.«

Peukestas schwieg; er starrte den alten Mann an.

Aristoteles schloß die Augen. Leise, fast murmelnd sagte er: »Sokrates hat den Platz, auf dem wir alle stehen und vergehen, mit gewaltigem Besen von Gerümpel und Trümmern gereinigt. Damit das gleißende Licht der Mittagssonne alles erhellt, ohne Schatten, ohne Ritzen, in denen man sich vor dem Verstand verbergen kann. Er hat Mittagsfragen gesprochen, blendend hell und stechend. Fragen ohne Schatten, ohne Versteck. Er hat Wörter gesprochen, die Steine mit tausend Seiten waren, und er hat diese Steine von allen Seiten betrachtet, hat sie gedreht, daß alle alles sehen konnten. Dann hat er die Steine in die Luft geworfen, und sie sind Teil des gnadenlosen Mittagslichts geworden.«

»Und Platon?« sagte Peukestas halblaut.

»Platon? Platon hat vieles von dem alten Schutt wieder auf den Platz geholt. Und er hat neue Steine gesprochen – Ziegel, mit sechs Seiten statt tausend. Fünf Seiten hat er verwischt, bis nur auf einer Seite Sinn blieb. Aus diesen Steinen hat er sein Labyrinth errichtet, in dem es Schatten gibt und Winkel, um sich zu verkriechen. Dort staut sich die Luft, und das Mittagslicht wird verdunkelt.«

»Und was hat Aristoteles mit *seinen* Steinen gemacht?«

»Ah, es gab einmal einen Mann, der so hieß. Nur eine leere Hülle ist geblieben. Als er noch Steine sprechen und heben konnte, hat er sie umgedreht und von allen Seiten betrachtet. Er hat sie nach Größe, Beschaffenheit und Eigenschaften geordnet und sie aufgestapelt an einer Stelle, wo sie niemanden stören können. Er hat bis zuletzt nicht gewußt, ob es den Menschen möglich ist, ungeschützt auf dem gleißenden Platz zu stehen, die Wucht der Mittagssonne zu ertragen und das Licht zu sehen. Wenn Aristoteles klüger gewesen wäre, wenn er länger gelebt hätte, hätte er vielleicht die gestapelten Steine in den Himmel geworfen – wie Sokrates. Oder er hätte am Ende beschlossen, daß ein lichtes Gebäude mit sehr wenig Schatten dem Menschen zuträglich wäre. Ein Gebäude aus beweglichen Steinen, die auf jeder Seite unverwischten Sinn tragen.« Er stützte sich auf einen Ellenbogen. »Aber er war nicht klug genug, oder er ist zu früh gestorben. Vielleicht war er auch nur nicht genügend verzweifelt, um ein solches Schutzgebäude gegen das Licht zu errichten. Deshalb, Sohn Drakons, mag ich dir keine fertigen Bilder einflößen, selbst wenn ich die Kraft noch hätte. Laß uns reden – laß uns Steine sprechen und umdrehen. Wenn du meinst, du müßtest daraus ein Gebäude errichten, einen Tempel, in dem du deine Erinnerung an Alexander unterbringen und die Welt vergessen kannst, mußt du es selbst tun, allein, nachdem ich nicht mehr da bin. Steine, die ich selbst gesehen und gewendet oder von denen ich gehört habe. Sobald alles getan ist, bleiben nur Wörter. Sie sind ohne Bedeutung, wenn du sie nicht wägst.«

»Wie soll ich sie wägen, wenn ich ihre Bedeutung nicht kenne? Wie kann ich vermeiden, die Schale zu zerbrechen, wenn der eiförmige Stein auch ein Ei sein könnte?«

Aristoteles schwieg ein paar Atemzüge lang; dann lächelte er beinahe tückisch. »In diesem Fall muß ich hier und da von meinen Grundsätzen lassen, fürchte ich. Ich sehe ein, daß du nicht nur wissen mußt, was Stein und was Ei, sondern auch, welches Ei gut und welches faul ist. Vielleicht stimmt das, was ich sage, aber nur für mich – nicht für dich, nicht für andere. Vielleicht habe ich eine Vorliebe für faule Rebhuhneier, die ich somit für gut erkläre, während sie dich zum Erbrechen reizen, da du frische Hühnereier vorziehst. Glaubst du, damit umgehen zu können?«

Peukestas nickte stumm.

»Dann werden wir auch von Männern reden müssen, über die wenig bekannt ist. Wir werden Mutmaßungen darüber anstellen müssen, wie bestimmte Dinge gewesen sein könnten, damit wir andere Vorgänge erklären können. Vielleicht – vielleicht ist es eher Stoff für ein Satyrspiel oder eine Komödie, ein Epos, eine Tragödie. Weniger für eine wahrheitsgetreue Darstellung. Vielleicht solltest du, statt trockene Wahrheiten zu schreiben, die Geschichte auf erfundene und wirkliche Charaktere aufteilen und sie reden und handeln lassen. Es wäre eine kunstfertige Form der Lüge. Aber vielleicht ist für diese Belange eine ordentlich gearbeitete Lüge die einzig mögliche Wahrheit.«

2. PARMENIONS TRAUM

Im Morgengrauen ging der leichte Schneefall in Nieselregen über, der aber auch bald endete. Eine Stunde nach Sonnenaufgang war der Schnee geschmolzen; nur im Paß und an einigen schattigen Stellen des Tals hielten sich noch Reste. Auf der Nordseite des Passes, wo die Handelsstraße – ein holpriger Karrenweg – zur steinigen, graugrünen Hochebene abfiel, hatten die Makedonen die Schanzarbeiten vom Vortag wieder aufgenommen. Der etwa vierzigjährige Mann mit rotem Umhang und schmucklosem Kesselhelm unterhielt sich mit einem der Unterführer über die Höhe der Palisaden hinter dem Graben; dann ging er zurück zum größten der Lederzelte. Er griff nach einem dicken Lappen, nahm die Bronzekanne aus dem Feuer und goß mit Wein, Wasser und Honig versetzten Kräutersud in seinen Becher. Neben dem Feuer, auf einem Holzklotz, hockte der einzige unbewaffnete Mann des Lagers; er hielt ihm den Metallteller mit Fladenbrot und kaltem Fleisch hin.

»Danke. Wo steckt Drakon?«

»Macht seine Morgenentleerung, glaub ich.«

Undeutlich kam von jenseits des Zelts eine Stimme. »Dies unedle Tun, an dem keinerlei Tugend haftet, ist bald vollendet, edler Parmenion. Ich stehe gleich zu deiner Verfügung.«

Der Mann mit dem roten Umhang grinste. »Gut. Aufbruch. Du weißt, was dich erwartet, Phlebas?«

Der Unbewaffnete seufzte. »Du hast es mir oft genug ausgemalt, Parmenion. Warum hab ich Trottel bloß... Und ich könnte jetzt in Syrakus in der Sonne sitzen!«

Parmenion hob die Schultern. »Betrachte es als Hilfe für deine zurückgebliebenen hellenischen Brüder.«

»Hellenen? Brüder? Die Stinker hier in dem Kaff?«

Drakon erschien. Auch er war unbewaffnet und anders als Parmenion und Phlebas bartlos. Er mochte etwa fünfundzwanzig Jahre alt sein. »Stinker? Nun ja. Unter gewissen Umständen stinkt sogar ein

35

Sikeliot aus dem feinen Syrakus. Stell dich nicht an, Junge.« Er verschwand im Zelt und kehrte sofort wieder zurück; von seiner Schulter hing eine Korbtasche.

Sie stiegen hinauf zum Paß. Vor der frisch errichteten Schutzhütte hockten drei Fußkämpfer an einem kleinen Feuer. Parmenion nickte ihnen zu. An der Südseite öffnete sich ein breites Tal. Rechts und links der Straße standen wenige Häuser, viele schäbige Hütten und ein paar Ställe. Pferde grasten auf einer nahen Weide, durch die ein kleiner Bach lief; weiter talab und an den Hängen sah man große Mengen Schafe und Ziegen, dazu einige Rinder.

Das größte Gebäude des Dorfs, teils Schweinestall, teils Versammlungsort, hatte nach Norden und Osten Wände aus Lehm und Steinen. Die beiden anderen Seiten waren offen; Pfosten trugen die verwitterte Holzdecke. Schweine waren nicht zu sehen, aber während der Unterredung nutzten hin und wieder Dörfler die Mistecke, um sich zu erleichtern.

Parmenion, Drakon und Phlebas gingen zu den Dorfältesten und dem vorangegangenen makedonischen Unterführer. Die meisten der Männer des Dorfs trugen rohe Felle; nur einer hatte sich in ein schmieriges Tuch gewickelt. Sein Haar und sein Bart waren ebenso struppig und verfilzt wie bei den anderen.

Auf dem groben Tisch standen Becher aus halbgebranntem Ton. Parmenion ließ sich auf einem der Schemel nieder, nachdem er die Versammlung begrüßt hatte. Er trank einen Schluck von dem dünnen warmen Bier, wischte sich den Mund und rülpste.

»Also, habt ihr einen Entschluß gefaßt?«

Der Sprecher der Dorfleute kratzte sich zwischen den Beinen. »Wir haben gestern abend mit den Männern der Nachbardörfer geredet.« Er deutete auf drei struppige Gestalten am Kopfende des Tischs. »Du kennst sie noch nicht.«

Parmenion verneigte sich im Sitzen. »Ich bin glücklich, diesen Makel beheben zu können.«

»Wir haben ihnen all das gesagt, was du uns gesagt hast. Aber sie wollen es noch einmal von dir selbst hören.«

Drakon und Phlebas wechselten einen Blick, ohne das Gesicht zu verziehen. Parmenion schnitt eine Grimasse.

»Also, das habe ich euch doch nun wieder und wieder erklärt. In der Vergangenheit habt ihr, wie eure Väter und Großväter, dreifach Abgaben entrichten müssen. Wenn man es so nennen will. An die Fürsten des Landes. An den König der Makedonen. Und an die Barbaren, wenn sie euch überfallen und geplündert haben.« Er schob den Helm zurück und strählte seinen dichten schwarzen Bart mit den Fingerspitzen. »Manchmal sogar vierfach – wenn nicht nur die Paionen oder Thraker von Norden, sondern auch noch die Illyrer von Westen bei euch haltgemacht haben.«

Die Männer am Tisch nickten; einige murmelten unverständliche Wörter in der kehligen Mundart der Grenzlande.

»Das ist nun vorbei.« Parmenion beugte sich vor und hieb mit der flachen Hand auf den Tisch. »Die Dinge haben sich geändert, und sie werden sich weiter ändern. Dieses Land untersteht keinem Fürsten mehr – es untersteht nur noch dem König. Die westlichen Grenzen sind sicher. Philipp und ich, und das neue Heer, von dem noch zu reden sein wird, haben dafür gesorgt.«

»Wer sagt uns, daß die Ruhe dauern kann?« sagte einer der Männer aus dem Nachbardorf.

»Ich sage es.« Parmenion lächelte und verschränkte die Hände hinter dem Kopf. »Ich sitze hier, in aller Ruhe, wie ihr seht. Ihr und eure Söhne, ihr werdet etwas dazu beitragen, daß dieser Friede erhalten bleibt.« Er löste die Hände wieder, nestelte an seinem Gürtel, schob das kurze Schwert beiseite und legte einen Beutel auf den Tisch. Es klirrte.

»Der Klang ist fast so überzeugend wie deine Worte«, sagte der Älteste. »Sprich weiter, Feldherr des Königs.«

»Ihr habt in euren Dörfern und Tälern gelebt. Ohne Schutz vor den Barbaren, vor Krankheiten, vor Hunger. Dafür habt ihr die Abgaben entrichtet. Für – nichts.« Er zeigte die rechte Handfläche. »Im Dreck habt ihr gelebt, in Angst und Not. Philipp hat Bardylis, den König der Illyrer, an der westlichen Grenze in einer großen Schlacht besiegt – Bardylis, der uns so lange behelligt hat; die Illyrer, gegen die König Perdikkas, Philipps Bruder, im Kampf gefallen ist. Philipp und ich, wir haben das Heer neu gebildet, umgebaut, wir werden eine sehr scharfe Waffe daraus schmieden. Eine Waffe, die immer da ist, nicht nur in Notzeiten. Ein stehendes Heer, Freunde. Dafür brauchen wir euch und eure Söhne. Und Philipp hat den Frieden sicher und dauerhaft gemacht – er hat Audata zur Frau genommen, die Tochter von Bardylis. Sie teilt sein Brot und sein Bett.« Er grinste; die Dörfler kicherten. »Sie nennt sich jetzt Eurydike, wie Philipps Mutter, damit der gute alte Name wieder von einer Frau getragen werde, die nicht mit Gift und Gewalt Schrekken verbreitet.«

Er trank einen weiteren Schluck Bier und sah die Männer der Reihe nach eindringlich an. »Friede, o ihr Bergmenschen, und Ruhe für wichtigere Dinge. Der Westen ist sicher; hier, im Norden, soll es genauso werden. Ich bin mit hundert Kämpfern gekommen. Achtundvierzig lasse ich hier. Sie werden den Paß befestigen, die Grenze sichern, die Abgaben verwalten; sie werden euch schützen. Und sie werden Kämpfer aus euren Söhnen machen. Jedenfalls aus denen, die nicht gleich mit mir kommen. Wir geben euch Sicherheit, für weniger als ein Drittel dessen, was ihr bisher bezahlen mußtet. Für jeden Sohn, der mit mir nach Pella zieht, lasse ich euch vier Drachmen hier.« Er grinste und zwinkerte. »Es wird vom Sold abgezogen; keine Sorge – der König geht nicht leichtfertig mit dem Geld um. Kommt, Freunde, laßt uns ein Ende machen. Wie viele von euren Söhnen gebt ihr mir?«

»Warum fragst du nicht lieber die Söhne selbst?« Drakon sprach um den Strohhalm herum, auf dem er kaute. »Für die paar Schafe und Ziegen gibt's hier sowieso zu viele Söhne.«

»Das bringt mich zu einem anderen Punkt.« Parmenion nickte dem Unbewaffneten zu, der eine Grimasse schnitt und die Arme vor der Brust verschränkte, als ob er sich verteidigen wollte. »Phlebas hier ist Hellene – genauer: Sikeliot, aus Syrakus, wenn euch das etwas sagt. Er mag nicht gleich wieder heimreisen; wo er herkommt, ist es für seinen Geschmack zu heiß und trocken. Phlebas kennt sich mit vielen Dingen aus. Er wird ein Jahr bei euch bleiben, mit seinem Karren. Auf dem Karren sind Pflanzen und Saaten, und vielerlei Werkzeug. Phlebas wird euch zeigen, wie man Häuser baut, in denen man im Winter nicht friert. Wie man sie so baut, daß man nicht in der eigenen Scheiße ertrinkt, Freunde.«

Die Dörfler lachten halblaut; mehr oder minder offen musterten sie den gepflegten Fremden.

»Er wird euch viele Dinge lehren. Ihr könnt von ihm lernen, wieviel Spaß Männer und Frauen aneinander haben, wenn alle gewaschen sind. Wie man sauberes Wasser erhält und es sauber läßt. Wie man Ziegel brennt und richtiges Geschirr. Wie man schlechtes Eisen läutert, damit es nicht zu bald bricht und lange schneidet. Welche Tiere sich schnell miteinander paaren sollen, um bessere zu zeugen. Und er wird euch sagen, was ihr mit euren Tälern anfangen könnt. Sie sind zu schade, um nur Vieh und Ziegen zu weiden. Phlebas wird euch zeigen, welche Pflanzen und welche Körner auf welchem Boden gedeihen, wie man sie pflegen muß, wie man sät und erntet. Ihr werdet nie wieder hungern müssen und könnt die Kinder, die ihr mit viel mehr Spaß zeugt, besser ernähren. Stimmt es nicht, Phlebas?«

Der Sikeliot nickte langsam; sein Gesicht zeigte keine große Begeisterung. »All das stimmt, edler Parmenion. Obwohl...« Er zuckte mit den Schultern.

Parmenion blinzelte. »Keinerlei obwohl, Phlebas. Du wirst ein Jahr bleiben, bis die neuen Ernten des neuen Dorfs eingebracht sind. – Zurück zu euren Söhnen und dem Heer des Königs. Fragt sie – oder laßt mich fragen. Wer für den König und das Land kämpfen will. Für Sold und Verpflegung. Wer reich und berühmt werden will – möglicherweise.« Er grinste.

Der Sprecher der Dorfältesten schüttelte den Kopf. »Das müssen wir klären, auf unsere Weise. Wenn du sie fragst, werden all unsere Söhne mit dir gehen, und was wird dann aus uns?«

Im Paß und am Rand der Hochebene ließen die makedonischen Kämpfer das Werkzeug sinken. Aus der Ferne, im Norden, hörte man ein Horn quäken. Jemand galoppierte über die Handelsstraße nach Süden: ein junger Mann, mit einem besudelten Tuchfetzen um den Kopf. Als er die halb ausgebaute Stellung erreichte, fiel er vom nackten Pferderücken und murmelte etwas; er deutete hinter sich, in die Ebene.

Der Unterführer klatschte in die Hände und gab ein paar Befehle. Einer der Makedonen ergriff eine Bronzetrompete und blies ein Signal; ein anderer lief in den Paß und hinab ins Dorf. Die übrigen sammelten ihre Waffen und machten sich bereit. Einige folgten dem ins Dorf laufenden Mann, um die Pferde zusammenzutreiben.

Auf dem Dorfplatz drängten sich die jüngeren Leute; die meisten hatten Gabeln, Sensen und Stöcke, einige auch Messer oder gar Keulen. Parmenion entließ den Meldeläufer mit einer Handbewegung. Er wandte sich an die Dörfler.

»Wir reiten sofort. Ein hellenischer Händlerzug. Ziemlich spät im Jahr – aber der Winter kommt diesmal sehr früh. Nun ja, allzu viele Barbaren dürften es trotzdem nicht sein. Werden wir gleich sehen. Wie steht es denn mit euren Söhnen – jetzt gleich?«

Momente später jagten an die hundert Reiter über die Hochebene.

Die Hälfte von ihnen waren junge Männer aus dem Dorf, mit allen möglichen Waffen. Die übrigen, Makedonen mit leichter Rüstung, Kampfspeer und Kurzschwert, hatten je einen makedonischen Hopliten hinter sich; die sechs Schritte langen Sarissen bebten und jaulten in der Luft. Parmenion und zwei seiner Unterführer ritten an der Spitze. Drakon folgte langsamer; er zog ein mit Verbandszeug und Heilmitteln beladenes Packpferd neben sich her und kaute auf einem Zweig, dessen gelbe welke Blüte bald vom Traben abgeschüttelt wurde.

Die Händler mit ihren Pferden und Wagen hatten sich am Fuß eines felsigen Hanges zu einem Halbkreis zusammendrängen lassen. Wüst aussehende paionische Stammeskrieger griffen unter gellendem Geschrei immer wieder an, mit Pfeilen und Lanzen. Im Getümmel gingen einige Pferde durch, stiegen auf den Hinterbeinen, keilten aus und wieherten. Zwei Karren waren umgestürzt; Pelze, Schnitzereien, Metallbarren, Bernstein und andere Tauschwaren lagen im Dreck. Die Händler verteidigten sich mit Speeren und Schwertern. Einige Sklaven schienen unentschlossen, ob sie ihren Herren helfen oder lieber fliehen sollten. Hinter einem der Wagen stand ein junger Mann; er hatte als einziger des Zugs einen Bogen, den er schnell und ruhig verwendete. Seine Pfeile trafen fast immer. Ein Händler kippte gurgelnd vom Pferd, mit einem Speer in der Brust. Zwei muskulöse Sklaven in Fellschurzen klaubten Steine auf; sie bewarfen Paionen, die von den Pferden gesprungen waren und sich zwischen die Wagen drängten.

Als die Dörfler und die Makedonen eintrafen, löste sich alles zu einem Handgemenge zwischen stürzenden Karren und rasenden Pferden auf. Ein Paione kletterte auf einen Wagen; dort stand ein hölzerner Käfig mit einem riesigen braunen Bären. Der Paione wurde von einem Pfeil des ruhigen jungen Mannes getroffen und brach zusammen; im Fallen riß er den Riegel auf. Brummend und knurrend sprang der Bär vom Wagen; er fletschte die Zähne und hieb um sich.

Die Hopliten saßen ab. Während die Reiter, geführt von Parmenion, die berittene Horde angriffen, mehrfach schwenkten und den Gegner durcheinanderwirbelten, sich zurückzogen und erneut stürmten, bildeten die Hopliten eine kleine Phalanx. Die langen Sarissen starrten den Paionen entgegen; Schilde schützten die makedonischen Fußkämpfer vor den Geschossen der Barbaren. Die Paionen, von Parmenions Reitern bedrängt, galoppierten gegen das starrende Viereck, aber der Angriff brach in sich zusammen, als die ersten Pferde schreiend zu Boden gingen. Die meisten Paionen gerieten zwischen die Sarissen der vorrückenden Fußkämpfer und die Speere und Schwerter der Reiterei, wurden niedergemacht oder flohen. Es gab nur wenige Gefangene. Der Bär schaukelte hoheitsvoll davon, über die Ebene; niemand kam auf den Gedanken, ihn zu verfolgen oder gar einzufangen.

Drakon kümmerte sich um einige leichtverwundete Makedonen. Die jungen Männer aus dem Dorf hatten auf Parmenions Anweisung hin zunächst abgewartet und staunend gesehen, wie die gefürchteten, zahlenmäßig weit überlegenen Paionen von den makedonischen Kämpfern scheinbar mühelos aufgerieben wurden. Zusammen mit den Gefangenen halfen sie nun, eine große Grube auszuheben.

Drakon rupfte ein langes Gras aus dem Boden, schob es zwischen die Zähne und ging zu Parmenion, der mit dem ältesten Händler redete. »Darf ich, Herr der Krieger?« Er bleckte die Zähne.

Parmenion ächzte leise. »So viel Zeit haben wir nicht. Muß das sein?«

Drakon zuckte mit den Schultern. »Ah, du weißt doch...«

Parmenion hob beide Hände, ließ sie sinken und nickte. Drakon kaute seinen Halm durch, spuckte einen Teil aus, kaute auf dem Rest weiter und schlenderte dorthin, wo die toten Paionen lagen. Aus dem Beutel über seiner Schulter nahm er einen kleinen Meißel und eine krumme Zange.

Der Händler sah, wie Drakon den Mund eines Gefallenen aufstemmte und Zähne zu ziehen begann. Er wandte sich an Parmenion. »Wozu soll denn das gut sein?«

»Er sammelt Zähne. Macht Gebisse draus. Die steckt er dann denen in den Mund, die ihre eigenen Zähne verloren haben.«

»Bah.«

Langsam klärte sich das Durcheinander. Die umgestürzten Karren wurden aufgerichtet und wieder beladen, die durchgegangenen Pferde neu eingeschirrt. Parmenion sah dem jungen Bogenschützen zu, der die Sehne gelöst hatte und herumliegende Papyrosrollen einsammelte, um sie wieder auf dem Wagen zu verstauen.

»Gutes Auge, gute Hand. Wenn man den Kopf behalten kann, während ringsum alle ihren verlieren...«

Der junge Mann blickte auf und lächelte.

Parmenion kniff die Augen zusammen. »Habe ich dich nicht schon mal irgendwo gesehen?«

»Das hast du, edler Parmenion. Damals war ich aber noch ein Kind.«

Parmenion kratzte sich den Kopf; plötzlich lachte er. »Aristoteles, was? Also, das muß Jahre her sein.«

»Zu viele Jahre für manche, zu wenige für die meisten. Aber es ist schmeichelhaft, daß du dich meiner entsinnst.«

Parmenion lehnte sich gegen den Karrenrand. »Was machst du denn, wenn du dich nicht gerade mit Händlern und Barbaren balgst? Das letzte, woran ich mich erinnere, ist der Tod deines Vaters. Der beste Arzt, den je ein makedonischer König hatte. Und du bist dann gegangen. Nach – Athen, ja?«

Aristoteles nickte. »Dein Gedächtnis ist bewundernswert, edler Parmenion. Vor acht Jahren bin ich in die Akademie gegangen, um die Früchte des Wissens von Platons Lippen zu pflücken. Ich pflücke immer noch ein bißchen, hin und wieder, werde mich aber wohl selber aufs Säen verlegen; Platons Früchte werden trocken und saftlos.«

Parmenion grinste. »Hier ist aber nicht die Akademie, mein Freund. Was treibt dich in den Norden? Und wo warst du?«

Aristoteles hob die Schultern; seine rechte Hand tastete nach dem Bogen, dann dem Köcher. Ein Sklave brachte ihm ein Bündel benutzter Pfeile. »Ich hatte die Nase voll von all dem Papyros; und von Gedanken, die vertrocknete Schalen ohne Frucht sind. Ich wollte sehen, wie das Leben an anderen Orten beschaffen ist; deshalb bin ich mit einem Freund in den Norden gezogen, einem Händler.«

Parmenion zog die Oberlippe zwischen die Zähne und blinzelte. Aristoteles hatte sich vornübergebeugt und reinigte die Pfeilspitzen mit einem Grasbüschel. Die Felljacke über dem Chiton öffnete sich. Aus dem hellen Stoff glitt ein schweres Amulett; es baumelte von einer Goldkette um Aristoteles' Hals.

»Und diese Pfeilschießerei; ist sie Teil deiner Philosophie?«

Aristoteles gluckste, ohne aufzublicken. »In meiner Philosophie stecken mehr Dinge als in meinem Köcher. Aber sogar der große Sokrates war stolz darauf, in der Schlacht gekämpft zu haben.«

Parmenions Augen folgten den Pendelbewegungen des Amuletts. »Keine Furcht?«

Aristoteles richtete sich auf; er hielt die gereinigten Pfeile hoch und lächelte. »Es ist nicht mein Los, hier gegen die Barbaren zu fallen. Und wenn es mein Los wäre, wie könnte ich ihm dann entgehen?«

»Wenn du dich je langweilst: Das neue Heer könnte einen Mann wie dich brauchen.«

Aristoteles wackelte mit dem Kopf. »Wenn du dich je langweilst: Einer wie du könnte der Akademie nicht schaden, Parmenion. Wie geht es Philipp? Wir haben früher mit Klötzchen gespielt. Und was ist das – ein neues Heer?«

Parmenion hob die Hand. »Später. Es gibt gewisse Dinge...«

Die toten Paionen waren verscharrt; der Händlerzug, die Makedonen und die Dörfler setzten sich langsam in Bewegung. Parmenion ritt hin und her, überließ dann alles seinen Unterführern und lenkte sein Pferd zum Karren des jungen Philosophen. Aristoteles war vom Wagen gestiegen, den ein Sklave lenkte, und ging neben Drakon. Der Heiler kaute auf einer mattroten Steppenblume.

»Noch mehr alte Bekannte?« Parmenion glitt vom Pferd und wikkelte sich den Zügel ums Handgelenk.

»Wir reden über Klötzchen und Zähne.« Drakon grinste; die Blume hüpfte. »Eigentlich kaum ein Unterschied.«

»Erzähl mir von Philipp«, sagte Aristoteles. »Und dem neuen Heer. Als ich in den Norden gezogen bin, vor einem Jahr, lebte König Perdikkas noch.«

Parmenion klickte mit der Zunge. »Da lebten auch andere noch... Erinnerst du dich an die Mutter?«

Aristoteles schüttelte sich. »Ungern. Was für ein Weib! Sie hat Philipps Vater vergiftet, oder? Jedenfalls wurde das gesagt.«

Drakon summte leise; er tätschelte den Hals des neben ihm schnaubenden Pferdes. Parmenion seufzte.

»Amyntas war kein schlechter König«, sagte er halblaut. »Es war eine schlechte Zeit. Der Chalkidische Bund von Osten, die Thraker von Nordosten, Triballer, Paionen und Illyrer von Norden und Westen – weißt du, daß wir den Illyrern Tribut gezahlt haben, jahrelang? Dazu die ewigen Einmischungen von Sparta, Athen und Theben, und im Innern die anmaßenden Gebietsfürsten, die selber König spielen und lieber den Barbaren gehorchen wollten als dem eigenen Herrscher. Eine schlimme Zeit. Wie gesagt, Amyntas war nicht schlecht; er hat versucht, die Dinge auszugleichen. Aber das weißt du ja.«

Aristoteles schüttelte langsam den Kopf. »Du warst dabei, Parmenion. Ich war ein Kind, später war ich weit weg; ich habe viele Gerüchte gehört, aber Gerüchte sind keine Grundlage für Wissen. Ich weiß nur, daß viele widerwärtige Dinge geschehen sind. Verträge mit Olynth gegen die Illyrer, dann mit Athen gegen Olynth, dann mit Sparta gegen

Athen, dann mit Theben gegen Sparta. Das Wettkriechen der Hellenen, auf blanken Bäuchen, vor dem Großkönig, und Artaxerxes' Anordnungen darüber, wie viele Schiffe Athen bauen darf und wie viele thessalische Reiter den Makedonen gegen die Paionen helfen dürfen.« Er spuckte aus.

Drakon kicherte. »Das ist, was man Politik nennt, Aristoteles. Gefällt es dir nicht?«

»Es ist würdelos, und keinerlei Tugend haftet daran. Herrscher, ob sie nun gewählt oder geboren sind, müssen den Menschen zu einem Leben in Würde und Tugend verhelfen. – Aber sprich weiter, Parmenion. Erzähl von den Dingen, die du gesehen hast.«

Parmenion schob den Helm in den Nacken. »Es ist da nicht viel Würde und Tugend.« Etwas wie Trauer klang aus seiner Stimme. »Amyntas hat versucht, all diese Dinge gegeneinander abzuwiegen, aber wie willst du die Waage im Gleichgewicht halten, wenn dir dauernd von allen Seiten jemand in die Waagschalen pißt und die Gewichte fälscht? Dazu kamen die Dinge im eigenen Haus. Um die Gebietsfürsten zu versöhnen, hatte er diese Hündin Eurydike zur Frau genommen, aus der Lynkestis. Damit waren die Lynkesten befriedet, aber alle anderen Fürsten, deren Töchter oder Schwestern er nicht zur Frau nahm, haben weiter gewühlt. Und Eurydike hat ihm nicht nur Kinder geboren; sie hat auch versucht, die Kinder gegen den Vater aufzuwiegeln, die Fürsten gegeneinander und die Priester gegen den Herrscher. Mysterien und Orgien, Aristoteles.« Die letzten Wörter kamen mit einer seltsamen Betonung.

Aristoteles hob die Brauen. »Was habe ich damit zu schaffen?«

»Eurynoe, die Tochter, hat diesen Halbägypter aus Aloros geheiratet, Ptolemaios. Er hat viel von Mysterien gehalten, und von Macht. Die alte Hündin, Eurydike, hat den König vergiftet. Als Amyntas tot war und sein Sohn Alexandros König wurde, haben Eurydike und Ptolemaios zusammen zuerst Eurynoe getötet, dann den neuen König Alexandros, und dann haben sie zusammen fast vier Jahre das Land ausgeplündert. Und Ptolemaios hatte ein ähnliches Amulett wie du.«

Aristoteles griff unter die Jacke, zog das Amulett heraus, nahm es ab und reichte es Parmenion. »Also deshalb. Da, sieh es dir an. Ägyptisch – ein *ankh* mit dem Auge des Horos.«

»Ich will es nicht anfassen. Woher hast du es?«

»Von einem alten Händler und Seefahrer. Weit oben im Norden. Er lag im Sterben; wir haben lange geredet, und schließlich hat er mir dieses Ding geschenkt. Es hat für mich keine Bedeutung.« Aristoteles hängte das Amulett wieder um seinen Hals.

Parmenion knurrte etwas Unverständliches. »Nun ja; weiter. Also – Eurydike hat ihren Mann getötet, den König; danach ihre Tochter – damit sie mit ihrem halbägyptischen Schwiegersohn ins Bett steigen konnte. Dann ihren eigenen Sohn Alexandros; er hatte gerade einen Vertrag mit Theben geschlossen und seinen Bruder Philipp als Geisel nach Theben geschickt. Philipp war also aus dem Weg, sein Bruder Perdikkas war auch zu jung; mit Hilfe der Verwandtschaft von Eurydike hat sich dieser miese Halbägypter zum Vormund und König gemacht. Die Lynkesten haben die Versammlung so ziemlich gezwungen, allem zuzustimmen. Pelopidas von Theben hat mitgeholfen – er hat den Vertrag erneuert und Philipp als Geisel behalten. Andere waren gegen dieses widerliche Gespann, Ptolemaios und Eurydike.«

Da er nicht weitersprach und Drakon grinsend nickte, sagte Aristoteles: »Gehe ich neben einem, der dagegen war?«

Parmenion holte tief Luft. »Ah, Parmenion war dagegen, genau wie Antipatros, aber beide haben stillgehalten und versucht, im Inneren das Schlimmste zu verhindern. Beide haben wir schon Amyntas gedient, mit dem Schwert und mit dem Verstand; und Amyntas hat uns schwören lassen, daß wir die Sorge um Makedonien immer vor Zu- und Abneigungen gegenüber einzelnen stellen.«

»Ihr habt euch also aus den Wirren herausgehalten?«

»So gut es ging. Eurydike hat uns mißtraut; Antipatros durfte Schreibarbeiten erledigen, ich mußte Botengänge machen. Ein Teil der Fürsten hat sich gegen Eurydike und Ptolemaios empört; sie haben sich auf die Seite von Pausanias gestellt, der die beiden bekämpfte, um selbst zu herrschen. Statt Antipatros und mich die Sache erledigen zu lassen, haben die Hündin und ihr Beschäler den Athener Iphikrates ins Land geholt. Antipatros und ich, wir haben uns in dieser Zeit, so gut es ging, um die Erziehung von Perdikkas gekümmert.«

Drakon nahm die Blume aus dem Mund und betrachtete sie; dann warf er sie fort. »Es heißt, die starken Hände zweier edler Männer Makedoniens hätten Perdikkas' Schwertarm und Rücken gestärkt.«

Parmenion hustete. »Leider nicht genug. Aber immerhin. Als Perdikkas alt genug war, hat er – und er war klug beraten, das gebe ich zu – mit dem Schwert die Brust des Ptolemaios geöffnet, damit das überschüssige Leben entweichen konnte. Er hat die lynkestische Hexe leben lassen, im Palast von Pella. Ein Fehler, aber die Lynkesten und ihr Anhang haben ihn als König bestätigt.«

»König wovon?« sagte Aristoteles mit einer Grimasse.

»Eben. Alte makedonische Orte im Osten, am Rand der Chalkidike, waren unter den Einfluß von Olynth geraten. Die alte Stadt der Könige, Aigai, am Hang des Pierischen Gebirges – man konnte von dort nicht mehr ans Meer reiten und kann es noch immer nicht, weil das Gebiet der Städte Pydna und Methone zu Athen gehört. Altes makedonisches Königsland. Der Rest? Ein paar Flecken hier, ein paar Flicken da, beherrscht von Gebietsfürsten: Almopier, Pelagonier, Lynkesten, Eordier, Elimioten, Pierier, Oresten, was du willst. Olynth, Athen, Theben, die Thessalier, drei Sorten Barbaren, neuerdings auch noch von Südwesten her die Molosser...«

Aristoteles brütete eine Weile. Schließlich sagte er: »Ein von allen Seiten bedrohter Trümmerhaufen also. Ich hörte, Perdikkas habe versucht, die Dinge zu verbessern.«

Parmenion schlug mit der flachen Hand gegen das Kurzschwert. »Er hätte *diese* Arznei gründlicher verwenden sollen. Immerhin, ja, er hat es versucht. Früher, als die Könige stark waren, gab es jene kluge Einrichtung der Königlichen Knaben. Söhne von Gebietsfürsten, die als Geiseln und Zöglinge am Hof lebten und aus denen der König seine Unterführer und Berater wählen konnte. Perdikkas hat versucht, das wieder einzuführen. *Ich* habe Perdikkas dazu gebracht, über seine Leibwache hinaus einen Kern dauernd verfügbarer Kämpfer aufzustellen. Aber so etwas kostet viel Silber; Silber kann nur von den Fürsten kommen und aus Abgaben; die Fürsten sind aber gegen diese Verwendung von Silber, weil der König zu stark werden könnte, also leisten sie keine Zahlungen. Ein Fürst jenseits des Axios wollte mit dem alten Zwist aufhören; ein Mörder hat ihn daran gehindert, und der Mörder kam aus Athen...«

Sie erreichten den Paß. Parmenion mußte das Gespräch abbrechen und sich um wichtigere Belange kümmern. Drakon und Aristoteles vertieften sich in Kindheitserinnerungen, am Feuer vor Drakons Zelt. Abends kamen die Ältesten des Dorfs wieder mit Parmenion zusammen, um die Beratungen abzuschließen. Aristoteles lauschte schweigend; später nahm er Parmenions Einladung an, den Händlerzug zu verlassen und mit nach Pella zu reiten, wo er ein Schiff nach Athen würde finden können.

Am nächsten Morgen gab Parmenion dem zurückbleibenden Unterführer letzte Anweisungen; die Reiter und Fußkämpfer versammelten sich auf dem Dorfplatz, um den Troß. Drakon hockte auf einem Ochsenkarren und erneuerte den Verband bei einem der Leichtverletzten; dabei kaute er auf dem Stengel einer grünen Pflanze. Weit über hundert junge Männer aus dem Dorf und den umliegenden Gebieten schlossen sich der Truppe an; weitere hundert würden von den verbleibenden Kämpfern ausgebildet werden.

»Gute dramatische Aufführung gestern«, sagte Phlebas; er lehnte an seinem mit Saatgut und Werkzeug beladenen Karren. »Die haben gesehen, was richtige Kämpfer ausrichten können. Aber muß ich wirklich...?« Sein Gesicht war finster.

Parmenion zupfte an einem Bändchen in der Mähne seines Hengstes. »Du wirst sie unterrichten. Wenn du wirklich gut bist, werde ich in einem Jahr darüber nachdenken, ob ich dich freilasse, Sklave.«

Phlebas schnaufte. »Vielleicht läßt du mich aber auch nicht frei, wie?«

Parmenion lachte. »Ah, du weißt, gute Sklaven sind selten in diesen würdelosen Zeiten.«

Ein kleiner Junge, vielleicht fünf Jahre alt, berührte Parmenions Bein. Er hatte sich von einem älteren Bruder verabschiedet, der mitzog. »Herr«, sagte er weinerlich, »warum kann ich nicht auch mitkommen?«

Parmenion beugte sich herab, ergriff den Jungen und hob ihn vor sich auf den Pferderücken. Er zwinkerte der Mutter zu, die besorgt herbeieilte. »Kleiner Krieger, du mußt noch ein bißchen wachsen. Aber ich werde an dich denken. In zehn Jahren hole ich dich, falls du nicht vorher von selbst kommst. Wie heißt du? Sag es mir, damit ich es nicht vergesse.«

»Emes«, flüsterte der Kleine.

Parmenion tätschelte ihm die Wange und reichte ihn der Mutter. »Emes, künftiger Krieger des Königs, leb wohl. Und vergiß nicht: essen und wachsen!«

Aristoteles ritt eine Weile neben Drakons Karren, auf dem er seine Habseligkeiten untergebracht hatte. Später trieb er sein Pferd nach vorn, dorthin, wo Parmenion ritt.

Der Stratege starrte voraus; das Tal öffnete sich zur Ebene. Ein Raubvogel kreiste über dem Gesträuch am Fuß des letzten Berges. Die

Straße berührte den Rand eines verschilften Sees und führte dann in einen hellen Wald. Die Spätherbstsonne reizte Pflanzen, Düfte und Mücken noch einmal zu fast panischem Leben. Weit voraus, auf einem Hügel in der Ebene, bewegte sich etwas: Ein Pfeil, an dem ein weißer Tuchstreifen hing, stieg in den Himmel. Parmenion lächelte knapp.

»Deine Kundschafter?«

Der Stratege nickte. »Der Weg ist sicher, bis auf weiteres. Aber sag mir, etwas ausführlicher als gestern, was du dort oben im Norden getrieben hast. Warum wolltest du diese Art Wissen erwerben? Es ist doch nicht gerade üblich unter hellenischen Philosophen, oder?«

Aristoteles lachte. »Das kommt drauf an. Bei Platon hast du sicher recht. Er befaßt sich lieber mit dem freien Flug seiner Gedanken als mit Tatsachen. Und wenn er reist, dann möglichst zu Orten, die so sind wie Athen. Zweimal war er in Syrakus, aber Sizilien ist im östlichen Teil doch nichts anderes als ein weiteres Hellas. Dort konnte er dem Tyrannen Dionysios schmeicheln und ihm undurchführbare Vorschläge für die Errichtung eines Nachtmahrstaats machen, gegen Gold und Lob. Vielleicht...«

Aristoteles zog den Kopf ein, um nicht von einem niedrigen Ast getroffen zu werden. Dann sprach er über andere Reisemöglichkeiten – Platon hätte ebensogut in den Westteil der Insel reisen können, der unter der klugen Herrschaft der westphönikischen Karchedonier [Karthager] stehe, wie überhaupt das westliche Meer und der Norden des unendlichen Libyen [Afrika]. Immerhin habe man von den Phönikiern vor Jahrhunderten nicht nur den Handel, sondern auch die Schrift erlernt; zwar seien sie keine Hellenen, aber doch auch keine Barbaren, wie alle anderen außer vielleicht den Ägyptern und Babyloniern, von denen ihm zu wenig bekannt sei. Von einem weitgereisten korinthischen Händler, der mit Karchedon Geschäfte mache, habe er vieles über die Verfassung des Staats und die Verwaltung der Westphönikier erfahren, und all dies sei bedenkenswert für einen, der sich mit Dingen wie Staatsphilosophie befasse.

»Bevor ich also dummes Zeug denke, rede und schreibe, will ich mich ein wenig umschauen. Ich weiß nicht, ob ich je nach Babylon oder Karchedon gelange; Reisen kosten mehr Geld, als ich besitze. Aber es ergab sich, wiederum durch diesen Korinther, die Möglichkeit einer Reise in den Norden, nach Illyrien und weiter.«

»Wie heißt er, dieser Korinther?«

»Demaratos. Warum?«

Parmenion nickte langsam. »Hab ich mir gedacht. Ich kenne ihn. Ein kluger, gerissener Mann – etwa so alt wie ich, sehnig, dunkles Haar, dunkler Bart, stechende Augen?«

»Der ist es. Woher kennst du ihn?«

»Als Philipp Geisel in Theben war, im Haus des Pammenes, war dort auch Demaratos gelegentlich zu Gast, wenn er in Theben, oder Boiotien allgemein, Geschäfte hatte. Er ist ja um die fünfzehn Jahre älter als Philipp, aber die beiden haben sich sehr gut verstanden. In den letzten Jahren war er einige Male in Pella. Er hatte für beide Seiten förderliche Vorschläge zur Neugestaltung des Handels.«

»Das denke ich mir. Er hat immer solche Vorschläge, die vor allem seinen Umsatz fördern.«

Aristoteles berichtete von der Begegnung mit Demaratos, der einen Händlerzug nach Thessalien begleiten wollte, dem der junge Mann, des trockenen Denkens überdrüssig, sich anschloß. In Thessalien ergab sich die Möglichkeit, mit einem anderen Zug über die Berge nach Epeiros zu gehen, von dort mit einem dritten nach Illyrien. Er hatte alles verfügbare Geld in eine Mischung aus Nützlichem und Unfug gesteckt: Messer, Sägeblätter, Pfeilspitzen und Kurzschwertklingen einerseits, bunte Figuren und Schmuck aus farbigem Glas andererseits. Ein Karren und zwei Maultiere sowie die nötige Ausrüstung mit Decken und Vorräten verschlangen den Rest des Vermögens. Sie waren durch Illyrien gezogen, bis hinauf zu dem Strom, dessen Unterlauf die Hellenen Istros nannten, der bei den Kelten des Nordens Danoubis hieß. Sie hatten gehandelt, getauscht, gefeilscht, oft unter Lebensgefahr, weil ihre wilden Geschäftsfreunde Mißfallen über unzureichende Angebote ausdrückten, indem sie zum Schwert griffen oder mit dem Kampfbeil fuchtelten. Neben Rohmetall in Finger- oder Luppenform tauschten sie vor allem Felle ein – Bär, Iltis, Zobel, Marder, Luchs – und Schmuckgegenstände aus Knochen und Zähnen großer Tiere. In einem winzigen Hafen am nördlichen Ende des Meers, das Illyrien und Italien trennt, fand Aristoteles jenen zum Händler gewordenen ehemaligen Seemann, dem er den Winter mit Gesprächen verkürzte und der, als er im Frühjahr starb, ihm nicht nur das Amulett hinterließ, sondern auch zwei Frauen, drei Sklaven, Münzen und einen in langen Jahren angehäuften Bernsteinschatz. Die Frauen gab Aristoteles frei, die Sklaven verkaufte er, den Bernstein und die Münzen nahm er mit.

»In Hellas wird das, was ich zurückbringe, sechs- oder siebenmal den Wert dessen haben, was ich dafür einsetzen mußte. Ich werde einige Jahre in Athen leben und forschen können, Parmenion. Aber andere Dinge sind wichtiger.«

Der Makedone lächelte nachdenklich. »Was? Die Ströme, die Ebenen, die Wälder, die Barbaren?«

»Dies, ja; und die Alpenberge. Vor allem aber Kenntnisse und Erfahrungen. Ich habe gehungert und gedürstet, um mein Leben gekämpft, Feinde und Raubtiere getötet, ich habe gefroren, ich habe gesehen, wie ein breiter Strom zu Eis wurde, wie trügerisch Eis ist und wie zerbrechlich der Mensch. Ich reise leichter – die Felle habe ich den anderen Händlern überlassen, gegen Münzen und Bernstein, ebenso das Metall. Was ich besitze, paßt auf Drakons Karren. Was nicht auf Drakons Karren, sondern in meinen Gedanken ist, nimmt weit mehr Raum ein und hat mehr Gewicht.«

Sie ritten eine Weile schweigend nebeneinander her; irgendwann sagte Parmenion halblaut:

»Willst du den Rest hören? Es wäre aber nicht für die Akademie, auch nicht für deine Rollen.«

Aristoteles kniff ein Auge zu. »Ich will mich von Drakon unterrichten lassen, was die Heilpflanzen hier oben angeht. Wenn ich seine Lehren aufgeschrieben habe, wird auf den Rollen kein Platz mehr sein. – Wir waren bei Perdikkas stehengeblieben, gestern.«

»Perdikkas hatte Glück. Und Unglück. Die lynkestische Hexe, seine Mutter: Wie eine feiste alte Spinne hat sie im Palast gehockt und Netze verfertigt. Sie wollte immer noch herrschen.« Er seufzte tief. Dann berichtete er von der Mühsal: viereinhalb Jahre Arbeit, um die Grundlagen für eine andere Zukunft zu schaffen. Perdikkas und Antipatros tüftelten verwickelte Verträge aus; es gelang ihnen, Theben und Thessalien so weit miteinander und gegeneinander und mit Athen, Olynth und Amphipolis zu verknüpfen, daß Makedonien eine Atempause erhielt und die edlen Geiseln aus Theben heimholen konnte. Philipp, damals noch keine neunzehn Jahre alt, wurde von Perdikkas vor allem als Botschafter eingesetzt, wegen seiner hellenischen Erziehung, seiner Bildung, seiner guten Beziehungen zu Männern, die er in den fast vier Jahren in Theben getroffen hatte. Teils allein, teils mit Antipatros reiste er durch Hellas, durch Thrakien, durch Epeiros, durch die Grenzlande; er verhandelte mit Ratsherren, Archonten, Fürsten, Königen, lernte viel und prägte sich wichtige Dinge ein – Straßen, Befestigungen, Vorrats-lager. Und Männer, deren Freundschaft sich irgendwann einmal zum Vorteil Makedoniens nutzen lassen würde. In dieser Zeit ordnete Per-dikkas das Chaos der makedonischen Verwaltung, setzte Beamte ein, bestrafte bestechliche Rechtsverweser, holte die Gebietsfürsten, einen nach dem anderen, an den Hof, um eine Art Gleichgewicht zwischen der Ohnmacht des Königs und der Übermacht der Gebietsherren zu erwirken. Er vermählte sich mit einer Frau aus der Elimiotis, die sich von der scheinbar umgänglich gewordenen Mutter Eurydike einwik-keln ließ. Und Parmenion versuchte, aus widerwillig – wenn überhaupt – einrückenden Fürsten und Fürstensöhnen, angeblich Gefährten des Königs, eine kampfkräftige Hetairenreiterei zu machen und aus mut-losen, ausgebeuteten Bauern und Städtern ein zuverlässiges Fußvolk.

»Wir waren ja nur zu viert, mit Philipp. Viele, die Befehle hintertrei-ben konnten, standen gegen uns. Stehen noch immer – aber nicht mehr lange.« Parmenion sagte es mit einer grimmigen Gelassenheit, die frei war von Haß oder Freude.

»Ich frage mich, ob es nicht besser wäre, keine großen Staaten zu haben, sondern nur Städte, ein Netzwerk von Städten. Dieser Wirr-warr... Ist nicht Athen doch die sinnvollere Lösung?«

Der Stratege schnaubte. »Athen hat Makedoniens Handel bestimmt; Athen hat uns lange sowohl den Bau von Schiffen verboten als auch die Ausfuhr von Schiffbauholz und Pech – außer nach Athen. Persien ver-bietet Athen, die Flotte zu vergrößern. Athen mauschelt mit dem Thra-kerkönig Kotys, um Amphipolis zu erpressen, und wenn Kotys nicht mitspielt, rüstet Athen die Stadt Olynth und den Chalkidischen Bund auf, gegen Thrakien und Amphipolis und uns. Sag mir, wie soll die kleine Stadt Pella all die Dörfer Makedoniens schützen, gegen Barbaren und Athener, wenn es da einen Unterschied gibt?«

»Ich werde es Platon weitersagen. Natürlich hast du recht; ich frage mich rein theoretisch.«

Parmenion breitete die Arme aus; sein Hengst tänzelte. »Frag dich immerzu, Junge. Aber Theorien sind nicht nahrhaft, wenn die Ernten geplündert werden.«

Er erzählte von der Aufrüstung Olynths durch Athen, die sich zu-nächst gegen Amphipolis richtete. Aber wenn die Stadt am Strymon fiele, wären Makedoniens Ostgrenzen nackt, offen für Thraker – und Athener. Perdikkas schickte daraufhin Truppen unter Antipatros nach

Amphipolis, um die Stadt zu schützen und Freundschaften zu schlie-ßen. Parmenion und Philipp ritten gleichzeitig nach Thessalien, um alte Bündnisse und Freundschaften zu erneuern und thessalische Reiter an-zuwerben. Während sie unterwegs waren, regten sich im Nordwesten die Illyrer unter ihrem König Bardylis und fielen in Obermakedonien ein. Mit den wenigen verfügbaren Kämpfern, ohne Antipatros, Philipp und Parmenion, zog Perdikkas ins Feld.

»Ohne Rücksicht auf Gelände, Wetter und Truppenstärken; Bardy-lis hat ihn ins Messer laufen lassen. Perdikkas und viertausend Mann sind gefallen. Es waren viele alte Freunde dabei.« Parmenion schwieg einen Moment.

»Und ich dachte, oben im Norden wäre mehr los«, sagte Aristoteles leise.

Parmenion stieß eine Art Gelächter aus. »Man kann sich irren, Junge. Wir sind – Philipp und ich – aus Thessalien heimgerast; ich weiß nicht mehr, wie viele Pferde dabei draufgegangen sind. In Pella waren die Lynkesten gerade dabei, den Thron abzustauben, damit Eurydike sich als Sachwalterin ihres Enkels darauf setzen kann.« Er lachte heiser; Ari-stoteles versuchte, mit der flachen Hand die Nackenhaare niederzu-streichen, die sich aufgerichtet hatten.

»Es war ein würdiges Stück«, sagte Parmenion durch die Zähne. »Euripides hätte es nicht besser schreiben können. Wir hatten einen Schnellruderer mit einer Botschaft an Antipatros geschickt, aber der war schon selbst auf den Gedanken gekommen, daß es wichtigeres gab als Amphipolis. Ein Teil seiner Truppen stand kurz vor Pella, alle sehr unentschlossen. Philipp und ich, wir hatten am Olymp ein wenig gera-stet, bis wir wußten, wie die Dinge standen. Dann sind wir nach Pella. Philipp holt sich um die tausend Mann, die zuverlässigsten, von Anti-patros und zieht mit ihnen in die Stadt. Er ist der Bruder von Perdikkas – wer soll es ihm verbieten? Da haben wir uns getroffen – ich hatte auch noch einige hundert Kämpfer aus meiner Heimat aufgetrieben. Wir kommen in die Burg; alles wimmelt von Lynkesten. Die alte tückische Spinne hockt neben dem Thron, auf den sie den kleinen Amyntas ge-setzt hat, gerade drei Jahre alt. Wie sie Philipp sieht, strahlt sie ihn mit ihrem zahnlosen Maul an. ›O mein geliebter jüngster Sohn‹, sagt sie. ›Wie fürsorglich, so schnell zum Schutz deines Neffen und deiner alten Mutter zu eilen.‹ Philipp schaut sich um, nickt langsam, und ich sage dir, in diesem Moment hab ich gedacht, er läßt sich einwickeln, trotz allem, was wir beredet haben. Er ist ja kaum fünfundzwanzig, und man weiß nie... Nun ja. Er sieht sich um, sieht, daß unsere Leute die Wände und Ausgänge besetzen, dann deutet er auf den ältesten der Lynkesten, Aigisthos, und sagt: ›Ehrwürdiger Onkel, dein Schwert.‹ Dabei gibt er mir ein Zeichen. Ich geh hin und nehm dem alten Wolf das Schwert ab. Philipp streckt die Hand danach aus, dann sagt er zu Perdikkas' Witwe: ›Bring den Jungen weg. *Ich* bin sein Vormund.‹ Das geht alles ganz schnell. Eurydike zetert irgendwas, und er läßt sie reden, bis der Kleine weggebracht ist. Dann sagt er mit seiner dicken, schwarzen Stimme, daß der ganze Saal dröhnt: ›Wir wollen ein paar alte Dinge beenden und ein paar neue beginnen, meine Freunde.‹ Er geht zu seiner Mutter, lächelt noch einmal und rammt ihr das Schwert in den Leib.«

Aristoteles pfiff leise. »Eine feine Szene. Was haben die anderen gemacht?«

»Nichts.« Parmenion setzte ein schräges Grinsen auf, das sofort seitlich wegrutschte. »Dafür habe ich gesorgt. Wenn es darum geht, unangebrachtes Gezeter zu beenden, wirkt der Anblick von hundert Sarissen Wunder. Aber damit war ja zuerst noch nichts gewonnen. Philipp kann vorübergehend als Vormund herrschen, bis die unmittelbare Gefahr beseitigt ist. Irgendwann muß er sich der Versammlung der Fürsten und Gefährten stellen, die den König wählt. Das hat aber Zeit. Die alte Hündin war endlich tot; wir hatten die wichtigsten Lynkesten und ein paar andere Fürsten in Pella, unter Aufsicht. Aber im Nordwesten hockte Bardylis, mitten in unserem Land. Von Norden kamen die Paionen mit ihrem König Agis, immer schön den Axios entlang Richtung Pella und Meer, um zu plündern und bei der Thronfolge mitzureden. Im Nordosten hatte der Thraker Kotys den Eindruck, mitspielen zu müssen; Pausanias war bei ihm – der Pausanias, der vor Jahren Eurydike und Ptolemaios bekämpft hatte. Jetzt konnte er mit hellenischen Söldnern, thrakischem Geld und thrakischen Reitern eingreifen. Dann gab es noch einen Großonkel oder Halbvetter oder was weiß ich von Philipp, Argaios, der auch König werden wollte; den haben die Athener unterstützt, mit Geld und Waffen. Er war schon im Land. Und weit im Westen der alte Neoptolemos in Epeiros, König der Molosser; der wollte auch ein Stück vom Braten haben. Aber den hat der Blitz beim Scheißen erschlagen, oder er ist vom Pferd gefallen, ich weiß es nicht. Jedenfalls war er tot, und sein Bruder Arybbas mußte erst einmal die eigenen Angelegenheiten regeln. Trotzdem, es war ein wenig unübersichtlich. Und sehr spannend.«

»Alles zur gleichen Zeit?« murmelte Aristoteles. »Das ist, als ob einer ertrinkt, weil er nicht schwimmen kann; von unten zupft ein Hai an ihm, und von der Seite wirft ihm jemand eine Steinplatte zu.«

»So ähnlich, nur schlimmer. Du weißt ja, wenn etwas schiefgehen kann, dann geht es schief. Zu allem kam die ewige Uneinigkeit der makedonischen Fürsten.«

»Ich kann kaum glauben, daß wir hier nebeneinander reiten und reden. Du müßtest eigentlich neben Philipp tot auf irgendeinem Feld liegen.«

»Es hat nicht viel gefehlt, Freund. Zwischen uns und dem Hades gab es nur noch eines: Philipps Wille. Sein *daimon*, seine Einfälle.«

»Was hat er getan? Oder – unterlassen?«

Parmenion warf ihm einen schnellen Blick zu. »Klug, Aristoteles. Er hat einiges getan und einiges unterlassen. Und alles mußte schnell geschehen, fast gleichzeitig.«

»Eher voreinander als nacheinander?«

»So ist es. Das Volk mutlos, die Fürsten zerstritten, das Heer besiegt und halbiert, zwei feindliche Thronanwärter, dreierlei Barbaren und die Athener. Was tut ein Herrscher in so einer Lage?«

Aristoteles dachte einen Moment lang nach; dann lachte er. »Er feiert Feste und nimmt eine Frau.«

Parmenion runzelte die Stirn. »Wieder erstaunst du mich, Sohn des Nikomachos. Es stimmt. Philipp hat ein gewaltiges Fest ausgerichtet, für die Bewohner von Pella und Umgebung, und für die mutlosen Krieger. Er hat sie alle bewirtet, hat Schauspiele vorführen lassen; Tänzer und Musiker haben sie unterhalten. Er hat große Reden gehalten – dies alles geschehe zur Feier des unausweichlichen Sieges und der günstigen Zukunft. Seine Seher haben Opfer dargebracht und Lebern gefunden, so rein und glückverheißend, wie kein Tier sie je vorher besessen hatte. Er hat die Elimioter gezwungen, ihn mit der Fürstentochter Phila zu vermählen; damit hatte er, nach den verschwägerten Lynkesten, die in Pella festsaßen, einen weiteren Fürstenzweig in der Hand. Was ihn« – Parmenion kicherte – »nicht daran gehindert hat, mit der Tänzerin Philinna aus Larisa zu schlafen. Inzwischen hat er die aber auch zur Frau genommen; ich glaube, zur Zeit ist sie schwanger, und ich bin sehr gespannt auf Philipps Kinder – bei diesem Vater. Gleichzeitig hat er den Rest der Schutztruppen aus Amphipolis abgezogen und den Athenern mitgeteilt, sie könnten tun und lassen, was ihnen beliebt. Er hat nämlich in Theben nicht nur hellenische Bildung erlernt, sondern auch hellenische Politik.«

»Wie sieht die aus, edler Parmenion?« Aristoteles verkniff sich ein Grinsen.

»Hellenische Politik, edler Aristoteles, ist die Anwendung des Grundsatzes, daß Verträge nicht für die Ewigkeit geschlossen werden, sondern für die Dauer des eigenen Nutzens. Die Athener wissen nur noch nicht, daß er das inzwischen weiß. Also haben sie die Unterstützung für ihren Thronanwärter Argaios eingestellt, und Philipp hat ihn am Tag nach der Vermählung mit Phila vernichtet. Es war nicht leicht, aber es war wichtig und ist gelungen.«

»Wie habt ihr denn eure entmutigten Kämpfer zum Kampf bewegen können?«

»Mit List. Und Philipps Einfällen. Hast du bemerkt, als wir euch rausgehauen haben, daß die Sarissen sehr lang sind? Und was die Fußkämpfer damit machen?«

Aristoteles zögerte. »Ich war nicht sicher... Es stimmt, diese Speere sind sehr viel länger als die, mit denen die Athener und Thebaner kämpfen. Und?«

»Philipps Einfall. Während die Feiern vorbereitet wurden, kamen ein paar hundert thessalische Reiter an. Eine Leihgabe aus Pherai – Fürst Alexandros zieht einen Makedonenherrscher an seiner Nordgrenze vor, wenn die anderen Möglichkeiten Barbarenhorden oder Athener sind. Die Waffenschmiede von Pella und Umgebung haben Tausende dieser sechs Schritt langen Sarissen angefertigt, und während Philipp anscheinend nichts tat, haben er und ich die Fußkämpfer im Nichtstun eingeübt: starrende Vierecke bilden, oder eine langsam vorrückende Phalanx, deren Aufgabe es ist, den Schwung des Gegners zu brechen. Sie sollen zunächst nichts tun, nur die gegnerischen Reihen aufhalten – bis die Reiter deren Flanke aufrollen. Antipatros hat die Hopliten befehligt, Philipp die thessalischen Reiter. Und ich – ich war ein alter Mann, zusammen mit fünfhundert anderen alten Männern. Wir sind zu Argaios gegangen, als Gesandtschaft der Fürsten des Nordens, die ihn zum König machen wollen. Als Antipatros seine Fußkrieger mit den langen Speeren vorrücken läßt, ziehen wir die Messer und Kurzschwerter unter den Umhängen hervor, und Philipps Reiter tun das übrige. Athen ist aus dem Spiel, Argaios ist beseitigt, die mutlosen Kämpfer haben einen Sieg errungen, der ihnen wieder Vertrauen gibt, und das Volk jubelt, weil der Herrscher seinen Reden sofort Taten folgen läßt.«

»Und die anderen Bedrohungen? Es war ja immer noch genug...« Parmenion zeigte die Zähne. »Nicht genug für Philipps *daimon*. Er hat Antipatros mit Gold und guten Reden zu den Thrakern geschickt. Gute Nachbarschaft, gemeinsame Anliegen, gegenseitiger Nutzen, Bündnisse gegen die restliche Welt, die Wahl zwischen der Freundschaft eines starken Königs und der teuren Anhänglichkeit eines schwachen. König Kotys hat sich das sehr schnell überlegt; dann hat er die Geschenke angenommen, die Vorschläge gebilligt und den Thronanwärter Pausanias erdolchen lassen. Inzwischen hatten sich die Illyrer und die Paionen noch ein bißchen weiter ausgetobt. Das hat dazu geführt, daß plötzlich viele Gebietsfürsten angekrochen kamen – Philipp, du mußt uns schützen, unsere Gebiete werden von Barbaren geplündert. Plötzlich hatten wir ungefähr zwei Drittel aller makedonischen Fürsten in Pella, samt ihren Sippen. Es war ziemlich eng.«

»Und dann«, sagte Aristoteles, »hat mein alter Freund die Einrichtung der Königlichen Knaben neu belebt, wie? Alle Fürsten schicken ihre Söhne nach Pella, wo sie gemeinsam unterrichtet werden und dem Herrscher als Diener, später als Leibwächter und Unterführer zur Verfügung stehen. Und als Geiseln.«

»Und als Geiseln.« Parmenion kratzte sich den Nacken. »Willst du nicht doch lieber in Pella bleiben und Philipp beraten? Du vergeudest deinen Geist, mein Freund.«

Aristoteles zuckte mit den Schultern. »Das mag sein, aber es ist die mir gemäße Form von Vergeudung, Parmenion. Ich an Philipps Stelle hätte mich in dieser Lage von der Versammlung als Regent bestätigen lassen.«

Parmenion seufzte. »Wirklich, Junge, geh in die Politik. Natürlich hat Philipp das getan. Dann haben wir ein paar Dutzend Ochsenkarren genommen und die Ringe und Gürtel und Rüstungen der Toten und Gefangenen aus dem Heer des Argaios daraufgelegt. Nicht die Schwerter, auch nicht die Speere, aber alles andere. Es sah sehr beeindruckend aus. Damit bin ich den Axios hinaufgezogen, zu den Paionen. Ich habe König Agis den ganzen Krempel als Philipps Geschenk gebracht und mich höflich nach seinen sonstigen Wünschen erkundigt. Er hatte einige – Wünsche, meine ich. Wir haben ihm alles versprochen, was er haben wollte; gleichzeitig hat Philipp sich mit dem Illyrer Bardylis darauf geeinigt, daß der ihm seine Tochter Audata zur Frau gibt; die dritte – mancher kriegt nie genug. Und daß Bardylis bis auf weiteres die besetzten Gebiete als Pfand für Philipps unverbrüchliche Freundschaft behält. Und die dortigen Fürsten als Geiseln.«

Aristoteles seufzte. »Ein schwieriges Spiel. Ein Gaukler, der fünf Bälle gleichzeitig in der Luft halten muß, und keiner darf herabfallen.«

Parmenion verzog keine Miene. Plötzlich war seine Stimme wieder eisig und hart. »Im Winter haben wir geübt – Ballspielen, Freund. Mit den Fürsten und ihren Söhnen. Und ihrem Anhang. Diese Sache mit den langen Speeren und den Hopliten, die einfach nichts tun... Philipps Phalanx. Es ist eine bemerkenswerte Erfindung, doch, aber sie mußte geübt werden. Im Frühjahr haben wir über Karten und Entfernungen gesprochen, und über Wege, die bis zu einer gewissen Zeit nicht gut begehbar sind. Dann haben wir Antipatros die Aufsicht in Pella übergeben und sind in zwei Gruppen losgezogen. Ich« – Parmenion sog Luft zwischen den Zähnen ein – »habe den Paionen und König Agis alle Wünsche erfüllt, die sie je hatten oder haben werden. Als wir damit fertig waren, sind wir nach Westen gezogen, und wir sind genau zum vereinbarten Zeitpunkt dort angekommen, wo Philipp dem Illyrer alle Wünsche von den Augen ablesen wollte. Leider sind dabei einige Geiseln – ah, beschädigt worden, so daß in bestimmten Gebieten keine Fürsten mehr herrschen, sondern der König unmittelbar. Bedauerlich.«

»Die Könige Agis und Bardylis haben also keine Wünsche mehr?«

Parmenion schüttelte den Kopf. »Sie sind nicht mehr in der Lage, Wünsche zu haben. Die Grenzen sind gesichert; es werden überall Straßen gebaut und Festungen angelegt. Die Fürsten sind durch Verwandtschaft oder die freundliche Entsendung ihrer Söhne zum Königsdienst – befriedet. Wir haben den Kern eines neuen Heeres, wie es in ganz Hellas kein zweites gibt. Es war insgesamt ein ordentliches Jahr, und wir gehen ersprießlichen Zeiten entgegen.« Er grinste breit und legte eine Hand auf die Schulter des jungen Philosophen. »Philipps *daimon*, Freund. Willst du nicht doch bei uns bleiben?«

Aristoteles rümpfte die Nase. »Ihr habt in einem Jahr Gewaltiges geleistet. Aber sicher? Sicher ist all das noch nicht. Die Illyrer werden wiederkommen, ebenso die Paionen. Was ist mit den Thrakern? Und Athen? Nicht zu reden von Persien.«

Parmenion winkte ab. Fast geringschätzig sagte er: »Alles zu seiner Zeit. König Philipp ist jung, stark und listig. Makedonien wird nie wieder Spielball der anderen sein.«

»Was kommt als nächstes?«

»Die Götter.« Parmenion bemühte sich um ein ernstes Gesicht, aber es wurde eine Grimasse daraus. »Philipp und die Götter... eine Sache für sich. Man ist der Ansicht, daß es eine gute Tat war, die alte lynkestische Hexe umzubringen. Aber Muttermord steht nicht im Ruch besonderer Tugend. Deshalb sagen die Priester, vor allem Philipps oberster Seher Aristandros, daß der König zum Tempel auf Samothrake reisen und Sühneopfer darbringen soll.«

Aristoteles zuckte zusammen. »Zum Tempel des Zeus und Ammon? Oder zu den Mysterien der Kabiren?«

»Sie sind eines, seit langem. Warum?«

Aristoteles tastete nach seiner Brust, berührte das Amulett. »Der alte Mann, von dem ich dieses Ding hier habe, hat über seltsame ägyptische Prophezeiungen gesprochen.«

Parmenion verdrehte die Augen. »Philipp und die Götter, Prophezeiungen, das Gerede des widderschlachtenden Telmessiers Aristandros... Es gibt nur einen Grund für die Reise. Wenn Philipp gesühnt hat, werden alle, die jetzt noch schwanken, wirklich zu ihm stehen. Seine Taten sind dann gewissermaßen vom Olymp gebilligt.« Er kicherte. »Dabei gibt es da eine ganz andere Geschichte...«

»Philipp und der Olymp? Ich erinnere mich – du hast gesagt, ihr hättet bei der Heimkehr am Olymp Rast gemacht. Und?«

»In der Nacht, damals, habe ich geträumt«, sagte Parmenion gedehnt. »Ich habe geträumt, die Götter seien vom Olymp gestiegen, um mit Philipp zu reden.«

»Welche Götter? Alle?«

Parmenion runzelte die Stirn. »Ich weiß es nicht. Alle und keiner. Irgendwie waren sie zu einem Ungeheuer zusammengewachsen. Ein gräßliches Wesen, das gleichzeitig alle Götter und dann doch keiner von ihnen war. Oder jeder einzelne. Dieses Ungeheuer kam zu Philipp. Ich weiß, daß ich mich im Traum unter einem flachen Kiesel verborgen habe. Parmenion hatte Angst, verstehst du. Die Götter haben Philipp etwas gefragt, aber ihre Stimme, die Stimme des Ungeheuers, war so entsetzlich, daß ich schreiend aufgewacht bin. Philipp ist ebenfalls aus dem Schlaf hochgefahren und hat mich geschüttelt.«

»Was hat dieses Götterwesen gefragt?«

Langsam, wie im Traum, wandte Parmenion ihm das Gesicht zu, aber es war kein ergriffener Ernst darin, sondern Hohn. »Die Götter haben gesagt: ›König der Makedonen‹, und das ist er ja noch gar nicht – ›König der Makedonen, die Welt ist, wie sie ist, weil wir sind, was wir sind. Bist du zufrieden? Was hältst du von allem?‹«

»Huh.« Aristoteles holte Luft. »Schade, daß du Philipps Antwort nicht geträumt hast.«

»Ich habe ihm den Traum erzählt. Da hat er gelacht und die Antwort gegeben.«

»Wie lautet sie?« Aristoteles riß die Augen auf.

Parmenion legte die Hand an sein Schwert. »Philipp hat gesagt: ›Was ich von der Welt halte? Nicht viel. Wir werden da einiges ändern.‹«

3. DAS EINE UND DIE VIELEN

»Laß uns, ehe wir mit den großen Dingen fortfahren, einige kleine bedenken, die nicht minder wichtig sind.« Aristoteles hob die Hand zum Kopf, kratzte sich das rechte Ohr außen und innen, betrachtete den Fingernagel und strich ihn an der Decke ab. »Zwei Namen, die du kennst, ehe wir uns wieder den Großen zuwenden, die jeder kennt. Emes und Dymas.«

Peukestas beugte sich vor. »Emes der Starke, jener Hypaspist, der aufstand und gegen Alexander sprach, als der König die altgedienten Kämpfer heimschicken wollte? Dymas der Sänger und Kitharist? Du kennst sie? Was haben sie mit der großen Erzählung zu tun?«

Aristoteles schwieg; seine Nase kräuselte sich, er ließ die Nasenflügel beben. »Platon war im Grunde ein Mystiker«, sagte er zögernd. »Er hat versucht, das Eine zu erfassen und daraus die Vielen zu erklären. Ich habe immer die Vielen begreifen wollen, um irgendwann festzustellen, ob es hinter allen, in allen oder vor allen das Eine gibt, und nun sterbe ich, ohne dorthin gelangt zu sein. Die Mysterien, alle Mysterien berichten von dem Einen, das wir alle einmal waren, ehe wir zu Vielen wurden – dem Einen, in das wir alle unausgesetzt heimkehren möchten, um die Spaltung aufzuheben und wieder Alles zu sein. Aber dieses Streben ist unmöglich, solange wir leben, und was nach dem Tod geschieht, sollte nicht Gegenstand des Denkens sein. Hier, im Leben, ist die Vielfalt unendlich bedeutender als die Einheit. Es ist die lichte Vielfalt von Hellas, die uns von der dunklen Einheit der Barbaren trennt, in der alle Dinge eines sind.

Deshalb müssen wir die Vielen bedenken, Peukestas, wenn du nicht vergebens nach den Spuren des Einen suchen willst, der für dich Alexander war.«

»Aber...«

Aristoteles schüttelte heftig den Kopf. »Kein Aber jetzt, Makedone; später wirst du verstehen, warum wir diesen Weg so gehen sollten und nicht anders. Laß uns von Emes reden und von Dymas. Emes hat mir sein frühes Leben erzählt, kurz vor dem Übergang nach Asien, daher weiß ich vieles. Dymas war immer schweigsam; was ihn angeht, sind wir auf Mutmaßungen angewiesen und können sein Bild ausmalen, wie es uns gefällt, solange die Wahrscheinlichkeit nicht verletzt wird. Danach wollen wir uns wieder Philipp zuwenden, und Olympias.«

»Was weißt du von Emes? Gibt es da Wissenswertes?«

»Der Spott des edlen Makedonen ist verfehlt, Peukestas. Das Schwert Alexanders bestand aus sehr viel Emes und sehr wenig Peukestas. Ich weiß, daß er einen älteren Bruder hatte. Er ging mit Parmenion. Es gab eine Schwester; sie war neun, als Emes sieben wurde, und sie hütete in den Bergen die Schafe der Familie. Phlebas, der dem Dorf helfen sollte, konnte nicht alles auf einmal verändern; zu den Dingen, die unverändert blieben, gehörten Krankheiten und gewisse Einstellungen.

Als Emes sieben Jahre wurde, gebar die Mutter eine weitere Tochter; man reichte ihr das Kind, aber sie wandte das Gesicht ab. Der Vater nahm das Neugeborene und ging durchs Dorf, um zu sehen, ob jemand es haben und stillen wollte, aber er fand keine Amme, keine Mutter, keine Familie. Da wickelte er das Kind fest in ein Tuch, steckte das Bündel in einen Beutel, zusammen mit hartem Brot und ein wenig Käse, und hängte alles um Emes' Schulter. Den Jungen schickte er los, in die Berge, eineinhalb Tagesmärsche entfernt, um die Schwester beim Schafhüten abzulösen. Außer dem Beutel trug Emes nur seine Kleider – Schurz und Umhang – ein Messer und eine Schleuder; er ging barfuß und gehorsam los und bedauerte das weinende Kind im Beutel, das er, den Befehlen des Vaters gemäß, an einer bestimmten Weggabelung in den Bergen zurückließ, für die Götter oder die Tiere.

Emes sah die Schwester, aber sie sah ihn nie mehr. Sie war in den steilen Bergen gestürzt und hatte sich etwas gebrochen, vermutlich ein Bein. Emes erkannte sie an den roten Bändern, die den Schurz hielten. Das Gesicht und die großen schwarzen Augen hatten Krähen getilgt, Ameisen und Würmer den größten Teil des Körpers.

Emes begrub sie, so gut er konnte. Er zählte die Schafe, aß Käse und Brot und Beeren, trank Wasser aus den Quellen und Bächen; mit der Schleuder und mit flachen Steinen, die er treffsicher werfen konnte, erlegte er manchmal einen Vogel oder einen Hasen. Er nahm die Tiere aus und briet sie über Feuer, das er mit Messer und Feuerstein schlug; wenn er keine Tiere erlegen konnte, lebte er von Beeren, Kräutern und Wurzeln.

Eines Morgens erwachte er mit dem Gefühl des Unbehagens, dem Gefühl, daß etwas Unzulässiges geschehen sei. Er hatte schlimme Träume gehabt, war aber nicht beizeiten erwacht, um das Ärgste zu verhindern. Wölfe waren gekommen, später auch ein Bär; weniger als die Hälfte der Schafe blieb ihm. Die übrigen waren gerissen oder hatten sich auf der Flucht verlaufen; zwei oder drei tote Tiere sah er, als er in eine Schlucht hinabschaute.

Es war Herbst, und Emes wußte nicht, wie er heimkehren konnte. Er ahnte den Zorn des Vaters und die Wut der Mutter, deren einzigen wertvollen Besitz die Schafe darstellten, neben ein paar anderen Tieren und dem winzigen Feld.

Drei Nächte weinte und grübelte er; dann verließ er die steilen Schafweiden und ging in die Wildnis. Er machte einen weiten Bogen um das Dorf und erreichte die Straße etwa einen Tagesmarsch südlich. Auch die beiden nächsten Dörfer mied er, denn dort gab es Verwandte. Am fünften Tag holte er einen langsamen Händlerzug ein, der aus dem Norden zurückkehrte nach Makedonien – Obermakedonien, denn die Händler waren Lokrer und wollten durchs lynkestische Hochland hinabziehen nach Thessalien und dann heim.

So kam Emes, der geflohene Schafhirte aus dem Dorf an der Grenze, als Pferdetreiber und Handlanger von Händlern weiter nach Süden, in einem Land, in dem das Gesetz des fernen Königs kaum etwas galt.

In der Lynkestis, dort, wo die Straßen von Nord nach Süd und von Ost nach West sich kreuzen, trafen um diese Zeit viele Händlerzüge aufeinander. Im großen Lager wurde gehandelt und getrunken; Emes sah sich um, sah die Vielzahl der Menschen und Tiere und Waren und beschloß, nach Osten zu gehen, nach Pella, wo Parmenion – der Name des bärtigen Helden brannte in ihm – auf ihn wartete. Sicher war er nicht genug gewachsen, aber vielleicht gab es in Pella andere Arbeit, bis Parmenion ihn verwenden konnte.

Das Händlerlager an der großen Kreuzung bestand aus Karren und Zelten, aus Pferden und Maultieren und Eseln und Ochsen. Abends brannten zahllose Feuer; überall roch es köstlich nach Braten und Gewürzen und heißem Wein.

Emes kehrte zu den Lokrern zurück; er zählte im Geist die Tage seines Dienstes bei ihnen und dachte an die zwei Obolen, die sie ihm für jeden Tag zahlen wollten. Er ging zu ihrem Feuer und bat um drei

Drachmen für neun Tage Arbeit. Die Händler lachten und lobten ihn und gaben ihm heißen Wein zu trinken.

Als er erwachte, lag er gebunden auf einem holpernden Karren. Die Lokrer hatten ihn eingetauscht gegen Rebhühner, Gänse und Gemüse; er gehörte nun einem lynkestischen Bauern.«

Aristoteles unterbrach seinen Bericht, um Wasser zu trinken. Dann sagte er:

»Harte Arbeit auf den Feldern, bewacht von Hunden, ohne Kenntnis des Landes. Er wurde schweigsam und grimmig, und er wurde stark. Als er zwölf Jahre alt war, schlug er den Bauern nieder, ließ ihn aber leben. Er nahm, was er an Vorräten und Münzen fand, sperrte die schreiende Frau in einen Schuppen, erwürgte drei Hunde und machte sich auf den Weg, zu Parmenion.

Aber dort kam er später an, und wir greifen vor. Laß uns in dem Jahr bleiben, in dem er eine Schwester aussetzte und die andere begrub. Es war das Jahr, in dem Philipp nach Samothrake reiste, wo er Olympias traf. Und das Jahr, in dem ein anderer Sklave im Westen freikam, wie mir Demaratos später erzählte.«

*

Als Dymas dreizehn Jahre alt war, änderte sich sein Leben. Nicht, daß es bis dahin ereignislos verlaufen wäre, aber diese große Änderung tilgte einen Teil seiner Vergangenheit, löschte die Gegenwart aus und schuf eine wilde, weite Zukunft.

Mit sieben Jahren hatte ihn die erste Veränderung ereilt. Die Mutter starb bei der Geburt eines toten Kindes, der Schwester, die er nie haben würde. Sein Vater, ein kunstfertiger Töpfer aus dem sizilischen Herakleia, verkaufte Haus und Besitz und schiffte sich mit dem Sohn ein, um in einer fremden Welt ein neues Leben zu beginnen. Soweit Dymas sich erinnerte, sollte es nach Kyrene gehen, aber dorthin gelangte der Vater nie und der Sohn erst später. Ungünstige Winde trieben das Schiff, auf dem sie reisten, weit nach Westen, ins Herrschaftsgebiet von Karchedon, wo man fremde Segler nur duldete, wenn sie durch Verträge geschützt waren oder Geschäfte in Karchedon selbst hatten. Herakleia hatte keinen Vertrag, das Schiff keine Geschäfte; der schnelle karchedonische Kriegsruderer, der sie aufbrachte, stand unter dem Befehl eines Mannes, der Geld brauchte. Seine Kämpfer enterten das Schiff; einige

Männer leisteten sinnlosen Widerstand, so auch Dymas' Vater. Er starb unter den Schwertern der Westphönikier; sein Gesicht zeigte zuerst Schmerz, dann ein fast entrücktes Entzücken, die Erlösung von einem kummervollen Dasein; zuletzt, als er den Sohn anschaute, Bedauern und Sorge.

Die Überlebenden wurden in Hadrymes, einer Stadt an der Ostküste des Landes, von einem Sklavenhändler übernommen, der sie nicht lange behielt. Die Stärksten erwarb der Besitzer eines unterirdischen Steinbruchs im Norden; die jungen Frauen wurden an einzelne Käufer versteigert, die älteren Frauen und Männer und die wenigen Kinder nahm der Verwalter eines Guts im Hinterland. Es gehörte einem großen Kaufherren namens Adherbal, der viele Geschäfte und mehrere Güter besaß.

Zwei Jahre arbeitete Dymas auf den Feldern, säte und erntete Getreide, Obst, Gemüse. Die Arbeit war hart, aber erträglich insofern, als die Karchedonier mit Sklaven gewöhnlich sorgsam umgingen: Sie waren Gegenstände, die Geld gekostet hatten und mehr Geld einbringen konnten, wenn sie lange gesund blieben. Abends, an den Feuern, hörte Dymas tausend Geschichten – Lebensgeschichten, Lügengeschichten, Geschichten in Versen, in Liedern, in Tänzen. Er hatte ein gutes Gedächtnis und ein sicheres Ohr; oft genügte ihm einmaliges Anhören, um eine schwierige Melodie sauber nachzusingen oder ein langes Gedicht auswendig hersagen zu können. Außerdem war er geschickt mit den Händen. Der alte ägyptische Zimmermann des Guts, Sklave wie die meisten, die dort arbeiteten, sah ihn an einem Stück Zypresse herumschnitzen, beobachtete den Fortgang der eher zerstreuten Arbeit und sprach dann mit dem Verwalter des Guts.

Die nächsten zwei Jahre verbrachte Dymas in den Werkstätten. Er lernte die Hölzer und ihre Eigenschaften kennen, wurde vertraut im Umgang mit allen Werkzeugen, fertigte Truhen an und beschnitzte ihre Oberflächen mit Vögeln, Pferden und Palmen; er baute die kleinen, luftdicht schließenden Kästchen, in denen die Reichen ihre Salben aufbewahrten oder Schmuckstücke oder kleine Flaschen aus buntem Glas, die das ebenfalls auf dem Gut hergestellte gelbliche, wundersam duftende, hustentötende Zypressenöl enthielten.

Und er lernte weitere Sprachen. Hellenisch, seine Muttersprache, vergaß er nicht, denn unter den Sklaven waren viele Sikelioten wie er. Es gab auch Elymer, aus der sizilischen Urbevölkerung; ihre Sprache war sperrig, aber er brachte es zu einer gewissen Geläufigkeit. Ebenso schwierig erschien ihm anfangs das Westphönikisch der Herren und Aufseher, aber als er es wirklich beherrschte, liebte er die klangreiche, geschmeidige Sprache, die für Gesänge so gut geeignet war wie für tückisch gedrechselte Gemeinheiten und Doppeldeutiges. Der alte Zimmermann lehrte ihn Ägyptisch; von ihm lernte er auch, mit Duldung des Verwalters, die verschiedenen Schriftsysteme des Hellenischen, des Phönikischen und des Ägyptischen.

Ein alter Sikeliot, vor Jahrzehnten in Syrakus geboren und im Krieg zwischen Dionysios und Karchedon in Gefangenschaft und Sklaverei geraten, besaß eine Lyra, außerdem einen Doppelaulos aus feingebohrtem Zedernholz: zwei schlanke Röhren mit je vier Löchern oben für die Finger und einem unten, für die Daumen, einem beinahe eiförmigen Mundstück und Schilfrohrblättchen, die im Mund des Blasenden den Ton erzeugten, der in die Flöten gelangte und dort verwandelt wurde. Der alte Mann brachte ihm bei, auf der linken Flöte den passenden Grundton zu blasen und auf der rechten die eigentliche Melodie; er lehrte ihn die Kunst des Überblasens, der Mehrfachtöne und der Verzierungen; er zeigte ihm, wie man aus Schafsdärmen Saiten für die Lyra machte, welche Dicke sie haben mußten, wie man die vier Saiten stimmte und spannte und mit den Fingern spielte und veränderte; er unterwies ihn streng im Umgang mit den verschiedenen Tongeschlechtern, die er lydisch und phrygisch und hellenisch nannte und die Dymas, dem sie als unterschiedliche Ansichten der einen großen Musik erschienen, nicht vermischen durfte, wenn er nicht wollte, daß der Sikeliot ihn ohrfeigte und ihm die Instrumente wegnahm.

Manchmal wunderte er sich darüber, daß die Karchedonier ihn schreiben und spielen ließen; dann begriff er, daß es ihnen einerseits gleichgültig war – denn er tat es abends, nach der Arbeit –, daß sie es andererseits billigten: denn es erhöhte seinen Wiederverkaufswert.

Als er elf Jahre alt war, kam der Besitzer, der große Kaufherr Adherbal, zum ersten Mal auf das Gut nahe der Ostküste. Er sprach mit dem Verwalter und einigen Aufsehern, besichtigte die Werkstätten und die Unterkünfte, nahm gewissermaßen sein Gut in Besitz. Dymas beobachtete ihn verstohlen und beinahe enttäuscht. Der allmächtige Herr über das Gut, die Sklaven und die zahlreichen Leben war nur ein Mensch – ein Mann mit scharfgeschnittenen Zügen, einem fein ausrasierten, schwarzen Bart, weiten weißen Gewändern aus teurem Tuch, goldenen Ohrringen und gepflegten Händen. Er sprach wenig, stellte einige Fragen, sah alles und lauschte.

Drei Tage blieb Adherbal auf dem Gut; am Abend vor seiner Abreise ließ er Dymas ins Haupthaus kommen, das der Junge noch nie betreten hatte. Staunend und besorgt stolperte er über die weißen Platten des Bodens, sah die Bogengänge und die grünen Innenhöfe mit den Wasserspielen, warf sich schließlich in einem großen hellen Raum, der mit weichen Teppichen ausgelegt war und dessen Wände von Tuchbildern und Buchrollen in Gestellen starrten, auf die Knie und wartete auf das furchtbare Verhängnis.

Jemand reichte ihm ein kleines, auf den Knien zu haltendes Schreibpult mit festgeklemmter Papyrosrolle, Ried und Tintenbehälter. Auf ein Zeichen des Verwalters hin setzte Dymas sich auf den Boden.

Adherbal saß in einem Scherensessel; die Armlehnen waren aus geschnitztem Elfenbein, der Sitz mit einem Löwenfell belegt. Das Gesicht des Kaufherrn schien gleichmütig, fast gleichgültig.

»Schreib«, sagte der Verwalter. »Zuerst in der Sprache von Qart Hadasht, dann auf Hellenisch, dann mit ägyptischen Bildzeichen. Schreib dies, und ergänze die Rechnung: Der Kaufherr Adherbal hat in seiner Güte und Weisheit beschlossen, den Wert des Sklaven Dymas, den er für eineinhalb Minen erwarb – das sind wieviel *shiqlu*, wieviel Drachmen? –, so zu steigern, daß er bei einem Verkauf das Dreieinhalbfache seines Preises erbringt. Wieviel ist das?«

Dymas schrieb in Phönikisch, was der Verwalter gesagt hatte; er gab den Wert eineinhalb Minen mit 150 Drachmen oder 90 *shiqlu* an, das Dreieinhalbfache mit fünfeinviertel Minen oder 525 Drachmen oder 315 *shiqlu*. Er schrieb das gleiche mit hellenischen Zeichen auf Hellenisch, dann mit den vereinfachten Volks-Zeichen der Ägypter nieder, legte das Schreibried in die dafür vorgesehene Rille und reichte dem Verwalter den Papyros.

Adherbal streckte die Hand danach aus, las und schaute Dymas an. »Gut. Lyra und Aulos wirst du mir in Qart Hadasht vorspielen. Die Erzeugnisse deiner Holzwerker-Hände sind befriedigend. Ich will sehen, ob du zu Besserem taugst. Morgen früh reisen wir.«

Dymas schlief kaum in dieser Nacht; morgens nahm er bitteren Abschied von einigen: dem alten Ägypter, dem alten Sikelioten, einer Hellenin, die ihn gepflegt hatte, wenn er krank war, zwei oder drei etwa Gleichaltrigen, mit denen er gespielt und gerungen und gelacht hatte, einer zwölfjährigen Libyerin, die ihn auf den Mund küßte. Der Sikeliot fuhr sich mit der Hand über die Augen, drückte ihm den Doppelaulos aus Zedernholz in die Hand, wandte sich um und ging zu seiner Arbeit.

Die Reise führte zunächst zu einem weiteren Gut Adherbals, südlich von Tynes, am Ufer des nach dieser Stadt benannten Sees. Von dort ging es schließlich zur Hauptstadt. Der Reisezug bestand aus etwa dreißig Personen: Adherbal, seine Mitarbeiter, Diener, Sklaven, Treiber. Sie ritten am Nordufer des Tynes-Sees entlang, zwischen Feldern und durch Vorstädte, bis sie die große Landmauer von Qart Hadasht erreichten: den einzigartigen Schutzwall, der vom Ufer des Sees zu den Buchten im Norden reichte und über fünftausend Schritt lang war, fast sechzig Stadien. Ein zweiundzwanzig Schritt breiter, fünf Mannshöhen tiefer Graben mit Sicheln und Dornen; eine mit Stacheln bewehrte Schräge vor der ersten Mauer, zwei Männer hoch und sieben Schritt breit; ein weiterer Graben mit einem Wald aufrechter Speere darin, eine weitere bewehrte Schräge und die zweite Mauer, fünf Männer hoch und sieben Schritt breit, mit Brustwehr und Scharten für Bogenschützen und Schleuderer; ein weiterer Graben und dann der Große Wall: acht Männer hoch, fünfzehn Schritt breit, mit nach außen und nach unten gerichteten Eisenstacheln an der Kante der Brustwehr, mit viergeschossigen Türmen im Abstand von achtzig Schritt, mit Katapulten und Pechöfen und Waffenkammern. Dahinter zwei Reihen von Stallungen übereinander und Unterkünfte für die Kämpfer – für zwanzigtausend Fußkrieger, viertausend Reiter, viertausend Pferde.

Dann die Stadt, die größte und reichste der gesamten Oikumene. Sie betäubte Dymas, sie überforderte seine Wahrnehmung. Er sah die karchedonischen Offiziere an der Mauer, die kleine Söldnertruppe – Hellenen, Sikelioten, Kreter, Ägypter, Illyrer, Libyer, helle Gesichter, braune Gesichter, schwarze Gesichter – und die schweren Tore; er sah die Straßen und die Häuser und die Höfe voller Hühner, am Straßenrand einen Käfig mit gemästeten Hunden, Wasserverkäufer und Frauen mit Krügen; er sah Karchedonier in langen Wollgewändern und halbnackte Sklaven und zahllose heimisch gewordene Fremde, darunter viele Hellenen; er roch tausend Tiere und Menschenschweiß und den Duft der Frauen der Reichen und Gewürze und Feuerstellen und Küchen; aber er nahm eigentlich nichts von alledem wahr. Zu viel, zu bunt, zu heftig waren all die Einzelheiten, die das Ganze der großen Stadt ausmachten, einschließlich der Vorstädte fünfhunderttausend Men-

schen. Als sie über die Agora ritten, starrte er das Ratsgebäude an und
die anderen Häuser, die es umstanden, hohe alte Häuser mit vielen Farben und Runzeln und Augen, und er dachte an die fast vergessene, schäbige kleine Agora von Herakleia. Sie ritten nach Norden, vorbei am
Byrsa-Hügel, durch das Tor einer inneren Maueranlage, hinaus ins
nördliche Vorland zwischen Stadt und Meer, die Megara, wo alte Her-
renhäuser, Güter und Paläste hinter Mauern und Hecken standen, gleißend weiß im Nachmittagslicht oder mild und entrückt im Schatten der
Zedern und Zypressen. Hier atmete Dymas auf.

Einen Teil der beiden nächsten Jahre verbrachte er im Handwerker-
flügel des großen alten Hauses, in dem Adherbal sich bei seiner Familie
aufhielt, wenn ihn nicht Geschäfte oder Politik in die Stadt oder in die
Ferne holten. Es gab eine Frau, eine stolze, abweisende Gestalt in kostbaren Gewändern, und es gab zwei Söhne und eine Tochter, aber sie alle
gab es eigentlich nicht, sie waren weit fort, am Rand der Sichtweite. Es
gab an die dreihundert Diener, Sklaven, Landarbeiter und Handwerker, die auf den Feldern, in den Gärten, Ställen, Küchen und Werkstätten zu tun hatten; mit ihnen mußte Dymas auskommen, und bis auf die
üblichen Reibereien gelang dies auch.

Der Verwalter, ein Karchedonier namens Hiram, schien Vielseitig-
keit zu schätzen und Gefühle zu verschmähen. Er mochte an die fünfzig
Jahre alt sein; Haar und Bart waren grau, an der linken Hand fehlten die
beiden kleineren Finger, und einmal, als er sich in Dymas' Anwesenheit
für ein Fest umkleidete, sah der Junge die furchtbaren Narben auf Brust
und Bauch, die aus einer lange zurückliegenden Schlacht zu stammen
schienen. Er setzte Dymas nahezu überall ein, mit der einem Sklaven
gegenüber ungewöhnlichen Höflichkeit einer Begründung, wenn auch
nur gemurmelt: »Mal sehen, wozu du am besten taugst. Und was dich
kräftig macht.«

Adherbals Landbau diente nur der eigenen Versorgung und war
nicht Teil der vielfältigen Geschäfte. Dymas arbeitete, wie schon auf
dem ersten Gut, mit Händen, Hacke, Schaufel, Sichel, Sense; er lernte,
welche Obstsorten durch Aufpfropfen verbessert werden konnten; wie
man durch Entfernen der Blätter und Stengel vor der Kelter leichteren,
helleren Wein erzeugte und durch die Verwendung angefaulter oder
überreif angeschrumpelter Beeren einen besonders schweren süßen
Trank; als er zwölf Jahre alt war, durfte er Pferde zureiten. Jeden zweiten oder dritten Tag holte Hiram ihn in die Verwaltungsräume und ließ

ihn Listen schreiben, Zahlen berechnen und zusammenstellen, die Rollen und Wachstäfelchen des Archivs ordnen, Preise und Verkaufswerte von Waren auswendig lernen. Er mußte Rinder, Schafe, Ziegen und Hunde schlachten, bei der Zubereitung helfen, Garzeiten und Gewürze unterscheiden. Schafsdärme, aus denen er Saiten für die Lyra machen wollte, nahm er mit in die Holzwerkstatt, in der er den größten Teil seiner Arbeitszeit verbrachte.

Sie wurde geleitet von einem Perser, der nicht Sklave, sondern bezahlter Vorarbeiter und Handwerksmeister war, etwa vierzig Jahre alt. Er war klein und hatte schlechte Augen, die nur nahe Dinge sahen, deshalb arbeitete er immer gebückt; er klagte oft über den Kopf und den Rücken. Alles, was der Ägypter auf dem anderen Gut ihm nicht hatte beibringen (oder was Dymas aufgrund seiner Jugend noch nicht hatte behalten oder begreifen) können, brachte der Perser ihm bei: die Eigenschaften lebender und toter Hölzer; die Jahreszeiten, zu denen bestimmte Baumarten am besten gefällt werden; welche Bäume stehend, welche liegend zu entrinden sind; welches Alter des lebenden und welche Ablagerungszeit des toten Holzes für welche Verarbeitung förderlich ist.

Zunächst wurden in der Werkstatt, in der unter Leitung des Persers je nach Bedarf zwischen fünf und fünfzehn Sklaven arbeiteten, Gegenstände des täglichen Bedarfs angefertigt oder ausgebessert – Betten, Stühle, einfache Truhen, die Holzteile der Feldwerkzeuge, Karren und derlei; hierzu war oft Abstimmung mit den Schmieden nötig, die auch Adherbals Waffen herstellten. Wenn nichts Dringendes zu tun war, wandten der Perser und Dymas sich Zierkisten, beschnitzten Truhen und anderen Lustarbeiten zu, die später von Adherbals Verkäufern übernommen wurden. Dymas fragte nie, welchen Anteil am Gewinn der Perser einstreichen mochte – dem Sklaven stand nichts zu.

Er schlief, wie alle anderen seines Standes, in einem von drei langen niedrigen Holzgebäuden, zuerst auf einer Strohmatte, später auf einem selbstgefertigten Bettgestell, mit Leder bespannt; das Leder hatte er von einem der Gerber erhalten, im Austausch gegen eine kleine Truhe, deren Oberfläche Dymas nach Entwürfen des Gerbers mit nackten Frauen und Männern in verwickelten Tätigkeiten beschnitzt hatte. Hierüber erfuhr er bald mehr, als er von der Beobachtung der Tiere und Menschen her wußte. In den heißen Nächten der Megara schlief er oft, in eine Decke gewickelt, unter einer uralten Zypresse etwas entfernt von den Sklavenunterkünften. Manchmal erwachte er nachts von Geräuschen in den nahen Büschen; eines Abends bemerkte eine Ägypterin, die ein wenig älter war als er, seine dunklen Haare an Wangen, Kinn und Oberlippe. Sie erkundigte sich, ob er auch ansonsten frühreif sei, und erkundete auf überraschende Weisen seine Körperbehaarung und jene Teile, wo das schwarze Leibeshaar am dichtesten wuchs.

Wenn die Arbeit getan war, am Abend, hockten die Sklaven und die Arbeiter zusammen, tranken Wasser und dünnes Bier, sangen und erzählten. Dymas lauschte zunächst nur; besonders tief berührten ihn die unheimlichen oder gräßlichen Geschichten über alte, ferne Götter und Helden. Später begriff er mehr von den anderen, ein- oder zweideutigen Liedern und Geschichten, die ihn anfangs kalt gelassen hatten. Einige Frauen und Männer beherrschten auch Instrumente. Ein Ägypter, der in der Werkstatt aushalf, hatte eine billige, mißtönende Harfe gebaut; jemand besaß eine Barbiton genannte weiterentwickelte Lyra aus rissigem Fichtenholz; es gab Rasseln, Handtrommeln und allerlei Schilfflöten. Am ersten Abend mit Musik hörte Dymas nur zu, obwohl ihm die Finger zuckten; er wußte, daß er mit dem Doppelaulos allein bessere Klänge hervorbringen konnte als all die anderen hier mit ihrem unterschiedlichen Lärm. Bei der nächsten Gelegenheit schnitzte er sich neue Rohrblättchen aus dem Schilf, das an einem kleinen Tümpel auf dem Gut wuchs, steckte sie in die Doppelflöte aus Zedernholz und beteiligte sich an der Abendrunde. Nach und nach hörten die anderen auf zu spielen, starrten ihn an, bewegten sich zu den Klängen und begannen zu tanzen.

Der Gerber half ihm bei der Anfertigung einer ledernen Gesichtsbinde mit verstellbarer Schnalle hinten und zwei Löchern vorn, vor dem Mund; die Doppelflöte war besser zu spielen, wenn Dymas sich dem Hervorbringen der Töne ganz widmen konnte und die schnell zu Verkrampfungen führende Arbeit der Wangenmuskeln und Kiefer, das Halten der Mundstücke, durch die Binde erleichterte. Der Perser beobachtete ihn eine Weile beim Versuch, eine Lyra zu bauen; dann gab er ihm feineres Holz. Er verstand nichts von Musik, oder nicht mehr als jeder andere, betrachtete den Bau des Instruments mit den nüchternen Augen des um mechanische Vollkommenheit bemühten Handwerkers und schlug bald ein paar Verbesserungen vor. Nach längeren Beratungen mit einem der Schmiede bat er diesen um gewisse Arbeiten und hüllte sich in Schweigen.

An einem Abend, als Dymas in der Werkstatt die Festigkeit der Darmsaiten prüfte und sich daranmachte, die Lyra zu bespannen, kam der Perser zu ihm. Er trug einen länglichen Kasten, in dem es metallisch rappelte.

»Ich schulde dir dieses und jenes«, sagte er auf Persisch; Dymas hatte inzwischen auch diese Sprache gemeistert, die sie oft verwendeten, wenn sie spöttische Bemerkungen auszutauschen wünschten.

»Wieso, was schuldest du mir, Meister?«

»Die Zierkistchen und Truhen, Dymas – ich habe sie ja nicht allein gebaut.« Er hob die Hand, um Dymas' Einwände abzuschneiden. »Ich weiß, du bist Sklave, dir steht nichts zu, aber trotzdem. Vielleicht kommst du einmal frei. Ein Brandzeichen trägst du ja noch immer nicht. Man hat etwas anderes mit dir vor, nehme ich an.«

»Was denn? Weißt du etwas?« Dymas starrte den gebeugten Mann aufgeregt an.

»Ich weiß nichts. Ich denke nur manchmal. Die anderen Sklaven tragen Adherbals Pferdekopf eingebrannt, du nicht. Vielleicht warten sie, bis du ganz ausgewachsen bist; vielleicht haben sie andere Pläne. Aber darum geht es nicht. Sieh mal.«

Er hielt ihm den langen Kasten hin. Staunend nahm Dymas die Gegenstände heraus, die der Schmied angefertigt hatte. Er begriff sofort, wozu sie dienen sollten.

Die Lyra, die er aus dem weitgereisten Holz einer Rotbuche gebaut hatte, sah etwa so aus wie ein aufrechtes Ei, dessen oberes Viertel abgeschnitten war. An den Kopfenden der beiden Seiten hatte Dymas mit Leim und Holzstiften fein geschnitzte Schlangenhäupter befestigt; sie blickten nach außen, voneinander fort. Unter ihren Hälsen, in sauber gebohrten Löchern, steckte der hölzerne Steg, an der linken Außenseite mit einem dickeren Holzpfropfen versehen, um ein Durchrutschen durch das Loch zu verhindern. An der rechten Außenseite saß ein aus Hartholz geschnitztes, auf den Steg geleimtes Zahnrad, das in ein entsprechend größeres auf der Lyra paßte. Wenn er den Pfropfen am anderen Ende entfernte, konnte Dymas die ineinandergreifenden Zahnräder lösen, den Steg drehen und neu befestigen; dies diente zur gleichzeitigen Grobstimmung aller vier Saiten. Die Feinstimmung erfolgte, indem er am Steg angebrachte Bällchen aus Wolle, Schwarte und Harz drehte, um die das obere Ende der jeweiligen Saite gewickelt war – eine klebrige Arbeit, die nie lange hielt, da entweder die Saite nachgab oder irgendwann das am Steg klebende Bällchen. Die Unterenden der Saiten wurden um den dicksten Teil des Holzbogens geschlungen und verknotet.

Nun hielt Dymas eiserne Kunstwerke in der Hand: eine rechteckige, dünne Platte mit vier Löchern nahe der Oberkante und einem Dutzend feinen Nagellöchern unten; einen Eisensteg mit vier Kerben zur Befestigung der Saiten, und hinter den Kerben saßen auf dicken Stiften Metallrollen mit zwei ineinandergreifenden Zahnrädern an der vom Steg abgewandten Seite. Die äußeren Zahnräder wiesen jeweils eine viereckige Vertiefung auf. Die Rollen oder Walzen zeigten außerdem seitlich kleine Löcher.

»Schau her.« Der Perser holte einen Hammer und dünne Nägel. Vorsichtig, um nicht das Holz zu beschädigen, nagelte er das eiserne Rechteck auf den unteren Teil des Bogens. Er nahm die dickste Saite, steckte sie durch das rechte der vier Löcher, zog sie fast ganz hindurch und schlug ins Ende des Darms einen Doppelknoten.

»So; nun kann sie nicht durchrutschen.«

Dann entfernte er den Holzsteg, setzte den eisernen ein, befestigte ihn vorläufig mit kleinen Keilen, nahm die Saite, legte sie in die Kerbe, fädelte das obere Ende durch das seitliche Loch der Walze und machte auch hier einen doppelten Knoten. Dann hielt er einen vierkantigen Metallstift hoch, einen Schlüssel, steckte ihn in die Vertiefung des äußeren Zahnrads und drehte, bis die Saite straff war.

Seine Musik war besser und klang schärfer als je zuvor; sein Körper war ausgewachsen, seine Arbeitsleistung übertraf die vieler Älterer. An den Sklavenfeuern behandelte man ihn längst wie einen Mann, wozu die Ägypterin möglicherweise mehr beitrug als die Musik. Aber er spürte Grenzen und unsichtbare Ketten; oft saß er zu Beginn der Nacht irgendwo allein mit einem der Instrumente und brachte Töne hervor, die seiner düsteren Schwermut entsprachen, für die er keine Worte gefunden hätte. Andere fanden sie um so deutlicher.

»Wir können nicht, uns würde man sofort wieder einfangen und auspeitschen, oder schinden.« Die Ägypterin, die nackt neben ihm lag, deutete auf den Pferdekopf, der in ihre Schulter gebrannt war. Das Licht der Sterne und des Mondes und das der flackernden Feuer in der Ferne reichte aus, die Umrisse zu sehen. »Die Megara ist von der großen Seemauer umgeben, kein Durchgang außer für echte Karchedonier. An allen anderen Seiten sind Tore; Sklaven können in die Stadt und hinaus, wenn sie einen Auftrag ihres Besitzers nachweisen. Alle anderen ...« Sie machte eine Bewegung, als schnitte sie mit der Handkante Gras. »Aber du? Du kannst fortlaufen, Dymas. Du kannst als Handwerker arbeiten, als Musiker; du kannst schreiben und rechnen, beherrschst eine Reihe Sprachen. Und du bist stark genug.«

»Bin ich das? Ich bilde es mir ein, aber dann zweifle ich. Wie gut ist die Musik, die ich mache? Ich habe nie richtige Musiker gehört.«

Sie legte die Hand auf seine Brust. »Die Tore sind bewacht, aber man kann über Zäune, Mauern und Hecken steigen. Wir verraten dich nicht. Es ist nur schwierig, weit genug zu kommen.«

Er nickte; insgeheim hatte er die Möglichkeiten längst begrübelt. Und bezweifelte den Sinn. Eine Flucht, etwa um Mitternacht, mochte gelingen; er würde, da die Seemauer nur wenige kleine, scharf bewachte Tore hatte und unmittelbar am Gestade des Meeres endete, zur Stadt gehen oder laufen müssen. Nachts waren dort die Tore geschlossen; wenn er Glück hatte und seine Flucht nicht früher entdeckt wurde, konnte er bei Sonnenaufgang in die Hauptstadt gehen; man würde ihn nicht festhalten, da er kein Brandmal trug. Und dann? Im Lauf des Morgens mußte sein Fehlen auffallen; Hiram würde einen Reiter zur Stadt schicken, die zu groß war, als daß Dymas sie bis dahin bereits hätte durchqueren und verlassen können. Sie würden ihn fangen, an einem der anderen Tore: vor dem Hafen, an der Großen Landmauer, irgendwo. Es mußte eine andere, bessere Möglichkeit geben.

An einem Frühlingsabend richtete einer der Hausklaven ihm aus, Hiram wolle ihn sprechen. Der Verwalter hielt sich jenseits der Stallungen auf, in denen die besten und teuersten Tiere von Adherbals Zucht standen.

Adherbal war bei ihm; er betrachtete einen hellbraunen Hengst, den ein Stallknecht auf der eingezäunten Weide herumführte; Hiram stand neben ihm, an einen Pfosten gelehnt. Er warf Dymas einen gleichgültigen Blick zu und wandte sich ab, zur Weide.

Adherbal schaute über die Schulter; seine Augen waren eisig und schienen Dymas innen wie außen in einem Moment zu erfassen.

»Der Hengst hat einen guten Kopf, nicht wahr, Hellene?« sagte er auf Phönikisch. Dann, auf Persisch: »Die Brandzeichen sind unscharf, verglichen damit.« Er wechselte ins Hellenische: »Solltest du fliehen wollen, nimm mit, was der Perser für dich zurückgelegt hat, deinen Anteil an den feinen Holzarbeiten. Besser wäre es aber, du hättest noch einige Monde Geduld. Geh.«

Verblüfft und verwirrt stolperte Dymas fort. Er hütete sich jedoch, mit dem Perser zu sprechen. Ob Adherbal Gedanken lesen konnte? Niemand außer der Ägypterin wußte etwas, und sie bestritt empört, jemandem etwas verraten zu haben.

Dymas stellte den freien Handwerkern vorsichtige Fragen. Nach und nach änderte sich für ihn das Bild des reichen Handelsherrn Adherbal, der Gewinne machte und Pferde züchtete. Er erfuhr von geheimnisvollen Besuchen, oft nachts, wenn eigentlich niemand unterwegs sein sollte; er hörte von langen Abwesenheiten Adherbals, die keinem auffielen, weil man ihn ohnehin kaum je sah; der Schmied, der die Waffen des Karchedoniers herstellte, behauptete, mit dem, was in den letzten fünf Jahren entstanden sei, ließen sich mehrere Hundertschaften ausrüsten. Und Adherbal gehörte dem Rat der Stadt an.

Die Aufklärung kam nicht vollständig, aber deutlich genug, und sie ging einher mit der größten Umwälzung in Dymas' Leben. An einem Sommertag traf ein offenbar hochstehender Gast ein, mit zehn Reitern als Geleit. Er war sehnig, schwarzhaarig, trug die Kleidung eines edlen Karchedoniers, schien aber ein Fremder zu sein, vielleicht Sikeliot oder gar echter Hellene aus Hellas.

Die Reiter kehrten zur Stadt zurück, ohne mit jemandem gesprochen zu haben; der Fremde schien also länger zu bleiben. Küchensklaven berichteten von einem nicht üppigen Mittagessen und Vorbereitungen für ein feines Abendmahl; sie sagten, der Fremde sei Hellene, aus Korinth, ein Handelsherr, und er heiße Demaratos.

Abends sahen sie von fern, wie auf der weiten, überdachten Terrasse des Palastes gefeiert wurde – Adherbal, seine Frau, der Gast und Hiram nahmen teil, dazu etliche Karchedonier, die im Lauf des Nachmittags aus anderen Palästen der Megara oder aus der Stadt selbst gekommen waren. Am nächsten Morgen erschien der Fremde, zusammen mit Hiram, in den Werkstätten. Er sah sich um, sprach mit einigen Handwerkern, stellte Fragen, lauschte aufmerksam. Seine Augen, fand Dymas, waren nicht eisig, sondern schneidend.

Nach über einer Stunde kam Demaratos zu ihm und sah zu, wie er aus dem harten Holz des Ölbaums eine Figur schnitzte, eine Karchedonierin mit steilen Brüsten, die neben anderen ähnlichen Gestalten ein kleines Schreibpult zieren sollte. Als niemand sonst in der Nähe war, begann der Korinther schnell und leise zu sprechen, auf Hellenisch.

»Ich habe gehört, du bist gut mit den Händen, mit dem Kopf, spielst

Lyra und Aulos, beherrschst mehrere Sprachen. Und hast kein Brandzeichen. Willst du frei sein?«

Dymas' Schnitzmesser rutschte ab; um ein Haar hätte er sich geschnitten. Er starrte den Korinther sprachlos an.

»Sag etwas. In mehreren Sprachen.«

Langsam und leise sagte Dymas, wobei er ins Phönikische, dann ins
Persische, dann ins Ägyptische wechselte: »Edler Handelsherr Demaratos aus Korinth, wer würde nicht frei sein wollen? Ich frage mich
nur, ob Freiheit das richtige Wort ist. Ich nehme an, du wirst mich
dem Karchedonier abkaufen, so daß ich einer Sklaverei ledig werde
um den Preis der nächsten.«

Demaratos steckte seine Hand in die weite Tasche seines Umhangs,
zog sie heraus und zeigte Dymas die Handfläche, auf der ein Stein, ein
Nagel, eine Münze, zwei Weizenkörner, ein Lorbeerblatt, ein Splitter
Zedernholz, ein Lederriemchen, wie man es guten Pferden in Schweif
oder Mähne bindet, ein Olivenkern, ein Würfel, ein Ring, ein Fetzen
Papyros mit einem Schriftzeichen und eine Tonscherbe lagen. Nach
wenigen Augenblicken schloß er die Hand und steckte sie in die
Tasche.

»Was hast du gesehen?«

Dymas schloß die Augen; er sah die Hand vor sich und zählte die
Gegenstände auf. Als er die Augen öffnete, sah er die Spur eines
Lächelns um den Mund des Korinthers.

»Nicht schlecht. Später, wenn du es geübt hast, wirst du mir sagen
können, welcher Stein es war, welche Münze, welche Länge, Dicke
und Farbe das Riemchen hatte, welche Augenzahl der Würfel gerade
zeigte, welches Zeichen auf dem Papyros stand. Aber – nicht schlecht.
Willst du mitkommen? Reisen, das Meer und andere Länder sehen,
frei sein abgesehen von kleineren Aufträgen, mit ausreichend Zeit für
Musik?«

Dymas nickte wortlos; sein Herz klopfte im Hals.

Demaratos wandte sich ab. »Gut. Erinnere dich, daß du einen Onkel namens Lysandros hattest, früher, in – wo war es? Herakleia? Der
Onkel ist aus Syrakus. Klar?«

Dymas bemühte sich, nicht allzu schlecht zu schnitzen; Demaratos
wanderte weiter, sprach ein paar Worte mit Hiram und ging zurück
zum Palast.

Einige Zeit später wurde Dymas geholt. Man brachte ihn auf die

Terrasse, zu Adherbal und Demaratos. Der Karchedonier musterte ihn mit seinen eisigen Augen; diesmal schien jedoch Witz in den Augenwinkeln zu lauern.

»Stimmt das, du hast einen Onkel namens wie?«

»Lysandros, Herr; aus Syrakus.« Dymas kniete vor Adherbal und wagte kaum aufzublicken.

»Steh auf. Wenn es so ist, dann bist du ein lange verlorener Verwandter meines Handelsfreundes Demaratos aus Korinth. Demaratos hat die Tochter deines Onkels zur Frau genommen, oder so ähnlich. Steh auf, sag ich.«

Langsam erhob sich Dymas, hielt aber den Kopf gesenkt.

»Ein Verlust«, murmelte der Karchedonier. »Wir haben zwei Minen für ihn gezahlt, und seine Ausbildung...«

»... wurde vermutlich von anderen Sklaven bestritten und hat dich nichts gekostet, mein Freund.« Der Korinther kicherte. »Was willst du für ihn haben? Zwei Minen? Zuviel, wenn du mich fragst, er hat dir inzwischen durch seine Arbeit das Zwanzigfache eingetragen.«

Adherbal hob die Hände. »Du übertreibst – und du vergißt, daß er gegessen und getrunken hat, gekleidet wurde, gepflegt, wenn er krank war. Nein, zwei Minen? Lächerlich. Sagen wir zehn.«

Sie feilschten eine Weile; Dymas stand reglos daneben, mit gesenktem Kopf und heißen Wangen. Schließlich einigten sie sich auf viereinhalb Minen – eine irrsinnig hohe Summe, selbst für einen überaus vielseitigen und gebildeten Sklaven.

»Morgen früh«, sagte Demaratos. »Sieh zu, daß alles fertig ist, was du mitnehmen willst. Ich nehme an, Neffe des Vaters meiner Frau, daß du dich von Freunden verabschieden willst? Oder magst du diese Nacht schon außerhalb der Sklavenunterkünfte verbringen, wie es einem freien Hellenen zusteht?«

Dymas schüttelte stumm den Kopf; Adherbal stand auf und sagte mit einem leichten Glucksen: »Ich schätze, er wird sich von einem Perser aufrecht und von einer Ägypterin liegend verabschieden wollen. – Ich habe ihm noch etwas zu sagen, Demaratos.«

Der Korinther knurrte leise, erhob sich und ging ins Haus. Adherbal berührte Dymas mit der Spitze des linken Zeigefingers.

»Bin ich wie ein Vater zu dir gewesen, Junge? Antworte ehrlich.«

Dymas blinzelte. »Ich weiß nicht, wie karchedonische Väter sind, Herr; hellenische stelle ich mir anders vor.«

Adherbal lachte leise. »Näher, wärmer, so etwa? Du hast recht, und wir wollen keine weitere Verwandtschaft erfinden, nicht wahr? Eine derartige Erfindung am Tag reicht. Ich mache aus den viereinhalb Minen zehn, freier Hellene. Sie werden zu vier Hundersteln verzinst, vom Bankhaus des Ratsherren Mago. Unter dem Stichwort ›Dymas schmäht Adherbal‹. Du hast gute Arbeit geleistet; du wirst weiter gute Arbeit leisten, Junge. Wo immer du dich aufhältst, werden hin und wieder Freunde von mir sein, die dich beobachten; manchmal werden sie sich zu erkennen geben und dich fragen, ob du Dinge gehört hast, die für Adherbals Geschäfte und Karchedons Belange bedeutsam sein könnten. Haben wir uns verstanden?«

Am nächsten Tag brachen Dymas und Demaratos auf, wieder mit Geleit. Dymas blickte nicht zurück; er hockte auf dem geliehenen Pferd, eine Hand am Tragriemen des Ledersacks, in dem eine Decke steckte, der Doppelaulos, die Lyra und der Beutel mit Münzen, den ihm der Perser wortlos in die Hand gedrückt hatte.

Demaratos' Schiff lag im großen, rechteckigen Handelshafen von Karchedon. Wie betäubt, immer noch ungläubig sah Dymas zu, wie die Leinen losgemacht wurden und die Ruderer den großen Frachter durch die Ausfahrt brachten, durch den Kanal, in die weite Bucht. Er starrte mit schmerzenden Augen auf die unendliche hohe Seemauer, weiße Quader mit roten Verfugungen, die die Stadt schützte, und auf die großen Kriegsruderer in der Bucht. Irgendwann trat Demaratos neben ihn und sagte halblaut: »Das Geld kannst du auch aus der Ferne abheben. Was hat dir das Schlitzohr geboten, für gute Berichte?«

4. MYSTERIEN VON SAMOTHRAKE

Rauschrauch hauchen, Rauschkraut kauen, den widerlichen heißen Trank schlürfen, im Kreis in einer Höhle hocken, liegen, ächzen, stoßen und gestoßen werden, die Seele fliegen lassen, sich an Bäumen reiben oder die Zeder spalten und den Säugling hineinklemmen, Schweineblut und Kinderblut und Frauenblut. Der Ring, die Schlange die den eigenen Schwanz beißt, dunkle Höhle weiche Formen lichter Tag und harter Stein, darum machte der Demiurg die Welt kugelförmig; es gibt etwas, das ist unterschiedslos vollendet; es geht der Entstehung der Welt voraus – wie still, wie leer! Selbständig und unverändert, im Kreise wandelnd ungehindert. Es tötet sich selbst und vermählt sich selbst und befruchtet sich selbst und gebiert und verschlingt, umschließend umschlossen. Wehe Insel muß entstehen muß verweilen darf nicht sinken will nicht sein will untergehen Meer Meer Meer. Er-und-sie Es ungetrennt – Atum er nahm seinen Phallos in die Faust um damit Lust zu erregen, ein Geschwisterpaar ist erzeugt, Shu und Tefnet, ausgespien ausgespuckt. Ah nein, das Herz der Hauch, nicht hat er mich empfangen in der Faust nicht ausgespien aus dem Mund, er atmet mich aus seiner Nase. Er fand in der Erde eine Unterlage, erhitzte sich und wurde schwanger, teilt und teilte sich, gebar nicht. Meer und Erde, Licht und Dunkel, Mutter Mutter, ich ich ich. Same Harn und Speichel, Kot und Atem, Wort und Wind: gebären. Der Himmel bewölkt sich, die Sterne regnen, die Berge wandern, die Kühe des Erdgottes zittern wenn sie ihn sehen wie er erscheint als ein Gott der von seinen Vätern lebt und von seinen Müttern ißt. Er ist es, der Menschen ißt und von Göttern lebt. Er hat den Göttern die Herzen genommen, er hat die rote Krone gegessen und hat die grüne verschluckt. Er ißt von den Lungen der Weisen, er lebt von den Herzen und von ihrem Zauber. Und er bebrütete die Wasser, da entstand eine Gestalt, das ist: die Nahrung. Aus Nahrung geboren sind die Geschöpfe, durch Nahrung haben sie ihr Leben, in diese gehen sie ein am Schluß. Durch Nahrung wachsen sie, Wesen durch sich, sich durch Wesen, so breitet der Gott sich, aus ihm entwikkelt sich Nahrung, aus Nahrung Atem, Geist und Wahrheit, Welt und Ewigkeit. Alles was er schuf. Das beschloß er zu verschlingen. Er wird zum Verschlinger des Weltalls, ihm dient das Weltall zur Speise.

Da ist eine Mutter, sie frißt das Geborene trinkt dessen Schatten; da ist eine Mutter, sie hegt das Geborene hütet den Scheitel. Die Höhle der Zähne, die Höhle der Wärme; und draußen sind Krankheit und Hunger und Dürre und Eber und Drachen und drinnen. Die Göttin, sie hütet das göttliche Kind; die Ziege stillt Zeus, den der Vater wohl fräße; Isis gebar Horos, den der Skorpion sticht, da schafft sie ihn neu durch den Zauber. Fisch aus dem Meer, fällst zurück in das Meer; Knabe und Phallos, Kabir, dringt wieder hinein in die Höhle, befruchtet und stirbt, o Jüngling, Frühling Geliebter, gestorben geboren gestorben geboren, die Ziege die Hündin die Kuh die Sau die Taube die Biene die Mutter die Frucht ist geborgen.

Der Mutter die Schlange, der Mutter das Kind, der Mutter der Phallos. Wird Same wird Halm wird geschnitten. Die Göttin gebiert und erwählt und vermählt und verschlingt. Die fruchtbare Jungfrau gehört keinem Mann, ihr gehört jeder Phallos. Wir opfern den Jüngling, Mutter, den Frühling, damit du ihn wieder gebiest; dein Priester, Mutter, berauscht sich und rast – er tötet den Eber den Stier, er opfert dir Dolden und Kolben und Phallos, er schneidet, er kreischt, er verstümmelt sich selbst, er bringt dir das Opfer, Göttliche Mutter, damit du die Welt neu gebiest. Der heilige Priester mag leben für dich wenn die Jünglinge sterben, Göttliche Mutter, er gab dir ja alles. Blut ist die Nahrung, die Nahrung bringt Frucht.

Ich geh auf die Jagd. So wahr du mir lebst, ich hab mich der Menschen bemächtigt, und es war erquickend für mein Herz. Da trank sie davon und es war köstlich und sie berauschte sich und erkannte die Menschen nicht, ihre Mähne rauchte von Feuer, ihr Rücken hatte die Farbe von Blut, ihr Antlitz glühte wie die Sonne, ihr Auge glühte von Feuer. Und Blut jeden Mond, und Frucht jeden Mond. Verschneiden und sterben, stutzen und ernten. Und er entmannte sich unter der Kiefer, er wurde die Kiefer, er wird an die Kiefer gehängt und als Kiefer gefällt.

Scher die Haare für die Mutter, scher den Bart, schneid den Halm. O Herrin, behalt für dich deinen Reichtum, mir genügt mein Gewand und mein Hemd, meine Nahrung – eß ich doch göttliche Speisen, trink ich doch Königswein. Ein Palast bist du, der die Helden zerschmettert, ein

Jaspis, der geraubt ist aus Feindesland. Welchen Gatten liebtest du denn ewig, welcher deiner Buhlen konnte dich fesseln mehr denn Tammuz, den du jährlich tötest und jährlich beklagst, der dich jährlich befruchtet und liebt und verläßt? Du liebtest den Löwen und grubst ihm Fallen; das Roß liebtest du und gabst ihm Peitsche, Geißel und Sporn; du liebtest den Hirten, den Hüter, der täglich Zicklein dir schlachtet – du schlugst ihn, hast ihn in einen Wolf verwandelt; ihn verjagen die eigenen Hüteknaben, und seine Hunde zerfleischen ihn; und deinen Sohn, den Vielen, nach dem Beilager machtest du ihn zur Fledermaus, blindlings fliegt er und versengt sich die Flügel an deiner Sonne.

Isis war ich, Mutter und Schwester und Gattin dem Einen, Osiris, doch ihn zerstückelte Seth, sein Bruder und Feind. Ich hab ihn gesucht und beklagt und gefunden, erkannt und wiedergeboren, mich Jahr um Jahr mit ihm vermählt. Horos den Sohn, den Vater der Fürsten, trieb ich zum Kampf gegen Seth, doch als ich mich seiner erbarmte, zürnte Horos und schnitt mir den Kopf ab, da gab Thoth ihn mir verzaubert zurück und setzte ihn auf meine Schultern und ich war die erste der Kühe und stillte meine vier Söhne von Horos dem Vater den zeugte der tote Osiris mit dem Fisch, der sein Glied war.

Es reitet die Göttin; mit gespreizten Beinen reitet sie auf einem Schwein. Am-it, sie frißt die Seelen der Verworfenen nach dem Gericht – vorn ist sie Krokodil, in der Mitte Löwin, hinten ein Flußpferd. Sie erntet den Sohn, das Getreide; sie schlachtet die Menschen, sie watet in Blut bis zum Nacken, die Leber schwillt von Gelächter, das Herz ist voll Freude, sie jubelt; die weiße Mondkuh gebiert den Stier, sie wohnt ihm bei, sie tötet den Stier. Bestattet den Jüngling im Moor, in der Erde, gebt ihn dem Schoß seiner Mutter zurück.

Viele Dinge blieben für Olympias Rätsel, jedenfalls in den Einzelheiten. Was im Tempel geschah, bekümmerte sie kaum; das war für die gewöhnlichen Menschen, die zu den Göttern wollten oder Nachwuchs und Reichtum erhofften oder sich in den Mysterien verloren. Die wichtigen Dinge ereigneten sich an anderen Orten: in den Höhlen und Hainen. Dort wurden die Priester eingeweiht und ausgebildet, zu denen sie nun gehörte; und von dem, was die Priester erfuhren, gaben sie nur einen winzigen Teil an die Menschen weiter.

Manchmal, in Momenten der Hellsichtigkeit, wenn sie nach einem Rauschtrank zu schweben meinte oder nach Tagen des Fastens und der

Sammlung reglos unter einem Baum kauernd die beschworenen Gestalten sah, begriff sie alles. Dann war sie nicht Priesterin, sondern Teil der Göttin. In lichten Nächten war ihr Verstand ein hoher glänzender Adler, dessen Federn die Sonne nicht sengen konnte. Dann sah sie die Umrisse jenseits der Bilder und Worte und begriff, daß die Mysterien nicht Geschichten von Göttern erzählten, sondern eine dreifach schreckliche schlichte Wahrheit: die Unterwerfung der Natur durch den Menschen, die Unterwerfung der Frau durch den Mann, die Verstoßung der Eltern durch das Kind. Die Große Furchtbare Mutter enträtselt und urbar gemacht; die Rasend Gebärende Tötende gezähmt, daß sie Kinder hütete, während Horos ein Geschlecht männlicher Könige einrichtete; Gorgo Medusa, furchtbare Mutter und Herrin der Schlangen, die den Sohn Perseus den Heros behalten und opfern und in ihrer Höhle bergen wollte, aber Perseus der Sohn der Heros mußte sie töten, um die Meerschlange, die sie war, zu besiegen und Andromeda die Frau zu gewinnen, da er begriffen hatte, daß die Mutter, die Gorgo, nicht Alle-Frau war. Sie kreischte und raste, zerriß sich Kleider und Haut, weil sie nicht gefügige Kuh sein wollte und nicht mehr Ungeheuer, oder vielleicht lieber Ungeheuer denn Kuh, lieber Isis-Gorgo denn Isis-Hathor; und große fruchtbare Jungfrau – nicht keusch, sondern freie Herrin aller Männer statt gefügige Gattin des einen. Sie hoffte, daß der Perseus, der sie befreien und befruchten sollte, um Ammons Sohn und den des Horos zu gebären, seine Gorgo bereits getötet haben würde, und daß der Perseus, den sie austragen mußte, nie eine Andromeda sähe. Daß er Isis-Gorgo, die Schlange und den Vater in einer seiner Gestalten töten würde und Isis-Hathor, die sie nicht sein wollte aber vermutlich würde sein müssen, leben ließe.

Doch geschahen dann jene seltsamen Dinge, die sie zweifeln ließen, ob wirklich alles so verwickelt-einfach war. Sie lächelte, wenn sie Pilger sagen hörte, die Kabiren, thrakische Zwerge, seien alte Freunde der Großen Mutter, und sie seien dank ihrer Kleinwüchsigkeit immer damit befaßt, in unterirdischen Gängen und Stollen edle Metalle zu suchen, dort, wo kein ausgewachsener Mensch sich noch bewegen könne. Sie lächelte, weil sie wußte, daß die Kabiren Frucht und Phallos waren und die Erde Mutterschoß – aber dann, in einer jener flackernden Nächte, barst der Boden der Höhle, und ein mützetragender Zwerg brachte ihr ungemünztes Gold, das am Morgen zerschmolzen war. Sie lächelte, wenn sie von rasenden Priestern hörte, die der Großen Göttin statt eines Symbols den eigenen Phallos darbrachten – aber dann sah sie im Hain den Lydier, mit dem sie vor Stunden noch über die Götter und ihr Benehmen in den Versen Homers geredet hatte, in Zuckungen und Raserei verfallen, bis er sich schließlich mit einem fischförmigen Messer entmannte, vor ihren Augen, vor den Augen aller.

Und bisweilen, wenn sie erschöpft dalag, unkeusch jungfräuliche *hetaira* und Herrin aller Phalloi, benetzt vom Tau des Ägypters, des Hellenen, des Phrygers, des Thrakers, des Babyloniers, des Persers, klammerte sie sich an das Amulett, in dem sie die Vereinigung von Dunkel und Licht, Frau und Mann, Mutter und Vater, Fruchtbarkeit und *logos* sah. Dann fragte sie sich, warum der Babylonier und der Perser immer schwiegen.

※

Die Luft im Raum war schwer vom Geruch der Körper, vom Duft des Rosenwassers und des Rosmarinharzes. Die beiden Fensteröffnungen am Arkadengang waren mit hellen Tüchern verhängt; aus dem Licht des frühen Nachmittags, das den weißen Innenhof der Tempelgebäude füllte, machten sie fleischfarbene Dämmerung.

Der Ägypter rollte sich an den Rand der breiten Liege, setzte sich und tastete mit den Zehen nach seinen Gewändern. Er hob den weißen Schurz und das lange dunkle Priesterkleid auf. Mit einem immer noch erstaunten Lächeln sagte er über die Schulter: »Auch darin kann ich dir nichts mehr beibringen. Im Gegenteil... Ich danke dir.« Er erhob sich.

Olympias entfernte das Schwämmchen aus ihrer Scheide, richtete sich auf und streifte die Kette wieder über den Kopf. Horosauge und *ankh* lagen zwischen ihren Brüsten. Sie fuhr sich mit der Zunge über die Lippen und warf das lange brandrote Haar mit einer jähen Kopfbewegung zurück.

Der Ägypter kleidete sich an; flüchtig verneigte er sich vor der Statue des Widdergottes. Es war, als wollte er Zeus-Ammon um Vergebung für etwas bitten. Vielleicht dafür, daß er ihm nun den Rücken zuwandte.

»Morgen wird er kommen.«

Olympias öffnete die Augen weit, Gefäße eines tiefen schwarzen Lichts. »So bald? Und – woher weißt du?«

»So spät. Endlich. Und... ich weiß es eben.«

Einen Moment lang wirkte sie sehr jung, fast kindlich, und sehr einsam. »Und dann?« sagte sie mit dünner Stimme.

»Du bist eingeweiht – in alle Stufen des Mysteriums. Du weißt alles, was es zu wissen gibt – über den Gott und seinen Willen, über die Innenseite des Tempels und die Außenseite des Fleischs. Neun Tage dauert die Läuterung. Neun Tage wirst du ihn geleiten.«

»Wie?« Sie drehte sich auf die linke Seite, stützte sich auf den Ellenbogen.

Der Ägypter folgte den Bewegungen des Amuletts und der Brüste. »Er kommt als einer, der sühnen muß. Er hat Blut vergossen und muß Blutopfer darbringen. Neun Tage wirst du ihn dabei geleiten, als Priesterin, und neun Nächte als Gefährtin. Er ist groß, ein Herrscher unter den Männern. Stark, und sehr klug. Aber er ist kein frommer Mann. Sorg dafür, daß er deinen Körper mehr und frommer anbetet als Ammons Hauch.«

Sie lächelte. »Aber wenn er so stark ist und so klug, wie kann ich ihn dann zu meinem – unserem Werkzeug machen? Daß er meinen Sohn zeugt, Ammons Gefäß?«

Der Ägypter lachte halblaut. »Jede Frau kann einen klugen Mann lenken, aber nur eine sehr kluge Frau einen Trottel. Er ist kein Trottel – ihr solltet gut miteinander auskommen.«

Er wandte sich der Ammonstatue zu. Um den Hals des Gottes ringelte sich beinahe lebensecht eine große goldene Schlange. Der Ägypter neigte wieder den Kopf; dann streckte er die Hand aus und brach eines der goldenen Widderhörner von der Statue. Olympias stieß einen heiseren Schrei aus.

»Vergiß nicht«, sagte der Priester ernst, »Aristandros ist bei dir. Und ich werde mit dir sein, um dich anzuleiten, wenn du je Hilfe brauchst. So.« Er legte das verdrehte Horn des Widdergottes neben Olympias auf die Liege.

Mit weit aufgerissenen Augen sah sie zu, wie sich das Horn zu einer Schlange verwandelte, die sich entrollte, den Kopf hob und leise zischte.

＊

»Riemen... auf!«

Die Ruderer führten den scharfen Befehl des Kapitäns im gleichen

Atemzug aus. Wie ein auf dem Bauch liegender Tausendfüßler, die Beine abgespreizt, glitt der Eindecker mit dem restlichen Schwung auf den Sandstrand. Unter dem Bug knirschte es; der Tausendfüßler zappelte und zuckte, ehe er sich ein wenig auf die linke Seite neigte. Segelsklaven warfen die beiden Ankersteine über Bord.

Parmenion nickte den Unterführern zu, die über den Mittelsteg rannten und Befehle bellten. Während die Hopliten sich reckten und zu Rüstungen, Waffen und Beuteln griffen, begannen Sklaven und Ruderer damit, das Gepäck des Königs und seiner Begleiter sowie die Vorratsbehälter von Bord zu hieven. Der Segelmeister ließ den Mast umlegen; Aristandros, der dort angelehnt gesessen hatte, stand auf und kam nach achtern. Der Seher trug einen braunen Chiton, einen dunklen Umhang und den topfähnlichen Filzhut des Reisenden.

Parmenion ergriff die ausgestreckte Hand des sitzenden Antipatros und zog ihn hoch. Dann grinste er den großen breitschultrigen Mann mit dem schwarzen Bart an, der neben dem Kapitän stand und immer noch die Augen zusammenkniff.

»Was zwicket deine Leber, o mein König?«

Philipp rümpfte die Nase. »Der Gedanke an das Gewäsch der Tempeltrampel, das ich jetzt tagelang über mich ergehen lassen muß.« Er zerrte an seinem Gürtel, an dem zwei kurze Schwerter hingen. Wie Parmenion und Antipatros trug er Sandalen mit Wadenriemen, weißen Chiton, einen leichten ledernen Brustschutz und den roten Umhang des Herrschers oder Befehlshabers. Antipatros war kahl unter dem Helm, den er angeblich auch beim Beischlaf nicht abnahm; Philipp und Parmenion waren barhäuptig. Die Waffen dienten eher als Symbole des Rangs; mit zwanzig Hopliten als Schutztruppe würde keiner der drei Männer zum Schwert greifen müssen.

Aristandros hatte Philipps Knurren gehört. »Sobald wir an Land sind, solltest du deine Zunge an den Gaumen nageln.«

Der König bedachte ihn mit einem schrägen Blick; dann deutete er zum Land. Zwischen den hellen Häusern der hafenlosen Stadt Samothrake wimmelte es von Menschen.

»Was wollen die hier? Haben die alle ihre Mütter umgebracht?«

Antipatros zupfte an seiner Nase. »Diese Auszeichnung ist einzigartig und kommt nur dir zu.«

Aristandros preßte die Lippen zu einem schmalen Strich zusammen. »Sie sind aus dem gleichen Grund hier wie du: Teilnahme an den

Mysterien, Aussöhnung mit den Göttern, Reue und Reinigung.« Er hustete. »Einige, habe ich gehört, glauben sogar an die Götter.«

Parmenion lachte. »Du solltest nicht zu viel von ihm erwarten. Muttermord ist keine besonders tugendhafte Handlung, aber wir wissen ja alle, was für ein Ungeziefer Eurydike war, oder? Das einzige, was zählt, ist die Stimmung in Pella. Wenn wir das hier hinter uns gebracht haben, werden die Leute sagen, es ist gut, er war bei den Göttern, jetzt laßt uns mit der Arbeit weitermachen.«

Philipps Beauftragte hatten zwei weite, helle Häuser mit gemeinsamem Innenhof, eigenem Brunnen und großer Sickergrube gemietet, außerhalb der östlichen Mauer. Die Hopliten bahnten einen Weg durchs Gewimmel der Stadt und hielten Händler und Bettler fern.

Philipp trat hart auf die gepflasterte Straße. Er betrachtete die Abfallrinnen, die erhöhten Gehsteige, die weißen zweigeschossigen Häuser und die sauberen, buntgekleideten Menschen. Seine Stimme klang leicht verdrossen, als er sich an Parmenion wandte.

»In Pella gibt es zu viel Dreck. Aber die haben hier dank ihrer Götter genug Geld, nehm ich an – all die Drachmen, die die Reisenden hinterlassen.«

Aristandros, der vor ihnen ging, sagte halblaut über die Schulter: »Du könntest ja Pella oder Aigai zum Mittelpunkt eines erhabenen Kults machen.«

Philipp schnaubte. »Der Preis ist mir zu hoch. Ein paar Männer wie du reichen mir.«

Die Straße mündete in einen von Zypressen beschatteten Platz mit Bogengängen. Vor einer Garküche hingen ein ganzer Hammel und ein halbes Rind an Spießen über einem wabernden Holzkohlenbett. Ein heller Sklave aus dem Norden schnitt Zwiebeln und Knoblauch klein, leerte das Brett in ein großes Holzgefäß, rührte darin herum und schöpfte mit einer Kupferkelle Wein und Gewürze heraus, die er vorsichtig über das Fleisch goß. Zwei Sklavinnen, fast noch Kinder, drehten die Spieße. Einige Tropfen des Suds fielen zischend ins Feuer und verwandelten sich zu einer Duftwolke.

Philipp blieb stehen und sah sich um; Parmenion hörte seinen Magen knurren. Neben der Garküche befand sich die Niederlassung eines Weinhändlers; die Behälter reichten von zierlichen Flaschen aus blauem Glas über bemalte Ziegenbälger bis hin zu vergoldeten, mannshohen Amphoren. Im nächsten Haus bot ein Bildhauer, den man bei der Arbeit beobachten konnte, alle nur denkbaren Formen und Größen von Göttern aus hellem Stein an.

»Er kann was.« Antipatros kicherte. »Ist aber auch nicht schwer. Einfach einen Stein nehmen und alles weghauen, was nicht nach Gott aussieht.«

»Das da hingegen ist göttlich.« Philipp starrte in die gleiche Richtung wie die meisten seiner Kämpfer. Ihre Augen mochten streunen, aber die Männer behielten die keilförmige Marschordnung auch während des Halts bei.

Im Eingang eines Hauses, vor dem eine üppige Aphrodite prangte, lehnten fünf junge Frauen; dem Haarschmuck nach eine Thrakerin, zwei Helleninnen, eine Perserin und eine aus Kusch oder dem südlichen Libyen. Sie trugen offene weiße Umhänge, darunter gelbe oder hellrote Hüftschärpen. Die Brustspitzen der Schwarzen waren mit einer leuchtenden Silberfarbe verziert, die der Thrakerin glommen purpurn. Die Kuschitin blickte zu Philipp hinüber; sie leckte sich die Lippen, hob mit einer Hand die linke Brust an, schob die Rechte vorn in ihren Schurz und deutete mit dem Kopf ins Haus.

»Ah ja. Es gibt also auch Priesterinnen der angenehmsten Art hier.« Aristandros berührte Philipps Arm. »Spar deine Kraft für den Tempel – du wirst sie brauchen.«

Philipp sagte leise: »Hah!« Seine Kämpfer machten ihm grinsend Platz; mit ein paar großen Schritten hatte er das Haus der Wonnen erreicht. Er legte einen Arm um die Hüfte der dunklen Frau und streckte die Hand nach einer der Helleninnen aus. Er murmelte etwas; die Frauen lachten. Dann ließ er sie los, wies in den Himmel und auf einen seiner Krieger. Die Kuschitin hielt ihn am Gürtel fest; die Hellenin kniete und griff unter seinen Chiton. Philipp befreite sich, kam zu seinem Gefolge zurück und wandte sich an den jungen Hopliten.

»Du wirst diese beiden Karyatiden des Aphrodite-Hauses bei Sonnenuntergang abholen und zu mir bringen.«

»Mit Wonne, Herr.«

Philipp klopfte ihm auf die Schulter und brach in schallendes Gelächter aus, als er das säuerliche Gesicht seines obersten Sehers erblickte.

Archelaos, der Hausmeister, war mit den Köchen, den Badern und den meisten Sklaven vorausgegangen. Als Philipp und die anderen das helle Doppelhaus östlich der Stadtmauer erreichten, wurden sie mit einem Willkommenstrunk begrüßt. Die Sklaven waren bereits dabei,

Gepäckstücke auf die vom Hausmeister bezeichneten Räume zu verteilen. Die Einrichtung war karg, aber geschmackvoll. Es gab einige gemauerte Lager, ansonsten Liegen aus Holz und Leder; in einigen Räumen standen hölzerne Truhen und große Tongefäße zur Unterbringung von Gegenständen. Ein Teil der Hopliten mußte im Hof lagern, da das zweite Gebäude nicht für alle Platz bot.

Philipp sah sich um, klatschte in die Hände und befahl, ein warmes Bad vorzubereiten. Aristandros, Parmenion und Antipatros standen am Tisch im großen Speiseraum; der Seher trank Wasser und wies zwei Sklaven an, bestimmte Gepäckstücke vorzubereiten. Er nickte zum offenen Fenster; zwischen den wenigen weiteren Häusern begann der Wald, in dem jenseits eines kleinen Bachs das Heiligtum lag.

»Ihr habt es nicht weit, morgen früh.«

Philipp ließ sich auf die steinerne Bank fallen, über die Sklaven ein Bärenfell gebreitet hatten. »Wieso ihr? Was ist mit dir?«

Aristandros betrachtete ihn beinahe düster. »Ich begebe mich gleich in den Tempel, um die Dinge vorzubereiten.«

Philipp langte nach der kleinen Amphore und goß seinen Becher voll mit unverdünntem Wein. »Du mußt wissen, was du tust. Ich fürchte, hier ist das Essen besser. Und der Wein.«

»Du solltest nüchtern bleiben – bis auf weiteres«, sagte Antipatros. »Wir haben noch einiges zu klären.«

Philipp schnitt eine Grimasse. »Du erwartest doch wohl nicht, daß ich das Gehampel und Gebrabbel nüchtern über mich ergehen lasse, oder?«

Aristandros schnippte mit den Fingern und deutete auf eine lange Tonröhre; ein Sklave reichte sie ihm. »Immerhin hast du die Absicht, reinlichen Leibes im Tempel zu erscheinen. Das gibt mir Hoffnung.« Er nahm die Röhre entgegen und öffnete den Wachstuch-Verschluß an einem Ende.

»Ich gedenke, ein Bad zu nehmen, damit die beiden Dienerinnen der Aphrodite nicht ohnmächtig werden«, sagte Philipp. Er trank einen Schluck, dann noch einen, längeren. »Die Nasen deiner priesterlichen Brüder interessieren mich weniger als die Zungen der Wonnevollen.«

Aristandros zog eine Leinwandrolle aus der Röhre. »Im Tempel wird man dir eine *hetaira* geben, für die Dauer der Zeremonien. Sie soll dich zu den Göttern geleiten, Philipp; verlang keine anderen Dienste von ihr, hörst du?«

Philipp zupfte an seinem Ohrläppchen. »Solche anderen Dienste gehören aber doch auch zu ihrem Amt, oder nicht?«

Aristandros grunzte; dabei entrollte er die Leinwand.

»Was ist das?« sagte Philipp. »Die lynkestische Hündin, wie?«

Aristandros hob die ausgerollte Leinwand: das Bild der alten Königin Eurydike, von einem klugen und geschickten Maler leicht verjüngt.

»Das stimmt, aber nachdem du sie getötet hast, solltest du von deiner Mutter nicht so sprechen.«

Philipp zuckte mit den Schultern und trank. Antipatros setzte seinen Becher ab und betrachtete das Gemälde.

»Was für ein Weib! Trotzdem...«

»Ein Jammer, daß dieser Phönikier so früh gestorben ist«, sagte Parmenion. »Ein feines Auge und eine feine Hand hatte er.«

Philipp zeigte die Zähne. »Sieht so aus, als ob sie jeden Moment wiederkommt, um weiterzumachen. Ein Glück, daß ich ihr den Rückweg abgeschnitten habe. Was geschieht mit dem Bild?«

Aristandros rollte es ein und steckte es zurück in die Röhre. »Wir...
du wirst es den Göttern darbringen, mit Gold und Weihrauch.« Er deutete auf Lederbeutel, die einer der Sklaven an einer Rückentrage befestigte.

»Welche Vergeudung!« Philipp verdrehte die Augen. »Reichen Weihrauch und das Bild nicht? Nein? Nun ja – Hauptsache, die Alte... Du gehst?«

Aristandros nickte. »Wir sehen uns morgen früh – wir alle. Ein Teil der Opferungen wird auf Thrakisch abgehalten. Brauchst du einen Übersetzer?«

Philipp winkte ab. »Als ob mich das Gezischel etwas anginge... Außerdem kann ich Thrakisch.«

Aristandros ging zum inneren Türbogen. »Denk an meine Worte, König, was die *hetaira* angeht. Und komm nüchtern.«

Parmenion begleitete den Seher hinaus. Halblaut sagte er: »Du kennst ihn doch. Wenn du wirklich Wert darauf legst, daß er die Finger bei sich behält... Du weißt, er kann keiner Frau widerstehen, und keine Frau ihm. Es ist dies eine Art Naturgesetz. Du hättest ihm sagen sollen, die Götter legen allerhöchsten Wert darauf, daß er es mit dieser *hetaira* treibt. Vielleicht hätte er es dann unterlassen.«

Aristandros blinzelte. »Ach ja?«

Parmenion sah hinter ihm und den beiden Sklaven her, die sein Gepäck trugen, kratzte sich den Nacken und murmelte: »Also, was soll das nun wieder werden, wenn es fertig ist?«

Als er in den Speiseraum trat, klatschte Philipp in die Hände und scheuchte die Sklaven hinaus. »Bis das Bad bereitet ist, will ich keinen sehen.« Er lehnte sich zurück und schloß die Augen. »Ihr zwei – hier-bleiben.«

Antipatros hockte sich auf die Tischkante; Parmenion zog einen Scherenstuhl aus geschnitzter Zeder heran und setzte sich. »Also, diese Frau im Tempel...«

Antipatros murmelte: »Da ist etwas unterwegs.«

Philipp gähnte; die Augen waren immer noch geschlossen. »Ich werde sie mir ansehen. Vielleicht erfahre ich dabei, welche düsteren Dinge Aristandros mit den hiesigen Priestern ausgebrütet hat.«

Antipatros und Parmenion blickten einander an.

Philipp richtete sich auf; seine Hand klatschte auf den Tisch. »Haltet ihr mich für ein Hündchen, das mit dem Schwanz wedelt, wenn die Krähe Aristandros pfeift?« Seine Augen waren klar und scharf; keine Spur mehr von Wein, Langeweile und Verdruß. »Wer umzingelt ist, sollte sich verkleiden und im Lager des Feindes die Waffen zählen. – Und jetzt zu etwas anderem, Freunde.«

Parmenion grinste. »Viel Zeit für andere Dinge wirst du nicht haben, Philipp. Dein Bad ist gleich fertig.«

Philipp kniff ein Auge zu. »Das Bad ist geräumig. Ihr beide stinkt. Ihr kommt mit. Dabei belauscht uns keiner.«

»Hier auch nicht.« Antipatros sprach leise. »Was hast du vor?«

Philipp leerte seinen Becher, rülpste, verschränkte die Arme und lächelte. »Habt ihr euch überhaupt nicht gewundert?«

Parmenion atmete durch die Zähne ein. »Keine Ratespiele, Junge. Du weißt, wer Antipatros und Parmenion sind. Wir wissen, wer Philipp ist. Es muß schon etwas Größeres sein, sonst hättest du wenigstens einen von uns in Pella gelassen.«

»Ich frage mich«, sagte Antipatros, »ob es klug war.«

»Fragen und Klugheit bringen uns in diesem Fall nicht weiter.« Philipp faltete die Hände auf der Tischplatte; er blickte Parmenion lauernd von der Seite an. »Antipatros mit seiner Glatze und dem rasierten Kinn erkennt man überall. Bist du bereit, deinen feinen Bart zu opfern, Par-menion?«

»Wohin geht die Reise?«

»Wie weit geht ihr mit, Freunde?«

Antipatros rieb sich das Gesicht, als wollte er ein Gähnen oder Grinsen verbergen. »Auf welchem Weg?«

Parmenion knurrte etwas Unverständliches, dann sagte er halblaut: »Ah, komm schon – du weißt, daß wir mitgehen.«

Philipp nickte langsam; die Augen waren halb geöffnet, sein verhangener Blick tückisch. »Ihr habt meinem Vater gedient, meinem Bruder Alexandros, euch der Hexe und ihrem Beischläfer verweigert und Perdikkas beraten. Jetzt seid ihr mit mir. Warum?«

Parmenion holte tief Luft. »Wir wollen Makedonien stark und gesichert sehen. Wie es war, bevor einer von uns geboren wurde. Außerdem gefällt mir, wie du die Sache angehst. Du bist gut.«

Antipatros sagte beinahe feierlich: »Er geht voraus, Philipp, und macht dir den Weg frei. Ich folge und hüte deinen Rücken, damit du ruhig schlafen kannst.«

Philipp goß beiden Wein ein. »Also den ganzen Weg?«

»Den ganzen Weg, Junge.« Antipatros hob seinen Becher.

»Wo soll der Weg enden?« sagte Parmenion.

»Deiner beginnt in der Nähe von Maroneia.« Philipp schaute ihn ausdruckslos an. »Wenn wir hier fertig sind. Wir werden dich und eine Handvoll unserer Leute an der Küste absetzen. Sie werden ohne Rüstung sein, wie du; und du wirst deinen Bart opfern, Freund, damit du als ernster, asketischer Philosoph mit ein paar Schülern die Straße wandern kannst, die von Byzantion her über Maroneia, Abdera und Amphipolis zur Chalkidike und weiter nach Makedonien führt.«

Parmenion vergrub die Finger in seinem schwarzen Bart. »Ein Jammer, aber er wird wieder wachsen. Was soll ich auf diesem Pfad der Nachdenklichkeit tun?«

»Die Augen weit offen halten.«

Antipatros kaute auf der Unterlippe. »Die Städte sind athenische Bundesgenossen, im Hinterland sitzen die Thraker. Und?«

Philipp lächelte; es war kein mildes Lächeln. »Die Städte, die Befestigungen, die Laune der Menschen, die Straßen, die Felder. Und die Goldminen des Pangaion.«

Parmenion beugte sich vor. »Die gehören Athen.«

Philipp nickte. »Das ist *Athens* Problem.«

»Was hast du vor? Nicht nächstes Jahr, nicht in zwei Jahren, sondern wohin geht der Weg – am Ende?«

Ein Sklave erschien. »Das Bad ist gerichtet, Herr.«

Philipp winkte. »Geh, bereite mehr Tücher – für drei. Wir folgen sofort.« Er stand auf, stützte sich auf den Tisch. Antipatros und Parmenion leerten ihre Becher und erhoben sich ebenfalls.

»Der Weg? In die Sicherheit und Ruhe, Freunde. Seit zweihundert Jahren ist es so, wie es ist. Athen, Theben, Sparta, Thessalien, Makedonien, die Achaier und Aitolier und Epeiroten und Phoker und Akarnanier und Ambrakier, jeder gegen jeden, mal mit dem einen, dann mit dem anderen verbündet. Die hellenischen Städte in Asien, die ewig von den Mutterstädten geschützt werden sollten und bei jeder Gelegenheit an die Perser verscherbelt werden, wenn der Großkönig sich wieder in hellenische Wirren einmischt. Dazu die Barbaren im Norden – Illyrer, Thraker, Paionen, Geten, Triballer.« Leise und eindringlich sagte er: »Es muß ein Ende haben. Makedonien wird nur sicher sein, wenn ringsum alles ebenfalls sicher ist. Das ist das Ende des Wegs, Freunde. Ein Bund aller Hellenen, mit einem gemeinsamen Rat und einem gemeinsamen Heer und einem gemeinsamen Strategen. Mild und gerecht nach innen, ohne gewaltsame Auseinandersetzungen wie bisher; stark genug nach außen, um auch den König der Könige zwingen zu können, den Hellenen in Asien ihre Freiheit zu lassen.«

»In welcher Zeit, Herr?« sagte Antipatros heiser; er war bleich um die Nase.

»Zwanzig Jahre?« sagte Philipp. »Fünfundzwanzig? Bevor wir alle Zähne verlieren. Geht ihr diesen Weg? Er beginnt hier, wo Männer aus allen hellenischen Städten und Ländern zusammenkommen. Männer, deren Treue zu verkaufen ist, deren Freundschaft mehr Gold bringen wird als sie kostet, deren Einfluß und Nachrichten alles Gold wert sind, das übrigbleibt, wenn wir mit dem Gold des Pangaion Makedonien und Makedoniens Heer stark gemacht haben. Geht ihr mit, Freunde?«

Parmenion stieß den angehaltenen Atem keuchend aus und ließ sich schwer in seinen Stuhl fallen. »Sobald meine Knie wieder gehorchen«, sagte er leise.

Antipatros lachte plötzlich. »Du wirst in Ruhe schlafen können, Philipp, ich schütze deinen Rücken.«

Parmenion hatte die Stirn gerunzelt; er starrte die beiden an. »Ihr seid wahnsinnig«, sagte er schließlich. »Natürlich bin ich dabei. Ich will mich sogar rasieren, Philipp. Wie fangen wir an?«

»Wir haben längst begonnen. Ihr wußtet es nur noch nicht. Morgen kommt ihr mit in den Tempel; danach werft ihr eure Netze aus, während ich den Unsinn der Priester erdulde. Und jetzt – ins Bad!«

Morgens tranken sie Brühe, aßen Fladenbrot und kaltes Fleisch und schauten schweigend aus dem Fenster. Weißgekleidete, geschmückte Menschen zogen in den Wald, zum Tempel; immer wieder flatterten Vögel aus den Bäumen auf.

Philipp schob den hölzernen Teller von sich, wischte sich Mund und Hände mit einem feuchten Tuch, stand auf und ging mit vorsichtigen Schritten zum Fenster und wieder zurück. Sein Gang war steif.

»Wie eine Raubkatze mit einem Dorn in der Lende«, sagte Parmenion. »Hast du die beiden Frauen überlebt? Oder sie dich?«

Philipp lehnte sich an eine Säule und rieb sich den Rücken. »Ah, warum denn nicht? Ich bin ja noch keine sechsundzwanzig, kein alter Mann wie du – wie ihr beide.« Er lachte.

Antipatros faltete die Hände hinter dem Kopf und lehnte sich zurück; der Helm rutschte weit in die Stirn. »Willst du uns wirklich beide mitschleppen?«

»Wenn ihr nicht wollt... Also, einen hätte ich schon gern dabei. Du weißt, einen, der mich gelegentlich tritt, wenn ich allzu unbotmäßig werde.«

»Nimm ihn.« Parmenion deutete auf Antipatros. »Er tritt genauer. Ich werde mich ans Fischen begeben.«

Philipp nickte. »Wart einen Moment. Ich hab eine kleine Überraschung für euch.«

»Was für eine Überraschung?«

Philipp grinste. »Abwarten. Müßte gleich kommen.«

Antipatros gähnte. »Überraschungen am Morgen... Wir müssen noch etwas bereden, Junge; gestern abend sind wir nicht ganz fertig geworden mit der Politik, bevor dich das Fleisch rief.«

Philipp hob eine Braue.

»Und zwar geht es um deine Zeitvorstellungen. Du hast von zwanzig Jahren oder mehr gesprochen. In zwanzig Jahren bist du älter, als wir beide jetzt sind, und wir sind dann Greise. Wer soll weitermachen? Und – in welchem Amt?«

Parmenion pfiff leise durch die Zähne. »Reden wir davon, ja. Reden wir nicht von der Macht und den Zielen und der Lust, in Macht und Reichtum ein großes Ziel anzustreben. Reden wir *davon*.«

Philipp hob beide Hände und ließ sie wieder sinken. »Ihr verfinstert mein Gemüt! Das hat doch noch Zeit.«

»Hat es nicht.« Antipatros schob den Helm zurück und massierte sich die kahle Stirn. »Du wärmst den Thron für deinen Neffen Amyntas, als Vormund und Verweser. Alle behandeln dich als König, aber du bist nicht der König der Makedonen, Philipp. Pläne für zwanzig Jahre kannst du nicht machen. In fünfzehn Jahren, spätestens, wird dein Neffe Einwände erheben.«

Philipp blieb am Tisch stehen und stützte sich mit geballten Fäusten auf die Platte. »Sobald die wichtigsten Dinge geregelt sind, werde ich die Versammlung der Fürsten und Krieger auffordern.«

Parmenion stieß seinen Scherenstuhl zurück, stand auf und packte Philipp an den Schultern. »Komm zu dir, Junge. Du bist der dritte Sohn von König Amyntas. Deine Brüder sind tot, der zweite hat einen Sohn hinterlassen. Der König wird von der Versammlung gewählt, und die Versammlung muß nicht unbedingt einen wählen, der unmittelbar vom alten Herrscher abstammt. Er kann auch aus einem anderen Zweig kommen. Ein Lynkeste, ein Oreste, zum Beispiel. Du hast die lynkestische Hexe getötet; du hast Phila zur Frau genommen – aber sie hat bisher kein Kind. Du hast die Illyrerin zur Frau genommen, auch sie ist ohne Sohn. Nur eine Tochter. Dann hast du diese Tänzerin Philinna in dein Bett geholt – sie ist schwanger, aber sie ist aus Larisa, eine Thessalierin. Deine Verbindungen zu den Fürsten sind schwach, Philipp. Und: Solange ein kleiner Königssohn lebt, wird niemand den Onkel und Vormund zum König machen – es sei denn, er hätte selbst einen Sohn, der ihm nachfolgen kann, wenn etwas geschehen sollte. Einen Sohn von einer hohen Frau, nicht von einer Tänzerin.«

Philipp starrte Parmenion finster an; einen Moment sah er aus, als ob er zum Schwert greifen wollte. Dann lachte er, nahm Parmenions Hände von seinen Schultern und drückte sie. »Ich soll also meinen Samen nicht so vergeuden wie letzte Nacht? Ah, Freunde, und dann? Noch eine Frau nehmen? Warum nicht? Einen Sohn zeugen? Und wenn er geboren ist, die Versammlung einberufen?«

Antipatros lächelte; dann gefror sein Gesicht. An Philipp und Parmenion vorbei schaute er zum Eingang. In einem schmierigen, zerfetzten Chiton, mit einer vielfach geflickten Pferdedecke um die Schultern erschien Drakon der Heiler. Er sah aus, als hätte er einige Tage lang weder geschlafen noch den Bart geschabt. Eine Wolke übler Ausdünstungen umgab ihn: halbverdauter Wein, ausgebrochener Braten, Harn, Düfte billiger Dirnen. Er hatte eine Rose zwischen den Zähnen und kaute gemächlich auf dem Stiel; dann nahm er sie in die Hand, spuckte einen Dorn aus und verbeugte sich stumm.

»Was machst du denn hier?« sagte Parmenion. »Statt in Pella.«

Philipp klatschte in die Hände. »Wein«, brüllte er, »Fleisch und Brot. Und ein heißes Bad.« Ein paar Sklaven brachten eilig das Gewünschte, andere huschten in Nebenräume. Philipp deutete auf die Steinbank mit dem Bärenfell; eigenhändig goß er einen Becher voll Wein und reichte ihn dem Heiler.

»Danke, Fürst der Makedonen – ich kann's gebrauchen.« Drakon klemmte sich die Rose hinter ein Ohr, nahm einen tiefen Schluck und seufzte genüßlich. Langsam ging er zur Bank und ließ sich nieder.

»Wie bereits gesagt« – Philipp grinste Antipatros an, dann Parmenion – »gibt es auf Samothrake viele Dinge und viele Leute. Und meine kleinen Überraschungen. Manche Männer sind besser als andere dazu geeignet, überall herumzuwandern, ohne aufzufallen. Priester, zum Beispiel, denen ich mißtraue; und Heiler wie Drakon, dem ich meine Leber und meinen Thron anvertraue. Was hast du gefunden?«

»Moment«, knurrte Antipatros. »Seit wann ist er hier?«

»Seit zehn Tagen, Rückenbewahrer.« Drakon leerte seinen Becher mit einem Zug und schob die Rose wieder in den Mund. »Ich habe ein paar ganz nützliche Leute gesprochen, Philipp. Aus Athen, aus Milet, aus Byzantion, sogar aus Persien.«

»Persien, wie?« Philipp hakte die Daumen in seinen Gürtel. »Was machen Perser hier?«

»Diese Insel ist thrakisch, wie die meisten Einwohner – oder deren Vorfahren.« Parmenion musterte den Arzt aus schmalen Augen. »Thrakien war einmal eine persische Satrapie, wie all die Inseln hier.«

»Und es gibt Verbindungen.« Drakons Stimme klang unscharf, wie verschwommen in einer Lache aus Wein und Müdigkeit; und Rosen. »Die Mysterien... Ihr wißt ja, Dionysos ist auf dem Weg nach Indien auch sehr gründlich durch Persien gekommen. Und immer wenn man nach den Kriegen Verräter in Athen und Theben gesucht hat, waren die meisten von ihnen Anhänger eines oder mehrerer Mysterien.«

Philipp starrte ihn einen Moment unter zusammengezogenen Brauen an; plötzlich entspannte sich sein Gesicht. Er deutete auf Antipatros.

»Du und ich, wir werden jetzt diesen mysteriösen Priestern unsere

Aufwartung machen. Drakon sollte sich reinigen und schlafen – aber vorher Parmenion ein paar Hinweise geben. Sag mir noch eins: Was ist mit diesen Leuten, die du gesprochen hast? Sind sie willig? Muß man sie zwingen?«

Drakon grinste müde. »Nein; und sie sind sogar billig. Sie haben viele anregende Dinge zu erzählen. Über das, was man in Athen von den Ereignissen in Makedonien hält. Über das, was Artaxerxes plant.« Er kicherte. »Diese Insel und die Stadt – wunderbare Gegend, um Freunde zu gewinnen und Leute zu beeinflussen.«

Philipp rümpfte die Nase und sah zu, wie Antipatros die ausgewählten Sklaven zusammentrieb und ihnen Anweisungen gab. »Ich fürchte, ich werde eine Reihe falscher Freundschaften mit Priestern schließen müssen, ohne irgendwen beeinflussen zu können. Ich möchte, daß ihr euch um die wichtigeren Dinge kümmert, während ich mich angeblich mit den Göttern aussöhne.«

Vier Priester begrüßten den Herrscher Makedoniens: der Ägypter, Aristandros, ein Hellene, ein Thraker. Tempelsklaven übernahmen die Weihegaben; Antipatros konnte das Gefolge entlassen.

Es wurden nur wenige Worte gewechselt. Philipp gab sich keine Mühe, tiefere Anliegen oder Ergriffenheit zu heucheln; die Priester des Tempels, von Aristandros ausreichend vorbereitet, schienen derlei nicht zu erwarten. Mit schnellen Schritten geleiteten sie Philip und Antipatros durch die verschiedenen heiligen Geviere, vorbei an zahlreichen Altären, an geweihten Wassern, an einer Halle, in der junge Männer, völlig nackt, einander auspeitschten, während zwei Priester mit verhüllten Gesichtern rhythmische Gebete in veraltetem Thrakisch leierten; an einer anderen Halle, in der junge Frauen je einen großen steinernen Phallos umklammerten, umhüllt von erstickenden oder betäubenden oder berauschenden Wolken aus zahlreichen glimmenden Becken; vorbei an einem von zahllosen Säulen starrenden Innenhof, wo weißgekleidete Pilger mit geschlossenen Augen sangen und dabei die Oberkörper vor und zurück schaukelten.

Im Säulenhof vor dem Tempel des Zeus-Ammon berührte Aristandros Philipps Arm und sagte halblaut: »Die besondere Begrüßung für den besonderen Gast – du bist der erste, der heute den Tempel betreten darf.«

»Hat das Gold gereicht?« Philipp betrachtete die Tempeldiener und jüngeren Priester, die seit dem frühen Morgen anderen Pilgern den Eintritt verwehrt hatten und nun auf den Stufen eine Ehrenreihe bildeten.

Zwischen den wuchtigen Säulen der Vorhalle blieben die Priester stehen; der Hellene wandte sich an Philipp. Sein Lächeln war unecht und voller Zähne.

»Wir sind nur Mittler zwischen dir und den Göttern, Herrscher der Makedonen. Die Mittler wissen, wie groß dein Sehnen ist, der Läuterung und Aussöhnung teilhaftig zu werden. Die Mittler betrachten die Weihegaben als großmütig und reich; es ist unser Wunsch, Freundschaft und Wiederkehr des künftigen Königs der Makedonen zu bewirken.«

Philipp knurrte etwas und sagte halblaut: »Beim nächsten Mal Preisnachlaß; ich habe aber keine weitere Mutter, die umgebracht werden müßte.« Antipatros stieß ihn mit dem Ellenbogen an.

Der hellenische Priester räusperte sich. »Was die Mittler angeht, so ist des künftigen Königs Pilgerreise zur Zufriedenheit gediehen und vollendet. Die Götter machen jedoch keine Ausnahmen. Wir erwarten daher Verständnis dafür, daß auch der Herrscher Makedoniens die volle Dauer der Feiern zu ... ertragen hat, und daß nach der einleitenden Zeremonie seine Behandlung der aller anderen gleicht.«

Philipp grunzte und nickte. Sie gingen in den Tempel.

Olympias stand barfuß auf einem Stein mit blauen Adern. Sie trug den knielangen, ärmellosen Chiton aus weißem Leinen. Eine hellrote Schärpe, statt eines Gürtels eng um den Leib geschlungen, betonte Brüste, Hüften und Gesäß. Hellrot waren auch die Nägel an ihren Fingern und Zehen. Der im Tempel zum Dämmer gemilderte Tag, lodernde Fackeln und glimmende Becken, der wogende Widerschein auf Edelsteinen, Gold und Elfenbein umgaben sie mit vielfarbigem Feuer; es rieselte aus ihrem brandigen Haar.

Der Ägypter stellte sich zu ihrer Rechten, Aristandros zur Rechten von Philipp auf.

»Deine *hetaira*«, sagte der Seher aus Telmessos. Er nahm Philipps rechte Hand, der Ägypter die von Olympias.

Philipp stand starr. Seine Nase schien blutleer, seine Augen fraßen sich fest in Olympias' Gesicht. Sie seufzte kaum hörbar, öffnete ein wenig den Mund, schüttelte die Hand des Ägypters ab; ihre Blicke und die von Philipp schienen sich umeinander zu flechten. Als ihre Finger seine berührten, war es, als ob beide einen Moment lang schwankten. Der

Ägypter trat einen Schritt zurück; auf dem Gesicht des Aristandros starb das Lächeln. Antipatros starrte die Frau an, offenbar fassungslos; dann ächzte er leise, sah Philipps Gesicht und schloß die Augen.

Philipp und Olympias preßten die Handflächen gegeneinander; die Finger verschränkten sich wie im Krampf. Der Makedone streckte die linke Hand aus; ohne von Olympias' Augen fortzuschauen, löste er die goldene Spange, die das aufgetürmte rote Haar zusammenhielt. Das Schmuckstück klirrte zu Boden, lag zwischen Olympias' Füßen. Mit einer Kreiselbewegung des Kopfes schüttelte sie das Haar aus.

Aristandros rang um Luft, wie ein Ertrinkender; es war beinahe ein Schluchzlaut. Er ließ Philipps Arm los und ging langsam nach vorn, zum Altar vor der riesigen Statue des Gottes, wo die Tempelsklaven Philipps Weihegaben niedergelegt hatten. Die drei anderen Priester folgten. Philipp und Olympias standen einen Moment versunken und verloren, ehe sie sich mit einer spürbaren Anstrengung voneinander lösen, die Blicke und die Hände entflechten konnten. Nebeneinander gingen sie zum Altar des Zeus-Ammon. Antipatros bückte sich nach der goldenen Spange und steckte sie ein, ehe er folgte.

Der thrakische Priester hatte die Hände erhoben und die Augen geschlossen. Halblaut murmelte er Gebete, Anrufungen. Aristandros ging zu einem kleinen Tisch; dort lagen die Tonröhre und die Beutel mit Gold und Weihrauch, die er am Vortag mitgebracht hatte. Der Ägypter und der Hellene traten neben den Thraker.

Tempelsklaven schleiften einen jungen Widder herbei; sie hatten ihm die Schnauze mit einem weißen Tuch umwickelt, damit er den heiligen Ort nicht durch Blöken entweihte. Der Thraker ergriff ein scharfes, leicht gekrümmtes Opfermesser, hob es an seine Stirn und reichte es dem Hellenen, der die Bewegung wiederholte und das Messer dem Ägypter gab.

Die Sklaven versuchten, den strampelnden Widder auf den Altar zu wuchten. Der Ägypter schüttelte den Kopf und deutete auf den Boden vor dem Altar. Einer der Sklaven packte die Hörner des Tiers und bog ihm den Kopf in den Nacken.

Philipp streckte den Arm aus; seine Finger schlossen sich um das Handgelenk des Ägypters. Der Priester wehrte sich; seine Lippen waren zusammengepreßt, er keuchte, seine Wangenmuskeln arbeiteten. Dann knackte etwas; der Ägypter stieß einen leisen Schrei aus und ließ das Opfermesser fallen.

»Meine Weihegaben.« Philipps tiefe, volle Stimme dröhnte durch den Tempel. »Mein Opfer.«

»Du ... du bist kein Priester.« Der Hellene starrte ihn an.

»Priester können opfern, und Könige.«

»Du bist kein König – *noch* nicht«, sagte Aristandros.

»Für Makedoniens Volk bin ich es, für die Fürsten werde ich es sein. Laßt den Gott entscheiden – wenn er das Opfer annimmt und die Leber des Widders gut ist, gilt, was ich sage. Wenn nicht, muß ich wieder etwas sühnen. Um so besser für euch.«

Aristandros warf Antipatros einen hilfesuchenden Blick zu, aber diesmal hielt Philipps Berater sich zurück. Mit dem Fuß stieß der Makedone das Opfermesser beiseite und bückte sich zu dem Widder. Er zupfte am Tuch; das Tier wurde ruhiger, als Philipp es berührte.

»Blöde Knoten«, knurrte er. Er kniete nieder, versuchte abermals, die Schnauze des Widders zu befreien. Olympias stand neben ihm, vielleicht einen halben Schritt zurück.

»Wer bist du, *hetaira*?« sagte Philipp über die Schulter.

Ihre Stimme war belegt, ein wenig aufgerauht, wie mit der stumpfen Seite einer Klinge berieben. »Olympias, Tochter des Neoptolemos und Nichte des Arybbas.«

Philipp runzelte die Stirn. »Könige der Molosser? Dann darfst du helfen.«

Der Ägypter hielt sich das rechte Handgelenk. Mit kaum unterdrückter Wut sagte er: »Das geht nicht – es ist unmöglich. Opfer stehen den Priestern zu, und den Königen. Solche Opfer jedenfalls. Eine Frau ...«

Philipp wandte nicht einmal den Kopf. »Könige; und Königinnen. Der Vater meines Geschlechts ist Herakles; die Fürsten der Molosser stammen ab von Neoptolemos, der zuerst Pyrrhos hieß – der Sohn, den Achilles mit Deidameia zeugte. Wer bist du, daß du es wagst, in unserer Anwesenheit den Mund zu öffnen?«

»Priester des Amûn.« Die Stimme des Ägypters war ein Zischen.

»So laß deinen Gott entscheiden, ob er das Opfer annimmt. Hilf mir mit dem Knoten, Olympias.«

Der Ägypter faßte mit der gesunden Hand nach Olympias; sie schüttelte seinen Griff ab, ohne ihn anzusehen, kniete neben Philipp nieder und löste die Tuchbinde. Der Widder öffnete das Maul, gab aber keinen Laut von sich.

Philipp hielt das Tier an einem Horn. »Laßt ihn los.«

Die Sklaven gehorchten; der Widder blieb ruhig stehen.

»Bringt Brot. Auf dem Tisch liegt ein Fladen. Gebt ihn mir.«

»Brot für den Gott«, sagte der hellenische Priester mit einem unüberhörbaren Staunen in der Stimme.

»Bringt es her.«

Aristandros hob die Hände, ließ sie fallen, wandte sich um und holte selbst die Silberplatte mit den Fladen für die Opferung. Philipp hielt immer noch den Widder am Horn fest; mit der Rechten nahm er einen Brotfladen. Er streckte die Hand aus. »Du weißt, was es bedeutet?«

»Ich weiß es – *hetairos.*« Olympias' Stimme flackerte, aber ihre Augen waren stetig. Sie ergriff das Brot.

Philipp sagte halblaut: »Antipatros.«

»Ich höre.«

»Deine Hände, Hüter Makedoniens.«

Antipatros zögerte nicht länger, als ein Blinzeln dauert. Sein Entsetzen über den Anblick der schönen jungen Frau wog geringer als das Vergnügen über Philipps Auftritt. »Steht auf.«

Sie erhoben sich; Philipp nahm den Widder zwischen die Beine. Antipatros legte die linke Hand auf Philipps, die rechte auf Olympias' Schulter.

»Den Segen der Götter, die Treue des Volks, gute Stunden und zahlreiche Kinder«, sagte er mit fester Stimme.

Olympias und Philipp zerrissen das Brot. Beide bissen von ihrem Teil ab, tauschten und aßen von der anderen Hälfte. Antipatros ließ sie los, nahm Aristandros die Silberplatte ab und hielt sie ausgestreckt vor sich, bis Olympias und Philipp die Brotreste darauf legten. Der Ägypter hatte sich abgewandt; er rieb sein Handgelenk. Der Thraker starrte stumm zum Antlitz des Zeus-Ammon hinauf, wo das Spiel der Lichter und Schatten ein dämonisches Lächeln zu bewirken schien. Der Hellene preßte die Handflächen gegen die Schläfen; seine Augen waren weit aufgerissen. Aristandros stand bleich und regungslos rechts neben dem Altar. Nur seine Augen bewegten sich: Sie zuckten zwischen Philipp und Olympias hin und her.

»Leg meine Gaben auf den Altar, Fürstin der Molosser und Makedonen.« Philipps Stimme war ein tiefes, heiseres Grollen.

Olympias ging zu den bereitgestellten Schalen, Beuteln und Ballen. Es waren die Gaben eines Königs, seiner und des Gottes würdig. Das

Fell eines weißen Bären, auf unbekannten Wegen und durch viele Hände weit aus dem Norden hergebracht; silberne Schalen voller Münzen – *shiqlu* aus Karchedon, goldene persische Dareiken, goldene und silberne Löwenmünzen aus der Zeit des Lyders Kroisos, athenische Didrachmen, Ströme von Tetradrachmen aus Syrakus und anderen hellenischen Städten des Westens, Bronzemünzen mit seltsamen Bildzeichen und viereckigem Loch, Statere mit dem korinthischen Pegasus; ein Ballen feinsten, mit Goldfäden durchwirkten Leinentuchs; Silber und Gold in Stangen; silberne und goldene Pokale; Amphoren mit Wein aus vielen Gegenden...

Olympias legte von allem ein oder zwei ausgewählte Stücke auf den Altar. Philipp sah zu und kraulte den Hals des Widders. Als Olympias sich ihm wieder zuwandte, schob er ihr das Tier hin und zog sein Schwert. Der Hellene wollte ihm das Opfermesser reichen; Philipp winkte mit einer harten schnellen Handbewegung ab.

»Bruder«, sagte er leise; dabei schaute er dem Widder in die Augen, »nicht gefesselt und geknebelt sollst du zu den Göttern kommen.«

Olympias hielt den Widder fest; ihre Finger krallten sich in die Wolle des Rückens. Mit einem schnellen, sicheren Hieb trennte Philipp den Kopf des Tieres vom Rumpf. Das Blut spritzte durch die Luft, färbte die Gewänder des Ägypters und des Hellenen, bildete eine große Lache vor dem Altar. Philipp und Olympias nahmen das restliche Brot von der Scheibe, die Antipatros ihnen reichte, tauchten es ins Widderblut und verzehrten es. Der Thraker stieß dumpfe Klagelaute aus und reckte seine Arme dem Gott entgegen.

Scheinbar mühelos hob Philipp mit der Linken den Kadaver und legte ihn auf den Altar, zwischen die Gaben. Mit zwei Schnitten seines Schwerts öffnete er Bauch und Brust des Widders; die Gedärme quollen heraus. Philipp reichte Antipatros das Schwert, bückte sich und streifte die Sandalen ab. Barfuß trat er in die schlüpfrige Lache; er zog Olympias an der Hand mit sich.

Sie wechselten einen langen, brennenden Blick. Dann rissen sie die dampfenden Eingeweide auseinander. Olympias fand die Leber; sie reichte sie Philipp. Er hob sie hoch, drehte sie hin und her, betrachtete sie von allen Seiten, legte sie dann auf eine freie Stelle des Altars.

»Der Gott ist mit den Gaben zufrieden.« Er nahm Olympias' Hand, verschränkte seine Finger mit ihren; seine Stimme war tief und sicher und voll von unendlicher Gier. Olympias atmete schnell, beinahe keuchend. Sie rieb ihre Knie aneinander. »Er billigt das Opfer und die Opfernden.« Philipp streifte Aristandros mit einem spöttischen Blick. »Dann wollen wir zur Sühne schreiten.«

Rechts vom Altar, unmittelbar vor der Statue des Zeus-Ammon, standen zwei große Becken, in denen Holzkohle glühte. Philipp zog Olympias mit sich; Antipatros senkte die Augen zu den blutigen Spuren, die beide auf den weißen Platten hinterließen.

Philipp legte den schweren Beutel mit Goldmünzen vor der Statue nieder, zwischen den Becken. Er öffnete den anderen Beutel mit dem Weihrauch und verteilte das kostbare Harz aus dem Süden Arabiens auf beide Becken.

Als der strenge, satte Ruch aus den beiden Rauchsäulen den Tempel erfüllte, zog Philipp die Leinwand aus der Tonröhre. Das Bild seiner Mutter Eurydike, gemalt von einem großen und geschickten Maler aus Phönikien, der vor Jahren in Pella gelebt hatte und gestorben war.

Antipatros spürte, wie sich die winzigen Härchen in seinem Nacken aufstellten; verwirrt bedachte er, daß es gut sei, im übrigen einen kahlen Kopf zu haben. Das vom Vergnügen und von Bewunderung verdrängte Entsetzen stieg wieder in ihm auf. Er trat einen Schritt vor und beobachtete das Gesicht der jungen Frau.

Olympias sah zu, wie Philipp die Leinwand ausrollte und auf einen der glimmenden Weihrauchhaufen legte. Antipatros zog die Oberlippe zwischen die Zähne. Philipp musterte Olympias von der Seite, mit einem lauernden und gleichzeitig begehrenden Blick.

Olympias riß die Augen auf und beugte sich vor. Aus dem Chiton glitt das ägyptische Amulett; an der feinen Goldkette baumelte es einen Moment über dem Bild, das sich zu kräuseln begann. Philipp betrachtete es und blinzelte; dann lachte er dröhnend.

Antipatros sah, wie Olympias die Hände nach dem Bild ausstreckte. Dem Bild einer Toten, die aussah wie eine Zwillingsschwester der jungen Frau. Er stieß die angehaltene Luft aus und schloß die Augen.

Kurz nach Sonnenuntergang war es windstill und immer noch warm. Drakon saß nackt im seichten Wasser, schaute aufs Meer hinaus und kaute auf einem Lorbeerzweig. Weiter oberhalb hockten drei Hopliten, außer Hörweite.

Antipatros beendete seinen Bericht. »Tja, und dann sind sie irgendwo verschwunden. Wahrscheinlich dröhnt der Tempel von ihren Lustschreien. So etwas hab ich noch nie gesehen – daß sie nicht in der Widderblutlache übereinander hergefallen sind... Als ob sie seit Beginn der Welt aufeinander gewartet hätten.«

Parmenions Gesicht war düster. Immer wieder bohrte er die Finger in den weißen trockenen Sand, füllte die Hände, hob sie und ließ Sand rieseln. »Gefällt mir nicht – nein, mag ich nicht.« Es waren weniger deutlich unterscheidbare Wörter als vielmehr ein heiseres Knurren.

Drakon wandte ihm das Gesicht zu. »Die Welt wurde nicht in Gang gesetzt, um deine Billigung zu finden, o Parmenion. Und der Wille des Königs ist wie Erdbeben und Springflut.«

»Bah.« Parmenion warf eine Handvoll Sand nach dem Arzt. »Ich brauche deine weisen Reden nicht, Knochenrenker. Und sie sieht aus wie die Alte, sagst du? Die lynkestische Hexe?«

Antipatros ließ sich auf den Rücken sinken. »Wie eine jüngere Schwester. Eine jüngere Zwillingsschwester, wenn es das gäbe.«

Drakon schlug mit der flachen Hand aufs Wasser. »Was regt ihr euch auf? Habt ihr noch nie bemerkt, daß die Frau, die ein Mann wählt, sehr oft seiner Mutter gleicht?«

Parmenion nahm den leichten Helm ab, füllte ihn mit Sand und goß ihn wieder aus. Nicht weit von Drakon hockte eine Möwe auf einem Fischkadaver. Sie blickte zu den Männern herüber und zeterte leise. Aus dem Wald oberhalb des Strands klangen die Stimmen von Pilgern, die vom Tempel zur Stadt gingen.

»Ich mag das nicht... Wenn sie so ist und nicht nur so aussieht... Nach dem, was du sagst, hat sie die gleiche Kraft, die gleiche Wucht. Wenn sie nicht nur so aussieht, sondern wirklich so ist, dann... Und er hat sie als Fürstin der Makedonen bezeichnet, ja? Seine vierte Frau, mit deiner tätigen Mitwirkung, du Arschgesicht und Windbeutelgehirn.«

Antipatros schob den Helm in den Nacken. »Zu freundlich; allzu freundlich. Was hättest du denn gemacht?«

»Ah, ich weiß es nicht. Ich weiß nur, es gefällt mir nicht. Warum macht er sie denn gleich zur Herrscherin? Wäre es nicht genug, wenn er tausend Nächte lang seinen nimmermüden Dolch in ihre Scheide schöbe und ein paar Kinder machte? Die vierte Frau, ebensowenig Königin wie die ersten drei? Warum soll sie herrschen?« Er gluckste. »Wenn sie so ist wie die Alte, dann wird er sie am Ende umbringen.«

»Oder sie ihn. Vergiß diese Möglichkeit nicht«, sagte Drakon.

Antipatros winkte ab. »Philipp ist zäh. Mich beunruhigt etwas anderes.«

Parmenion betrachtete ihn mit herabgezogenen Brauen. »Da ist etwas in deiner Stimme, was mir fast genauso mißfällt wie alles andere. Bis auf die Art, wie er mit den Priestern umgesprungen ist.«

Antipatros stand auf, ging ein paar Schritte hin und her, klopfte den Sand von seinem Chiton und setzte sich wieder. »Irgendwas geht da vor sich... Die Priester haben sie ihm als *hetaira* ausgesucht. Unser Aristandros, dieser Leberleser und Zeichenzähler, ist eine miese Krähe, wenn es je unter Priestern etwas anderes gab, aber dumm ist er nicht. Und die anderen... Warum, Parmenion, warum suchen sie ausgerechnet diese Frau als *hetaira* für ihn aus? Tochter des Neoptolemos, Nichte von Arybbas, der in Epeiros herrscht, solange Olympias' Bruder Alexandros zu klein ist? Sie muß lange vorbereitet worden sein. Sie ist ausgebildet, verstehst du – so gut wie Priesterin. *Und* sie sieht aus wie Eurydike. Zu viele Zufälle. Und dann hat sie auch noch das gleiche Amulett wie die Alte.«

Parmenion erstarrte. »Was für ein Amulett?«

Antipatros malte die Umrisse in den Sand. »Aus Gold, wie es sich gehört. Ein ägyptisches *ankh*, dieses Henkelkreuz oder Schleifenkreuz, Zeichen für Lebenskraft, notfalls auch langes Leben nach dem Tod; und das *udjat*-Auge, das Falkenauge des Gottes Horos. Zeichen für Weitsicht, Hellsicht, Voraussicht, für Fruchtbarkeit und Macht. Beide Zeichen sind alt; und altbekannt. Aber das Auge in der Schleife des *ankh* – seit wann bringt man sie zusammen, und was bedeutet es?«

»Die Lynkestin und ihr Beschäler, dieser Halbägypter, die hatten es«, sagte Parmenion leise. »Aristoteles hat auch so ein Ding; bei ihm bedeutet es nichts – er sagt, er hat es von einem alten Händler, der weit im Norden gestorben ist. Einfach als Erinnerung. Aber die Lynkestin und jetzt die Molosserin, und immer ist ein Ägypter oder Halbägypter dabei... Es gefällt mir nicht; nein, ich mag das alles überhaupt nicht.«

»Morgen früh fahren wir. Habt ihr alles vorbereitet? Und: Was machen die Gespräche mit fremden Menschen?« Philipp nahm mit beiden Händen den Becher von Drakon entgegen. Mit steifen Schritten ging er zur steinernen Bank und sackte ächzend auf das Bärenfell.

»Das Schiff ist bereit.« Parmenion rieb sich verdrossen die nackte

Wange und das geschorene Kinn. »Wir haben viele kluge Reden gewechselt mit klugen Männern. Willst du das alles genau wissen – jetzt?«
Philipp trank, gluckste, trank noch einmal. »Nein. Schlafen, allein;
vielleicht träumen. Ohhhh. Bereden können wir das an Bord.«

Parmenion nickte. »Wie du willst. Wo sind dein Seher und die Tempelhure?«

Philipp rammte den Becher auf die Tischplatte; er barst, und der restliche Wein verspülte die Splitter. »Du sprichst von meiner Gemahlin –
deiner Fürstin!« Die rechte Hand tastete nach dem Griff des kurzen
Schwerts.

Parmenion hob eine Braue. »Übernimm dich nicht, Junge. Du
sprichst mit Parmenion.«

Philipp ließ das Schwert los und fuhr mit der Fingerspitze durch die
Pfütze aus Wein und Becherstückchen. »Das Recht der freimütigen
Rede gegenüber dem Fürsten kann man auch mißbrauchen, Make-
done.«

Antipatros kicherte hohl. »So ist es recht. Schlagt euch. Es wird die
Dinge bestens voranbringen.«

Parmenion grinste flüchtig. »Eben. Um die Dinge voranzubringen,
sage ich, was ich sage – und was die Makedonen sagen werden. Ich
glaube, du hast im Tempel deinen Verstand verloren, Philipp.«

»Oder wiedergefunden.« Philipp klatschte in die Hände; ein Sklave
kam gerannt. »Wegwischen. Und bring mir einen neuen Becher. – Also
das werden die Makedonen sagen?«

Drakon, an eine Säule gelehnt, kaute Pfefferminzblätter; seine
Stimme war undeutlich. »Werden sie vielleicht. Jedenfalls werden sie
sagen, wozu diese Fremde?«

»Und vor allem« – Parmenion stützte sich auf den Tisch und blickte
in Philipps Augen – »werden einige sagen, Philipp hat sich von den
Priestern einwickeln lassen. Aber es bleibt dabei; was immer sie sonst
ist, sie ist eine Tempelhure.«

»Gewesen.«

Parmenion schnaubte. »Ist ein Bäcker der Sonnengott, wenn er das
Backen einstellt und soviel säuft, daß sein Gesicht rot leuchtet? Ist eine
Eiche ein Pfosten, wenn sie die Blätter verliert?«

»Parmenion dagegen bleibt Parmenion, auch wenn er Unsinn redet.«
Philipp lächelte plötzlich. »Vielleicht ist es ja das Reden von Unsinn,
das Parmenions eigentliches Wesen ausmacht.«

»Komm, überlaß das Wörterdrechseln den Philosophen. Ich weiß, es ist nicht mehr zu ändern; Antipatros hat euch das Brot hingehalten. Aber sag mir einen Grund, einen guten Grund, den ich dir vielleicht nicht abnehme, den ich aber ruhigen Mutes anderen gegenüber vertreten kann!«

Philipp schwieg, bis der Sklave, der den neuen Becher gebracht und den Tisch gesäubert hatte, den Raum verließ. »Es gibt viele Gründe, Freund. Einer ist zwischen ihren Schenkeln.«

Parmenion seufzte. »Und dein Verstand in deinen Hoden, wie? Ist sie denn anders oder besser als die fünfhundert Frauen, die du bis jetzt beschlafen hast?«

Philipp grinste. »Wenn du es so genau wissen willst – ja.« Er wurde ernst, seine Stimme kaltes Eisen. »Habt ihr mir nicht gesagt, ich sollte eine edel geborene Frau nehmen, die mir Kinder gebären kann, vielleicht einen Sohn? Reicht euch die molossische Königstochter aus dem Geschlecht des Achilles nicht? Wie edel soll die Mutter meines Nachfolgers denn noch sein?«

Parmenion wollte sich den Bart kratzen, der nicht mehr da war; statt dessen raufte er sich die Haare. »Aber sie war eine Tempelhure! Du *kannst* sie nicht zur Königin machen!«

»So? Kann ich nicht? Eine Königstochter, die auch Priesterin des Zeus und Ammon ist? Nichte des Herrschers von Epeiros, unseres unfreundlichen westlichen Nachbarn, der in Zukunft ein lieber Verwandter sein und unsere Grenzen achten wird? Sag es mir noch einmal, Parmenion. Sag mir noch einmal, daß ich sie nicht zur Königin machen kann. Sobald ich König bin.«

Antipatros hüstelte und sagte überaus sanft: »Das wäre ein guter Grund, Parmenion, nicht wahr? Aber ich glaube, es gibt noch einen.«

Parmenion warf ihm einen mißmutigen Blick zu. »Noch einen? Hoffentlich ist er besser.«

Philipp hob langsam den Becher und sah Antipatros über den Rand hinweg an. »Was meinst du, Freund?«

»Spiel nicht kindische Fragespiele mit uns.« Antipatros stand von dem Säulensockel auf, auf dem er die ganze Zeit gesessen hatte. »Dazu kennen wir dich zu gut. Was ist mit dem Amulett?«

Philipp lächelte und trank, lange und mit Genuß. Er wischte sich den Mund und setzte den Becher vorsichtig ab. »Gut, sehr gut. Es gibt mehrere Dinge zu sagen. Keine Gründe, Parmenion, die du anderen gegenüber vertreten kannst – außer dem einen, daß Olympias die Nichte von Arybbas ist.«

Parmenion steckte den kleinen Finger ins rechte Ohr. »Ich höre.«

»Ich kann und ich will nicht aus jedem hohen Haus Makedoniens eine Tochter zur Frau nehmen. Phila muß genügen, als Zeichen des guten Willens. Die übrigen Fürsten werden mit Wonne ihre Söhne in die Obhut des Herrschers geben, um sie zu guten Dienern und späteren Gefährten des Königs und, wer weiß, seines Sohnes heranwachsen zu sehen.«

»Mit Wonne, fürwahr.« Drakon spuckte ein paar zerkaute Minzeblätter in die hohle Hand und betrachtete sie wie ein Orakel.

»Mit dieser Vermählung ist nach dem Norden auch der Westen sicher. Und wir, meine Freunde, können uns um die Dinge kümmern, die für die kommenden Jahre wichtig sind. Es kommt aber noch eines hinzu.« Philipp beugte sich vor; die Ellenbogen ruhten auf der Tischplatte. »Aristandros ist nicht dumm; auch die Priester von Samothrake nicht. Wenn Priester so töricht wären wie die Dinge sind, die viele Menschen ihnen glauben, gäbe es nirgendwo Tempel. Dieses ägyptische Amulett... Eurydike hatte eines, nun sehe ich das gleiche bei Olympias. Aristandros redet mir lange zu, ich soll nach Samothrake reisen; die Priester hier werden wohl gewußt haben, daß ich komme. Eine molossische Fürstentocher ist nicht jeden Tag verfügbar; all das muß lange Zeit vorbereitet worden sein.«

Antipatros blickte Parmenion an; beide schwiegen und warteten. Schließlich sagte Philipp: »So viele Mysterien und Geheimbünde, die immer wieder ihre Finger in Geld und Politik und Krieg stecken haben... Ich weiß nicht, welchem der tausend Bünde dieses seltsame Amulett entspricht; ich weiß nicht, was dieser Bund an Zielen verfolgt. Es ist aber klar, daß die Ziele etwas mit Makedonien zu tun haben. Mit meiner Mutter, mit meinem Vater, vielleicht mit dem Tod meines Bruders Alexandros. Ich weiß nicht, ob auch Perdikkas daran gestorben wäre. Aber eines weiß ich.« Er kniff die Augen zusammen, bis nur schmale Schlitze blieben; seine rechte Hand legte sich um den Schwertgriff. »Wenn diese Leute, wer immer sie sind, eine Waffe gegen Makedonien geschmiedet haben – ein Schwert, das vielleicht aus Ägypten stammt, vielleicht von Athen gelenkt wird, wer weiß – wenn es so ist, dann gibt es irgendwo zweifellos auch vergiftete Pfeile. Man wird sie Makedonien in den Rücken schießen, wenn das Schwert sein Ziel nicht erreicht. Deshalb nehme ich das Schwert in mein Bett, Freunde; solange ich es im Bett habe, wird niemand einen Giftpfeil in meinen Rücken schießen. Vielleicht gelingt es mir, das Schwert schartig zu machen. Vielleicht kann ich es sogar aus der Hand jener winden, die es jetzt führen, und es selber zu unserem Nutzen verwenden. Deshalb – und aus den anderen Gründen.«

Parmenion nickte langsam; sein Gesicht hellte sich ein wenig auf.

In diesem Moment betrat Aristandros den Raum. Vielleicht hatte er bereits eine Weile hinter den Säulen gestanden, vielleicht hatte er die letzten Worte gehört. Sein Gesicht verriet nichts.

»Alle Vorbereitungen sind getroffen, Philipp. Morgen früh erwartet die Fürstin das Geleit.«

Philipp stand auf, dehnte sich, gähnte. »Ihr beide« – er deutete auf Parmenion und Drakon – »reist nicht mit. Ich habe es mir anders überlegt. Im Tempel war ein milesischer Händler, der übermorgen von hier weiter nach Thasos und Maroneia fährt. Er kann euch mitnehmen. Ich möchte, daß Antipatros alles erfährt, was wissenswert ist. Damit er es mir sagen kann. Und nun will ich bis morgen früh nicht gestört werden.«

5. HELLAS

Aristoteles legte sich auf die Seite und schaute hinüber zur Feuerstelle; auf dem Rost glommen nur noch Reste, die bald brechen und in den gemauerten Aschefänger stürzen würden. Die Decken und Felle, unter denen der alte Mann lag, gerieten durch die Bewegung ins Gleiten. Ein säuerlicher Geruch von krankem Fleisch und Verfall stieg auf. Peukestas bückte sich, nahm die Decken und breitete sie wieder über den Sterbenden. Dabei berührte er eines der Beine; es war eisig.

Er hatte beinahe vergessen, daß der Philosoph langsam erlosch. In den letzten Stunden war Aristoteles jünger geworden, durch den Zauber der Worte und Erinnerungen; seine Stimme war kräftiger, die Augen lebendiger als zuvor und ohne jenen siechen Feuerschein des Verglühens. Peukestas ging zum Rost, kniete nieder, legte weitere Rollen und neue Scheite zurecht und blies, bis aus der Glut wieder Flammen schlugen. Die oberste Rolle, ausgebreitet, mit winzigen schwarzen Zeichen bedeckt, kräuselte sich und verging; das letzte Wort, oben links, das Peukestas sehen konnte, war *Komödie*.

Aristoteles klatschte matt in die Hände. »Es gibt Bedürfnisse.«

»Kann ich helfen?«

Pythias kam durch den Schnurvorhang aus der Küche. »Nein; die Sklavin und ich werden tun, was zu tun ist. Vater, den Bottich?«

Peukestas verließ das Haus. Die Sonne war weit nach Südwesten gewandert; im klaren Nachmittagslicht lag der Brückendamm im Wasser des Euripos wie eine zerschnittene Larve auf silbrigem Tuch. Ein pfeilförmiger Schwarm großer Vögel flog von Norden her tief über die Wasserstraße zwischen Aulis und Chalkis. Durch die gelben und hellroten Blumen der Ebene näherte sich ein Reiter, einer der Kataphrakten.

Am Brunnen dösten die übrigen Männer. Sie hatten die Vorderbeine der Pferde zusammengebunden und Wasser in einen alten rissigen Trog gefüllt. Die Tiere konnten trinken und grasen, sich aber nicht entfernen.

Der Makedone kam heran und glitt von seinem Reitfell. »Es gibt

Unterkunft – und Wein.« Er grinste. »Die hatten riesige Vorräte angelegt, und dann sind fast drei Viertel der Truppe abgezogen worden.«

Das Pferd stand am Trog; es trank, schnaubte und schlug mit dem
Schweif. Peukestas lächelte.

»Klar, da müßt ihr helfen, keine Frage. Versorgt mein Pferd und laßt
es hier. Wir treffen uns morgen, irgendwann vormittags, in Chalkis.
Und laßt die Frauen heil.«

Durch die nicht länger verhängte Fensteröffnung zum winzigen Innenhof sickerte mildes Licht in den Raum. Aristoteles, von Pythias gestützt, trank eben die letzten Schlucke aus einem Napf und ließ sich
wieder in die Kissen sinken.

Die Frau blickte Peukestas an. »Hast du Hunger? – Ich bring dir eine
Schale davon. Und Brot?«

»Sehr gern, danke.«

Sie nahm den leeren Napf und ging. Aristoteles versuchte, ein Rasseln in der Brust wegzuhusten. Er schaute zum Feuer; Holz und Papyros brannten mit stetiger Flamme.

»Es ist sinnlos, ein Feuer zu machen und das Fenster zu öffnen.« Die
Stimme des Sterbenden klang immer noch kräftig und frisch. »In der
Sinnlosigkeit wohnt keine Tugend, aber jeder Genuß, dem die Mitte
fehlt, ist sinnlos.«

Pythias brachte Brot und eine Schale duftender Brühe. Kleine
Fleischstücke schwammen darin, mit Lauchstreifen und gerösteten
Hirsekörnern. Peukestas dankte Pythias, die sich wieder zurückzog;
Aristoteles sah zu, wie der Makedone die Schale an die Lippen setzte
und die heiße Brühe schlürfte und kaute.

»Tugend ohne Mitte ist keine Tugend.« Der Philosoph starrte an
die Decke; seine rechte Hand kroch wie selbständig über die Felle: ein
großer humpelnder Käfer, eine verstümmelte Spinne. »Tugend ist nur
in der Mitte. In der Zeit, von der wir reden, gab es die Mitte nur
bei Philipp.«

Peukestas schluckte Fleisch und Hirse; er blies über die heiße
Flüssigkeit. »Keine Tugend in Athen, dem Nabel und der Mitte von
Hellas?«

Aristoteles schnaubte leicht. »Alles ist wie ein großes Rad. Es dreht
sich, es rollt; es befördert Menschen und Waren, wenn es an einem halt-
baren Karren befestigt ist; es dient als Töpferscheibe und zu anderen

Dingen. Aber: Die Nabe muß ruhen, der Mittelpunkt darf nicht beben oder wandern. Als ob in der Nabe eine Waage wäre, die alles in ruhigem Gleichgewicht hält ... Deshalb sollte, wer Gesetze macht, alles bedenken: die Seelen, die Taten, die Folgen, die Ziele. Und die Lebensformen. Ein kluger Gesetzgeber sorgt dafür, daß die Menschen fähig sind, Plagen und Kriege zu bestehen, aber vor allem, daß sie in Ruhe und Frieden leben können. Das Nötige und Nützliche, aber auch und besonders das Rechte und Edle. So sollten Lehrer und Eltern arbeiten, so die Politiker, die Vormund des Ganzen sind. Aber... Athen? Oder Sparta? Oder Theben, oder andere hellenische Staaten?« Aristoteles runzelte die Stirn, hob den Kopf ein wenig und spuckte auf den Boden neben der Liege.

»Keine Tugend also in Athen?«

»Sie sind nie von dem ausgegangen, was richtig oder förderlich ist, immer nur von schnellem Gewinn. Ohne die Folgen zu bedenken. Sie haben ihre Völker nur zu dem Zweck kriegstüchtig gemacht, andere zu versklaven. Der Gesetzgeber muß aber die Bürger dazu bringen, kriegstüchtig zu sein, damit sie ihre Freiheit schützen können, nicht, damit sie andere unterwerfen. Das Ziel darf immer nur die Erhaltung oder Bewirkung eines für alle erträglichen Zustands sein. Friede ist der Sinn des Kriegs, nicht umgekehrt. Alle Politiker, die ich sah, wußten dies nicht. Sie konnten Schwerter schleifen, wenn es zum Krieg ging, aber sie ließen die Schneiden stumpf werden im Frieden. Sie haben nie begriffen, wie man Frieden führt, nur, wie man Krieg führt. Der einzige, der eine Waage und ein Maß besaß, war Philipp.«

»Der Kriegsherr, der Eroberer – Waage und Maß?«

Aristoteles zog die Decken bis ans Kinn und schielte zum Feuer. »Mehr Licht, mehr Wärme. – Ja, Philipp. Er war ein kluger Mann, maßvoll in seiner Maßlosigkeit. Seine Waage war gewaltig, aber gerecht. Er hat an einem Tag gewaltig gezecht, aber am nächsten war er ebenso gewaltig nüchtern. Er hat Kriege geführt, um den Frieden führen zu können. Er hat die Hellenen vereint, mit der Waffe – friedlich wollten sie sich nicht einigen. Er hat ihnen im Inneren die alten Gesetze gelassen und sie nur gezwungen, die Zwietracht zu beenden.«

Peukestas lehnte sich zurück, die Hände hinter dem Kopf verschränkt. »Ich bin Makedone«, sagte er langsam; »ich ehre das Andenken von Alexanders Vater. Aber Friedensfürst, Waage, Maß?« Er stand auf, ging zum Feuer, legte Holz und Papyros nach. »Vielleicht weiß ich nicht genug...«

Aristoteles schnitt eine Grimasse. »Niemand weiß genug. Die meisten wissen entweder zu viel oder zu wenig.«

Peukestas kehrte zu seinem Schemel zurück. »Ich weiß zu viel von Asien. Zu wenig von Hellas. All dies hier ist so – winzig. So gering. Ich habe mit Alexander die Sonne sinken sehen über Siwah und aufgehen über den Grenzbergen Indiens; ich habe der Mittagssonne von Babylon getrotzt und in der Nacht von Persepolis gebebt; ich habe im Oxos gebadet und im Nil, den der göttliche Homer Aigyptos nannte. Hellas war immer mit uns und in uns – die Wörter, die Gedanken, die Verse, die Gebräuche. Aber nun, da ich Hellas sehe, ist es schäbig und wiegt... so viel.« Er zeigte die leere Hand und drehte die Handfläche nach unten.

Aristoteles schwieg einige Momente. »Hellas«, murmelte er; dann, kräftiger: »Hellas ist ein Mensch, allein, unter der Sonne und den Göttern; alles denken im gleißenden Mittag, der keinen Schirm oder Schatten bietet; nicht wissen, ob man lebt, wohl aber, daß man sterben wird; die Musik und die Worte und die Formen; Homer, Sokrates und Lysippos. Hellas ist aber auch die Dämmerung der Götter, der Seher; das zuckende, kreischende Zwielicht der Mysterien; all der Halbschatten, in den jene fliehen, die den gleißenden Mittag und die Einsamkeit des Denkens nicht ertragen. Die Nacht der Angst und Knechtschaft, die schartigen Schatten der Zwietracht. Lichtes Begreifen der Tugend und strahlende Taten der Tugend, aber auch schäbiges Schachern um Vorteile. Folgenlose Erkenntnis, hintergangenes Wissen, verkaufte Freundschaft, gemeuchelte Liebe. Unter den Dingen ist allein der Mensch fähig zur Vernunft; unter den Menschen allein der Hellene zur Vernunft verpflichtet. Hellas ist diese Pflicht zu Vernunft, Denken und Tugend; Hellas ist auch die unausgesetzte Verletzung dieser Pflicht. Immer hat es großartige Barbaren gegeben, die durch Gnade, Zufall oder Willen aus dem Schatten in den Mittag getreten sind, die in hohem Grade Tugend und Vernunft besaßen – obwohl sie Barbaren waren. Tugend und Vernunft ablegen kann aber nur der, dem sie durch Erbe, Erziehung und Vorbilder angelegt wurden. Ein Barbar kann Mensch werden, nicht aber tierischer Schurke; das kann nur ein Hellene – weil er Hellene ist. Der Mensch ist das Maß aller Dinge, der Hellene ist das Maß aller Menschen. Die Oikumene im weiten Sinn ist die von Menschen und Barbaren bewohnte Welt, soweit wir sie kennen; im eigentlichen Sinn ist Oikumene jener Teil der Welt, der durch Menschen bewohnbar gemacht wird: aus dem Barbaren verschwinden. Ägypten, Babylon und Karchedon sind Teile der Oikumene insofern, als sie in gewissen Dingen mit Hellas übereinstimmen. Hellas ist nicht die Leere, die Alexander unersättlich in sich spürte und ausfüllen wollte; Hellas ist die Fülle, die Philipp erkannt hat und zur ruhigen Mitte machen wollte, zur Nabe, zum Nabel.«

Peukestas schloß die Augen. »Ein Bienenschwarm in meinen Ohren«, sagte er wie ein alter müder Mann, »Hornissen in meinem Hirn, Ameisen in meinem Herzen. All das wäre Hellas – und Philipp soll es gewußt haben?«

Aristoteles blickte ihn beinahe mitleidig an. »Er wußte es. Parmenion wußte es auch. Wie Philotas, Kallisthenes und Kleitos. Hellas ist ein Gefäß, das auf dem Sockel seiner Vorzüglichkeit steht. In diesem Gefäß war ein Einsatz mit vielen Kammern, und all diese Kammern waren gefüllt mit Wein. Viel Wein, viele Sorten guten Weins. Nach außen war das Gefäß vielfach gesplittert, aber nur wenig Wein lief aus. Philipp hat die hellenische Amphore geflickt, er hat die Oberfläche mit besten Farben überzogen und den Einsatz herausgehoben, die Kammern aufgebrochen. Alle Weine haben sich vermischt, und mit ein wenig Ruhe hätten sie zusammen einen neuen, unerhört köstlichen Trank ergeben. Alexander hat vor den Sockel einen aufgeblähten Ziegenbalg gestellt, voll von Essig, und den Balg mit Röhren und Schläuchen an die Amphore angeschlossen. Da der Balg nicht auf dem Sockel stand, ist Wein in den Essig geflossen, nicht umgekehrt, denn es ist ein großes Gefälle zwischen Hellas und den Barbaren. Alexander hat vielleicht geglaubt, er könne Wein und Essig vermischen, und es würde Nektar daraus. Früher oder später wäre alles zu Essig geworden. Nur ist Alexander tot, und seine Nachfolger werden mit dem Schwert den aufgeblähten Ziegenbalg zerteilen, bis jeder einen Fetzen Fell und eine Pfütze Essig behält.«

Peukestas atmete tief. »Du vergißt eines«, sagte er heiser. »Die Schwerter werden auch die Amphore zertrümmern. Es sei denn, du wüßtest, wer beides, Amphore und Balg, retten kann. Nicht, daß ich dein Bild billigte, aber nehmen wir es einfach so.«

Aristoteles kicherte: ein gehässiger alter Satyr, der sich noch einmal durch das Geäst neben der Quelle schwingt. »Ah, mein junger Freund, aber die trennenden Kammern, der rettende Einsatz – all das ist längst wieder in der Amphore. Sie wird ein wenig splittern, äußerlich, und sicher wird ein wenig Wein vergossen. Aber nicht aller Wein; wahrscheinlich nicht einmal viel.«

Peukestas seufzte. »Erzähl mir von Philipp. Ich muß mehr von Philipp und Hellas wissen, um Alexander verstehen zu können.«

Aristoteles rollte sich auf die Seite, das Gesicht dem Feuer zugewandt, und berichtete. Von Philipps Kühnheit und List; seiner Fähigkeit, lange zu warten; seiner Klugheit, gegenwärtig unerreichbare Dinge aufzuschieben; seinen Verträgen, die er wie Athen nur so lange einhielt, wie sie ihm nützlich waren – bis auf einen, den Vertrag mit den Thessaliern, seinen südlichen Nachbarn. Sie hatten ihm geholfen, als er die Macht übernahm, bedrängt von Athen, den Barbaren und makedonischen Gebietsfürsten; nicht viel Macht war das, was er übernahm, und kaum ein Sechstel des Landes, das fünfzig Jahre zuvor König Archelaos gehorcht hatte. Olynthos und die anderen Chalkidier hatten große Stücke besetzt, ebenso die Barbaren aus dem Norden, Athen hatte mit den Städten Pydna und Methone, nahe der alten Hauptstadt Aigai, die Landverbindungen nach Süden an sich gebracht. Aber die Thessalier schickten Philipp Reiter. Er sicherte die Grenzen, einigte das gedemütigte Volk, schmiedete aus den Trümmern des geschlagenen Heers eine neue Waffe, gewann die von seinen Vorgängern verlorenen Gebiete zurück.

»Ruhe«, sagte Aristoteles. »Ruhe und Frieden. Die Makedonen konnten schlafen und arbeiten. Dann ist er über die alten Grenzen hinaus nach Osten vorgedrungen – die Gold- und Silberbergwerke des Pangaion.« Er lachte leise. »Ich weiß noch, wie empört man in Athen war. ›Das Gebiet gehört uns, er soll die Finger davon lassen, wir werden ihm eins auf die Nase geben.‹ Sie haben dafür gesorgt – ich glaube, mit persischem Gold –, daß sich Thraker, Illyrer und Paionen gegen Philipp zusammentaten. Mit persischem Gold, attischem Silber, Waffen aus den Schmieden von Athen, hellenischen Söldnern. Und mit athenischen Schiffen, gebaut aus dem Holz, das Makedonien geliefert hatte. Auch die Makedonen kämpften mit athenischen Schwertern; in all dem, junger Freund, ist keinerlei Tugend – nur die Frage nach schnellem Nutzen. Die edlen Metalle des Pangaion-Gebirges? Hundert Jahre zuvor war es thrakisches Gebiet gewesen, immer wieder beansprucht und besetzt von den Leuten der Insel Thasos. Die Thasier haben es den Thrakern genommen, dann Athen den Thasiern, und nun nahm Philipp es den Athenern. Er hat die Minen gut genutzt, die Ausbeute gesteigert; er hat zwergwüchsige Phrygier ins Land geholt, du hast sie gesehen? Kleine Männer mit seltsamen Mützen, ausgestopft mit Stoffen und Fetzen, gegen Steinschlag in den Stollen. Tausend Talente haben ihm die Minen später im Jahr eingebracht, das Gewicht von hundertvierzig kräftigen Männern. Gold und Silber, um seine Hopliten zu bezahlen und Tore feindlicher Städte zu öffnen. Seine List, seine Staatskunst, seine Verträge und sein edles Metall haben mehr bewirkt als sein Schwert.«

Die Thessalier hatten ihm geholfen, nun half er ihnen. Als von Athen unterstützte Männer sich in mehreren Städten zu Tyrannen aufschwangen, zog Philipp nach Thessalien und vertrieb die Tyrannen; er gab den Städten ihre alte Ordnung und ihre alten Freiheiten zurück und wurde zum Bundesfeldherrn gemacht. Dann kam der Heilige Krieg: Die Phoker, in deren Land das Heiligtum von Delphi liegt, das sie zu hüten hatten, der Tempel des Apollon, von Hellenen aus der ganzen Oikumene besucht, um das Orakel zu befragen, von der ganzen Oikumene geheiligt und mit Schätzen versehen – die Phoker hüteten das Heiligtum nicht länger, sondern plünderten es; sie verwandten die Tempelschätze, um Söldner anzuwerben und zur größten Macht in Hellas zu werden.

»Einigkeit hätte nun herrschen sollen.« Aristoteles rümpfte die Nase. »Aber... Hellas ist niemals das gewesen, was es der Idee *Hellas* gemäß hätte sein sollen. Hundertdreißig Jahre nach der Schändung hellenischer Tempel durch Xerxes war die Empörung immer noch groß genug, um einen Sühnefeldzug gegen Persien zu verlangen; jedenfalls bei vielen. Aber die Schändung des Heiligtums von Delphi wurde nicht für sich betrachtet, sondern im Hinblick auf den Nutzen. Einige wollten die Phoker bestrafen; andere eigentlich auch, aber sie verbündeten sich dann doch mit ihnen, weil der thessalische Bundesfeldherr Philipp ihnen bedrohlicher erschien als eine Vorherrschaft der ruchlosen Tempelschänder.«

»Du verfällst«, sagte Peukestas ohne Schärfe.

Aristoteles blinzelte. »Wie?«

»Du verfällst. Deine Reden über Hellas waren besser. Als Lobredner Philipps überzeugst du mich nicht.«

Aristoteles sah ihn reglos an.

»Ich sollte es nicht sagen. Es steht einem kleinen Krieger und Schreiber nicht zu, den großen Philosophen zu rügen. Aber das, was du sagst, und die Art, in der du es sagst... Es hilft mir nicht, die Dinge zu verstehen. Es gibt mir keine Gewalt über die Dinge, Aristoteles. Ich kann mir nicht selbst einen Weg durch das Labyrinth suchen, denn du schreibst mir deinen vor.«

Aristoteles hüstelte. »Ei wie denn nun füglich, o Theaitetos«, murmelte er.

Peukestas schob den Schemel zurück; er stand auf und ging zu einem der Regale, dann zum Feuer, zum Fenster, wieder zurück zu den Papyrosrollen. »Das Kind, das die Hebamme Aristoteles hervorholen soll, ist schon gezeugt. Es ist noch nicht ganz reif, aber man muß es nicht verformen.«

Der Philosoph grinste. »Du hättest fünfundzwanzig Jahre eher geboren sein sollen; dann hättest du in Platons Akademie viele feine Stunden erleben können.«

Peukestas schüttelte den Kopf. »Dann hätte ich Philipp mein Schwert gewidmet. Dann wäre ich bei all den Ereignissen dabeigewesen und brauchte heute niemanden zu fragen. Weder makedonische Führer, deren Anliegen es ist, ihre eigene Bedeutung hervorzuheben, noch den sterbenden Stageiriten in Chalkis, der mir nicht von den Dingen berichtet, sondern seine Ansicht der Dinge vorträgt.«

»Haben die Dinge denn Wesen und Wahrheit außerhalb meiner Wahrnehmung? In dem Moment, da ich schwinde, wird auch dieses Haus schwinden – für mich.«

»Aber nicht für mich. Nicht einmal du wirst dann für mich schwinden. Ich werde dich weiterhin sehen, eine gewisse Zeit, als Leichnam.«

Aristoteles wischte mit der rechten Hand über die Decke. »Du verwirrst die Dinge, Kind. Du siehst dann einen Leichnam. Das Behältnis dessen, was einmal Aristoteles war. Der Unterschied zwischen Aristoteles und diesem Tisch, der wesentliche Unterschied, nicht die Abweichungen in der Gestalt, wird schwinden, wenn mein Leben schwindet. Es wird kein Aristoteles mehr sein, also auch kein Tisch und kein Haus – für Aristoteles.«

»Wohl aber für Peukestas. Und Pythias.«

»Ah, das sind andere Häuser und Tische. Sie haben nichts mit mir zu tun. Niemand steigt zweimal in den selben Fluß – wie wir wissen. Entweder hat sich der Fluß verändert, oder der Mensch. Es steigen aber nicht einmal zwei Menschen gleichzeitig in den selben Fluß. Für jeden ist der Fluß anders. Wie das Haus, der Tisch, der König der Makedonen. Für mich ist dieses Haus letzte Wohnung, hassenswert und abscheulich, denn ich werde in der Verbannung sterben. Für dich ist es vielleicht ein bedeutender Ort, denn hier hat der alte Aristoteles dir gezeigt, daß er nicht mehr fähig ist, einen jungen Makedonen weiße Dinge schwarz sehen zu lassen.« Er schloß die Augen. Sein Lächeln wirkte schwermütig; aus den herabgezogenen Mundwinkeln sickerte es in den Bart und verschwand. »Früher hätte Aristoteles so etwas mühelos gekonnt.«

Peukestas unterbrach seine Wanderung; er blieb vor der Liege und dem Tisch stehen. »Früher hätte Aristoteles so etwas nicht getan. Hast du mir nicht, als wir über Sokrates, Platon und dich sprachen, vom Denken gesagt, daß es sich mit den Dingen an sich befassen sollte, nicht mit den Dingen im Hinblick auf ihre Verwendbarkeit für ein vorher entworfenes Gebäude?«

Aristoteles gluckste. »Lange Arbeit, harte Arbeit; zu lang und hart für einen sterbenden Greis, der mit jeder Sekunde kindischer wird. In allen Mysterien gibt es die Versenkung. In Indien, hörte ich, sagen weise Männer ihren eigenen Namen tausendmal und mehr, bis er keinen Sinn hat. Oder den Namen eines Gottes. Erst wenn aller Sinn daraus gewichen ist, läßt er sich betrachten. Eine Idee, ein Ding, ein Wort oder eine Verknüpfung... Erst wenn alle Bedeutung, die durch Sprache, Denken, Gewohnheit, langen Umgang daran haftet wie eine dicke Farbschicht – erst wenn all diese Bedeutungsschichten durch Denken, Bedenken, Betrachten, Verwerfen abgekratzt sind, kann das wirkliche Denken beginnen.« Er richtete sich mühsam auf, starrte in Peukestas' Augen. »Erst dann, Makedone – aber bis ich aus dem Licht in den ewigen Schatten trete, der vermutlich weniger Schatten als vielmehr Abwesenheit von Licht ist, bleibt nicht genug Zeit, um auch nur ein einziges Wort, ein einziges Ding zu denken.«

Peukestas schwieg, blickte in die Augen des alten Mannes, der immer noch auf die Ellenbogen gestützt verharrte. Mit einer Kraftanstrengung riß der Makedone sich los, wandte das Gesicht den Rollen zu, in den Ständern an der Wand, neben dem verhängten Durchgang zur Küche.

»Zuerst hast du mich in das Amulett schauen lassen und mir Bilder gezeigt, deine Bilder, gegen die ich mich nicht wehren konnte. Dann hast du mir Wörter gegeben, deine Wörter, die deine Bilder und Gedanken darstellen, gegen die ich mich erst jetzt wehre. Wohin willst du mich bringen?«

Aristoteles lachte gepreßt. »Du hast deine Sicht der Dinge mitgebracht. Ich muß dir meine Sicht der Dinge geben. Die Tugend ist in der Mitte; vielleicht auch die Wahrheit. Aber was ist Wahrheit? Vielleicht sind von dir bis zur Wahrheit zwei Schritte, vielleicht sind von mir bis zur Wahrheit auch zwei Schritte. Wenn ich dir sage, was vielleicht die Wahrheit ist, wirst du einen Schritt gehen und immer noch einen Schritt von der Wahrheit entfernt sein. Wenn ich dir meine Sicht sage und dich zum Widerspruch bringe, wirst du vielleicht zwei Schritte gehen und am Ende nicht deine und nicht meine, sondern die Wahrheit der Dinge finden.«

Peukestas rieb sich die Augen, ließ die Hände sinken, hob sie dann über den Kopf wie ein Ertrinkender, der nach treibendem Holz langt, von dem er nicht weiß, ob es nicht doch ein Krokodil ist. »Du weißt, was ich suche.« Seine Stimme war belegt.

»Du suchst nicht die Wahrheit. Du suchst einen Brief, in dem Alexander mir vielleicht geschrieben hat, wer nach seinem Tod das Reich bewahren kann und soll.«

»Ist dieser Brief, wenn es ihn gibt, denn nicht eine Wahrheit – Alexanders Wahrheit?«

»Was ist Wahrheit? Wir reden von Wünschen, die von aller Wahrheit gleich weit entfernt sein mögen. Der Wunsch des Eroberers, daß nach seinem Tod die Beute nicht aufgeteilt werde. Der Wunsch eines Diebes, eines Helden, eines Halbgottes? Der Wunsch eines Makedonen, einen Brief zu finden, mit dem er ein großes Gemetzel abzuwenden hofft? Der Wunsch eines Hellenen, daß dieses Gemetzel stattfinde, damit Hellas wieder frei sei von der Fesselung an Barbaren? Der Wunsch eines Sterbenden, der Hellas und das Reich Alexanders vielleicht für gleichermaßen unbedeutend hält und abwägen will, welches das geringere Übel ist und wo die Tugend liegt?«

Peukestas deutete auf das Feuer, auf die Wände mit Regalen, auf die Rollen. »Gibt es diesen Brief? Ist er schon verbrannt? Hat es ihn je gegeben?« Er wandte sich wieder Aristoteles zu.

Der Philosoph lächelte; seine Blicke überflogen die Rollen, die Röhren, die Fächer, die Ständer. Peukestas beobachtete ihn scharf, aber der Blick verweilte nirgendwo lange; unmöglich, auf eine bestimmte Rolle zu schließen.

»Es hat einen Brief gegeben.« Aristoteles ließ sich aufseufzend aufs Lager sinken. »Es gibt ihn noch. Ich weiß, wo er ist; ich kann ihn sehen.«

»Was steht darin? Welcher Name? Soll ich die Hände falten, vor dir knien?«

»Du wirst den Brief sehen. Später; am Ende. Jetzt weißt du doch gar nicht, was du mit ihm tun oder unterlassen kannst. Setz dich.«

Peukestas ächzte und raufte sich die Haare; langsam ging er zu seinem Schemel. »Sag mir wenigstens ... steht ein Name darin? Und welcher?«

»Ein Name, ja; ein Name, den alle kennen; ein Name, von dem niemand überrascht sein darf.«

Peukestas wartete, aber Aristoteles sprach nicht weiter. Der Makedone setzte sich. Mit unruhigen Fingern griff er nach dem Krug, der Wein und Wasser enthielt, und goß seinen Becher voll. Er trank, blickte zum Feuer, zu den Papyrosrollen, zu Aristoteles, trank wieder, setzte den Becher ab.

»Was hat dir an meinen Worten über Philipp mißfallen?«

Peukestas zog die Oberlippe zwischen die Zähne und kaute darauf. »Daß du mir nicht die Dinge berichtet hast, sondern deine Deutung. Ich weiß jetzt, wie Aristoteles Philipp sieht. Ich weiß aber nicht, wie ich Philipp sehen soll.«

»Was ist denn deiner Meinung nach meine Deutung?«

Peukestas zögerte. »Ah. Mhm. Die Verknüpfung der Dinge. Die Erörterung der Gründe. Es ist alles zu ... hellenisch.«

Aristoteles lächelte knapp. »Ah ja?«

»Philipp hat Trümmer genommen und daraus ein Reich gemacht. Er hat als Geisel in Theben, im Haus des Pammenes, hellenische Bildung genossen, er hatte Umgang mit vielen wichtigen Männern, er kannte den großen Epameinondas. Es war Epameinondas, der die thebanischen Hopliten mit der Sarissa ausgerüstet hat. Epameinondas hat die Phalanx der Sarissenträger erdacht – oder weiterentwickelt. Epameinondas und Pammenes haben Philipp zweifellos in die Geheimnisse hellenischer Bündnispolitik eingeweiht – daß Bündnisse nicht heilig, sondern nützlich sind, nicht für die Ewigkeit, sondern bis zur Erreichung des Ziels gelten.« Peukestas nahm den Becher mit beiden Händen, hob ihn hoch und sah Aristoteles über den Rand hinweg an.

Der Philosoph rührte sich nicht; er wartete.

»Philipp hat also, wie schon seine Vorfahren, vieles von den Hellenen übernommen. Kunst und Verse und Musik, Kenntnisse und Tücken. Aber« – er beugte sich vor – »Philipp war Makedone, nicht Hellene. Du weißt, wie schwierig es für die meisten Hellenen, selbst für Alexanders Freunde wie Eumenes war, von den Makedonen hingenommen zu werden. Nicht zu reden von Wertschätzung, Billigung oder Gehorsam ihnen gegenüber. Makedonen sind Hellenen, aber auch wiederum nicht. *Wir* haben uns immer als der eigentliche Kern des Heeres und des Reichs gefühlt, und irgendwie ist es einigen Männern leichter gefallen, Perser im Heer zu sehen als Hellenen. Was immer deine klugen Gedanken dir sagen mögen, Aristoteles: Philipp hat vieles gedacht und vieles getan, aber was er angestrebt und erreicht hat, diente nicht dem Ziel, Hellas zu heilen, sondern der Größe Makedoniens.«

Aristoteles schwieg noch immer. Seine dunklen Augen waren auf Peukestas gerichtet, aber seine Miene war unbewegt.

»Die Sicherung der Grenzen gegen die Barbaren, die Einnahme des Pangaion-Gebirges, die Vertragstreue und Freundschaft zu den Thessaliern, das Eingreifen, an ihrer Seite, in den Heiligen Krieg, an dessen Ende Makedonien fast den gesamten Norden von Hellas beherrschte; seine Verträge und Vertragsaufkündigungen, seine kühnen Vorstöße und klugen Rückzüge; all das für Makedonien, nicht für Hellas.«

»Ist er denn zu tadeln, weil er ein Ziel hatte, zu dessen Erreichen er auch Hellas heilen und befrieden mußte?«

»Ich bin Makedone. Philipp hat den Boden bereitet, der stark genug war, Alexander zu tragen; er und Parmenion haben jene scharfe Waffe geschmiedet, deren Teil ich lange war, das Heer – das Schwert, das in Alexanders Hand die Oikumene verändert hat. Ich bin stolz, meine Kraft und auch mein Blut gegeben zu haben. Ich hätte es, wenn ich früher geboren wäre, mit dem gleichen Stolz für Philipp gegeben – aber für den König der Makedonen, nicht den Wohltäter der Hellenen!«

Aristoteles lächelte. »Du tadelst ihn also dafür, daß es ihm nicht möglich war, seine Ziele zu erreichen, ohne gleichzeitig auch Hellas zu nützen?«

Peukestas seufzte. »Es steht mir nicht zu, Alexanders Vater zu tadeln. Aber... Philipp und Alexander wollten etwas Neues, etwas Gewaltiges. Eine einige Oikumene, einen großen Aufbruch, das Ende des Alten und den Beginn eines neuen Zeitalters, ohne kleinliche Bruderkriege und Geschacher um ein paar Drachmen. Eine neue Welt. Und in dieser neuen Welt war für die hellenischen Städte mit ihren ewigen Eifersüchteleien, Zwistigkeiten und Mäusekriegen ebenso wenig Platz wie für das morsche Reich des Großkönigs oder die von Verschnittenen gelenkten, käuflichen Satrapien.«

»Um auf der Gegenwart Makedoniens die Zukunft der Oikumene zu erbauen, bedurfte es der hellenischen Vergangenheit.«

»Schon, aber nicht der hellenischen Gegenwart. Jeder gegen jeden, alle zwei Tage neue Bündnisse; die athenischen Tempel von den Persern geschändet, aber Athen kämpft auf Seiten der phokischen Tempelfrevler. Sparta kämpft immer gegen Athen und mißbilligt den Frevel am Heiligtum in Delphi, aber man schuldet einem Gerichtsspruch zufolge den Thebanern Geld, und da die Thebaner gegen die Phoker antreten, schlägt Sparta sich auf die Seite Athens und der Frevler. Die Thessalier und Makedonen helfen den Thebanern; ein paar Jahre später sind die Thebaner die ersten, die auf Demosthenes hören und mit Athen, dem Feind von gestern, gegen Philipp Krieg führen, der ihnen eben erst geholfen hat. Einen Teil des Kriegs gegen die Phoker läßt Theben sich vom Großkönig bezahlen, der ihnen Silber schickt, damit Hellenen gegen Hellenen statt gegen Perser kämpfen. Athen nimmt persisches Gold, um gegen Philipp anzutreten. Gleichzeitig nehmen alle persisches Gold, um als Söldner des Großkönigs in Asien und Ägypten zu kämpfen – in Asien gegen hellenische Städte, in Ägypten gegen Hellenen und Ägypter, die das tun, was alle Hellenen tun sollten: die sich gegen Persien auflehnen. Was, glaubst du, hätte König Leonidas, der an den Thermopylen seine Pflicht und mehr tat, über seinen fernen Nachfolger Agesilaos gesagt, König von Sparta, der mit seinen Kriegern als Söldner nach Ägypten zog?«

»Gut, wenn junge Männer sich über den Mangel an Tugend bei Älteren erregen.« Aristoteles lächelte. »Aber da reden wir schon wieder vom Unterschied zwischen den Dingen, wie sie sind, und den Dingen und Menschen, wie sie sein sollten.«

»Meinst du denn nicht, daß die sich selbst zerfleischenden, käuflichen Hellenen das Recht verwirkt hatten, an der Gestaltung der Welt mitzuwirken? Oder glaubst du, aus diesem hellenischen Chaos hätte ein Oikumene-Kosmos werden können?«

Aristoteles bewegte die rechte Hand, als müsse er eine Fliege verscheuchen. »Wer spricht von Recht? Mitwirken an der Gestaltung in wessen Auftrag? Nach wessen Plan? Zu wessen Nutzen? Einheit in Vielfalt, oder Monotonie und Knechtschaft? Aber wir sind viel zu weit, junger Freund; wir sprechen über das Ende, die Ziele und den Sinn, ehe wir noch die Anfänge und Grundlagen erörtert haben. Erinnere dich an das, was von Makedoniens König Archelaos gesagt wird, als ihn bei einem Gastmahl einer seiner kriegerischen Gefährten um einen goldenen Becher bat.«

Peukestas hob die Schultern. »Ich kenne die Geschichte nicht.«

»Archelaos starb vierzig Jahre, bevor Philipp die Macht übernahm. Vielleicht hat man die Geschichte in Makedonien vergessen, aber in Hellas kennt man sie. Archelaos gab den Becher einem Diener und ließ ihn das Gefäß dem Euripides schenken. Als der Krieger ihn erstaunt ansah, sagte der König: ›Du hast natürlich das Recht, darum zu bitten, aber Euripides hat das Recht, ihn zu bekommen, obwohl er nicht darum gebeten hat.‹«

Peukestas schwieg einige Momente. Dann sagte er, mit einem etwas ungeduldigen Seufzer: »Ich weiß, was Philipp getan hat, aber ich weiß kaum etwas über Philipp den Mann.«

Aristoteles runzelte die Stirn. »Was soll ich dir sagen? Willst du solche kleinen Geschichten hören, wie über Archelaos? Oder soll ich dir sagen, daß Philipp mir ein Freund war, Alexander dagegen ein Schüler? Soll ich von seinen Gelagen reden oder seinen tausend Frauen?«

»Sieben, nicht tausend.« Peukestas grinste.

»Sieben, mit denen er sich vermählt hat, und siebentausend zwischendurch.«

»Wie war Olympias? Das heißt – wie ist sie?«

Aristoteles kniff ein Auge zu. »Olympias? Welch ein Weib! Welch eine Hexe! Aphrodite und Erinys in einem – aller Reiz, alle Leidenschaft, aller Zorn und alle Herrschsucht.« Er räusperte sich. »Philipps größte Leistung, glaube ich. Reiche erobern und zerstören, das konnten viele, aber zwanzig Jahre eine Frau wie Olympias zähmen? Sie wird noch Ärger machen, in den kommenden Jahren.«

»Erzähl mir von Philipp!«

»Ah, da gibt es viele Geschichten. Einige erzählt man sich von fast allen Königen. Diese, zum Beispiel. Als ein Schaber ihn fragte, wie er ihm den Bart stutzen sollte, sagte Philipp: ›Schweigend‹. Vielleicht hat er es nie gesagt, vielleicht hat er es als bewußte Wiederholung der Worte eines anderen gesagt, aber es würde zu ihm passen – zu ihm, seiner scharfen Zunge, seinem Witz.«

»Mehr!« Peukestas lächelte und griff zum Becher.

»Es ist lange her, daß jemand von Aristoteles Witze hören wollte.

Aber – warum nicht? Philipp liebte Witze. Er unterhielt ja Spitzel und Kundschafter überall; die mußten ihm nicht nur melden, was Athen oder der Großkönig oder die Phoker gerade beabsichtigten; sie mußten ihm auch alle guten Witze übermitteln. Manchmal waren es gar keine, aber er machte welche daraus. So habe ich gehört, als ich in Mieza war, wie ihm aus Athen die Namen der zehn für das neue Jahr gewählten Strategen gemeldet wurden. Plötzlich hat er sehr laut gelacht. Jemand fragt nach dem Grund für seine Heiterkeit; darauf sagt Philipp: ›Ich freue mich für die Athener, daß sie jedes Jahr durch eine Wahl zehn gute Feldherren hervorbringen können. Ich habe in fünfzehn Jahren im Feld nur einen guten Strategen gefunden: Parmenion.‹ Er war auch, was ein König sein muß, ein guter Richter und kannte die Menschen. Da gibt es die Geschichte von den beiden Raufbolden, die oft andere in ihre Händel hineinzogen. Sie wurden angeklagt, und Philipp hat den ersten dazu verurteilt, aus dem Land zu fliehen, und den zweiten dazu, den ersten zu verfolgen. Oder die alte Frau, deren Fall er nicht anhören wollte, weil er müde war; darauf sagte sie: ›Dann hör auf, König zu spielen.‹ Und er hat sich die Augen gerieben und sie angehört.«

»Wann genau wurde er König? Zunächst hat er ja nur an Stelle seines Neffen geherrscht, nicht wahr?«

»Ah, das hing mit der Geburt eines Thronfolgers zusammen – ohne Sohn kein Thron, so etwa. Seine erste Frau, Phila, war kinderlos. Audata, genannt Eurydike, die Illyrerin, hat ihm eine Tochter geboren, Kynnane. Von der Tänzerin Philinna aus Larisa hatte er Arridaios. Aber sie war ja keine Fürstin, deshalb wäre Arridaios kaum in Frage gekommen.« Er seufzte. »Es war eigentlich unnötig, daß Olympias ihn vergiftet hat.«

Peukestas riß die Augen auf. »Ich kenne nur Gerüchte... Hat sie wirklich? Er ist ja jetzt König...«

»Dem Namen nach. Alexander ist tot, da haben eure Fürsten und Feldherren seinen schwachsinnigen Halbbruder zum König gemacht – er kann ihnen nicht schaden, nicht wahr? Ja, Olympias hat ihn vergiftet, als Alexander geboren war. Er wurde krank, ein langes schlimmes Fieber, danach war er ein lallender Narr. Er soll aber heute fast gesund sein, hörte ich.«

Peukestas schüttelte den Kopf. »Er lallt nicht mehr. Aber sonst?«

»Wie auch immer. Dann kam Alexander – der Sohn. Drei Jahre später Kleopatra. Olympias ist die einzige Frau, mit der Philipp zwei Kinder hatte. Und im Jahr der Geburt von Kleopatra hat er als fünfte Frau die Thessalierin Nikesipolis genommen. Dann kam noch die Tochter des Königs der Geten und zuletzt die Nichte des Attalos. Sieben. Hm. Er war ein starker Mann, Philipp. Aber zum König hat ihn die Versammlung der Fürsten und Krieger gemacht, als Alexander geboren war.«

»War das wirklich der Grund?«

Aristoteles lachte. »Natürlich nicht. Man mag es heute so darstellen, aber… Nein. Philipp hatte Makedonien gesichert und vergrößert. Er hatte Athen getrotzt, Amphipolis und das Pangaion-Gebiet erobert und die Stadt Pydna eingenommen. Angeblich sind in jenem Jahr drei Dinge gleichzeitig geschehen. Philipps Sieg bei einem Pferderennen in Olympia; danach meldete man ihm Parmenions Sieg über ein illyrisches Heer und die Geburt des Sohns. Er soll gesagt haben, die Götter möchten in kleinerer Münze zahlen, damit er sich nicht an zu viel Glück gewöhnt. Aber das sind Geschichten. Es gab wichtigere Dinge.«

✻

Immer noch kamen Männer aus dem großen Gebäude, einzeln und in Gruppen, einige hastig, andere fast widerwillig und zögernd. Auf der Agora standen weitere Gruppen. Die meisten Männer redeten wild durcheinander, mit heftigen Gebärden, suchten einander zu übertönen. Ein jüngerer Mann löste sich aus einem Knäuel und näherte sich drei Weißgekleideten, die scheinbar ruhig inmitten des Aufruhrs standen. Vor der grellrot und blau gestrichenen Stirnseite des Gebäudes flatterten ein paar Tauben; sie lenkten ihn ab. Er blieb stehen und sah zu, wie einer der Vögel auf dem kleinen Sims unter dem Bildnis des Sonnenwagens landete, sich aufplusterte, der Agora den Sterz zukehrte und weißlichen Kot ausschied. Der scharfe Brei fiel über die Kante des Simses, traf die hübsche, allzu gerade Nase der bunten Karyatide, troff vom Kinn der Dachträgerin und verrieselte zwischen ihren Brüsten.

Der junge Mann lachte und deutete auf die Taube und ihre Spuren. »Wie deine Rede, Demosthenes.«

»Was? Wie? Wieso?« Demosthenes war vielleicht siebenundzwanzig Jahre alt, mit dünnem Haupthaar und lichtem Bart. Hektische Flecken maserten sein Gesicht; seine Hände öffneten und schlossen sich, rieben Feuchtigkeit am Gewand ab und schwitzten sofort wieder. Die beiden anderen, etwas älter, folgten mit den Augen dem Fingerzeig und lachten.

»Was meinst du, Demades?« Demosthenes' Stimme war dünn und erregt; die Frage endete mit einem Quieklaut.

»Die Taube. Wie deine Rede. Erst schwang sie sich zum Himmel und den Göttern auf, dann geriet sie unter die Räder des Karrens von Helios, und am Ende gerann alles zu Scheiße.«

Nicht weit entfernt stand eine Gruppe von Männern aller Altersstufen um einen Greis in weißen Gewändern, mit weißem Haar und weißem Bart. Unter ihnen war Aristoteles einer der jüngsten. Der neben ihm Stehende wandte sich an den alten Mann.

»Hast du je eine derartige Darbietung erlebt, Meister?«

Der Greis schüttelte den Kopf. »Dieses Hinreden und dann auf der Fährte der eigenen Worte Zurückreden hat keinen Sinn im Gefüge der Dinge.«

Aristoteles verzog das Gesicht zu einer kleinen Grimasse und sagte halblaut: »Es muß doch einen Grund geben für diese außerordentliche Darbietung von, wie heißt er gleich?«

»Demosthenes.« Der Vierzigjährige neben ihm sprach ebenso leise; er hatte eine Augenbraue gehoben.

»Richtig. Vielleicht sollte der gute alte Platon zuerst einmal die Dinge, wie sie sind, untersuchen, ehe er versucht, sie in sein Gefüge der Dinge, wie sie sein sollten, hineinzuzwängen. Eh, Xenokrates?«

Der andere Mann lächelte, machte dann aber »Schschsch!« und legte den Finger an seine Lippen.

Demades beobachtete die zuckenden Hände von Demosthenes, sah sich um und grinste. Überall auf der Agora gab es nur ein Thema; alle starrten zu ihnen herüber. Die Mienen zeigten Verwunderung, Mißbilligung, Staunen, Empörung. Eine feiste Maus raste zwischen den Beinen der Herumstehenden hindurch, verfolgt von einem struppigen kleinen Hund. Demades zupfte einen der beiden Älteren am Arm. »Was meinst du, Aischines? Du bist doch weit genug herumgekommen...«

Aischines zuckte mit den Schultern. »Vor ein paar Jahren, in der Schlacht bei Mantineia, hatten wir einen sehr erregten Unterführer. Seine Befehle waren so ähnlich wie deine Rede hier, Demosthenes. Drei Schritte vor, nein, zwei zurück. Lanzen ausrichten, nein, Schwerter ziehen.«

Der vierte in der Gruppe schüttelte langsam den Kopf. »Also, ich muß sagen... Wozu sollte das bloß gut sein, Demosthenes? Zuerst machst du einen Riesenanlauf und zerfetzt deinen Gegner, dann gehst du pissen, und nach der Pinkelpause nimmst du alles wieder zurück und wäschst ihn rein. Deinen Gegner, meine ich.«

Die anderen lachten; Demosthenes starrte auf seine Finger.

Demades summte laut. »Also, eine sehr ausgefallene Art, sich in Athen einen Namen zu machen. Verlaß dich drauf, jetzt kennen dich alle. Ich weiß aber nicht, ob sie dich besonders schätzen.«

Demosthenes gelang es endlich, seine Hände zu beherrschen. Er verschränkte sie vor seinem Gemächt, als müsse er dort etwas schützen. »Ah, es gab einen Grund...«

Ehe er mehr sagen konnte, trat ein älterer Mann zu ihnen. Er nickte den anderen zu, sehr knapp.

»Eubulos möchte mit dir sprechen, Demosthenes.«

Demades pfiff durch die Zähne; Demosthenes lief wieder weiß und rot an.

»Eubulos? Der Herr der Gelder der Stadt?«

»Genau dieser. Komm bitte mit.«

Demosthenes verabschiedete sich von den anderen mit einem Wink, eher einer Zuckung von zwei oder drei Fingern, und folgte. Demades schaute hinterher, mit einem erstaunten Gesichtsausdruck. »Also, was bei allem... Erst glänzt er, dann versaut er alles absichtlich, und jetzt holt ihn der große Eubulos höchstselbst zu sich. Wirre Zeiten, wirre Zeiten.«

Eubulos war völlig kahl; ihm fehlten sogar die Brauen. Er war wuchtig, aber nicht feist, etwa fünfzig Jahre alt; an mindestens drei Fingern jeder Hand steckten goldene Ringe mit leuchtenden Steinen. Als Demosthenes mit schlenkernden Beinen näherkam, stolperte und sich wieder zusammenraffte, entließ Eubulos die übrigen, die ihn umstanden, mit einer jähen Handbewegung. Ohne Gruß starrte er Demosthenes an, ohne eine Miene zu verziehen, ohne zu blinzeln. Demosthenes wurde weiß, dann hellrot, dann dunkelrot, aber er gab den Blick zurück, ohne die geringste Zuckung. Plötzlich nickte Eubulos, wandte sich zum Gehen und bedeutete Demosthenes mit einem Schnipsen, ihn zu begleiten.

Sie schwiegen, bis sie die Agora verlassen hatten und durch eine kleine, lehmige Straße gingen. Ohne den Kopf zu wenden sagte Eubulos: »Das war eine gute Rede. Der erste Teil.« Seine Stimme war wie ein schartiges Schwert oder ein absplitternder Rammbock: verhüllte Gefahr.

Demosthenes fuchtelte mit beiden Armen in der Luft herum. »Große Ehre, große Ehre.«

»Für den zweiten Teil, ah, reine Jauche, muß es einen guten Grund geben. Einen Grund, aus dem du alles zurückgenommen hast. Was hast du sonst noch genommen – als Begründung?«

Demosthenes' Stimme rutschte aus der gewöhnlichen Sprechlage in hohes Quieken. »Dreitausend Dra... Drachmen.«

Eubulos nickte. »Dafür arbeitet ein athenischer Handwerker sieben Jahre, oder mehr. Nicht schlecht für eine halbe Rede.«

Demosthenes holte tief Luft, blickte den großen Eubulos von der Seite an und rannte gegen das Heck eines Maultierkarrens. »Ahú... Es... es hatte aber keine große Bedeutung, mußt du wissen. Wenn es... wenn es wichtig gewesen wäre, weißt du, etwas von Wichtigkeit – bedeutsam, gewissermaßen, und die Wohlfahrt unseres großen und ruhmvollen Gemeinwesens berührend...«

Eubulos' rechter Arm hieb durch die Luft, als ob er mit einem Beil etwas kürzen wollte. »Laß das. Du verdirbst alles. Was bedeutet dir dieses Gemeinwesen Athen?«

Demosthenes leckte sich die Lippen. Im Eingang einer kleinen Schänke stand eine junge, grell geschminkte Dirne; sie verzog das Gesicht, als er sie anstarrte, und ging ins Haus.

»Ah, Athen? Die Leber der Welt. Der Mittelpunkt von Hellas. Der Nabel der Demokratie.«

Zum ersten Mal lächelte Eubulos. »Ein kleiner Teil der Bevölkerung, die, die das Bürgerrecht und genug Geld haben, geben ihre Stimme ab, während alle anderen zuschauen – ist das Demokratie?«

Demosthenes zuckte mit den Schultern. »Es ist, wie es ist. Besser so, als wenn ein Mann allein allen anderen Befehle gäbe.«

»Ganz recht. Es sei denn, man selbst wäre dieser Mann.«

Demosthenes hustete. »Das... wäre Tyrannis.«

»Oder Demokratie, in der ein Mann klug genug ist, alle Wechselfälle zu überleben.«

Demosthenes nickte langsam; eine Mischung aus Staunen und Tücke kroch über seine Züge, wie eine Schlange aus Schatten.

»Diese Rede, die du gehalten hast... sehr gut. Wurdest du mit der Gabe geboren?«

Demosthenes seufzte. »O nein. Mein Vater war Waffenschmied und Waffenhändler; er hinterließ mir ein Vermögen, das meine Vormünder veruntreut haben; und er hinterließ mir ein Unvermögen, meine Zunge. Sie ist zu lang, deshalb stolpern die Wörter aus dem Mund. Manchmal sind sie auch gekrochen. Ich mußte sehr lange üben, damit sie gehen oder gar marschieren können.«

Eubulos warf ihm einen Seitenblick zu; mit einem Unterton von Anerkennung sagte er: »Das gefällt mir. Es zeigt, daß du die Kraft hast, einiges zu überwinden. Sogar dich selbst. Und deinen Stolz, wie der zweite Teil der Rede zeigte. Wie zähmst du deine Zunge?«

Demosthenes grinste dümmlich, spuckte drei kleine Kiesel in seine Hand, hielt sie hoch. »Dassch isscht dassch Wistisste, o edler Eubuloss.« Er steckte die Kiesel in einen kleinen Beutel, den er an einer Schnur um den Hals trug; dann nahm er sie wieder heraus und hielt sie in der Hand. Es klick-klick-klickte unaufhörlich, während sie über einen von niedrigen, kränklichen Bäumen bestandenen Platz gingen, dann durch eine breitere Straße zu einem der Tore von Athen. Eubulos nickte einem Wachführer zu. Draußen lag ein kleiner Obst- und Gemüsemarkt; hinter dem letzten Stand wartete ein zweirädriger Wagen mit zwei Pferden. Ein hellhäutiger Sklave verbeugte sich vor Eubulos.

»Ich bin sehr beschäftigt, mit diesem und jenem.« Eubulos musterte das Gesicht von Demosthenes, der weiter fahrig mit den Kieseln klickte. Der Politiker kniff die Augen zusammen, beinahe zornig. »Ich brauche einen guten Mann, der mir bei diesem und jenem hilft. Der jung und stark genug ist, sich selbst und andere zu überwinden.«

Demosthenes deutete eine Verneigung an. »Großsche Ehre, edler Eubuloss. Wozzzschu brauchssst du ihn?«

»O ihr Götter, hör doch mit dem Klicken auf und steck die Dinger wieder in deinen Mund! – Wozu? Ach, für dies und das. Fremde Dinge, beispielsweise. Ich bin zu sehr mit dem Geld der Stadt beschäftigt, mit den Tempeln und den Theatern. Ich könnte einen gebrauchen, der sich hin und wieder um Kleinigkeiten wie Persien, Makedonien oder Theben kümmert. Und außerdem sein eigenes Glück und Vermögen macht und einen guten Namen, zum Beispiel mit Gerichtsreden, die nicht nur halb, sondern ganz gut sind.«

Demosthenes nestelte an dem leeren Beutelchen. »Aber... um es zu etwas zu bringen, glaube ich, braucht man doch Geld. Und Reden bringen nicht...«

Eubulos wandte sich jäh ab und stieg auf den Wagen. »Geld? Nein; es wird erwartet, daß du der Stadt Geld bringst, nicht Geld von der Stadt nimmst. Wenn du das tust, bist du erledigt. Unternimm etwas – aber so, daß keiner es sieht. Es gibt nicht viele Möglichkeiten, die ehrbar genug sind, um sich dabei beobachten zu lassen. – Er ist Römer«, sagte er; er wies auf den hellhäutigen Sklaven. »Römer taugen zu nichts. Jedenfalls nicht viel; aber mit ein wenig Ausbildung und genügend Peitscheschwingen geben sie immerhin gute Sklaven ab. Denk über Sklaven nach – zum Beispiel. Und verlaß gelegentlich die Stadt. Es erweitert das Gesicht und das Denken; außerdem kann man Athen nur ertragen, wenn man auf dem Land lebt. Komm in drei Tagen zu mir und sag mir, wie du dich entschieden hast.«

Wie ein Betrunkener torkelte, wankte und wanderte Demosthenes durch die engen Gassen, besudelte sich achtlos bis zu den Knien mit Lehm, Kot und Abfällen. Er schien Selbstgespräche zu führen, bewegte jedoch nicht den Mund; wie selbständig hoben, senkten und streckten sich Arme und Hände in all den Gebärden des Rhetors: emphatisch, beschwichtigend, zweifelnd, fragend, bekräftigend. Mit den Schultern schrammte er Hauswände; Chiton und Umhang starrten von abgeriebenem Kalk. Er rempelte Menschen an und stolperte über Hunde. Auf einem kleinen Platz mit Garküchen, Wohnhäusern, Läden und Schänken blieb er stehen, die Augen geschlossen. Die schrägen Strahlen der Nachmittagssonne badeten sein Gesicht; das Spiel von Licht und Laubwerk bildete zu seinen Füßen eine gelbliche Sonnenpfütze, aus der wie Rinnsale labyrinthische Lichtpfade und Schattenwälle fortstrebten. Um die Bäume tobten Kinder; sie kreischten, spielten Nachlaufen. Ein kleines Mädchen prallte gegen Demosthenes, stürzte, raffte sich auf und rannte weiter.

Demosthenes öffnete die Augen. Wie einer, der aus langem Schlaf erwacht und feststellt, daß sein Körper ihn an einen anderen Ort gebracht hat. Er zwinkerte und sah sich um. Dann nickte er erleichtert. In der rechten oberen Ecke des Platzes begann unter den Brennziegelbögen, zwischen einem Gemüseladen und der Werkstatt eines Knochenrenkers, die schmale Gasse, an deren Ende das Haus des Vereins rhodischer Kaufleute lag.

Er ging um den kleinen umwallten Schöpfbrunnen in der Platzmitte, wo der Besitzer eines mit Weinschläuchen beladenen Maultiers lehnte und mit einer schlanken, hochgewachsenen Dirne feilschte. Demosthenes schob die rechte Hand in den Gürtel und kratzte sich durch den Stoff. Die Frau hielt einen kleinen Krug in der Hand. Um die Hüften und unter den Brüsten trug sie stramm gewickelte hellrote Schärpen; in ihrem rechten Ohr glitzerte eine Glasperle. Der sanfte Wind, der ihr

Haar zu kräuseln schien, rührte in dem Sud von gebratenem Fleisch, von Öl und Schweiß und Kot, Abfällen, Knoblauch und Essig, der über dem Platz waberte wie eine Dunstschicht.

Seufzend riß Demosthenes die Blicke von dem wohlgeformten Ohr und dem glühenden Schmuck. Unter den Bögen saßen alte Männer auf Schemeln, Holzblöcken und Steinen vor einem hellblau und ockerfarben gestrichenen Haus. Sie tranken Bier; die tiefen Stimmen hallten durch den Bogengang. Vor ihnen, auf dem Platz, blökten und stanken junge Ziegenböcke, mit Schnüren an einen Pfeiler gebunden. Hieron der Hammelmacher, Schlachter, Verschneider und Mitbesitzer der billigen Bratstube, in der Demosthenes oft die Ergebnisse derartiger Händel genossen hatte, stritt mit der barfüßigen Ziegenhirtin um Preis und Nachlaß. Eben rammte er sein Messer in den Holzblock, hob die Arme und raufte sich die Haare. Demosthenes wich seitlich aus, um den Bökken zu entgehen; die Augen hingen an dem Mädchen. Sie war vielleicht vierzehn Jahre alt und trug nur einen kurzen, zerrissenen, dreckigen Chiton.

Ein harter Griff, kräftige Hände an Demosthenes' Oberarmen bewahrten ihn davor, in den Warenstapel eines Töpfers zu laufen.

»Gute Beine, ein netter Rücken, trotzdem solltest du aufpassen.«

Demosthenes versuchte ein schiefes Lächeln. »Ah, Apollonios.«

»Ah, Demosthenes.« Der rhodische Händler grinste. Seine weißen Zähne blitzten im gebräunten Gesicht, das ein dichter schwarzer Bart umgab. Demosthenes' schadhafte Zähne blieben verborgen; er lächelte mit geschlossenem Mund und fingerte seinen dünnen hellen Bart. Der Rhodier trug einen weißen weiten Umhang, auf dem Kopf befestigt durch Schnüre und baumelnde Schmucksteine.

»Bier, sagt man, wirft den Trinker auf den Rücken; Wein fällt ihn seitlich oder nach vorn. Welchen Trank hast du zu dir genommen? Du bewegst dich wie ein schlecht gedrechselter Kreisel.«

»Wörter«, sagte Demosthenes. »Wörter und Gedanken. Eiernde Ideen, gewissermaßen.«

Der Rhodier zupfte sich die Nase. »Wenn's weiter nichts ist... Bist du zufällig hier?«

Sie gingen durch die schmale Gasse. Am Ast eines Baums schaukelte ein Eichhörnchen; es verschwand hinter der Mauer im Garten. Von irgendwo klang das Brüllen eines Rinds.

»Ich wollte in euer Haus. Zu dir, falls du da wärst.«

Apollonios grinste; er deutete auf die besudelten Unterschenkel und Sandalen des Atheners. »Sei froh, daß du mich getroffen hast. *So* hätte man dich nicht eingelassen. – Aber es ist gut, daß wir uns sehen. Ich brauche deine Dienste, Logograph – oder die eines anderen Redenschreibers.«

»Welche Art Ärger hast du diesmal?«

»Einer deiner schlitzohrigen Landsleute... Aber laß uns darüber reden, wenn wir sitzen.«

Neben den anderen Gebäuden aus Lehmziegeln, Brennziegeln und Holz, von denen kaum eines mehr als ein Stockwerk besaß, wirkte das steinerne Haus des Vereins rhodischer Kaufleute wie ein riesiger Tempelbau. Die Vorderseite, mit schlanken bunten Säulen und von guten Malern und Bildhauern gestalteten Mauerflächen, lag an der Straße zum Piräus; die Rückseite schloß die schäbige Gasse ab.

Ein schwarzer Sklave kniete vor den Männern, löste die Sandalen und führte Demosthenes und Apollonios einige Stufen hinab in den von Fackeln und Lampen erhellten Badekeller. Während sie sich auszogen, schöpften zwei andere Sklaven heißes Wasser aus einem riesigen Bronzekessel in Bottiche und schleppten diese von der Feuergrube zu kleineren Bronzewannen neben einer Ausgußröhre. Mit heißem Wasser, Schwämmen und Bimsstein reinigten sie die Männer. Danach stiegen die beiden in das große, aus weißem glatten Stein gemauerte Bekken, saßen auf den Stufen, entspannten sich und ließen sich von lauem Wasser umspülen. Während Demosthenes das *kopron* aufsuchte, einen Verschlag mit vier Bottichen nebeneinander, auf denen ein langes Brett mit Aussparungen lag, ließ Apollonios sich von einem syrischen Sklaven einölen und salben. Er befahl ihm, »diese dreckigen Fetzen« fortzuwerfen und für Demosthenes frische Gewänder bereitzulegen.

Im hellen Speiseraum, dessen weite Fensteröffnungen auf den Innenhof mit Sträuchern, einem Wasserbecken und Bogengängen blickten, nahmen sie eine leichte Mahlzeit zu sich: eingelegte Artischocken, Oliven, geschlitzte Feigen voller Schinkenstreifen; gesottene Bällchen aus Barschfleisch, das mehrere Tage in einer Tunke aus Wein, Rosmarin und fünfzig anderen Kräutern gelegen hatte; gerollte Brotfladen, gefüllt mit scharf gebratenen Fleischstückchen, gehackten Zwiebeln, Würzlauch und Steineppich; Scheibchen von kaltem, in Honig gebakkenem Ferkel. Der Rhodier trank Wasser und Wein dazu, Demosthenes leerte mehrere Becher dunklen Biers aus der Brauerei des berühmten Kinesias.

»Ich habe schon von deiner ersten Redehälfte gehört.« Apollonios verzog keine Miene; er betrachtete eines der Barschbällchen, das er mit seiner zweizinkigen Gabel aufspießte. »Und die zweite Hälfte muß dir wohl genügend eingebracht haben, wie?«

Demosthenes spuckte einen Olivenkern auf den Boden. »Weil ich nicht gezetert habe, als es um ein neues Gewand ging? Weil ich nicht gefragt habe, ob du dieses Mahl bezahlst?«

Apollonios grinste. »Alles äußerst ungewöhnlich.«

»Ich wundere mich nur, wieso die Geschichte von der Rede so schnell die Runde macht.«

»Ah, du weißt, kleine Orte wie Athen sind geschwätzig. In Babylon, Memphis oder Karchedon wäre es anders, aber hier ist dein Ruhm sicher. Wenn du, ah, gewisse Teile des heutigen Ruhms noch zu ändern vermagst, könnte er sogar lange halten.«

Demosthenes lehnte sich in seinem Scherensessel zurück und spielte mit dem Lederbeutelchen; die Kiesel klickten. »Ich habe schon mit der – Ausmünzung des Ruhms begonnen. Ein gewisser einflußreicher Athener gab mir zu verstehen, er schätze Leute, die sich über angeborene und sonstige Hindernisse hinwegsetzen. Damit er mich um so mehr schätzt, aber nicht allzu hoch veranlagt, habe ich gestottert und gezischt wie seit Jahren nicht.«

Apollonios nickte. »Auch das, oder einen Teil davon, weiß ich schon. Sieh dich vor. Eubulos ist ein harter Mann. Ein kluger Kopf, aber notfalls etwa so rücksichtsvoll wie ein Krokodil.«

»Lebensart und Verhalten von Krokodilen lassen sich berechnen, mein Freund. Leichter jedenfalls als gewisse menschliche Ausuferungen von Gefühl.« Demosthenes knabberte an einer Scheibe des gebackenen Honigferkels, legte sie dann zurück auf die Bronzeplatte. »Aber kommen wir zu deinem Anliegen. Du hättest nicht ungefragt ein neues Gewand und dieses Mahl für mich bestellt, wenn du nicht meiner Hilfe bedürftest.«

»Sei nicht zu sicher. Es gibt viele Logographen in Athen.«

»Aber nicht alle lassen sich auf deine Art von Geschäften ein, o Rhodier.«

Apollonios stützte die Ellenbogen auf den Tisch und verschränkte die Finger unterm Kinn. »Der Handelsherr Agathon hat eine nicht unbeträchtliche Ladung bei uns versichert. Weihrauch, syrischen Wein, ein Dutzend Elefantenzähne, einige Beutel aithiopischen Pfeffers, zwei Kisten voller Zierfläschchen aus den Werkstätten von Karchedon.«

Demosthenes blinzelte schnell. »Es muß ein größeres Schiff gewesen sein.«

»Es war ein großes Frachtschiff, wie es in Tyros oder Karchedon gebaut wird. Und eine ungewöhnliche Ladung – wie du weißt. Der Wert wurde auf sechseinhalb Talente festgesetzt. Agathons Vertreter im Hafen Rhodos hat zweieinhalb Talente an Versicherung bezahlt; wenn das Schiff mit der Ladung verlorengeht, erhält Agathons Handelshaus neun Talente von uns.«

»Vierundfünfzigtausend silberne Drachmen. Der Gegenwert von hundertsechzig jungen, schönen, in Liebesdingen vorzüglich kundigen Sklavinnen. Nett.«

»Oder fünfzehn Jahre Arbeit eines guten Handwerkers. Wer mit den Händen arbeitet, statt zu handeln, dem ist nicht zu helfen.«

Demosthenes rülpste. »Auch gute Gerichtsreden haben ihren Preis. Und nun ist das Schiff gesunken, wie?«

Apollonios legte sein Gesicht in traurige Falten. »Gesunken, ja; in einem furchtbaren Sturm vor der Küste von Kos. Ein Sturm, der so furchtbar war, daß man ihn an der Küste nicht bemerkt hat. Der so grauenhaft gewütet hat, daß alle Mitglieder der Besatzung ertrunken sind, bis auf den Kapitän. Und nun sollen wir zahlen. Aber irgendwie mißfällt es mir.«

Demosthenes schwieg einige Zeit; mit gerunzelter Stirn saß er da, stocherte zwischen den Zähnen, legte schließlich das Stäbchen beiseite und hob den Zeigefinger. »Die Sache ist in Athen oder in Rhodos zu verhandeln?«

»Hier. Leider.« Apollonios schüttelte langsam den Kopf. »Als wir mit Agathons Vertreter verhandelt haben, lief noch dieser sinnlose Krieg der Bundesgenossen. Wir standen ja gegen Athen. Agathon hat darauf beharrt, einen möglichen Streit in Athen zu verhandeln. Er sagte, entweder bleibt der Seebund bestehen, nach einem athenischen Sieg, dann kommt sowieso nur Athen in Frage. Oder der Seebund löst sich auf, dann ist Athen immer noch die wichtigste Stadt – es sei denn, wir wollten überhaupt keine Geschäfte mehr mit Athen machen. Was wir uns nicht leisten können. Außerdem ist ja nie ganz sicher, ob nicht wieder ein Satrap des Großkönigs, Maussollos oder sonst jemand, die

Finger nach Rhodos ausstreckt. Also Athen. Und ich kann wenig tun; ich bin kein Bürger.«

Demosthenes kratzte sich den Kopf. »Man müßte eine Reise machen«, sagte er langsam.

Apollonios hob die Brauen. »Woran denkst du?«

»Leute auf Kos befragen. Fischer. Wie das Wetter tatsächlich war. Feststellen, welche Schiffe zu dieser Zeit unterwegs waren. Derlei.«

Apollonios nickte mißmutig. »Du hast recht. Aber auch das gefällt mir nicht. Es kostet Geld.«

»Reden wir davon. Reden wir von Geld.« Demosthenes beugte sich vor; er sprach leise und sehr eindringlich. »Zwei Vorschläge. Ich mache eine kleine Seereise und betrachte die Küsten und andere Sehenswürdigkeiten der Gegend. Diese Reise, mein Freund, kostet dich nichts.«

Apollonios kaute auf der Unterlippe. »Ich fürchte mich vor dem zweiten Vorschlag, der mich um so mehr kosten wird. Wie lautet er?«

»Später, wir sind noch beim ersten. Ich vertrete dich – deine Bank und deine Versicherung in dieser Sache. Und in jeder anderen der nächsten, sagen wir, fünf Jahre.«

Apollonios zupfte sein rechtes Ohrläppchen. »Aha. Wieviel?«

»Das Dreifache dessen, was ein einfacher Logograph und Rechtshändler kostet. Dafür bekommt ihr einen guten Mann, mit sehr guten Verbindungen.«

»Und weiter?«

»Wenn ich etwas herausfinde und euch die Zahlung, oder wenigstens einen Teil der Zahlung an Agathons Handelshaus ersparen kann, will ich die Hälfte dessen, was ihr durch meine Arbeit spart. Wenn ich euch nichts ersparen kann, nichts.«

»Ich muß darüber nachdenken. Was ist der zweite Vorschlag?«

Demosthenes kicherte. »Ein neues Geschäft. Es gibt einige Dinge, die man versichern könnte, die aber noch keiner versichert.«

»Deine heutige Rede scheint dich wahrlich zu beflügeln. Da kommt der arme ehemalige Stotterer, Mündel, von seinen Vormündern um das väterliche Vermögen gebracht, und will mir eine Versicherung vorschlagen, an die kein Rhodier, kein Kreter, kein Sikeliot je gedacht hat?«

»Nicht einmal ein Phönikier.«

»Ah, da bin ich gespannt. Es muß ja etwas unendlich Teures sein. Willst du Goldmünzen zum Nennwert gegen Abnutzung versichern, oder was? Diesen unsinnigen Vorschlag hat neulich jemand gemacht, dem es allzu mühsam erschien, sein Geld einfach ins Meer zu werfen.«

»Ich will Geld einnehmen, nicht fortwerfen. Viel Geld. Bei geringer Gefahr des Verlusts.«

Apollonios schnaubte. »O ihr Götter, wer möchte das nicht? Ich lausche. Gewissermaßen bin ich voll und ganz Ohr.«

»Sklaven«, sagte Demosthenes.

»Sklaven? Nun ja, ein gutes Geschäft, vor allem in wirren Zeiten, in denen die Perser wieder größere Kriege führen und Gefangene machen. Hm. Ich habe schon einige Male überlegt, ob die Bank nicht in das eine oder andere Handelsgeschäft einsteigen sollte. Aber neu ist das nicht, Freund.«

»*Das* ist nicht neu. Aber du hast mich nicht verstanden.«

»Was willst du denn? Amphoren dagegen versichern, daß sie von Haussklaven zerbrochen werden?«

»Ich rede von Geld, nicht von Witzen. Unter dem Dach deiner Bank und Versicherung, Apollonios: ein Zweig-Geschäft. Ein Haus, das sich am Sklavenhandel beteiligt. Rhodos ist dafür besser geeignet als Athen; ihr seid näher an den Märkten Asiens. Mehr Ware, mehr Nachfrage. Und das gleiche Zweig-Geschäft versichert Sklaven. Für, sagen wir, ein Zehntel des Kaufpreises. Für ein Jahr. Gegen Flucht.«

»Hah!« Apollonios hieb auf den Tisch. »Das ist neu. Das ist – ah, es ist einfach gut. Einfach, neu und gut.« Er hob seinen Pokal. »Mögen die Götter dir ein langes Leben gewähren. Mögen die Widerhaken deiner Gedanken niemals abbrechen und die Haare auf deinen Zähnen nimmer ausfallen.«

»Ich könnte«, sagte Demosthenes gedehnt, mit einem schrägen Grinsen, »zum Beispiel sämtliche Rechtshändel des neuen Geschäfts übernehmen, in Athen, versteht sich. Diese Übernahme hätte den Wert von, sagen wir, tausend Drachmen. Ich könnte ferner zweitausend Drachmen zuschießen. Wenn wir als Grundbetrag ein Talent ansetzen, zur Aufnahme des Geschäfts und für die ersten Tätigungen, besäße ich die Hälfte. Und ich habe lange Ohren und lange Finger.«

»Und eine lange Zunge.«

»Das auch. Ich weiß, was hier vorgeht. Wie viele Bauern ihre dritten und vierten Töchter verkaufen müssen...«

Apollonios trank einen Schluck. »Du bist ein Schwein. Ich zahle das andere halbe Talent.«

Zwei Tage und den größeren Teil zweier Nächte trieb Demosthenes durch die Gassen und Schänken und Freudenhäuser Athens: wie ein schmieriges Stück Holz in dünnflüssiger Jauche. Aber das Holz trieb in bestimmte Richtungen. Am Morgen des folgenden Tages begab er sich, gereinigt und abermals frisch gewandet, in das Haus des Eubulos, der mit Beamten und Schreibern über Streitfälle einer Phyle außergerichtlich beriet. Demosthenes bat um ein kurzes Gespräch; Eubulos stand knurrend auf und ging mit ihm in einen Nebenraum.

»Dein Begehr?« Eubulos stand neben einem Tisch.

Demosthenes starrte auf einen Schemel, zuckte dann mit den Schultern und blickte in Eubulos' Augen. »Dein edles Angebot, o Eubulos – ich will dir und unserer Stadt dienen, so gut ich kann.«

Eubulos zog den Inhalt seiner Nase hoch. »Das hättest du mir auch drüben sagen können. Noch etwas?« Er ging zum Türbogen.

Demosthenes bewegte sich nicht; halblaut sagte er: »Zu diesem hohen Zweck werde ich eine Seereise antreten.«

Eubulos blieb stehen, wandte sich um und kniff die Brauenwülste zusammen. »Seereise? Was soll daran dienlich sein?«

»Wieviel läge dir daran, edler Eubulos, ein Stück Tuch in die Hände zu bekommen, mit dem du den Mund des Zaleukos knebeln kannst?«

Eubulos kam mit langsamen, kleinen Schritten zurück in den Raum, ging zum Tisch, setzte sich und wies auf einen Schemel. »Zaleukos? Was hast du gefunden?«

Demosthenes ließ sich vorsichtig auf dem zerbrechlichen Schemel nieder. »Eine Möglichkeit... Man wird sehen, ob eine Gewißheit daraus zu machen ist.«

Eubulos drehte einen seiner Ringe herum und wieder zurück. »Es wäre nicht schlecht – für alle. Für die Stadt und den Frieden. Er will den Krieg gegen die Bundesgenossen neu anfachen; er hat kein Amt, aber Geld und Einfluß. Überall.«

»Überall?«

»In allen zehn Bezirken. Etwa ein Drittel der Räte ist ihm auf die eine oder andere Weise verpflichtet. Ganz gleich, welche der zehn Phylen den Vorsitz hat.«

»Darf ich fragen...«

»Kurz.«

»Du hast dafür gesorgt, daß der Krieg gegen die Bundesgenossen beendet wird – durch Nachgeben Athens. Warum?«

Eubulos blies die Wangen auf. »Das alles kostet sinnlos Geld. Und Menschen. Rhodos, Kos und die anderen waren mit uns verbündet, dann mit Sparta, dann wieder mit uns, zwischendurch mit dem einen oder anderen Satrapen des Großkönigs. Wir können sie nicht zwingen, unsere Befehle auszuführen. Mir ist lieber, sie sind unabhängig und helfen uns, wenn wir sie irgendwann einmal brauchen. Zaleukos hat überall Geld zu verlieren; deshalb will er sie unter athenischer Führung behalten. Aber was nützen uns Bundesgenossen, die unwillig sind und die wir, wenn wir sie brauchen, zur Hilfe zwingen müssen?«

»Wenn ich dich nun von Zaleukos befreien könnte?«

»Wäre dir meine Wertschätzung sicher.«

»Wieviel wiegt diese Wertschätzung?«

»Keinen einzigen Obolos. Aber wohlwollende Beachtung.«

Demosthenes nickte langsam. »Beachtung ist vielleicht auf die Dauer mehr wert.«

Mit einem der letzten Schiffe, die vor Beginn des Winters den Piräus anliefen, kehrte Demosthenes nach Athen zurück. Er kam nicht allein; mit ihm ging ein älterer phönikischer Seemann an Land. Demosthenes begab sich ins Gebäude der rhodischen Händler und führte ein längeres Gespräch mit Apollonios, der den Phönikier im Vereinshaus unterbrachte und die Kosten übernahm.

Zwei Tage später trafen sich Apollonios, der Seemann, Demosthenes, der Ratsherr Hagnias, der an diesem Tag den Vorsitz im Prytaneion hatte, der Handelsherr Agathon und Eubulos in dessen Haus. Demosthenes berichtete von seiner Reise, von Gesprächen mit Händlern, Fischern, Hafenverwaltern und Seeleuten.

»Es scheint«, sagte er, »daß ein bestimmtes Handelsschiff mit wertvoller Ladung, vom Haus des Apollonios hoch versichert, vor der Nordküste der Insel Kos untergegangen ist. Vor diesem schlimmen Ereignis lag es in einem kleinen Fischerhafen, in dem es keine Zollbeamten oder ähnlich zuverlässige Menschen gibt, zwei Tage und zwei Nächte neben einem anderen Frachtschiff. Einige Fischer sagen, dieses andere Schiff sei mit wertlosen Steinen beladen gewesen, und man habe sich gefragt, wer mit wertlosen Steinen handeln wolle. Nun könnte es aber auch sein, daß in den beiden Nächten die wertlosen Steine und die wertvolle Ladung des anderen Schiffs gegeneinander ausgetauscht wurden. Das zweite Schiff reiste nach Milet; seine Besatzung bestand aus trefflich erfahrenen Seeleuten, denen man kostbare Ladung anvertrauen kann – jenen, die unter der Führung eines gewissen Kapitäns und seines hier anwesenden phönikischen Steuermanns mit Weihrauch und anderen feinen Dingen Rhodos verlassen hatten. Wie sind sie nur auf das andere Schiff gekommen? Fragen über Fragen.

Man hat also offenbar die Ladungen ausgetauscht. Um es ein wenig unauffälliger zu machen, übernahm der Kapitän, der Rhodos mit Weihrauch verlassen hatte, nun die Steinfracht, während seine ehemalige Besatzung mit einem anderen Kapitän auf einem anderen Schiff Weihrauch und sonstige Waren, die für Athen bestimmt waren, nach Milet brachte. Der Kapitän hingegen fuhr mit seinem Schiff, das Steine geladen hatte und von billigen alten Sklaven bemannt war, nach Nordwesten. Ein Sturm, von dem niemand sonst etwas weiß, soll das Schiff versenkt haben; zufällig gelang es dem Kapitän, der – wie mir von Fischern versichert wurde – einen Brustschutz aus der Rinde der Korkeiche trug, den Untergang zu überleben und an Land zu schwimmen. Da aber eine Ladung Steine und ein paar ertrunkene Sklaven für niemanden von Belang sind, wurde gesagt, es sei eine kostbare Ladung gewesen, gehütet von guten Seeleuten. Eben jene Ladung, die von den Seeleuten, zu denen unser phönikischer Gast gehört, in Milet angelandet und dort mit Gewinn verkauft wurde.«

Hagnias blinzelte. »Eine schöne Geschichte. Wieviel, sagtest du, soll nun das Haus des Apollonios für das angeblich verlorene Warenvermögen zahlen?«

»Neun Talente.« Apollonios betrachtete aufmerksam das Gesicht von Eubulos; es war eine Steinmaske.

Agathon räusperte sich. Ein alter Mann, stark und groß, mit kalten Augen. »Nun ja, in einem großen Handelshaus, das zahllose Schiffe unterhält, kann man nicht jede einzelne Bewegung überschauen. Nicht, daß ich etwa diese Geschichte für mehr als eine hübsche Erfindung hielte.«

Eubulos lächelte überaus freundlich. »Ach, man könnte ihr an der einen oder anderen Stelle mehr Glaubwürdigkeit und Gewicht verleihen.«

Agathon schob die Unterlippe vor. »Gewicht? In welcher Gewichtseinheit etwa? Scheffel, Talente oder was?«

»Neun Talente Gewicht.« Demosthenes schien seine Fingerspitzen zu zählen. »Vielleicht auch zehn, weil es eine weniger heikle Zahl ist.«

»Zehn?« Agathon kniff ein Auge zu. »Der Verzicht auf neun und die Zahlung von einem Talent?«

»Zum Beispiel.« Eubulos gähnte. »Das wäre, wenn man die Wahrheit der Geschichte voraussetzt, eine gute Lösung für einen Teil der Fragen. Es blieben aber noch andere.«

»Welche?« Agathon starrte an die Decke des Raums; ein Astloch in einem der Querbalken schien ihm besonders gut zu gefallen.

»Betrug«, sagte Hagnias. »Erpressung. Mord.«

Eubulos hob die Hände. »Abscheulich. Mord kommt aber kaum in Frage – immerhin waren es nur Sklaven. Sagen wir: leichtfertiger Umgang mit gebrauchten Handelsgütern.«

»Ein Talent an Demosthenes?« Agathon ergriff seinen Becher und roch am Wein, trank aber nicht. »Es müßte die Reisekosten ersetzen, oder? Mehr als das. Der Rest wäre die Dankbarkeit des Händlers Agathon für eine erbauliche und lehrreiche Geschichte, wie man sie in diesen trüben Zeiten nur noch selten zu hören bekommt.«

»Ein halbes Talent für Demosthenes«, sagte Eubulos sanft. »Und ein halbes für den Schatz der Stadt – als hochherzige Gabe. Zum Ausgleich der Kosten, die die Reden und Unternehmungen deines Schwagers Zaleukos verursacht haben, Handelsherr.«

»Ah.« Agathon richtete sich auf und setzte den Becher ab. »Ist das der Preis für die anderen möglichen Folgen, die sich aus den erfundenen Vorwürfen ableiten ließen?«

»Der Preis ist Zaleukos.« Eubulos verschränkte die Arme. »Er hat sich um das Wohl der Stadt verdient gemacht; ich finde, wir sind ihm Dank schuldig und sollten ihn entlasten. Er soll sich unbehelligt von schwierigen politischen Fragen in Zukunft ganz dem Wohl seiner Familie und dem Gedeihen seiner Geschäfte widmen.«

Agathon seufzte. »Es wird ihm nicht gefallen – ihr wißt ja, er hat diese lobenswerte Neigung, sich für das Gemeinwohl aufzuopfern. Aber ich werde mit ihm reden. Ich glaube, in letzter Zeit läßt seine Gesundheit zu wünschen übrig.«

Hagnias leerte seinen Becher und stand auf. »Die Amtsgeschäfte... Ich bin, glaube ich, hier nicht mehr nötig. Und mein Gedächtnis läßt nach. Wovon hatten wir eben geredet?«

Agathon trat neben ihn und legte ihm die Hand auf die Schulter. »Wir sprachen von einem kleinen Geschenk, das unsere Freundschaft erhalten und fördern soll.«

Hagnias nickte und lächelte. »Genau, davon sprachen wir. Ich wünsche Wohlergehen und gedeihliche Geschäfte.«

Eubulos begleitete sie bis zum Ausgang. Er hielt Demosthenes einen Moment zurück. »Komm morgen früh zu mir. Wir haben einige Dinge zu beraten. Ich bin zufrieden.« Die letzten Wörter sagte er sehr leise.

6. DYMAS

»Woher kommst du und was kannst du?« Der feiste Kaufmann griff zu einem ellenlangen Stäbchen, das in einem krummen Elfenbeinfinger endete, schob es vom Nacken abwärts unter den naßgeschwitzten Chiton, kratzte sich den Rücken und seufzte wollüstig.

Dymas hob die Schultern. »Ich war Sklave in Karchedon, Herr. Ein Händler, Verwandter, hat mich freigekauft. Ich habe zwei Jahre für ihn gearbeitet, im Lager und auf Schiffen. Jetzt bin ich frei. Ich kann stauen, rudern, Segel nähen, setzen und bergen. Ich habe auch schon gesteuert. Als Sklave war ich Holzwerker.«

Der Mileter kratzte sich noch immer; seine Echsenaugen betrachteten den jungen Hellenen, der barfuß vor ihm stand, mit ledernem Schurz und schwarzen Haarwäldern auf Brust, Bauch und Schultern.

»Ich brauche gute Leute, die billig sind und kein Verlust, falls etwas schiefgeht.« Er spuckte auf den Boden der Lagerhalle und deutete mit dem Kratzestäbchen auf einen Stapel Ballen und Kisten links neben dem Eingang. »Nach Pella. Weißt du, wo Pella ist?«

»Makedonien, Herr.«

»Dann weißt du auch, warum ich billige Leute brauche.«

Dymas grinste leicht. »Die Herbststürme?«

»Es wird knapp. Tuch aus Ägypten, Glasfläschchen und billiger Schmuck. Ein Händler in Pella will alles unbedingt vor dem Winter haben. Mein schlechtester Kapitän, das älteste Schiff und eine unfähige Besatzung. Die Ladung ist versichert; der Rest?« Er zuckte mit den Schultern.

»Man muß nehmen, was man kriegen kann. Was zahlst du, Herr?«

»Zwei Obolen am Tag. Und die zweifellos köstliche Bordverpflegung. Das Geld gibt es in Pella, falls ihr ankommt.«

Dymas nickte. »Ich wünsche dir einen guten Tag, Herr.«

Der Händler wartete, bis Dymas halb aus dem Eingang getreten war; dann rief er: »Halt. Was willst du haben?«

»Eine Drachme. Zehn jetzt, den Rest in Pella.«

Der feiste Mann hob die Hände. »O ihr Götter! Ein Fürstenlohn für Handlangerarbeit!«

»Ich sagte, ich kann auch steuern. Und das Boot ausbessern, wenn es sein muß. Außerdem ein wenig Musik machen, um die Leute aufzuheitern.«

»Es wird nicht viel sein... Gute Musiker heuern nicht auf Herbstschiffen an. Sagen wir, drei Obolen, und gleich drei Drachmen Handgeld.«

Nach längerem Gezeter war der Händler schließlich bereit, vier Obolen zu zahlen und fünf Drachmen sofort. Als Dymas die Münzen einsteckte, erschien der Kapitän des Boots, auf dem er somit angeheuert hatte: ein Mann mit Holzbein, einem Auge und sicherlich sechzig Jahren. Er trug einen bräunlichen Chiton mit Weinflecken und torkelte leicht.

Dymas versprach, am folgenden Morgen zur Stelle zu sein und beim Laden zu helfen. Bei erträglichen Wetterverhältnissen, überlegte er, würden sie – falls das Schiff halbwegs gewöhnliche Geschwindigkeiten erreichte – mindestens fünfundzwanzig Tage benötigen, eher mehr. Fünfundzwanzig Tage bedeuteten sechzehn Drachmen und vier Obolen. Ein guter Handwerker verdiente eine Drachme am Tag; aber ein guter Handwerker würde etwa fünfzig Drachmen zahlen müssen, um als Fahrgast von Milet nach Pella zu gelangen.

Er verließ die Lagerhalle, die Teil der großen Hafenhalle war, ging vorbei an den Läden und Marktständen und der großen Latrine hinaus auf die Prachtstraße, die zu den Tempeln und dem Prytaneion führte. Im Handwerkerviertel, jenseits der großen Bauten, ging er schneller, bog um ein paar Ecken, duckte sich in den zu einem Innenhof mit Schänken und Werkstätten führenden Bogengang und wartete. Als er sicher war, nicht verfolgt zu werden, überquerte er den Innenhof, verließ ihn durch eine schmale Gasse auf der anderen Seite und stieg zwischen immer ärmeren, lehnenden Häusern eine steile ausgetretene Treppe hinauf. Auf halber Höhe des Hügels verschwand er in einem Gemüsegarten, hinter dem ein einräumiges Haus aus Lehm, Holz und Schindeln lag.

Die kinderlose Witwe war nicht da. Sie hatte das Haus geerbt, als ihr Mann, ein Fischer, vor nicht ganz einem Jahr ertrunken war. Das Haus, sonst nichts, nicht einmal ein paar Münzen. Sie war achtzehn, drei Jahre älter als Dymas, den man für zwanzig hielt. Sie nähte und flickte, arbei-

tete außerdem in einer Hafenschänke, wo sie früher oder später entdek-
ken würde, daß es, solange sie jung war, ein besseres Geschäft sein
mochte, ein wenig Schminke aufzutragen und jeden Tag fünf Seeleute
statt fünf Tage lang einen zu beherbergen.

Mit einem mißmutigen Blick auf die Instrumente setzte Dymas sich
an den wackligen Tisch. Er spuckte mehrmals in die angetrocknete
Tinte, dann schrieb er ein paar Worte auf sein letztes Stückchen Papyros. Er wußte nicht, ob die Geschichte vom athenischen Logographen
Demosthenes, der in Milet die Geschäfte eines Reeders erforscht hatte,
für Demaratos von Belang sein konnte; vielleicht würde ihn aber die
Tatsache fesseln, daß der Athener lange mit einem persischen Fürsten
gesprochen hatte, von dem es hieß, er habe das Ohr des Großkönigs.

Als er den Bericht – drei Sprachen und dreierlei Schriftzeichen wild
durcheinander – beendet hatte, rollte er den Papyrosfetzen zusammen,
schob ihn in sein letztes Tonröhrchen, fand im Herd noch ein wenig
Glut unter der Asche, zündete einen Span, dann ein Öllämpchen an,
erhitzte Wachs und versiegelte das Röhrchen.

Dann ließ er sich auf den Strohsack sinken, Apamas Bettstatt. Er
streckte die Hand nach der länglichen Tasche aus ungegerbtem Bocks-
leder aus, in der die Flöten steckten, berührte den aufgenähten Beutel
für die Zungenblättchen, seufzte und nahm das Barbiton zur Hand. Die
selbstgebaute Lyra hatte er schon in Syrakus zerbrochen, als er zum ersten Mal wirkliche Musiker erleben durfte. Mit den Metallstückchen
des Persers war sie genauer zu stimmen gewesen als fast alle anderen,
die er in den zwei Jahren seit Karchedon gehört hatte; aber was war
schon der schärfere Grundklang verglichen mit den Tönen, die richtige
Musiker aus ihren Instrumenten hervorzaubern konnten – Instrumenten, die nicht nur ein eiförmiger Holzbogen waren, sondern Schall-
kästen hatten, angefertigt von besten Handwerkern, die die Wege der
Töne kannten? Das armlange Barbiton, ein kleiner Schallkasten aus
Buchsbaum mit zwei langen, hornartig einwärts gebogenen Armen, die
das Joch der Saiten trugen (Steg nannte er nun jene Erhöhung unten am
Schallkasten, oberhalb des Befestigungsplättchens, die die Saiten vom
Körper des Instruments abhob), war nicht so gut zu stimmen, hatte
aber mehr Klang. In seinem Reisebeutel verwahrte er immer noch die
eisernen Wirbel und den Stimmschlüssel. Allerdings wußte er, daß er
sehr viele Münzen würde ausgeben müssen, um weitere Wirbel für
mehr als vier Saiten anfertigen zu lassen und ein Instrument zu finden,

bei dem sich der Aufwand lohnte. Das Barbiton hatte fünf Saiten, die er zerstreut zupfte, während er über die nächsten Tage nachdachte.

Aber seine Gedanken irrten immer wieder ab, kehrten zurück zum vorigen Abend in der Schänke am Hafen, in der Apama arbeitete. Dort hatte er zum ersten Mal einen Kitharisten gehört – oder eine Kithara, denn der Musiker war nicht besonders gut gewesen. Aber das Instrument – sieben Saiten zum Spielen, vier weitere zur Verstärkung der Klänge, ein gewaltiger Schallkasten, und welch kümmerliche Musik! Was müßte einer, der schnellere Finger und eine tiefere Seele besaß, damit anfangen können! Der Mann hatte die üblichen Dinge gespielt und schlecht dazu gesungen, was ihn nicht nur zu einem jammervollen Kitharisten, sondern auch noch zu einem schäbigen Kitharoden machte, den nicht einmal die Fischer lange anhören mochten. Die üblichen Dinge – feierliche Hymnen auf Götter, an die keiner so richtig glaubte; heldische Paiane für Schlachten, in die keiner ziehen mochte; trübe Elegien auf Verstorbene, die keiner betrauerte; einen schrägen Hymenaios-Hymnos für eine Prunkhochzeit, wie sie keiner der Zuhörer je erleben würde. Dann war ein Fischer aufgestanden, Philodemos mit Namen, und hatte eines jener Liedchen gesungen, wie man sie in jedem Hafen hören konnte, und es war eine Erholung gewesen, vor allem, weil der Kitharist sich weigerte, sein hehres Instrument als Begleitung für derlei Unfug einzusetzen.

Dymas lächelte bei der Erinnerung daran; mit den Fingern der Rechten zupfte er die Saiten, mit denen der Linken veränderte er die Tonhöhe, indem er von rückwärts in die Saiten griff und so ihre Länge und die Dauer der Schwingungen beeinflußte. Wenn sie nicht frei schwangen, sondern gegriffen, klangen sie dumpf oder schnarrten; es mußte eine bessere Möglichkeit geben. Er spielte die Melodie des Liedes, murmelte die Worte dazu und pries noch einmal in Gedanken Philodemos, der die Trauermusik des Kitharisten beendet hatte.

Mancher bezahlt ein Talent für eine Nummer dem Mädchen,
vögelt beklommen verklemmt, ganz ohne Wonne und Lust.
Ich bezahl eine Drachme für fünfe bei Lysianassa,
fick ein ersprießliches Kind, gräm mich auch gar nicht dabei.
Entweder bin ich bescheuert, oder man sollte dem andren
mit einem blitzenden Beil endgültig kappen den Sack.

In Korinth hatte er an einem Abend drei Stücke des unsterblichen Ari-

143

stophanes gesehen, zusammen mit einem alten Sklaven von Demaratos, der ihm die politischen Anspielungen erklärte; seitdem wußte er, daß die deftigen Wörter aus den Schänken längst ihren Weg auf die Bühne gefunden hatten und daß der Kothurn nicht umknickte, wenn ein Schauspieler derlei sprach. Aber bis zum gestrigen Abend hatte er nie geahnt, daß derbe Stegreif-Gesänge gute Verse sein konnten, und wäre nicht zufällig der Kitharist in der Schänke gewesen, mit seiner Weigerung, das Lied zu begleiten, hätte Dymas vielleicht erst viel später entdeckt, daß man diese Gesänge und bestimmte Formen von Musik verbinden konnte.

Er spielte, veränderte die Melodie, vermengte die Tongeschlechter, sang leise dazu. Nie hatte ihn jedoch der dumpfe Klang der Saiten, wenn er mit der Linken griff, so sehr gestört. Er dachte an Metall, an die Verbesserungen, die der Perser mit Hilfe des Schmieds in Karchedon vorgenommen hatte.

Auf einem Tischchen neben dem Strohsack lag ein Teil der Nähwerkzeuge von Apama, darunter ein Fingerhut. Dymas legte das Barbiton beiseite, nahm den kleinen Bronzekörper auf, starrte ihn von allen Seiten an und steckte ihn auf den linken Zeigefinger. Dann versuchte er sich an einer einfachen Tonfolge, auf einer Saite. Die Wirkung war erstaunlich: zwischen Daumen und bewehrtem Zeigefinger ließ, wenn er sauber griff, das Schnarren fast ganz nach, und der immer noch dumpfe Klang, dumpfer als bei einer frei schwingenden Saite, erhielt gewissermaßen einen metallischen Kern, der genauer und schärfer war.

Abends, in der Schänke, in der Apama Wein und Fleisch umherschleppte, prüfte er die Wirkung bei den Fischern. Er sang ein einfaches Lied, das er oft gehört hatte, und begleitete sich dazu auf dem fünfsaitigen Instrument.

Es fürchte die Götter das Menschengeschlecht.
Sie halten die Herrschaft in ewigen Händen,
um sie zu mißbrauchen, wie's ihnen gefällt.

Sie schänden die Frauen, verwirren den Schwan,
sie schinden die Helden, sie schlachten die Kinder,
versenken die Schiffe im salzigen Schoß.

So reden die Priester. Wir flicken das Netz,
wir fangen den Fisch, um den Hunger zu lindern,
wir pflügen und säen und ernten die Frucht.

Die Hornhaut der Füße, die Schwielen der Hand
sind stärkere Götter als die für die Reichen.
Lern schwimmen, Freund, eh du Poseidon vertraust.

Die Fischer und Arbeiter lauschten stumm und gespannt; als Dymas
endete, scharrten einige mit den Füßen, andere klopften auf die Tische.
»Laß es nicht die Priester und die Reichen hören«, sagte ein alter
Mann. Er grinste. »Und spiel es nochmal.« Er legte eine Münze auf den
Tisch und bedeutete dem Wirt durch Zeichen, er solle Dymas neuen
Wein bringen.

Später, kurz bevor er und Apama die Schänke verließen, beugte sich
ein anderer Mann über ihn und sprach leise, fast in sein Ohr.

»Du bist weit gekommen, seit Karchedon. Und auch deine Musik,
die ich nie zuvor gehört habe, kann dort nicht so trefflich gewesen
sein. Es ist gut, hellenische Götter zu schmähen. Schmähst du auch
Adherbal?«

Sie gingen hinaus, vor die Schänke. Unter dem hellen Himmel und
den tausend Sternen, am Kai, berichtete Dymas jene Dinge, die er für
berichtenswert hielt. Der Fremde hörte schweigend zu, nickte mehrmals, wiederholte die Namen Demosthenes und Agathon, murmelte
etwas über persische Fürsten und drückte Dymas am Schluß einen kleinen Beutel in die Hand.

Den Beutel, der zehn silberne Halbdrachmen enthielt, ließ Dymas
am nächsten Morgen auf Apamas Tischchen liegen. Sie schlief noch, als
er ging.

Das Schiff war fast beladen; wenige Stunden nach Sonnenaufgang
konnten sie auslaufen. Beim letzten Gang, mit einem Tuchballen auf
der Schulter, machte Dymas einen Umweg, um dem Kapitän eines
Schiffs, das Demaratos gehörte – jenes, mit dem er nach Milet gekommen war –, das versiegelte Tonröhrchen auszuhändigen.

Die Fahrt war entsetzlich. Die Besatzung bestand aus Irren, Säufern
und Selbstmördern – bis auf den einbeinigen, einäugigen Kapitän, der
keinen Schluck mehr trank, sobald sie Milet verlassen hatten. Er und
Dymas hielten das Schiff auf Kurs, flickten das Segel, steuerten, besserten jeden Tag den Schiffsrumpf aus, der fast überall Wasser zog. Der
alte hochbordige Frachter hatte einen Mast, in dem Holzwürmer hausten; ein erhöhtes Achterdeck, dessen Planken an vier Stellen einbra-
chen, wenn man darauf trat; acht Ruder, vier für jede Seite, von denen

drei abgesplittert, zerbrochen und mit Seilen halbwegs wieder haltbar gemacht waren; anders als bei den schönen Schiffen, wie sie von kunstfertigen Malern auf Amphoren verewigt wurden, gab es an Bug und Heck weder Fischköpfe noch schwerbrüstige Göttinnen. Bis zum Hellespont schlichen sie zwischen den Inseln und an den Küsten entlang, verbrachten aber nur jede zweite Nacht an Land, denn der Wind war günstig und der Kapitän hart. Als sie den Hellespont erreichten, gerieten sie in einen warmen, kräftigen Herbstwind von Osten, aus dem Euxeinischen Meer; Dymas und der Kapitän berieten sich, dann wagten sie die Fahrt über die offene See, nach Samothrake, von dort weiter nach Thasos. An der Ostküste der Chalkidike endete die Fahrt; das Wetter schlug um, scharfer Westwind trieb sie zurück in die Mündung des Strymon. Mit einem Geschäftsfreund des feisten milesischen Händlers vereinbarte der Kapitän im Hafen von Amphipolis eine Beförderung der Waren über Land, nach Pella; Dymas ließ sich auszahlen und verdingte sich als Fuhrknecht.

Sie lieferten die Güter ab, in Pella, als der Herbst bereits kühl wurde. Dymas hielt nicht viel von der makedonischen Hauptstadt, die ihm eng und ärmlich erschien; er hörte wilde Geschichten über den König. Philipp wirkte in den Erzählungen wie ein Riese, der das enge Gefäß Pella bald sprengen würde, um sich auszubreiten. Er sah auch die wichtigsten Berater des Königs, den Feldherrn Parmenion und den Verwalter Antipatros, und die schöne, feurige Königin.

Ein paar Tage hielt er sich im kleinen Hafen auf, der etliche Stadien vom Ort entfernt war; er lungerte in den Schänken, spielte abends seine neue Musik, trank schlechten Wein und genoß die Gastfreundschaft einer nach dem Ende der Schiffahrt kaum noch beschäftigten, in die Lieder verliebten Dirne. Irgendwann sah er eine schlanke Frau von fürstlicher Haltung, die mit verhülltem Gesicht in mehreren Läden am Kai merkwürdige Dinge kaufte. Die durch Demaratos' Ausbildung geschärfte Wahrnehmung verriet ihm, daß es die Königin war. Er beschloß, daß der Korinther eine Mitteilung hierüber später erhalten konnte, schrieb nichts auf und wanderte langsam südwärts. In Aloros arbeitete er einige Tage bei einem Wagenbauer, in Dion bei einem Möbelschreiner. Als der Winter kam, erreichte er Pherai in Thessalien und fand dort einen unberühmten, aber bei aller Einfallslosigkeit redlichen Instrumentenbauer, der ihm Obdach, Essen und eine halbe Drachme am Tag gab, damit Dymas ihm den Winter über bei der Bearbeitung, Glättung und Behandlung der verschiedenen Hölzer half.

Pherai war jedoch kein Ort für Neuerungen. In den Schänken wollte man die asiatischen und hellenischen Tongeschlechter nur unvermischt hören; die Priester und die Reichen, die die Stadt beherrschten, hatten lange Ohren und mißbilligten sogar die gleichzeitige Verwendung des Aulos, der dem Dionysos geweiht war, und eines dem Apollon geheiligten Saiteninstruments.

Im Frühjahr zog Dymas weiter. Das alte Maultier, das er billig erstanden hatte, trug seinen Besitz: den Ledersack mit Kleidung und anderen Gebrauchsgütern, die Ledertasche mit dem Doppelaulos, die mit Fellen gefütterte längliche Kiste für das Barbiton, und eine größere Felltasche, in der die schmucklose, selbstgebaute Kithara steckte. Von einem Hersteller in Pherai hatte er fünfmal elf glatte, gute Saiten gekauft, die besser waren als alles, was er selbst aus Schafsdärmen hätte fertigen können. Einige Metallgegenstände wie Stimmwirbel und besondere Greifaufsätze für die Fingerkuppen konnte oder wollte keiner der Schmiede von Pherai machen. Vielleicht in Theben, oder Athen; Dymas hatte keine Eile.

7. DIE LIEBE DER OLYMPIAS

Der Morgen war kalt und klar, nur über den Sümpfen nördlich der Stadt lag eine dünne Dunstschicht. Olympias' Atem bildete Wölkchen; sie zog den hellen Wollumhang enger. Unter ihr, jenseits der Palastmauer, fielen die schmalen Straßen vom Hügel schnell in die Vororte ab, zur Ebene und dem Gürtel trockengelegter Felder. Sie sah einige Bauern, ein paar Mistkarren; auf einem Platz am Stadtrand fuchtelte eine winzige Gestalt vor einem winzigen Maultier herum, dessen Störrischkeit riesig sein mußte.

Olympias lächelte und ging zurück ins Zimmer. Auf ihr Zeichen hin befestigte die stumme Thrakerin – man hatte ihr noch in der Heimat die Zunge herausgeschnitten, lange ehe sie Sklavin wurde – den mit durchscheinender Schweinsblase bespannten Holzrahmen wieder in der Fensteröffnung.

Die Sklavinnen hatten den Raum gesäubert. Die Öllampen waren aufgefüllt, ebenso die Kohlenbecken. Olympias ging in den Nebenraum, der nur durch einen Vorhang im Durchgang von ihrem getrennt war. Auf dem Schemel am kleinen Tisch saß eine der Ammen; sie hielt den 15 Monde alten Alexander auf dem Schoß und fütterte ihn mit einem Hornlöffel. Brei rann ihm aus den Mundwinkeln – Mehlbrei, mit Wasser und Stutenmilch und Kinnamon bereitet. Der kleine Bauch blähte sich beinahe, aber der Junge verlangte immer mehr.

»Ist Lanike nicht gekommen?«

Die Amme verneigte sich im Sitzen, eine schwierige Übung, da sie den Kleinen nicht absetzte. »Sie wird bald hier sein, Herrin. Sie will Proteas mitbringen und vielleicht später mit den Kindern in die Gärten gehen.«

Olympias fuhr ihrem Sohn mit den Fingerspitzen durchs helle Haar und ging zurück in ihren Raum. Lanike, Tochter des vornehmen Makedonen Dropidas, vermählt mit dem aus Olynthos stammenden Andronikos, war zwanzig Jahre alt, zwei Jahre jünger als die Königin; sie hatte wenige Tage vor Olympias einen Sohn geboren und einige Zeit im

Palast gelebt, um auch Alexander zu stillen. Olympias dachte an die Launen der Natur; Lanike war ebenso blond wie Alexander, ihr elfjähriger Bruder Kleitos dagegen schon jetzt am ganzen Leib schwarz behaart. Lanikes Sohn, Proteas, hatte einen schwarzen Schopf, obgleich sein Vater ebenso rot war wie Olympias. Philipp, schwarzhaarig überall dort, wo Haare nur wachsen konnten, hatte einen blonden Sohn gezeugt. Sie seufzte kaum hörbar und streifte ihr breites Lager mit einem Blick. Nur die Bronzegefäße, abends mit heißem Wasser gefüllt und mit Fellen umwickelt, gaben in der Nacht Wärme, und der nackte Halbgott auf dem dunkelrot, hellgrün und golden leuchtenden Wandbehang hatte keine Ähnlichkeit mit Philipp.

Die Thrakerin stellte eine Schale mit Milch neben das Körbchen, in das die kleine Schlange irgendwann zurückkehren würde, durch das Loch in der Fensterbespannung. Sie deutete auf die Wärmegeräte; als Olympias nickte, zündete sie beide an und verließ dann den Raum. Der kaum mehr als kniehohe Eisenofen mit eingelassenem Bronzekessel, in dem Wasser erwärmt wurde, stand auf seinen Löwenfüßchen neben dem Tisch aus verziertem schwarzen Holz; das mit Wasser, Wein, Honig und Gewürzen gefüllte Tongefäß, erhitzt durch eine eingesetzte Metallröhre mit glühenden Holzkohlen, ruhte auf einer kleinen vierfüßigen Eisenplatte. Olympias setzte sich in den mit Fellen belegten Armsessel, rollte den Papyros aus, beschwerte ihn an den Rändern mit gegossenen Bleifiguren, die Bären und Wölfe darstellten, und las den begonnenen Brief an ihren Onkel. Dann nahm sie einen frischen Schreibhalm, zerkaute das eine Ende und schrieb weiter, wo sie abends aufgehört hatte.

Die üblichen Dinge – Fragen nach dem Ergehen des Herrschers, der die Geschicke der Molosser lenken sollte, bis Olympias' jüngerer Bruder Alexandros alt genug wäre; Fragen nach dem Befinden von Alexandros, der kaum zwei Jahre alt gewesen war, als sie in den Tempel von Dodona und dann nach Samothrake geschickt wurde; Mitteilungen über wichtige und unwichtige Dinge, Vorfälle im Palast zu Pella, der eigentlich nur eine ausgebaute, erweiterte Burg war; dann wieder Fragen nach Menschen, an die sie sich kaum noch erinnerte, und Bitten um Übersendung von Gegenständen, die ihr einmal teuer gewesen waren.

Lanike kam, brachte ihren Sohn und holte Alexander; Olympias knabberte an schalem Brot und schöpfte Glühwein in einen Becher, trank und grübelte.

Eine Dienerin erschien. »Herrin, des Königs Seher Aristandros ist hier.«

Olympias legte das Schreibried beiseite. »Wenn es sein muß...«

Aristandros trat ein, neigte den Kopf und ließ sich auf dem Stuhl nieder, auf den Olympias wortlos deutete.

»Da ich so lange nicht in den Genuß deines Anblicks kam...« Aristandros lächelte: nur mit dem Mund, die Augen waren fragend und kalt. »Wie ist dein Befinden, Königin – und wie geht es dem Gefäß des Ammon, dem Sohn des Gottes?«

»Dem Sohn des Königs Philipp geht es gut.« Olympias musterte das Gesicht des Sehers, die scharfen Augen, die scharfe Nase, den dünnen Mund, der ein überflüssiger Strich im dunkelbraunen Bart schien. »Und mir wird es wieder gut gehen, wenn erst der König unverletzt von der Grenze heimgekehrt ist.«

»Ich hörte, damit sei in den nächsten zwei oder drei Tagen zu rechnen.«

Olympias hob die Schultern. »Das mag so sein.«

Aristandros betrachtete den Glühweinwärmer. »Ein guter Trunk an einem kühlen Wintertag.«

Sie klatschte in die Hände. Als die Dienerin erschien, ließ sie einen zweiten Becher bringen und von der Dienerin füllen.

»Es gab Zeiten«, sagte Aristandros, als die Dienerin gegangen war, »da hätte Olympias selbst den Becher gefüllt und mir gereicht.«

»Es waren dies Zeiten, als Olympias noch nicht wußte, daß neben den Spielzügen der Priester und Götter auch Könige zu spielen vermögen. Die einfachen Züge deines Spiels, Aristandros, langweilen mich heute, da ich begriffen habe, daß Philipps Spielzüge nie nur einem, sondern mindestens drei Zwecken dienen.«

»Beteiligt er dich an ihnen, oder siehst du sie nur aus der Ferne?«

»Er beteiligt mich an manchen und hört meine Meinung zu anderen. Aber du bist sicher nicht gekommen um festzustellen, daß mir der König mehr bedeutet als... du und die anderen, oder?«

Aristandros blies über die heiße Flüssigkeit in seinem Becher. »Ein Brief aus Samothrake. Der Ägypter wird im Frühjahr zu uns reisen, sobald die Schiffe wieder fahren.«

»Ich will ihn nicht sehen.«

»Darf ich nach dem Grund fragen?«

»Er geht dich nichts an. Die Königin ist dem Seher nicht zur Auskunft verpflichtet.«

Aristandros nickte. »Nicht die Königin, und es kann keine Rede sein von Pflicht. Aber sollte nicht die Priesterin des Hains von Dodona, die Priesterin des Tempels von Samothrake dem Priester des Palastes zu Pella ein wenig... helfen?«

Olympias lachte, aber es war ein freudloses Lachen. »Die Priesterin? Die gibt es nicht mehr. Sie hat dieses alte, häßliche Gewand, das man ihr aufgezwungen hat, fortgeworfen und fühlt sich in den neuen Kleidern erheblich wohler.«

»Priestertum ist kein Gewand, das man ablegen kann.« Der Seher runzelte die Stirn. »Und wieso aufgezwungen?«

Olympias spielte mit dem Schreibried. »Du weißt es doch. Mein Vater war König von Epeiros. Neoptolemos, Sohn des Alketas. Ein guter Mann, ein guter Vater, aber ein schwacher Herrscher. Sein Bruder Arybbas, mein Onkel, hat ihn gezwungen, die Herrschaft mit ihm zu teilen. Meine Mutter starb bei der Geburt meines Bruders Alexandros, bald danach starb auch mein Vater. Ich weiß bis heute nicht, ob sein Tod natürlich war oder jemand nachgeholfen hat. Arybbas hat meine ältere Schwester Troas, die ihn verabscheut, zur Heirat gezwungen und sich zum Vormund von Alexandros gemacht. Damit er ungestört herrschen konnte, mußte er auch mich beherrschen – oder vertreiben. Welche Möglichkeit wäre wirksamer und unauffälliger als die Übergabe der Nichte an die Priesterinnen des Hains?«

Aristandros beugte sich vor; etwas wie Besorgnis lag in seiner Stimme und seiner Miene. »Wie geht Arybbas mit deinen Geschwistern um?«

Olympias zog die Mundwinkel herab. »Er läßt meine Schwester in Ruhe und hütet meinen Bruder – seit die Königin der Makedonen ihn beiläufig, aber mit Nachdruck darum gebeten hat.«

Aristandros trank einen Schluck, behielt den heißen, gewürzten Wein einige Momente im Mund und schien darauf zu kauen. »Wenn du es wünschst, will ich gern die Priesterschaft der Molosser auffordern, über deine Geschwister zu wachen.«

Olympias' Augen waren schmale Schlitze. »Woher diese Fürsorge? Willst du auch Troas und Alexandros zu Werkzeugen deiner finsteren Pläne machen?«

Aristandros schob die Unterlippe vor und schüttelte langsam den Kopf; seine Augen waren weit geöffnet, wie die eines unschuldigen Knaben. »Werkzeug? Finstere Pläne? O Herrin der Makedonen, wie sehr verkennst du mich!«

Olympias lächelte schwach. »Ein armer gekränkter verkannter Aristandros. Ich bin zerknirscht.«

Aristandros setzte den Becher ab. »Reden wir nicht von Werkzeugen oder Kränkungen. Ich habe noch etwas, das ich in Gedanken wäge und dir mitteilen muß.«

»Sag es. Möglichst ohne Umschweife und Salbungen.«

»Wie du willst.« Aristandros lehnte sich zurück und verschränkte die Arme. »Dein Sohn. Alexander, Gefäß des Gottes.«

»Was ist mit Alexander?«

»An seinem ersten Geburtstag habe ich die Götter befragt... Ich wollte es dir sagen, aber dann...«

Olympias seufzte. »Sprich. Ohne Salbung, wie ich sagte.«

»Er wird nicht lange König sein. Wenn überhaupt.«

Olympias holte tief Luft. Ihre Augen sprühten grünes Feuer. »Wie kannst du es wagen...«

»Kein Wagnis.« Aristandros sprach leise, fast wie in Trauer. »Die Vogelzüge sagen es, die Lebern der Opfertiere sagen es. Ich habe mehrere Opfer dargebracht, und immer ist es die gleiche Ankündigung.« Er griff in die aufgenähte Tasche seines langen schwarzen Umhangs und holte ein Stoffbündel heraus.

Olympias hob die Hände, mit gespreizten Fingern. »Nicht... Was sagen die Vögel und die Lebern?«

»Alexander wird entweder sehr früh sterben, als Knabe – durch Gewalt. Oder nach wenigen Jahren einer großartigen Herrschaft. Jedenfalls wird er jung sterben. Vielleicht liegt es an dir, dafür zu sorgen, daß er überhaupt herrschen und Ammons Willen erfüllen kann.«

»Zeig es.« Olympias' Stimme war heiser, wie von Schmerzen aufgerauht.

Aristandros öffnete das Stoffbündel. Er nahm ein weiteres Tuch heraus, heller und voller Blutflecken, öffnete auch dieses.

Olympias beugte sich über die Widderleber, tastete, nahm sie in die Hände, hielt sie hoch, knetete, betrachtete sie von allen Seiten. Schließlich legte sie sie wieder in das Tuch, das Aristandros auf dem Schoß hielt.

»Und wer sagt mir«, flüsterte sie, »daß dies die Leber eines Tieres ist, das du den Göttern wirklich zu diesem Zweck dargebracht hast?« Unter ihren geschlossenen Lidern sickerten Tränen hervor und rannen über die Wangen.

»Heute, bei Sonnenaufgang.« Aristandros' Gesicht war ernst. »Habe ich dich je belogen? Hat je ein Priester dich belogen?«

Olympias öffnete die Augen, trocknete sie mit dem Ärmel ihres Obergewandes. »Verbogen«, sagte sie heiser. »Verbogen habt ihr mich. Eine Tempeldirne gemacht aus mir. Mich zu eurem Werkzeug abgerichtet, wie man ein Tier zu einem bestimmten Zweck abrichtet. Meine Seele vergiftet, all das, ja. Aber gelogen? Nein – wenn nicht die Götter selbst Lüge sind.«

Aristandros wickelte die Leber ein und steckte das Bündel wieder in die Tasche. »Niemand hat je versucht, deine Seele zu vergiften, Olympias. Dazu hätte man deinen Willen brechen müssen, und den kann keiner brechen.«

Olympias schwieg; ihre Augen irrten durchs Zimmer, ihre Blicke verfingen sich im Vorhang zum Nebenraum.

Sanft, halblaut, eindringlich sprach Aristandros weiter. »Philipp hat dir zweimal geschrieben.«

Sie zuckte zusammen. »Woher weißt du das?«

Er breitete die Arme aus. »Wenn ich nicht viel mehr wüßte als andere, wäre ich ein schlechter Priester. Ein kurzsichtiger Seher. Philinna hat in der gleichen Zeit sieben Briefe von ihm erhalten.«

Olympias starrte ihn wortlos an.

»Angeblich – und ich glaube nicht, daß er es gesagt hat, aber es wurde mir so zugetragen...« Er seufzte, legte seine Hände auf die von Olympias. »Ich bitte dich, nicht an ihm zu zweifeln; wahrscheinlich ist dies nur ein übles Gerücht. Eine schlimme Verleumdung. Je größer ein Mann, desto größer die Zahl der Neider und Schandmäuler.«

Sie schüttelte seine Hände ab. »Sag, was du zu sagen hast!«

»Nun gut. Wenn du unbedingt willst... Nein, ich mag es nicht sagen.«

Olympias beugte sich vor. »Sag, was du zu sagen hast, Seher!« Sie schrie beinahe.

Aristandros hob die Hände; sein Gesicht war lauterer Schmerz. »Er soll gesagt haben... Oder jemand in seiner Umgebung.«

»Was?!«

Aristandros schloß die Augen, rieb sich die Schläfen, atmete schwer. »Vielleicht war es ja auch nur ein Gerede wahrend eines Gelages... Zwei Barbarinnen, die er in der gleichen Nacht beritten hat, sollen gesagt haben, wenn Söhne aus der Lust entstünden, würden zweifellos

Herrscher über die Stämme daraus. Jemand – ich glaube nicht, daß es Philipp war, Herrin – jemand soll daraufhin gesagt haben, es gebe ja schon zwei Söhne, und vielleicht sei der Erstgeborene, Sohn einer thessalischen Tänzerin, doch eher zum König geeignet als der zweite, immerhin auch nur Sohn einer... einer... molossischen Tempeldirne.«

Olympias' Gesicht entspannte sich. »Geschwätz. Ich dachte, du hättest mir etwas Wichtiges zu sagen.«

»Ist es denn so nebensächlich?«

Sie hob die Schultern. »Geschwätz, noch einmal. Philipp ist kein großer Briefeschreiber. Sieben Briefe an Philinna? Ich glaube es nicht, und wenn schon...«

Aristandros legte die Hand an die Tasche, in der die Leber steckte. »Wenn du vom Geschwätz absiehst, auch von der Wichtigkeit oder Unwichtigkeit der Briefe, solltest du doch anderes nicht vergessen, Königin der Makedonen.« Er betonte die Anrede.

Olympias blickte zur Fensteröffnung. Ein leises Rascheln: Die kleine Schlange kehrte von ihrem Morgenzug zurück, glitt die Wand hinab und näherte sich der Milchschale. »Was sollte ich nicht vergessen? Die Leber?«

»Die Leber. Alexander. Und die Königin. Wenn dein Sohn eines Tages nicht mehr der erste Anwärter sein sollte – wenn ihm etwas zustieße –, wärst du nicht länger Königin. Du mußt auch deine Stellung bedenken. Deinen Einfluß, deine Macht, deine Sicherheit.«

Olympias stand auf; sie blickte auf den sitzenden Seher hinab. »Es mag sein. Ich werde mich mit den Göttern beraten.«

Aristandros nickte und erhob sich; er ging zur schweren geschnitzten Holztür, die den Raum vom Gang trennte. »Und berate dich mit den Göttern auch hierüber: Dein Sohn wird entweder sehr früh durch Gewalt sterben, vielleicht, weil jemand nicht ihn, sondern Arridaios zum Thronerben machen will. Oder er wird die Oikumene verändern, die Welt, die Zeit, in wenigen Jahren, ehe er allzu jung zu den Göttern geht. Der größte der Könige, ein Fürst unter den Herrschern, das Staunen der Welt – aber er wird jung sterben, wie sein Vorfahr, dein Vorfahr, Olympias, der göttliche Achilles.«

»Ich werde es bedenken. Nun geh. Und – ich will den Ägypter nicht sehen.«

Den Rest des Tages verbrachte sie in tiefem Brüten. Sie ging in ihrem und dem Nebenraum hin und her, auf und ab; sie lag lange Zeit regungslos auf dem Bett und starrte an die Deckenbalken; sie nahm den Wandbehang, breitete ihn vor dem kleinen Altarstein aus fleischfarbenem Marmor aus und kniete, die Augen fest geschlossen, die Arme über der Brust gekreuzt; später streckte sie sich vor dem Altar aus, das Gesicht nach unten, in den dichten Stoff gepreßt. Sie aß nichts.

Abends, als die Sklavinnen und Ammen Alexander bereitgemacht hatten, entließ sie sie und nahm den Kleinen mit in ihren Raum. Während er herumtapste und die Schlange zu einer Schleife zu drehen versuchte, füllte sie heißes Wasser aus dem Ofenkessel in die Bettwärmer, wickelte Felle um die Bronzebehälter und holte die kleineren Decken aus dem Kindergemach. Dann nahm sie Alexander in die Arme, kniete mit ihm vor dem Altarstein, hielt ihn fest an die Brust gepreßt und wiegte sich vor und zurück; dabei murmelte sie unhörbare Gebete. Sie bettete den Kleinen auf ihr Lager und löschte alle Lichter, bis auf zwei der vier Hängelampen des hohen Bronzeständers auf dem Tisch. Während der Sohn den Daumen lutschte, gluckste und langsam einschlief, beendete sie das Schreiben an Arybbas. Danach nahm sie einen mehr als armlangen Tuchstreifen, schlang einen Knoten in ein Ende, entblößte ihren Oberkörper und kniete vor dem Altar. Langsam, rhythmisch wiegte sie sich vor und zurück; dabei schlug sie sich mit dem Tuchknoten über die Schultern.

Sie schlief kaum in dieser Nacht. Einmal wachte Alexander weinend auf, weil sie sich an ihn klammerte, so daß er kaum Luft bekam. Am Morgen war ihr Gesicht gerillt; die Kissen waren feucht, und die Nägel hatten tiefe Furchen in beiden Handflächen hinterlassen.

Am Vormittag ging sie allein – bis auf die stumme Thrakerin, die fünf Schritte hinter ihr blieb – in den Ort. An einem trockenen, kühlen Wintertag war sogar Pella mit seinen stinkenden Gassen, den kleinen ungepflasterten Plätzen und den nahen Sümpfen erträglich. Olympias hatte den Umhang eng um die Schultern gezogen; die Thrakerin trug einen Bastkorb auf dem Kopf.

Olympias kaufte Kräuter; die meisten waren getrocknet, nur wenige frisch zu bekommen. Das Angebot war in den drei Läden, die sie aufsuchte, gleich reichhaltig oder karg; was sie im zweiten und dritten Laden erwarb, hätte sie auch im ersten kaufen können. Im kleinen Hafen der Stadt befahl sie der Thrakerin zu warten; sie selbst ließ sich von einem Ruderer mit seinem winzigen Kahn ans andere Ende des Kanals bringen, der Pella mit dem eigentlichen Hafen an der Mündung des Ludias verband. Dort gab es zwei oder drei Händler, die auch im Winter, wenn allenfalls noch Küstenboote verkehrten, seltsame Waren aus fernen Gegenden führten. Olympias hatte den Umhang vors Gesicht gezogen; nur Augen und Nasenwurzel waren frei. Sie kaufte zwei kleine, verstöpselte Gefäße aus rauchigem Glas, wie man sie in Ägypten oder Karchedon herstellte. Als sie den Laden verließ, der den vorderen Teil eines langgestreckten flachen Holzhauses am Kai einnahm, bemerkte sie, daß der Ruderer sie beobachtete. Eine Weile blickte sie über seinen Kopf hinweg auf die andere Seite der Flußmündung, wo oberhalb der auf den Strand gezogenen Fischerboote und der ausgespannten Netze eine Vielzahl schäbiger Hütten mit Binsendächern stand. Schließlich wandte sich auch der Ruderer dorthin, um zu sehen, was es zu sehen gäbe. Darauf ging Olympias langsam den kaum erhöhten, gemauerten Kai entlang, betrachtete die vertäuten Lastsegler, die sich mit dem leichten Wellengang knarrend hoben und senkten, und die Männer, die ausbesserten, Pech erhitzten oder vor den Schänken saßen und einem Musiker lauschten. Es roch wie in jedem Hafen: Salz und Brackwasser, Abfälle, faulige Pflanzen, Fisch. Die drei verlassenen Eindecker, die einen Großteil von Makedoniens vermeintlicher Flotte darstellten, lagen an der äußersten Mole, wie zerbrechliche Spielzeuge aus Borke. An einem Rammsporn hing eine Blumengirlande.

Sie betrat noch zwei Läden; im ersten kaufte sie ein Duftwasser, das nach schwerem Rosenöl roch, mit einem Hauch von Kitros, Kassia und kydonischen Äpfeln. Sie lächelte, als sie das Gefäß wieder verschloß; es waren Duftarten und Geschmäcke, die Philipps Mund entzücken würden.

Im zweiten Laden betastete sie kostbare Stoffe, kaufte aber nichts und kehrte langsam zum Ruderboot zurück. Der Mann hatte sie kommen sehen; er versuchte, bei der Heimfahrt ein Gespräch zu beginnen, verstummte aber bald, da die Königin auf nichts einging.

Sie ließ sich Öl, Mehl, Milch, Honig und einige Gewürze bringen, dazu geschliffene Messer und Schneidebrettchen. Das Öl goß sie in eine Bronzeschüssel mit hohem Rand, die sie auf den kleinen Tischherd stellte. Das Mehl ließ sie in einer Schale quellen, in Wasser und Milch, löste den Honig aus der Wabe, gab ihn hinzu und knetete alles mehrmals gut durch. Die meisten Kräuter, die sie gekauft hatte, waren überflüssige Ablenkung gewesen; sie endeten sofort in der Abfallkiste. Die wenigen, die sie wirklich benötigte, zupfte sie zurecht und zerkleinerte sie mit dem Messer auf dem Brett. Schließlich formte sie zehn Teigbällchen, füllte sie mit den zerschnittenen Kräutern und träufelte etwas aus den beiden Glasgefäßen hinein, rollte die Bällchen vorsichtig zwischen den Handflächen und warf sie in das siedende Öl.

An diesem Abend ließ sie Alexander in seinem eigenen Bett schlafen; sie hätte keine sichere Möglichkeit gehabt, die fertigen Bällchen vor ihm zu verbergen. Wieder verbrachte sie die Nacht fast ohne Schlaf, teils auf dem Lager, teils vor dem Altar. Am Vormittag schickte sie eine der Sklavinnen nach einem Mann, der in den Ställen arbeitete. Während sie wartete, legte sie die Schlange um ihren Hals und fütterte sie mit Fleisch. Wollte sie füttern, aber die Schlange nahm nichts an; Olympias hatte sich die Hände überaus gründlich gereinigt, geschrubbt, gesalbt, doch wich die Schlange immer wieder den Fingern aus. Schließlich glitt sie zum Körbchen, dann über den Sims zum Fenster und verschwand. Olympias zog ein paar welke Blumen aus einer weißen Vase und warf sie in die Abfallkiste, die die Sklavinnen früh geleert hatten.

Der Mann trat ein, verbeugte sich tief. Er konnte ebensogut fünfunddreißig wie fünfundvierzig Jahre alt sein und hatte das Gesicht eines zerstreuten Fuchses, der vergangener List nachsinnt.

»Admetos aus Tekmon?«

Er verneigte sich erneut.

Olympias musterte ihn scharf. »So lange her... Langsam erkenne ich dich wieder. Deine Frau und deine Kinder sind noch in Epeiros?«

Er riß die Augen auf. »Woher weißt du...«

»Vor vielen Jahren hast du meinem Vater Neoptolemos gedient. Ich hörte, du seiest vertrauenswürdig.«

Er hob die Schultern; seine Hände lagen starr an den Oberschenkeln. »Es ist nicht klug, jene zu hintergehen, die Gewalt über einen haben. Oder über die Familie.«

Olympias spitzte den Mund. »Ich hörte, deine Familie lebt immer noch in Tekmon – warum sind sie nicht mitgekommen?«

»Ich mußte mich in Schuldsklaverei begeben und hoffe, bald zu ihnen heimkehren zu können.« Sein Gesicht war ausdruckslos, aber eine lauernde Hoffnung klang aus der Stimme.

»Man wird sehen. Solange ich dir vertrauen kann, ist deine Familie sicher. Je mehr ich dir vertrauen kann, desto eher könnte deine Schuldsklaverei enden.«

Admetos schloß die Augen. »Ich werde daran denken, Königin der Makedonen.«

»Du weißt, wo Philinna lebt, Philipps dritte Frau?«

Admetos nickte.

»Es ist ein kleiner Palast, außerhalb der Stadt, mit einem kleinen Garten zum Fluß.«

Admetos räusperte sich. »Verzeih, Herrin, aber nicht zum Fluß, sondern zum Kanal.«

Olympias zuckte mit den Nasenflügeln. »Wir werden hin und wieder in dieser Form prüfen, ob du zuverlässig bist.«

Admetos verneigte sich erneut.

»In diesem Garten wirst du, ohne daß Erwachsene dich bemerken, Arridaios etwas zu naschen geben. Hiervon.« Sie reichte ihm ein Beutelchen. »Es sind Teigbällchen. Gib ihm drei davon, hörst du?«

Admetos nahm den Beutel entgegen. »Drei. Darf ich etwas fragen, Herrin?«

Olympias wies auf die Tür. »Nein. Geh. Vergiß nicht, es zu vergessen. Und denk an deine Familie.«

Am späten Nachmittag erschien Antipatros. »Gute Nachrichten soll man selbst überbringen; Boten sind für Unheil.« Er lächelte sie an; Olympias bat ihn, sich zu setzen und füllte ihm einen Becher mit Glühwein.

»Welche gute Nachricht bringt dich hierher?«

Antipatros blickte zum Fenster, wo die kleine Schlange mit leisem Rascheln verschwand. »Philipp wird in einer Stunde eintreffen. Es geht ihm gut; er hatte ein paar Schrammen, weil die Illyrer ihn mit Speerspitzen kratzen wollten. Sie sind längst verheilt.«

Olympias' Augen leuchteten. »Das ist die beste aller Botschaften, Freund des Königs. Gibt es Anweisungen oder Wünsche?«

Antipatros streifte das breite Bett mit einem Blick. »Ein festliches Mahl für die Fürsten und Hauptleute und ihre Frauen. Ein weiteres, in einem anderen Saal, für die Unterführer und einfachen Krieger, die mit herkommen. Die meisten sind ja auf dem Weg zu ihren Dörfern.« Er blinzelte. »Vorher ein wenig Zeit, für den König, der sich erfrischen möchte.«

Olympias klatschte in die Hände; die Thrakerin kam nach wenigen Momenten. Mit mehreren anderen Dienerinnen teilte sie sich eine Kammer neben den Gemächern der Königin und mit diesen durch eine dünne, in Hohlziegel eingebettete Tonröhre verbunden.

»Das Bad – sofort«, sagte Olympias. »Gibt es heißes Wasser?«

Die Thrakerin nickte und ging schnell hinaus.

»Wegen der Eile habe ich Anweisungen erteilt, ohne deinen Rat einzuholen.« Antipatros leerte den Becher und stand auf. »Ich hoffe, du wirst mir vergeben.«

»Es ist vortrefflich geordnet, wenn Antipatros es ordnet.«

Ihr Bad lag auf der anderen Seite des Gangs, zum Innenhof des Palasts. Regenbecken auf dem Dach des Mittelgebäudes speisten den Bronzekessel eines mit Holzkohle betriebenen Ofens, der in einer Nische im Gang stand. Das erhitzte Wasser floß durch ein Rohr in ein gemauertes Becken auf Ziegelsäulen im Bad. In diesem in Brusthöhe angebrachten Becken konnten je nach Bedarf heißes und kühles Wasser gemischt werden. Durch eine verstellbare Klappe strömte es in eine Röhre, die über der in den Boden eingelassenen Sitz- und Liegewanne in einer Art Sieb endete, so daß man sich berieseln lassen konnte; andere Zuleitungen führten unmittelbar in die Wanne und zu dem Waschtisch aus grünem Marmor – Geschenk des Königs, »daß die Schönheit deiner Augen dich widerstrahlend umgebe«. Nach dem Baden füllten die Dienerinnen gewöhnlich große Krüge mit dem gebrauchten Wasser, das nach und nach zum Spülen des ebenfalls aus grünem Marmor geformten Sitzes der Notdurft verwendet wurde, von wo es, wie das übrige Brauchwasser, durch Rohre an der Palastwand in die unterirdischen Kanäle aus Quadersteinen gelangte, die unter der Stadt hindurchführten und auf den Rieselfeldern am Nordrand endeten.

Olympias entkleidete sich, mit Hilfe der Thrakerin; dann stieg sie in die Wanne, ließ sich berieseln, wusch ihr Haar und streckte sich im warmen Wasser aus. Eine fette Illyrerin mit feinen, zarten Fingern rieb Öl und Duftwasser in ihre Haut, entfernte das, was nicht in die Poren eindrang, mit einem Schaber aus Elfenbein, dann mit einem Schwamm. Olympias verließ die Wanne; sie stand auf dem dicken braunen Bärenfell, das die hellen Fliesen bedeckte, ließ sich von beiden Dienerinnen abtrocknen und lauschte auf die Geräusche aus dem Innenhof.

Der König war eingetroffen. Sie hörte, wie er einem Diener die Waffen gab, Antipatros begrüßte, ein paar Worte mit dem ebenfalls

gerade eingetroffenen Parmenion wechselte. Olympias wies die Frauen
an, das Wasser nicht aus der Wanne zu schöpfen oder abzulassen, und
schickte sie fort. Von dem frisch gekauften Duftwasser, das Philipps
Zunge entzücken sollte, goß sie etwa zwanzig Tropfen in die Handfläche, rieb es über die Brüste und in die Achseln, massierte es in ihr
Schamhaar und strich über die Innenseiten der Oberschenkel. Dann
nahm sie den weißen Überwurf.

Auf dem Gang kamen wuchtige Schritte näher; Philipps Stimme
brüllte: »Weib – Fürstin – wo bist du?« Plötzlich stand er im Bad,
lachte, breitete die Arme aus. Sie legte die Hände an seine Wangen, hielt
sich an seinem Hals fest, fühlte sich umschlungen und an den harten
Körper des Königs gepreßt, schloß die Augen, spürte seine Lippen,
seine Hände, seine Muskeln, empfand jene köstliche Schlaffheit in den
Knien, roch die Kraft und die Pferde und das Lederzeug und wie ein
Echo die Schärfe befleckter Waffen und den Schweiß und die Tage des
Reitens und das Blut und den Wein und die Weite, einen Hauch von
Winter und Nordwind und erstürmten Pässen und harzigem Holz und
Brand. Mit fliegenden Händen half sie ihm, den Gürtel zu öffnen, und
während er den Chiton zerriß, den über den Kopf zu streifen ihm die
Geduld fehlte, und die Reitschuhe mit schlenkernden Bewegungen löste und durchs Bad fliegen ließ und den stinkenden Schurz zerfetzte,
nahm sie den Schwamm und tauchte ihn ins Badewasser und kniete und
wusch sein ragendes Glied und den harten haarigen Beutel und die Lenden, und er ächzte und knurrte und riß ihr den Schwamm aus der Hand
und preßte ihn zwischen seine Hinterbacken, und sie wollte das Trok-
kentuch nehmen und nahm doch den Mund, und dann hob er sie auf
und trug sie über den Gang in ihr Schlafgemach und zum Lager und
schleuderte den Überwurf irgendwohin und fand die kydonischen Äpfel und Kitros und Kassia und Rosenöl und folgte den Spuren mit der
Zunge, und wahrscheinlich schloß die Thrakerin die Tür zum Gang.

Als Olympias am nächsten Morgen spät erwachte, fühlte sie sich einen
Moment fremd und verirrt. Sie setzte sich aufrecht und begriff, daß sie
in Philipps Gemach war, im Bett des Königs. Ihr Kopf schmerzte wie
eine gepreßte Frucht; Zunge und Gaumen waren aus einzelnen Bast-
fasern gemacht und schmeckten nach schalem Wein und Lammbraten
und zu vielen Gewürzen. Sie erinnerte sich mühevoll an das Festmahl,
die Trankopfer und Trinksprüche und Getränke und Trünke und den

Rausch; an die lederbezogenen Liegen vor den weißen Wandflächen, die das Flackern der tausend Fackeln und Lampen widerspiegelten und mit den Farben der Wandgemälde vermengten. Sie entsann sich nackter Tänzerinnen und Turner; war da nicht ein Feuerschlucker gewesen, vor dessen Mund Philipp mit röhrendem Gelächter eine gemästete, abgezogene, aufgespießte Bilchmaus hatte braten wollen? Musiker; ein Kitharist, der einen Sänger begleitete; eine seltsame Melodie, zu der dieser Verse von Homer sang, passend zur Gelegenheit: von der Heimkehr des Odysseus, und wie bei seinen Worten Penelopes Knie weich wurden und ihr Herz aufging und sie die Arme um seinen Hals schlang, und wie sie sich reichlich der ersehnten Liebe erfreuten. Sie streckte sich und ächzte, weil ihre Lenden wund und hohl waren, und erinnerte sich der anderen Dinge – Philipp, wie er Berge von Speisen und Meere von Wein zu sich genommen hatte, ohne an Wucht und Kraft zu verlieren; wie er am Schluß über den Tisch sprang und den Sieger der Ringer, einen muskelbepackten ölglänzenden Kreter, mit wenigen Griffen bezwang und zu Boden schleuderte; und wie er dann, als viele längst lallten oder schnarchten, Olympias treppauf trug und durch die Gänge in seine Gemächer.

Sie lächelte, daß die zerbissenen Lippen schmerzten. Langsam stand sie auf, sammelte ihre Kleider, mußte sich nach dem Bücken einen Moment an der Tischkante festhalten und preßte die Hände gegen die pochenden Schläfen.

Später am Vormittag bat Admetos, vorgelassen zu werden. Sie hörte ihn schweigend an und nahm den Beutel entgegen, in dem noch immer acht Bällchen waren – er habe dem kleinen Jungen nur zwei geben können, dann sei eine Amme erschienen. Olympias entließ ihn mit dem Hinweis, derlei Bällchen ließen sich auch nach Epeiros übermitteln, etwa nach Tekmon. Als er gegangen war, warf sie die übrigen in ihr *kopron* und spülte mit dem restlichen Badewasser des Vortags nach. Dann schnappte sie nach Luft, lief ins Kinderzimmer und schärfte Alexanders Betreuerinnen ein, nur ja darauf zu achten, daß kein Fremder dem Kleinen etwas zu essen gäbe; dabei hielt sie ihn in den Armen und zerdrückte ihn fast.

Philipp war früh ausgeritten, um eine Söldnerunterkunft am Seehafen zu besichtigen. Nachmittags schickte er einen Diener, der Olympias zu einer Besprechung in den großen Beratungsraum bat. Als sie eintraf, sah sie zunächst nur Antipatros, Parmenion, den Arzt Drakon und den einäugigen sechsundzwanzigjährigen Antigonos, Truppenführer eines Söldnerverbands und Versorgungsplaner. Philipp war nur zu hören; er befand sich auf dem *kopron*, in einer durch Holzwände abgetrennten Nische. Die Tür des Verschlags war kaum angelehnt; man hörte den Zorn des Zeus, und Olympias sah die behaarte Hand nach dem Schwamm greifen, ihn in die Schale mit Duftwasser tauchen, wenig später im Bottich auswringen. Sie lächelte flüchtig und ging zum langen, dunklen Tisch, an dem die anderen saßen.

Drakon hatte einen Napf mit eingelegten Oliven vor sich stehen; er schien sie jedoch eher zu lutschen als zu kauen, biß dafür unendlich lange auf den Steinen herum, ehe er sie ausspie. Parmenion, Antipatros und Antigonos tranken Wasser. Olympias nahm den schwarzen Stuhl mit einer Sitzfläche aus verflochtenen Binsen neben Parmenion und ließ sich von ihm Wasser in den Becher gießen.

»Ah, was wollt ihr? Euch waschen oder trinken?« Philipp kam grinsend zum Tisch, goß aus einem Krater Wein in seinen Becher, ging zum Altarstein zwischen den beiden Fensteröffnungen, goß ein paar Tropfen hin, murmelte »für die Götter« und setzte sich dann Olympias gegenüber.

»Aristandros würde sich wundern«, sagte Drakon undeutlich; er rollte den Olivenkern auf seiner Zunge herum. »Er schwört, daß König Philipp den Göttervater für einen Emporkömmling hält.«

Philipp wieherte vor Lachen; Antipatros schob den ledernen Haus-Helm in den Nacken und tippte mit dem Zeigefinger vor seine Stirn. »Aristandros übersieht, daß der König selbst Priester ist, wie jeder König, und deshalb keine besondere Achtung vor Priestern hat. Mangelnde Achtung vor Priestern hat aber nichts mit mangelnder Hinwendung zu den Göttern zu tun.«

Philipp hieb auf den Tisch. »Mach einen Witz, Antipatros!«

Parmenion kicherte. »Und er warf einen Igel in die Lüfte und sprach zu ihm: ›Flieg!‹«

Antipatros wedelte mit den Händen, als wären es Flügel, hielt dabei die Ellenbogen an den Leib gepreßt. »Witze? Zahllose Monde mußte ich wachen, damit nicht die Wühlmäuse dein Reich zerfressen, Philipp; nun bin ich müde. Ich erfreue mich der schwermütigen Aussicht auf einen langen Schlaf, nun, da du wieder in Pella weilst. Wenn ich aus diesem Schlaf erwache, werde ich lange frühstücken; erinnert mich doch danach an die Möglichkeit, daß irgend etwas witzig sein könnte.«

Drakon klatschte in die Hände; Philipp, der sich den Mund mit Wein spülte, grinste breit, und einige Tropfen rannen ihm aus den Mundwinkeln.

»Genug davon.« Er wischte sich den Mund mit der Hand, dann die Hand mit dem Chiton. »Der Staatsrat berät nun über den Staat. Schreiber!«

Vier ältere Männer traten ein, verneigten sich, setzten sich an einen Nebentisch, rollten Papyros aus, stellten Tintenschalen hin und griffen zu den Halmen. Jeder von ihnen würde einen Satz schreiben, immer in der gleichen Reihenfolge, und später würden sie die besprochenen Dinge und die zweifellos denkwürdigen Reden vollständig niederlegen.

»Parmenion – du bist dran.« Philipp lehnte sich zurück, den Becher in der Hand. Während Parmenion in sorgsamen, abgewogenen Sätzen über die kriegerischen Ereignisse und die politischen Folgen oder Voraussetzungen sprach, die Bewegungen und Erfolge des vergangenen Jahrs zusammenfaßte und die Aufgaben umriß, die im Frühling anstünden, sahen Philipp und Olympias einander in die Augen. Der König fuhr sich mit der Zungenspitze über die Lippen; einer seiner Füße kroch unterm Tisch zwischen Olympias' Beinen hinauf. Als Antipatros sich räusperte, grinste Philipp. »Ich verpaß schon nichts, Freunde; ob ihr's glaubt oder nicht – bei allem, was Parmenion erzählt, war ich dabei. Und ich bin stolz und dankbar, einem edlen und großherzigen Strategen zugesehen haben zu dürfen, oder dürfen zu haben, oder gedurft gehabt worden zu sein. Weiter.«

Parmenion kam zum Ende. Philipp kniff ein Auge zu und stupste Antigonos einen Zeigefinger zwischen die Rippen. »Und du hast immer noch kein neues Auge? Drakon, warum sammelst du nicht Augen statt Zähne? Wer will schon Zähne?«

Drakon zog die Oberlippe hoch, daß man sein weißes, ebenmäßiges, vollkommenes Gebiß sah. »Blinde, o König unter den Einäugigen, müssen kauen können; es sind aber schon viele sehenden Auges verhungert. Solltest du je ein Auge verlieren, werde ich es aufheben und in Gold einfassen.«

»Ich werde dich dafür füttern, Heiler. – Weiter. Antigonos.«

Der Truppenführer rieb sich die Narben, die wie ein Spinnennetz die leere linke Augenhöhle umgaben. Mit monotoner Stimme verlas er Zahlen und Münzmengen und Entfernungen: wie viele Söldner Makedonien verlassen hatten, wie viele neu angeworben worden waren, welche Vorräte er hatte anlegen lassen, wo die einzelnen Truppenteile für den Winter untergebracht waren. »Es wäre billiger, sie im Herbst zu entlassen und im Frühjahr neue zu werben«, sagte er zum Schluß. »Aber man verlöre viel Zeit.«

»Zeit ist teurer als Geld. Gute Arbeit, Freund. Und du, Drakon?«

Drakon spuckte einen Olivenkern auf den Boden, schob eine weitere Olive in den Mund und hob die Schultern. »Das einzig erwähnenswerte, neben den üblichen kleinen Krankheiten und den Verwundungen, sind zwei Dinge. Die Reinlichkeit der Unterkünfte, die Gewissenhaftigkeit, mit der neuerdings Trinkwasser und Ausscheidungen getrennt werden, haben größere Krankheiten, wie sie so oft vorgekommen sind, erheblich vermindert. Wir sollten hierin beharrlich sein. Das zweite erwähnenswerte Ding betrifft einen epeirotischen Heiler namens Leukos.« Drakon hüstelte und grinste. »Ein Mensch, der im Gegensatz zu mir einen dichten Vollbart trägt und im Moment Oliven kaut. Dieser Leukos war einige Tage zu Besuch bei einem berühmten Heiler, Kedalion, der einige gute neue Einfälle für das Aufschneiden von Bäuchen, das Ziehen von Zähnen und das Schienen mehrfacher Brüche hat. Kedalion lebt und wirkt in, ah, wie heißt der Ort gleich, Methone. Leukos hat viel von ihm gelernt, wenn es ihm auch nicht leicht fiel, immer mit molossischer Zungensteifheit zu sprechen.«

Philipp lachte. »Nicht alle Molosserzungen sind steif.« Sein Fuß kam wieder zu Besuch; Olympias blinzelte fast unmerklich. »Und was hat dieser Leukos sonst noch in Methone gesehen?«

Drakon schob die Olive aus der rechten in die linke Wange. »Er hat sich der Stadt erfreut.« Der Heiler entrollte einen Papyros und reichte ihn dem König. »Das sind die Befestigungen, die inneren Verbindungswege, die Lage der Waffenkammern, die Vorräte, die Tore, die Stärke der Mauern und die Punkte, an denen der Einsatz von Belagerungsmaschinen sinnvoll wäre.«

Philipp betrachtete die Zeichnungen und Zahlenangaben, rollte den Papyros wieder ein und schob ihn Parmenion zu. »Wenn du je wieder von Leukos hörst, richte ihm den tiefen Dank des Königs der Makedonen aus.«

Antipatros berichtete von Vorfällen in Pella, von Gesandtschaften, von Erkundigungen und Nachrichten; danach ließ Philipp die beiden Schreiber kommen, die ihn auf dem Feldzug begleitet hatten. Sie verglichen Aufzeichnungen, ergänzten oder kürzten, je nach Philipps

Anweisungen, stellten eine Liste der von ihm geschriebenen und empfangenen Briefe zusammen.

»Zwei an Olympias.«

»Mit Wonne.« Philipp nickte heftig.

»Sieben an Philinna.«

Philipp seufzte. »Ein böses Weib. Zetert brieflich hinter mir her, ganz gleich, wo ich mich gerade aufhalte. Sie will dies, sie will das, ihr paßt jenes nicht, sie möchte dieses verändern, und warum ich so viel Aufhebens um Alexander mache, da sie mir doch viel eher einen Sohn geboren hat. Was soll ich mit ihr machen? Kann ich sie fortschicken und Arridaios hierbehalten? Ohne ihn wird sie nicht gehen. Ihn mit ihr fortlassen kann ich auch nicht; jemand könnte ihn als Geisel gegen uns verwenden. Fällt dir etwas dazu ein, Frau?«

Olympias zögerte nur einen Moment. »Er ist alt genug, um mit den anderen, den Söhnen deiner Fürsten und Gefährten, erzogen zu werden. Übergib ihn den Lehrern. Da es mit allen so geschieht, kann Philinna es nicht als absichtliche Kränkung ansehen. Und – du solltest ihr eine neue Behausung anbieten, mit größerem Garten und mehr Dienern; weiter weg von Pella.«

Parmenion nickte stumm; Antipatros und Drakon grinsten. Philipp lächelte. »Ein sehr guter Vorschlag. – Was meinst du dazu, Antigonos?«

Der Einäugige hob die Schultern. »Es steht mir nicht zu, mich dazu zu äußern, Herr.«

Philipp schnaubte. »Unfug. Jedem erwachsenen waffenfähigen Makedonen steht es zu, sich jederzeit zu allem zu äußern.«

Antigonos legte die Hände auf die Tischplatte; ohne von den Fingern aufzublicken sagte er: »Man könnte auch erwägen, das dann freiwerdende Gebäude am Kanal für die Erziehung zu nutzen. Gib es Lysimachos; ich glaube, die Verhältnisse hier im Palast sind ein wenig beengt.«

Philipp fuhr sich mit dem Handrücken über die Nase. »Hm. Nicht schlecht. Wir werden es erwägen. Weiter.«

Die Gelder des Staats; die Notwendigkeit, allen Einwänden Athens zum Trotz mehr Schiffe zu bauen; einige von Antipatros überaus sarkastisch wiedergegebene Quengeleien von Gebietsfürsten. Dieses Problem führte zu einer anderen Erörterung. Die Söldnertruppen, fast ausnahmslos Fußkämpfer, blieben ganzjährig verfügbar und unterstanden unmittelbar dem König; zusammen mit Kämpfern aus den Königsländern etwa um Pella und Aigai hüteten sie auch in den Wintermonaten die Ordnung der beiden Städte sowie Leib und Leben des Herrschers. Die anderen Truppen – Reiter, leicht- und schwerbewaffnete Fuß-kämpfer, Störer, Aufklärer, Bogenschützen, Schleuderer – wurden nach Herkunftsgebieten gegliedert; ihre Bindung an den jeweiligen Fürsten war meistens stärker als die an den König. Aus den Fürsten-familien kamen auch die Angehörigen der schweren Hetairen-Reiterei, die »Gefährten« des Königs. Die Söhne der Adligen wurden in Pella erzogen, unter der Leitung des strengen Leonidas und des milden Lysi-machos; sie waren Unterpfand der Treue ihrer Sippen, Leibdiener des Königs, künftige Truppenführer, künftige Spiel-, Lern- und Kampf-kameraden für Philipps Söhne.

»Und was mache ich mit den neuen Gebieten?« Philipp goß Wein nach und schwenkte den Becher; ein paar Tropfen schwappten über. Er verzog mürrisch das Gesicht und blickte in die Runde. »Die Treuen, die Tapferen, die Besten der Hetairen werden belohnt, indem ich ihnen neues Land gebe; sie kümmern sich um alles, mehren den Wohlstand des Reichs, aber gleichzeitig stärke ich sie. Gegen mich. Ich kann ihnen nicht noch mehr Land geben – aber was soll ich mit den neuen Gebieten tun? Wir haben nicht genug gute Leute, um es unter Königsverwaltung zu stellen.«

»Alte ausgediente Kämpfer?« sagte Parmenion. Dann schüttelte er den Kopf. »Das würde nur einen kleinen Teil der Probleme lösen – es gibt nicht genug alte Krieger.«

Olympias hob die Brauen; ihr Lächeln war mehrdeutig. »Ich habe die Abwesenheit des Königs genutzt, um alte Dinge zu erforschen. Die Tontafeln des Archivs von Aigai, das nach Pella verlegt wurde. Dabei habe ich einige hilfreiche Aufzeichnungen gefunden.«

Philipp betrachtete sie aufmerksam. »Sprich, klügste der Frauen. Welche Aufzeichnungen?«

»Dein Vorfahr Alexandros hat vor mehr als hundert Jahren das Reich erweitert – nachdem die Perser abgezogen waren. Er hat damals gar nicht genug Gefährten-Reiter gehabt, um ihnen allein die Aufsicht über die neuen Gebiete zu geben. Außerdem hat er ihnen, mit gutem Grund, genau so mißtraut wie du heute. Darum hat er besonders kluge, tapfere, treue Kämpfer aus den Reihen der Bauern und Handwerker zu Fuß-Gefährten gemacht und sie mit Land belohnt, das sie für ihn verwalten und gliedern sollten. Aus diesen *pezhetairoi* sind schnell richtige Adlige geworden, deren Nachfahren heute an deiner Seite reiten.«

Drakon grinste. »Der Rat einer klugen Frau ... Philipp, es ist einiges daran.«

Parmenion hatte das Kinn auf die gefalteten Hände gestützt und starrte Olympias an. Antipatros nickte langsam. Antigonos schwieg.

Philipp kaute auf der Unterlippe. »Und das hatte keine Nachteile? Warum ist es in Vergessenheit geraten?«

»Ganz einfach.« Antipatros deutete mit dem Zeigefinger auf Philipps Brust. »Du, Philipp, Sohn des Amyntas, Enkel des Arridaios, Urenkel eines weiteren Amyntas und Ururenkel des Alexandros – du bist der erste makedonische Herrscher seit eben jenem Alexandros, der das Reich weiter ausdehnt. Alle, die nach ihm kamen, sein Sohn Perdikkas und dessen Söhne und Enkel, die vor deinem Vater König waren, haben es, wie der große Archelaos, bestenfalls geschafft, das Reich zu wahren, nicht aber zu mehren. Und wie wir allzu gut wissen, wurde es dann immer weiter vermindert, bis du das Schwert in die Hand genommen hast. Das heißt, daß es nach dem Tod des Alexandros vor hundert Jahren keine Gelegenheit mehr gab, neue Länder zuzuteilen. Bis jetzt.«

Philipp kniff die Augen zusammen und schaute von Antipatros zu Parmenion, dann zu Olympias. »Fuß-Gefährten?« Sein Gesicht entspannte sich; es nahm jenen scheinbar ruhigen Ausdruck an, der einem Ausbruch von List, Begeisterung oder Zorn voranging. »Olympias – es ist ein Vorschlag, der mir ausgezeichnet gefällt. Er hat, was alle guten Vorschläge haben sollten: mehrere Seiten.«

Drakon kicherte schrill. »Weißt du, was man in Methone sagt? Das Schlimme an Philipp ist, daß er die Patsche hinter seinem Rücken versteckt und erst zuschlägt, wenn mindestens drei Fliegen gleichzeitig zu erwischen sind.«

»Ah, aber es ist ganz ausgezeichnet. Fuß-Gefährten! Sie würden das neue Land besser verwalten als die Fürsten, weil sie selbst Bauern oder Handwerker sind und genauer sehen, was getan werden muß. Sie könnten ohne Dünkel und Dummheit vorgehen, die Fruchtbarkeit der Felder und Frauen mehren und das Reich stärken. Sie wären ihren bisherigen Fürsten entzogen und unmittelbar, gewissermaßen als Fürsten zweiten Ranges, dem König zugeordnet. Sie würden in der Versammlung für den König sprechen, gegen die Fürsten. Und sie werden die unübertreffliche neue Mitte der Phalanx bilden, die halbadligen Gefährten zu Fuß, erlesene Kerntruppe der Fußkämpfer!« Er hieb auf den Tisch. »Olympias, wie soll ich dir danken?«

»Gib mir mehr Geld.«

Als sich das Gelächter gelegt hatte, setzte sie hinzu: »Und vielleicht ein oder zwei Stückchen Land mit ein oder zwei Hütten. Zum Verschenken. Es würde dem König, und auch seinem Sohn Alexander, nicht schaden, wenn die Königin die Mittel besäße, gute Dienste oder besondere Treue zu belohnen.«

Wie immer, wenn Philipp zu ihr kam, hatte Olympias die Schlange der Thrakerin übergeben; er haßte Schlangen allgemein und dieses Tier im besonderen. Es war mittlerer Nachmittag; die Öfen, die Kohlenbecken und die Körper hatten den Raum erwärmt. Auf dem Gang hörten sie eine der Betreuerinnen, dann das Giggeln des Kleinen. Olympias stand auf, wickelte sich in ein weites weiches Tuch und holte Alexander. Während sie sich langsam anzog und dann am Tisch saß, einige Beeren aß und heißen Würzwein trank, spielte Philipp, nackt auf dem Lager, mit seinem Sohn, sang ihm unflätige Söldnerlieder vor, kitzelte ihn, warf ihn hoch und fing ihn auf. Als sich die Tür öffnete und ein Unterführer der Palastwache eintrat, johlten eben beide herum, als wäre auch Philipp ein kleiner Junge.

Der Krieger räusperte sich; Philipp blickte auf, mit einem Anflug von Verlegenheit. Dann lachte er, streichelte Alexanders Kopf und sagte:

»Erzähl es ruhig weiter – aber erst, wenn du selbst Kinder hast. Was gibt es?«

»Ein Bote von Philinna, Herr. Sie bittet um deinen besten Arzt. Dein Sohn Arridaios ist zu Tode erkrankt. Sie befürchtet das Schlimmste.«

Philipp schloß einen Moment die Augen. »Such Drakon; er soll sofort zu ihr gehen. Ich komme später.«

Als der Unterführer den Raum verlassen hatte, legte Philipp die Arme um Alexander und drückte ihn an sich. »Hast du es gehört, mein Kleiner? Dein Halbbruder ist krank. Glück für dich. Bleib gesund, hörst du?«

Admetos kniete, die Augen fest geschlossen; die Feuchtigkeit, die durch die Wimpern sickerte, war nicht bedeutend. Sie mochte insgesamt eine halbe Träne ergeben.

»Wie soll ich dir je danken, Herrin?«

Olympias ließ ihre Finger flattern; Admetos, der unter den Lidern hervorgelugt haben mußte, stand sofort auf.

»Dank mir am besten, indem du dich bemühst, mein Wohlgefallen zu mehren.«

Admetos verzog keine Miene. »Ich bin in deiner Hand. Ich und die anderen.«

»Sie sind immerhin vor den Nachstellungen deiner alten Gegner sicher. Und vor denen meines herrschsüchtigen Onkels.«

»Deine Hände, Herrin, sind ihnen dafür nun näher.« Admetos' Stimme war belegt.

»Meine Hände?« Olympias spreizte die Finger, betrachtete sie, spielte dann wieder mit dem Schreibried und lächelte. »Meine Hände sind gütig, Admetos. Solange ich mich nicht wehren muß.«

Admetos verschränkte die Arme; er versuchte, den Oberkörper steif zu halten. »Was sind deine Befehle, Herrin?«

»Sorg dafür, daß es deiner Frau und deinen Kindern an nichts fehlt. Haltet das Haus in Ordnung. Haltet die Ohren auf. Und hör dich um. Vielleicht erfährst du von einem Unterführer, der sich gern einmal mit mir unterhielte. Am besten ein junger Mann aus edlem Haus. Unterführer der Reiter, ein Mann aus Obermakedonien. Lynkeste, Elimioter, so etwa.«

Admetos nickte, stand, wartete. Olympias nahm ihn nicht mehr zur Kenntnis; nach einigen Atemzügen verließ er stumm den Raum.

Sie beendete das Schreiben, überflog es noch einmal, rollte es zusammen und erhob sich. Sie wies Ammen und Dienerinnen an, den Rest des Tages bestimmte Aufgaben zu erledigen und den Jungen zu beschäftigen, von dem sie sich nicht verabschiedete. Auf dem Gang erwiderte sie den Gruß der Posten, die den Zutritt von der Treppe her bewachten, mit einem Nicken und einer kleinen Grimasse, stieg die Treppe hinab ins erste Stockwerk, mußte wieder an Wachen vorbei und ließ sich zu Antipatros bringen, der in seinem großen, kargen Arbeitsraum über Rollen und Täfelchen brütete.

»Willst du diese unhandlichen Dinger nicht endlich abschaffen?« sagte sie statt einer Begrüßung.

Antipatros hob die Schultern und deutete auf einen Scherenstuhl. »Setz dich, Fürstin. Nein, warum? Sie sind billiger als Papyros, wir können Geld sinnvoller ausgeben als für Einfuhren aus Ägypten, außerdem sind die Wachstafeln mehrfach verwendbar. Was führt dich her?«

Sie reichte ihm die Rolle; Antipatros überflog sie.

»Dein werter Onkel«, sagte er gedehnt. »Ich weiß nicht, ob seine vielfältigen, ah, Unternehmungen unbedingt Philipps Beifall finden. Woher weißt du das alles?«

Olympias stützte die Ellenbogen auf die Tischplatte und das Kinn auf die verschränkten Hände. »Viele Dinge hört man eben einfach so nebenher. Beiläufige Bemerkungen, aus denen sich später ein ganz anderes Bild zusammensetzen läßt.«

Antipatros grunzte; er nahm ein neues Schreibried, kaute an einem Ende herum, bis es zum Pinsel zerfaserte, tunkte es in das kleine bronzene *melandocheion,* das frisch geriebene, mit Wasser verdünnte schwarze Tinte enthielt, und unterstrich einige Wörter, einmal eine halbe Zeile. »Die illyrische Gesandtschaft muß nichts bedeuten«, sagte er dabei halblaut. »Das sind seine wie auch unsere Nachbarn. Aber daß Arybbas offenbar beginnt, sich eines Teils seiner – deiner – Verwandtschaft zu entledigen, betrübt mich ein wenig.«

Olympias lächelte. »Das hast du liebevoll gesagt. Betrüben. Philipp wäre vermutlich äußerst betrübt, wenn meinem kleinen Bruder etwas zustieße, nicht wahr?«

Antipatros rieb sich die Nase, mit Daumen und Zeigefinger. »Arybbas ist Onkel und Vormund, mehr nicht, aber auch nicht weniger. Er soll Epeiros lenken, bis Alexandros alt genug ist, um König zu werden. Nicht weniger, aber auch nicht mehr.«

Olympias stand auf. »Wenn ich etwas tun kann...«

Antipatros legte das Ried beiseite. »Du bist eine kluge Frau. Kluge Helfer gibt es nie genug. Aber nach den Erfahrungen mit Philipps Mutter... ich kann ohne seine Einwilligung nicht bestimmen, wie weitgehend du Einblick in wichtige Belange erhalten darfst.«

Sie verzog das Gesicht. »Wir müssen es mit ihm bereden. Wo ist er jetzt? Wann kommt er zurück?«

»Er und Parmenion besuchen die südlichen Festungen und Vorratslager. Du weißt schon...« Er grinste.

»Ja, in der Nähe von Methone.«

»Es wird sicher noch zwanzig Tage dauern, bis sie wieder herkommen.«

»Ich brauche einen Ort, an dem ich... Dinge tun und Personen empfangen kann, ohne beobachtet zu werden.« Olympias machte eine weit ausladende Armbewegung. »Das hier ist fast noch schlechter geeignet als der Palast mit den hundert Wachen.«

Der kleine Tempel, in dem Aristandros sich aufhielt, wenn er nicht am Hof war, stand auf einem Hügel am Flußufer; die Wege dorthin führten durch Felder oder durch den Sumpf und waren von weither zu beobachten.

Aristandros beugte sich vor und stocherte im Kohlenbecken; es zischte und stank. Die beiden bescheidenen Wohnräume, die zum Tempel gehörten, waren aus kaum verputzten Bruchsteinen gebaut: kalt und klamm.

»Welche Dinge und Personen, daß du nicht beobachtet werden willst?« sagte der Seher, ohne von der Glut aufzublicken.

»Verschiedene.« Olympias kaute auf der Unterlippe; dann biß sie ein Hautfetzchen von einem Nagelbett ab. »Dinge zum Beispiel, von denen nicht ganz Pella wissen muß.«

Aristandros, noch immer vorgebeugt, hob den Kopf; sein Nacken färbte sich dunkelrot. »Ich wüßte einen Platz... Aber er ist eigentlich den Mysten vorbehalten.«

»Kabiroi? Isis? Orpheus?«

»Dionysos.«

Olympias machte eine wischende Handbewegung. »Du vergißt, ich bin Priesterin. Ein Mysterium mehr oder weniger...«

Aristandros keckerte. »Das sagst du so. Meinst du, der König wird es billigen, wenn die Herrin Makedoniens zur Mainade wird?«

»Philipp wird noch vieles billigen müssen...«

»Ah.« Aristandros richtete sich endlich auf. »Nach allem, was aus dem Palast zu hören war, seid ihr euch doch bestens einig.«

Olympias lächelte; einen Moment verlor sich ihr Blick in der Ferne. »Das stimmt. Aber Einigkeit bedeutet nicht unbedingt Verzicht auf eigene Pläne. Die dem König nicht schaden.«

»Du wirst dich entscheiden müssen.« Die Stimme des Sehers war trocken, fast knarrend. »Entweder es schadet ihm nicht, oder es nützt dir. Entweder es bedarf nicht seiner Billigung und fördert deine Sache nicht, oder es hilft dir und deinem Sohn – und dem Gott; dann wird es aber Philipp nicht gefallen.«

»Bist du so sicher? Philipp braucht einen Sohn, der sein Werk fortsetzen und vollenden kann. Er muß Herrscher sein und Krieger; um Konig Makedoniens zu sein, muß er auch Priester werden. Was sollte Philipp nicht gefallen?«

Aristandros kniff die Augen zusammen. »Die Pläne des Gottes

Ammon sind nur teilweise mit denen des Königs Philipp vereinbar. Ammons Gefäß, der künftige Pharao, muß aber auf *alles* vorbereitet werden.«

Olympias nickte. »Ich weiß. Ich sehe aber kein Problem, das heute schon gelöst werden müßte. Der Kleine ist gerade eineinhalb Jahre alt; wenn er zehn wird, müssen wir uns etwas einfallen lassen. Bis dahin?« Sie hob die Schultern.

»Erkenne dich selbst. Und gedenke deiner.«

Olympias betrachtete das reglose Gesicht des Priesters und Sehers. Aristandros war etwa so alt wie Philipp, vielleicht ein wenig älter. Während bei Philipp die Mühen, die durchwachten Nächte, die Märsche und Ritte, die Kämpfe und Liebschaften erste tiefe Furchen gegraben hatten, war sein Gesicht glatt und straff. Aber etwas anderes, andere Spuren, die nicht zu sehen, sondern nur zu fühlen waren, überschatteten die Augen. »Was meinst du?«

»Philipp und die Frauen, zum Beispiel.«

Olympias lachte. »Alle wollen mir Neid und Eifersucht einreden. Soll er doch spielen, mit wem er will. Wenn er heimkommt, gibt es nur mich. Und ich ... spanne meine Leinen, webe mein Netz.«

Aristandros seufzte. »Überschätz dich nicht, Fürstin der Makedonen. Was du an Macht, an Einfluß, an Möglichkeiten hast, kommt nur durch Philipp. Wenn er dich eines Tages verstößt, oder nur von der Macht fernhält wie die anderen Frauen, was dann?«

Olympias' Gesicht schien sich von allem Ausdruck zu leeren. »Ich bin heute unersetzlich in seinem Bett und an seinem Beratungstisch. Das kann sich ändern. Dann werde ich nur eine unter vielen sein, wie Philinna und die anderen. Aber ich werde immer eines sein: die Mutter Alexanders. Die Mutter des künftigen Königs der Makedonen.«

»Das ist deine Macht?«

»Das ist meine Macht.«

Aristandros nickte sehr langsam. »Nutze sie gut.«

»Es gefällt mir nicht.« Philipp riß an seinem Bart, klatschte dann in die Hände und spie ins Kohlenbecken. »Nein, überhaupt nicht.« Er starrte Antipatros an, unter herabgezogenen buschigen Brauen.

»Was gefällt dir nicht? Daß hinter deinem Rücken Dinge geschehen; daß ich sie entdecke, während ich deinen Rücken hüte; oder daß ich sie dir sage?«

Philipp packte die Rückenlehne eines Scherenstuhls und drückte zu. Die Knöchel traten weiß hervor, dann knirschte das Holz und brach. Philipp schleuderte die Stücke von sich; eines sprang vom Sockel des hellen Altarsteins zurück, schrappte über den Boden und blieb unterm Tisch liegen.

»Was noch, Hüter meines Schlafs?«

Antipatros lehnte sich an die Tischkante. Der Fackelschein überzog seine Glatze mit rastlosem Gold. »Willst du dich nicht setzen?«

Philipp entblößte die Schneidezähne, knurrte etwas; er klatschte mehrfach laut in die Hände, brüllte nach Wein und ließ sich auf einen unversehrten Stuhl fallen. Ein Sklave brachte Krug und Becher, goß ein; Philipp stürzte den Inhalt des ersten Bechers herunter, ließ nachgießen und scheuchte den Sklaven mit einer Handbewegung aus dem Beratungsraum.

Antipatros ging zur verschlossenen, verhangenen Fensteröffnung. Er wandte sich um, das Gesäß am Sims, und starrte in Philipps Augen. »Was denkst du?«

Philipp hieb auf die Tischplatte. »Ich werde ernstlich zu denken beginnen, sobald du mir alles gesagt hast.«

Antipatros lächelte. »Alles? Wir wollen uns auf das Wichtige beschränken.«

»Fang an.«

»Sie unterhält ein Netz von Spitzeln. Einer der wichtigsten Leute ist dieser Molosser, Admetos. Das Netz arbeitet recht gut. Die Nachrichten, die sie weitergibt, beweisen es. Sie sorgt sich um ihren Bruder in Epeiros, und was sie über die Machenschaften von Arybbas erfährt, unterbreitet sie mir.« Antipatros lächelte knapp. »Sie weiß nicht, daß ich viele Dinge längst weiß; wir haben ja unsere eigenen Leute. Aber sie hat Einzelheiten erfahren, von denen ich nichts wußte.«

»Zutreffende Einzelheiten?«

»Ja. Ich habe das dann sofort prüfen lassen; alles stimmt. Aber das Netz erstreckt sich inzwischen über dein halbes Reich und weiter, Philipp. Nicht nur nach Epeiros. Und nicht nur aus Sorge um ihren Bruder. Sie hat versucht, über Admetos und andere Zugang zu den Führern deines Heers zu bekommen.«

Philipp grunzte.

»Ich habe ihr einen Köder zugeworfen. Einen jungen Unterführer der Hetairenreiter, der nicht weiß, daß ich weiß.«

»Wer ist es?«

»Ein Oreste, Eurymachos.«

Philipp grinste. »Eurymachos? Einer der Freier der Penelope? Sehr passend. Weiter.«

»Die Krankheit, an der Arridaios leidet... Dein erster Sohn.«

Philipp tippte sich an die Schläfe. »Armes Kerlchen. Willst du sagen...«

»Will ich sagen, ja. Wenn du Wert darauf legst, kann ich dir die Namen der einzelnen Händler nennen, bei denen sie Kräuter und Gifte gekauft hat. In Pella und im Hafen.«

Philipp starrte in den Becher, trank, rülpste. »Die Ähnlichkeit zwischen ihr und meiner Mutter ist überwältigend. Was für eine Hexe.« Er lachte plötzlich. »Und – was für ein Weib! Noch mehr?«

»Aristandros hat ihr sein Hügelhaus geöffnet.«

Philipp runzelte die Stirn. »Hügelhaus? Der Schuppen im Wald, über der Höhle, wo sie diese Orgien feiern, rohes Fleisch fressen, sich berauschen, all das?«

»All das, ja.«

Philipp hüstelte in seinen Becher. »Das bedeutet also...«

»Genau das bedeutet es. In diesem Augenblick bedeutet es genau das.«

»Es ist gut. War das alles?«

»Das, was wichtig ist.« Antipatros musterte ihn, beinahe erstaunt. »Du nimmst das so ruhig hin.«

Philipp grinste verzerrt. »Mein Freund, Hüter meines Rückens, Wahrer des Friedens – ich dachte, es wäre schlimm.«

Antipatros kratzte sich den kahlen Schädel. »Ist es das nicht? Was erwartest du denn noch?«

Philipp schnaubte. »Bei deinen Anfangseröffnungen, von wegen, was alles hinter meinem Rücken geschieht und daß Olympias das Reich gefährdet... Ich dachte, es wäre wirklich ernst. Zuzutrauen ist es ihr ja.«

Antipatros schüttelte langsam den Kopf. »Ich begreife dich nicht. Olympias, deine Frau, die Königin, unterhält Spitzel gegen dich und das Königreich, vergiftet deinen Erstgeborenen, nimmt an Dionysos-Orgien teil, berauscht sich, läßt sich maskiert von maskierten Männern besteigen – und du sagst, es ist nicht ernst?«

Philipp breitete die Arme aus und ließ sie wieder sinken. »Es gefällt mir nicht. Aber es ist nicht ernst. Sie tut genau das, was ich erwartet habe. Laß sie an der langen Leine. Wenn sie aufhört zu bellen, wissen wir, daß die wirkliche Bedrohung beginnt.« Er reckte die Arme. »Ah, Götter, was für ein Weib! Ich wollte, sie wäre jetzt hier!«

»Was würdest du mit ihr machen?«

Philipp schloß die Augen. »Mich mit ihr auf dem Lager wälzen, was denn sonst?«

Etwas war anders. Etwas stimmte nicht. Die maskierten Gesichter, die nackten Leiber, die durcheinander wogenden Tänzerinnen und Tänzer, die mit Weinlaub bekränzten Köpfe und Masken und Glieder, das schrille Kreischen, das Keuchen, die dumpf dröhnenden Worte des Sängers, alles war wie sonst, aber etwas war anders, sie wußte nicht, was. Sie kniete zwischen den Beinen eines Mannes, massierte seinen Phallos, knetete ihn, atmete schwer durch den schmalen Mundschlitz der Maske. Harte Hände berührten ihren nackten Rücken, ihr Gesäß, drängten sich zwischen ihre Schenkel; sie spreizte die Beine und ächzte, als der Mann von hinten in sie eindrang. Die Puppe – oder war es ein echtes Kind? – wurde von Männern mit weißen Masken und weißgeschminkten Oberkörpern hochgeworfen, hin- und hergereicht; ein Kreis bekränzter Frauen wirbelte um die Gruppe; jemand schrie den Namen des Gottes, dann wurde der kleine Dionysos in Stücke gerissen. Blut spritzte, oder war es Saft? Olympias ließ ihr Becken kreiseln; der Mann hinter ihr stöhnte und stieß immer wieder tief in sie hinein. Etwas war falsch – nein, nicht falsch, vielleicht war es so sogar ganz besonders richtig, genau, geziemend, aber es war anders.

Im Rausch entstand der Mythos wieder neu, überlagert von etwas, das anders war, das nicht dazugehörte. Sie sah die zerrissene Puppe, das zerfetzte Kind Dionysos, aber sie sah auch die Weltenschlange, die zerstückelt wurde; Dionysos war Tammuz und Osiris und viele andere. Rhea sammelte die Teile und fügte sie zusammen – eine alte Frau mit schlotternder Haut. Der Knabe Dionysos wurde als Mädchen verkleidet, in den Frauengemächern aufgezogen, war plötzlich Achilles, der schmollend unter den Maiden saß, wurde von den Nymphen mit Honig genährt, wuchs heran und verfiel dem Wahnsinn. Begleitet von seinem Erzieher Silenos und einer kreischenden Horde von Mainaden und Satyrn – woher kamen all die Bocksfüße? – zog Dionysos durch die Welt, der efeuumwundene Stab mit dem Tannenzapfen auf der Spitze war ein Phallos, und mit Hilfe der Amazonen besiegte Dionysos die feindlichen Titanen in Ägypten Ägypten Ägypten, und setzte König Ammon Amûn Om wieder in sein Reich ein, zog nach Indien, über Berge und durch Wüsten, erließ Gesetze, gründete Städte, pflanzte Wein, trank trank trank, kam nach Thrakien, nach Theben, verbreitete Wahn und Rausch, fuhr mit den Piraten übers Meer, ließ den Weinstock wachsen, der den Mast umwucherte, verwandelte die Ruder zu Schlangen, sich selbst in einen Löwen mit dem Gesicht zur Sonne, füllte das Schiff mit Geistertieren, machte die Piraten zu Delphinen, wurde endlich von der ganzen Welt verehrt, stieg zum Olymp hinauf und sitzet zur Rechten des Göttervaters und schlachtet ein Lamm und teilt den Fisch und reißt das Auge des Horos heraus und setzt Ammon wieder ein und löscht die Feueraltäre und beendet die Herrschaft der Perser und stirbt in Babylon und ist ein flammender Stern und ein Sternbild und stirbt und lebt weiter und erfüllt ihren Schoß, und dann ächzte der Mann hinter ihr schwer und sackte auf sie und sie hörte das grollende Keuchen und roch ihn und wußte, daß der Ägypter gekommen war.

8. SPLITTER IM AUGE
DES HOROS

Peukestas legte neues Holz aufs Feuer; und Rollen. Er zauderte, warf einen Blick über die Schulter.

Aristoteles hatte sich aufgerichtet und beobachtete ihn mit einem spöttischen Lächeln. »Keine Sorge; der Brief, den du suchst, ist nicht dabei. Er ist sicher.«

Peukestas riß einen Span von einem Scheit und zündete weitere Lämpchen an; es war Abend geworden. »Du siehst erstaunlich gut aus. Wie fühlst du dich?«

Aristoteles blinzelte; er schien in sich hineinzuhorchen. »Besser. Das Reden über Vergangenes bringt nicht nur die Vergangenheit zurück, sondern die Jugend des Redenden. Beweis für greise Torheit.« Er kicherte. »Aber es ist so, wenn es auch kindisch sein mag.«

»Sollen wir eine Pause machen?«

Der Philosoph seufzte leise. »Bald beginnt die endlose Pause. Nein; es ist...« Er zögerte, als ob er nach Worten suchte. »Diese Dinge haben meinen inneren Darm gebläht, seit du die erste Frage gestellt hast. Es erleichtert mich, derlei Luft abzulassen. Außerdem...« Er schloß die Augen, ließ sich wieder aufs Lager sinken. »Es wärmt mich; ich verbrenne mein letztes Feuer. Je schneller und heftiger es niederbrennt, desto mehr Würdelosigkeit des Dahinsiechens bleibt mir erspart.« Er nestelte an der dünnen Kette, die das ägyptische Amulett hielt.

»Ich verstehe vieles nicht«, sagte Peukestas halblaut.

Der Greis kicherte wieder. »Die Voraussetzung aller Philosophie. Was denn, Sohn meines Freundes Drakon?«

»Der immerwährende Krieg zwischen Philipp und Olympias, von dem in den Erzählungen die Rede ist. Bei dir beginnt er als Friede, Liebe und Leidenschaft.«

Aristoteles nickte. »Die Eigenschaften eines Menschen sind wahrscheinlich von vornherein da, sie müssen sich jedoch erst entwickeln, um zu ihrer ganzen Scheußlichkeit zu gedeihen. Was die Erzählungen und die Tragödien darstellen, sind abgeschlossene Entwicklungen; wir reden aber vom Verlauf des Entwickelns. Ich weiß nicht, ob die Dinge sich insgesamt so abgespielt haben, wie ich sie berichte; Philipp hat mir später vieles erzählt, als ich in Pella und Mieza war. Auch dein Vater kannte Dinge... Jedenfalls glaube ich, daß wir große Gestalten wie Philipp und Olympias und natürlich Alexander nur erfassen können, wenn wir sie vor der endgültigen Ausprägung bedenken.«

Peukestas knabberte an einem Fetzen Fleisch. »Eine sehr lange Geschichte. Haben wir genug Zeit?«

»Wenn wir so weitermachen...« Aristoteles richtete sich auf und zog das Amulett hervor. »Von dem, was mir an Leben bleibt, ist vielleicht schon die Hälfte vergangen. Zerronnen. Auf diese Weise würden wir zu Alexanders fünftem Geburtstag gelangen, bis ich sterbe.«

»Wie können wir vorgehen?«

»Du weißt, wer Philipp ist, wer Olympias, wer Demosthenes. Ich habe die Kraft wiedergewonnen, dir noch einige Bilder zu zeigen. Sie werden dir helfen, das zu sehen, was aus ihnen wird – geworden ist, auch ohne jeden Schritt des langen Weges zu kennen, den sie zurücklegen mußten. Es wird uns viel Zeit ersparen. Und viel Gerede.«

»Kannst du mir auch dazu verhelfen, den unendlichen und unsinnigen Wirrwarr der hellenischen Bruderkriege zu verstehen?«

Aristoteles lächelte; seine Stimme war voller Spott. »Wie denn, da ich selbst nichts davon begreife?«

»Der Heilige Krieg, der Bundesgenossenkrieg, die unaufhörlich wechselnden Bündnisse...«

Aristoteles hielt das Amulett hoch und starrte ins Auge des Horos. »Es sind die Einzelheiten, die alles so wirr machen. Wenn man das große Bild zusammensetzt, wird alles klarer.«

»Haben wir denn die Zeit? Kannst du mir, wie es deinem Denken gemäß wäre, alle Einzelheiten geben, damit ich mein Bild selbst zusammensetze?«

»Nicht mehr. Das Wasser rinnt aus der Klepsydra meines Lebens; bald wird das Uhrwerk stillstehen. Aber ich kann tun, was Platon täte – dir mein Bild erläutern, damit du es hinterher bedenkst und vielleicht verwirfst.« Er lächelte.

»Wenn du sehr geschickt bist, kannst du echte Einzelheiten und falsche oder tückische Verknüpfungen zu einem in sich trefflichen, die Wahrheit glänzend verfälschenden Bild zusammenfügen.«

»Fürwahr. Es bleibt aber nichts anderes übrig. Du wirst mir vertrauen müssen – wie einem Dichter, der Wirklichkeit entstellt, aber ein Kunstwerk liefert, das eine neue Wirklichkeit und in sich richtig ist; oder einem Dolmetscher, oder Übersetzer von Schriften, dessen Werk vielleicht ein neues Kunstwerk ist, ohne die Wahrheit dessen wiederzugeben, das er zu übersetzen behauptet.«

»Gib mir dein großes Bild, Aristoteles. Ich will es später prüfen.«

Aristoteles schwieg eine Weile; er ließ das Amulett sinken und starrte an die Balken der Decke. »Das große Bild... Beginnen wir mit den Mächten. Es gab immer hellenische Großmächte nach Spartas Niedergang – lange Zeit waren es Athen *und* Sparta. Beide hatten Feinde und Bundesgenossen, beide prägten ein ausgewogenes System von Beziehungen, um die eigene Macht und den eigenen Nutzen zu mehren und den des anderen zu mindern. Wenn einer schwächer wurde, führte das nicht zur Übermacht des anderen, da neue Mächte auftauchten, die das Geflecht wieder ausglichen – Theben, zum Beispiel. Oder Persien griff ein, um zu verhindern, daß eine der hellenischen Mächte zu stark wurde. Die Pflanzstädte an der Küste Asiens gehörten zu diesem System, ebenso die Inseln, in manchen Jahren sogar Teile Ägyptens, natürlich die sikeliotischen und italischen Städte wie Syrakus und Tarent. Erinnere dich, daß Athen und Sparta Heere und große Flotten entsandten, um dort einzugreifen.

Athen hat lange Zeit im Norden die Dinge bestimmt. Athen braucht den Weizen von jenseits des Bosporos, vom Euxeinischen Meer. Deshalb versucht Athen, die Stadt Byzantion zu beherrschen, die an der Meerenge liegt. Athen braucht, da die Vorräte an Edelmetallen in Attika nicht ausreichen, das Pangaion-Gebirge mit seinen Bergwerken; deshalb bemüht sich Athen, die Küstenstädte zu beherrschen, die verschiedenen thrakischen Völker und Könige gegeneinander auszuspielen. Wenn die Perser nach Thrakien übergreifen, schürt Athen Aufstände in Asien, um die Gewichte wieder auszugleichen.

Philipp hat Makedonien groß gemacht; das konnte er nur, indem er Gebiete eroberte, die zuvor Athen unterstanden. Er hat also nichts anderes getan als die Athener auch. Demosthenes selbst hat es ja gesagt, in seiner ersten Rede gegen Philipp. ›Philipp machte von seinem Kriegsrecht Gebrauch und schloß Bündnisse und Freundschaften‹, so sagte er damals: keinerlei Unrecht. Philipp hatte das Recht, zu tun, was er tat, aber er bedrohte damit die Macht und den Wohlstand Athens, wie vorher Athen Makedonien bedroht und zerstückelt hatte.

Es ist bei alledem, und dies zu bedenken wiegt schwer, niemals um Recht und Unrecht gegangen; wie es überhaupt zwischen Staaten niemals um etwas anderes geht als um Nutzen und Macht. Es geht aber auch innerhalb der einzelnen Staaten oder Städte nicht um Gut und Böse, sondern um Nutzen.«

Aristoteles streckte die Hand aus und deutete auf Peukestas. »Glaub nicht, ich hätte immer so gedacht; ich spreche jetzt mit der Vernunft des Greises, nicht mit der Überzeugung des Mannes. Vernunft und Überzeugtheit schließen einander fast immer aus. Wie ich feststellen mußte, als Hermias mir die Möglichkeit gab, ein Staatswesen nach meinen Ideen zu formen, und es war eine Katastrophe. Aber das tut nichts hierher.

Nehmen wir zum Beispiel den unseligen Bundesgenossenkrieg, der nur Philipp und den Persern nützte. In Athen gab es damals wesentlich zwei Gruppen: die heftigen Demokraten und die lauen Aristokraten, wenn du so willst. Die Demokraten besaßen die Mehrheit. Zu ihnen gehörte Zaleukos, von dem schon die Rede war; ihr wichtigster Politiker war damals Aristophon, ihr Stratege Chares. Aischines, der später die Seiten wechselte, war in seiner Jugend ein Anhänger Aristophons. Also, die Demokraten wollten die Not der eigenen Bevölkerung lindern, wie sie sagten, und deshalb die Not anderer mehren. Unsere Bundesgenossen Chios, Rhodos, Kos, Byzantion und deren jeweilige Verbündete lehnten sich gegen die Bevormundung durch Athen auf. Denn Athen wollte tributzahlende Befehlsempfänger, nicht Bundesgenossen. Maussollos, Satrap von Karien, half ihnen – damit war Persien mittelbar beteiligt; für große Eingriffe war aber damals die Stellung des Großkönigs zu schwach. Artaxerxes Ochos beschäftigte sich damit, den eigenen Thron zu sichern und aufrührerische Satrapen zu bekämpfen.

Die Demokraten Athens setzten durch, daß es zum Krieg kam. Der alte Isokrates schrieb eine flammende Friedensrede; darin hieß es, Chares und Aristophon selbst gäben ja zu, daß ihre Politik ungerecht sei, hielten sie aber für nützlich, weil die Eroberung und Unterwerfung neuer Gebiete notwendig sei für die Erneuerung des wirtschaftlichen und politischen Wohlergehens von Athen. Also Beherrschung statt Bündnis. Die Aristokraten waren für den Frieden, jedenfalls teilweise, nicht deshalb, weil es ihnen um Gerechtigkeit ging, sondern weil sie vorhersahen, daß der Krieg mehr kosten würde, als er im besten Fall einbringen konnte. Isokrates war für den vollkommenen Frieden, die allgemeine Freundschaft unter den hellenischen Staaten, ein Zusammenwirken bei Wahrung der inneren Autonomie aller.«

Peukestas lachte halblaut. »Die Rede hat er doch später noch mehrmals halten lassen; zugunsten von Philipp, nicht wahr?«

»Ah, *so* nicht, nein. Zugunsten von Hellas. Dreißig Jahre vor diesem Bundesgenossenkrieg hatte es eine derartige Friedensregelung gegeben, bei Verhandlungen in Sparta. Aber diese *koine eirene*, ein hehres Ziel, war nur auf persischen Druck zustandegekommen. Der nächste allgemeine Friede gedieh dann unter Philipp, erzwungen durch den Sieg der Makedonen. Und die hochherzige Rede des alten Isokrates beruhte auf Überzeugungen, Wünschen, Gedanken – nicht auf der Erwägung von Nützlichkeiten; außerdem sagten Zaleukos und andere sofort, das sei eine Wiederholung des vom Großkönig angeordneten Zwangsfriedens. So kam es zum Krieg. In der Schlacht bei Embata wurde der demokratische Stratege Athens, Chares, von den früheren Bundesgenossen mit Hilfe des Maussollos geschlagen; das war der erste Dämpfer. Dann gelang es Demosthenes, Zaleukos auszuschalten. Anschließend konnte Eubulos einen Waffenstillstand und Friedensverhandlungen in Gang bringen. Und in dieser ganzen Zeit« – Aristoteles richtete sich auf und schlug eine Art Rhythmus mit der Hand – »befanden sich Makedonien und Athen im Kriegszustand, wegen Amphipolis und Methone und anderen Dingen oben im Norden. Aber es war ein Krieg der Worte, in dem Athen nichts unternahm. Erst als der Bundesgenossenkrieg beendet war, wurde Chares mit Truppen nach Thrakien geschickt, um dafür zu sorgen, daß bei dem Streit dreier Anwärter auf den Thron derjenige siegte, der Athen genehm war – nicht Philipps Schützling.«

Peukestas seufzte. »Wer soll dieses Knäuel entwirren?«

»Philipp hat es entwirrt, mit dem Schwert. Später. Der Bundesgenossenkrieg, der Heilige Krieg, der ungeführte Krieg gegen Makedonien – Athen, Sparta, Megalopolis, Theben, Korinth, die Phoker, die Achaier, alle waren unausgesetzt in etliche Kriege verwickelt. Ich hörte athenische Denker sagen, der böse Philipp habe ein friedfertiges, harmloses, liebenswertes Hellas überfallen und vergewaltigt. Nichts davon. Hellas war immer ein Vipernnest. Was Demosthenes später in seinen Brandreden gegen Philipp zu sagen hat, ist nicht, daß Makedonien die Freiheit der Hellenen bedroht, sondern daß Makedonien das tut, was eigentlich Athen zustünde. Die Freiheit, die Philipp bedrohte, war Athens Freiheit, Makedonien und andere zu bevormunden.«

Peukestas schwieg; er hatte die Stirn gerunzelt und die Augen halb geschlossen. Aristoteles betrachtete ihn mit einem verhangenen Lächeln. Dann richtete er sich auf, schob mit einer Kraft, die ihm vor wenigen Stunden noch gefehlt hatte, Kissen zurecht, so daß er sitzen konnte, hielt das ägyptische Amulett hoch, wobei er den Ellbogen auf sein Knie stützte, und deutete mit der linken Hand auf den Boden neben seiner Liege.

»Komm, Sohn Drakons. Ich will dir einige Bilder zeigen. Schau ins Auge des Horos.«

Peukestas glitt von seinem Schemel und kniete neben der Liege. »Was ist das Geheimnis des Amuletts?«

Aristoteles hob die Schultern. »Genau weiß ich es nicht. Was ich weiß, will ich dir später sagen; jetzt wäre es zu früh. Schau hinein.«

Peukestas starrte ins Auges des Horos.

*

Olympias, deren neue Schwangerschaft sich abzuzeichnen beginnt, verabschiedet den zweijährigen Alexander mit einem Klaps, blickt der Pflegerin hinterher, fährt sich mit der Rechten über den schwellenden Bauch und verläßt ihre Räume. Sie geht durch die Gänge, vorbei an Posten, treppab, vorbei an weiteren Wachen, läßt sich von einem Diener bei Antipatros melden, der in seinem großen Arbeitsraum zwei Schreibern vorspricht.

Als Olympias eintritt, seufzt er leise, entläßt die Schreiber mit einer Handbewegung, bietet der Königin einen Sitz und einen Becher an.

»Nichts Neues, Olympias. Der Herbst beginnt, und sie belagern immer noch Methone.«

Olympias trinkt, schaut an sich hinunter, auf ihren Bauch, stellt dann den Becher ab und schiebt ihn weit von sich. »Was sind deine Pläne, Hüter des Königsfriedens?«

Antipatros hebt eine Braue. »Den Frieden des Königs zu hüten. Wieso?« Er steht neben der Fensteröffnung.

»Ich habe einige Klagen, Antipatros.«

»Die Klagen, oder Wünsche, der Königin sind mir Befehle. Natürlich.« Seine Stimme klingt wie Holzkohle, die zwischen zwei Steinen zerrieben wird; als ob er lieber das Messer zöge.

Olympias scheint den Unterton zu verstehen; sie entblößt einen Moment die Zähne. »Ich glaube, wir sollten einige Änderungen vornehmen. Es wäre für alle besser.«

»Welche Änderungen, Herrin?«

»Oft werde ich nachts wach, wegen der Krieger, beim Wachwechsel. Sie machen Lärm, und ich brauche Ruhe.« Sie legte die Hand an ihren Bauch. »Ich möchte, daß die Wachen abgezogen werden.«

Antipatros geht zu seinem Schreibtisch, nimmt ein Ried und kritzelt etwas auf einen Papyros. »Was noch, Herrin der Makedonen?«

»Außerdem behelligen sie meine Dienerinnen oder Sklaven, wenn ich sie mit Besorgungen losschicke. Ich will, daß dies endet.«

Antipatros kritzelt. »Noch etwas?«

»Noch einiges, ja. Ich hatte schon mit Philipp darüber gesprochen, als er das letzte Mal kurz hier war. Er sagt, ich soll die Dinge so einrichten, wie ich es für gut halte, und dich entsprechend anweisen – bitten, Freund des Königs.« Sie holt Luft, spricht sehr schnell weiter. »Außerdem sollten die anderen Frauen und … Kebsen, so weit sie noch im Palast leben, in andere Gemächer ziehen. Sie sind zu nah bei meinen. Ich fürchte um Alexanders Leben. Es gibt Neid und Eifersucht, wie du weißt.«

Antipatros schreibt, nickt, lächelt schwach.

»Dann zur Frage des Goldes. Philipp wollte mir mehr Geld zur Verfügung stellen, aber es ist nie genug im Schatz vorhanden. Philipp deutete an, daß er das System des Eintreibens von Steuern und Abgaben für unwirksam hält. Ich könnte einige gute Vorschläge machen.«

»Ist das alles?«

»Für heute, ja.« Sie blickt ihn an, mit einem gelassenen, selbstsicheren Lächeln.

Antipatros räuspert sich und legt das Schreibried beiseite. »Nun gut. Was die Wachen angeht, so werde ich ihnen befehlen, sehr viel leiser zu sein. Rücksicht auf die Bedürfnisse der Königin und ihres werdenden Kindes ist ebenso wichtig wie Schutz. Die Wachen werden folglich dafür sorgen, daß keiner, weder ein Sklave noch sonst jemand, deinen Schlaf stört. Zwischen Sonnenuntergang und Morgen sollst du von nichts und niemand behelligt werden.«

Olympias lauscht; ihr Gesicht zeigt Staunen und Unglauben.

»Was die anderen Frauen angeht, hast du zweifellos recht, wenn auch der König mir nichts darüber gesagt hat. Der Geldmangel im Schatz zwingt uns jedoch leider dazu, im Augenblick alles zu belassen, wie es ist. Ich werde mich um andere Gemächer für die Frauen kümmern, wenn das Philipps Wille ist, und sobald er mich anweist; es kann dies aber noch einige Zeit dauern. Was nun die Staatseinkünfte angeht, so habe ich erst gestern befohlen, das System insgesamt zu überprüfen, besonders auch die Leistungen einiger Steuereinnehmer, die Abgaben einiger Gebietsfürsten und die Erträge der Pangaion-Minen beziehungsweise die Art, in der Gold und Silber von dort nach Pella gebracht werden. Du siehst also, deine klugen Ratschläge, für die ich überaus dankbar bin, wurden bereits ausgeführt.« Er deutet eine Verbeugung an, geht zur Tür, öffnet sie, verbeugt sich abermals.

Olympias geht wortlos hinaus, Antipatros schließt die Tür, nimmt den Papyrosfetzen, auf dem er herumgekritzelt hat, wirft ihn auf ein Kohlenbecken und schüttelt langsam den Kopf. »Was für ein Weib!« Er klatscht in die Hände; die beiden Schreiber erscheinen wieder. Halblaut sagt er: »Was für eine Hexe!«

✳

Der hölzerne Belagerungsturm ist auf rollenden Stämmen nah an die Mauer geschoben worden. Von der oberen Plattform, kaum geschützt durch eine Reihe runder Schilde, überschütten Bogenschützen und Speerwerfer die Verteidiger mit einem Geschoßhagel; zwei kleine Katapulte verschießen scharfkantige Steine und Metallbrocken. Neben dem Turm, abgeschirmt von Hopliten mit großen Schilden, ziehen Sklaven den Rammbock zurück, einen Eichenstamm mit Bronzespitze, befestigt auf einem Gestell mit acht Rädern. Dann kracht er wieder gegen die Mauer, wird abermals zurückgezogen. Mit ungeheurer Wucht rammt der Widder die beschädigte Mauer der Stadt Methone; diesmal steckt er fest. Als die Sklaven und die zu Hilfe geholten Maultiergespanne das Gerät mühsam lockern und wieder zurückziehen, knirscht das Mauerwerk; erste Steine stürzen herab und müssen weggeräumt werden, ehe der nächste Stoß geführt werden kann.

Plötzlich scheint die Mauer zu bersten, von innen; durch die unregelmäßige Bresche stürmen schwerbewaffnete Fußkämpfer, hauen die Sklaven nieder, verjagen die Maultiere, treiben die makedonischen Hopliten zurück. Männer mit Äxten, Tauen und Sägen umringen den Belagerungsturm; von der eben noch leeren Mauer fliegen Fackeln und Brandpfeile. Eine der großen Rollen löst sich, der Tragpfosten des

Turms knickt ein. Dann stürzt der Belagerungsturm um; schreiende, brennende Kämpfer springen herunter, fallen, sterben auf dem steinigen Boden, zwischen den Holz- und Mauertrümmern, unter den Hufen der Pferde, die jetzt durch die Bresche hinausjagen. Methonische Reiter bilden einen Angriffskeil und galoppieren durch das kleinere makedonische Lager. Zelte gehen in Flammen auf, Unbewaffnete versuchen zu fliehen und werden niedergehauen. Ein Flug schwarzer Vögel verfinstert für Momente die Sonne des späten Nachmittags. Es ist die Stunde kurz vor dem Ende des täglichen Kampfs; die Stunde, da ein Teil der makedonischen Reiterei unterwegs ist, um Futter und Brennholz und Nahrung aus der Umgebung zu beschaffen. Ein makedonischer Trompeter bläst ein schrilles Signal; es bricht ab, als ein methonischer Speer die Kehle des Mannes trifft.

Im Hauptlager, in der Ebene zwischen Stadt und Meer, brüllt Philipp Befehle, die im Durcheinander, in den Schreien und in den Signaltönen untergehen. Parmenion bemüht sich, die restlichen Hetairenreiter zusammenzutreiben; Philipp fuchtelt mit den Armen, deutet eine Bogenbewegung von der linken Seite an. Parmenion hebt die Hand und springt von hinten auf sein ungezäumtes Pferd.

Keine Zeit, eine ordentliche Phalanx zu bilden; kein Gedanke an den tödlichen Wall aus langen Sarissen, mit dem die Makedonen die Gegner zurückdrängen könnten. Der Belagerungsring ist gesprengt, das erste Lager überrannt, der Keil der Reiter und Fußkämpfer hat schon das Hauptlager erreicht. Einer der methonischen Reiterführer stürzt seitlich von seinem Tier, durchbohrt von einem Pfeil. Ein kreischendes Pferd kriecht noch zwei oder drei Mannslängen; es schleift verschlungene Eingeweide hinter sich her. Zelte und Karren stehen in Brand; es stinkt nach versengtem Fleisch, nach salzigen feuchten Eisen, Blut und Kot und Angst. Unmöglich, eine Schlachtreihe zu bilden. Der einäugige Antigonos bringt im hinteren Teil des Lagers ein paar hundert halbnackte Männer ohne Rüstungen zusammen; sie greifen zu Sarissen und versuchen, halb außerhalb des Lagers eine kleine Phalanx zu formen. Alles andere ist Handgemenge, Nahkampf; die Makedonen werden immer weiter zurückgedrängt.

Philipp steht mitten im dichtesten Gedränge; sein Stichspeer ist zerbrochen, das kurze Schwert liegt irgendwo; der König hat ein langes Schwert gepackt, hält es mit beiden Händen. Seine wuchtigen Hiebe haben drei oder vier Gegner gefällt; die taumelnde, schlängelnde

Reihe der makedonischen Fußkämpfer scheint an Philipp zu hängen wie nasses Tuch an einem unverrückbaren Pflock. Hinter ihm sammeln sich halbbewaffnete, leichtverwundete, schon aus dem Kampf ausgeschiedene oder noch nicht einsatzbereite Männer. Von irgendwo kommt ein Pfeil, trifft Philipps Backenknochen und bleibt in seinem rechten Auge stecken.

Es ist, als ob alle es sähen, als ob alle wüßten, daß in diesem Moment die Schlacht entschieden ist. Für ein paar Atemzüge scheint der Kampflärm abzuebben. Philipp taumelt. Dann klemmt er das lange Schwert zwischen die Knie, legt beide Hände um den Schaft des Pfeils und zerrt daran. Mit einem *schschllpp* reißt er den Pfeil heraus; der Augapfel steckt auf der Pfeilspitze. Aus der leeren Augenhöhle sickern Blut und Grus. Philipp starrt den Pfeil an, das linke Auge sieht den rechten Augapfel. Er pflückt den Apfel. Er wirft den Apfel in die Luft. Er schleudert den Pfeil ins Gedränge, trifft die Schulter eines methonischen Unterführers. Philipp packt sein Schwert, hebt es, stürzt sich mit furchtbarem Gebrüll auf die zurückweichenden Gegner, wie ein rasender Büffel. Die Makedonen, die Gefährten zu Fuß, die Leichtbewaffneten, die Söldner, alle eigentlich längst mutlos und geschlagen, folgen ihm, stoßen nach. Von rechts, im Laufschritt, die ersten drei Reihen mit gesenkten, die hinteren mit erhobenen Sarissen, greifen die halbnackten Kämpfer unter Führung des Antigonos ein, zertrümmern die methonischen Reihen, werfen sie zurück. Dann kommen Parmenions Reiter: aus dem Kampf herausgehalten, zurückgezogen, gerüstet, angewiesen, endlich losgelassen. Wie ein langer wuchtiger Sichelhieb mähen sie die hinteren Reihen der Methonen nieder, schneiden ihnen den Rückweg zur Stadt ab. Noch am selben Abend leert Philipp auf der Agora von Methone einen goldenen Becher und schleudert ihn ins Halbdunkel, zwischen die Feuer, die Fakkeln, die Feiernden, die Betrunkenen, die brennenden Häuser. Drakon ist bei ihm, kaut auf Lorbeerblättern und versucht immer wieder, die Wange und die Augenhöhle des Königs zu pflegen.

Tage später, mitten in der Nacht, reitet Philipp in Pella ein. Im Innenhof des Palasts begrüßt er Antipatros, nickt den Wachen zu, springt vom Pferd, reckt die Arme, löst den Waffengurt, läuft ins Treppenhaus, treppauf, einen Gang entlang, bleibt stehen, geht langsam und leise weiter. Vor der Tür zu Olympias' Gemächern fährt eine junge Sklavin auf, die in eine Decke gewickelt auf dem Boden geschlafen hat. Philipp legt den Finger auf seine Lippen, öffnet die Tür, tritt fast geräuschlos ein.

Das Schlafgemach der Königin ist halbdunkel; zwei Öllampen und eine Fackel, dazu ein dumpf glühendes Kohlenbecken geben ein wenig Licht. Neben Olympias' breitem Bett steht ein kleineres. Alexander liegt darin; er schläft ruhig. Sehr leise, sehr sanft, sehr langsam geht Philipp zum Bett seines kleinen Sohns, kniet nieder und streckt die Hand aus, um Alexander zu streicheln. Dabei summt und surrt er leise. Alexanders ruhiges Gesicht verzieht sich zu einem Lächeln; er bewegt sich im Schlaf, schmiegt das Gesicht in Philipps Hand, die Lider flattern. Er öffnet die Augen. Mit einer entsetzlichen Zuckung erwacht er, reißt die Augen auf, stößt ein hohes gellendes Kreischen aus; sein Gesicht ist wie von einem Albtraum verzerrt. Er starrt in die gräßliche eiternde schartige Wunde, wo einmal das rechte Auge war.

Philipp, immer noch auf einem Knie, taumelt zurück, streckt dann erneut die Hand, um den Kleinen zu trösten. »Söhnchen«, sagt er halblaut, »ich bin's doch nur.« Unendliche Müdigkeit, unendliche Trauer schwingen mit. Alexander zieht die Decke übers Gesicht, springt dann aus dem Bett und läuft wimmernd zu Olympias, versteckt sich unter ihrer Decke.

Olympias ist wach; sie sitzt und mustert Philipp. Ein seltsames Lächeln kriecht über ihr Gesicht. Philipp steht auf, kommt zu ihr, streckt die rechte Hand aus. Die Königin hat ein Bärenfell bis zum Hals um sich gewickelt. Nun lockert sie es, läßt es auf die Hüften fallen.

Um ihren Hals, den Kopf zwischen den Brüsten, ringelt sich die Schlange des Ammon. Philipp hebt die Hände, stößt einen Würgelaut aus.

»Kein Platz für dich, Herr von Barbaren.« Olympias' Stimme ist leise und scharf, beinahe ein Zischen.

Murmelnd und fluchend geht Philipp hinaus, durch den Gang, durchs Treppenhaus, in einen anderen Flügel. Auf dem Boden vor etlichen Türen liegen Sklavinnen; sie schlafen. Mit dem Fuß stößt er die erste an. Als sie auffährt, sagt er: »Wer ist da drin?«

Sie schaut zur Tür, dann zu ihm hinauf: »Korinna, Herr.«

»Korinna? Na gut, Korinna.« Er geht hinein und schließt die Tür.

Morgens, im Beratungszimmer, nimmt er Antipatros' Arm und zieht den Hüter seines Friedens zur Fensteröffnung.

»Was machen die Jungen? Die Königs-Knaben, die künftigen Gefährten?«

Antipatros schiebt das Kinn vor. »Soll ich jetzt auch noch die Erziehung übernehmen?«

Philipp lacht gequält. »Du wahrst das Reich, das ich mehre; das ist genug, Freund. Was weißt du von den Knaben?«

Antipatros hebt die Schultern. »Leonidas kümmert sich darum.«

»Der Molosser?«

»Genau der. Keine Besorgnis deswegen, Philipp; er ist ein entfernter Verwandter von Olympias, und er mag sie nicht. Sie haßt ihn.«

Philipp nickt; sein Gesicht ist grimmig. »Dann ist es gut. Und?«

»Er ist streng; er leitet die Erziehung und beaufsichtigt die anderen Lehrer. Leonidas kümmert sich vor allem um die härteren Dinge – die Körper, die Ausdauer, die Waffen. Wir haben einen guten Lehrer für Schrift und Musik gefunden. Lysimachos; er ist Akarnanier. Malt auch ein bißchen. Und er braucht keine Rollen oder Tafeln; er hat alle hellenische Dichtung im Kopf.«

Philipp starrt aus dem Fenster. »Ich will, daß Alexander mit dem Unterricht beginnt.«

Antipatros schüttelt den Kopf. »Aber der Junge ist doch eben erst zwei Jahre alt...«

»Er soll nicht nur mit seiner Mutter und den Pflegerinnen zusammensein. Lysimachos kann ja sanft beginnen. – Und der Junge kriegt ein eigenes Zimmer.«

*

Eine Reihe miteinander verschmelzender Bilder: Athen, Delphi, eine Flußlandschaft, Meer, kahle schroffe Berge; leise und eindringlich die Stimme des alten Philosophen. Peukestas wußte, daß er kniete, daß er neben Aristoteles war, daß er ins Auge des Horos starrte; gleichzeitig war er in Athen, in Delphi, auf dem Krokusfeld, in einer persischen Satrapie. Der zweigeteilte Bann hielt ihn, spaltete ihn, trennte die Teile aber nicht.

»In dem Jahr, da Methone fiel, setzte sich in Athen der Aufstieg des Demosthenes fort. Seine Geschäfte gediehen, die Sklavenversicherung warf Geld ab, er wurde einer der besten und teuersten Redenschreiber; aber er nahm nur noch Geld, viel Geld, für politische und rechtliche Reden, die Eubulos genehm waren und Demosthenes nützten. Die Rede gegen Leptines, zum Beispiel, beziehungsweise gegen das von diesem vorgeschlagene Gesetz. Wie du weißt, wurden in Athen alle, die über ein bestimmtes Mindestvermögen verfügten, zwangsweise zu Abgaben und zur Bekleidung öffentlicher Ämter herangezogen – die sie selbst mit Geld auszustatten hatten. Wer sich besondere Verdienste erworben hatte, der Stadt besonders diente, oder wer besonders fähig, aber nicht reich genug war, konnte von diesen Abgaben befreit werden. Leptines wollte die Finanzen der Stadt aufbessern und die Befreiung von derlei Abgaben und Beiträgen aufheben; Demosthenes zerfetzte das Gesetz, indem er unter anderem darauf hinwies, daß Opferbereitschaft den guten Bürger auszeichne, und daß es schließlich irgendeine Form von Belohnung geben müsse, um etwa Freunden Athens, die eine an Philipp verlorene Stadt wieder den Athenern öffneten, entsprechend danken zu können. Das brachte Demosthenes den Ruf des strengen, opferbereiten Bürgers ein. Und weitere Aufträge, Geld, Einfluß.

Als Philipp auf Seiten der Thessalier in den Heiligen Krieg eingriff, wurde er von den Phokern geschlagen. Er zog sich zurück, und während Parmenion das Heer neu aufbaute und verstärkte, schmiedete Philipp listige Bündnisse.«

*

Nahe der Mündung des Haliakmon, außerhalb von Aloros, begegnet Emes den heimkehrenden Truppen. Es regnet, die Wege sind tief und kaum gangbar. Die Kämpfer, müde, viele verwundet, mühen sich durch den Schlamm, ächzen unter ihrem Gepäck und den triefenden Lederdecken. Einige Einheiten sind unterwegs zurückgeblieben: in Thessalien, im Tempe-Tal, in Orten des makedonischen Südens wie Dion. Andere befinden sich längst wieder in Pella oder in Bergfestungen des Nordens und Nordwestens. Was hier ankommt, kriechend, ohne äußere Ordnung, ist die Nachhut des geschlagenen Heers. Emes hört, als er sich abends in Aloros in eine übervolle Schänke drängt, daß Parmenion bei ihnen ist. Daß Parmenion, der große listige Parmenion, sie seit Durchquerung des wichtigen Tempe-Tals, des einzigen bequemen Zugangs nach Thessalien, sich selbst überlassen hat. Er hört es, glaubt es nicht, kann es nicht begreifen. Braucht denn das ruhmreiche Heer den Führer nun nicht dringender als je zuvor? Wer soll sie aufrichten?

In der Nacht irrt Emes durch die Stadt, dann – immer noch in Regen und Finsternis – hinaus zum Strand, wo die Krieger durchnäßte Zelte errichtet haben, im nassen Sand liegen oder um zischende, bestenfalls glimmende Feuer aus feuchtem Holz hocken. Sie trinken bitteren Wein, mit Brackwasser versetzt, und essen die letzten Vorräte. Emes schleicht durch das Lager, das keines ist, nur ein Durcheinander; er spürt, daß keiner einen Zwölfjährigen willkommen heißen würde, und sei er auch noch so kräftig gewachsen; daß man mit einem Zwölfjährigen scheußliche Dinge gegen seinen Willen tun würde; daß wie die zischende Glut der Feuer im zertrümmerten Heer die Bereitschaft zu Gewalt und Verbrechen glimmt, üble Frucht von Niederlage, Mühsal und Enttäuschung. Die edlen Offiziere schlafen in Häusern in der Stadt; die edlen Reiter sind mit dem König nach Pella gezogen; die einfachen Kämpfer, Söhne von Bauern und Arbeitern und Handwerkern, aus den Dörfern, Bergen und Städten Makedoniens, murmeln von Aufruhr und Brand.

Irgendwo zwischen den Zelten hört Emes jemanden sagen, Parmenion sei allein, irgendwo am Rande des Lagers; ein anderer sagt, er sei nicht allein, sondern habe sich in die Stadt begeben; ein dritter behauptet, er zeche mit einigen Söldnern. Emes schleicht weiter und findet den Strategen, allein, am Rand des Lagers, wo der Strand in den Morast der Ebene übergeht. Parmenions Pferd, verschlammt wie der Feldherr, sucht Grashalme im Dreck. Parmenion sitzt auf einem Stein, die Arme verschränkt, und blickt nach Osten, wo über dem Meer bald die Sonne aufgehen wird; schon kann man die Umrisse der Dinge erkennen.

Emes hat gehört, aber nicht geglaubt, daß Parmenion alle Kämpfer seines Heers mit Namen kennt. Er tritt zu dem Strategen; wie aus dem Boden geschossen stehen plötzlich zwei Bewaffnete neben ihm, Söldner, Kreter vielleicht oder Rhodier.

Parmenion winkt ab; sie verschwinden. Mit zusammengezogenen Brauen betrachtet er den großen, starken Jungen, der stumm vor ihm steht: ein aufrechtes Stück Schlamm, die Erde Makedoniens. Dann lacht er.

»Du bist gewachsen, kleiner Emes. Und du kommst in einer schlechten Stunde.«

Emes öffnet den Mund, schließt ihn wieder, fuchtelt mit den Händen, deutet schließlich auf das verschlammte Reittier. »Laß mich dein Pferd striegeln, Parmenion.«

»Bis du alt genug bist zum Kämpfen, Junge?«

»Ja.«

Der Stratege nickt; Emes geht zum grasenden Pferd, reißt Halme aus, macht ein Büschel und beginnt das Tier abzureiben. Von irgendwo taucht einer der Söldner auf, gibt ihm einen nassen Fladen Brot und ein paar Schluck wässrigen Wein aus einer Feldflasche.

Als es heller wird, sieht Emes die Söldner: harte, unbeugsame Männer, die am Rand des Morasts in Furchen, zwischen Sträuchern, hinter Steinen und Bodenwellen geschlafen haben, unsichtbar und immer bereit. Als es heller wird, hören sie den Lärm aus der Stadt und sehen, wie die verstreuten entmutigten Kämpfer vom Strand nach Aloros hineinlaufen. Parmenion sitzt reglos auf dem Stein; er wartet. Als in Aloros die ersten Flammen zu sehen sind, steht er auf, hält sich an der Mähne seines Pferdes fest, tritt in Emes' verschränkte Hände und steigt auf. Die Söldner bilden vier Reihen und folgen ihm, wie Emes, der sich verloren vorkommt, bis einer der Männer ihm einen Lederschild und einen Kampfspeer reicht.

Die Stadt ist in den Händen der Krieger; ein Teil der Bewohner scheint geflohen zu sein oder verbirgt sich. Drei Gebäude, an der Agora, stehen in Flammen – Häuser, in denen makedonische Offiziere übernachtet haben. Die Kämpfer räumen unversehrte Häuser leer, in der Nähe des Platzes; drei Offiziere baumeln von Dachbalken, mit Seilen am Hals, fünf weitere stehen, von Speeren durchbohrt, an Pfosten gebunden. Neben ihnen, zeternd und flehend, drängen sich die Verwalter und königlichen Beamten der Stadt, von Kämpfern zusammengetrieben.

Parmenion reitet auf die Agora, gefolgt von den schweigenden, grimmigen Söldnern, in deren Reihen Emes einen Platz gefunden hat. Der Lärm, das Geschrei, die Plünderungen lassen nach, enden; der Platz füllt sich mit verdreckten, verlausten, verkommenen Kriegern – tausend, vielleicht fünfzehnhundert Mann. Sie drängen sich auf der Agora und in den Gassen; ein kleiner Trupp, die Speere ausgerichtet, treibt eine Gruppe Offiziere herbei.

Parmenion sitzt auf dem Pferd, stumm, gleichgültig. Irgendwo kreischen Frauen; ein brennendes Haus stürzt krachend zusammen. Emes schaut sich um; verblüfft stellt er fest, daß von den etwa vierhundert Söldnern kaum dreißig geblieben sind. Dann sieht er die anderen; sie haben sich am Rand des Platzes verteilt. Einige halten gespannte Bogen in Händen, andere blanke Schwerter, die nicht verdreckt sind. Wieder andere sind in die Gassen eingedrungen und kommen zurück, mit Plünderern, die sie entwaffnet haben.

Parmenion hat vor sich zu Boden gestarrt; nun hebt er den Kopf. Er wendet sich an einen der zusammengetriebenen Offiziere.

»Wo seid ihr gewesen, Tolmides?«

Es ist, als ob die vielen Kämpfer nicht da wären. Der Offizier schluckt, ehe er antwortet.

»Die meisten in der Stadt, Herr; einige im Lager.«

Parmenion nickt. »Die im Lager waren und dies hier nicht verhindern konnten, sind schlechte Offiziere; sie werden viel zu lernen haben. Ihr anderen, Fürstensöhne, die ihr gemeint habt, euch stünden weiche Betten in der Stadt zu, während eure Männer draußen in Nässe und Kälte lagern, ihr seid keine Offiziere des Königs. Geht heim zu euren Müttern; sie werden euch in Windeln wickeln und euch mit dem Lied von eurer Schande in den Schlaf singen.«

Einer der einfachen Hopliten schreit: »Sie gehen nicht; sie werden hängen!« Andere johlen.

Parmenion wartet, bis es wieder still ist. »Ich hatte nicht mit dir gesprochen, Andronikos aus Edessa. Warte, bis dein Stratege dir einen Befehl erteilt.« Seine Stimme, kalt und ohne Spur einer Erregung, hallt über die Agora. Die Kämpfer knurren und bewegen sich unruhig.

»Geht nach Hause, Kinder. Kommt wieder, wenn ihr erwachsen seid und auch die Niederlage mit Würde tragen könnt. Ihr seid entlassen – Bauern und Arbeiter Makedoniens. Der König kann euch für seine großen, ruhmreichen Ziele nicht verwenden.«

»Wo warst du denn die ganze Zeit?« ruft einer. »Warum hast du uns nicht geführt?«

Parmenion hebt ganz kurz eine Braue. »Geführt, Thoas? Führt man einen Haufen Schweine? Oder doch eher Krieger? Ich war bei euch, die ganze Zeit; ich habe gegessen, was ihr gegessen habt; ich habe im Dreck geschlafen, wie ihr; meine Befehle sind nicht befolgt worden, trotzdem habe ich euch nicht verlassen. Wenn sie so kindlich geworden sind, dachte ich, muß der Vater bei ihnen bleiben, damit er sie an der Hand nehmen kann, wenn sie die Hand ausstrecken. Ihr habt die Hand aber nicht ausgestreckt, ihr habt am Daumen gelutscht und vor euch hin gewimmert. Wenn sich vom Kopf der Säule ein schwerer Stein löst, fängt man ihn nicht auf, um ihn wieder zu verwenden; man läßt ihn fallen, stürzen, aufschlagen, um zu sehen, ob er stark genug ist, ob er heil bleibt oder zerbricht. Ihr seid zersplittert. Wer mit Philipp und Parmenion auf den Gipfel steigen will, darf nicht beim ersten Stolpern aufgeben. Ihr seid nicht wert, den Sieg zu erringen – ihr, die ihr die Niederlage nicht ertragt. Geht heim. Und wenn ihr in einem Jahr von den großen Siegen hört, dem Triumph, dem Ruhm und dem Reichtum anderer, wirklicher Krieger, dann erinnert euch, daß ihr hättet dabeisein können.« Er wartet einen Atemzug lang; dann setzt er, fast mild, hinzu: »Geht heim; spielt mit Klötzchen, die euch nicht weh tun.«

Emes hält den Atem an; der Lärm auf der Agora betäubt ihn. Er sieht die schreienden, fuchtelnden Krieger; sieht, daß einige sich gegen andere wenden; sieht die schweigsamen, regungslosen Söldner am Rand; sieht Parmenion auf dem Pferd, wie ein Standbild.

Einer der älteren Hopliten tritt schließlich vor, als es ruhiger geworden ist. »Herr, wir wollen nicht heimgehen. Du hast uns aus einem bösen Traum geweckt. Führ uns weiter, Parmenion!«

Der Stratege schüttelt den Kopf. »Geht heim, Kinder. Wenn ihr Männer wärt, würdet ihr euch nicht hinter der Ausrede von einem Traum verbergen. Habt ihr denn geträumt, als ihr eure Offiziere getötet, die Stadt in Brand gesteckt, Frauen geschändet und Häuser geplündert habt? Seid ihr Schlafwandler? Ich kann Schlafwandler nicht zum Sieg führen; sie könnten im falschen Augenblick gähnen.«

Die entsetzliche Spannung lockert sich ein wenig; ein paar Männer lachen. Der ältere Kämpfer berät sich mit anderen; dann wendet er sich wieder an Parmenion.

»Wir wollen gutmachen, was wir getan haben, Herr. Gib uns Zeit, die Häuser wieder aufzubauen; dann führ uns weiter.«

»Ich kann euch nicht führen – andere haben euch hier geführt.«

»Wir wollen von dir geführt werden, Parmenion – Vater. Was soll mit denen geschehen, denen wir gefolgt sind?«

Überall Gedränge; an die dreißig Männer werden von den übrigen nach vorn geschoben, einige sind trotzig, die anderen jäh ernüchtert und angstvoll.

Parmenion blickt zum Rand der Agora. »Die Plünderer und Frauenschänder?«

Söldner führen weitere zwanzig Männer zum Mittelpunkt des Platzes. Parmenion richtet sich auf.

»Seid ihr Männer? Oder soll ich den Tapferen, die nicht zerbrochen sind, den Fremden, die gegen Geld getan haben, wozu Makedonen ohne Bezahlung fähig sein müßten, den Befehl geben?«

Es dauert nicht lange; nach wenigen Augenblicken sind die abgesonderten Aufrührer, Plünderer und Vergewaltiger gerichtet, von den Speeren ihrer ehemaligen Gefährten durchbohrt.

Parmenion betrachtet düster die Offiziere, die in der Stadt genächtigt haben. »Ihr da, geht heim zu euren Müttern. Nehmt eure Schande mit. – Herren der Stadt, Verwalter und Beamte des Königs: Holt eure geflohenen Mitbürger zurück. Die Krieger des Königs werden aufbauen, was zerstört wurde. Gebt ihnen zu essen; sie sind hungrig. Parmenion und Philipp werden alles bezahlen.«

※

In Athen lauscht Dymas den besten Kitharisten, hört die Lieder der größten Kitharoden, lernt die überlieferten Gesänge von Sappho, Alkaion und anderen Dichtern. Er verkauft das Barbiton; in den Schänken nahe der Agora bläst er den Aulos und spielt die Kithara, aber meistens verschmähen die feinen Athener seine neue Musik, die Hellenisches und Asiatisches vermengt und die Regeln herkömmlicher Liederdichtung und Begleitung übertritt. In den ärmeren Vierteln, wo weitgereiste Meistermusiker in ihren prunkvollen Gewändern selten hinkommen, wo jene leben, die keine Zeit haben, sich überkommenen Haarspaltereien, Vorschriften und theoretischen Verfeinerungen hinzugeben, lauscht man ihm gern; die frechen Worte, die perlenden Töne sind angenehm zu hören am Ende eines langen, heißen, mühseligen Arbeitstags. Einmal spielt er in einer Schänke, in die sich ein drahtiger, dunkelhaariger Handelsherr aus Korinth verirrt hat; im Piräus, wo Seefahrer aus der ganzen Oikumene Zerstreuung suchen, ehe sie sich wieder hinauswagen, spricht er Phönikisch mit Männern, die nicht aus Tyros stammen, sondern aus dem fernen Westen. Nach einem dieser Gespräche findet er einen Beutel in der Ledertasche für die Kithara; am nächsten Tag sucht er mehrere Feinschmiede auf, findet aber keinen, der die in Karchedon angefertigten Wirbel und Zahnräder in der nötigen Feinheit nachmachen kann. Er entsinnt sich seiner Zeit als Holzwerker, schnitzt die Dinge, die er braucht, drückt sie bei einer Töpferin in weichen Ton, nimmt die gebrannten Formen mit zu einem Eisengießer. Von einem der Schmiede, denen er die fertigen Wirbel zu ihrem Neid zeigt, läßt er sich flache, breite Ringe für die Fingerkuppen machen.

Zwei Jahre bleibt er in Athen; zuerst schläft er unter dem bestirnten Himmel, dann einige Monde bei einer Dirne, schließlich bei der Töpferin, deren kunstfertige Finger Wunderwerke erzeugen. Ein korinthischer Händler kauft nach und nach fast alles auf, was sie herstellen kann; einige Amphoren gelangen bis zu den Märkten von Karchedon und zieren ein altes Herrenhaus unter den Zypressen des nördlichen Vorlands.

Nach zwei Jahren bricht er wieder auf, zieht über Megara nach Korinth, wo er sich mit einem edlen Handelsherren streitet und wieder versöhnt; weiter nach Sparta, wo man ihn wegen seiner unerhörten Musik zu steinigen droht. Im Hafen von Gytheion hört er von der Niederlage des makedonischen Emporkömmlings Philipp gegen die Phoker. Als er in Kyrene von Bord geht, beginnt auch dort der – milde – Winter, und er erfreut sich der Gastlichkeit einer Witwe, deren Mann im Silphionhandel Wohlstand errungen und den Neid sowie das Messer eines anderen Händlers erregt hat.

Im Frühjahr zieht er mit einer Karawane nach Westen, nach Karchedon, gepeinigt von gegensätzlichen Gefühlen: Erleichterung, nicht mehr Sklave zu sein, Heimweh bei bestimmten Erinnerungen, Überdruß wegen gewisser Geschäftsverbindungen. Mit einem sehr gealterten, todgeweihten Adherbal und seinem Helfer, einem listigen jungen Mann namens Hamilkar, bespricht er viele Dinge. Er erfährt, daß im fernen Hellas der König der Makedonen mit seinem neugebildeten Heer die Phoker vernichtet hat; er löst sein Guthaben bei einer Bank auf und läßt sich von einem Gerber und Lederwerker einen hohlen Gürtel anfertigen, in dem er viele Münzen aufbewahren kann. Hamilkar nimmt ihn eines Abends mit zu einer Unterredung mit einem persischen Fürsten, Bagoas, einem etwa dreißig Jahre alten Mann mit den Augen einer Giftschlange, den Händen eines Schnitzers und der Rede eines Verführers. Bagoas der Heile – so genannt, weil er anders als die meisten Träger dieses Namens kein Eunuch ist – macht ihm in Hamilkars Anwesenheit geschäftliche Vorschläge, gelegentliche Berichte betreffend; mit einem Schulterzucken hält Dymas die offene Hand hin und billigt das Gewicht des Beutels, den er erhält. Die Beziehungen zwischen Persien und Karchedon sind nicht unproblematisch, da die lange von Persien beherrschten Gebiete um Karchedons Mutterstadt Tyros sich vom Großkönig losgesagt haben und Karchedons Verbundenheit schwer wiegt; nicht schwer genug allerdings, um die Flotte, die das gesamte westliche Meer beherrscht, zur Unterstützung der Phöniker in den Osten zu schicken. In Persien hat man nicht vergessen, daß

Karchedon die Hoheit des Großkönigs über Tyros, die sich nach Meinung der Perser dann auch über Karchedon als Tochterstadt erstrecken müßte, nie ernstgenommen hat: daß Karchedon vor langer Zeit Befehle des Xerxes, Schiffe zum Angriff auf Hellas zu stellen und mit dem widerwärtigen Verzehren von Hunden aufzuhören, durch eine Geschenksendung besonders fetter Masthunde und einen Angriff auf Syrakus zu eigenem Nutzen (oder Nachteil; er scheiterte) beantwortet hatte. Aber der gemeinsame Feind, Hellas, sorgt immer für Ausgleich; Hamilkar hat keine Einwände dagegen, daß Dymas nun ihn und Demaratos (er weiß es, natürlich) und Persien mit Nachrichten beliefert. Mit einem der letzten Herbstschiffe verläßt Dymas Karchedon und reist nach Syrakus, um Musik zu machen.

✳

»Dann kamen die Makedonen zurück nach Thessalien, drangen weiter nach Süden vor und vernichteten das Heer der Phoker in einer großen Schlacht auf dem Krokusfeld. Daraufhin schlossen sich Thebaner und Athener, die eben noch gegeneinander gekämpft und gezetert hatten, sehr schnell zusammen, und als Philipp nach Delphi ziehen wollte, um die Phoker, die Schänder des Heiligtums, endgültig zu strafen, fand er die Thermopylen gesperrt – gesperrt von einem Heer aus Thebanern und Athenern, vereint in einem Bündnis, zu dem Demosthenes beigetragen hatte. Er begann sich nun von Eubulos zu lösen.«

✳

Eubulos ist in seinem großen Arbeitsraum, mit Schreibern und Sklaven; er spricht mit einem Heerführer, der einen roten Umhang trägt und den verzierten buschigen Helm in der Hand hält. Demosthenes hockt auf einem Schemel, den Rücken an eine Säule gelehnt, und spielt mit seinen Kieseln.

Eubulos wirkt verbittert, aber gleichzeitig entschlossen. »Nein, und abermals nein. Eine endgültige Entscheidung ist noch nicht gefallen; was mich angeht, muß es auch keine geben. Ich sage dir aber noch einmal: Wir können uns nicht auf eine derartige Gefahr einlassen.«

Der Stratege verzieht das Gesicht. »Wir sind aber doch längst mitten drin, Eubulos. Auf beiden Seiten kämpfen Hellenen, sowohl für den

Großkönig als auch für die abtrünnigen Satrapen. Memnon und Mentor, um nur zwei zu nennen.«

Eubulos schnaubt. »Rhodier, beide; Söldner. Du wirst zugeben, es besteht ein Unterschied zwischen rhodischen Söldnern und athenischen Bürgern, oder?«

»Aber du weißt doch, was auf dem Spiel steht. Die hellenischen Städte in Asien ... Sie brauchen Hilfe. Der Großkönig hat den Streit gegen Artabazos und Memnon fast gewonnen; danach wird er die Städte an der Küste überfallen. Artaxerxes bedroht alle Freiheit, die sich die Städte in den vergangenen Jahrzehnten erworben haben. Und wer soll ihnen helfen, wenn nicht Athen?«

Eubulos rauft sich die Haare. »Nein, nein, nein. Wir und andere haben diese Städte vor Jahrhunderten gegründet; sie mögen jetzt, in der Not, zu uns aufschauen wie Kinder zu den Eltern. All das, ja. Aber sobald keine Not mehr da ist, wenden sie sich wieder von uns ab. Hast du den Bundesgenossenkrieg vergessen? Sollen sie sich selbst schützen! Außerdem – wie könnten wir, jetzt, heute, den Großkönig gegen uns aufbringen und einen gewaltigen Krieg gegen Persien anzetteln?«

Der Stratege klingt mehr als sarkastisch. »Und Athen ist das Herz, die Leber, der Nabel all dessen, was Hellas ausmacht? So daß wir, wie gesagt wurde, niemals hellenische Orte in die Hände von Barbaren fallen lassen dürfen? Barbaren wie die Makedonen, die Hellenen sind, oder? Hab ich jedenfalls gehört.« Er schielt zu Demosthenes hinüber. »Oder Barbaren wie die Perser, die ...«

Eubulos unterbricht ihn; seine Stimme ist scharf. »Was immer wer auch immer ist – es gibt einen Unterschied zwischen dem, was vielleicht gut sein mag, und dem, was sicher nützlich ist. Nützlich für Athen. Wir können uns gegen Theben oder Makedonien stellen, aber nicht gegen Asiens Unendlichkeit und die Macht des Großkönigs. Und was mich und die Kassen der Stadt angeht – wer sollte denn genug bezahlen können, um ein ausreichend großes Heer gegen alle Macht Asiens ins Feld zu schicken?«

Demosthenes hüstelt und steckt die Kiesel in den Mund. »Das können wir uns nicht leisten, wie wir alle wissen. Aber warum fragst du nicht deine asiatischen Freunde, unsere hellenischen Verwandten, ob sie vielleicht weitere Söldner anwerben mochten? Die Stadte in Asien waren so lange frei und sind so wohlhabend, sie können ein großes Heer weit besser bezahlen als wir ...«

Der Stratege schneidet eine Grimasse, dreht sich um und stampft hinaus.

Eubulos seufzt und blickt Demosthenes an. »Was mich allein angeht, ich hätte vielleicht zugestimmt. Aber nach deiner glänzenden Rede konnten die Athener zu diesem weiteren Anschlag auf ihre Schätze und ihre Kriegstüchtigkeit doch nur nein sagen, und ich... Nun ja. Manchmal frage ich mich, was aus dir noch werden kann. Und aus mir. Ich glaube, du hast gewisse Dinge viel zu schnell gelernt.«

Demosthenes lächelt mild. »Großer Eubulos – wie kannst du so etwas sagen? Habe ich dir nicht gut gedient, all die Jahre?«

»Zu gut. – Ach, es hat keine Bedeutung. Alles geht einmal zu Ende. Aber sag mir, glaubst du selbst wirklich an das, was du den Athenern gesagt hast? Daß Persien keine Gefahr für uns ist? Daß der Großkönig die Städte in Asien nur symbolisch beherrschen wird, statt sie zu unterdrücken? Daß unser Geld besser in neuen Abwassergruben und in Rüstung gegen Philipp aufgehoben ist?«

Demosthenes, der bisher an der Säule gelehnt hat, steht auf, mit sehr geradem Rücken. Eubulos kneift die Augen zusammen und scheint ihn zum ersten Mal wirklich wahrzunehmen. Demosthenes' Stimme ist unendlich sicher.

»Ich glaube Teile davon. Die Städte drüben stinken vor Reichtum. Warum soll Athen den Kopf hinhalten? Außerdem versucht Artaxerxes nur, Persien nach einigen Jahrzehnten der Schwäche wieder so stark zu machen, wie es vor vierzig Jahren war. Das wird sehr lange dauern; wenn es ihm überhaupt gelingt. Bis dahin sollten wir an Dinge denken, die uns näher sind. Philipp, zum Beispiel.«

Eubulos verzieht das Gesicht. »Nicht schon wieder... Philipp versucht auch nichts anderes als Artaxerxes; er will Makedonien stark machen, zu einem gleichwertigen Nachbarn für Athen werden.«

Demosthenes blinzelt. »Er möchte, daß wir das glauben. Aber wenn er stark genug ist, wird er vom Nachbarn zum Feind werden und uns seinen Willen aufzwingen. Wenn wir jetzt nicht vorbeugen, könnte es bald zu spät sein.«

»Wenn wir ihm entgegentreten, wie du willst, und ihn an Dingen hindern, die ihm helfen und uns nicht schaden, *dann* machen wir ihn zweifellos zu unserem Feind. Im Moment verfolgt er Pläne, die gut für ganz Hellas sind. Gut für Makedonien *und* für Athen.«

Demosthenes verschränkt die Arme; sein Gesicht ist kalt. »Nichts ist gleichzeitig gut für ihn und uns, Eubulos. Für uns gibt es nur Athen, danach lange Zeit nichts, und dann Philipp noch längst nicht. Wenn wir Philipp als gleichrangig hinnähmen, wäre Athen nicht mehr der erste Staat. Und wir, ah, du und ich, hätten keine Bedeutung mehr.«

Eubulos blickt ihm nach, mit einer Grimasse, als er den Raum verläßt. Demosthenes geht schnell, ohne zu stolpern oder zu zögern. Er überquert mehrere kleine Plätze, geht durch enge Gassen und kommt schließlich zu einer schäbigen Taverne. Er geht durch den Innenraum, betritt den Hof; dahinter liegt ein langes niedriges Gebäude. Demosthenes klatscht in die Hände. Ein dunkelhäutiger Sklave erscheint.

»Wo ist der Phönikier?«

Der Sklave zuckt mit den Schultern. »Welcher der vielen?«

»Der Händler aus Kition – Hasdrubal.«

Der Sklave deutet auf einen der vier Eingänge. »Hinter jenem Vorhang, Herr.«

Demosthenes geht zum bezeichneten Durchgang, teilt den Vorhang, durchquert einen Gang, einen weiteren Innenhof, kratzt an einer schweren Holztür. Eine schwarze Sklavin öffnet, mustert ihn, nickt und läßt ihn ein.

Der phönikische Händler trägt ein langes Wollgewand und eine dunkelgraue Kappe; er liegt auf einem Lederlager, neben einem niedrigen Tisch mit Wein und Früchten. Ohne aufzustehen deutet er auf eine zweite Liege. Demosthenes läßt sich nieder.

»Nun? Wie ist es abgelaufen?«

Demosthenes nimmt die Kiesel aus dem Mund, steckt sie in den Beutel, trinkt einen Schluck aus dem Becher, den die Sklavin gefüllt hat. »Die Bürger Athens haben beschlossen, ihre Waffen nicht gegen den Großkönig zu erheben. Ich habe sie davon überzeugen können, daß Artaxerxes voller Wohlwollen ist.«

Hasdrubal lächelt. »Der Großkönig, o edler Demosthenes, ist wahrhaft voller Wohlwollen.«

»In welchem Ausmaß?«

Hasdrubal klatscht in die Hände. Zwei Sklaven schleppen eine Truhe aus fein geschnitztem schwarzen Holz herein und setzen sie ab.

»Du kannst sie öffnen, mein Freund. Dies ist ein Teil des persischen Wohlwollens.«

Demosthenes öffnet den Deckel. Die große Kiste ist voller Goldmünzen.

»Wieviel?«

Hasdrubal kichert. »Zwei Talente in Gold, edler Demosthenes. Im Moment etwa achtundzwanzig in Silber. Nicht ganz hundertsiebzigtausend Drachmen.«

Demosthenes schließt die Kiste, nickt, trinkt mehr Wein. Dann, halblaut: »Ich brauche eine Auskunft. Wie du vielleicht weißt, habe ich eine Hand, nun ja, den kleinen Finger im Sklavenhandel.«

»Ich weiß von deiner gedeihlichen Versicherung.«

»Zufällig höre ich von vielen Dingen. Wer mit einem Teil des Sklavenhandels befaßt ist, erfährt oft von anderen Teilen.«

Hasdrubal lächelt. »So ist es. Und?«

»Wie ich hörte, ist nach gewissen... Auseinandersetzungen zwischen deinen nicht mehr ganz phönikischen Verwandten im Norden Libyens, Karchedon, und anderen Gegenden ein kleiner Posten hellhäutiger Knaben verfügbar. Aus italischen, sikeliotischen, iberischen Gebieten. Nun ist ein Knabe nicht viel wert, es sei denn, er besäße besondere Fähigkeiten. Ausgebildete Eigenschaften, gewissermaßen. Sagen wir: ein wohlerzogener Männerfreund, gebildet und... verschnitten.«

Hasdrubal setzt sich aufrecht; sein Gesicht zeigt eine Mischung aus Staunen und Abwehr. »Widerlich. Machst du so etwas? Also, das...«

Demosthenes bewegt die Hand. »Nicht im Traum würde ich daran denken, etwas so Scheußliches zu tun – eigenhändig. Ein Knabe ist bestenfalls zwei Minen wert, nicht wahr? Zweihundert Drachmen. Aber was würden deine persischen Freunde für einen wohlerzogenen, hellhäutigen, liebevollen Knaben zahlen – nicht zu reden von anderen Eigenschaften?«

Hasdrubal kann seinen Widerwillen nicht ganz unterdrücken. Langsam sagt er: »Vielleicht das Doppelte.«

»Und könntest du...?«

Hasdrubal seufzt. »Es wäre dreckiges Geld. Was ist für mich dabei zu verdienen?«

Demosthenes lächelt. »Ein Viertel?«

Hasdrubal zeigt die Zähne. »Ein Drittel.«

Demosthenes ächzt. »Wenn es sein muß...«

Weitere Bilder, manchmal wie durch Wasser betrachtet oder aus der Ferne; Peukestas kannte ihre Bedeutung, auch ohne begleitende Worte von Aristoteles. Oder hörte er doch die Stimme des Greises, nahm sie aber nicht bewußt wahr? Bei einigen Bildern spürte er etwas wie eine unter allem liegende Stimmung – Mitleid, Bedauern, Scham, Spott; es waren Empfindungen, die nicht zu den Bildern gehörten, sondern zu Aristoteles, die sich aber auf Peukestas übertrugen: Scham des Hellenen, der berichtete, wie Artabazos, Verwandter der Großkönige, Feldherr des Artaxerxes Mnemon, dann Satrap einer wichtigen nordwestlichen Provinz, sich mit dem Großkönig Artaxerxes Ochos überwarf – Artabazos, unterstützt vom Rhodier Memnon und von rhodischen, attischen, lakedaimonischen Söldnern, Hellenen allesamt, verlor den Kampf gegen das Heer des Großkönigs, dessen erste Reihen ebenfalls aus hellenischen Söldnern bestanden: Hellenen, die für einen Barbarenherrscher gegen einen Barbarenfürsten und dessen Hellenen kämpften. Andere Hellenen, von Memnons Bruder Mentor aus Ägypten nach Phönikien gebracht, kämpften mit den Männern von Sidon gegen andere Hellenen, die zusammen mit den vielen Völkern des Reichs dem Großkönig dienten. Scham, weil der Stolz der Hellenen eine Frage der Kaufkraft anderer geworden war. Scham beim Gedanken an all jene bauchigen Schiffe, mit denen Leitos und Peneleos, Arkesilaos dazu und Klonios, mit Prothoenor die Schar der Boiotier zu Ilions Gestade brachten – fünfzig Schiffe stachen von ihnen in See, und es gingen auf ein jedes einhundertzwanzig boiotische Krieger; dreißig Schiffe mit Kämpfern des minyschen Orchomenos und Aspledons; vierzig der Phoker; vierzig Schiffe, dunkel und bauchig, auch der Lokrer; vierzig dunkle Schiffe des Volks von Euboia, rüstig, behaart nur hinten am Kopfe; fünfzig Schiffe aus Athen; zwölf aus Salamis; dann die Bewohner von Argos und des ummauerten Tiryns, Hermiones und Asines mit ihren geräumigen Buchten, von Troizen, Eiones, Epidauros, Aigina, Mases – achtzig dunkle Schiffe; die hundert Schiffe von Mykene und Korinth und den anderen Städten des Agamemnon; die sechzig der Lakedaimonier unter Menelaos; neunzig aus Pylos, Arene und Thryon; sechzig aus Arkadien, all die anderen aus Buprasion, Echinai, Ithaka, Aitolien, Kreta, Rhodos, Lindos, Syme, von Kos und tausend anderen Inseln, von Argos und Phylake und Pherai und Methone und Trikka und Ormenion und Gyrtone und Kyphos und Dodona und den Magnetern... Scham, und Zweifel: Hatte denn nicht Athen den Retter

Themistokles in die Verbannung getrieben, und hatte ihn nicht der gestrige Feind, Persiens Herrscher, freundlich aufgenommen und ihm einen Platz zugewiesen, wo er seine Tage vollenden mochte in Muße und Freundschaft?

Bedauern und Mitleid: Alexander, ein kleiner Junge, hält sich weinend die Ohren zu, während Philipp und Olympias einander anschreien; mit der Mutter im duftenden Bad, allzu zärtlich berührt; mit Aristandros vor dem Altar, gezwungen, in den Eingeweiden des Widders zu wühlen; mit Aristandros auf einem Hügel, Vogelschwärme betrachtend unter den düsteren Wolken; brütend im Zwielicht des Waldes, die Finger in die Brust gebohrt, als grübe er dort nach etwas, das kostbar war und verloren ist; mit andern Jungen und dem herben Leonidas beim Ringkampf, beim Fechten, beim Rennen durch Felder, bei allzu kargen Mahlzeiten; mit dem sanften Lysimachos beim Lernen und Wägen von Versen; an Olympias geschmiegt, wenn Philipp sich nähert, aber von ihr fortgeschoben, sobald der König verschwindet.

Spott und Anerkennung: Philipp und Parmenion im Gespräch, das Meer zur Linken, vor ihnen die Thermopylen, besetzt von hellenischen Kämpfern; Philipps List, der Abmarsch nach Norden; Zorn, Erleichterung, Ratlosigkeit in Athen; Demosthenes, der sich auf Aristophons Seite schlägt, im Gespräch mit Chares, dem Strategen der Demokraten – Chares, geschlagen von den Bundesgenossen, besiegt von Artaxerxes, zieht mit Kämpfern und Schiffen nach Thrakien, um Philipps Pläne zu stören; Philipps feines Spiel – die Schonung athenischer Bürger und Krieger, die nach dem von Chares verlorenen Kampf heimgeschickt werden, während alle anderen Gefangenen bleiben müssen, als Sklaven; die Eroberung und Zerstörung von Olynth; die Zerstörung des Geburtsorts von Aristoteles, Stageira (kein Zorn, nur ein wenig betrübte Verwunderung).

Bedauern und Kummer: die falsche Saat, die später schlimme Früchte bringt. Artabazos und Memnon, dem Großkönig unterlegen, fliehen mit ihren Familien nach Pella, wo Philipp sie freundlich aufnimmt. Barsine, Tochter des Artabazos, fünfzehn Jahre alt und reif; bald wird sie Mentors Frau werden, nach dessen Tod dann die seines Bruders Memnon; nun aber kümmert sie sich wie eine liebevolle große Schwester um Alexander, der sechs Jahre ist und ausgehungert nach Wärme.

*

Artabazos ist groß, dunkel, in feine Gewänder gekleidet, schwarz mit goldenen Stickereien und Säumen; sein Bart ist schwarz, die Gesichtszüge scharf und doch freundlich. Er reitet durch die Hügel um Aigai, gefolgt von einigen makedonischen Reitern. Auf seinem Pferd, vor ihm, sitzt Alexander, an die Brust des persischen Fürsten gelehnt. Er deutet nach links, wo die Hügel sich türmen und Wald in den Himmel wuchert.

»Hinter diesen Hügeln, mein kleiner Freund? Dort beginnt die Welt. In Pella oder Aigai sind allerdings viele der Meinung, daß die Welt dort endet.«

Alexander starrt in die Ferne, mit einem Ausdruck von Hunger oder vielleicht Gier. »Was ... wie sieht es aus, jenseits?«

Artabazos zuckt mit den Schultern. »Andere Hügel, Berge, Felder, andere Städte und Menschen. Dann, irgendwann, die See, das malmende Meer – das Mächtige Große Grüne, wie die Ägypter sagen.«

»Wem gehört die See?« Alexanders Augen sind hell und weit offen.

Artabazos lacht; der schwarze Hengst schnaubt leise. »Die See gehört keinem. Niemand besitzt die See, aber die See besitzt viele gute Männer und feine Schiffe. Hier, in der Nähe eurer Küsten, segeln und rudern die Athener darauf herum. Und natürlich ein paar Händler. Im Süden, weit von hier, fahren die Schiffe der Phöniker; sie dienen dem Großkönig. Im Westen, weit, weit fort, fahren die Handelsschiffe und Kriegsruderer des mächtigen Karchedon.«

»Wem gehört Karchedon?«

»Karchedon? Es wurde besiedelt, gegründet, heißt es, von Leuten aus Tyros, aber es gehört nicht den Tyrern. Karchedon besitzt weite Teile des nördlichen Libyen und der großen Inseln der Sikelioten und Sardonier und Kyrner. Aber es gehört nur sich selbst.«

»Wenn alles andere entweder den Hellenen oder den Persern oder meinem Vater Philipp gehört, muß Karchedon gewaltig sein. Und was liegt jenseits des Meeres?«

»Jenseits der See? Viele fremde Länder, wunderbar zu betrachten und gefährlich zu betreten. Das uralte Ägypten – aber davon hast du gehört, nicht wahr?«

Alexander nickt; die Augen verengen sich. »Dort herrschte einmal Ammon, der auch Zeus ist. Seine Söhne – seine Gefäße waren die Pharaonen.«

Artabazos runzelt die Stirn. »Das mag so sein. – Dann gibt es dort

Arabien, mit Palmbäumen, die feierlich den Kopf neigen, wenn der Wind ihnen Nachrichten aus der glühenden Wüste bringt. Damaskos. Und Babylon, die älteste Stadt, die alle Geheimnisse hütet und sich nicht einmal erinnern kann, sie je vergessen zu haben. Große Ströme voll silbriger Fische. Dann andere Flüsse, noch gewaltiger, mit Krokodilen und Wasserschlangen. Dahinter liegt Iran – das große heilige Persien; dort ächzen die Stürme zwischen den höchsten Gipfeln, die selbst im Sommer von Schnee bedeckt sind. Dort gibt es unendliche Steppen im Norden, Bergketten, dazwischen weite felsige Hochebenen und Wüsten aus Salz; und die umfriedeten Gärten, *paradeisos* genannt, wo der König der Könige in seinen Träumen auf die Jagd geht. Mitten in den Gärten steht immer ein schlichter Altar und ein Haus des Heiligen Feuers, das unsere Priester hüten. Tausend verschiedene Völker mit verschiedenen Sprachen und alten Göttern – Mithras und Anahita, deren Verehrer unsaubere Dinge tun und im Rausch einen Stier töten. Dahinter liegen die tödlichen Berge, die Iran von Indien trennen. Und Indien, unermeßlich und geheimnisvoll. Mit seltsamen Gebräuchen und seltsamen Göttern und sehr seltsamen Menschen, die am Rand der Welt leben und diesen für die Mitte halten. Sie haben dort Elefanten, groß wie Häuser, Tiere wie ein wandernder Berg, mit zwei Schwänzen – einer vorn, einer hinten. Es gibt dort viele bunte Vögel, sie singen und kreischen nicht nur, einige können sogar das Sprechen lernen; und Vögel, die ihre Nester bauen, indem sie große Blätter zusammennähen. Tausend Flüsse gibt es dort, mit Silber und Gold, und Tempel für tausend Götter. Und noch weiter fort liegen wunderbare Inseln mit edlen Steinen und schrecklichen Ungeheuern.«

Alexanders Wangen glühen, aber in seinen Augen steckt die Wurzel eines Schmerzes, einer langsam wachsenden Qual, die Jahre braucht, um zu reifen. »So viele Länder... so viele Menschen. Und sag, haben sie alle – eine Seele?«

Artabazos seufzt. »Eine Seele?«

Alexander nickt, fast verbissen. »In der Brust soll sie sein, sagen einige; andere behaupten, sie sei im Samen. Aber in meiner Brust ist Leere, die immer danach schreit, gefüllt zu werden, vor allem nachts; so laut schreit sie, daß ich hochfahre und oft lieber gar nicht einschlafen mag. Und wenn die Seele im Samen ist, dann haben Frauen keine Seele, und auch Jungen nicht, denen der Samen noch fehlt, nicht wahr?«

Artabazos hält die Zügel mit der Linken und legt den rechten Arm um den Jungen, als wollte er ihn vor etwas schützen. Oder einfach an sich drücken. »Es gibt da viele Meinungen. Jene, die an Götter glauben und daran, daß nach dem Tod eines Menschen noch etwas mit ihm geschieht, glauben auch an eine Seele. Andere sind überzeugt, daß der Mensch erlischt wie eine Flamme – vergeht wie eine Pflanze. Daß nichts bleibt.«

»Wenn es sie gibt, die Seelen – könnte man sie dann stehlen?«

Artabazos reibt seinen Bart, sein Kinn über den unbedeckten Kopf des Jungen; es ist eine seltsam zärtliche Geste. »Wozu sollte man Seelen stehlen? Willst du dir eine beschaffen? Eine erste oder eine neue?«

Alexander lächelt schwach. »Die Söldner; sie erzählen wunderbare Geschichten, abends, am Feuer. Und Geschichten, die gräßlich sind. Eine habe ich gehört, von einem Mann, einem Kreter, der in Ägypten und Arabien gekämpft hat. Er sagt, dort gibt es Völker, die daran glauben, daß mißgünstige Götter, Dämonen vielleicht, sich von den Seelen der Menschen ernähren. Daß sie später auch den Leib haben wollen, weil sie selbst keinen Leib besitzen. Daß sie einem neugeborenen Kind, wenn es schwach ist und noch nicht von anderen Göttern geschützt wird, weil die Eltern oder die Priester ein Opfer vergessen haben... also, daß sie einem kleinen Kind die Seele rauben und später, wenn der Körper gewachsen ist, in bestimmten Nächten versuchen, in den Körper einzudringen, um darin eine Weile zu wohnen.«

Artabazos' Gesicht ist voll von Trauer und Mitleid. »Und du fürchtest, diese Leere, die du in dir spürst, könnte so sein? Oh, mein Kleiner, wer hat dir diesen Unsinn erzählt? Selbst wenn es so wäre – deine Mutter, dein Vater, Aristandros der Seher, sie alle haben doch auf dich aufgepaßt.«

Alexander schließt die Augen, preßt die Lider krampfhaft zu. »Philipp war nicht da, als ich geboren wurde. Aristandros auch nicht. Olympias hat mich geboren und gleich an Lanikes Brust gelegt, statt mich selbst zu säugen. Philipp will einen Krieger und Herrscher aus mir machen; Olympias sagt, ich muß das Gefäß des Gottes Ammon sein, der auch Zeus ist. Hatte ich vielleicht zwei Seelen, die miteinander gekämpft haben und beide in diesem Kampf gestorben sind? Hat vielleicht Ammon meine Seele aus mir herausgesaugt, um selbst in mich zu schlüpfen, irgendwann; um mich als seelenloses Gefäß zu besitzen? Oder gibt es vielleicht doch diese Dämonen?«

Artabazos schweigt; er hält den Jungen immer noch fest, und Alexanders Finger berühren zögernd, als wäre es ein Wagnis, den Ärmel, dann die Hand des Persers. Sie reiten vorbei an Hütten, an Gesträuch-gruppen, erreichen die ersten, etwas größeren Häuser eines Ortsrands.

»Seele«, sagt Artabazos halblaut, wie versonnen, »ist möglicherweise das, was wir aus uns machen. Die Länder und Städte, die wir sehen; die guten und bösen Dinge, die wir tun; die Menschen, mit denen wir zu-sammenkommen; all unsere Erfahrungen und Erlebnisse, die Gedan-ken, Gefühle und Taten, machen uns zu etwas, das vorher nicht da war. Jedenfalls nicht *so*. Vielleicht ist das am Ende die Seele, und am Anfang ist sie so zart und dünn, daß wir sie gar nicht wahrnehmen können.«

»Was sagen eure Götter dazu?«

»Wir haben nur einen Gott, den All-Weisen, der zu Beginn der Dinge alles schuf. Aber er war schon vor dem Anfang da, ehe die Dinge begannen. Er war immer und wird immer sein. Er hat zwei Kräfte in die Welt geschickt, zwei Geister; sie zeigen den Menschen die verschiede-nen Wege, damit wir uns entscheiden können. Den Pfad des Lichts, des rechten Sinns, der Tugend, zeigt uns Ahurah Mazdah. Und der Weg der Dunkelheit, der schwarzen Taten, der Ruchlosigkeit führt zu Ahriman, dem Dunklen Herrn. Am Ende aller Dinge und Tage werden die Seelen aller Menschen über eine Brücke gehen – eine Brücke, die den schwar-zen Abgrund des Nichts überspannt. Jenseits der Brücke wartet der gute Geist des Einen Gottes, um die Redlichen und die Üblen voneinan-der zu trennen. – Vielleicht sitzt er auf dem Geist eines wunderbaren Schimmels. Schau!«

Sie haben die Mitte des kleinen Orts erreicht; dort wird ein Vieh- und Pferdemarkt abgehalten. Alexander reißt die Augen auf, deutet auf einen tänzelnden Schimmelhengst und sagt: »Ohhhh!«

Artabazos gleitet vom Pferd und hebt Alexander herab; dann geht er zu den Bauern und Pferdezüchtern. Alexander will folgen, wird aber festgehalten.

Auf dem Boden, im aufgeweichten, zertrampelten Dreck, sitzt einer der wandernden Philosophen. Sein Haar ist verfilzt, der Chiton schlammig und kotig, die Fingernägel schwarz und verkrustet. Der Mann deutet auf Artabazos.

»Dein Freund, Junge?«

Alexander weicht einen Schritt zurück, rümpft die Nase und nickt fast widerwillig. »Warum?«

»Du solltest nicht mit ihm reiten. Oder reden. Dies sagt dir ein weiser

Mann, der noch selbst in seiner Jugend dem großen Sokrates lauschen durfte.«

Alexander öffnet die Augen sehr weit. »Warum soll ich nicht mit ihm reden, o du sehr weiser Mann?«

»Er ist ein Barbar!«

Alexander blickt hin und her zwischen dem verdreckten Philosophen und dem edlen Perser. Dann sagt er: »Ach ja?« Er wendet sich ab und geht zu Artabazos, nimmt dessen Hand.

※

Auf dem Weg zu einer Versammlung wechseln Demosthenes und der jüngere, schlanke Demades einige Worte. Plötzlich entschuldigt sich Demosthenes, bittet den anderen zu warten und geht auf die andere Seite des kleinen Platzes, wo in einem Eingang ein betont unauffälliger Mann lehnt. Demades beobachtet alles.

»Also?« sagt Demosthenes.

Der Mann, ein attischer Bauer, zeigt ihm einen Korb; darin liegen mehrere große Fliegenpilze.

Demosthenes nickt. »Das sind die richtigen, ja. Wie viele kannst du mir besorgen?«

Der Bauer hebt die Schultern. »So viele wie du haben willst. Sie sind giftig, niemand will sie – außer dir.«

Demosthenes kaut auf der Unterlippe. »Ich ... was soll ich dir bezahlen? Wie lange brauchst du, um so einen Korb zu füllen? Wie viele gehen hinein?«

Der Mann starrt in den Korb. »Zwanzig bis dreißig, je nach Größe. Ich weiß, wo sie wachsen.«

»Hm. Sagen wir, eine halbe Drachme, für einen Korb?«

»Es kostet mich Zeit. Sagen wir – zwei Drachmen?«

Sie feilschen einige Momente; schließlich sagt Demosthenes, mit der Miene des Rechtschaffenen, der sich betrübt in sein Los fügen muß: »Nun gut, eine Drachme für einen Korb. Da sie so gut wie wertlos sind, ist es ein mehr als guter Preis. Und denk dran: Kein Wort darüber, ja?«

Als Demosthenes wieder zu ihm tritt, sagt Demades: »Was war denn das für ein Handel? Fliegenpilze?«

Demosthenes schneidet eine Grimasse. »Das hast du sehen können? Na gut – wieviel?«

»Wieviel was?«

»Wieviel willst du haben?«

Demades grunzt. »Fliegenpilze? Baaah.«

Demosthenes ächzt. »Stell dich nicht dümmer als du ohnehin bist. Wieviel Geld?«

Demades runzelt die Stirn. »Was bietest du mir?«

Demosthenes zupft an seinem Chiton herum, wackelt mit dem Kopf. »Sagen wir – ein Viertel?«

Demades blinzelt. »Erklär mir doch bitte die Einzelheiten. Und komm weiter; die Versammlung wartet nicht auf uns.«

Sie gehen los; Demosthenes redet leise, mit einem schrägen Grinsen. »Die Perser, weißt du. Sie haben ja nicht nur die edlen Götter für Licht und Dunkel, sondern auch ältere, die vielleicht unsere Mysterien gestiftet haben. Um diese alten Götter zu feiern, töten sie Stiere im Kampf, oder sie hocken sich in Höhlen und berauschen sich.«

Demades seufzt. »Weiß ich doch. Und?«

»Wahrscheinlich haben sie früher einmal in einer anderen Gegend gewohnt – vielleicht einer Steppe. Jedenfalls gab es dort Fliegenpilze. Heute, in ihren Bergen, finden sie kaum welche. Sie beziehen sie, habe ich mir sagen lassen, vor allem aus Indien.«

Demades nickt, wartet ab.

»Sie werden getrocknet, zu Pulver zerstoßen, mit kochendem Wasser übergossen. Der Sud wird durch ein feines Tuch geschüttet und dann getrunken. Das verschafft ihnen schöne Träume, in denen sie wie Vögel durch den Himmel fliegen. Aber das ist natürlich nur für die Reichen, verstehst du? Die Armen können sich keine indischen Pilze leisten.«

»Sie wollen aber auch die Götter feiern, oder?«

Demosthenes grinst. »Erinnerst du dich an die alten Geschichten? Von wegen: Die Barbaren stinken aus dem Maul? Ein babylonischer Händler hat mir erzählt, was damit gemeint ist.«

»Nämlich?«

Demosthenes wirft ihm einen Seitenblick zu. »Wenn du Wasser trinkst, oder Wein, oder Bier, dann verläßt es hinterher deinen Körper und ist nichts als Pisse. Was den Wein auszeichnet, bleibt in dir. Bei diesem Rauschtrank ist es anders. Was darin ist... was für die feinen Träume und das Herumflattern und einen unermüdlichen Phallos sorgt, das bleibt nicht im Körper. Deshalb trinken die armen Perser, die sich nicht immer frischen Pilz leisten können, ihre eigene Pisse. Und fliegen wieder los.«

Demades sieht aus, als ob er sich übergeben wollte. »Und *das* verkaufst du ihnen?«

»Nein. Ich verkaufe an die Reichen. Natürlich.«

»Was bringt das ein?«

»Der Korb mit zwanzig Pilzen, manchmal auch dreißig, kostet mich eine Drachme. Die Perser zahlen zehn Drachmen. Für einen einzigen Pilz. Da ist aber noch der Zwischenhandel, die Beförderung. Also, wieviel?«

Demades spuckt aus. »Ich will nichts damit zu tun haben.«

❋

»Auch ich wollte nichts damit zu tun haben.« Aristoteles schob das Amulett wieder unter sein Gewand und ließ sich aufs Lager sinken. »Damit nicht, und auch mit vielen anderen Dingen.«

Peukestas erhob sich; die Knie schmerzten. Er ging langsam zu seinem Schemel. »Widerwärtig. Und ich dachte immer, Demosthenes sei der große Vorkämpfer der Hellenen gewesen, gegen alle Barbaren.«

Aristoteles starrte an die Decke, blickte dann hinüber zum Feuer. »Demosthenes? Ah, nein. Eubulos und seine Leute – dazu gehörte später auch Aischines; ein bißchen, jedenfalls einige Zeit, auch Demades und Philokrates – Eubulos wollte ein starkes Athen: Stärke durch Verträge, durch Frieden, durch Handel und Wohlstand. Als er Athen bedroht sah, durch Philipp, wollte er den Krieg, aber nur zur Wiederherstellung der alten Lage. Isokrates wollte immer den allgemeinen Frieden, und ein Bündnis aller Hellenen für den Kampf gegen die Perser – Rache für die Schändung der athenischen Tempel unter Xerxes. Demosthenes wollte Reichtum und Macht für sich, und Hegemonie für Athen. Nicht Stärke, wie Eubulos, sondern alleinige Vormacht. Damit seine Macht um so größer wäre. Demosthenes lenkt Athen, Athen lenkt Hellas, also lenkt Demosthenes Hellas. So etwa. Persien hat er nie als Bedrohung angesehen. Als Philipp zur Bedrohung zu werden schien, wollte Eubulos ein Bündnis aller Hellenen gegen Makedonien; Isokrates wollte Ausgleich mit Philipp; die Demokraten wollten Makedonien erobern, blindlings; Demosthenes wollte Krieg, ja, aber nicht im Bunde mit anderen Hellenen – das wäre eine Preisgabe der athenischen Vormachtwünsche gewesen. Demosthenes redete Athen in den Krieg gegen Philipp, ohne Bundesgenossen. Als Philipp gewann, bot er Frieden an; Demosthenes lehnte ab, und der Krieg ging weiter. Philipp gewann auch die nächsten Kämpfe, und diesmal konnte er den Frieden nicht nur anbieten, sondern bestimmen, zu seinen Bedingungen. Philokrates leitete die Gesandtschaft; Demosthenes und Aischines waren dabei. Anschließend pries Isokrates, völlig richtig, die Milde des Siegers und regte wieder den gesamthellenischen Bund gegen Persien an, unter Philipps Führung. Demosthenes betrieb eine feine Wühlarbeit, um Städte, die mit Philipp keinen Streit hatten, zum Eintritt in einen neuen Krieg zu bewegen – natürlich unter Führung Athens, das heißt, unter Führung des Demosthenes.« Aristoteles schüttelte wieder und wieder den Kopf. »Athen war längst verrottet, und sie wibbelten darin herum, wie abscheuliche Maden in verwesendem Fleisch. Ich habe Athen dann verlassen.«

Peukestas ging wieder zum Feuer, legte Holz und Rollen nach. »Bist du nur aus Abscheu gegangen?«

Aristoteles lachte hohl. »Soll ein Sterbender lügen? Nein; es gab mehrere Gründe. Abscheu war auch dabei. Enttäuschung sicherlich – ein Jahr, nachdem Olynth und Stageira zerstört wurden, starb der greise Platon, und der eitle Aristoteles, nicht einmal vierzig Jahre alt, hatte gehofft, man werde ihn zum Leiter der Akademie wählen. Aber man wählte Platons Neffen Speusippos. Und Hermias, der in Athen denken gelernt hatte, inzwischen von den Persern verschnitten und zum Satrap der Lande um Atarneus gemacht – Hermias bot mir an, in sein Land zu kommen und dort einen Staat zu errichten, wie ich ihn mir vorstellte.«

»Also bist du zu ihm gegangen. Und gescheitert.«

»Gescheitert, ja. Es ist ein weiter Weg von dem, was ist, zu dem, was vielleicht besser wäre. Wahrscheinlich mußte ich in Atarneus scheitern, um den Weg zurück von Platon zu Sokrates zu finden.«

Peukestas grübelte; schließlich sagte er: »Warum haben die Perser ihn entmannt – Hermias?«

»Vielleicht, um ihn daran zu erinnern, daß er mit allem, mit Leib und Leben, Untertan des Großkönigs war – daß das Land nicht ihm gehörte, sondern Artaxerxes. Vielleicht auch nur, damit er nicht selbst eine Dynastie gründete, die später Anspruch auf die Gebiete hätte erheben können.«

»Und deine Frau – seine Tochter? Hatte er sie vorher gezeugt?«

Aristoteles lächelte matt. »Pythias, Mutter jener Pythias, die geheimnisvolle Dinge in der Küche tut, war nicht seine Tochter, sondern seine Nichte. Da er selbst keine Kinder haben konnte, hat er sie zu seiner Tochter gemacht.«

»Dein Staatsversuch ...«

»Tugend des Einzelnen bei allgemeinem Nutzen ist nicht durch gutes Zureden zu bewirken. Außerdem – vielleicht wäre derlei möglich, wenn man eine kleine Gruppe von Menschen auf einer Insel aussetzte. Eine mehr oder minder einheitliche Gruppe. Heute denke ich anders darüber. Die Vielfalt der Dinge, weißt du. Vielfalt, auch Vielfalt im Schlechten, ist Reichtum; einheitliche Tugend wäre Armut und Elend. In Atarneus waren zu verschiedene Menschen zusammen – Hellenen, Asiatiker, Asiaten, Perser, Meder, Skythen, Araber. Und die edlen Herren des Landes, die Männer des Großkönigs, hielten nicht viel von unseren Versuchen.«

»Dann warst du wahrscheinlich erleichtert, als Philipp dich nach Pella holte.«

Aristoteles warf ihm einen unfreundlichen Blick zu. »Ich wäre nicht zu Philipp gekommen, wenn der Versuch nicht beendet gewesen wäre. Aristoteles flieht nicht; er läßt auch nichts Halbfertiges liegen. Nein; das war vorbei. Als dein Vater zu mir kam, hatte ich Atarneus schon verlassen. Ein wenig jedenfalls. Wir lebten außerhalb von Mytilene – auf der anderen Seite der schmalen Wasserstraße.« Er kicherte grimmig. »Bei gutem Wetter konnte ich die Bühne meines Scheiterns sehen.«

9. VON MYTILENE NACH MIEZA

»Das Problem heißt Demosthenes.« Parmenion hatte gewartet, bis die Schreiber, die Hofbeamten und die Unterführer gegangen waren. Der Herbstregen, der die Felder aufweichte und die Straßen in Kanäle verwandelte, schien durch die Steine des Mauerwerks zu dringen. Drakon füllte die vier Becher mit Glühwein, beschickte den Wärmer erneut mit Wein, Wasser, Honig und Gewürzen, stocherte in den Holzkohlen und setzte sich dann wieder an den Tisch. Er trug einen groben Wollumhang, den er enger um sich zog. Antipatros hatte die Ellenbogen auf dem Tisch, das Kinn auf den Fäusten, den Lederhelm fast auf den Augen; er starrte irgendwo hin. Philipp stand über ein Kohlenbecken gebeugt, die Arme ausgestreckt, und rieb sich die Hände.

»Das Problem«, sagte er über die Schulter, »hat viele Namen. Demosthenes ist einer.«

Die Flamme eines Öllämpchens flackerte; der stoffbezogene Holzrahmen schien die Fensteröffnung nicht ganz dicht zu verschließen.

»Welche Namen noch?«

»Parmenion.« Philipp grinste. »Drakon. Antipatros. Philipp. Probleme haben immer mehrere Seiten. Ich glaube, wir sind für Demosthenes ein größeres Problem als er für uns.«

Drakon wedelte mit einem Zipfel seines Umhangs. »Du. Parmenion. Antipatros. Aber ich doch nicht. Ich bin ein kleiner ahnungsloser Arzt. Zahnausreißer, Knochenrenker, Kräuterkauer. Was hat Demosthenes schon von mir zu befürchten? Außer daß ich versuche, eure Krankheiten und Wunden zu heilen und euer Leben zu verlängern.«

Parmenion rutschte tiefer in seinen Scherensessel. »Athen würde dir viel Gold bezahlen, für ein wenig Gift.«

Drakon kniff ein Auge zu. »Ich habe alles Gift, was ich brauche. Und Gold? Bah.« Er trank, verschluckte sich und hustete.

Philipp verschränkte die Arme, so daß die Hände in den Achselhöhlen verschwanden, und ging langsam auf und ab. »Wir haben es fast geschafft«, sagte er leise. »Sechzehn verdammte blutige Jahre. Der Norden, Thessalien, Euboia, Bündnisse hier und da. Sparta ist ein Krähen-nest. Nur Theben und Athen zählen. Wenn Athen zustimmt, kommen die anderen auch auf unsere Seite.«

»Athen wird nicht zustimmen.« Antipatros nahm das Kinn von den Fäusten und betrachtete seine Fingernägel. »Demosthenes ist zu stark geworden; gegen seinen Willen geschieht nichts. Und was er will, wissen wir doch alle, oder? In einem großen hellenischen Bund, gleich ob unter deiner Führung, Philipp, oder unter der eines anderen, wäre Demosthenes nur einer von vielen. Der Zehnte, vielleicht. Er will aber der Erste, der Größte, der Beste sein. Das kann er nur in Athen; und nur dann, wenn Athen die Hegemonie erreicht.«

»Der Schönste will er jedenfalls nicht werden. Schafft er auch nicht.« Drakon gluckste.

Philipp blieb stehen, den Kopf schiefgelegt. »Schön? Nein, fürwahr. Ich seh ihn noch, bei den Friedensverhandlungen vor drei Jahren, wie er sich in Alexander vergaffte. Als der Junge Homer vorgetragen und Harfe gespielt hatte. ›Bläst du ah auch die ah Flöte?‹ Und Alexander, wie der Blitz: ›Nicht ah deine.‹ Ha, ha, ha.«

»Unterschätz ihn nicht.« Parmenion schüttelte leicht den Kopf. »Was Knaben und sehr junge Mädchen angeht, da treiben ihn seine Drüsen. Ansonsten treibt ihn sein Ehrgeiz. Und er hat einen scharfen Verstand.«

»Ich unterschätze ihn nicht. Ich liebe nur gute Geschichten.« Philipp grinste, blickte dann aber sehr ernst. »Er hat es geschafft, aus eigener Kraft vom armen Waisenknaben zum reichen Mann zu werden, vom Niemand zu einem der mächtigsten Männer in ganz Hellas. Er weiß, was er will; und er hat keinerlei Bedenken, was seine Mittel angeht. Wie wir wissen, verhandelt er zur Zeit mit dem Großkönig. Wenn es zum Streit zwischen uns und Athen kommt, wird Artaxerxes ihm Gold geben. Persisches Gold, damit Hellenen gegen Hellenen kämpfen.«

»Er wird sagen, Philipp schließt Bündnisse mit Barbaren. Das darf ich dann auch.« Antipatros legte die Hände auf den Tisch; nacheinander bewegte er alle Finger, mit einem Ausdruck des Erstaunens im Gesicht.

Philipp schnaubte und hob die Hände. »Wir haben einen Vertrag mit Artaxerxes geschlossen; ja, und? Er hat sich mit seinen Satrapen ausgesöhnt, Artabazos ist wieder in Gnaden aufgenommen, Persien weiß, daß unsere Pläne in Thrakien und, ah, Richtung Byzantion nicht gegen

Persien gerichtet sind. Wir wissen, daß Persien nichts gegen uns unternehmen wird. Das ist etwas anderes, Freunde – etwas ganz anderes als: persisches Gold nehmen, damit Hellenen gegen Hellenen kämpfen.«

Drakon schielte an seiner Nase entlang; er kaute auf einem Gewürzstückchen. »Was würdest du tun, wenn morgen eine athenische Gesandtschaft käme und sagte: Wir sind bereit, einen Heiligen Bund aller Hellenen einzugehen, Friede, Zusammenarbeit, Wohlstand für alle, keine sinnlosen Kriege. Aber im Heiligen Rat behält Athen den Vorsitz. Was dann?«

Philipp runzelte die Stirn. »Wenn die inneren Dinge der beteiligten Staaten nicht angetastet werden, wenn der allgemeine Friede tatsächlich sicher ist? Dann, Herr der Kräuter und Zähne, würde ich sinnvolle Vorschläge von Demosthenes anhören. Ich würde ihn sogar zum Hegemon wählen. Aber das ist eine Spielerei; wie du weißt. Demosthenes ist, was er ist und wie er ist, und deshalb ist so etwas ausgeschlossen. *Er würde es nicht wollen.*«

Sie schwiegen, bis Antipatros aufblickte und sich räusperte. »Spuck es aus, Junge.«

Philipp nickte. »Du kennst mich zu gut, nicht wahr?«

»Wir alle. Wenn wir nicht nach all den Jahren wüßten, wann wir einen neuen schwarzen Plan von dir zu erwarten haben, wären wir nicht wert, all deine schwarzen Pläne ausführen zu dürfen.«

Philipp lachte schallend. Er klatschte in die Hände. »Mehr Wein«, brüllte er. »Braten. Brot. Obst.«

Als die Sklaven alles gebracht hatten und auch der Hausmeister Archelaos wieder gegangen war, riß Philipp ein Stück von einem Brotfladen, nahm eine Scheibe kalten Braten in die andere Hand und ging zum Fenster. Er lehnte sich an den Sims, biß ins Fleisch, biß ins Brot und sagte mit vollem Mund:

»All die Jahre der Schonung – nichts. Wir haben athenischen Besitz geachtet, wir haben athenische Bürger geschützt, wir haben gefangene Athener sofort freigelassen, meistens mit Geschenken. Athen ist der Nabel, und Demosthenes ist der Schmutz in diesem Nabel. Wir wollen ihn ein wenig waschen.«

»Wie?« Antipatros spielte mit einer Feige.

Philipp schluckte; dann sagte er lauernd: »Wir haben ja noch ein paar andere Probleme. Wäre es nicht fein, wenn wir alle auf einmal lösen könnten?«

Drakon begann zu lachen; Antipatros verzog das Gesicht, als litte er unter Zahnschmerzen; Parmenion verschränkte die Hände hinter dem Kopf und starrte an die Decke.

»Ein neues Spiel, wie?« sagte er halblaut. »Wie viele Jahre wird es diesmal dauern? Und – ist es ein doppeltes, ein dreifaches Spiel?«

Philipp leckte Bratensaft von seinen Fingern. »Ah, kommt drauf an. Ob wir alle Probleme lösen können oder nur ein paar.«

Parmenion und Antipatros blickten einander an, dann Drakon, dann wieder den König. Sie schwiegen.

»Das Heer rostet ein.« Philipp hob den Daumen, dann die weiteren Finger, nach und nach. »Unsere edlen Gebietsfürsten haben nicht genug zu tun und finden, die Ausbildung ihrer Söhne am Hof sollte beendet werden. Olympias träufelt meinem Sohn immer noch Jauche in die Ohren. Olympias kümmert sich zu ausgiebig um ihren jüngeren Bruder, der einmal Herr von Epeiros werden soll. Arybbas, der dort schon viel zu lange sitzt, hat angefangen, in großem Umfang Briefe zu schreiben, unter anderem an Demosthenes. Wir haben es nicht geschafft, Athen durch Schonung und freundliche Angebote zu einem Bund zu bewegen; ich fürchte, wir müssen sie zwingen – aber *sie* müssen den Krieg erklären, nicht wir. Die übrigen Hellenen könnten es uns übelnehmen, und ihr wißt, ich bin mit einer sehr empfindsamen Seele geschlagen und leide, wenn mir jemand etwas übelnimmt. Und früher oder später, je nachdem, ob ein Bund zustandekommt, werden die Perser über uns herfallen; Artaxerxes schätzt an Verträgen besonders ihre kurzfristige Kündbarkeit.«

»Bißchen viel auf einmal. Was hast du vor?« Parmenions Augen waren Schlitze, sein Mund ein Strich.

»Olympias wird sich von ihrem Brüderchen verabschieden; er ist zwanzig und nicht dumm. Arybbas kann seine alten Tage in einem Häuschen am Meer verbringen und Briefe schreiben, soviel er will. Ich möchte, daß Antipatros ihn besucht, mit ein paar freundlich geschmückten Kämpfern. Und dem neuen König. Du weißt, welche Sorten Regelung ich vorziehe, nicht wahr?«

Antipatros nickte stumm; seine Brauen stiegen immer höher.

»Leonidas und Lysimachos werden weiterhin die Kleinen unterrichten; für die Großen werden wir uns etwas anderes einfallen lassen. Unterricht für Fortgeschrittene – Philosophie, Geschichte, Waffenkunde, Nachschubwesen, derlei.«

»Mieza«, sagte Parmenion leise.

Philipp starrte ihn einen Moment an, dann lachte er. »Sehr gut, alter Freund. Ein guter Lehrer, das Nymphaion am Berghang, weit genug weg von Pella, aber in der Nähe eines Übungslagers unserer Krieger. Ich danke dir. Die jungen Herren wären dort gut aufgehoben – und außer Reichweite von, beispielsweise, Olympias.«

»Und von gewissen Vätern.« Drakon nickte und zeigte die Zähne. »Deine Frau wird es nicht mögen, Philipp, und die Fürsten werden es hassen. Aber wenn der Lehrer gut ist, können sie nichts dagegen sagen.«

»Du wirst den Lehrer besorgen, Drakon.« Philipp zwinkerte ihm zu. »Eine Aufgabe, die dir liegen sollte. Und eine, die deine Bedeutung unter den Problemen des Demosthenes erheblich mehren wird.«

»Wer soll der Lehrer sein? Oder soll ich blindlings suchen?«

»Ich denke an einen namhaften Philosophen, den ich kenne. Dem ich vertrauen kann. Dem wir alle vertrauen können.«

»Aristoteles?« Parmenions Stimme klang belegt.

»Genau der. Keiner der Fürsten kann etwas gegen ihn sagen; die Athener werden sich freuen; Hermias wird begeistert sein.«

»Wie kommt Hermias ins Spiel? Er ist ein Satrap des Persers. Was hat er damit zu tun? Und – was ist mit Athen und dem Versuch, Demosthenes den ersten Schritt tun zu lassen?«

Philipp sagte drei Sätze; langsam; ohne jede Betonung.

Das Schweigen, das folgte, dauerte viele Atemzüge lang. Schließlich begann Drakon zu kichern. Parmenion starrte Philipp an, als sähe er ihn zum ersten Mal wirklich. Antipatros nahm den Helm ab, spuckte hinein, strich sich den kahlen Schädel und stieß den Becher um, als er danach greifen wollte. Der schale, kalte Glühwein bildete eine sternförmige Pfütze auf dem Tisch.

»Gut?« sagte Philipp; er zog die Oberlippe zwischen die Zähne, damit das Grinsen sich nicht zu schnell ausbreitete.

»Schwarzer *daimon*«, murmelte Antipatros.

»Es ist vollkommen.« Parmenion rieb sich die Wange. »Jeder einzelne Schritt führt in mehrere Richtungen zugleich. Wunderbar.«

»Wann soll ich reisen?« Drakon stand auf und ging zum Weinwärmer. »Noch geht es; die Herbststürme haben noch nicht begonnen.«

»Sofort. Sprich mit Aristoteles. Wirf ihm alle Köder hin, die er brauchen könnte. Ich glaube aber, es wird nicht viel Überredung kosten. Ich schätze, er langweilt sich da auf Lesbos.«

Philipp ging nicht sofort zu seinen Gemächern. Es war noch lange nicht Mitternacht; er machte einen Rundgang durch den Innenhof, sprach mit den Wachen, stieg dann die Treppen hinauf, die zu dem Korridor führten, an dem Olympias' Gemächer lagen, und, nicht weit davon entfernt, die Alexanders. Vor Olympias' Tür schlief, auf einer Matte zusammengerollt, die stumme Thrakerin. Philipp ging weiter, blieb plötzlich stehen, machte kehrt. Neben der Thrakerin stand ein Körbchen; darin lag ein halber getrockneter Fliegenpilz.

Geräuschlos öffnete Philipp die Tür. Die stumme Thrakerin erwachte, klammerte sich an sein rechtes Bein, zupfte an seinem Chiton. Philipp riß sich los. Er hörte Alexanders Stimme, wie benommen, fast lallend: »Aber... aber ich will das nicht!« Dann die scharfe, zischelnde Stimme von Olympias: »Du mußt! Für die Götter!«

Olympias und Alexander saßen auf dem Bett, beide nackt. Alexanders Hände ruhten auf Olympias' Brüsten, die Hände der Königin auf Alexanders Schultern. Die Schlange schien die vier Arme zu umwinden, wie ein Knoten. Aus einem Becken stieg eine Weihrauchsäule; die Luft im Raum war dick und kaum zu atmen. Olympias bewegte sich langsam vor und zurück; ihr Gesicht zeigte einen Anflug von Ekstase. Alexander wirkte angewidert, gleichzeitig aber benommen oder berauscht.

Philipp schloß die Tür, geräuschlos. Die Thrakerin beobachtete ihn mit glimmenden Augen. Er schüttelte den Kopf, wandte sich ab und ging zum Treppenhaus. Als er sich an einen der Wächter wandte, klang seine Stimme wie eine Tonscherbe unter einem Schuh.

»Holt Archelaos her.«

Der Hausmeister lief die Treppen hinauf; er keuchte, als er Philipp erreichte. Philipp nahm ihn mit in den Gang, ohne jeden Versuch, leise zu gehen oder leise zu reden. Die Thrakerin war verschwunden.

Zwischen Olympias' und Alexanders Türen, beide auf der gleichen Seite des Gangs, bleib Philipp stehen. »Archelaos, morgen besorgst du Baumeister und Zimmerleute. Ich will hier eine Wand haben, die den Gang verschließt. Genau hier. Mit einer starken, dicken Tür. Wenn alles fertig ist, schließ die Tür ab.«

Archelaos blinzelte im Fackellicht. »Abschließen? Ja, Herr. Wer bekommt die Schlüssel?«

Philipp wandte sich ab. »Wirf sie in einen Brunnen.«

Am nächsten Morgen brach Philipp auf zu einer kleinen Rundreise; er wollte mehrere Gebietsfürsten besuchen. Parmenion und Antipatros blieben in Pella, um Vorbereitungen zu treffen: für die Ausführung der Pläne, für das Frühjahr.

Philipp nahm nur wenige Reiter mit; sie wurden befehligt von einem seiner Edlen Gefährten, einem jungen, dunkelhaarigen Oresten namens Pausanias. Philipp ritt an der Spitze; neben ihm versuchte Antigonos der Einäugige, die schlechte Laune des Königs aufzubessern.

»Es muß doch sein, Philipp. Du selbst hast es gesagt. Man muß die Fürsten bei Laune halten.«

»Weiß ich. Aber Spaß machen muß es mir nicht, oder?«

»Du solltest immerhin so tun als ob. Wir werden bald die Burg von Attalos erreichen. Nicht der angenehmste aller Fürsten, aber treu – noch. Bei ihm werden viele andere sein, Väter deiner jungen Gefährten – und der künftigen Gefährten Alexanders. Du brauchst sie, dein Sohn wird sie brauchen, also – immer lächeln, Herr der Makedonen.«

»Na gut. Ich will es versuchen. So besser?« Philipp bleckte die Zähne; es sah weniger nach einem Lächeln aus als nach den Jagdvorbereitungen eines Wolfs.

In der Burg des Fürsten Attalos fand ein gewaltiges Festmahl statt. Anders als in Pella nahmen daran jedoch keine Sänger, Musiker oder Dichter teil. Es war ein Wettbewerb im Trinken, im Prahlen, im Essen, unterbrochen von einigen Ringkämpfen nackter Thraker und Illyrer. Attalos' elfjährige Nichte Kleopatra bediente den König, kümmerte sich aber kaum um seine Gefährten. Der junge Pausanias schien Gefallen an dem Mädchen zu finden.

»Du bist der Sohn des Kerastos, oder?« sagte sie.

Pausanias nickte; er strahlte sie an. »Aus der Orestis, ja. Kennst du meinen Vater?«

»Er ist ein mieser alter Bock.« Ihre Stimme klang harsch. Philipp kniff sein Auge zu und gluckste.

Pausanias holte tief Luft. »Es ist nicht üblich, Väter von Gästen zu beleidigen.«

»Das kommt auf die Gäste an. Kann man Knaben beleidigen, die einem unaufgefordert nachstellen?«

»Tss tss tss.« Philipp legte einen Finger auf seine Lippen. »Vertragt euch; wir wollen keine schlechte Stimmung erzeugen, oder? Magst du mir die wunderbaren Pferde zeigen?«

Attalos und zwei seiner engeren Freunde waren eben damit beschäftigt, das gläserne Auge aus dem Kopf des betrunkenen Antigonos zu holen. »Mal sehen, wieviel Wein in die Höhle geht, was?« sagte einer der Männer. Attalos brüllte vor Lachen.

Philipp stand auf; mit einem Griff leerte er seine rechte Augenhöhle, hielt den künstlichen Augapfel, den Drakon ihm eingesetzt hatte, in die Luft und ließ ihn in seinen Becher fallen.

»Ich habe festgestellt, daß ich danach viel besser sehe.« Er nahm das Auge aus dem Wein, lutschte es ab, steckte es wieder zurück und stieß ein lautes Wiehern aus. Kleopatra lächelte.

Attalos klatschte in die Hände. Pausanias streifte die Versammlung mit einem ausdruckslosen Blick und wandte sich zum Ausgang. Attalos stand auf und deutete auf ihn.

»He, Junge – hierbleiben.« Er blickte seine Freunde an. »Hat er nicht einen wunderbar weichen, wogenden, wallenden Gang?«

Philipp und Kleopatra verließen eben den Saal; Pausanias sah sich unschlüssig um, fast hilfesuchend.

»Komm her, Junge; laß uns mal sehen, ob es unter dem Stoff auch so fein wogt. Und wallt.«

Pausanias schüttelte den Kopf und drehte sich um. Drei oder vier Männer sprangen auf, packten ihn, rissen ihm die Kleider vom Leib, zogen ihn zu einem Tisch und hielten ihn fest. Attalos trat hinter ihn, befühlte Pausanias' Gesäß und öffnete den Gürtel.

»Wie viele, sagst du? Sechs, sieben?«

»Sieben, Herr.« Pausanias war bleich und schien Mühe mit seinem Pferd zu haben. Er saß nicht gut.

Philipp kratzte sich den Bart und blickte zu den Hügeln, als ob er sie zählen müßte. Das herbstliche Land war grün und feucht.

»Und es geht dir nicht gut heute, wie?«

»Wund, mein König.« Pausanias' Gesicht war eine Fratze.

»Wund? Kommt beim Reiten schon mal vor.« Philipp grinste. »Tut mir leid, daß es geschehen ist, aber... wie ich gestern hörte, müssen wir die Fürsten, ah, bei Laune halten.«

»Nicht meine Art Laune – Herr.«

Leise, aber sehr eindringlich sagte Philipp: »Attalos ist einer der wichtigsten Fürsten des Landes. Es wird keine Rache geben, hörst du?«

Pausanias schwieg; sein Gesicht wurde langsam dunkelrot.

»Ich weiß, es ist scheußlich. Schmach und Beleidigung und verletzte Ehre. Trotzdem – es geht nicht um Einzelne, sondern um uns alle. Wenn ich jeden, der mich in den letzten Jahren beleidigt hat, umbringen wollte, hätte ich keine Zeit mehr, mich um das Land zu kümmern. Wir brauchen Attalos; dich und die anderen Oresten brauchen wir auch.«

Pausanias' Finger krallten sich in die Mähne des Pferds. »Du willst, daß ich meine Rache an dich abtrete?«

Philipp seufzte. »Ihr mit euren verworrenen Ehrbegriffen... Gib mir deine Ehre, deine Rache und deine Treue – wie bisher, Junge. Ich werde sie hüten und mehren. – Was ist deine Aufgabe, im Moment? Gefährte des Königs und?«

»Ich führe eine Reihe, Herr – sechzehn Reiter.«

Philipp nickte; ein schräges Lächeln spielte um seinen Mund. »Du bist befördert. Ab sofort befiehlst du drei Reihen, eine halbe Hundertschaft. Damit gehörst du dem Stab an. Zufrieden?«

Pausanias zögerte. »Ich will nicht aus Mitleid oder zur Entsühnung befördert werden.«

Philipp gluckste. »Es ist eine Beförderung wegen Tapferkeit, Pausanias. Herausragende Tapferkeit bei einem, eh, Nachhutgefecht im Hinterhalt.«

*

Hoch oben am klaren Herbsthimmel kreiste ein Fischadler. Die Nachmittagssonne war noch immer stechend; die hellen Fliesen des Hofs, die weißen Säulen und die gelben Wände sammelten Licht und Hitze; der milde Westwind trug aus dem Inneren der großen Insel einen Hauch von Harz und sengenden Hölzern herbei, von den nahen Feldern das Singen der Zikaden, den Ruch von trockener Erde, Herbstblumen und Früchten, aber er war zu sanft, um die Hitze im Hof zu lindern.

Unter den Säulen, halb im Licht, halb im Schatten, ging Aristoteles mit drei Schülern auf und ab. Das Gespräch suchte die Wesensmerkmale der asiatischen Tyrannis von denen der hellenischen Tyrannis abzugrenzen; das Ziel, auf das Aristoteles behutsam hinarbeitete, sollte eine den Schülern neue Einschätzung der vorläufigen attischen Demokratie sein.

Ein zerlumpter, fast schwarzgebrannter Junge, der sich im Durchgang zum Hof mit zwei Sklaven zankte und nach Aristoteles schrie, unterbrach die Wanderung des Denkens. Aristoteles klatschte in die Hände.

»Laßt ihn zu mir!«

Die Sklaven gaben den Weg frei; der Junge kam näher, plötzlich ein wenig zaudernd. »Bist du Aristoteles, Herr?«

»Ja. Was willst du von mir?«

Der Junge rollte mit den Augen; die Botschaft, mühsam auswendig gelernt, kam stoßweise heraus. »Einer... der dich auf einem Wagen getroffen hat... als Paionen einen Bären losließen... will mit dir reden, Herr.«

Aristoteles hob die Brauen, dann lachte er leise. »Sehr gut. Bring mich zu ihm. – Ihr wollt mich bitte für kurze Zeit freigeben.«

Der Junge ging voraus. Er nahm nicht den Weg zur Stadt, deren Mauern etwa zweitausend Schritt von dem Hain und den Gebäuden lagen, sondern führte Aristoteles durch die Felder, dann über eine Art Ziegenpfad auf die Küstenhügel, durch stachliges Gesträuch hinab in eine sandige Mulde, wieder aufwärts und schließlich zum Strand. Er deutete auf das Schiff, das nicht weit vom flachen Ufer auf der öligen See lag, und rannte dann wortlos nach Norden, zur Stadt.

Vom Schiff – es war ein hochbordiger Lastkahn mit einem Mast und hochgezogenem Heck, vielleicht zwanzig Schritt lang und sieben Schritt breit – löste sich ein winziges Ruderboot. Die beiden Ruderer waren unbewaffnet, aber Aristoteles sah in ihnen sofort makedonische Krieger – die Haltung, die Gesichter, die Ruhe. Sie baten ihn, einzusteigen und sich an Bord bringen zu lassen.

Drakon lehnte an der Bordwand; er kaute auf einem Myrtenzweig. Die Beeren waren entfernt, die Blätter zeigten Spuren guter Zähne. Der Heiler grinste, als er Aristoteles an Bord zog.

»Gut, dich zu sehen, alter Freund.« Der Philosoph legte einen Moment die Hände auf Drakons Schultern. »Was bringt dich her – und wozu die Heimlichkeit?«

Drakon nahm ihn am Arm und ging mit ihm zum erhöhten Achterdeck; dort standen zwei Klappschemel, ein kleiner Klapptisch, ein Weinkrug und zwei Becher. Die auffällig ordentliche Mannschaft, hellhäutige Männer, hielt sich weiter vorn auf.

»Du lehrst Wissen, Freund, aber die Klugheit sagt uns, daß zuviel Wissen manchmal Gefahr bergen kann.«

Aristoteles setzte sich; lächelnd nahm er den Becher entgegen. »Wie wahr. Aber Gefahr für wen?«

Drakon hob die Schultern; er zog den Zweig aus dem Mund und steckte ihn hinters rechte Ohr. »Für wen auch immer. Bisweilen ist allzu große Vorsicht einfach angebracht. Ich hatte zum Beispiel nicht das Bedürfnis, den zahlreichen Hafenwächtern der großen und ruhmreichen Stadt Mytilene Auskünfte über meine Absichten und Wünsche zu erteilen. Deshalb hier.«

Aristoteles trank; der Wein war kühl und mild. »Ich nehme an, daß du keine Zeit hast, meine Gastfreundschaft zu genießen. Vielleicht wäre auch das – unweise und gefährlich?«

Drakon nickte. »Nach Sonnenuntergang legen wir ab; wir wollen das aiolische Festland erreichen, in der Nacht.« Er wies mit dem Daumen hinter sich, nach Osten, über das Meer.

»Ihr werdet eure Gründe haben.«

Drakon zupfte an seinem rechten Ohrläppchen; der Zweig tanzte. »Gute Gründe, ja. Und außerdem Fragen. Ich brauche zwei Antworten von dir, bevor wir aufbrechen können.«

»Stell deine Fragen.« Aristoteles betrachtete das Gesicht des Arztes, dann schaute er in seinen Becher.

»Grüße deines Spielgefährten der Kindheit, Philipp. Er will dich haben.«

Aristoteles hustete. »Er – was?«

»Aus zwei Gründen. Das sind auch die beiden Fragen.«

»Um was geht es?«

Drakon nickte langsam. »Gut; du bist also nicht von vornherein abgeneigt.«

Aristoteles seufzte leise. »Keine Umwege, Drakon. Spuck es aus.«

Der Heiler schloß die Augen. »Nachdem die gemeinsame Erziehung der edlen Fürstensöhne zu Treue und Nützlichkeit, auch ihrer Väter, bis zum zwölften Lebensjahr gesichert ist, möchte der König dies auch darüber hinaus ausdehnen. Es hätte den Vorzug, die weitere Treue der Väter zu festigen, die Söhne auf große Aufgaben vorzubereiten, ihre Bildung zu vertiefen. Und Alexander dem Zugriff von Mutter und Priestern zu entziehen.«

»Wo?«

»Mieza. Ein altes, seit langem ungenutztes Heiligtum an einem Berghang, inmitten von Wäldern, mit einer guten Quelle. Das Nymphaion wird ausgebaut; im Frühjahr ist es verwendbar, als Unterkunft und Lehranstalt. In der Nähe liegt eine kleine Festung; sie wird geleitet von Kleitos dem Schwarzen.«

»Warum schwarz?«

Drakon öffnete die Augen und grinste. »Er ist am ganzen Körper behaart, wie ein schwarzer Bär. Er ist edler Abkunft, Gefährte des Königs, Bruder von Lanike, die Alexander gestillt hat. In dieser kleinen Festung wird ein Teil der weiteren Ausbildung stattfinden; außerdem sorgt Kleitos dafür, daß weder Wölfe noch Bären noch Olympias den Unterricht stören.«

Aristoteles' Stirn war gefurcht; er schien zu grübeln.

»Wie alle Maßnahmen des Königs«, sagte Drakon mit einem Hauch von Ehrfurcht, gemischt mit Spott, »hat auch diese, wenn sie denn durchgeführt wird, den Vorzug, eine ganze Reihe von Dingen zugleich zu bewirken. Ausbildung, Fürstentreue, verläßliche und fähige Gefährten für den künftigen König, Schutz vor unerwünschten Einflüssen. Und Bezahlung eines möglicherweise zur Zeit gelangweilten und unterbezahlten Philosophen, an dessen Fähigkeit und Zuverlässigkeit kein Zweifel erlaubt wäre.«

Aristoteles nickte, stumm.

»Weiter?«

»Wahrscheinlich muß ich zuerst zustimmen, ehe ich weiteres hören darf, wie?«

Drakon grinste. »Deine Weisheit, die man rühmt, o Aristoteles, ist gering im Vergleich zu deiner Klugheit, die keiner genug preisen kann.«

»Ha.« Der Philosoph rieb sich die Augen. Der auffrischende Abendwind sorgte für leichten Seegang; das Schiff hob und senkte sich. Irgendwo knarrten Hölzer, und ein Schwall von salziger Luft und sonnenheißem Pech vermengte sich mit dem Duft des Weins und dem Ruch der Körper.

»Ein guter Plan, ohne Zweifel. Und... sehr verlockend. Was hat Philipp gesagt hinsichtlich der Entlohnung? Auch Philosophen müssen ja leben. Ebenso die Frau und die Sklaven des Haushalts.«

»Gold«, sagte Drakon. »Und Silber, beides in ausreichenden Mengen. Der Unterhalt des Nymphaion, die Beschaffung von Nahrung und allem, was nötig ist. Du wirst, wenn deine Zeit in Mieza zu Ende ist, zehn Jahre sorglos leben können. Samt Frau und Haushalt.«

Aristoteles schwieg lange; er starrte aufs Meer hinaus. Ein paar

Fischerboote steuerten den Hafen von Mytilene an. Ein großer Fisch schnellte aus dem Wasser, schnappte nach etwas und tauchte klatschend wieder ein.

Drakon wartete, gelassen. Er trank einen Schluck Wein, stellte den Becher auf den kleinen Tisch und faltete die Hände auf dem Schoß.

Plötzlich atmete Aristoteles tief durch, ächzte und sagte leise: »Ja. Weiter.«

Drakon zögerte, als müsse er seine Worte sorgsam abwägen. »Philipp wird einen bewaffneten Spaziergang nach Byzantion unternehmen. Im Frühjahr.«

Aristoteles kniff die Augen zusammen, wartete, aber Drakon sprach nicht weiter.

»Und?«

Drakon hob die Schultern und lächelte. »Wo bleibt deine Klugheit, Philosoph?«

Aristoteles seufzte. »Das mit Byzantion durfte ich erst erfahren, nachdem ich zugestimmt habe, nicht wahr? Philipp hat einen Vertrag mit Artaxerxes geschlossen, wie alle wissen – Persien hat freie Hand in Asien, Philipp hat freie Hand in Thrakien und ... Umgebung. Philipp will ein Bündnis aller Hellenen, ein Ende der unsäglichen Bruderkriege. Ein gleichberechtigtes Bündnis, allgemeinen Frieden und niemandes Hegemonie läßt Athen nicht zu, weil Demosthenes Athens Hegemonie will. Also muß es, bevor ein Bündnis zustandekommt, entweder eine friedliche Einigung zwischen Makedonien und Athen geben, was nicht denkbar ist; oder es kommt zum Krieg, an dessen Ende Philipps Bündnistraum steht, wie ihn auch der alte Isokrates geträumt hat. Hellas, alle Städte und Staaten, bei innerer Autonomie, nach außen unter Philipps Führung.«

Drakon trank, schwieg, wartete.

Aristoteles blickte über das Meer, nach Osten. »Das Bündnis würde auch die hellenischen Städte Asiens umfassen – Hellas beiderseits der See. Kein persisches Gold mehr zur Förderung hellenischer Bruderkriege; keine hellenischen Söldner mehr im Dienst des Großkönigs zur Unterdrückung anderer Hellenen. Ein guter, großer, großartiger Traum. Allgemeiner Friede, Sicherheit, Wohlstand, Handel statt der ewigen Ströme sinnlos vergossenen Bluts. Aber – Athen ist der Nabel, das Herz, die Leber von Hellas. Wenn Philipp Athen angreift, was er bisher vermieden hat, werden sich die meisten hellenischen Staaten zu

Athen schlagen. Und gegen *alle* Hellenen wäre auch Philipps wunderbares Heer zu gering. Deshalb muß Athen den Krieg beginnen. Dann werden die meisten anderen Hellenen zusehen und abwarten. Ist das Philipps Spiel? Das heißt, er macht Demosthenes, der den Krieg will, gewissermaßen zu seinem unfreiwilligen Helfer, oder Bundesgenossen. Sehr fein. Byzantion ist mit Athen halb und halb verbündet. Byzantion schürt Unruhe gegen Makedonien. Ein Zug gegen Byzantion sichert Philipps Herrschaft in Thrakien, schafft ihm breitere und bessere Grundlagen für die Zukunft, zieht wahrscheinlich Athen in den Krieg. Und später? Wenn es später nach Asien geht, um die anderen hellenischen Städte vom Joch der Barbaren zu befreien, ist das ganze Land nördlich des Bosporos in Philipps Hand.« Er nickte langsam, dann schneller, heftiger. »Ein guter Plan. Wie immer vielseitig.«

Drakon hob den Becher und betrachtete Aristoteles über den Rand hinweg. »Da ist noch etwas. Zur Verbesserung der Möglichkeiten, wenn es irgendwann gegen Persien geht.«

Aristoteles hob die Brauen. »Was denn? Habe ich etwas damit zu tun?«

»Du hast vorteilhafte Familienbeziehungen...«

Aristoteles zuckte zusammen. »Schwarzer *daimon*«, sagte er leise.

Im Frühjahr lief eine kleine Flotte den Hafen von Mytilene an; sie bestand aus vier Trieren und drei Lastschiffen. Der Besitz des Aristoteles, Haushalt, Bücher, Frau, Mitarbeiter und Sklaven fanden genug Raum. Die Schiffe fuhren weit nach Westen, in den Hafen von Aloros, südöstlich der Mündung des Haliakmon. Maultierkarren, Pferdekarren und Reittiere warteten schon, ebenso ein Trupp makedonischer Reiter als Bedeckung. Am Südufer des Haliakmon zog man landeinwärts, bis zur alten makedonischen Königsstadt Aigai, wo Philipp den letzten Teil des Winters verbracht hatte, mit Plänen und Vorbereitungen. Er selbst geleitete den Zug zum Fluß, zu einer Furt. Nicht weit jenseits lag die Stadt Beroia, am Fuß des Bermion-Gebirges, und ein wenig weiter nordwestlich, halb in den Bergen, das Nymphaion von Mieza. Philipp und Aristoteles ritten abseits, als die Karren durch die Furt fuhren.

»Wenn es dann dazu kommt«, sagte Philipp, »daß Artaxerxes uns angreift, werden sich die Hellenen schon hinter uns stellen. Sie wissen doch, was auf dem Spiel steht. Nicht einmal die Thebaner und Athener sind so dumm.«

Aristoteles lächelte. »Es gibt zweifellos Grenzen des menschlichen Verstandes und Wissens, mein Freund; Grenzen der hellenischen Dummheit sind mir aber bisher nicht bekannt. Vielleicht macht uns das ja so einzigartig.«

Philipp grinste; dann wurde er ernst. »Nun denn – hast du mit Hermias gesprochen?«

Aristoteles nickte; er sprach leise und langsam. »Der Onkel und Pflegevater meiner Gemahlin, Satrap der persischen Lande von Aiolis, hegt keine freundschaftlichen Gefühle für den Großkönig. Du weißt, sie haben ihn entmannt. Er empfindet dies in gewisser Weise als Verlust.«

Philipp grunzte. »Er hat in gewisser Weise recht.«

»Er ist bereit, mit einem vertrauenswürdigen Mann zu sprechen. Schick Parmenion, oder Antipatros – oder Drakon.«

»Und?«

Aristoteles lächelte grimmig. »Hermias wird dir das Recht einräumen, dein Heer in seiner Satrapie an Land gehen zu lassen. Du wirst seine Häfen, seine Straßen, seine Vorräte nutzen können, wenn es zum Krieg kommt zwischen dir und seinem ungeliebten Herrn, dem Großkönig Artaxerxes Ochos.«

Philipp holte tief Luft, dann lehnte er sich weit zur Seite und drückte Aristoteles' Schultern.

✳

Niemand wußte, welcher Nymphenart das alte Heiligtum von Mieza einmal geweiht gewesen war. Es gab zwei kleine Quellen – eine oberhalb des Nymphaion, deren Wasser ein Becken und eine Zisterne speiste, eine kleinere zwischen den Gebäuden, hochgemauert als Schöpfbrunnen mit Überlauf –, aber neben Quellennymphen mochten es auch Baumgöttinnen gewesen sein: Die Berghänge hinter Beroia waren dicht mit Nadelbäumen bewachsen, bis auf das Gebiet um das Nymphaion, wo es Mischwald gab, und das Nymphaion selbst lag unter uralten Eichen, Eschen und Buchen. Die meisten derartigen Orte waren einmal Sitz von Dryaden gewesen.

Baumeister, Zimmerleute, Steinmetze und Sklaven des Königs hatten die alten Gebäude hergerichtet, erweitert, ergänzt. Der eingeebnete Platz am Hang bot einen weiten Blick auf die Ebene und die bewaldeten Höhen ringsum; der Weg von Beroia streifte eine kleine Wettkampfbahn, ehe er das Nymphaion erreichte. Die Wohngebäude, Nutzräume und die Unterrichts- und Wandelhallen schlossen den Platz zum Berg hin ab, überragt von den wuchtigen Laubbäumen mit ihren ausladenden Kronen. Gegenüber der Wegmündung lag das lange, flache Gebäude aus hellem Stein mit dunklem Holzdach, in dem die fünfundzwanzig Schüler untergebracht waren.

Antipatros selbst hatte sie von Pella herbegleitet; sein Sohn Kassandros war dabei, ebenso Hektor, der dritte Sohn von Parmenion. Aristoteles hatte die Jungen begrüßt und eine kleine Rede gehalten, als sie im Halbkreis vor ihm standen, vor dem Nymphaion, einige mit scheinbarer Gelassenheit, andere bereits mit jenem Ausdruck des Hochmuts, der ihrer edlen Geburt entsprach und den es zu mindern galt.

»Da ihr alle edelbürtig seid, kennt ihr eure künftige Verantwortung gegenüber dem König und dem Volk. Es wird euch daher eine Freude sein, für die Dauer eures Aufenthalts hier gewisse Verantwortungen und Arbeiten auf euch zu nehmen, angeleitet von mir und anderen Lehrern, deren notwendige Strenge euch immer daran erinnern mag, daß nur der wirklich herrschen kann, der zu gehorchen gelernt hat. Das Fehlen von Leibdienern, Salbmeistern und anderen Helfern ist ein Vorzug, der euch bilden und später über jene erheben wird, die niemals gelernt haben, ohne solche Krücken zu leben. Die Diener und Sklaven des Nymphaion sind nicht euch unterstellt; sie unterstehen mir und den anderen Lehrern. Ihr werdet ihnen keine Befehle erteilen; sie werden von euch keine Befehle entgegennehmen. Alle Arbeiten außerhalb des Haushalts, sofern sie nötig sind, werden von euch getan. Später, als Fürsten und Führer, werdet ihr euch glücklich preisen, all jene Dinge, die ihr bei anderen beaufsichtigen müßt, selbst zu vollkommener Zufriedenheit erledigen zu können – von der Reinigung des Leibes, der Schlafräume und der Latrinen bis hin zum langen Lauf bergauf, etwa von der Festung nahe Beroia hierher.«

Kleitos der Schwarze, der die Festung befehligte, hatte an einer Eiche gelehnt und gegrinst. Einer seiner besten Unterführer, ein etwa 20jähriger Fürstensohn namens Koinos, würde sich der Jungen besonders annehmen und dafür sorgen, daß nicht etwa von Müttern ausgeschickte Sklaven den Weg zum Nymphaion fanden. Koinos war auch derjenige, der die Versorgung des Nymphaion mit allem Lebensnotwendigen überwachte. Das Gebiet um Beroia war unmittelbares Königsland; Philipp hatte angeordnet, daß alle Lieferungen an Aristoteles vom Versorgungswesen der Festung zu leisten seien, die wiederum Zugriff auf die Vorräte des königlichen Steuerpächters in Beroia hatte. Zu allem anderen hatte Kleitos angeordnet, daß jederzeit vier zuverlässige Kämpfer das Nymphaion bewachten. Sie aßen mit den Lehrern und den Jungen, schliefen aber in einer Hütte am Weg.

Während die Schüler ihre wenigen mitgebrachten Dinge – vor allem Schreibzeug und Kleidung – in den großen Schlafraum brachten, in dem fünfundzwanzig schmale niedrige Bettgestelle standen, bat Aristoteles die Männer auf die schattige Terrasse hinter seinen Wohnräumen. Stroibos, ein junger Schreiber und Vorleser, begleitete die Jungen, um von Anfang an für Ordnung zu sorgen. Antipatros, Kleitos, Koinos, Aristoteles, sein Neffe Kallisthenes, der Dichter Aischrion, der Musiklehrer Alkippos und der junge Arzt Philippos saßen bis in die Nacht hinein bei Wein und Braten. Später nahm Kleitos den Philosophen beiseite.

»Ein Wort – unter uns, Aristoteles.«

»Ich lausche mit Gewinn, ohne Zweifel.«

Kleitos lächelte, hob den Becher und blickte zu den gleißenden Sternen hinauf. »Sie sind weniger zahlreich und nicht so weit entfernt – deine Schüler. Aber sie sollen einmal leuchten wie jene dort oben.«

Aristoteles blinzelte.

»Meine Männer werden ein Auge auf die Jungen werfen. Und auf die Sklaven.«

»Eine weise Vorkehrung, Kleitos. Kein Haushalt ist vollständig ohne seine Sklaven, aber einige von ihnen wissen ihre Lage und Stellung nicht zu schätzen.«

Kleitos grinste. »Genau. Manche ziehen sogar die Bitternis der Freiheit jeder Annehmlichkeit vor, die die Arbeit unter der Leitung des Aristoteles birgt.«

Keiner der Schüler war jünger als zwölf, keiner älter als fünfzehn Jahre. Einige würden im Lauf des Jahres sechzehn werden und Mieza wieder verlassen, wie Philipp es wünschte und Aristoteles es billigte, um Aufgaben für Erwachsene zu übernehmen, beim Heer oder in der Verwaltung des Reichs. Andere würden ihren Platz in der Schule einnehmen; für den Herbst war der Bau einer weiteren Schlafhalle vorgesehen, damit im folgenden Jahr die Anzahl der Schüler verdoppelt werden konnte.

Nach Ablauf des ersten Monats, als der Sommer begann, hatten sich kleine Gruppen gebildet, die Koinos nicht auseinanderreißen wollte; als er damit begann, immer die Hälfte der Jungen für jeweils zehn Tage in die Festung zu holen, achtete er darauf, die neuen Freundschaften nicht zu beschädigen. Die Fürstensöhne kannten einander längst alle aus Pella, aber in Mieza wurde durch das enge Zusammensein ebenso leicht Freundschaft aus der flüchtigen Kenntnis wie Feindschaft. Kleitos, der zu Beginn häufiger selbst nach Mieza ritt, um nach den Dingen zu sehen und mit Aristoteles zu reden, kam jedesmal nachdenklicher zur Festung zurück. Neben Alexander, über dessen Fortschritte und Führung Philipp unterrichtet werden wollte, lag ihm natürlich sein Neffe besonders am Herzen, Lanikes Sohn Proteas. Im Spätsommer besuchte Drakon, der Heiler, den das Heer in Thrakien entbehren konnte, sämtliche Festungen der makedonischen Kernlande, um die Gesundheit der Kämpfer zu prüfen. Er verbrachte zwei Tage und zwei Nächte in der Festung bei Beroia.

»Keine Zeit, keine Zeit«, sagte er, als Kleitos ihm einen Ritt nach Mieza vorschlug. Sie saßen außerhalb der Festung, unter den Sternen, und tranken Wein aus Lederflaschen. Die Luft war schwer und süß von überreifen Gräsern und faulenden Waldbeeren. In der Krone der Eiche, an deren Stamm sie lehnten, raschelte irgendein Nachttier; Fledermäuse rasten durch den Samthimmel.

»Du verpaßt etwas. Einiges. Aristoteles ist gut.«

Drakon schnaubte, trank einen Schluck, kratzte sich das Kinn. »Ich weiß, daß er gut ist. Trotzdem: keine Zeit. Auf der Rückreise hol ich das nach.«

»Was ist denn so eilig?«

Drakon kicherte leise. »Was weißt du von den neuesten Entwicklungen?«

»Nicht viel. Nur, was man so hört.«

»Alexandros macht seine Sache gut, in Epeiros; der alte Arybbas ist nach Athen geflohen und weint Demosthenes etwas vor. Philipp hat den bewaffneten Spaziergang nach Byzantion aufgeschoben; er sieht andere Möglichkeiten, die im letzten Winter noch nicht zu ahnen waren. Voriges Jahr hat er die Spartaner geärgert, indem er Messenien und Arkadien als unabhängig anerkannt hat. Und, wie du dich erinnern wirst, weil du ja dabei warst: Unser Heer und die wachsende Flotte haben Eretria und Oreos auf der schönen Insel Euboia besetzt.«

»Ich weiß.« Kleitos schabte mit dem Hinterkopf an der Eichenrinde. »Ich durfte Parmenion dabei helfen. Und?«

»Das hat offenbar schon gereicht, um Athen aufzurühren. Unsere besonderen Freunde Demosthenes und Hypereides, zu denen jetzt auch noch der einflußreiche Politiker Hegesippos gekommen ist, verbünden sich gerade mit Korinth und Akarnanien und noch ein paar anderen, gegen uns. Schätzungsweise werden sie im Frühjahr versuchen, Euboia zurückzugewinnen. Der König von Sparta ist als Söldner nach Italien gegangen, nach Tarent. Artaxerxes hat sein Reich wieder stark gemacht; im Augenblick nehmen die Perser Ägypten auseinander.«

»Also großes Durcheinander, wie üblich. Was ist daran neu und verheißungsvoll?«

Drakon rutschte langsam am Stamm zu Boden, lag auf dem Rücken und blickte in den Nachthimmel. »Solange Artaxerxes in Ägypten zu tun hat, hält Philipp es für sinnvoll, Thrakien neu zu ordnen – gründlich. Basis für Weiteres; du verstehst? Gut. Wenn Demosthenes und den anderen tatsächlich ein handlungsfähiger Bund gelingt, der im nächsten Jahr zuschlägt, können wir uns den Umweg nach Byzantion ersparen. Das wäre ja nur ein Köder gewesen.«

»Was, wenn die Athener nur Euboia besetzen und dann aufhören?«

»Gehen wir nach Byzantion. Die Kämpfe in Thrakien sind dann eine gute Vorbereitung. Philipp spielt auf Abwarten. Solange die Spartaner als Söldner in Italien sind, können sie nicht den Athenern helfen. Gut für uns. – Erzähl mir von Aristoteles.«

»Ah, gleich. Was ist mit deiner Reise?«

»Ich schaue mich um und berichte Philipp und Parmenion, wie die Dinge stehen. Beroia ist in Ordnung. Es könnte aber nicht schaden, wenn du noch ein paar Kämpfer mehr hättest.«

Kleitos knurrte etwas.

»Werben, verstehst du? Ausheben. Wie du willst. Sieh zu, daß du bis zum Frühjahr mindestens eineinhalbmal so viele hast wie jetzt.«

»Aristoteles«, sagte Kleitos.

»Was ist mit ihm?«

»Die paar guten Leute, die ich bei ihren Besuchen in Pella gesehen habe, waren nicht genug, um mein Philosophenbild zu ändern.«

Drakon kicherte. »Zottelbärtige Greise, die im Dreck sitzen und Unsinn verkünden, aber keine Ahnung von der Wirklichkeit haben?«

»So etwa, ja. Aristoteles ist anders. Er weiß, was er will, und er weiß, wie er es erreicht. Scharfes Auge, beste Menschenkenntnis, riesiges Wissen, und feine Fingerspitzen für den Umgang mit unseren schwierigen Fürstensöhnen. Nach diesen wenigen Monaten kann er von jedem einzelnen sagen, wozu er sich eignet. Harpalos, der Sohn des Machatas, wird nie ein großer Krieger werden, aber keiner übertrifft ihn im Umgang mit Zahlen und mit Geld. Er weiß alles über die Märkte in Athen, Rhodos und Kypros. Andere sind dabei, die einmal Parmenion erreichen oder übertreffen werden. Mein Neffe Proteas könnte einen guten Komödianten abgeben, aber niemals einen Führer von Männern. Kassandros« – Kleitos klackte mit der Zunge – »du weißt, der älteste der Söhne von Antipatros, Kassandros ist ein Gefäß des Hochmuts. Aristoteles hat ihn zehn Tage zu einem Köhler in den Bergen geschickt. Als er zurückkam, war er unter der Dreckschicht grün und blau geschlagen, aber er hatte den Hochmut verloren und weiß alles über das Leben im Wald und die Herstellung von Holzkohle.«

»Wie sieht der Unterricht aus?«

»Kleine Gruppen. Sie lernen alles. Das gesamte Wissen in Geographie, Geometrie, Geschichte, Politik – wie es sein sollte, und wie es ist. Theorie und Praxis der List, des Verrats, des Ränkeschmiedens ebenso wie Staatsformen, Tugenden und Vertragsrecht. Alle hellenische Dichtung. Redekunst; die Bedeutung der einzelnen Töne, Lautstärken, der langen und kurzen Silben für das Gemüt des Zuhörers, den man beeinflussen will. Es ist immer theoretisch und praktisch zugleich. Orakel, Vogelschau, Eingeweide; Heilkunst; Heilpflanzen; die strategische Bedeutung von Sonne, Wind, Boden und Nahrung bei der Planung einer Schlacht. Musik. Schauspiel. Was immer dir einfällt, es ist alles da.«

Drakons Zähne blitzten im Sternenlicht. »Ich habe nichts anderes erwartet. Achten sie ihn? Oder gehorchen sie ihm nur, weil Antipatros es befohlen hat?«

Kleitos beugte sich vor, die Ellenbogen auf die Knie gestützt. »Sie verehren ihn. Er weiß mehr über Heilpflanzen und Knochenbrüche als der Arzt Philippos, und der ist nicht schlecht. Als ein großartiger Kithara-Spieler bei ihnen war, hat Aristoteles mit ihm über Harmonie und Tongeschlechter geredet, bis der Musiker aufgab. Wenn Aischrion, der Dichter aus Mytilene, mit ihnen Verse untersucht oder sie eigene Verse schreiben läßt, kann Aristoteles sie nach einmaligem Anhören sofort aufsagen und verbessern. Stroibos arbeitet mit ihnen an der Lesbarkeit und Richtigkeit ihres Schreibens, aber Aristoteles schreibt schneller, und seine Kalligraphie ist beeindruckend. Kallisthenes, sein Neffe, hat eine ätzende Zunge; neulich abends, als ich oben war, haben er und Aristoteles aus dem Stegreif eine komödiantische Beschimpfung aufgeführt, die selbst Aristophanes zu Jubel hingerissen haben würde. Kallisthenes hat irgendwann aufgegeben, weil Aristoteles auch dies besser kann. Noch wichtiger ist vielleicht etwas anderes.«

Da er nicht weitersprach, wartete Drakon stumm ab.

»Die Sprache.« Kleitos schüttelte den Kopf. »Attisch, natürlich. Vom Morgen bis zum Abend. Erigyios – ah, den kennst du nicht, ein Junge aus Amphipolis; ich glaube, der Vater kommt ursprünglich aus Mytilene. Sein Bruder ist auch hier, heißt Laomedon; beides helle Köpfe und gute Freunde für Alexander. Jedenfalls, Erigyios hat mir das erzählt, vor ein paar Tagen, als ich die Gruppe hier hatte und mit stumpfen Lanzen gegen erfahrene Hopliten geschickt habe. Einer der Männer hat einen ziemlich scheußlichen Fluch losgelassen; da fängt Erigyios an zu lachen und erzählt, so ähnlich hätten neulich Krateros und Perdikkas auch geredet, als Aristoteles die Jungs nachts geweckt hat, um ihnen ein bestimmtes Sternbild zu zeigen. Kehliges Makedonisch, irgendwas wie: ›Warum kann einen dieser blötschköpfige Hurensohn von Flachlandhellene nicht in Ruhe ratzen lassen‹, und ob man sich wegen dieser Himmelsfunzeln derart bepissen muß. Haben natürlich gemeint, der versteht den Dialekt nicht. Er hatte wohl auch bis dahin, wenn die untereinander Heimlichkeiten auf Makedonisch ausgetauscht haben, nie was gesagt.«

Drakon grinste. »Und?«

»Aristoteles, ganz kühl, in breitem Obermakedonisch: ›Anders als ihr zwei verlausten Schorfschwänze und Bettnässer will ich klüger sterben als mein Arsch. Setzt euch in Bewegung.‹ Und dann ist er mit den beiden bis zum übernächsten Morgen, bis die Jungs umgefallen sind, durch den Wald marschiert und hat ihnen Flüche, Beschimpfungen und die Namen der Sternbilder in allen hellenischen Dialekten beigebracht, von Syrakus bis Naukratis und rauf nach Byzantion.«

Der alte Ägypter, Freund aber Sklave von Aristoteles, hockte auf der Brunnenumrandung, die dürren Spinnenbeine übereinandergeschlagen. Es war noch früh, kurz nach Sonnenaufgang, aber schon fast heiß. Unter dem scharfen kleinen Messer verwandelte sich die dicke Eichenwurzel in ein getreues Abbild des Nearchos, samt Hakennase und spitzem Kinn. Der Junge aus Amphipolis, Sohn eines reichen kretischen

Händlers und Philipp-Freundes, saß neben Alexander auf dem Boden und sah zu. Späne rieselten auf die Steine und Flechten. Der Ägypter trug nur einen langen Lederschurz; einen Lappen hatte er über den linken Oberschenkel gezogen und stemmte das Holz darauf. Er wirkte ausgemergelt: der Hals zu dünn für den Kopf, die von der Haut mühsam zusammengehaltenen Rippen, die Unterarme, die man scheinbar mit einer Hand zerbrechen konnte, die dürren, erschreckend beweglichen Finger. Von der Schneide des Messers blitzten Strahlen der Sonne, die halbhoch über den Tälern gegenüber stand. Eine graubraune Maus hatte am Rand des freien Platzes zugeschaut, auf den Hinterbeinen hockend; irgendwo im Gestrüpp raschelte es – ein Wiesel, eine Schlange? –, und das kleine Tier huschte unter einen Strauch mit giftroten Beeren.

Mylleas, Pantaleon und Amphoteros, der jüngere Bruder von Krateros, rührten Farben an; in den vergangenen Tagen hatten sie unter Leitung eines hellenischen Sklaven weite Ausflüge gemacht, um in zwei Tälern, wo nach den Regenfällen des Winters Erdrutsche tiefere Bodenschichten freigelegt hatten, die Zutaten zu suchen. Mit Kalk, geronnener Milch und dem Abrieb von rostigen Eisenstäben vermengt sollten die zu Pulver zerstoßenen Erden Farben ergeben, hatte jedenfalls der Sklave behauptet. Im Moment ergab alles nur ein fröhliches Gemansche in alten Tontöpfen. Aristoteles hatte die hellen, geschlämmten Flächen des Schlafgebäudes für Malversuche freigegeben.

Sechs oder sieben nackte Morgenläufer, unter ihnen Ptolemaios, Seleukos und Hephaistion, kamen erhitzt und prustend aus dem Wald zurück und rannten zur Zisterne. Marsyas erwischte als erster den großen Bronzetopf, tauchte ihn ein, drehte sich um, begoß die anderen Schwall um Schwall. Triefend und glänzend liefen sie über den Platz und verschwanden im Schlafgebäude. Hephaistion kam sofort wieder zurück; in der linken Hand hielt er einen hellen Leinenschurz. Er näherte sich dem Brunnen, blieb hinter Alexander stehen, leicht gebückt, legte ihm die Rechte auf die Schulter und beobachtete das feine Messerwerk des Ägypters. Plötzlich räusperte er sich, wurde ein wenig rot, hielt sich den Schurz vor den Leib, wandte sich ab und zog das vernähte Leinen an. Alexanders Mundwinkel stiegen unmerklich; dann wischte er mit der Hand das Lächeln fort.

Nach dem kargen Frühstück – Wasser, Brot, Oliven, Feigen –, das sie mit den Lehrern am großen Tisch im Eßraum zu sich nahmen, wechselte Aristoteles ein paar Worte mit seiner hübschen, dunkelhaarigen Frau. Pythias war fünfzehn Jahre jünger als er; wenn sie über den Platz oder durch die Gänge schritt, hing immer mindestens die Hälfte aller Schüleraugen an ihr. Sie lächelte, zupfte an ihrem langen, hellen Gewand, das bis auf die bloßen Knöchel fiel; dann beugte sie sich vor und sagte leise etwas. Aristoteles blinzelte, lachte schallend, nickte und stand auf.

»An die Arbeit, Fürstensöhne!« Er blickte sie der Reihe nach an. »Heute kommen die Kämpfer aus Beroia zurück; morgen seid ihr dran. Wir wollen sehen, daß wir die begonnenen Dinge vollenden. Ehe ihr alles vergeßt. Die Blonden zu mir, die Dunklen zu Kallisthenes.«

Alexander, Hephaistion, Attalos, Kassandros, Neoptolemos und Mylleas folgen dem Philosophen in die kleine Wandelhalle, während die übrigen ihr Schreibzeug holten, um sich von Kallisthenes am Eßtisch in die Geheimnisse der attischen Kurzschrift einweihen zu lassen.

»Der Begriff der Freiheit«, sagte Aristoteles. »Gestern sprachen wir davon, daß Freiheit *von* etwas weniger wichtig ist als Freiheit *für* etwas. Kassandros.«

Der Sohn des Antipatros starrte auf seine Zehen. Sein muskulöser Oberschenkel zuckte. Er stand auf einer bläulichen Platte nahe der Westseite des unbedachten Teils; zur Hälfte lag sie noch im Schatten. Er schob den Fuß vor, bis die Zehen im scharfen Schatten des östlichen Daches verschwanden.

»Sehr gut; zum Beispiel deine Zehen.« Aristoteles verzog keine Miene. »Wenn sie gefesselt sind, etwa von einem straffen Tuch, sind sie unbeweglich, und du wirst Probleme bei Laufen haben. Wenn sie frei sind von dir und deinen Füßen, mußt du leiden, und deine Zehen sterben, nützen also weder dir noch sich. Die Freiheit für die Bewegung bei fortdauernder Unfreiheit vom Fuß...«

Alexander gluckste leise. »Ist denn nicht Freiheit nur Trug, Aristoteles? Kassandros nutzt die Freiheit, seinen Geist schlummern zu lassen, während sich seine Muskeln bewegen. Ist das seine Entscheidung, oder zwingt etwas ihn dazu?«

Kassandros warf ihm einen düsteren Blick zu.

»Was ist Freiheit anders als freundlicher Trug?« Aristoteles klopfte an die Säule, neben der er stand. »Wenn wir sagen, Säule ist nur das, was in bestimmter Weise geformt ist, fest an einer Stelle steht, vielleicht etwas trägt, dann binden wir die Säule nicht nur in ein Netz von Wörtern, sondern in ein System von Bezügen und Zwecken ein. Wenn die

Säule nichts trüge, wenn sie frei im Wald stünde, ohne Sockel, locker auf dem Waldboden, etwa auf einer Moosschicht, wäre sie dann noch eine Säule?«

Hephaistion fuhr sich mit dem Zeigefinger über die Nase. »Ist denn ein Koch nur dann ein Koch, wenn er kocht? Ist er nicht auch Koch, wenn er schläft oder badet?«

Attalos, ein schlanker, drahtiger Junge, den man wie Hephaistion für einen Bruder Alexanders hätte halten können, lächelte ein wenig spöttisch. »Ich glaube, du verwechselst Sein und Zweck. Der Koch *ist* ein Mensch; sein möglicherweise selbstgewählter *Zweck* ist es, für andere zu kochen. Die Säule dagegen *ist* Säule.«

Alexander schüttelte den Kopf. »Wenn sie nichts mehr trägt, sondern nur im Wald herumsteht und gafft?« Er lachte. »Dann sieht sie aus wie eine Säule, unterscheidet sich aber nur äußerlich von einem Obelisken.«

Aristoteles grinste, sagte aber nichts.

Neoptolemos hatte ihn beobachtet. »Was belustigt dich, o Fürst der Weisen?«

»Eine Erinnerung, meine jungen Freunde. Die Erinnerung an etwas, das Pythias sagte.«

»War es das, worüber du so gelacht hast?«

»Mhm. Sie empfahl mir heute früh, in Fortsetzung einer ersprießlichen Schlaflosigkeit, gewisse Eigenarten des Daseins etwa in Form eines Obelisken zu erörtern. Aber zurück zur Freiheit. Und zum Sein. Die Säule ist niemals frei, denn Freiheit findet nur da statt, wo es Entscheidung gibt. Säulen können sich nicht entscheiden – Köche dagegen durchaus. Es ist aber immer eine Entscheidung zur Unfreiheit. Zu einer eingeschränkten Form von Freiheit, jedenfalls. Zügellosigkeit und Freiheit können nicht gemeinsam gedeihen, denn Freiheit ist die Anwendung der Tugend; Zügellosigkeit ist der Tugend Feindin. Der Krieger, der nur deshalb kämpft, weil man es ihm befiehlt, ist nichts als ein Sklave des Befehls. Tugend wohnt in dem, der kämpft, weil er die Notwendigkeit sieht und mit Freude das anstrebt, was die höchste Tugend der Freien ist – der Kampf zur Wahrung der eigenen Freiheit. Ein Sklave kann in Zügellosigkeit schwelgen; dabei wird er nur alle Tugend verlieren und doch nie Freiheit gewinnen. Unter der Herrschaft eines Tyrannen, der seinem Volk die Entscheidung für die Tugend oder die Untugend abnimmt, kann es daher keine Tugend geben und auch keine Freiheit, nur Sklaverei.«

Mylleas blickte Alexander von der Seite an. »Tugend und Tyrannen – ist für einen Athener nicht jeder König ein Tyrann? Heißt das, Demosthenes zufolge, daß die Untertanen von König Philipp ebenso tugendlos sind wie die Bewohner Persiens?«

Alexander hob die Brauen, schwieg aber.

Aristoteles wartete; als niemand etwas sagte, seufzte er. »Nicht jeder Monarch ist ein Tyrann. Euer König, der Herrscher Makedoniens, ist stärker an die Mitwirkung des Volks gebunden als die Politiker von Athen – zumindest in vielen Hinsichten. Bei großen Ereignissen muß er die Versammlung aller Waffenfähigen befragen. In Athen war das Stimmrecht lange abhängig vom Vermögen, von Reichtum. Vielleicht ein Zehntel aller Bewohner Athens, aller erwachsenen Bewohner Athens, ist stimmberechtigt. In Makedonien sind sozusagen alle erwachsenen Männer stimmberechtigt. Und Athen treibt das Stimmrecht gelegentlich zu weit, indem auch Dinge, für die bestimmte Kenntnisse notwendig sind, der stimmberechtigten Menge zur Entscheidung vorgelegt werden. Rechtshändel werden entschieden durch Abstimmung unter Leuten, die vielleicht kein Rechtsempfinden und keine Rechtskenntnisse haben. Strategen werden gewählt von Leuten, die weder selbst strategische Fähigkeiten besitzen noch diese bei anderen beurteilen können. Nein, nicht jeder Monarch ist ein Tyrann. Philipp kann nicht seine Fürsten und Heerführer wie Sklaven handhaben; sie sind freie Männer, und alle wichtigen Entscheidungen des Königs müssen von der Versammlung gebilligt werden. Sonst, meine jungen Freunde, fehlt diesen Entscheidungen die Tugend, die allein Gültigkeit verleiht. Wir stehen in der gleißenden Mittagssonne des Verstands und der Verantwortlichkeit; es ist keinerlei Zwielicht, keine schattige Nische für uns vorgesehen – freie tugendhafte Männer verbergen sich nicht. Dies ist es, wofür unsere Vorfahren gekämpft haben, wovon Homer in unsterblichen Versen sang, worüber die besten Philosophen sprechen. Es ist fern von allem, was Perser und andere Barbaren tun, die blind ihren Führern folgen – die keine Tugend besitzen – die wie Sklaven sind, ohne Sklaven zu sein – die wie tot sind, aber untot. Wir, meine jungen Freunde, sind Menschen; jene sind wie Vieh.«

»Kann es denn nicht auch tugendhafte Barbaren geben? Edle Perser, zum Beispiel – Menschen?«

Aristoteles musterte Alexanders Gesicht; es war verschlossen. »Kann jemand ein guter Zimmermann werden, wenn er weder weiß, was

Holz ist, noch Werkzeuge besitzt? Vielleicht, ja; durch Zufall und bewundernswerte Leistung. Aber selten. Der Sohn eines guten Zimmermanns mag beschließen, Töpfer zu werden; aber dann weiß er noch immer, was Holz ist, und er weiß, daß die Grundsätze des einen Handwerks auch auf das andere anwendbar sind. Deshalb gibt es sicher viele schlechte Hellenen – aber jedenfalls mehr schlechte Hellenen als gute Perser.«

Nachmittags kam die Gruppe zurück aus Beroia; Kleitos begleitete sie selbst. Nachdem er Aristoteles und die anderen Lehrer begrüßt und Anordnungen für den Aufbruch am nächsten Morgen getroffen hatte, nahm er Alexander beiseite. Sie gingen über den Platz, zwischen den Gebäuden hindurch in den Wald, langsam.

»Meine Schwester Lanike, die dich wie eine Mutter gesäugt hat, schrieb mir aus Pella. Sie sendet dir Grüße und hofft, daß es dir wohl ergeht.«

»Es geht mir gut; ich danke dir – und ihr.« Alexander lächelte, dann zögerte er. »Hast du ... gibt es vielleicht ... Grüße von meiner Mu ... von Olympias? Oder Philipp?«

Kleitos hob die Schultern. »Philipp ist in Thrakien. Oder auf dem Heimweg von dort nach Pella. Und Grüße von Olympias? Um die Wahrheit zu sagen, ja und nein.«

»Gibt es in der Wahrheit ein Ja und gleichzeitig ein Nein?« Alexander schnitt eine Grimasse.

Kleitos kratzte sich den Kopf. »Ich fürchte, das gibt es. Ich fürchte, in der Wahrheit gibt es nicht nur ein Ja und ein Nein, sondern auch viele Warum und Wieso und Vielleicht. Und sehr wenig Wahrheit. Aber ich schätze, das muß Aristoteles entscheiden. Ich bin ja nur ein dummer Krieger.« Er grinste.

»Wenn Krieger dumm wären, hätten sie keine Tugend. Und da du ein freier Mann bist, Kleitos, darfst du nicht dumm sein. Also sag die Wahrheit – was ist mit Olympias?«

Sie waren stehengeblieben, gingen zurück zu den Gebäuden. Kleitos klopfte Alexander auf die Schulter. »Gut gesagt, mein Freund. Du weißt, wozu du hier bist und warum ich dich im Auge behalte?«

Alexander sah ihn von der Seite an. »Ich bin hier, wie die anderen, um etwas zu lernen. Und du bist hier, um dafür zu sorgen, daß keiner sich da einmischt.«

Kleitos nickte. »Genau. Also?«

»Also bist du nicht hier, um mir etwas von meiner Mutter zu erzählen.«

Kleitos zwinkerte. »Abermals richtig. Muß ich behaupten, es täte mir leid?«

Alexander lächelte und nahm Kleitos' Arm. »Muß ich jetzt behaupten, es täte *mir* leid?«

Beide lachten. Plötzlich schüttelte Kleitos den Kopf und sagte: »Ich sehe was. Bleib hier.«

Alexander lehnte sich an einen Baum und verschränkte die Arme. Etwas wie Sehnsucht, Trauer und Trotz, aus gleichen Teilen zu einer namenlosen Mischung geworden, lag in seinen Augen. Kleitos ging auf Zehenspitzen zum hinteren Eingang der großen Küche, einer Halle mit weiten Fenstern, mit Feuern, Herden, Töpfen, Kesseln und Sklaven.

Der Hauptkoch, ein hellhäutiger Sklave, nackt bis zu den Lenden, stand neben einem gewaltigen Bronzekessel voller Brühe, er rührte mit einem langen Holzlöffel, warf Dinge hinein und murmelte.

»Und freu dich, wie meine Mutter gesagt hat, und ein bißchen Salz, daß du ein Hellene bist, noch etwas gewürfelten Hammel, weil das heißt, du bist frei, und wilden Thymian, und nie wird man dich zum Sklaven machen, außerdem ein wenig Liebstöckel, und das hat sie gesagt, und dann haben wir die Schlacht verloren, und Minze und Rosinen, und jetzt bin ich Sklave bei den Barbaren, und Brotkrümel, und koche für sie, und das Restchen gebratenes Lamm, für Barbarenbälger, und pissen muß ich auch.« Er langte nach einem kleineren Kessel, lupfte den Schurz an, ließ sein Wasser in den Kessel rinnen, hob ihn hoch und grinste breit. »Ah, die merken den Unterschied nicht. Barbaren haben doch keine Ahnung von gutem Essen, wie?« Er hob das Gefäß, um es in den großen Suppenkessel zu leeren. Dann hielt er inne, wie gefroren, und seine Augen traten aus den Höhlen.

Die kalte Spitze des Dolchs berührte eine Stelle neben seinem linken Schulterblatt. Kleitos' Lächeln war Eis, und seine Stimme Winter.

»Und jetzt, Koch für Barbarenbälger, trink.«

Mit fadendünner Stimme sagte der Koch: »Muß ich?«

Kleitos bewegte den Dolch ein wenig. »Du mußt. Alles.«

*

238

Niemand hatte etwas bemerkt; Olympias hatte ihm den Weg gewiesen. Pausanias war eben aus Thrakien heimgekommen, mit Philipp und einem Teil des Heeres. Es gehörte zu seinen Aufgaben, die Wachen im Palast zu überprüfen. Er hatte dies getan, gründlich und mit Einfallsreichtum Anweisungen erteilt, öde Gänge durchwandert, einen ungenutzten Raum betreten, die Fensteröffnung vorsichtig erkundet – niemand konnte diesen Teil des Gebäudes sehen; dann war er auf den äußeren Sims gestiegen und nach kurzer Kletterei in einem anderen Fenster verschwunden.

Olympias wußte, daß alle wußten, daß Philipp vor vielen Jahren aufgehört hatte, der Königin Bett zu beehren, oder zu besudeln. Alle wußten, daß Olympias bisweilen tagelang aus dem Palast verschwand, um die Zeit in einem entlegenen Haus zu verbringen, das Aristandros dem Seher gehörte – ein Haus auf einem Hügel, über einer Höhle, in der Dionysos gefeiert wurde. Keiner wußte genau, was bei diesen Feiern geschah, außer den Eingeweihten, die nicht darüber redeten. Niemand wußte, wie die leidenschaftliche Königin mit dem Hunger des Fleisches verfuhr. Pausanias würde gedürstet, gehungert und gelitten haben, fern von Pella; Olympias mochte herrisch und hochfahrend sein, herrschsüchtig und hart, aber sie war unvergleichlich und setzte ihre Mittel ein. Er war süchtig; sie genoß es und wußte, daß es ihm auch beim nächsten Treffen nicht gelingen würde, die Maske der Königin zu durchschauen. Selbst im Moment der höchsten Lust war das Gesicht beherrscht.

Sie redeten nicht viel; sie erschöpften einander in der Zeit, die Pausanias erübrigen konnte, ehe man ihn vermissen würde. Sie hatten nie viel geredet; irgendwann hatte er versucht, ihr sein Inneres zu entblößen, aber sie war mit seinem Äußeren zufrieden. Sie kannte die Geschichte der Schmach, seinen Haß auf Attalos und Kleopatra; sie hatte ihm versprochen, mit einem kalten Lächeln, ihm zur Rache zu verhelfen, seine Ehre wieder herzustellen, sobald es möglich (und nötig) sein würde – gegen seine Treue, seine Dienste, sein Schweigen und die gelegentliche Nutzung seines Fleischs.

Als sie erschöpft nebeneinander lagen, berichtete er kurz von den Dingen, die sich in Thrakien ereignet hatten. Er hätte vielleicht lieber von anderen Dingen geredet, von Gefühlen und Gier, aber sie hatte ihn wissen lassen, daß ihr daran nichts lag.

Als er verschwunden war, wieder durch das Fenster, ließ Olympias den gealterten, ergebenen Admetos kommen, der von Vorgängen in

Pella und im Palast erzählte. Sie entließ ihn bald, stand eine Weile am Fenster, starrte über die Mauern, beugte sich dann vor. Unter dem Sims hatte eine Spinne ein verwickeltes Netz erschaffen. Olympias sah zu, wie die Spinne sich einer Fliege näherte, die längst nicht mehr zappelte. Sie hauchte einen Kuß hinab. »O Schwester«, murmelte sie, »du bist sehr gut. Aber mein Netz ist besser.«

Sie verließ ihre Gemächer, hieb mit der flachen Hand gegen die Wand, die den Gang versperrte, wandte sich nach links, ging an den Wachen vorbei, öffnete in einem entlegenen Gang eine Tür und betrat einen Raum, in dem Gerümpel stand. Sie verschob nichts von alledem, stieg über zerbrochene Einrichtungsgegenstände und kletterte auf den äußeren Sims. Rechts, in einem Winkel des Mauerwerks, verlief eine Röhre senkrecht. Sie nahm an der Dachkante Regenwasser auf; ein Stockwerk tiefer war das *kopron* von Philipps Beratungsraum angeschlossen. Die Begrüßungen mußten inzwischen vorüber sein; der König würde sich gereinigt und erfrischt haben und nun zu den wichtigen Dingen kommen. Olympias preßte das Ohr an die Röhre.

»Also, wie ist es gewesen?« Philipps Stimme klang gelassen.

Parmenion antwortete, mit einem leisen Glucksen. »Alles bestens. Aristoteles hat die Dinge sehr gut vorbereitet. Hermias ist mit allem einverstanden.«

Philipp, mit verhaltenem Triumph: »Häfen, Straßen, Vorräte, alles? Notfalls auch sein Heer? Wunderbar.« Er kicherte. »Wenn Artaxerxes das wüßte...«

Olympias lauschte noch einige Momente; dann kehrte sie in ihre Gemächer zurück, setzte sich an den Tisch und dachte lange nach. Schließlich verzerrte sich ihr Gesicht zu einer scheußlichen Maske; sie begann zu schreiben. Dabei murmelte sie: »Demosthenes wird begeistert sein.«

Als sie fertig war, ließ sie abermals Admetos kommen. »Hier.« Sie reichte ihm die versiegelte Briefrolle. »Für meinen Onkel Arybbas, der bisweilen unterrichtet werden möchte – an seinem Zufluchtsort. Wie ich hörte, sind Kaufleute aus Athen in Pella.«

Admetos verneigte sich. »Ich werde es besorgen, Herrin.«

10. ÄGYPTISCHE NACHT

Naukratis, dreihundert Jahr zuvor von milesischen Händlern als Stapelplatz am westlichen Nilarm gegründet, war lange die einzige Stadt gewesen, in der Hellenen Waren anlanden und Handel treiben durften; ägyptische Zollverwalter erhoben ein Zehntel vom Warenwert als Einfuhrsteuer, die königlichen Beamten der Stadt ein Zehntel von den Umsätzen der Händler, Handwerker und sonstigen Gewerbetreibenden einschließlich der Dirnen, die zu Buchführung angehalten wurden. Daneben gab es im Lauf der Zeit von anderen Hellenen errichtete Tempel einzelner Götter, die von den Gläubigen (und den Heimatstädten) Geld verlangten; es gab das Hellenion, einen Gemeinschaftstempel als Gründung von acht hellenischen Städten; es gab den Stadtteil der Ägypter mit Tempeln für Amun und Thoth. Und es gab, wie überall am Wasser, den großen Hafen mit Schänken und Hallen und Läden und Menschen, denen die Götter weniger wichtig waren als die Leute und das Geld.

Als Dymas sechsundzwanzig wurde, im Jahr nach dem makedonisch-athenischen Frieden des Philokrates, kehrte er von Asien, wo er fast ein Jahr lang in den hellenischen Küstenstädten Musik gemacht und Gesänge gesungen hatte, nach Athen zurück. Im Sommer verließ er Hellas mit einem Handelsschiff, das Töpferwaren und Goldschmiedearbeiten nach Naukratis brachte. Er war des Landes und der Leute überdrüssig, und der ewigen Anwürfe ob seiner Vermengung der verschiedenen Tongeschlechter. Für ihn waren sie nichts als dies, eben verschiedene Möglichkeiten von Musik – nichts als andersartige Unterteilungen der Strecke, die zwischen einem Ton auf einer hohen und dem gleichen Ton auf einer tieferen Ebene lagen. Ob man diese Strecke in vier Töne unterteilte, in fünf, in acht, in elf, in dreiundzwanzig oder gar, wie manche, in einunddreißig, ob diese Unterteilungen sämtlich volle Töne waren oder Ton-Bruchteile, ob die Götter derlei billigten oder ob der eine oder andere Bewohner des Olymp sich durch bestimmte Töne und Tonverbindungen gekränkt fühlen könnte (und diese Kränkung durch Priestermund kundtat), war Dymas gleich. Für ihn waren die

Töne Stoff, wie Holz für den Schnitzer oder Marmor für den Hauer. Stoff zur Verfertigung von Klangteppichen, zur Einkleidung von Träumen, zur Ausgestaltung von Albträumen, zur Verschränkung von Klängen und Worten. Es reizte ihn, etwa eine lichte, klare Melodie aus dem ionischen Tongefüge ins phrygische zu übertragen, wo sie fremd und ekstatisch wurde, oder ins lydische, was ihr eine tiefe und ebenso fremdartige Schwermut gab. Die einfachen Athener, die mit Genuß zuhören konnten, empörten sich jedoch, sobald ein vermeintlicher Kenner ihnen sagte, da seien hellenische und barbarische Klänge gemischt; dann forderten sie ihn auf, keinen fremdländischen Unfug zu spielen.

Die Hellenenstädte in Asien mit ihrer Mischbevölkerung waren da offener; derlei Gebote oder Vorschriften kümmerten sie nicht. In Ephesos hatte er ungeheuren Erfolg gehabt mit einem frechen Gesang in unregelmäßigen Hexametern und dreierlei Tongattungen. Das Lied, erzählt oder gesungen von Odysseus, berichtete eine mögliche Geschichte: Als der Held aufbrechen wollte, um mit den anderen gen Ilion zu ziehen, drohte ihm die an Lysistrate angelehnte Penelope damit, ihn künftig nicht mehr ins Bett zu lassen, wenn er in den Krieg zöge. Er zog dennoch – »wenn ich erst fern von ihr weile, kann mir ihr Beischlafverbot sowieso gleichgültig sein.« Dann stellte er jedoch fest, daß es bei dem Kriegszug nicht um Ruhm, Ehre, Beute, Rache oder Macht ging, sondern lediglich darum, einem betrogenen Schlappschwanz namens Menelaos die Frau wieder zu beschaffen, und Odysseus hielt es nicht für sinnvoll, daß Tausende stürben, nur um einem die Hörner abzuschleifen. Also kehrte er heim, durch die Unbilden des Geschicks und des Wetters mit jahrelanger Verzögerung; in Ithaka warf man ihn aus dem Palast, denn »drinnen waltet die züchtige Hausfrau, die schäbige Schlunze« mit ihren vierzig Räubern, die sie Freier nennt; und draußen, auf dem Meer, bläht sich das Segel des Prunkschiffs, auf dem Telemachos mit vielen Freunden und Gespielinnen den Rest des Vermögens verpraßt – »er macht die Nächte zum Tag und meine Tage zur Nacht.« So saß Odysseus unter den Eichen, würfelte mit dem schielenden Schweinehirt, stellte mit düsterer Befriedigung fest, daß jenes unverrückbare Bett, das er seinerzeit gezimmert hatte, auch den Belastungen durch Penelope und vierzig Mann gleichzeitig gewachsen war: »ich hab ihn haltbar gebaut, meinen erhabenen Pfühl.« Schließlich beschloß er, zu einer neuen Fahrt aufzubrechen, um jenseits der Säulen des Herakles nachzusehen, ob die Welt nicht anderswo runder sei.

In Athen zürnten einige wegen Schändung des hellenischen Erbes und des göttlichen Homer – an Stellen, bei denen man in Ephesos schallend gelacht hatte. Dymas verließ die Stadt, Hellas und Europa. Es kam hinzu, daß er der ewigen Berichte an Demaratos, Hamilkar und Bagoas überdrüssig war, und hier half ihm der Zufall. Oder schien ihm zu helfen. Demaratos hielt sich in Makedonien auf, wo es ihm gelungen war, ein Monopol vom König zu erhalten – nur Demaratos durfte das begehrte makedonische Schiffbauholz, das feine Pech und die anderen zugehörigen Dinge erwerben und ausführen. In seiner Abwesenheit hatten die Demokraten in Korinth beschlossen, einen Politiker und Strategen namens Timoleon mit einer Flotte nach Syrakus zu entsenden, um Einfluß auf die Verhältnisse in Sizilien zu nehmen. Der Westteil der Insel, unter der Herrschaft Karchedons, war davon unmittelbar betroffen; es kam zum Krieg zwischen Karchedon und Syrakus, also zwischen Karchedon und Korinth – Hamilkar und Demaratos beziehungsweise ihre Städte hatten somit andere Sorgen.

Dymas begab sich nach Ägypten, das einige Jahre zuvor einen persischen Wiedereroberungsversuch abgewehrt hatte. Er hoffte, dort weder von Korinthern noch von Karchedoniern noch von Persern behelligt zu werden. Er wußte, daß es nur ein halber Schritt war; die vollständige Trennung von seinen drei Auftraggebern erwog er jedoch nicht – vorerst. Er konnte nicht sicher sein, ob nicht einer oder mehrere beschlössen, er wisse zuviel, als daß er einfach aufhören könne; jedenfalls lebendig. Außerdem fand er ihr Spiel aufregend und fesselnd. Als Musiker verdiente er längst mehr, als er zum Leben brauchte, aber man konnte ihm ein paar Finger brechen, ein böswilliger Zuhörer oder der Gemahl einer von Dymas' Musik allzu Entzückten mochte ihm eine Hand abhacken, und dann wären gelegentliche Zahlungen für Berichte mehr als willkommen.

Drei lange, träge Monde in Naukratis lagen hinter ihm, heißer Sommer und heiße Nächte. Der Besitzer einer großen Schänke am Hafen, ein Halbhellene namens Dexippos, hatte ihn in einer anderen Schänke spielen hören, am dritten Tag nach seiner Ankunft, und ihm ein geräumiges Zimmer zum Fluß, Essen, Trinken und eine Drachme am Tag geboten. Dymas verlangte zwei und bekam nun eineinhalb, die er sich täglich auszahlen ließ, da er die Gewohnheiten des menschlichen Gedächtnisses kannte.

Die Schänke lag an einem hochgemauerten Teil des Hafens: ein Gebäude auf zahllosen kleinen Steinsäulen gegen Schlangen, Skorpione und die jährlichen Überschwemmungen. Oberhalb der Säulen war alles aus Holz, bis auf die gemauerten Herde und Öfen der Küche. Das untere Geschoß, vom Kai über eine neunstufige Treppe zu erreichen, war ein großer Raum mit Tischen, Bänken und wenigen Liegen, unterteilt nur durch die Tragpfosten des oberen Geschosses, in dem einzelne, durch Schilfwände abgetrennte Zimmer lagen. Die Einrichtung des Raumes, den der Wirt Dymas zur Verfügung gestellt hatte, bestand aus einem breiten, lederbespannten Bettgestell mit erträglich sauberen Decken, einem Tisch, zwei Stühlen mit Schilfsitzen, einer Truhe für Kleider und andere Habseligkeiten, einem Gestell mit Waschkrug und Becken sowie einem Zuber mit breitem Rand, zum Aufsitzen. Leerung und Reinigung oblagen einem schwarzen Sklaven, dem Dymas am ersten Abend eine silberne Drachme mit der Eule Athens gab.

Zur Schänke gehörten ferner fünf Dirnen – eine Ägypterin, eine Hellenin, eine Halbhellenin und zwei Nubierinnen –, die abendlich einige der oberen Zimmer nutzten. Wie alle anderen wurde auch dieser Teil des Geschäfts in hellenischer Währung abgewickelt, da die wichtigsten Umsätze im Seehandel mit Hellas gemacht wurden und überdies die Münzen des Pharao Nekhetar-Khabuf (die Hellenen nannten ihn den zweiten Nektanebos) neuerdings minderwertige Beimischungen enthielten. Die Dienste der Mädchen kosteten eineinhalb Obolen oder, für die ganze Nacht, eine Drachme; die Hälfte behielt Dexippos.

Soweit Dymas beurteilen konnte, lohnte sich die Musik für den Wirt; die Schänke war beinahe jeden Abend voll. Statt der hundert Gäste, die sie faßte, seien vorher meist nur etwa fünfzig bis sechzig gekommen, sagte der schwarze Sklave. Dymas hob die Schultern; eigentlich bekümmerte es ihn kaum. Er hatte zu essen und zu trinken, ein Bett, konnte Musik machen, wie es ihm und den Zuhörern gefiel, brauchte sich weder um Priester noch um Kunstrichter zu scheren und blieb von Anfragen seiner fernen Auftraggeber verschont. Die Stadt langweilte ihn, wenn er sich auf Erkundungsgänge begab – die zahllosen Tempel, die Lager, die Niederlassungen der Handelshäuser, die Häuser der Reichen auf dem künstlichen Hügel im Schwemmland, weiter draußen die Gärten, die Äcker, dann der Schilfdschungel, all dies unterschied Naukratis kaum von tausend anderen Städten. Die Priester in ihrer Vielzahl hatten genug damit zu tun, sich und die Tempel zu hegen; sie kümmerten sich nicht um reisende Musiker. Die Niederlassung des Handelshauses des Demaratos, geleitet von einem jüngeren Korinther namens Nikarchos, sah aus wie alle anderen Handelsstätten, und Nikarchos schien keine Ahnung von den besonderen Beziehungen zwischen Dymas und Demaratos zu haben. Manchmal kam er abends in die Schänke, um gesottene Flußfische zu essen, das feine ägyptische Bier zu trinken und der Musik zu lauschen.

Auch die ärmeren Viertel hatten kein eigenes Gesicht; zu viel wurde jedes Jahr vom Nil überflutet und weggeschwemmt, neu errichtet und wieder verspült. Die drei trägen Monde nach Jahren der Wanderschaft erschienen Dymas wie jäher Stillstand; zunächst erholsam, später immer zäher und öder.

Manchmal spielte er abends den Doppelaulos, eher um das Instrument nicht zu verlernen, für das er aus Nilschilf große Vorräte an Zungenblättchen schnitt. An schwülen Nachmittagen saß er oft unter einer Zypresse am Fluß, nördlich der Stadt, schnitt ältere, harte Schilfhalme zurecht, bohrte Grifflöcher hinein und versuchte, eine Einrohr-Flöte mit sechs Tonlöchern (und einem für den Daumen) zu entwickeln. Meistens spielte er die Kithara, sein selbstgefertigtes, schmuckloses Instrument mit dem großen Schallkasten und elf Saiten. Vier dienten zur Verstärkung der Töne, indem sie mitschwangen, wenn er auf den übrigen sieben die entsprechenden Punkte griff und über dem Schallkasten anschlug. Alle wurden mit dem karchedonischen Schlüssel gestimmt und saßen auf Eisenwirbeln. Der Umfang war groß; sechsmal kehrte auf tieferer Ebene der höchste erreichbare Ton wieder. Mit den metallbesetzten Fingerkuppen der Linken, der scharfen Stimmung und den guten Därmen war es ihm längst gelungen, das Schnarren und die Dumpfheit gegriffener Saiten zu überwinden und bis zu fünf Töne gleichzeitig zu erzeugen, dazu zwei leere Saiten zu berühren und die vier freien mitschwingen zu lassen.

Eines Nachmittags hatte er wieder unter der Zypresse gesessen, gelegen und wieder gesessen; die Halbhellenin aus der Schänke wollte von ihm keine eineinhalb Obolen, sondern Musik. Er spielte auf der unbefriedigenden neuen Rohrflöte; noch immer stimmte etwas mit den Abständen und der Größe der Löcher nicht. Vom Fluß her hörten sie den schwermütigen Gesang von Ruderern, die einen Getreidekahn stromauf trieben. Das Lied bestand aus sechs Tönen in seltsamen Sprüngen aufwärts und abwärts, die immer wiederkehrten. Die Worte, bis zur Bewußtlosigkeit wiederholt, lauteten auf Ägyptisch:

Totentanz Ruderhand
fahr ich zur Unterwelt
ruh ich mich endlich aus
brech ich den Rudergriff
tanz ich den Totentanz
Totentanz Ruderhand...

Als sie zum Hafen zurückkehrten, sahen sie, daß der Getreidekahn am anderen Ufer festgemacht hatte. Diesseits, genau gegenüber, lag ein prachtvolles Schiff mit Verzierungen aus Ebenholz und Elfenbein. Der Bug war der aufwärts gebogene Kopf einer gräßlichen Seeschlange, mit offenem Maul, das Heck ein lächelndes Krokodil mit blutroten Zähnen. In der Mitte, hinter dem umzulegenden Mast, stand eine schilfgedeckte Hütte aus dünnem polierten Zedernholz, bemalt mit ägyptischen und hellenischen Götterbildern. Die Besatzung – sieben kräftige Nubier – räumte das Deck auf, goß den Restinhalt von Wasserbehältern in den Fluß, rollte Taue ein und aus. Ein hellhäutiger Mann, etwa in Dymas' Alter, stand an der Bordwand und starrte in den lehmigen Strom, mit einem Ausdruck unendlicher Schwermut: Sehnsucht nach dem endgültigen Krokodil. Aus dem Zedernholzhäuschen drang die keifende Stimme einer Greisin, dann das kehlige, besänftigende Gurren einer jungen Schwarzen.

Abends hatte Dymas eben mit einem Sappho-Lied zur Kithara begonnen, als der schwermütige Mann, die Alte und die Junge eintraten. Die junge Frau war schlank und groß, mit tiefen Stammeskerben auf den Wangen, fast kahlem Schädel, dem Gang einer Gazelle und den Augen einer satten Löwin. Die Lippen wirkten eher von Küssen geschwollen denn wulstig; um den Hals trug sie an einer dünnen Goldkette einen menschlichen Unterkiefer, dessen Zähne an ihren hohen Brüsten nagten. Der Oberkörper war mit einem hellroten Tuch umwunden, um die Hüften lag ein hellgrünes, das Ende zwischen den Schenkeln nach vorn geführt und vor dem Nabel mit dem Anfang verschlungen.

Die alte Frau war klein, zahnlos, ihr Gesicht eine Wüstenei aus Runzeln und einzelnen Barthaaren; und zwei kleinen, schwarzen, scharfen Augen. Sie trug ein bis auf die Füße fallendes Gewand aus feinstem Leinen, mit Purpur gefärbt und mit Goldfäden gesäumt. Die Nase war entweder verdeckt oder ersetzt worden durch eine kunstvolle aus getriebenem Gold. Auf dem Kopf trug die Greisin eine lange bunte Wollmütze, herabgezogen bis fast zum Hals; ein paar dünne weiße Haare lugten noch hervor. An den Fingern steckten vierzehn Goldringe mit Steinen und Gemmen.

Der schwermütige Mann trug nur einen Chiton und Sandalen; er führte die Frauen zu einem Tisch in der Mitte. Dymas beendete das Sappho-Lied und ging ohne Unterbrechung zu einer langsamen ionischen Tanzweise über. Er sah, wie Dexippos sich zu den neuen Gästen begab, deren Zahlungsfähigkeit außer Frage stand; bald brachte er ihnen Wasser und Wein, Becher, frisches Fladenbrot und eingelegte Früchte, dann eine Schale mit Hirse, Fleischbällchen, Lauchstreifen, in Wein gedünstete Feigen, die besten Stücke großer Flußfische, gebraten in Fett und Kräutern, abgelöscht mit Bier. Der Mann und die junge Frau aßen mit den Händen; die Alte verlangte eine Platte und eine Gabel, mit der sie alles kleinknetete, ehe sie es dem zahnlosen Mund zuführte.

Dymas hatte bereits gegessen. Er stand, an einen Tisch gelehnt, etwa in der Mitte der vom Fluß fortführenden Längsseite der Schänke, spielte eine weitere Tanzweise, verwarf dabei in Gedanken den Vortrag eines Lieds, in dem der Sänger den Göttern für seine einzelnen Körperteile (mit jeweiliger Nutzanwendung) dankt, darunter Nase und Zähne. Als er das Stück beendet hatte, zog er die linke Hand aus der Tragschlaufe, setzte sich auf den Tisch und stemmte den Schallkasten der Kithara auf den linken Oberschenkel. Nun konnte er die Finger freier bewegen. Auch für diese hatte der Sänger den Göttern gedankt – für das Streicheln und Kneifen und Würgen.

Er sang ein kurzes, munteres Trinklied, spielte dann die Melodie weiter ohne Gesang, übertrug sie aus ionischen in phrygische Tonsprünge, kehrte zu den ionischen zurück. Danach legte er die Kithara beiseite und nahm ein Rohr seines Doppelaulos. Mit der Linken klopfte er rhythmisch gegen den Schallkasten der liegenden Kithara, mit den Fingern der Rechten spielte er jene seltsame Endlosweise der Ruderer, mit Verzierungen und verschliffenen Doppeltönen. Er sah, wie die alte Frau aufhorchte und leise etwas zu der jüngeren sagte, die den Kopf wandte und Dymas nachdenklich betrachtete.

Er griff wieder zur Kithara, hielt sie auf dem Oberschenkel, stimmte zwei Saiten schärfer und spielte die sechs Töne des Ruderlieds, immer ein wenig versetzt, auf der körpernächsten höchsten Saite, dann auf der zweiten, dritten, vierten. Als er die siebte, die tiefste Saite erreichte, zupfte er nicht mehr, sondern berührte sie nur oben mit den Metallkuppen. Die leisen, sirrenden Klänge vermengten sich mit schmerzenden Obertönen, als er das Elfenbeinplektron nahm und die Saite anriß. Er kehrte zurück zur ersten, legte das Plektron fort, spielte die sechstönige Melodie gleichzeitig, zweistimmig, auf der ersten und der dritten Saite, flocht Verzierungen hinein, ging zu einer ekstatischen phrygischen Fassung über, zu der er halblaut die Worte sang. In der Schänke war es sehr still geworden.

Dymas lehnte sich auf dem Tisch zurück, an den Tragpfosten; er schloß die Augen und spielte die Kräuselwellen des Nils, die lehmige Bugwoge des Kahns, die schnellen Silberleiber von Fischen, die tiefe böse Furche eines Krokodils. Er wob den Wind hinein, der am Ufer durchs Ried strich; einen Fischreiher, der langsam, langsam das Wasser verließ und aufflatterte; und die Totenklage um den ertrunkenen Flußschiffer, der nicht in die Unterwelt einging, weil es sie nicht gab.

Er wußte nicht, wieviel Zeit verstrichen war, als er endete und die Kithara sinken ließ. Nach einem Moment der Stille bebte die Schänke von Getrampel, Fußscharren, Klatschen und Fäusten, die auf Tischplatten hämmerten.

Dymas öffnete die Augen, lächelte, neigte den Kopf und glitt vom Tisch. Er wußte, daß es gut gewesen war, und daß man ihn dafür aus den besseren Kreisen Athens ausgestoßen, ihm in Sparta die Kithara zerbrochen hätte. Eine der beiden Nubierinnen, die vorher oder zwischendurch auch als Schankmägde arbeiteten, brachte ihm einen großen Becher mit unverdünntem Wein.

»Von der Alten«, murmelte sie.

Er nahm den Becher, hob ihn und blickte zur Greisin hinüber; sie winkte ihm. Langsam ging er an ihren Tisch; der Schwermütige schob ihm einen Stuhl hin.

»Ich danke dir, Mutter, und trinke auf dein Gedeihen.«

Die Alte kicherte. »Nicht viel Gedeihen, Musiker. Die Zeit meines Gedeihens ist vorbei. Aber du ... Warst du schon einmal in Kanopos?«

Er schüttelte den Kopf. »Nur angelegt, auf der Fahrt hierher. Eine Nacht, frisches Wasser, dann weiter.« Die Stadt an der Mündung des westlichen Nilarms, an dem auch Naukratis lag, war der erste Anlegehafen, Stapelplatz ohne königliche Verwalter, ein Gewirr aus alten und neuen Gebäuden, Tempeln und Freudenhäusern, Banken und Schänken. Dort gab es Ägypter, Hellenen, Juden, Phönikier, Karchedonier, Etrusker, Elymer, Iberer, Kelten – alle seefahrenden Städte und Völker der Oikumene, alle Sprachen, alle Münzen und kein Gesetz.

»Du solltest nach Kanopos kommen.«

»Warum, Herrin des Weins?«

»Die besten Schänken, Dymas. Die besten Musiker, ohne priesterliche Aufsicht; alle Waren, die von und nach Naukratis durch Kanopos gehen, aber ohne Zöllner. Gaukler, Dichter, Wahnsinnige, Messerstecher, das Leben. Was willst du hier, in diesem öden Kaff?«

»Was machst du in Kanopos? Bist du von dort?«

Die Alte zerrte an ihrer Wollmütze, als müsse sie die ohnehin unsichtbaren Ohren noch mehr verhüllen. »Sag du es ihm.« Sie stieß die junge Frau mit dem Ellenbogen an.

»Es gibt dort ein großes altes Haus, aus Steinen, am Meer neben der Mündung.« Ihre Stimme war rauh und doch weich, kehlig und doch hell, wie ein in kostbares Tuch gewickeltes Messer. »Vielerlei Geschäfte, auch Nachrichten aus der ganzen Oikumene. Einige Räume im Haus sind ungenutzt, viele Rollen zu lange nicht gelesen. Man kann dort kommen und gehen – vor und nach der Musik und anderen Dingen.« Ihr Hellenisch war makellos, wie die Zähne.

Dymas riß sich von den schwarzgrün gesprenkelten Augen los und sah, daß die Alte ihn mit einem listigen Lächeln beobachtete. Der schwermütige junge Mann starrte an die Decke; aus dem Augenwinkel, den Dymas sehen konnte, rannen Tränen.

»Seewind, Junge«, sagte die Greisin. »Salz und Tang. Gerüche und Gerüchte. Messer und Musik. Wir fahren morgen früh.«

Dymas kratzte sich den Kopf. »Kann ein Musiker dort leben?«

»Besser als hier – du jedenfalls. In Kanopos kann man das Gute vom Schlechten unterscheiden, und vom Sehr Guten. Du bist besser als sehr gut. Was willst du hier?« Dann beugte sie sich vor und flüsterte: »Dort wärst du auch nicht weiter fort von gewissen anderen Dingen, als du es hier bist.«

Er zuckte zusammen. »Welche anderen Dinge?«

Sie blickte in der Schänke umher. »Soll ich dir sagen, wer von diesen Männern hier den Pharao mit Nachrichten versorgt? Ich sehe zwei, die für die Perser arbeiten und in zwei Atemzügen tot wären, wenn die Ägypter es wüßten.«

Bei der Erwähnung der Perser hatte sich ihr Gesicht einen Moment verzerrt; der Schwermütige trocknete die Tränen und entblößte die Zähne.

Dymas nahm einen großen Schluck, hustete und wischte sich den Mund. »Wer bist du, Mutter?«

Sie lächelte mehrdeutig. »Eine alte Frau, die gewisse Geschäfte macht und gern Freunde in der Nähe hätte, da gewisse Freunde in der Ferne nicht immer ausreichen. Zumal ein guter alter Freund vor kurzem gestorben ist.«

Dymas hielt die Luft an, sagte aber nichts.

»Adherbal.« Sie murmelte. »Und Demaratos weiß, daß du hier bist. Was das angeht, ist Kanopos weder näher noch weiter.«

In Kanopos begann und endete der westliche Teil des Nilhandels; Ägyptens Handel mit den westlichen Ländern der Oikumene wurde über Kanopos abgewickelt. Hier begannen und endeten die großen Karawanen nach dem Westen, Kyrene und Karchedon; Küstenboote brachten Waren aus dem Osten, aus Babylon und Damaskos, Arabien und Tyros, die im Hafen von Pelusion umgeschlagen wurden, vor dem östlichsten Nilarm, weil die Karawanen entweder dort endeten oder stromauf zogen, statt mehrere Nilarme zu überqueren. Seeleute aus allen Ländern, Dirnen, Gaukler, Schlangenbeschwörer, Magier, Musiker, Handwerker; Schiffbauer und Frachtversicherer, Bettler und Banken. Und Spione.

Nach dem Zusammenbruch der persischen Herrschaft über Ägypten hatte es in Kanopos das übliche Gemetzel gegeben; die Perser waren zu verhaßt, als daß man sie lediglich vertrieben hätte. Überall in Ägypten konnten gesuchte Verbrecher Zuflucht in Tempeln finden, aus denen man sie nicht mit Gewalt herausholen durfte; dieses heilige Recht galt nicht für Perser. Aber nach den ersten wüsten Unruhen hatte sich in Kanopos schnell alles wieder auf den Handel besonnen; und die Pharaonen hatten weise darauf verzichtet, die offene Stadt unter ihre tatsächliche Herrschaft zu stellen. Die Festung am anderen Nilufer diente zur Bekämpfung von Seeräubern, falls nötig, oder zur Niederschlagung größerer Unruhen, aber die Kämpfer waren keine Ägypter, sondern Söldner, in sich so gemischt wie die Bevölkerung der Stadt. Nilaufwärts, nach Süden hin, mehrere Tagereisen entfernt, lagen die wirklichen Festungen. Und die Zollplätze. Was aus dem frei wuchernden kanopischen Handel ins Land floß, brachte dem Pharao mehr ein, als die Erhebung von Abgaben bei zwangsläufig gedrosseltem Handel unter staatlicher Aufsicht, mit streng angewandten Gesetzen hätte ergeben können.

Bei der langsamen Fahrt flußabwärts von Naukratis machten sie keine weitere Pause an Land. Es war später Sommer, die Nächte hell und klar, der Fluß so kurz vor der Mündung harmlos. Ohne Segel und Ruder ließen sie sich von der Strömung treiben; zwei Nächte verbrachten sie an Bord, Kleonike und die schwarze Sklavin Tekhnef in der Hütte, Dymas und die anderen irgendwo an Deck. Der schwermütige Mann, Mandrokles, sprach kaum und entkleidete sich nie, beteiligte sich auch nicht an Planschereien, wenn Dymas oder die Nubier in der Hitze des Tages die Gewänder abwarfen und sich an einem Seil in den Fluß hängten. Bei diesen Gelegenheiten stellte Dymas fest, daß Kleonike aufmerksam zuschaute, Tekhnef ihn anzublinzeln schien – aber er war nicht sicher – und Mandrokles mit einem seltsamen Funkeln in den Augen die Gemächte der Männer betrachtete.

Nach Sonnenuntergang saßen sie auf dem erhöhten Heck, ohne Lichter, um nicht noch mehr Mücken anzulocken, und redeten bis in die Nacht. Auch hieran beteiligte sich Mandrokles kaum; er stand am Steuer, starrte voraus und schien ganz mit seiner Innenwelt beschäftigt. Seine Zurückgezogenheit war die einzige an Bord mögliche; daß auch körperliche Entleerungen vor aller Augen über die Bordwand vorgenommen werden mußten – nur Kleonike verwendete einen Zuber in ihrer Hütte –, ließ Dymas die Gelassenheit der Frauen angesichts badender Männer besser begreifen. Tekhnef hängte sich bei derlei Bedürfnissen an einer Vorrichtung aus Seilen und Hölzern über die Bordwand, entkleidete sich, wenn sie schon halb im Wasser war, und badete anschließend. Mandrokles benutzte die gleiche Vorrichtung, legte lediglich vorher den Chiton ab und öffnete den Schurz unter Wasser.

Dymas fand einige dieser Vorgänge befremdlich, hielt sich aber mit Bemerkungen zurück. Aus rein gefühlsmäßigen Gründen erwähnte er bei den Gesprächen, die sich auch um Demaratos und andere gemeinsame Bekannte drehten, seine persischen Verbindungen mit keinem Wort. Kleonike erzählte, mit einem bitteren Unterton, von der Fahrt flußauf nach Memphis – sie verwendete den ägyptischen Namen Mennufre – und den sinnlosen Versuchen, mit den höchsten Beamten des Pharao bestimmte Vorschläge zu erörtern. Sie sprach leise, so daß außer Tekhnef, Mandrokles und Dymas keiner sie hören konnte.

»Welche Vorschläge?«

»Es gibt Kreise in Hellas und anderswo, die eine andere Politik wünschen. Aber Nektanebos ist ein Trottel, und grausam dazu. Als Persien schwach war und Ägypten sich befreite, haben alle Völker bis nach Babylon darauf gewartet, daß die Ägypter auch ihnen helfen – aus Eigennutz, denn je weiter die Perser zurückgeworfen werden, um so sicherer ist Ägypten. Aber Nektanebos hat, anders als seine Vorfahren, nicht einmal nach dem Versuch der Wiedereroberung Ägyptens, den er vor ein paar Jahren abwehren konnte, zurückgeschlagen. Er hat zugesehen, wie die Phöniker und Syrer einen Aufstand entfesseln, sieht immer noch zu, obwohl jeden Tag Bittgesandtschaften aus Sidon und Damaskos zu ihm kommen, und er läßt die Leute im eigenen Land, die eine tatkräftigere Politik fordern, hinrichten.«

»Was hast du damit zu tun, Kleonike?«

»Ich hatte Angebote zu überbringen, ein gemeinsames Vorgehen gegen Artaxerxes betreffend. Ägypten, Sidon, Damaskos, ein Aufstand in Babylon, ein Angriff eines hellenischen Heers im Norden. Aber man hat mich nicht einmal mit dem zuständigen Berater des Pharaos reden lassen.«

Dymas summte leise vor sich hin. »Hellenen? Welche? Wer hat denn ein Heer? Makedonien?«

Kleonike starrte ins Wasser, das leise gluckerte. »Wer auch immer, es ist gleich. Nie gab es eine so gute Gelegenheit. Tyros steht zu den Persern, nicht aus Neigung, sondern aus Berechnung. Wenn Persien wirklich ins Wanken geriete, sagen wir: geraten wäre, durch einen ägyptischen Gegenangriff, hätten sich andere beteiligt. Die stärkste Flotte der Oikumene, Dymas; aber dann kam es zu diesem unseligen Beschluß der Korinther, und nun ist Karchedon auf Sizilien gebunden. Wenn Karchedon mitgemacht hätte, wäre auch Tyros dabei. Alles hing an Nektanebos, der sich mit nubischen Sklavinnen vergnügt und meint, die Festung Pelusion werde schon ausreichen, um einen persischen Angriff abzuwehren.«

Dymas dachte an lange zurückliegende Berichte. Tonlos sagte er: »Als ob ... die Beschlüsse in Korinth von den Persern beeinflußt wären.«

Kleonike hob die Schultern und zupfte an ihrer Wollmütze. »In Hellas ist jederzeit zuviel persisches Gold im Umlauf. – Aber wie die Priester des Amûn sagen: Nektanebos ist ein Abkömmling von Söldnern;

sein Blut ist unecht. Er ist nicht Gefäß des Amûn, nicht Sohn des Horos. Die Rettung« – nun sprach sie sehr leise – »soll aus dem Norden kommen.«

Dymas verschränkte die Arme. »Und ich hatte gedacht, ich könnte Musik machen, ohne Politik. Jetzt hat mich alles wieder eingeholt.«

Kleonikes Haus war sicherlich zweihundert Jahre alt, mit hundert Räumen, verwinkelten Gängen, zugemauerten Treppen, verborgenen Türen in den Wänden; mit seltsamen Luftschächten, durch die man von einem Ende des Hauses zum anderen flüstern konnte; mit erlesenen Kunstgegenständen aus der ganzen Oikumene, Meisterwerken athenischer Bildhauer vergangener Jahrhunderte, mit Tausenden Schriftrollen und mit Kellerräumen tief im Schlamm, in denen Bier und Wein kühl lagern konnten.

Kanopos hielt alles, was Kleonike versprochen hatte. Dymas verdiente sehr gut, spielte in Schänken vor kundigen und oft begeisterten Zuhörern; er tat sich mit anderen Musikern zusammen – eine Verbindung von mehreren Flöten, Tympanon, Kithara und Harfe, letztere meisterlich gespielt von einer mitteltalten Ägypterin, die Melodiebögen entwarf und ihm für die Kithara weitergab oder seine Klangteppiche mit seltsamen Harmonien unterlegte – und nutzte Kleonikes Räume, um zu lesen und viele Lieder zu schreiben, auszufeilen und vorzubereiten. Wenn eines fertig war, verbrannte er die Rollen mit den Entwürfen und Fassungen einschließlich der letzten. Die Vorstellung, auf Papyros gefesselt in die Ewigkeit einzugehen statt mit dem Wind und den Klängen zu verwehen, schien ihm furchtbarer als ein Gefängnis.

In der ersten Nacht in Kleonikes Haus kam Teknhef zu ihm, und es war wie fließendes Feuer, zuckende Berge und malmendes Meer. Es ließ nicht mit der Zeit nach, wie bei allen anderen Verbindungen zuvor; es festigte sich und erhielt Tiefe durch lange Reden unter den Sternen, durch Blicke und Berührungen und Schweigen. Sie war Sklavin, seit zehn Jahren Besitz Kleonikes, gleichzeitig aber Vertraute und frei.

Kleonikes Geschäfte, geleitet von dem schweigsamen schwermütigen Mandrokles, dessen Schwermut beim Umgang mit Geld verflog, erstreckten sich auf alles, womit man handeln konnte; außerdem besaß sie mehrere Schänken, zwei Garküchen und drei Häuser für die Lust.

Fast drei Jahre lang vergaß Dymas die Zeit und das Schweifen. Dann geschahen jene Dinge, die ihn daran erinnerten, daß nicht einmal in Kanopos, und in Kanopos schon gar nicht, Leben ohne Entsetzen möglich war. Und ohne Politik.

Eines Abends, als Teknhef nicht im Haus war, holte Mandrokles ihn zu einer Besprechung. Kleonike wartete in ihrem größten Raum; sie lag ausgestreckt auf einer marmornen, mit Löwenfellen belegten Bettstatt. Ihr Gewand war voller Weinflecken, ebenso der Boden, die Teppiche und die Felle. Die Augen der alten Frau waren rot und geschwollen; der Raum stank nach Wein, nach Trauer, nach Rauschkräutern, die in einem Kohlenbecken glühten.

Neben ihr lag eine verzierte Kithara. Wortlos deutete sie darauf und auf den Becher, den Mandrokles dem Musiker reichte. Dymas trank; da er noch nicht gegessen hatte und der Wein unverdünnt war, spürte er bald die Wirkung, die von den stechenden Rauchwolken vermehrt wurde. Er nahm die Kithara, die trotz aller Verzierungen technisch der seinen weit unterlegen war; er stimmte sie notdürftig und spielte, all dies immer noch wortlos. Mandrokles lag ausgestreckt auf dem Boden, trank und weinte. Kleonike begann, zu Dymas' Spiel mit rauher Stimme eine düstere Geschichte zu erzählen, von wahnsinnigen Göttern und Palästen in Treibsand; von gräßlichen Ungeheuern und leichenfressenden Dämonen; von einem Helden der Vorzeit, die Nachzeit war, der eine Höhle verließ und eine tausendköpfige Schlange zerstückelte und seine Mutter befruchtete und tötete und seinen Vater erst erkannte, nachdem er ihn gemeuchelt hatte, und der am Ende immer noch in der gleichen Höhle war, die er verlassen zu haben glaubte.

Berauscht, verfinstert, verloren spielte Dymas immer schneller. Irgendwann stand Mandrokles auf, drehte sich zur Musik und begann sich zu entkleiden, den Rücken zu den anderen gewandt. Als er nackt war, breitete er die Arme aus, drehte sich nicht mehr, stand einen Moment starr und wandte sich Kleonike und Dymas zu. Er hatte keine Hoden und kein Glied; nur einen Halm, an dessen Ende eine verknotete schlauchartige Verlängerung aus Tiergedärm saß.

»Deshalb hasse ich die Perser«, schrie er. Dann warf er sich wieder auf den Teppich und schluchzte.

»Spiel weiter. Sieh mich an.« Kleonikes Stimme kam aus jahrhunderteweiter Entfernung. Sie nahm die Mütze ab, zum ersten Mal. Beide Ohrmuscheln fehlten. Sie stand schwankend auf, hob das Purpurgewand, streifte es über den Kopf. An ihrem Hals hing ein Amulett, das *ankh*-Zeichen mit dem Horos-Auge in der Schlaufe; es lag zwischen Brüsten, die zerfleischt worden und vernarbt waren und fransig. Der Unterleib mußte von hundert Lanzenstößen geöffnet und zerschlitzt worden sein; alles war eine Wüste aus Narben und Verwerfungen.

»Deshalb hasse ich die Perser!«

Irgendwann erwachte er, mit schmerzendem Schädel, in einer Lache von Erbrochenem, auf einem der Gänge des Hauses. Tekhnef richtete ihn auf, half ihm in seine Räume, half ihm sich zu säubern, bettete ihn an ihre Brust und summte ihn in den Schlaf.

Am nächsten Tag suchte er Kleonike auf. Er war nicht sicher, ob alles nur ein furchtbarer Albtraum gewesen war. Die Greisin stand vor den Käfigen des hellen Zimmers zum Strand, in dem sie all die kleinen Vögel hielt, denen sie seit Jahren das Sprechen beizubringen versuchte. Sie blickte ihn über die Schulter an, schaute dann wieder auf die Käfige, in denen Gesang und Geflatter und Geschnatter waren.

»Du mußt fort, Dymas.«

Er blieb stehen, starrte ihren Rücken an. »Was ... warum?«

»In wenigen Tagen werden die Truppen und die Büttel von Nektanebos die Stadt besetzen; seine Spitzel sind längst unter uns. Und – in wenigen Monden werden die Perser hier sein.«

»Die Perser? Was ist dann mit dir und Mandrokles?«

Sie hob die Schultern. »Kann man uns mehr antun? Wir werden versuchen, soviel wie möglich zu bewirken, zu retten, mitzunehmen auf das letzte Schiff. Aber du, du mußt vorher gehen.«

»Warum?«

»Du hast einige Lieder gesungen, Dymas, und laut, zu laut bestimmte Dinge gesagt.« Sie seufzte. »Nimm Tekhnef mit. Sie ist frei.«

»Aber...« Er versuchte sich zu erinnern, nicht an den vergangenen Abend, sondern an Musik, Worte, Gesichter. »Wenn Tekhnef frei ist, muß sie selbst entscheiden. Aber ich glaube dir nicht.«

Kleonike schob einen Napf mit Wasser in den Käfig eines grellrotgrünen Vogels und schloß die winzige Gittertür. »Was glaubst du mir nicht?«

»Die Lieder... hier und da ein wenig unwirsch, aber doch kein Grund für... Maßnahmen. Und wenn alles so wäre, wie du sagst, müßte doch... Ich meine, wenn es hier von Spitzeln wimmelte, wenn bald die Perser hier wären, müßte man doch in der Stadt etwas merken. Es ist aber ruhig.«

Sie sah ihn ausdruckslos an. »Sei nicht kindisch, Dymas. Du *willst* nicht sehen, oder? Nach all den Jahren, in denen du selbst Berichte gemacht hast – was erwartest du von Herrschern? Glaubst du, du müßtest zum Mord an Nektanebos aufrufen, um ihm zu mißfallen? Oder seinen Leuten? Meinst du, nach all den Jahren, Herrscher brauchten einen *Grund,* wenn sie etwas tun wollen? Und nach all deinen Jahren leiser Arbeit verlangst du laute, aufsehenerregende Spitzel?«

Er ballte die Fäuste und versteifte sich. »Selbst wenn du hierin recht hast – was ist mit den Persern? Es müßten doch Gerüchte...«

Sie unterbrach ihn; diesmal war ihre Stimme hart. »Wach auf, Junge. Du hörst keine Gerüchte. Du bist zum Träumer geworden in Kanopos, hast alles verlernt oder vergessen. Du verbringst die Tage am Meer und mit Versen, die Abende mit Musik, die Nächte mit Tekhnef, du hörst nichts und siehst nichts mehr! Tennes, der König von Sidon, ist zum Verräter geworden und zu Artaxerxes übergelaufen; Gaza ist gefallen, das persische Heer steht vor Pelusion.«

»Ich – ah...« Er hob die Hände über den Kopf, ließ sie fallen, drehte sich um und ging hinaus. Erregt und verwirrt lief er durch die Stadt, durch den Hafen, über die Seestraße. Er bemühte sich zu hören, zu sehen, zu erfassen. Die Festung jenseits des Flusses schien ruhig; etwas in ihm, lange unterdrückt oder ungenutzt, erwachte und sagte ihm, daß es drüben zu ruhig sei. Auch in Kanopos war es still, aber es war die gewöhnliche Mittagsstille. Er trank heißen Kräutersud in einer Strandschänke, aß in Brot gerollte scharf gewürzte Fischbällchen, kehrte schließlich heim in Kleonikes Haus.

Die Greisin befand sich in einem ihrer zahlreichen Zimmer, im zweiten Geschoß, über den Räumen, die Dymas bewohnte. In der Ecke nahe dem Fenster sah er eine offene Bodenklappe; Kleonike machte eine Bewegung, als ob sie sie schließen wollte, kam ihm dann aber ein paar Schritte entgegen. Sie nestelte an der goldenen Nase; ihre Augen waren dunkel. »Nun? Hast du gesehen?«

Er schüttelte den Kopf. »Nichts. Alles ist ruhig.« Er ließ sich auf eine gepolsterte Holzbank fallen. »Habe ich den vergangenen Abend nur geträumt? Oder war alles so, wie...«

Sie zog die Mundwinkel herunter, machte noch ein paar Schritte und blieb vor ihm stehen. Dann schob sie die Wollmütze hoch; er sah die Löcher der Ohren. Sie faßte sich an den Hals und zog das Amulett hervor. Sie berührte die Nase.

»Dies kann ich nicht abnehmen; ein guter Arzt hat es im Fleisch befestigt. Aber auch wegen der Nase hasse ich die Perser.«

Dymas holte tief Luft; einen Moment lang schwindelte ihn. »Was ist mit dem Amulett, Mutter?«

Sie lächelte müde. »So hast du mich lange nicht mehr genannt. Das Amulett? Leben und *logos*, Dymas; es ist aber auch mehr. Ein ägyptisches Zeichen, ein karchedonisches Zeichen, ein tyrisches Zeichen, ein chaldäisches Zeichen.«

»Was...« Er unterbrach sich, weil er ein Geräusch hörte; es klang wie ein unterdrücktes, fernes Schluchzen, und es schien aus der Ecke zu kommen, aus der Bodenklappe. Er stand auf; Kleonike betrachtete ihn mit einem traurigen Lächeln, streckte die Hand aus, als ob sie ihn festhalten wollte, zuckte dann mit den Schultern.

Er ging zur Bodenklappe, bückte sich und blickte in das Loch. Ein wenig vergröbert, aber doch deutlich sah er in einem silbrigen Spiegel, der den Widerschein anderer Spiegel aufzufangen schien, sein Schlafgemach; auf dem Bett lag Tekhnef, auf dem Bauch, schluchzend.

Er richtete sich auf, mit einer Grimasse. Kleonike kaute auf der Unterlippe.

»Was ist das?« sagte er heiser.

Sie runzelte die Stirn. »Was soll es sein? Was bleibt mir denn vom Leben außer – betrachten? Es ist gut, daß ihr fast immer Licht gemacht habt, bei eurer einfallsreichen Liebe.«

Dymas öffnete den Mund, dann schloß er ihn wieder, wandte sich ab und lief hinaus.

Abends ging er mit Tekhnef zu der Musikschänke, in der er mit anderen bis in die Nacht hinein spielen wollte. Die Frau war ungewöhnlich schweigsam, versonnen, versunken; er hatte ihr nichts von allem gesagt, war aber beinahe sicher, daß sie alles wußte.

Die Straßen waren belebt, wie immer. Die Sonne ging unter, wie immer. Sie sahen fremde und vertraute Gesichter; der Weinhändler nahe der Musikerschänke schloß eben seinen Laden. Der Milchverkäufer, nebenan, schob einen einachsigen Karren in seinen Hof; am Morgen würde er den trommelartigen Behälter mit dem weißen Trank füllen, das Maultier vorspannen und rufend und singend durch die Straßen ziehen. Dymas lachte plötzlich grimmig; die weiße Unschuld frischer Milch... Eine Änderung in einem Vers eines seiner Lieder drängte sich auf. Tekhnef musterte ihn von der Seite und faßte nach seiner Hand, blieb aber stumm.

In der Schänke warteten die anderen Musiker bereits. Dymas nahm die Kithara, trank einen Schluck Wein. Der Hellene mit dem Tympanon schlug einen schleppenden Rhythmus an; seine Finger krabbelten über das straffe Leder, die Bronzeschellen des Rahmens klirrten. Der Nubier mit der Handtrommel fiel ein, dann der Aulet, dessen Bronzeflöte an diesem Abend besonders schrill klang. Die Harfe, dann die Kithara. Dymas spielte sicher, aber ein wenig zerstreut; er beobachtete. In der Schänke waren viele Stammgäste, die übliche Anzahl Fremder, andere Musiker oder Gaukler. Etwas lag in der Luft, eine ungreifbare Spannung. Tekhnef saß in der Nähe, verkrampft und mit weit offenen Augen. Ein Gesicht, hinten, im Schatten einer Säule, kam Dymas bekannt vor, er konnte es aber nicht einordnen. Die flackernden Fackeln, die Öllampen, der Widerschein des Herdfeuers aus der Küche machten alles zu einem Gewirr aus Lichtern und Finsternis.

Die Harfe stieg in waghalsigen, fast beißenden Sprüngen zum Grundton hinab, perlte noch einmal auf und wurde dumpf. Dymas übernahm; er spielte auf zwei Saiten, vier Töne gegeneinander versetzt, die Grundmelodie eines Stücks. Die Flöte übernahm, kehrte die Töne um, Trommel und Tympanon verschoben den Rhythmus immer weiter nach hinten, zu einem feierlichen Stolpern.

Dann sang Dymas, die Augen auf Tekhnef und dem Fremden.

Irgendwann nach dem Galgenberg, früh am Morgen –
als das Auge zu schwelen begann, sich im Teppich
der Lügen verlor; als die heiligen Klänge der Nacht,
die über die Kanäle ihr Netz aus Gedanken
weben und werfen, dem Mordlied der Dämmerung wichen;
als die Geister der Flaschen beschworen waren,
die die bitteren Träume ergebnislos trinken –,
da hüllte ich mich in das Mauservlies des Vergessens.

Angenehm zu vergessen sind Königsworte,
Bruchblicke träger Tiere und innige Rätsel,
wenn der Pfad vom Abend zum Morgen versickert.
Nur in der Nacht, wenn die Stadt schläft, nasch ich nackt
von der feindlich besetzten, köstlichen Gosse.
Irgendwann dieses Morgens, als durch Gesetz

die Sonne neu bestimmt und untertan wurde,
gab ich auf und vergrub mein Königsgefühl.

Worte bersten am hinteren Ende der Flucht,
schlecht gestimmte Worte ehrbarer Mörder,
Meuchlerseelen in purpurnen Hofgewändern.
Der Ratschluß des Herrschers steckt widerlich an; er gab
nach langem Verdenken seine Gesprächsliste aus.
Meide die Namen, flieh ihre Träger, vergiß,
mit wem der Herrscher wann welche Dinge beredet.
Ich las die Liste und zertrat meine Augen.

Früh spannt der Milchmann die Löwen vor seine Trommel
zur Unterwanderung. Sind die Löwen erst müde,
wird die Milch sauer. Die Schwäche der Löwen ist
die Tücke der Leute. Das Sternenlicht scheut den Tag;
Tag ist Erfindung lichtscheuen Gesindels,
das im Tempel, beim Herrscher oder sich selbst
Ausreden vorweisen will. Darum trink die Gesänge
nachts, und lausch nur selten den Taglügen jener.

Aus den Augenwinkeln sah Dymas bei den letzten Klängen eine Bewegung, dann ein metallisches Blitzen. Er riß die Kithara hoch; das geschleuderte Messer zertrennte drei Saiten und ließ den Schallkasten dröhnen. Im Hintergrund der Schänke, in den Schatten, begann ein Handgemenge; alles schrie durcheinander, Tische stürzten um, Becher zerbrachen auf dem Boden.

Tekhnef kroch durch Tischtrümmer zur Tür; ihre Augen flehten Dymas an, mitzukommen. Er hielt das Messer in der Hand, das er aus der Kithara gezogen hatte, wog es, spähte mit zusammengekniffenen Augen ins Zwielicht, in dem alles durcheinanderrannte; an mehreren Stellen rangen Männer miteinander. Er suchte nach dem Gesicht des Fremden, sah es aber nicht. Vorsichtig, die zerstörte Kithara als Schild erhoben, turnte er über Trümmer und Stühle zum Ausgang. Die anderen Musiker waren bereits geflohen; die Ägypterin hatte ihre Harfe zurückgelassen.

Auf dem engen Platz vor der Schänke drängten sich die Menschen des Viertels; erregte Reden und wildes Gefuchtel – niemand wußte so recht, was geschehen war. Einige hatten Messer in den Händen. Von rechts, aus der zum Hafen führenden Gasse, tauchten Kämpfer auf, mit Helmen und Panzern und gesenkten Speeren. Dymas drängte sich an der Wand der Schänke entlang nach links, wo Tekhnef wartete. Jemand berührte ihn am Arm; es war der Fremde. Im Licht des Vollmonds, der über den Dächern und dem Meer stand, sah Dymas, daß der Mann ägyptische Gewänder trug; sein schwarzer Bart war gestutzt und ausrasiert. Aber die leisen Worte waren Persisch.

»Du solltest verschwinden – eine Empfehlung von Bagoas.«

Dymas starrte ihn wortlos an, umklammerte die Kithara. Das zerstörte Instrument gab klagende Mißklänge von sich, als er die Saiten mit dem Unterarm berührte.

Der Perser schob ihn ungeduldig weiter. »Mach schon.« Er zischte fast. »Du bist zu schade für ein Messer und nicht wichtig genug für eine Leibwache. Wir müssen ein paar Leute zum Schweigen bringen, keiner kann sich um dich kümmern. Ein Schiff aus Kition läuft bald aus; beeil dich.«

Dann war er verschwunden, als hätte ihn der Boden oder die Menge verschlungen. Tekhnef faßte nach Dymas' Hand und zerrte ihn fort, zum Meer, zur Mündung, zum Haus, durch wirre Gassen.

»Was wollte der Mann?« Sie keuchte, bemühte sich, halblaut zu sprechen.

Dymas hielt sie fest; sie standen vor Kleonikes Haus. »Er will, daß ich verschwinde. Ein Perser. Sie bringen wichtige Leute um. Das Messer war eine Aufmerksamkeit des Pharao. O ihr Götter, was geschieht hier?«

Tekhnef hielt ihn mit ausgestreckten Armen bei den Schultern; ihre Worte waren kaum zu hören. Der Lärm, den sie hinter sich gelassen hatten, nahm zu; aus den Augenwinkeln sah Dymas Schatten zwischen den Bäumen des Platzes auftauchen.

»Sie... sie hat gesagt, ich bin frei. Nimm mich mit.«

»Komm.« Er hielt immer noch die Kithara, nahm das Messer zwischen die Zähne und zog Tekhnef mit der rechten Hand ins Haus. Die Stille jenseits der schweren Tür war wohltuend. Und unheimlich.

Sie liefen durch die Gänge, zu Kleonikes Gemächern. Dann schrie Tekhnef auf und preßte eine Hand vor den Mund.

Die Tür zu Kleonikes Arbeitsraum stand offen; von einem Deckenbalken baumelte Mandrokles. Dymas ließ die Kithara fallen, nahm das Messer in die Rechte und duckte sich unter den Beinen des Mannes hindurch, der von Leben und Schwermut erlöst war. Ein Raum nach dem anderen, alle verwüstet, alle ohne Kleonike. Tekhnef folgte langsam, mit aufgerissenen Augen.

Sie fanden die Greisin im Zimmer, das zum Strand blickte. Die Vogel-käfige waren zertrümmert. Kleonike lag auf dem Boden, die toten Augen fast aus dem Kopf gequollen. Das Gewand war zerschlitzt. Jemand – es mußten mehrere gewesen sein – hatte auf dem Steinboden Feuer ge-macht; Fackeln und Lampen gab es genug. Sie hatten die goldene Nase aus dem Kopf der Greisin gerissen, im Feuer erhitzt und in ihre Wange gedrückt; das Gesicht war versengt und blutverschmiert. Sie hatten das Amulett glühend gemacht und in Kleonikes Brust gebrannt. Sie hatten die kleinen Vögel getötet und ihr in den Mund gestopft. Die silbernen Spiegel gegenüber den Fensteröffnungen waren verbeult.

Dymas wandte sich ab, schaute hinaus aufs Meer. Halb am Strand, aber deutlich im Begriff aufzubrechen, lag ein großer Lastensegler. Der Musiker ächzte halblaut; er spürte, daß ihm Tränen die Wangen hinab-rannen. Sanft aber nachdrücklich schob er die erstarrte Tekhnef aus dem Raum, weiter, bis sie wieder bei Mandrokles' Leichnam angekom-men waren.

Dymas hob die Kithara auf; mit zuckenden Händen riß er das Joch und die Eisenwirbel aus dem zerstörten Instrument. Das Krachen und Bersten schien Tekhnef aus der Erstarrung zu wecken. Sie stieß einen lauten, schrillen Klageschrei aus.

Wenige Atemzüge später, wie es schien, hatten sie Dymas' prallen Münzgürtel, die Aulostasche, einen Beutel mit seinen und Tekhnefs wichtigsten Habseligkeiten beisammen. Tekhnef zögerte, dann lief sie durch das leere Haus, aus dem die übrigen Haushaltssklaven geflohen schienen, verschwand irgendwo und tauchte mit einem schweren Le-dersäckchen voller Goldmünzen wieder auf. Kleonike brauchte sie nicht mehr.

Auf dem Gang zur Treppe hielt Tekhnef plötzlich an und gab Dymas Zeichen: schweigen, lauschen. Sie hörten Stimmen, Männer, die Ägyp-tisch redeten; die verschlossene Haupttür, Eisen und hartes Holz, krachte und knirschte, brach aber noch nicht. Tekhnefs Gesicht ver-zerrte sich; sie machte kehrt, gefolgt von Dymas, der das Haus gar nicht so gut kennen konnte wie sie. Eine Tür, die Wand zu sein schien; eine steile enge Treppe; ein Luftzug aus dem Dunkel; über ihnen die Schreie und das Getrampel von Männern; ein Holzdeckel über der Öffnung am Ende eines rohrenartigen Gangs, durch den sie kriechen mußten; dann waren sie im Freien, zwischen Büschen, unmittelbar oberhalb des Strands.

In der Stadt brannten einige Häuser; von überall waren Schreie und Kampfgeräusche zu hören. Der Frachter, der halb am Strand gelegen hatte, war in tiefes Wasser geschoben worden, wandte dem Land die Backbordseite zu und schien zu warten. Der Vollmond, zwischen Mast und Rah eingeklemmt, übergoß das Meer mit Silber. Dymas watete ins Wasser; hinter sich hörte er Keuchen und Planschen und spürte Tekhnefs Hand an seinem Rücken. Ein bärtiges Gesicht hob sich über die Bordwand.

»Seid ihr die Händler aus Kition?« stieß Dymas hervor; im letzten Moment erinnerte er sich daran, daß die kyprische Stadt ein alter phönikischer Stützpunkt war, und sprach statt Hellenisch das reine Küstenphönikisch des Ostens.

Der Mann grinste, schüttelte den Kopf und deutete nach Osten. Ein anderer Frachtsegler, der wahrscheinlich im Hafen gelegen hatte, glitt unter dem Mond und den Sternen aufs Meer hinaus.

Eine Stimme, hinter Dymas und Tekhnef, klang auf. Dymas erkannte sie sofort; sie sprach Westphönikisch und gehörte Hamilkar aus Karchedon.

»Los, macht schon, oder wollt ihr hierbleiben?«

Arme reckten sich ihnen entgegen, halfen ihnen an Bord. Hamilkar kam als letzter; am Strand liefen Männer mit Fackeln zusammen. Sie hörten Metall klirren und sahen den Widerschein des Mondes und der Fackeln auf Waffen.

Als die ersten Leute vom Strand ins Wasser wateten, tauchten nahezu geräuschlos die Ruderblätter ein; der Frachter bewegte sich quälend langsam, weg vom Strand, von den Fackeln, von den Verfolgern, fort von Kanopos und den Bränden, die die Nacht über Ägypten zerrissen.

Tekhnef kauerte am Fuß des Masts; sie hatte das Gesicht auf die Arme gelegt, die auf den vor die Brust gezogenen Knien ruhten. Hamilkar stand auf dem Achterdeck und gab Anweisungen; dann kam er die Stufen zum Hauptdeck herab und blieb vor Dymas stehen.

»Glück für dich, Musiker. Wir waren nicht deinetwegen hier und hätten nicht gewartet.«

Dymas nickte langsam. »Ich mag blind und taub sein, aber ich überschätze mein Gewicht im Spiel der Mächte keineswegs. Was tust du hier? Ich hätte angenommen, du seist mit Timoleon und dem Krieg auf Sizilien beschäftigt.«

Hamilkar grinste; im Mondlicht waren seine Zähne weißgelb. »Das

tun andere. Weiter draußen warten ein paar von unseren Kriegs-
schiffen, für alle Fälle. Ich wollte gewisse... Spuren beseitigen, ehe es
zu spät ist. Und wenn große Dinge geschehen, die man nicht verhindern kann, sollte man sie wenigstens aus der Nähe betrachten, um aus
ihnen zu lernen.«

11. FREUND DES KÖNIGS

Die Tage flossen ineinander; der mächtige Strom des Wissens, dessen Quell Aristoteles war und der sich später in den Jungen zum See staute, wusch und verspülte die Zeit, bis sie aus einer gleichförmigen Reihe glatter Einheiten bestand, dem gesichtslosen Gleithang des Flusses. Hin und wieder bildeten sich Strudel des Streits, Klippen, Untiefen, das eine oder andere Stückchen Prallhang, aber nur von wenigen Ereignissen ließ sich hinterher sagen, wann etwa sie sich zugetragen hatten. Ebenso gleichförmig, aber in sich meßbarer waren die Tage in der Festung bei Beroia; anders als die Stauung von Wissen war der Erwerb fortschreitender Fähigkeiten zu fühlen: Muskeln, die härter wurden, zunehmende Geschicklichkeit im Umgang mit Schwert und Lanze, Ausdauer. Und einzelne Vorgänge waren dramatischer als oben in Mieza, wo Freund- und Feindschaften sich langsam entwickelten und nichts aufregender sein konnte als der Abschied eines Schülers oder die Ankunft eines neuen. Keiner hätte sagen können, wann die zähe Feindschaft zwischen Alexander und Kassandros begann, denn sie entlud sich nie: Sie war nur vorhanden. Alle dagegen wußten, daß es ein klarer Herbstmorgen war, als Harpalos – im Reiterkampf mit Lederrüstung und stumpfen Speeren – vom Pferd stürzte und sich Knöchel und Unterschenkel brach. Die Kunst der Ärzte konnte ihn nicht ganz wiederherstellen; er hatte keine Schmerzen, als alles verheilt war, aber er würde bis an sein Ende hinken, und es war das Ende seiner Tage als Lehrling der Kriegskunst.

An irgendeinem warmen Tag sprachen sie über Herakleitos; Alexander und Aristoteles verbissen sich in den Satz, daß kein Mensch zweimal in den selben Fluß steigen könne. »Der Fluß fließt, der Mensch verändert sich; beim zweiten Mal sind beide nicht mehr die selben, sondern andere«, sagte Hephaistion. Dann kam Alexanders Einwand: leise, mit verhaltenem Feuer, scheinbar unbeteiligt.

»Der wissende Betrachter kann das sagen – Herakleitos, oder Aristoteles. Der Fluß weiß es nicht, denn er hat kein Bewußtsein. Der

Mensch, der hineinsteigt, weiß es vielleicht, beim zweiten Mal. Aber was, wenn der Mensch, der in den Fluß steigt, nicht weiß, wer er ist? Wenn er keine Seele hat und kein Bewußtsein?«

Kassandros gähnte laut und murmelte etwas über seelenlose Königssöhne, die jeder anständige Fluß ausspeien sollte; Aristoteles blinzelte und nahm sie in der Wandelhalle mit auf einen Gang durch die Lehre vom Sein und die Fragen der Identität und die Rätsel des Logos, der in dem Einen ebenso ist wie in den Vielen und dem Ganzen, weshalb die Sinne dem Einzelnen die Anwesenheit des Logos andeuten können, dessen Bedeutung die Vernunft erschließen mag. Kassandros setzte sich an eine Säule und döste; die anderen folgten wie gefesselt den Reden und Gegenreden, Fragen und Gegenfragen, windungsreich wie der Lauf des Maiandros und ebenso zielstrebig wie jener Fluß, der am Ende doch ins Meer mündet. Es war, als ob der Philosoph und sein Schüler einen Schaukampf austrügen, mit scharfen Schwertern föchten.

Die Ankunft der Gruppe, die die letzten zehn Tage in der Festung verbracht hatte, beendete das Ringen. Aristoteles legte Alexander beide Hände auf die Schultern, küßte seine Stirn und entließ die Jungen.

Koinos brachte einige Briefrollen – von Antipatros an Aristoteles, von Antipatros an Kassandros, von Vätern oder Müttern an die Söhne, vom König an den Lehrer, von Philipp an Alexander, kurz und sachlich; von Olympias, ebenso kurz und ohne jedes Gefühl.

Alexander fehlte beim Mittagsmahl; er war in den Wald gerannt. Hephaistion suchte und fand ihn, immer noch rennend, springend, als müßte er Energie ablassen wie ein übervoller Schlauch Wasser. Er stürzte sich mit einem Schrei auf Hephaistion; sie begannen zu ringen, bis sie erschöpft waren und nur noch keuchen konnten. Hephaistion setzte sich mühsam auf und lehnte sich gegen den Stamm eines Baumes; Alexander lag auf dem Rücken und starrte hinauf in die Äste, die wispernden Blätter, die trägen dünnen weißen Wolken. Er murmelte etwas.

»Was sagst du?«

Alexander schloß die Augen, nur einen Moment. »Wer ist ich? Wer bin Alexander?«

Hephaistion seufzte. »Die Leere? Immer noch? Oder schon wieder?«

»Immer. Als ob ... jemand alles aus mir herausgesaugt hätte.«

Hephaistion klackte mit der Zunge. »Denkst du wieder an diese arabischen Geister? Schläfst du deshalb so schlecht?«

Alexander murmelte mit zusammengebissenen Zähnen: »Ich hasse

Schlaf. Etwas geschieht nachts mit uns, was wir nicht beherrschen können. Ich will es nicht.« Er lachte gepreßt. »Wer bist du, Hephaistion?«

»Dein Freund.«

Alexander versuchte zu lächeln. »Ich weiß. Das ist mehr, als ich verlangen kann. Aber reicht es dir?«

Hephaistion legte die Hand auf Alexanders Stirn. »He, was ist los? Kalter Schweiß.«

»Ich friere, Freund. Warum gibt es so wenig Wärme?«

Hephaistion schaute auf die geknickte Briefrolle, die in Alexanders Gürtel steckte. »An deiner Stelle würde ich mich das auch fragen. *Ich habe gesehen, daß meine Eltern... zärtlich zueinander waren.«*

»Meine führen immer nur Krieg. Gegeneinander. Gegen alles.«

»Ja. Also. Was...« Er fuchtelte mit der Rechten in der Luft, als wären Wörter Mücken; dann lächelte er traurig und streckte die Hand aus. Alexander ergriff sie.

»Nachts... Wenn ich nicht doch schlafe, frage ich mich, was zwischen Sonnenuntergang und Sonnenaufgang mit der Sonne geschieht. Könnte sie nicht eines Tages einfach wegbleiben? Oder eine andere sein? Ist es vielleicht jeden Tag eine andere Sonne? Bist du sicher, daß du morgens der Hephaistion bist, der sich abends niedergelegt hat?«

»Ich glaube, Helios ist irgendwie... außerhalb. Über allem, jenseits von all dem hier. Die Welt ist eine Kugel – oder eine Scheibe, wie andere sagen. Und die Sonne ist ein riesiger göttlicher Feuerball, der von Ost nach West über den Himmel rollt und nachts wieder zurück, unter der Scheibe – oder Kugel.«

»Wie sieht die Unterseite aus? Wie sieht unsere Unterseite aus, nachts? Welche Ungeheuer hocken auf der Unterseite und warten darauf, daß die Sonne von Westen nach Osten über sie hinwegzieht?«

Hephaistion zögerte; sein Daumen streichelte sanft, wie selbständig Alexanders Handrücken. »Du meinst nicht die Sonne, oder?«

»Ich meine, vielleicht ist das hier, du, der Wald, Aristoteles, Olympias, Philipp, vielleicht ist das alles in Wahrheit die Unterseite. Und die richtige Welt, in der ich mein Glied der Göttin opfern und Schlangen töten muß, ist so furchtbar, daß wir uns nicht an sie erinnern *wollen*, wenn wir hier sind.«

»Vielleicht ist sie herrlich, und wir sehnen uns nach ihr, ohne es zu wissen. Der Elysische Garten unserer Nachtseite.«

»Das wüßte ich – oder würde es ahnen. Dann hätte ich nicht diese...

Furcht vorm Schlafen.« Er ließ Hephaistions Hand los und rollte sich auf den Bauch. »Ob die Leute am Rand der Welt wissen, wie es an der Unterseite aussieht? Ob man vom Rand der Welt zur Unterseite hinabsteigen kann?«

Hephaistion hob die Schultern.

»Meinst du, wenn wir nach Osten gingen, weit, weit nach Osten, dorthin, wo die Sonne herkommt – ob die Menschen, die da leben, mehr über die Wärme wissen? Wie man Wärme gewinnt?«

Hephaistion wiegte den Kopf. »Dann müßten die Leute fern im Westen alles über Kälte wissen.«

Alexander lachte grimmig. »Meine Mutter ist aus dem Westen, aus Epeiros. Sie weiß viele kalte Dinge.«

An einem der heißesten Tage des Sommers streiften sie mit Aristoteles und Philippos dem Arzt durch den Wald, immer bergauf, um Heilpflanzen zu suchen. Alle trugen Körbe und Lederflaschen mit Wasser. Die Luft, dick und süß, schien zu stehen; Myriaden Bienen füllten die Welt mit Gedröhn, bis kein Platz mehr für Worte oder Atem blieb.

Auf einer Lichtung nahe dem Gipfel kniete Aristoteles im Gras, rupfte einige breite Blätter und hielt sie hoch.

»Wie ich euch oft gesagt habe, ist es nicht gut, Theorien aufzustellen, große Weltbegriffe zu entwickeln, ehe man Tatsachen gesammelt hat. Viele Heiler, nicht zu reden von Philosophen, verfahren so – sie teilen die Natur auf in die Bereiche der vier Elemente und denken dann tiefe Gedanken über die Beziehungen zwischen Feuer, Feuerblumen und Feuerkrankheiten. Natürlich ist das viel leichter, als die wirklichen Eigenschaften der Dinge herauszufinden. Die Eigenschaften der Pflanzen, zum Beispiel. Dies hier ist saurer Ampfer; es gibt viele Arten davon. Ihr kennt die Pflanze; viele von euch haben die Blätter gekostet; sie sind säuerlich und frisch. Man kann sie auch auflegen, wenn ein Skorpion einen gestochen hat. Sie helfen, das Gift aus der Wunde zu ziehen. Die Samen, in Wein eingenommen, sind gut gegen allerlei Durchfallkrankheiten.«

Auf der anderen Seite des Berges hatten vor Jahren Feuer und Sturm den Wald vernichtet; hier gab es nur den Himmel, wenige Steine, Gesträuch und Moos. Aristoteles warf die Beeren fort, über deren Schädlichkeit er sich lange geäußert hatte, kniete nieder und deutete auf einen dicht bewachsenen Flecken neben einer verstrüppten Senke.

»Thymian, meine Freunde. Wilder Bergthymian, dessen Tugenden noch nicht durch Gartenzucht verzärtelt sind. Man nimmt ihn, um Speisen zu würzen; man kann ihn aber auch in Weinessig kochen, oder in Rosenwasser, und auf Stirn und Schläfen verreiben, wenn der Kopf schmerzt. Wir werden ein wenig damit spielen, wenn wir wieder unten sind.«

Später, in einem Nebental, in dem Wermut wuchs: »Vier oder fünf Wermutsamen stillen jedes Nasenbluten... Ich wünschte...« Er rieb sich die Augen, legte den Kopf in den Nacken und starrte in den Himmel. »Ah, es gibt so vieles... In fernen Ländern muß es Tausende heilsamer Pflanzen geben, von denen wir nichts wissen. Wenn je einer von euch dorthin gelangt...«

An einem kühlen Herbstnachmittag saßen sie auf dem Platz, um den Brunnen. Hephaistion hockte auf dem Brunnenrand und las aus einer dicken Rolle vor; Aristoteles lehnte neben ihm, zu seinen Füßen, das Gesicht den anderen zugewandt.

»›Er herrschte über diese Völker, obwohl sie nicht die gleiche Sprache redeten wie er und jedes Volk eine eigene Sprache hatte; dennoch vermochte er ein so weitläufiges Gebiet mit der Furcht zu überziehen, die er einflößte, daß er alle Männer mit Schrecken füllte und keiner ihm zu widerstehen suchte; und in allen konnte er ein so lebhaftes Begehren wecken, ihm zu gefallen, daß sie immer von seinem Willen gelenkt sein wollten.‹«

Aristoteles berührte Hephaistions Knie. »Gut gelesen. Nun laßt uns dies einen Moment erwägen. Enthalten die Worte, die wir gehört haben, wahrhaft Wissenswertes? Sie behandeln einen Herrscher, seine Staatskunst und seine Kriegführung – aber erfahren wir wirklich etwas?«

Ptolemaios hob die Hand. Er war schlank, sehnig, kräftig, seine dunklen Augen glitzerten. »Xenophon sagt, daß Kyros all diese Völker dadurch beherrscht hat, daß sie ihn fürchteten und ihm gefallen wollten. Das heißt, er war sowohl stark als auch freundlich. Wahrscheinlich bedeutet es, daß er stark und furchtbar war, wenn die Dinge es erforderten, und sanft, mild, gütig, freundlich, wenn alle Dinge und Menschen so waren, wie sie sein sollten. Das könnte bedeuten, daß er vor allem ein gerechter König war und imstande, das Richtige und das Falsche zu unterscheiden. Und daß er nach dieser Unterscheidung gehandelt hat.«

Aristoteles verschränkte die Arme und nickte langsam. »Richtig, und gut gesagt, Ptolemaios. Aber – sind dies wissenswerte, erfahrbare Tatsachen? Ja, Krateros?«

Der stämmige Sechzehnjährige, der Mieza bald verlassen würde, breitete die Arme aus. Der Umhang öffnete sich und zeigte die gewaltigen Muskeln. Sein breites Gesicht wirkte verhalten belustigt. »Nein, es sind keine faßbaren Tatsachen, keine greifbaren Vorgänge. Es klingt wie eine Aufzählung von Eigenschaften, die ein guter Herrscher eben haben sollte; nicht wie eine echte Beschreibung.«

Aristoteles nickte und lächelte; er blickte Alexander an. »Nun, Sohn des Königs, was hältst du von Xenophons Einleitung und seinen Äußerungen über den großen Kyros?«

Alexander stand auf und streckte die Hand aus; Hephaistion reichte ihm die Rolle. »Am Schluß dieses Teils sagt Xenophon: ›Da ich glaube, daß dieser Mann alle Bewunderung verdient‹, und weiter unten, ›daß er in der Beherrschung von Menschen so überaus vortrefflich war‹. Das zeigt ganz deutlich, daß Xenophon hier die Beschreibung eines idealen Herrschers anstrebt. Diese Vorstellung an sich ist aber schon platonisch, und wie du, edler Aristoteles, uns gelehrt hast, sollte man immer zunächst die Tatsachen ermitteln und erst danach eine Theorie erbauen – wenn überhaupt. Dies hier ist entweder eine Theorie, zu deren Stützung später Tatsachen hinzugezogen oder erfunden werden; oder es ist eine Folgerung, die uns dargeboten wird, bevor das, woraus sie sich ergibt, erzählt worden ist.«

Aristoteles nickte. »Sehr gut. Willst du noch mehr sagen?«

Alexander lächelte flüchtig; seine Augen richteten sich auf eine ferne Wolke. »Wenn dies keine Theorie wäre, sondern eine Folgerung, könnten wir darin Tatsachen finden, Wissenswertes. Betrachten wir es einmal so, als wäre es eine Folgerung. Xenophon spricht von verschiedenen Völkern, nicht Stämmen, mit verschiedenen Sprachen – das heißt, das Reich des Kyros muß tatsächlich sehr groß gewesen sein. Um diese Völker zusammenzuhalten, muß er ein sehr gut erdachtes, reibungsloses System zur Übermittlung von Nachrichten und Befehlen besessen haben. Was nun die Sprachen angeht, so läßt dieser Punkt darauf schließen, daß es viele gute Übersetzer gab – wahrscheinlich eine königliche Übersetzerschule.« Er machte eine Pause, überlegte. »Das wiederum bedeutet viele gute Lehrer, und genug Geld, sie und die Schule zu bezahlen. Was nun Sanftheit oder Freundlichkeit angeht, das kann bei verschiedenen Völkern Verschiedenes bedeuten. Was dem einen freundlich erscheint, mag für den anderen Schwäche oder Lästerung göttlicher Befehle sein. Wenn es wirklich allen ein ›lebhaftes Begehren‹ war, ihm zu gefallen, dann muß er alle sehr gut gekannt und geachtet haben, die Menschen ebenso wie die Gebräuche und Götter. Das heißt, er muß alles für alle und ein Gelehrter gewesen sein, mit einem vorzüglichen Netz von Spitzeln. Schließlich noch dies: Damit sie ihn in diesem riesigen, weitläufigen Reich alle fürchten, reicht es nicht aus, hier und da ein paar kleine Festungen mit Truppen zu unterhalten, um Stämme oder Völker zu befrieden. Zweifellos hatte er derlei Festungen und Stützpunkte, aber wenn es nötig war, muß er fähig gewesen sein, sehr schnell große Truppenstärken aufzubieten und zu verlegen. Das wiederum verlangt eine gute Versorgung mit Getreide, mit Viehfutter, mit Wasser, dazu Waffen und Heiler. Und Tiere, um alles zu befördern – die Vorräte wie die Krieger. Solche Vorräte lassen sich aber nicht in einem hungernden Land horten; vermutlich kam das Getreide auch den einfachen Menschen zugute, wenn sie es brauchten. Und jedenfalls muß Kyros, wenn Xenophons Worte nicht reine Erfindung oder Rhetorik sind, große Mengen von Reitertruppen für schnelle Bewegungen gehabt haben. Und viele Sammler und Übermittler von Nachrichten. Und sehr viele Staatsdiener für die Verteilung und Aufsicht.«

Er setzte sich und reichte Aristoteles die Rolle. Hephaistion zwinkerte und lächelte ihm zu; Ptolemaios und Krateros pfiffen durch die Zähne.

Aristoteles schwieg einen Moment; schließlich sagte er halblaut: »Sehr gut, sehr überzeugend, Alexander. Wir dürfen aber natürlich nicht vergessen, daß Xenophon in seiner Schrift über die Erziehung des Kyros das Bild eines idealen Herrschers entwirft, wie wir Hellenen ihn uns vorstellen. Weder wußte Xenophon viel über den wirklichen Kyros, noch ist es möglich, daß je ein Barbarenkönig das war, was wir uns als Herrscher wünschen würden. Und folglich...«

Alexander erhob sich. »Mit deiner Erlaubnis...«

Aristoteles nickte.

Alexander räusperte sich. »Wenn es unser gleißendes Mittags-Denken ist, im Gegensatz zum Zwielicht-Glauben der Barbaren... wenn es das ist, was uns überlegen macht und ein Streben nach Tugend erst erlaubt – warum haben denn all diese Völker Persiens so lange tugendhaft in Frieden miteinander gelebt, während wir, die wir doch so überlegen sind, ewig tugendlos Krieg miteinander führen?«

Aristoteles verzog das Gesicht, aber seiner Stimme war kein Unwille anzuhören. »Du selbst hast deine Frage bereits mit der Fragestellung beantwortet, Alexander. Es ist eben jenes helle Licht der Vernunft, das uns Unterschiede wahrnehmen läßt. Die Völker Persiens sind umnachtet und unterwürfig, zur Wahrung des Friedens gezwungen. Wir, als freie Menschen, lassen uns nicht zwingen. Sie leben ruhig wie Vieh in einer Herde, wir... ziehen den Streit vor. Vielleicht lernen wir andere Formen des Zusammenseins, wenn die Welt älter geworden ist, aber du darfst niemals vergessen, daß wahre Harmonie von innen kommen muß, als Ergebnis der Tugend; nicht von außen, als Ergebnis fremder Gewalt.«

Im Winter wurden die Felder um Beroia zu unendlichen Schlammwüsten. Koinos und die anderen Unterführer liebten das Flachland in dieser Jahreszeit, ebenso die älteren Kämpfer der Festung, weil es die beste Gelegenheit war, die Fürstensöhne Dreck fressen zu lassen.

»Ein Vorzug von Philipps Heer ist die Schnelligkeit«, sagte Koinos spöttisch. Es war Abend, der Himmel grauschwarz, ein paar Schneeflocken vermischten sich mit dem kalten Regen, der den Blick auf die Berge verwehrte und die Welt zu Morast und zischenden Hölzern machte, die nicht brennen wollten. »Wir sind schneller als die anderen hellenischen Heere, weil wir fast immer auf den Troß verzichten können. Wir können auf ihn verzichten, weil unsere tapferen, harten, ruhmreichen Kämpfer, zu denen ihr bald gehören werdet, alles selber tragen, was sie brauchen könnten. Waffen, Rüstung, Vorräte, Schaufeln, Schanzgerät. Dreckig seid ihr, Jungs; und eure Waffen werden rostig und schartig, wenn ihr sie nicht pflegt. Was war das denn schon, heute? Hundertfünfzig Stadien seit dem Frühstück.«

»Seit welchem Frühstück?« Leonnatos ähnelte einem Köhler, der seinen Meiler in einem Lehmloch unterhält. Das kurze Schwert war schlammbedeckt, die Beinschienen nicht zu sehen, der mit Bronzeplättchen besetzte Brustpanzer wie der Bauch eines Käfers, den man aus einer Pfütze fischt.

»Wer fragt nach Frühstück, wenn er mit erprobten Kämpfern des Königs die Mühen und Freuden teilen darf?« Koinos grinste. »Da es euch nicht gelingt, Feuer zu machen, solltet ihr andere Möglichkeiten finden, euch zu wärmen. Ich werde nun ein köstliches Abendmahl zu mir nehmen – zwei Hände voller Körner, im Regen aufgequollen, langsam gekaut. Wenn ich damit fertig bin, will ich euch angetreten sehen, mit sauberen Waffen und Rüstungen. Alexander, sei so gut und reinige deine *und* meine Sachen.«

Der Schlammpfuhl, der ihnen als Nachtlager dienen sollte, war im Sommer eine Rinderweide. Es gab kein Feuer; Zelte waren nicht vorgesehen, die Verwendung von Decken eher fraglich, da sie als Unterlagen für die Packstücke dienen mußten. Jeder trug etwas mehr als die Hälfte seines eigenen Gewichts, zusätzlich zu Waffen und Panzern. Am Rand der Morastwiese lagen ein paar Felsen, irgendwann von den Göttern oder einem Erdrutsch dort abgeworfen. Auf einem der Felsen saß Kleitos der Schwarze, ebenso verdreckt wie alle anderen; aber im zunehmenden Dunkel leuchteten die Metallteile seiner Ausrüstung.

Koinos nahm sich die angetretenen Kämpfer vor. Seine Waffen und die Alexanders gehörten zu den saubersten. Die dreißig erfahrenen Hopliten hatten ihre Ausrüstung mit wenigen, lange beherrschten Handgriffen gereinigt. Einige der Fürstensöhne waren weniger erfolgreich gewesen. Koinos schnitt eine Grimasse.

»Die jungen Herren stehen nicht besonders gerade. Seid ihr etwa müde? Tut euch etwas weh? Bedauerlich, aber leider sind die Ammen mit den warmen feuchten Tüchern heute anderswo beschäftigt. Ein bißchen Bewegung nach dem langweiligen Marsch bringt euch auf andere Gedanken, glaube ich. Laomedon, deine Waffen sind wie die Füße einer Krähe, die in Tinte gebadet hat. Hekataios – ist das ein Schwert oder ein Stück Scheiße? Perdikkas – na ja. Meleagros, willst du deine Feinde mit der Lanze stechen oder schminken?« Er klatschte in die Hände. »Los, los, Beeilung. Gleich wird es Nacht, dann könnt ihr den eigenen Dreck nicht mehr sehen. Vorher – saubermachen. Das gilt für Laomedon, Hekataios, Meleagros und Simmias. Wenn ihr euer Zeug gesäubert habt, und zwar gründlich, übernehmt ihr die erste Wache. Nein, Alexander, du nicht – noch nicht. Du schläfst ja sowieso erst gegen Morgen ein, wenn überhaupt; es wäre also Vergeudung, dich für eine der frühen Wachen einzuteilen. Du kommst zur letzten, morgen früh. Was? Essen? Ja, was denn noch? Eßt, während ihr um das Lager geht, ihr vier. Die anderen wegtreten!«

Alexander nahm den Beutel mit Getreide und seine Lederflasche; dann ging er zu dem Felsen, auf dem Kleitos saß. Er hatte sich in ein Schaffell gewickelt und lächelte verhalten.

»Na, und wie gefällt es dir?«

Alexander hob die Schultern, lehnte sich an den Felsen und ließ den Regen auf die offene Hand fallen, die ein paar Weizenkörner hielt. »Nicht schlecht.«

»Koinos ist gut, was? Manchmal vergißt man fast, daß er ebenso edler Herkunft ist wie ihr.«

Alexander nickte und aß, langsam, gründlich.

»Aber das muß so sein.« Kleitos legte ihm eine Hand auf die Schulter. »Ihr werdet später einmal diese Männer führen. Ihr dürft von ihnen nichts verlangen, was ihr nicht auch zu geben bereit seid. Und fähig. Deshalb.«

Alexander nickte, malmte, schluckte, wischte sich die Hand am triefenden Chiton. »Ich weiß es. Keine Klage. Es ist nicht besonders spaßig, aber sinnvoll.«

Kleitos summte; plötzlich sagte er »Da war so ein Unterton, oder? Als ob es andere Dinge gäbe, die weniger sinnvoll sind.«

Alexander spuckte aus. »Philipp will, daß ich Krieger und Herrscher werde. Fein. Ruhm und Ehre und Tod und Unsterblichkeit. Das höchste Ziel; dafür kann man sich auch mal im Schlamm suhlen. Olympias will, daß ich den Willen der Götter erfülle, und Aristandros auch. ›Du mußt Ammon gehorchen. Du mußt ein zweiter Achilles werden. Du mußt dies werden und das werden.‹ Aristoteles macht mich zu einem Gelehrten. Du und Koinos, ihr macht mich zu einem guten Putzer.« Er lachte gepreßt. »Keiner will, daß ich ich bin. Keiner fragt, was *ich* tun will.«

Kleitos glitt vom Felsen, stand neben ihm, nahm ihn bei den Schultern, drehte ihn zu sich und sah ihm in die Augen. Sie schienen zu brennen, in einem seltsam sengenden Licht. »Wer bist du, Sohn des Königs? Wer willst du sein, künftiger Herrscher der Makedonen? Was willst du tun, Erbe der Pflicht?«

Das Licht flackerte, schien zu erlöschen, flammte wieder auf. »Ich will wissen. Erfahren. Finden. Königssohn, Herrscher, Pflicht – das sind Gewänder, Zubehör, Panzerungen und Namen. Wie soll ich sie tragen oder ausfüllen, ohne daß ich weiß, wer sie trägt? Wer ist ich?«

Kleitos nickte langsam und legte eine Hand an Alexanders Wange. Sie brannte. »Vielleicht sind wir, was wir tun. Vielleicht ist alles, was wir mitbringen, wie Ton, den wir selbst formen und brennen müssen. Hundert Dinge sehen, zehn Dinge tun, um inwendig ein Ding zu begreifen. Und erst wenn wir zehntausend Dinge sind, innen, wissen wir, wer das ist, der da in uns steckt.«

»Zehntausend Menschen sein, um einer zu werden? Zehntausend Leben leben, um sterben zu können? Zehntausend Städte erobern, um in einer wohnen zu wollen? Zehntausend Stadien gehen, um den Boden unter den Füßen zu finden? Zehntausend Speisen essen, um einmal gesättigt zu sein, zehntausend Amphoren Wein leeren für einen Rausch?«

»So ähnlich, Freund.«

Alexander lächelte müde und traurig. »Vor ein paar Tagen hast du noch ›Junge‹ gesagt.«

»Das steht mir nicht mehr zu, Krieger. Gestern habe ich dich auf den Armen gehalten, morgen werde ich dir gehorchen müssen; wie kann ich dich heute ›Junge‹ nennen?«

»Ich will wissen.« Alexanders Stimme wurde brüchig, wie ein Schreibhalm, den starke Zähne zerfasern. »Ich will den Wind reiten und sehen, wo er geboren wird. Ich will ein Seil flechten aus Sand. Ich will die Münze prägen, die nur eine Seite hat. Ich will den Rand der Welt sehen, jenseits aller Berge und Wüsten. Die Welt *ist* ja eine Münze, die nur eine Seite hat und die keiner zahlen kann, oder? In welcher Münze haben die Götter Achilles bestochen – oder belohnt?«

Kleitos seufzte. »Er war dein Vorfahr, und deine Mutter hat viel von ihm geredet, damit du nicht du, sondern er wirst. Ein zweiter Achilles. Warum nicht ein erster Alexander? Es stimmt zwar, daß es besser ist, jung und ruhmvoll zu sterben, als alt und namenlos zu leben. Aber – wenn du schon ein zweiter Was-auch-immer werden willst, warum dann nicht Odysseus? Er wurde alt, und er hatte ebensoviel Ruhm wie Achilles. Warum nicht Odysseus? Warum nicht das Meer befahren bis zum Rand der Welt und darüber hinaus?«

»Kommst du mit?« Alexanders Augen durchbohrten das Zwielicht und fraßen sich fest in Kleitos' Gesicht.

Kleitos ächzte; langsam sank er auf ein Knie. »Ich werde dir folgen, Fürst, wohin du auch führst.« Dann stand er auf, hob den verschmutzten Zipfel des Schaffells und betrachtete ihn. Er lächelte und sah Alexander an. »Wenn du älter bist, Sohn meines Königs.«

Alexander schloß die Augen. »Das Meer befahren... Ich kenne nur den Strand. Gibt es das Meer wirklich?«

»Ja. Aber ich hätte nicht so sprechen sollen. Das Meer gehört uns nicht, es ist schon aufgeteilt. Hier herum gehört alles den Athenern, die Demosthenes gehorchen. Der Rest gehört den Phönikiern, die Persien dienen. Und im Westen gehört alles den anderen Phönikiern, Karchedon; die Karchedonier dienen nur sich selbst.«

»Irgendwann muß ich nach Karchedon gehen – oder segeln. Vielleicht kennen sie den Rand der Welt, und den Weg zur Unterseite.«

Der Winter war lang und trübe, nicht nur für die Neuen, die Aristoteles zunächst im fertigen zweiten Gebäude unterbrachte, bis er beschloß, sie und die »Alten« zu mischen. Auch die Schüler, die von Anfang an in Mieza gewesen waren, litten unter Anfällen von Heimweh. Es kam noch hinzu, daß einige der älteren, Männer von sechzehn Jahren, Mieza verließen, von den Eltern oder von Philipp angefordert, um in Pella, in fernen Festungen oder beim Heer in Thrakien Dienst zu tun. Seleukos gehörte zu ihnen, ebenso Marsyas, Menelaos und Nearchos. Mylleas aus Beroia, Sohn eines alten Gefährten des Königs, lud einige mehrmals für etliche Tage und Nächte in die Stadt ein.

Auch im Winter ging Alexander morgens und abends zum nachträglich angebrachten steinernen Trog neben der Zisterne, um sich von Kopf bis Fuß zu waschen. Kallisthenes sagte spöttisch, wahrscheinlich habe seine Mutter ihn zu oft und zu heiß gebadet; Alexander warf eine Wurzelbürste nach ihm, und Aristoteles ermahnte seinen Neffen, die spitze Zunge ein wenig im Zaum zu halten. Auch einige der Schüler spotteten über Alexanders Reinlichkeit; Philipps Sohn hob lediglich die Brauen. Hephaistion sah ein paar Tage lang zu; dann stand er morgens ebenfalls früher auf und lief nackt durch die Kälte zum Trog. Sie halfen einander, Öl und Salben zu verteilen und den Überschuß mit einem Schaber zu entfernen.

Der Frühling kam, dann der Sommer, und mit ihm kam Parmenions ältester Sohn, Philotas. Er war fast zwanzig Jahre und sollte die in der Festung Beroia liegenden Truppen prüfen – im Auftrag seines Vaters und des Königs. Er verbrachte einige Tage in Mieza, dann noch ein paar in der Festung, als ob er sich von Alexander und Hephaistion, mit denen er schon vor zwölf Jahren gespielt hatte, nicht trennen könnte. Zur besseren Prüfung der Krieger nahm er auch an den Wettkämpfen teil.

Einige der neuen Jungen, mit ihnen Hephaistion und Ptolemaios, wurden von Kleitos einer Strafgruppe zugeteilt.

»Ihr dürft nie vergessen«, sagte er grinsend, »daß jedes Heer ohne Führer auskommen kann, aber nicht ohne einfache Kämpfer. Sie sind es, die die Bürde tragen. Deshalb will ich, daß ihr tragen übt. Im Winter, im Sumpf, ist das ganz lustig, aber nun wollen wir sehen, wie es euch in der Hitze mundet.« Langsam, ein Stück nach dem anderen, verschwanden die Jungen unter Helm, Gurt, Schild, Schwert, Lanze, Sarissa, Dolch, Vorratsbeuteln, Lederflasche, Zeltbahn, Brustschutz, Schaufel. Koinos übernahm, ließ sie mit den wegen irgendwelcher Vergehen zu bestrafenden Hopliten zwei Reihen bilden und jagte sie dann im Dauerlauf um den Mittelplatz der Festung, bis die ersten zusammenbrachen.

Philotas und Alexander hatten lange Schwerter erhalten, nicht zum Stechen geeignet, sondern zum Hauen. Sie fochten gegen ältere Männer. Philotas war bald entwaffnet und sah mürrisch zu, wie Alexander ohne sichtbare Mühe seinen Gegner zurückdrängte, ermüdete, ihm schließlich das Schwert aus der Hand schlug.

Perdikkas und Krateros waren den Leichtbewaffneten zugeteilt; sie mußten Pfeile auf eine Zielscheibe schießen. Krateros traf dreimal den Rand, zweimal weiter in der Mitte. Der alte Kreter, der die Bogenausbildung leitete, klopfte ihm auf die Schulter.

»Nicht schlecht, Junge. Ein Jammer, daß du Truppenführer wirst. Aus dir könnte ein guter Kämpfer werden. Was für ne Verschwendung.«

Sie lachten. Perdikkas nahm den Bogen, spannte ihn ohne Pfeil, spannte weiter; die Muskeln wölbten sich, und plötzlich zerbrach der Bogen. Er warf die Stücke fort und schnitt eine Grimasse.

»Ist das für Männer oder für Kinder?«

Der Kreter grinste und reichte ihm einen anderen Bogen, der aus mehreren Dingen zusammengesetzt war; die Sehne hing an einem Ende. »Versuch's mal damit. Zuerst die Sehne befestigen.«

Perdikkas versuchte es, lange, auf fünf oder sechs Arten; schließlich gab er völlig verschwitzt auf. »Also, das ist unmöglich.«

Der Kreter schüttelte den Kopf. »Für einen makedonischen Krieger sollte nichts unmöglich sein. Schau, sogar ein alter schwacher Kreter kann es.«

Er nahm den Bogen; Alexander, Philotas und Krateros schauten zu. »Woran erinnert uns das?« sagte Alexander lächelnd.

Philotas hob die Schultern. »Der Bogen des Odysseus?«

Der Kreter blickte auf; er zwinkerte. »Er besteht aus den Hörnern eines Steinbocks, ein wenig Holz, ein wenig Eisen und sehr viel Leim. Seht ihr?«

Er stellte den Fuß auf das Ende, an dem die Sehne bereits hing, bog den Bogen über sein linkes Knie, bis aus der Krümmung nach rechts eine Krümmung nach links geworden war, und befestigte das andere Ende der Sehne.

»Das ist, was Penelopes Freier nicht tun konnten. Nur Odysseus, der seinen eigenen Bogen kannte, war dazu imstande.«

Der Kreter reichte Perdikkas die Waffe. »Jetzt versuch es. Die Pfeile fliegen dreihundert Schritt weit.«

Ein Hoplit, vielleicht vierundzwanzig Jahre alt, kam zu ihnen und sah aufmerksam zu. Perdikkas legte einen Pfeil auf und spannte, mit sehr viel mehr Mühe als bei dem ersten Bogen. Er zielte und ließ den Pfeil los, der in den Himmel stieg, weit über die Zielscheibe hinaus. Perdikkas schnitt eine Grimasse, während die anderen lachten. Er wandte sich dem Hopliten zu.

»Du da, lachen kann jeder. Mach es besser.«

Der erfahrene Schwertkämpfer lächelte, nahm einen Pfeil und schickte ihn fast in die Mitte der Scheibe; der Kreter nickte und pfiff durch die zahnlosen Gaumen.

Perdikkas schob die Unterlippe vor. »Ich geb's ja zu. Gut gemacht. Wie heißt du?«

Der Hoplit legte die rechte Hand an die Brust. »Emes.«

Perdikkas hob die Brauen. »Emes? Huh. Klingt wie aus den allerletzten Bergen. Ist das ein Name oder eine Krankheit?«

Alexander legte eine Hand auf die Schulter des Hopliten und lachte. »Es ist eine Stärke.«

Einige verbrachten die Nächte nicht in der Festung, sondern in der Stadt; Kleitos und Koinos hatten keine Einwände. Nur einmal sagte Koinos leise, als Ptolemaios morgens übermüdet mit steifen Beinen erschien: »Armes Beroia.«

Philotas war längst abgereist; es war der letzte Morgen vor der Rückkehr nach Mieza, dem Austausch. Sie verbrachten ihn mit Nahkampfübungen, bis alle schwitzten. Ptolemaios rümpfte die Nase, als er Hephaistion in den Sand warf.

»Wie kann man schwitzen und dabei immer noch gut riechen? Ihr wascht euch zuviel, glaub ich.«

Alexander zog Hephaistion hoch. »Du dagegen stinkst. Wie ein stößiges Tier.«

Ptolemaios lachte. »Dabei fällt mir was ein.«

Koinos begleitete wieder die Gruppe der Jüngeren; die anderen, die schon ihr zweites Jahr hier verbrachten, gingen allein oder in kleinen Gruppen. Der Weg führte von der Festung durch ein weites Wiesengelände nördlich der Stadt, dann durch Buschwerk in der Nähe eines Flusses. Alexander und Hephaistion gingen langsam, schweigend, dicht nebeneinander. Auf einem kleinen Hügel machten sie Halt, aßen ein paar Trauben und tranken Wasser aus der Lederflasche.

Als sie weitergingen, hörten sie Geräusche aus einer der Strauchgruppen. Alexander lächelte schräg; vorsichtig bogen sie Zweige zur Seite. Zwischen den Büschen lag Ptolemaios auf dem Rücken; auf seinen Lenden ritt ein schlankes, dunkles Mädchen. Ptolemaios hatte die Augen geschlossen; er keuchte. Das Mädchen starrte blicklos ins Blattwerk, in den Himmel, den Kopf weit im Nacken; ihr Atem rasselte.

Alexander und Hephaistion gingen weiter, stumm, bis sie den Fluß erreichten, an dessen flachem Ufer sie aufwärts wanderten. Wo der Sand und die Weiden endeten und das Ried begann, blieb Alexander stehen, drehte sich um und blickte zurück.

»*Das*«, sagte er heiser.

Hephaistion lächelte: ein langsames, träges Lächeln. »*Das* ist der Vorgang, durch den wir entstanden sind.«

Alexander sah ihn nicht an. »Was Hengste tun... was deine Eltern, meine Eltern gemacht haben... ist es anders als das, was... Männer miteinander tun? Was Achilles und Patroklos getan haben?«

»Nicht sehr, glaube ich – Achilles.« Hephaistion blickte ihn an, seine Augen, seinen Mund, dann zog er den Schurz aus und watete ins Wasser.

Alexander stand am Ufer, wie versunken. »Vielleicht ist es sauberer?«

Hephaistion verzog das Gesicht. »Wie meinst du das?«

»Keine Kinder, derentwegen man sich streiten muß. Kein Gebrüll. Keine Eifersucht.«

Hephaistion hob die Schultern, bückte sich, schöpfte Wasser, ließ es über seinen Bauch rinnen. »Die Spartaner haben immer gesagt, es wäre sauberer, das stimmt. Und Epameinondas hat von Thebens Heiliger Schar gesagt, sie wären deshalb unbesiegbar, weil kein Feind zwischen einem Kriegerpaar durchbrechen kann, das... zwischen zwei Kämpfern, die... ein Paar sind und die Seele des anderen in sich aufgenommen haben.«

Alexander nickte langsam; er streifte den Schurz ab und warf ihn auf das letzte Stück Sand. »Die Seele?« Seine Stimme war kaum zu hören. »Vielleicht ist sie ja wirklich im Samen.«

Hephaistion betrachtete ihn, aufmerksam; wieder schöpfte er Wasser mit den Händen, hob sie zum Gesicht, aber die Röte wurde immer tiefer, trotz des kühlen Wassers. Einen Moment lang steckte er den Daumen in den Mund. Dann lachte er und streckte die Hand aus.

»Komm. Wir wollen uns waschen.«

Alexander watete in den Fluß, kam zu ihm, bespritzte ihn. Sie begannen zu kichern, rangen einen Moment lang miteinander. Alexander schien die Tropfen in Hephaistions kurzem blonden Haar zu zählen; dann schob er ihn ein wenig von sich, näherte sich ihm wieder. Sein Zeigefinger fuhr über Hephaistions Arme, die Schultermuskeln, die Brust.

»Du bist sehr stark – Patroklos.« Er hauchte es fast in Hephaistions Mund.

»Dein Atem... er ist süß.« Hephaistions Stimme war voll von Staunen. Er beugte sich vor und berührte Alexanders Schulter mit der Zunge. »Und sogar dein Schweiß.«

Sie standen im Wasser und sahen einander in die Augen. Hephaistion legte die flache Hand auf Alexanders Brust; Alexanders Hand hob sich, sank wieder, stieg, berührte Hephaistions Hüfte. Dann küßten sie einander, sehr behutsam, als könnte etwas zerbrechen. Alexander zog Hephaistion hinüber zum Ufer, zu einer schmalen sandigen Stelle im Schilf.

Aristoteles kümmerte sich nicht um die erotischen Unternehmungen seiner Schüler, sofern sie sich außerhalb des Nymphaions ereigneten. Seine Ausführungen in den langen Gesprächen über hellenische Entwicklungen und Eigenarten, meist in der Wandelhalle, oft auch im Wald, schienen eine gewisse Billigung zumindest der erzieherischen, vorbildhaften Bindungen Bartloser an Erwachsene zu bergen; im übrigen enthielt er sich jeder Wertung. Er sprach von den Praktiken der Kreter, die angeblich in alter Zeit zur Knabenliebe gelangt sein sollten, um die Überbevölkerung ihrer Insel zu mindern; von der Einweihung in allerlei Mysterien; mit Spott erwähnte er Xenophon, dem die Knabenliebe, wie die zwischen Männern, als zersetzend und unnatürlich galt – »unnatürlich wie Verse, Tempel, Pflüge? Auch sie kommen im Tierreich nicht vor und sind dem Menschen nicht eben angeboren.

Eigentlich können wir nichts über die Natur des Menschen sagen, dessen lange Geschichte nichts anderes ist als Entfernung, Entwöhnung von der Natur und Kampf gegen die Natur. Was ist widernatürlicher als das Abschneiden von Fingernägeln oder das Stutzen von Bärten?«

In diesem Sommer wurde Pythias ein wenig sichtbarer. Die stille, schöne, anmutige Frau hatte sich immer im Hintergrund gehalten, weil es ihr entsprach und auch, um die Heranbildung der Jungen zu Teilen eines männlichen Ordnungssystems nicht zu beeinträchtigen. Aber sie war immer da, eine warme, liebevolle Gegenwart hinter den Dingen; die Ruhe und Kraft, die Aristoteles bei ihr fand, verwandelte er in Güte und Geduld und gab sie an die Schüler weiter. Wer unter den Jüngeren mütterlichen Trost brauchte, fand ihn bei Pythias, deren Herrschaft über den Haushalt, die Versorgung, die innere Ordnung von Mieza ebenso unumschränkt wie still war.

Eines Abends bat sie Alexander zu einem Gespräch. In der blauen Schärpe, die sie um die schlanken Hüften gewunden hatte, steckte eine Briefrolle. Sie gingen den Weg nach Beroia hinab, nicht weit, nur bis jenseits des Lauf- und Kampfgeländes. Eine leichte Brise linderte die Hitze des Tages; etwas wie Rauch von einem fernen Waldbrand lag in der Luft und überdeckte die näheren Gerüche der Blumen, Sträucher und Bäume. Es war kurz nach Sonnenuntergang; der Himmel war noch hell, und der Vollmond stand wie eine Silbermünze auf dem Grat des Hügelzugs gegenüber.

Pythias setzte sich unterhalb des Weges auf einen vor Jahren gestürzten Stamm. Jüngere Schüler hatten Efeu und Flechten entfernt und am Holz herumgeschnitzt, als ob sie hier in den Bergen einen Einbaum wider die nächste große Flut erschaffen wollten. Als es dunkler wurde, versickerte langsam der Strom von Ameisen, die ihre mysteriösen Geschäfte ruhen ließen und wenige Schritte links des Stamms in einem mannshohen Hügel verschwanden. Der Mond löste sich vom Berg und schwang sich in den Himmel, um zwischen glitzernden Sternen zu grasen. Alexander lehnte neben Pythias; er hielt den Kopf gesenkt und sah zu, wie unterhalb des leichten hellen Leinengewands ihre Füße mit den Sandalen und dann mit dem Waldboden verschmolzen.

»Du kannst sprechen oder schweigen, wie du möchtest.« Pythias' Stimme war dunkel und warm, wie der Abendwind. »Es ist nichts, was *ich* mit dir zu bereden hätte. Ein Brief von Olympias.«

Sie legte die Hand an die Rolle; Alexander seufzte leise.

»Die Verbesserung der Verbindungen zwischen Mieza und der Welt hat ihre Nachteile.« Pythias lächelte verhalten. »Wir erfahren, was an anderen Orten vorgeht, und andere Orte hören oder lesen Dinge, die sich hier ereignen. Deine Mutter ist besorgt, und die Art ihrer Besorgnis hindert sie daran, sich an Aristoteles zu wenden.«

Alexander blickte auf; um seinen Mund lag ein spöttisches Lächeln. »Olympias hat sich nie durch irgend etwas hindern lassen, das zu tun, was sie für tunlich hielt. Wenn sie an dich schreibt statt an Aristoteles, dann nicht aus Zweifel oder Feinfühligkeit, sondern weil sie sich größeren Nutzen verspricht.«

Pythias betrachtete ihn aufmerksam. Als sie weiterredete, klang ihre Stimme ein wenig härter, als spräche sie nicht zu einem Schüler des Philosophen, sondern mit einem gleichrangigen Erwachsenen. »Es ist ein langer Brief einer scharfsinnigen Frau. Kluge Gedanken über das Zusammenleben von Männern und Frauen, Männern und Männern, Frauen und Frauen. Nichts davon ist ungebührlich oder verwerflich, sagt sie, solange nicht die wichtigen Dinge außer acht gelassen werden. Es ist ein sehr gewöhnlicher Vorgang, daß ein Mann einen Mann liebt oder eine Frau eine Frau. Dies ist unter Hellenen so, und auch unter Barbaren; Perser und Kelten, sagt man, sind der Knabenliebe besonders zugetan. Die meisten Hellenen lieben sowohl Männer als auch Frauen. Vielleicht sogar in dieser Reihenfolge.«

»Was ist mit Aristoteles – wenn ich fragen darf?«

Pythias sah ihm in die Augen. »Du darfst, denn daran ist nichts Geheimes. Aristoteles gehört zu den wenigen Hellenen, hellenischen Männern, die nur Frauen lieben. Es ist sein Kummer, und auch der meine, daß uns die Götter bisher die Freude eines Kindes versagt haben. Aber du kennst ihn ja; du weißt, daß er seine Wünsche und Werte niemandem aufdrängt, anders als Platon. Meistens spricht er sie nicht einmal aus – wenn es nicht gerade um den Unterschied zwischen Hellenen und Barbaren geht.« Sie kicherte leise. »Aber in dieser Sache gibt es da keinen Unterschied; jedenfalls nicht im Grundsätzlichen. Nur, vielleicht, in der philosophischen Bewertung. Aber die überläßt Aristoteles jedem selbst.«

Alexander nickte. »Und meine Mutter überläßt sie nur sich, nicht wahr?«

Pythias atmete durch die Zähne. »Nein – jedenfalls nicht so. Sie bittet mich, dir zu sagen, daß du lieben kannst, wen immer du willst, ohne ihre Liebe zu verlieren; solange du daran denkst, daß der Sohn eines Königs Vorbild sein und selbst Söhne zeugen muß.«

Alexander nickte wieder. »Die Liebe meiner Mutter?« Sein Gesicht war ebenso gelassen wie seine Stimme; es war, als spräche er vom Wind, von Holz, von Wasser. »Nun ja, die Liebe meiner Mutter. Sie braucht sich keine Sorgen zu machen; ich weiß, was ich Makedonien schulde. Makedonien, nicht Olympias. Der Sohn eines Königs und einer Königin hat seine Eltern in Dankbarkeit zu ehren; auch ohne Liebe, notfalls. Olympias hat mir immer gesagt, was und wie ich zu denken, zu reden, zu handeln, mich zu kleiden und zu ernähren habe. Sie wird mir nicht vorschreiben, wen ich warum lieben soll, darf und kann; oder wen nicht.«

Aristoteles und Pythias hatten andere Sorgen, in diesem Sommer. Antipatros selbst kam nach Mieza, ohne Gefolge, um die schlimme Nachricht zu überbringen. Er kam abends an, erfrischte sich ein wenig, fühlte sich aber danach immer noch unwohl, wie es schien.

Sklaven hatten einen kleinen Tisch und bequeme Scherensessel auf die Terrasse am Hang gebracht, oberhalb der Gebäude. Es gab Brot, eingelegte Oliven, Salzfisch, Feigen, Lammfleisch, kydonische Äpfel, Birnen, Waldbeeren, Wein und Wasser. Rechts und links hatte man große Fackeln in den Boden gerammt. Es war windstill; sie brannten stetig, erfüllten die Luft mit dem Ruch von Harz und Pech und zogen Mücken und anderes Kleingetier an, das folglich die Speisen und die Speisenden nicht belästigte. Die Sonne war längst hinter dem Berg versunken; ein letzter Widerschein färbte den Osthimmel über dem Tal. Einige Jungen trieben sich noch auf dem Platz vor den Gebäuden herum, planschten mit Wasser oder sprachen in Zweier- und Dreiergruppen miteinander. Nach und nach wurde es stiller, als immer mehr in den Schlafhallen verschwanden.

Antipatros hatte darum gebeten, Alexander hinzuzuholen. »Der Sohn des Königs wird Philipp bald einen Teil der Pflichten abnehmen müssen; besser, er wird nicht länger von den unerfreulichen Dingen ferngehalten.« Mit Zustimmung von Antipatros nahm auch Nikanor an diesem Abendmahl teil. Er war fünfzehn Jahre alt, wie Alexander; die beiden verstanden sich gut. Nikanors Eltern stammten aus Stageira, dem Heimatort von Aristoteles, den Philipps Truppen vor sieben Jahren ebenso zerstört hatten wie Olynth und andere chalkidische Städte.

Sie waren nach Aloros gezogen; die Jugendfreundschaft zwischen Aristoteles und Nikanors Vater hatte die Jahrzehnte überdauert. Im Frühjahr war die Mutter gestorben, nach langer Krankheit; wenige Wochen später auch der Vater, als das Schiff, mit dem er von Aloros nach Samothrake reiste, in einen Sturm geriet und sank. Pythias und Aristoteles hatten den Sohn der toten Freunde, der ohnehin als Schüler in Mieza weilte, als Pflegesohn angenommen, an Stelle jener eigenen Kinder, die das Schicksal oder die Götter ihnen verweigerten.

»Du sagtest, Alexander wird...?« sagte Pythias.

Antipatros hatte ausnahmsweise den Helm abgenommen; er fuhr sich mit der Hand über den kahlen Schädel. Sein Gesicht, eben noch entspannt und beinahe fröhlich, legte sich in kummervolle Falten. In wenigen Jahren würde er sechzig werden; seine Bewegungen waren immer noch flüssig und energisch, aber nun sah man ihm plötzlich das Alter an.

»Er wird – wenn nicht wundersame Dinge geschehen.«

Alexanders Hand, die sich nach einer Feige ausstreckte, sank zurück, auf den Tisch, dann in den Schoß. »Warum?«

Antipatros betrachtete ihn offen und nickte langsam, als ob der Anblick ihn befriedigte. »Ich weiß nicht, was ihr hier oben erfahrt...«

»Zuviel von der einen Sache und zu wenig von der anderen.« Aristoteles grunzte leise. »Meinst du Euboia?«

Die Insel, im Vorjahr von makedonischem Gold, makedonischen Freunden und makedonischen Truppen unter Parmenion eingenommen, stand wieder auf der Seite Athens: Das von Demosthenes geschaffene Bündnis und die Krieger Athens hatten die kleinen makedonischen Besatzungen vertrieben.

»Aber sie gehen nicht weiter.« Antipatros klang grämlich. »Wir hatten erwartet, daß sie nun auch in Hellas, auf dem Festland, nach Norden vorstoßen. Sie tun es nicht, sie warten ab. Deshalb werden wir im nächsten Jahr die Dinge tun, die wir schon letztes Jahr hätten tun können.« Er griff nach dem Becher. »Und dafür brauchen wir alles, was wir aufbieten können. Die Festungen im Kernland werden nicht aufgelöst, aber verkleinert; wir können es uns nicht leisten, auf ausgebildete Kämpfer und gute Offiziere wie Kleitos zu verzichten. Wahrscheinlich« – er seufzte, kniff ein Auge zu und schielte in den Becher – »muß auch der alte Antipatros ins Feld ziehen. Parmenion an einer Stelle, Philipp an einer anderen, Antipatros an einer dritten. Dann, Sohn meines

Herrn und Freundes, wirst du entweder an Philipps Seite in den Kampf ziehen, oder du wirst die Dinge in Pella in jenem Gleichgewicht halten müssen, die gute Herrschaft ausmacht und guten Kampf ermöglicht.«

Alexander schwieg; Pythias betrachtete ihn und sah, daß seine Augen glänzten.

»Aber das ist nicht alles. Leider.« Antipatros setzte den Becher ab, legte die Hände auf den Tisch und blickte zwischen Pythias und Aristoteles hin und her. »Wappnet euch, o meine Freunde, denn es gibt eine betrübliche Nachricht für euch.«

Pythias faltete die Hände im Schoß; Aristoteles beugte sich vor. »Sprich.«

Antipatros seufzte. »Ungern – aber deshalb bin ich gekommen. Hermias...« Er räusperte sich. »Dein Oheim und Pflegevater, Pythias, dein Freund, Aristoteles, unser Verbündeter... Jemand hat von den Dingen erfahren.«

»Von welchen Dingen?« Alexanders Stimme klang hell und metallisch.

»Es gab ein geheimes Abkommen«, sagte Aristoteles tonlos. »Ich habe es in die Wege geleitet, Parmenion hat es ausgehandelt. Wenn es zum Krieg zwischen Makedonien und Persien käme, zwischen deinem Vater, Junge, und dem Großkönig, dessen Satrap Hermias ist, dann hätte Hermias deinem Vater alles zur Verfügung gestellt – Häfen, Straßen, Vorräte, Gold, Kämpfer. Und?«

Alexander kaute auf der Unterlippe; seine Augen suchten Pythias, dann Aristoteles, schließlich Antipatros.

»Dazu bin ich gekommen«, wiederholte der alte Makedone leise. »Jemand hat alles erfahren; wir wissen nicht, wer es war, noch auf welchem Weg. Der Großkönig wurde... man hat es ihm mitgeteilt, und er hat Mentor geschickt, den Rhodier. Hellene gegen Hellene, wie üblich, im Dienst der Perser. Mentor hat Hermias gefangengenommen; soviel wir wissen, hat er ihm nahegelegt, sofort alles zu gestehen. Dann, so soll Mentor gesagt haben, ›dann kann ich dich jetzt, hier und heute, ehrenvoll töten – oder töten lassen. Gift, Schwert, Lanzen, was du willst.‹ Aber Hermias war ein tapferer Mann, er hat nichts gesagt. Und deshalb mußte Mentor ihn den persischen Fürsten übergeben, die in der Nähe waren.« Antipatros streckte die Hand aus, legte sie auf Pythias' gefaltete Hände; seine Stimme klang brüchig. »Sie haben ihn tagelang gefoltert, aber er hat geschwiegen, bis in den Tod. Tapfer, aber so nutzlos. Sie wußten ohnehin alles.«

Pythias schloß die Augen. Aristoteles berührte ihre Schulter, sanft, beinahe furchtsam. »Nicht nutzlos«, sagte er heiser; er räusperte sich. »Nicht nutzlos. Tugend ist niemals nutzlos. Sie ist immer sinnvoll, auch wenn sie keinen Zweck verfolgt. Ohne Hermias' Aussage haben die Perser nur die Behauptung eines Verräters, eines Spitzels, was auch immer. Sie haben nichts, was es ihnen erlauben würde, Philipp der Kriegsvorbereitung zu bezichtigen. Früher oder später wird es, *muß* es zum Krieg kommen. Artaxerxes hat sein Reich wieder stark gemacht; vielleicht stärker, als Persien je war. Er herrscht von den Grenzen Indiens bis nach Ägypten, bis hinauf nach Troja, bis zur Meerenge, an deren anderem Ufer Byzantion liegt. Er *wird* Hellas angreifen, sobald es ihm sinnvoll erscheint. Und dies ist der unmittelbare Nutzen, den die Tapferkeit des Fürsten von Atarneus hat: Sie hat Artaxerxes keinen Vorwand für einen sofortigen Angriff geliefert; sie hat Philipp und uns allen, allen Hellenen, Zeit verschafft. Zeit, die wir nutzen müssen.«

»Wenn wir nur wüßten«, knurrte Antipatros.

Nikanor war hinter Pythias getreten und hatte die Arme um ihren Hals gelegt. Aristoteles lehnte sich in seinem Sessel zurück und starrte in die Zweige, hinauf zu den Sternen. Alexanders Stimme berührte ihn wie ein Peitschenhieb; er zuckte zusammen.

»Wer nimmt persisches Gold für den Kampf von Hellenen gegen Hellenen? Wem nützt es, Persien und Makedonien in den Krieg zu treiben, zu einem Zeitpunkt, da Artaxerxes bereit ist und wir nicht? Wen stärkt es? Wollen wir Athen sagen, oder gleich Demosthenes?«

Aristoteles nickte ganz langsam. »Ich kenne ihn. Es wäre ihm zuzutrauen. Alles wäre ihm zuzutrauen.«

Antipatros griff nach dem Weinkrug. »Aber woher weiß er es? Jemand in Pella muß Demosthenes . . . Oder jemand aus der Umgebung von Hermias.«

Die nächsten Tage nach der Abreise von Antipatros überließ Aristoteles seinen Helfern die Leitung des Nymphaion. Er trauerte, wie Pythias, nicht um einen Toten, nicht wegen des Todes, sondern wegen der Art des Sterbens; darum, daß ein Tapferer, ein Herrscher und Philosoph, ein treuer Freund, zum zweiten Mal von den Barbaren gefoltert worden war. In der Jugend hatten sie ihm die Lust genommen, ihn zum

Eunuchen gemacht; nun hatten sie ihm die Möglichkeit heiteren Alterns geraubt, und das Leben.

»In Delphi«, sagte Aristoteles viele Tage später, als er in der Wandelhalle einige der älteren Schüler versammelt hatte, »wenn die hellenischen Wirren es zulassen – in Delphi will ich ihm einen Stein weihen.« Er lachte plötzlich, fast heiter oder jedenfalls gelassen. »Wie ihr seht, meine jungen Freunde, ist auch ein alternder Philosoph bisweilen Opfer seiner Gefühle. Vielleicht wird derlei leichter zu ertragen sein, wenn ich ein paar Jahre älter bin. Sagen wir, fünfundvierzig oder fünfzig Jahre alt. Aber heute . . .« Er verschränkte die Hände auf dem Rücken. »Manche laufen in den Wald, rammen den Kopf gegen Bäume, wenn etwas in ihnen brodelt. Andere zerschmettern alle irdenen Behältnisse des Haushalts. Wieder andere greifen zum Schwert, stürzen sich hinein, um das Brodeln aus sich herauszulassen, oder töten jemanden, der nichts mit alledem zu tun hat, nur um sich Erleichterung zu verschaffen. Ich will keine Theorie der Dichtkunst aufstellen, erneuern oder umstoßen, und sicher ist dies kein allgemeiner Vorgang, aber bei mir, heute, löst das Brodeln den dringlichen Wunsch aus, Verse zu schreiben und zu sagen. Vielleicht sind Verse etwas, das durch Metamorphose aus Brodeln entsteht, wie der Schmetterling aus der Raupe. Vielleicht ist alle Dichtung nur Verdrängung.«

»Sag uns die Verse!« Alexanders Stimme war ungewöhnlich weich, fast streichelnd.

»Wenn du willst . . . Sie sind nicht gut, einige jedenfalls. Ich glaube, gut sind jene, die ich auf den Stein werde schreiben lassen, in Delphi. Etwa so:

Ihn ließ meucheln der König der bogentragenden Perser,
trat das heilige Recht aller Götter in Staub,
hatte ihn nicht überwunden in offenem Kampf mit der Lanze,
sondern die Tücke und List eines Verräters genutzt.

Mag angehen, mag angehen. Schlecht als Vers, aber nicht ganz schlecht als Nebenform des Brodelns.« Er lachte.

Hephaistion hob die Hand. »Da wir bei Versen sind . . . Ich hörte, ich weiß nicht mehr, wer es erzählt hat, daß Aristoteles einmal Verse zum Lobe Platons geschrieben haben soll. Und nachdem ich in den Genuß gekommen bin, Aristoteles in Mieza zu lauschen, kann ich mir darunter eigentlich nicht so recht etwas vorstellen.«

Die anderen kicherten; Alexander legte eine Hand auf Hephaistions Schulter.

»Ist es wahr?« sagte er mit einem Glucksen. »Hast du wirklich Platon in Versen gepriesen?«

Aristoteles lächelte. »Ihr wollt unbedingt schlechte Verse hören, wie? Nun ja, ich habe Verse geschrieben, die in Athen allgemein als Lob auf Platon aufgefaßt werden. Oder, was das Lob noch erhöhen würde, als Preislied auf einen, der einen Gedenkaltar für Platon errichtet.

In das berühmte Athen kam er und hat dort gebaut
einen Altar der innigen Freundschaft zu jenem Gelehrten,
den zu preisen auch nur Frevlern das Recht nicht erlaubt,
ihm, der als einziger oder als erster der Sterblichen deutlich
durch sein Vorbild und durch kluge Methoden bewies,
daß man sich gut und gleichzeitig glücklich selbst formen kann.
Keiner vor ihm errang jemals solch hohes Verdienst.

Es ist aber anders gemeint.« Aristoteles kratzte sich den Kopf und grinste spöttisch. »Nicht Platon ist jener höchste Gelehrte; das ist Sokrates. Platon hat eine Art Altar erbaut, in Worten und Gedanken, das stimmt; aber indem er von der Freiheit des Fragens zur Knechtschaft des Systems gelangte, wurde er gleichzeitig zum Frevler, der eigentlich nicht preisen darf.«

Er wandte sich den Schülern zu; einen Moment lang bohrten sich seine Blicke in die Augen Alexanders. »Sich selbst formen, bilden, sich selbst gleichzeitig zum guten und zum glücklichen Menschen bilden – zum Beispiel als denkender Herrscher, der all das, was ihm als das Beste erscheint, auch seinem Volk gewährt. Als Führer, Vater, Lenker, Bildner. Hermias hat es versucht; vielleicht ist er gescheitert, ich weiß es nicht. Vielleicht waren die Sterne und die Götter ihm nicht hold. Oder die Umstände. Aber dies, das Beste, die – Bestheit, die wir *arete* nennen, ist dies nicht die höchste Tugend, die anzustreben mehr wiegt als alles Gold und aller Kriegsruhm?« Er runzelte die Stirn; dann lächelte er. »Da ihr offenbar in der Laune seid, schweifenden Gedanken und schlechten Versen zu lauschen...

Jungfer Arete, die du mit Mühsalen folterst die Menschen,
aber zugleich das herrlichste Lebensziel bildest:
Deiner Schönheit zuliebe
strebt man in Hellas zum Tode sogar,

nimmt gewaltige Plagen auf sich, ohne Rast.
Solche Macht über Menschen hast du, ein Feuer, das niemals er-
  lischt,
stärker ist es als Gold, als der Wille der Eltern,
als die Gewalt des wohlig blinzelnden Schlafes.
Deinetwegen meisterten eifrig der zeusentsprossene Herakles
und die Söhne der Leda vielerlei schwierige Pflichten,
wollten deine Gunst sich ewig erringen.
Sehnsucht nach dir trieb einstmals Achilles und Ajax hinab in den
  Hades;
um deine Schönheit entsagte der Herr von Atarneus dem Glanze
  der Sonne.
Lieder sollen hinfort seine Taten erhöhen,
Mnemosynes Töchter, die Musen,
mögen auf ewig ihn preisen: die Achtung,
die er dem Zeus, dem Hüter der Gastlichkeit, zollte,
seine Freundestreue die, einmal gewährt, nimmer wankte.

Aber dies alles ist, wiewohl aufrichtigem Brodeln entsprungen, doch
nur leichtfertiges Anbändeln mit jener schönen Dämonin, die ihre
Gunst Homer und Pindar gewährte. Soll ich vor ihr knien – nachdem
ich über meine Versfüße gestolpert bin?« Er klatschte in die Hände.
»Wenden wir uns wieder anderen Dingen zu. Prosa, Freunde.«

An einem klammen, stürmischen Frühlingsabend erschien der König.
Er hatte nur drei Begleiter bei sich; die übrigen waren in der Festung
Beroia geblieben. Philipp war naß, müde und alt; die Furchen, die seit
vielen Jahren sein Gesicht zu einem fruchtlosen Ackerland machten,
waren zu tiefen Kerben und Rillen geworden und hatten sich vermehrt.
   »Ich brauche den Jungen. Und die meisten anderen auch. Wie macht
er sich?« Der König stand vor dem Feuerkasten in Aristoteles' Wohn-
raum. Während er sprach, wischte er mit einem Tuch über Haare und
Gesicht, warf es auf den kleinen Tisch, rieb sich die Hände über dem
Feuer. Pythias brachte Brühe, Braten und Wein; diesen Gast zu bedie-
nen überließ sie nicht den Sklaven.
   Aristoteles goß Wein und Wasser in die Becher; er sah, wie Philipps
Hände an Gurt und Schwert herumzupften. »Er ist fertig, wenn es das
ist, was du wissen willst. Im Sommer wird er siebzehn. Natürlich hat
kein Mensch je ausgelernt...«

Philipp trat nach seinem Brustpanzer, der auf dem Boden lag; er packte den Helm, drehte ihn um, kratzte sich mit dem Helmbusch den Nacken. »Ist er – gut?«

»Zu welchem Zweck?«

Philipp bleckte die Zähne. Einige waren schwarz und verstümmelt, und im Oberkiefer klafften mehrere Löcher. »Weißt du, um was es geht? Hast du Gerüchte oder Nachrichten bekommen?«

Aristoteles zuckte mit den Schultern. »Nachrichten – nein. Und Gerüchten mißtraue ich. Aber du solltest ein paar Tage mit Drakon verbringen. Deinem Arzt.«

Philipp hob die Brauen. »Warum denn das?«

»Er hat in all den Jahren so viele Zähne gesammelt. Vielleicht könnte er dir ein paar neue einsetzen.«

Philipp spuckte in den Feuerkasten. »Gah. Zähne von Toten... Also, die Gerüchte. Ich hab sie jetzt in der Tasche.«

»Wen oder was?«

Philipp lächelte grimmig. »Die Hurensöhne, Athen. Ich hab die Schnauze voll, verstehst du.«

Aristoteles nickte bedächtig. »Du willst also nun die bewaffneten Spaziergänge unternehmen?«

Philipp ging zu einer Säule, lehnte sich mit dem Rücken dagegen und rieb; dabei seufzte er wohlig. »Ahhh. Ja. Seit zwanzig Jahren habe ich alles versucht, um eine hellenische Einigung zu erreichen. Als gleichberechtigter Herrscher, oder als Führer. Seit zwanzig Jahren hat Athen alles gehemmt und verhindert. Weil sie mit niemandem gleich sein wollen, sondern immer die ersten – und nicht, um Dinge zu bewegen, um beispielsweise einem Krieg gegen Artaxerxes vorzubauen, sondern einfach so.«

Aristoteles lächelte matt. »Es sind eben immer einige gleicher als die anderen.«

»Und wie sehr, ja. Wir werden alt, Aristoteles – wir beide. Du siehst noch nicht so aus, aber ich spüre es. Vierundvierzig, was? Ich kann nicht nochmal zwanzig Jahre warten und planen und bauen und zerstören. Isokrates wußte, worum es geht. Wenn Persien stark ist, besetzt es die hellenischen Städte in Asien und mischt sich in die hellenische Politik ein. Manchmal stiftet es Frieden, wie beim Königsfrieden vor, ah, siebenundvierzig Jahren, indem es Athen, Sparta und Theben zur Einigung zwingt. Meistens stiftet es Krieg von Hellenen gegen Hellenen, um Persien noch stärker zu machen. Wenn Persien sehr stark ist und Hellas sehr schwach, kommt der Überfall. Heute ist Persien stärker, als es zu Zeiten von Dareios und Xerxes war. Der Großkönig hat alle Satrapen gezwungen, vor ihm zu knien; er hat Phönikien und Ägypten und Babylon sicherer im Griff als je zuvor. Er verfügt über die großen Flotten der phönikischen Städte. Die hellenischen Inselbewohner vor seiner Küste lecken ihm die Füße. Und was haben wir? Ein paar Schwachköpfe in Theben. In Athen kein Themistokles, sondern dieser aufgeblasene Windbeutel. In Sparta kein Leonidas; Spartas König zog als Söldner nach Italien.«

Es war wie Regen aus einer übervollen Wolke; Aristoteles ließ seinen alten Freund reden, und je länger Philipp sprach, desto ruhiger wurde er.

»Hermias, unser guter Vertrag... Ich bin sicher, daß Demosthenes ihn an die Perser verkauft hat, obwohl ich nicht weiß, woher der Athener alles wußte. Die Zeit... vielleicht ist das Leben ein Schlauch, und das Wasser darin ist die Zeit, die zur Verfügung steht, um alles zu tun, was getan werden muß. Der Schlauch ist leck, mein Freund. Das Wasser läuft aus; wir haben nicht mehr viel Zeit. Isokrates, wie gesagt, hat es immer gewußt und laut davon gesprochen.« Philipp kicherte plötzlich. »Nun ja, nicht gesprochen. Er hat seine feinen Reden geschrieben und andere sprechen lassen. Was hatte er eigentlich? Einen Sprachfehler? Feigheit vor Volksmassen? Ah, es ist gleichgültig. Jedenfalls hat er es immer gesagt – Hellas muß einig und nach innen friedlich sein, um Wohlstand für alle zu erreichen und Persien widerstehen zu können. Besser noch wäre es, die persische Drohung durch einen Kriegszug aller Hellenen zu beenden, für immer, und Rache für die Schändung der Tempel zu nehmen, Rache für die Zerstörung der Akropolis. Immer hat er sich den ausgesucht, der seiner Meinung nach am besten geeignet gewesen wäre, die Führung zu übernehmen in Einigung und Kampf. Sparta und Athen zusammen, dann Jason von Pherai, dann dieser Wahnsinnige aus Syrakus, schließlich der andere Wahnsinnige aus Pella.« Philipp schnaubte. »Nun werde ich ihn endgültig beim Wort nehmen.«

Aristoteles hob einen Becher, hielt ihn Philipp hin. Der König kam langsam zum Tisch, blickte sich um, als müsse er sich davon überzeugen, daß nirgendwo jemand auf der Lauer lag; er ließ sich schwer in den Scherensessel fallen.

»Und was willst du nun tun?«

Philipp trank, wischte sich den Mund mit dem Unterarm und rülpste. »Ich darf nicht anfangen – nicht ganz, jedenfalls. Athen muß den Krieg erklären. Weil Athen immer noch das Herz aller Dinge ist. Wenn ich Athen angreife, stellen sich fast alle Hellenen hinter Demosthenes. Wenn Athen uns den Krieg erklärt, werden viele Hellenen die Notwendigkeit bezweifeln und entweder auf unsere Seite treten oder zumindest nicht Demosthenes helfen. Wir haben es mit Euboia versucht, unsere Freunde dort an die Macht gebracht, kleine Besatzungen in die Städte gelegt. Mehr wäre ein Eroberungskrieg gewesen, den wir gegen hellenische Orte nicht führen dürfen – heute. Demosthenes hat einen Bund zustandegebracht – nicht für Hellas, nicht gegen Persien, sondern hinter sich und gegen Philipp. Sie haben Euboia, na ja, befreit; aber sie sind nicht weitergegangen. Das wäre meine Hoffnung gewesen. Hermias war eine Nebenhoffnung, gewissermaßen, im Vorblick auf Persien. Wie gewisse Fehlschläge in Ägypten.« Er hob den Becher und schaute Aristoteles über den Rand an. »Jetzt werden wir sie eben zwingen müssen.«

»Du willst also Byzantion angreifen, wie damals schon geplant?«

»Byzantion, und Perinthos.«

Aristoteles pfiff leise. »Bosporos und Propontis – die ganze Küste! Mit welcher Begründung?«

Philipp grinste breit. »Mit der besten aller Begründungen – zur Verteidigung. Beide Städte sind mehr oder minder mit Athen verbündet. Von beiden Städten gehen Störungen aus; immer wenn es mir gelungen ist, Thrakien halbwegs zu beruhigen, schüren Athen, Byzantion und Perinthos wieder Unruhen. Es ist schlecht für Makedonien, für Thrakien – sogar Thraker möchten hin und wieder in Frieden ihre Felder bestellen –, für Hellas, für den Handel mit den Steppen im Norden. Für alle.«

»Und du meinst, Athen, also das Bündnis des Demosthenes, wird dich angreifen, sobald du Byzantion und Perinthos belagerst?«

Philipp lächelte unendlich sanft und tückisch. »Wenn die Städte fallen, beherrscht Makedonien den ganzen Norden und die Meerengen. Das kann Athen nicht hinnehmen. Und notfalls, wenn Demosthenes sich nicht mit seiner Kriegspolitik durchsetzen kann, werde ich noch ein wenig nachhelfen.«

»Wie, Herr der Makedonen?« Aristoteles' Stimme klang gleichzeitig bewundernd und spöttisch.

»Laß dich überraschen, Fürst der Philosophen. Parmenion, der mich übrigens bat, dir seine Verehrung und Freundschaft zu Füßen zu legen, ist unterwegs nach Osten, mit den meisten Truppen.« Philipp kniff die Augen zusammen. »Wir werden ein paar neue Dinge erproben; neue Belagerungsmaschinen und bewegliche Türme, die nicht gleich umfallen, wenn man an ihnen zupft. Polyidos – du kennst ihn, glaube ich – hat den Winter über Einzelteile entworfen; sie werden mit Schiffen und Karren dorthin gebracht und zusammengebaut. Parmenion und ich werden zwischen Byzantion, Perinthos, dem großen Fluß im Norden, Istros, und Thrakien für den Fortschritt der Dinge sorgen. Antipatros wird zwischen Illyrien und Thessalien hin und her wandern, in tiefer Nachdenklichkeit; er wird den Thessaliern die Wangen tätscheln, wenn ihnen die Furcht ins Gemüt steigen sollte; er wird dem König der Illyrer die Nase putzen, wenn dieser sie allzu tief in unsere Dinge steckt; er wird Straßen anlegen, von Norden nach Süden, oder vorhandene ausbessern; er wird Vorratslager einrichten – es könnte ja sein, man weiß es nicht, daß Athen uns den Krieg erklärt und wir dann schnell große Truppenverbände nach Süden verlegen müssen; häh. Und er wird Krieger werben und ausbilden.«

»Deshalb...«

Philipp beugte sich vor, die Unterarme auf der Tischplatte. »Genau – deshalb. Ich brauche Alexander, und die besten der anderen. Er ist jung; gewisse Dinge lernt man erst mit der Zeit. Wissen aus Büchern, sein Leben in Pella und Mieza, der Umgang mit Fürstensöhnen und rauhen Kämpfern in Beroia, all dies wird ihn, wenn er gut ist, fähig machen, Pella zu leiten – den Hof, die Verwaltung, den Nachschub. Erfahrene Kämpfer will ich ihm nicht unterstellen, bevor ich ihn nicht selbst im Kampf gesehen habe. Denn dies ist eine Sache, die man nicht aus Büchern lernen kann.«

»Das weiß er – wie die anderen.« Aristoteles hob den Napf mit der Brühe, die inzwischen ein wenig abgekühlt und trinkbar geworden war. »Sie wissen es, weil ich es ihnen gesagt habe.«

Philipp verschränkte die Hände hinter dem Kopf und starrte Aristoteles lange an. »Ich danke dir«, sagte er dann gedehnt. »Ich hatte gehofft, daß du unter den Philosophen vielleicht als einziger weißt, wo das nützliche Wissen, das man mit Wörtern vermitteln kann, enden muß und wo die Tat beginnt. Sag – ist er gut genug?«

Aristoteles blies noch einmal über die Brühe, trank, setzte den Napf ab. »Alexander ist der beste Schüler, den ich je hatte. Aber...«

»Aber was?«

»Er hat einige seltsame Ideen über Hellenen und Barbaren und ihre Gleichwertigkeit. Und ... er ist zu gut.«

Philipp verzog das Gesicht. »Wie kann jemand zu gut sein?«

Aristoteles schloß die Augen; er sprach halblaut und sehr ernst. »Inwendig ist der Mensch ein System von Waagen und Schalen. Liebe und Haß. Geiz und Großmut. Tugend und Niedriges. Größe und Feigheit. Wenn die Schalen gleichmäßig gefüllt sind, die Waagen ausgewogen, dann kann ein Mensch seinen Platz im Gefüge der Dinge einnehmen und sein Bestes tun. Wenn eine der Schalen zu voll oder nicht voll genug ist, wenn die Waage kippt, wird er vielleicht zu gierig oder geht durch allzu weitherzige Großzügigkeit zugrunde oder ist zu kriegerisch und vergißt, daß auch Gold oder Verträge oder Versprechungen zum Ziel führen können. Wenn die Liebste nicht eingesperrt ist, sollte man die Wand ihres Hauses nicht mit dem Kopf niederrammen, sondern die Tür benutzen.«

Philipp rümpfte die Nase. »Ja. Und weiter?«

»Alexander ist ausgewogen. Soweit man dies von einem jungen Mann sagen kann. All seine Freunde ... Die Welt wird von ihnen hören, später; hier, in Mieza, habe ich sie als Teile eines Gefüges erzogen, als Gleiche, damit sie lernen, miteinander und mit anderen zu leben. Rücksicht, Einpassung, all diese Dinge. Keiner hat Herausragendes getan; es war auch nicht nötig. Keiner hat auffällige Eigenschaften entwickelt, weil ich ihnen dazu keinen Anlaß gegeben habe. Ich habe ihnen nur helfen können, ihre inneren Waagen auszuwiegen. Du wirst ihnen nun die Aufgaben übertragen, an denen sie sich beweisen müssen. Sie werden sich beweisen; der eine als Krieger, der andere als Denker. Perdikkas ist ein Kämpfer; Harpalos ist ein Rechner; Alexander? Sein inneres System ist sehr fein, und sehr schwierig auszuwiegen. Weil seine Waagen feiner sind und seine Schalen größer als die aller Menschen, denen ich je begegnet bin. In ihm sind mehr Götter und Dämonen, als du und ich ertragen könnten. Solange seine Waagen ausgewogen sind, kann er sich zum größten König und wunderbarsten Führer von Männern entwickeln. Wenn aber eine Schale, die der Liebe oder der Gier oder der Tugend oder gleich welche, wenn also eine Schale und damit nur eine der zahllosen inneren Waagen deines Sohns das Gleichgewicht verliert, dann wird er die ganze Welt vernichten. Vielleicht.«

Philipp fuhr sich mit der Hand über die Augen und grunzte. »Klingt gefährlich. Wie soll ich mit ihm umgehen?«

»Vorsichtig, mein Freund. Und versuch, *sein* Freund zu sein.«

»Sein Freund? Ich bin der König, und sein Vater!«

Aristoteles lächelte. »Das ist ein Zufall. Freundschaft bedarf der Bemühung.«

12. DER WEG
NACH CHAIRONEIA

Der sieche, säuerliche Ruch im Raum wurde stärker so wie die Stimme des alten Philosophen schwächer. Aristoteles hatte sich mehrfach vom Rücken auf die Seite und wieder zurückgerollt; dabei waren die Decken und die Felle in Unordnung geraten. Peukestas stand auf, dehnte sich und deckte den Sterbenden wieder zu; die Beine waren eiskalt.

Aristoteles dankte mit einer Handbewegung; er wies zum niederbrennenden Feuer, dann auf einen Stapel Rollen. »Diese nicht; es sind Abschriften von Briefen, die dir nützlich sein könnten. Alle anderen...«

Peukestas legte nach und fachte das Feuer wieder an. Der Philosoph sprach weiter, immer schneller, immer schwächer. Von Mieza, Pella und Stageira, von Philipp und Alexander und Pythias, die ihm alle Kraft und Wärme gab. Pythias, die sanfte, die allzu schmächtige Pythias, deren Leib zerriß und sich verblutete, als ein Jahr später, im Jahr der athenischen Kriegserklärung an Philipp, das so lange ersehnte Kind geboren wurde, die Tochter, die den Namen der Mutter erhielt. Mieza, das Nymphaion, das Philipp seinem Freund schenkte, damit weiter makedonische Fürstensöhne und andere dort unterrichtet werden konnten. Pella, die Hauptstadt, in der alle Fäden gesponnen wurden. Stageira, wo Aristoteles geboren war – ein Trümmerfeld, seit Philipp die Stadt hatte zerstören lassen, in dem Jahr, in dem auch Olynth fiel.

Ein Jahr nach dem Ende von Alexanders Unterricht, vielleicht eineinhalb, sagte Philipp bei einer kurzen Begegnung in Pella, inzwischen habe er sich von den Vorzügen der Ausbildung in Mieza überzeugt: Er habe ihre Auswirkungen an seinem Sohn und anderen beobachten dürfen. Deshalb stünde Aristoteles noch etwas zu. Aristoteles bat um den Wiederaufbau seiner Geburtsstadt; und Philipp möge die Vertriebenen heimkehren lassen und die versklavten Stageiriten freikaufen.

»Ein königlicher Preis, und teuer«, sagte Philipp mit einer Grimasse.

Aristoteles verzog keine Miene. »Ich bin es wert. Dein Sohn ist es wert. Und du solltest dir für weniger zu schade sein.«

Es gab viele Gründe für den Philosophen, in Makedonien zu bleiben. Das Nymphaion mit seinen nahezu einzigartigen Möglichkeiten; der Wiederaufbau von Stageira, zum Teil nach Plänen, die in Mieza erarbeitet wurden; die Fortsetzung der begonnenen Arbeiten, zu denen nicht nur die Ausbildung junger Makedonen zählte, sondern auch die Erstellung der Listen des Wissens, aller verfügbaren Kenntnisse verschiedenster Sachgebiete; nicht zuletzt die fortdauernde Gunst des Königs und seines Thronschatzes, die mit den Jahren immer tiefere Freundschaft zu Antipatros – und die Tatsache, daß Aristoteles, Makedonenfreund und Fürstenbildner, in Athen nicht willkommen gewesen wäre. Das Herz von Hellas nahm ihn erst auf, als nach dem Untergang Thebens, nach dem Frieden, nach Alexanders Sieg und asiatischem Aufbruch die Stellung der Makedonenfeinde um Hypereides und Demosthenes geschwächt war. Erst dann gab es die Möglichkeit, im nordöstlich Athens gelegenen Bezirk um das Heiligtum des Apollon Lykeios eine eigene Schule zu begründen: für die Erforschung der Dinge, wie sie sind. Vorher hätte Aristoteles allenfalls als Gehilfe von Speusippos und, nach dessen Tod, von Xenokrates in der Akademie daran mitarbeiten können, derlei Forschung zu hintertreiben durch Errichtung von Denkgebäuden über die Welt und die Dinge, wie sie nach Platons Meinung sein sollten.

Der Sterbende sprach schneller, fiebriger; etwas schien ihn zu drängen oder zu hetzen. Peukestas hatte Mühe, den Gedankensprüngen zu folgen. Pythias, Mieza, Stageira, das Lykeion, Erinnerungen an Hermias, Rückgriffe auf Anekdoten aus Pella, dann wieder Zusammenfassungen langer Gespräche mit Antipatros, Vorgriffe auf Briefe Alexanders, eine Verurteilung des Kallisthenes und seiner ungezähmten Zunge; immer neue Bruchstücke von Gedanken über das Hellenische und das Barbarische: freies lichtes Denken zur Gestaltung der Welt gegenüber dumpfem düsteren Verweilen in knechtischem Glauben und Gehorchen. Namen, Vorgänge, Geschichten ohne Anfang und Ende: der Korinther Demaratos, Freund Philipps, der Alexander den unvergleichlichen Hengst Bukephalos schenkte und später, als Philipp und Alexander miteinander gebrochen hatten, die Versöhnung bewirkte; die schöne Kallixeina, von Olympias dafür gekauft, daß sie Alexander von Hephaistion trenne und in die Freuden des weiblichen Fleisches einführe, von Alexander kühl mißachtet; die kriegerischen und politischen Verwicklungen.

Während die Reden des Greises immer wirrer wurden, füllte sich das Zimmer mit Gestank. Pythias hatte in der Küche oder einem der anderen Räume vielleicht geschlafen, vielleicht geweint; plötzlich erschien sie, mit verquollenen Augen und hängenden Mundwinkeln. Sie atmete tief ein, legte die Hand auf Aristoteles' Stirn und bat Peukestas mit einer Kopfbewegung, den Raum zu verlassen; dann rief sie nach der alten Sklavin.

Peukestas trat aus dem Haus. Milder Wind strich über den Hügel, streichelte sein Gesicht. Erst jetzt wurde ihm klar, wie stickig es drinnen gewesen war. Er breitete die Arme aus, damit der Wind leichteren Zugang zu ihm fand; mit vollen Zügen genoß er die heile Luft auf dem Hügel. Irgendwo weiter östlich flackerte ein Feuer in der Ebene; der Meeresarm glitzerte unter den Sternen und dem Mond. Peukestas suchte und fand den großen Bottich; nachdem er sich erleichtert hatte, ging er hinab zum Brunnen, machte kehrt, stieg hinauf zum Haus. Der sieche, säuerliche Geschmack wich nur sehr langsam aus Mund und Nase. Aus dem kleinen Beutel, den er an einer Schnur um den Hals trug, zog er ein paar Blätter Minze, schob sie in den Mund und kaute, wie sein Vater es immer getan hatte. Wieder blickte er zum Himmel empor. Die Sterne waren milder und weniger zahlreich als die von Babylon. Alles war milder – die Luft, die Speisen, die Städte, das Land. Er versuchte, sich an die Kindheit zu erinnern, fand aber nur die Spuren jüngerer Ereignisse und Gerüche. Aristoteles' Worte schoben sich zwischen die Welt und die Wahrnehmung. Er bündelte seine Gedanken, beschwor Pella, die Stadt und die Landschaft, die er mit dreizehn Jahren verlassen hatte. Unglaublich, daß dies erst zwölf Jahre her sein sollte; Milet und Ephesos und Gordion und Ägypten und Babylon und Persien, die Berge und die Wüsten und die Ströme, sengende Hitze und schneidende Kälte, Eilmärsche in voller Rüstung durch staubige, steinige, feindselige Landstriche; baktrische Sonnenaufgänge, deren Schönheit und Einsamkeit Tränen in die Augen trieb, und Sonnenuntergänge über der arabischen Wüste oder im Dunst von Babylon; der Rausch des Geschmacks von Blut auf Stahl, lang und gierig; der Rausch in den Armen einer Perserin, schnell und heftig; die starren Augen der toten Kameraden, die Reihen der Gefangenen, die die Grube ausheben mußten, der Schweiß und das Entsetzen der Pferde beim Gebrüll des ersten Elefanten. Und immer wieder der sanfte Nachtwind im Herbst von Euboia.

Als Pythias aus dem Haus trat und leise nach ihm rief, mußte es kurz vor Mitternacht sein, wenn die Sterne nicht logen.

»Du kannst wieder zu ihm. Es geht ihm besser.« Ihre Stimme war flach, eine Hand nestelte an der Hüftschärpe.

»Möchtest du, daß ich ihn in Ruhe lasse?«

Sie lachte gepreßt. »Wozu? Er wird den Mittag nicht mehr erleben. Nein, es ist besser, wenn er sprechen und denken kann. Nur so daliegen und erlöschen... wäre nicht angemessen. Sprich mit ihm – frag ihn – ermuntere ihn. Darf ich dabeisein?«

»Wer bin ich, daß ich über dich und deinen Vater zu bestimmen hätte? Nichts von dem, was ich wissen will, ist geheim.«

Sie legte die Hand auf seinen Unterarm. »Komm.«

Aristoteles trug ein frisches Gewand. Das Lager war mit neuen Decken versehen. Pythias setzte den Rahmen in die Fensteröffnung; die saubere Luft füllte sich mit Ruch von brennendem Holz und von Weihrauch. Das Feuer loderte; jemand hatte Asche und verkohlte Reste entfernt.

»Man wird wieder zum Säugling.« Aristoteles sah erfrischt aus, beinahe ausgeruht. »Ich glaube, ich hatte auch oben einen, ah, Ausfluß. Wörter und Gedanken, ungeordnet und ungehindert ausgeströmt aus einem Kopf, der zum After des Geistes geworden war. Setz dich.«

Peukestas blieb am Fußende des Lagers stehen. »Bist du sicher, daß du...?«

Aristoteles versuchte zu lächeln und klopfte mit der flachen Hand auf die Decken. »Ich bin. Ich könnte sogar...« Er stützte sich auf einen Ellenbogen und zog das ägyptische Amulett hervor. »Nicht mehr lange, fürchte ich. Vielleicht sollten wir die Gelegenheit nutzen, solange die Kraft reicht. Knie neben mir, Junge.«

Peukestas warf Pythias einen Blick zu; die Frau erwiderte ihn nicht. Sie schob einen Schemel zur Wand, am Kopfende des Lagers, setzte sich und lehnte mit dem Rücken an den Steinen.

Aristoteles hustete; einen Moment kippten seine Augen hoch, und Peukestas sah nur das Weiße. »Vieles von dem, was noch zu berichten ist, kannst du den Briefen meines Neffen Kallisthenes entnehmen. Einige Briefe, die ich von anderen, von den alten Schülern erhalten habe, sind nicht mehr hier – sie sind in Athen, wenn man sie nicht verbrannt hat; besonders wichtige Vorgänge, die darin geschildert wurden, will ich dir erzählen. Dann wird der Teil kommen, den du selbst miterlebt hast. Meine Kraft reicht noch für einige wenige – Denkbilder. Knie; schau ins Auge des Horos, Sohn Drakons.«

Peukestas ließ sich langsam auf ein Knie nieder. »Wo sollen wir weitermachen?«

Aristoteles kicherte heiser. »Du bist sehr zuvorkommend. Du könntest ja auch sagen, wir sollten da weitermachen, wo der Alte angefangen hat zu sabbern, nicht wahr? Ich weiß noch, was ich abgesondert habe. Es war wie Durchfall, Peukestas; man sieht sich dabei zu, kann es aber nicht verhindern.«

»Wenn du es sagst...«

»Viele Dinge habe ich aus Philipps letzten Jahren ohnehin nicht gesehen – nur gehört, manchmal nicht einmal von Zeugen, sondern als Gerücht.«

»Die großen Dinge sind verzeichnet. Sag mir, was du sagen kannst – die Dinge, die nicht verzeichnet sind. Dinge, die mir helfen, die Aufzeichnungen besser zu verstehen, oder zu bezweifeln.«

Aristoteles ließ sich in die Kissen sinken. Die Hand mit dem Amulett ruhte auf seiner Brust. Einen Moment sah Peukestas ein drittes Auge, ein verzerrtes Dämonenauge, aus der Brust des Philosophen wachsen, und es war, als ob es weiter wüchse, um schließlich die ganze Brust auszufüllen. Als würde Aristoteles zu einem dämonischen Auge, ganz Schau, ganz Wahrnehmung, gleichzeitig ganz Umwandlung des Wahrgenommenen zu etwas Fremdem, Unheimlichem. Er schüttelte sich, blieb weiter auf einem Knie neben dem Lager, unfähig, sich von dem Anblick und den Gedanken loszureißen.

Aristoteles begann halblaut zu sprechen; es war wieder die beherrschte, gegliederte Rede, nicht das springende, strömende Hecheln der letzten Zeit vor der Unterbrechung. Er schilderte die wichtigsten Grundzüge der wie immer dreifach wirksamen, listigen Unternehmungen Philipps. Und seine großen Helfer: Parmenion, einfallsreich und notfalls tückisch auf dem Schlachtfeld, erfahren und ebenso kühn wie umsichtig; Antipatros, der gute Freund des Philosophen, ein großartiger Verwalter und Mehrer; zu ihnen kam nun Alexander.

»Viel kann ich dir nicht erzählen, über Alexander und seine Zeit in Pella. Die Art der Arbeit, die er dort zu tun hatte, eben die Verwaltung, die Ordnung, die Sorge um die täglichen Dinge, die Einhaltung des Rechts, die Beschaffung von Vorräten, all dies ist erst dann auffällig oder sichtbar, wenn es lückenhaft und schlecht gemacht wird. Die schlichte Tatsache, daß niemand etwas über bedeutende Ereignisse weiß, daß alle Dinge ruhig und ungestört flossen, ist ein Beweis dafür, daß Alexander, der in diesem Jahr siebzehn wurde, vollkommen und großartig gearbeitet haben muß. Den guten Verwalter darf man nicht bemerken, nur der schlechte fällt auf.

Die großen Dinge? Demosthenes betrieb den Krieg, wie Philipp es gewollt hatte; und er nahm persisches Gold dafür, wie Philipp es erwartete. Artaxerxes wollte noch ein wenig aus der Ferne zusehen, wie die Hellenen einander zerfleischen. Alles begann mit der Belagerung von Byzantion und Perinthos, aber Philipp konnte die gut befestigten Städte nicht einnehmen, und solange sie nicht gefallen waren, wollte Athen nichts tun, allen Reden von Demosthenes zum Trotz. Man sah daran auch die Ernsthaftigkeit von Athens mit Tributen bezahlter Schutzverpflichtung anderen hellenischen Staaten gegenüber – sie wurden erst dann schutzbedürftig, wenn sie zerstört, also Athen nicht mehr gefährlich waren. Aber Philipp hatte auch dies erwartet.«

Aristoteles schwieg; er hielt die Lider fest geschlossen, als wollte er einschlafen. Dann begann er leise zu keckern, wie ein gehässiger Vogel. »Er war gut, o ja. Er hat mit allem gerechnet und hatte für alles die richtige Antwort. Er hatte viele junge neue Offiziere und unerfahrene Truppen; und er hatte viele Landstriche im Rücken, als er vor Byzantion lag – Landstriche, die von athenischen Gesandten aufgesucht wurden, und die Gesandten brachten persisches Gold und Athens kluge Worte. Also ordnete Philipp den Nachschub folgendermaßen: Verwundete, begleitet von einsatzfähigen Kämpfern, verlassen das Belagerungsheer und ziehen nach Pella, auf der südlichen Straße, die Küste entlang. Sie gehen nicht schnell; überall bleiben sie ein paar Augenblicke. Sie sorgen dafür, daß man den Worten der Gesandten, den Worten des Demosthenes, dort nur sehr bedingt und mit Vorbehalten lauscht. Neue Truppen, aus Pella, unter der Führung frischer Fürstensöhne, ziehen gleichzeitig über die Nordstraßen nach Byzantion, durchs Innere des Landes, bessern die Straßen und die Treue der Thraker aus, müssen hier und da ein wenig eindringlicher überzeugen, mit Schwert und Lanze; sie beruhigen verwirrte Gemüter und Länder, und wenn sie Byzantion erreichen, haben sie alle die ersten wirklichen Erfahrungen miteinander und mit der Welt gemacht und sind nicht mehr ganz so grün. Antigonos der Einäugige war immer unterwegs, um fremde Söldner anzuwerben und neue Kämpfer aus den makedonischen Bergen hervorzuzaubern, die er nach Pella schickte. Die Festung in der Hauptstadt leitete Kleitos der Schwarze; bei der Ausbildung der neuen Leute und der Verlegung nach Byzantion oder Perinthos erhielten Männer wie Perdikkas, Ptolemaios oder Krateros letzten Schliff und tiefe Einblicke. Antipatros sicherte den Süden und Westen, und die Athener taten nichts. – Bis Philipp seine Flotte einsetzte. Bisher hatte er die beiden Städte nur von Land her belagert; auch, um die Athener in Sicherheit zu wiegen.«

Attika brachte schon lange nicht mehr genug Getreide hervor, um die wachsende Bevölkerung zu nähren. Athen war abhängig vom Weizen des Nordostens – aus den weiten Ländern jenseits von Byzantion, am Gestade des Euxeinischen Meers. Die makedonische Flotte war klein und wurde nicht eingesetzt; also schienen die Seeverbindungen sicher zu sein. Dann kam die Erntezeit; es kam die Zeit der großen Weizenflotte, die in den Häfen der hellenischen Städte am Euxeinischen Meer zusammengestellt wurde und zum Bosporos fuhr, vorbei am belagerten Byzantion, durch die Propontis, vorbei am belagerten Perinthos, dann ins Meer des Aigeus, vorbei an Samothrake und Thasos, nach Süden, zum Piräus: nach Athen. Aber plötzlich war die makedonische Flotte da, brachte die Getreideschiffe auf, beschlagnahmte Athens Weizen. Und Athen, das Freunde und Bundesgenossen im Stich ließ, auch wenn sie schon belagert wurden, erklärte nun endlich Philipp den Krieg. Es wurde aber Herbst, zu spät, um noch etwas zu unternehmen.

»Das geschah erst im folgenden Jahr. Mit persischem Gold wurden zwei Flotten ausgerüstet, unter Chares und Phokion nach Norden geschickt. Aber die makedonische Flotte war verschwunden, und als die Athener bei Perinthos und Byzantion an Land gingen, hatte Philipp die Belagerung schon abgebrochen. Er selbst zog mit einem Teil des Heers zur thrakischen Nordgrenze, zum Istros, um die Grenzen zu begradigen. Der Rest marschierte unter Parmenion nach Westen; Parmenion löste Antipatros ab, der wieder als Verwalter und Hüter nach Pella kam. Dann wurde Philipp im Kampf verwundet; Alexander zog zum ersten Mal in den Krieg, kurz, aber mit Können und Glück. – Komm, knie neben mir, Peukestas. Einige Dinge weiß ich, die ich dir zeigen kann – solange die Kräfte reichen. Schau ins Auge des Horos.«

※

Außerhalb von Pella werden Truppen ausgebildet. Kleitos sitzt auf einem schwarzen Pferd, neben ihm Alexander auf dem weißen Bukephalos. Alexander sieht müde und erschöpft aus; er hat ein paar Worte mit den Besuchern gewechselt – unter ihnen Aristoteles –, die auf Karren aus der Stadt gekommen sind; nun wendet er sich wieder den Kämpfern zu.

Ein Trupp besteht aus erfahrenen Kriegern; einige tragen noch kleinere Verbände oder weisen frisch verheilte Wunden auf. Emes ist unter ihnen. Die Gruppe, etwa fünfzig Männer, wird geführt von Krateros und Ptolemaios. Beide tragen die gleiche Ausrüstung wie die Hopliten, zusätzlich aber purpurfarbene Stoffetzen auf der linken Schulter.

Die zweite Gruppe, ebenfalls um die fünfzig Kämpfer, besteht aus jungen, erst halb ausgebildeten Leuten unter dem Befehl von Perdikkas und Philotas. Neben Alexander, auf einem ruhigen, behäbigen Pferd, sitzt ein Trompeter. Auf Alexanders Handbewegungen hin bläst er Signale; beide Truppenkörper setzen sich in Bewegung: vorrücken mit geschulterten Sarissen; schwenken, Sarissen gesenkt und gerade ausgerichtet; Bildung eines nach allen Seiten von Sarissen starrenden Vierecks; Auflösung des Vierecks zur Phalanx; Auflösung der Phalanx zu kleinen Kampfgruppen. Die älteren Männer sind schnell, genau und zuverlässig; die Reihen der Neuen sind Schlangenlinien, und was bedrohlich ausgerichtete Sarissen sein sollten, sieht eher aus wie ein unordentliches Nadelkissen. Perdikkas brüllt Befehle, die nicht ausgeführt werden; Philotas rauft sich die Haare, als die Gruppe wie ein wibbelndes Wurmknäuel zum Stillstand kommt.

Kleitos zuckt die Schultern. »Die lernen es noch, Alexander. Ich hab schon Schlimmeres gesehen.« Seine Stimme hallt über das Feld.

Alexander richtet sich auf; es ist, als ob die Bürde der Arbeit mit Schreibried und Papyros und Zahlen von seinen Schultern glitte. Sein Gesicht wirkt frischer als noch vor wenigen Augenblicken. Er wendet sich an die Gruppe der Neuen.

»Ihr seid ein lausiger Misthaufen«, sagt er mit heller, schneidender Stimme. »Vielleicht lachen sich die Athener tot, wenn sie euch sehen. Es wäre das erste Mal, daß Lächerlichkeit einen Sieg bewirkt. Aber darauf wollen wir uns nicht verlassen.«

Die älteren Kämpfer lachen, während er vom Pferd gleitet. Er ist unbewaffnet, trägt keinen Helm, nur einen ledernen Brustschurz mit Metallplatten. Alle Augen hängen an ihm, fast hungrig, als er mit federnden Schritten zu den Neuen geht und einen von ihnen herausfordert.

»Greif mich an, mit dem Schwert. Los doch. Keine Angst, komm!«
Der junge Mann blickt erstaunt drein, dann läßt er die Sarissa fallen, zieht das Kurzschwert und greift an. Alexander weicht aus, duckt sich, hält den Unterarm des anderen, lähmt die Hand mit einem Fingerdruck auf den wichtigsten Nerv, schüttelt das Schwert aus den Fingern, wirft den Mann über die Schulter zu Boden, nimmt das Schwert auf und berührt den Hals des Liegenden mit der Schwertspitze – all dies in einer einzigen, fließenden, geschmeidigen Bewegung. Es ist etwas darin wie im Gang einer schlanken jungen Frau, die mit einem Krug auf dem Kopf durch die Straßen gleitet. Von den anderen Kämpfern ist ein seltsames Geräusch zu hören. Kein beifälliges Raunen, kein anerkennendes Knurren – eher ein Girren, beinahe sanft und begehrlich: das Girren einer Menge, die einer sinnlichen Tänzerin zuschaut.

Alexander wirft das Schwert fort, reicht dem Liegenden die Hand, zieht ihn hoch. Er wendet sich einem anderen zu. »Wehr dich«, sagt er, fast liebevoll. Er nimmt die Sarissa, die der erste Gegner hatte fallen lassen, und noch ehe der zweite den Schild heben und das Schwert ziehen kann, ist die Spitze des langen Speers an seiner Kehle.

»Das muß schneller gehen – aber du wirst es schon lernen.« Alexander lächelt flüchtig. »Andernfalls werden wir um dich trauern und deine Gebeine ehren. Verspreche ich.«

Gelächter; Alexander dreht sich um, betrachtet die erfahrenen Kämpfer. Einer von ihnen sagt, wie zu einer besonders schönen Dirne: »Wen von uns willst du, Alexander? Versuch es doch.«

Alexander lächelt, blickt die Reihe entlang, nickt. »Warum nicht? Krateros!«

Krateros zieht das Schwert, reicht es Alexander, der immer noch die Sarissa hält, bietet ihm dann seinen Helm an. Alexander lehnt ab.

»Emes – Bogenbieger, Mann mit einem starken Namen, komm.«
Emes strahlt und tritt vor. Alexander hat das Schwert in den Gürtel gesteckt. Er hält die Sarissa in beiden Händen, wirbelt sie herum, läßt sie in den Himmel fliegen, fängt sie auf, läßt sie wie ein Gaukler um seinen Kopf tanzen. Wieder hört man das Girren der Männer; Emes schweigt und beobachtet ihn mit schmalen Augen. Plötzlich richtet Alexander die Sarissa auf Emes' Kehle. Emes' Schwert glitzert, fliegt auf, hackt in das Holz der langen Lanze, trennt die Spitze ab. Alexander läßt den Schaft

fallen, zieht das Schwert und greift an. Sie kämpfen, fechten, vor und zurück, die Schwerter klirren und blitzen; langsam treibt Alexander den Hopliten zurück, stolpert jäh, taumelt, und als Emes sich auf ihn stürzt, zuckt Alexanders Schwert hoch. Emes' Waffe wird aus der Hand geschleudert und landet zehn Schritte entfernt. Alexander läßt seines fallen, springt Emes an wie eine Katze. Sie ringen, kurz und wild; dann liegt der Krieger auf dem Rücken. Alexander zieht ihn hoch, lächelt, als Emes ihm die Hand küßt, und geht zu seinem Pferd.

»So stark«, sagt Emes leise, mit einem Staunen in den Augen. »Und sein Schweiß ist mild.« Er schüttelt den Kopf.

Im Palast, in den Arbeitsräumen des Königs, sind alle Tische übertürmt von Rollen, Tafeln, Schreibzeug; dazwischen verlieren sich ein paar Becher und leere Platten, auf denen einmal Speisen gelegen haben. Es ist spät; Öllampen, Fackeln und ein sechsarmiger Lampenständer erhellen die Dinge. Alexander sitzt und schreibt; bei ihm sind weitere Schreiber – Sklaven – sowie Hephaistion und ein fetter junger Mann, dessen Nasenspitze irgendwann einmal von einem Messer gespalten wurde und nie ganz zusammengewachsen ist.

Er reicht Alexander eine Rolle, vollgekritzelt mit wirren Zeichen.

Alexander liest und reibt sich die Augen. »Nicht schlecht, Eumenes – für einen Hellenen.«

Eumenes grinst. »Ich hab's von Philipp gelernt, vier Jahre lang. Außerdem geht's um Tatsachen und Zahlen. Dabei gibt es keinen Unterschied zwischen Hellenen und Makedonen.«

»Futter und Getreide für die Pferde.« Alexander murmelt, während er die Liste überfliegt. »Ziemlich großzügig berechnet. Immerhin gibt's da doch überall Gras, oder?«

Eumenes legt ein Schreibried an seine Nasenspitze, in die vernarbte Gabelung. »Die Pferde laufen aber nicht nur mit Gras. Sie tragen Kämpfer; sie müssen schnell sein; sie müssen in die Schlacht. Besser, wir haben zu viel für sie als zu wenig.«

Hephaistion reicht Alexander eine neue Liste. »Da muß das ganze Zeug hin. Die Namen der befestigten Stützpunkte in Thessalien; die nächsten Häfen; die schon vorhandenen Vorratslager; die Stellen, an denen neue angelegt werden müßten; die nötigen Mannschaften und Packtiere; die Entfernungen. – Wenn alles gutgeht.«

Alexander lehnt sich zurück. »Sehr gut. Du hast zwei Fehler gemacht. Ungefähre Entfernungen reichen nicht, aber genaue haben wir nicht – nicht dein Fehler.«

»Was ist der andere Fehler?« Hephaistion legt eine Hand auf Alexanders Schulter und schaut auf die Liste.

»Hier. Wie ich meinen Vater kenne, bleibt er nicht da stehen.«

Hephaistion runzelt die Stirn. »Aber... wenn es tatsächlich zum Krieg kommt, zu Lande, dann ist das die Stelle, wo die entscheidende Schlacht stattfindet. Immer.«

Alexander schüttelt sehr langsam den Kopf. »Damit werden sie rechnen. Sie werden die Thermopylen besetzen und sperren, wie du es voraussiehst. Und deshalb wird Philipp sie dort hocken lassen und weiträumig umgehen. Also müssen wir uns überlegen, wie wir den Nachschub weiterbringen können.«

Eumenes hüstelt. »Wenn die Verbindungen so lang werden, überlang, gibt es nicht genug Getreide für alle. Männer und Tiere.«

»Natürlich gibt es genug.« Alexander lächelt müde. »Vorratslager der Thebaner. Athenische Getreideschiffe. Die Städte im Hinterland.« Er steht auf, gähnt und streckt sich. »Ich hätte gern morgen früh einen Plan. Wenigstens in Umrissen, Eumenes. Entfernungen, geschätzte Mengen, Anzahl der benötigten Karren und Packtiere. Zelte für die Heiler. Verbandszeug. Die nächsten Häfen und die Stärke ihrer Besatzungen. Die Listen von Philipps Spitzeln liegen da hinten.«

Eumenes schneidet eine Grimasse. »Mach ich. Du hast drei Nächte nicht geschlafen, ich nur zwei, also leg dich hin. Schlaf, wenn du kannst. Wir arbeiten alles aus.«

An einem anderen Abend begegnet Alexander auf dem Gang Olympias und Aristandros. Sie lächeln, offenbar voller Erwartungen; er nickt ihnen kühl zu und geht weiter. Sie schauen hinterher; Olympias kaut auf der Unterlippe und verdreht die Augen. Admetos kommt aus einem anderen Raum, tritt zu ihnen; sie verschwinden in Olympias' Gemächern.

Alexander geht fahle flackernde Gänge entlang, vorbei an Posten, treppab, bis er eine große Halle erreicht. Musik dringt ihm entgegen, der Klang von Flöten, Kitharas und Lyren, Gelächter, klirrende Becher, die Stimmen von Frauen und Männern. Er bleibt einen Moment stehen.

Die weißen Wandflächen spiegeln hundert Lampen und Fackeln

wider; hellrote, bläuliche und ockerfarbene Rahmen und Friese entstellen das Licht, überziehen alles mit einem Traumschein. Mitten in der Halle lodert ein offenes Feuer in einer mit grünen Steinen ausgelegten Vertiefung, die eigentlich für Fußwaschungen vorgesehen ist oder, mit Matten ausgelegt, für Darbietungen von Athleten. Einige seiner Freunde und Gefährten sind anwesend, dazu Offiziere aus der Festung, Mitarbeiter der Verwaltung, andere Gäste aus der Stadt, Dirnen, Sklavinnen. Kleitos erhebt sich schwankend, als Alexander eintritt, und reckt die rechte Faust, die einen triefenden Becher hält. Dann sackt er wieder auf der weißen Steinbank zusammen, zieht ein Bein unter das andere, wühlt mit der linken Hand in den Decken und Fellen und wendet sich erneut Krateros zu, dessen Bewegungen unhörbare Worte unterstreichen. Auf einer anderen Liege hat Ptolemaios eine Amphore im Arm und ein halbnacktes Mädchen auf dem Schoß. Neben ihm liegt Perdikkas; er läßt sich von einem hübschen blonden Knaben mit rotem Beerenmund und einem dunklen Mädchen gleichzeitig liebkosen.

Fast in der Mitte des Raums, aber eher neben als über dem Feuer, turnen zwei Zwergwüchsige auf einem schwankenden Tau. Sie schneiden Fratzen und versuchen einander zu Fall zu bringen, indem sie Weinbeeren werfen und aus halbleeren Schläuchen eine gelbliche Flüssigkeit verspritzen. Einer der Musiker in der Ecke legt Pfeile auf die tiefste Seite seiner Lyra und schießt auf einen Turm aus alten irdenen Bechern; als er endlich trifft, stürzt alles mit Getöse und Geknirsche zusammen. An einer Wand steht auf einer Plattform ein Käfig, in dem ein doppelköpfiger Hund alles verdrossen beobachtet.

Alexander setzt sich neben Philotas; von einem Sklaven läßt er sich Wein und viel Wasser mischen, trinkt ein wenig, sieht sich um, lauscht und unterdrückt ein Gähnen. Philotas bietet ihm lächelnd Weintrauben an; Alexander dankt und pflückt einige Beeren ab.

Später nähert sich Hephaistion, mit nacktem Oberkörper und einigen Kratz- oder Bißwunden am Hals; er zieht an der Hand ein braunhäutiges, dunkelhaariges Sklavenmädchen mit sich und beugt sich zu Alexander hinab.

»Keine Kinder«, sagt er leise.

Alexander nickt, lächelnd. »Kein Streit.«

»Kein Gebrüll?«

»Keine Eifersucht. Genieß es, Patroklos.«

Hephaistion und das Mädchen verschwinden. Alexander lächelt immer noch, schließt die Augen, scheint zu schlummern. Perdikkas kommt zu ihm, mit dem Knaben und dem Mädchen, bietet ihm beide an. Alexander steht auf, küßt Perdikkas' Stirn und geht hinaus. Er durchquert den Hof, nickt den Wachen zu, geht durch das Tor, wandert durch die stille nächtliche Stadt, über Straßen und Plätze, zum Stadttor. Die Posten grüßen und öffnen den mannsgroßen Durchlaß. Alexander schlendert zwischen den Hütten der Vororte entlang, bis er offenes Feld erreicht. Irgendwo schreit ein Nachtvogel; der Wind rauscht im Ried am Rand des Sumpfs. Kein Mond am Himmel, der Unendlichkeit ist, geschmückt vom gleißenden Diadem der Sterne. Alexander legt den Kopf in den Nacken, schaut hinauf und breitet die Arme aus.

»Wie lang noch, Apelles?«

Der Maler blickt über den mit Leintuch bespannten Holzrahmen zum breiten Bett; ein Balken Abendsonne fällt durch die Fensteröffnung und ergießt sich wie geschmolzenes Gold über das Gewirr der Glieder und Felle.

»Macht weiter. Ich bin gleich fertig. Nur noch ein paar Striche.«

Er ist etwa fünfunddreißig Jahre alt; sein Chiton besitzt die Farben des Regenbogens und die Reinlichkeit der Suhle eines Wildschweins. Er steht neben einem niedrigen Tisch voller Tontöpfe mit Farben, daneben Haarpinsel unterschiedlicher Dicke und Dichte; in der linken Hand hält er eine rechteckige Palette mit bunten Vertiefungen. Die Rechte führt das feinstens zugekaute Rohrpinselchen, mit dem er die letzten Striche anbringt.

Er malt das Gesicht, das entrückte, fast aufgelöste Gesicht einer leidenschaftlichen jungen Frau, voll von Lust und Schmerz. Das Stöhnen, das ihrem Mund auf dem Leinentuch fast anzusehen ist, wird lauter, ebenso das härtere Ächzen des Mannes. Apelles blickt wieder über den Rand; diesmal lächelt er und nickt.

»Ja. Wunderbar. Dranbleiben. Hart. Ja. Nichts, was der strahlenden Wucht des Ausdrucks einer Frau bei der Liebe gleichkäme.«

Er legt das Röhrchen weg, wählt einen der feinsten Pinsel. Das Bild ist fast beendet. Die Laute vom Lager kommen schneller, höher, schriller, verebben schließlich.

Alexander löst sich aus den Armen der Sklavin, rollt sich auf den Rücken; sein Atem beruhigt sich. Er lächelt. Sie mustert ihn mit einem rätselhaften und rätselnden Blick.

»Fertig«, sagt Apelles. »Ihr beide, und ich auch. Ich glaube, ich werde es *Pankaste wird von ihrem Herrn geliebt* nennen. Die schiere Wahrheit – lauter und nackt. Götter, ist sie schön!«

Alexander steht auf, legt Schurz und Chiton an, dann die Sandalen. Pankaste beobachtet ihn; plötzlich lächelt sie versonnen und starrt zu den Balken der Decke hinauf.

Alexander tritt neben Apelles, betrachtet die Frau auf dem Bild, die Frau zwischen den Decken, die Frau auf dem Bild.

»Dies ist wohlgetan, Apelles. Kein Wunder, daß man dich den größten aller lebenden Maler nennt. Wunderschön.«

Apelles nickt; er blickt hinüber zu Pankaste. »Wunderschön – fürwahr.«

Alexander sieht ihn an, dann sie, dann beginnt er beinahe tückisch zu lächeln. »Morgen breche ich auf. Mein Vater will mich an seiner Seite haben, im Krieg. Dort ist kein Platz für schöne Sklavinnen, Pankaste.«

Beide beobachten ihn: Apelles aufmerksam und ein wenig verwundert, Pankaste mit einem Ausdruck von Zufriedenheit und Zustimmung. Alexander legt eine Hand auf die Schulter des Malers.

»Ich danke dir – für alles, Pankaste«, sagt er halblaut. Dann, lauter: »Laß mich das Bild behalten, Freund. Du hast sie auf diesem Laken vollkommener besessen, als ich es je auf jenem Laken dort könnte.« Er nickt zum Lager, wendet sich ab und geht zur Tür. »Sie gehört dir. Wenn sie will.«

Die Truppen verlassen Pella; nur eine kleine Besatzung bleibt zurück, und natürlich der Stab unter Antipatros. Mit den jungen Gefährten folgt Alexander einer langen Marschsäule von Fußkämpfern; neben ihm reitet Hephaistion. Hinter den Reitern kommen die letzten Karren, vollbepackt mit Vorräten, Waffen, Verbandszeug; die meisten sind längst unterwegs oder werden vor der Stadt zu einem Zug geordnet. Ganz zum Schluß gehen die Treiber neben ihren bepackten Maultieren.

Unterhalb der Burg, an einer Ecke des Platzes, sitzt ein wandernder Philosoph auf der nassen Erde; als Alexander vorbeireitet, spricht er lauter.

»Dies aber gilt nicht nur für die Künste und Kenntnisse des Friedens. Auch in den Dingen des Krieges ist vollkommene Meisterschaft nur zu erlangen von jenen, die den Weisen und Weitgereisten lauschen oder ihre Schriften lesen.«

Alexander zügelt sein Pferd, steckt die Hand in den breiten Gürtel und zieht eine Münze heraus. Sie ist aus Gold und zeigt auf der einen Seite den bekränzten Kopf des Apollon, auf der anderen einen Wagenlenker auf einem Zweispänner. Alexander wirft dem Philosophen die Münze zu.

Der Mann fängt sie, betrachtet sie. »Ein goldener Stater des Königs Philipp«, sagt er fast ehrfürchtig. »Wofür, Sohn des Königs?«

Alexander entblößt die Zähne. »Damit du schweigst.«

Antipatros betritt die Gemächer des Königs, nimmt den Helm ab, kratzt sich den kahlen Schädel. Archelaos, der Hausmeister, reicht ihm einen Silberbecher voll Wein. Antipatros nimmt, lächelt, trinkt; dann geht er zum Fenster und tritt neben Eumenes, der hinausschaut über die Stadt und die letzten Maultiere des Zugs verschwinden sieht.

»Na ja, nun denn.« Antipatros wendet sich den Tischen zu; alle sind übersät von Rollen und Listen. »Irgendwie wäre ich doch lieber mit ihnen gezogen als ... bei *dem* hier zu bleiben.« Er schneidet eine Grimasse und deutet auf das Schreibgebirge. »Aber ihr habt alles vortrefflich geregelt.«

Eumenes deutet eine Verbeugung an. »Pflicht, edler Antipatros, und Vergnügen. Lust, gewissermaßen.«

»Lust? Baaah ... Ich höre, du hast mit Alexander gut und gründlich zusammengearbeitet, Hellene.«

Eumenes nickt. »Ich hoffe, das macht dir nichts aus. Daß ich Hellene bin.«

Antipatros grinst. »Es soll Vipern ohne Gift geben.« Er setzt sich, schiebt die Unterlippe vor, summt, starrt auf die Rollen und Tafeln. »Gute Arbeit, wie gesagt. Ich hab ja nur das andere Ende von eurer Arbeit mitgekriegt, gewissermaßen, aber es hat mich beeindruckt. Kein Vergnügen, immer zwischen Thessaliens Norden und den Grenzen Boiotiens herumzuwandern und die Dinge zu ordnen. Immerhin brauchte ich mich nicht um all das zu sorgen, was aus Pella gekommen ist. Hast du es allein geschafft?«

Eumenes setzt sich ihm gegenüber, trinkt einen Schluck Wein. »Ich habe in den letzten Jahren viel von dir und von Philipp gelernt, aber allein ...? Nein. In Wahrheit hat Alexander das meiste gemacht; ich hab ihm nur geholfen. Die meisten Ideen und Anweisungen kamen von ihm. Aber das ist unwichtig; es zählt nur, daß du zufrieden bist; daß alles richtig ist.«

»Brav. Wenn ihr erwachsen seid, ihr alle, meine ich, könntet ihr am Schluß sogar ganz brauchbar werden.« Er grinst und wendet sich an Archelaos. »Setz dich zu uns. Ich muß das eine oder andere wissen.«

Archelaos geht zu einem der Regale, nimmt ein Bündel Rollen und kommt zum Tisch.

»Was ist das?« Eumenes kneift die Augen zusammen.

»Haushalt.«

Eumenes ächzt.

Ein dunkelhäutiger Sklave, unsichtbar im Schatten der Sträucher, beobachtet Olympias und Aristandros; sie stehen vor dem kleinen Altar außerhalb des Hauses auf dem Hügel. Der Eingang zur Mysterienhöhle ist versperrt. Olympias hat die Arme zum Himmel erhoben; ihr weißes Gewand flattert im frischen Wind. Aristandros beendet die Betrachtung der Eingeweide, wirft Kopf und Gedärm in einen Korb und beginnt, den geopferten Widder zu zerlegen. Die Schlange zischt und schiebt den Kopf unter Olympias' Kleid, zwischen die Brüste.

Aristandros antwortet, sehr leise, auf beinahe geflüsterte Bemerkungen der Königin. Allmählich wird das Gespräch lauter und heftiger; schließlich läßt der Seher das Messer fallen und fährt herum.

»Du hast aber doch keinen Grund, dich einzumischen! Was machst du mit mir? Nicht zu reden vom Staat! Du weißt, ich bin dein Freund, ich versuche dir zu helfen – aber vergiß nicht, ich habe andere Pflichten. Ich bin auch der oberste Priester und Seher des Königs!«

Olympias hebt nicht einmal eine Braue. »Ruhig, Aristandros; beruhige dich. Ich habe dir nur ein paar Ratschläge gegeben. Wer würde sich denn einmischen wollen?«

Aristandros bläst die Wangen auf. »Ha. ›Wer würde sich denn einmischen wollen‹ – und das aus deinem Mund!«

Olympias bleibt kühl. »Ein einziges Mal habe ich mich in etwas eingemischt. Ansonsten habe ich nur guten Rat gegeben. Oder nennst du es einmischen, wenn eine Mutter sich um die Erziehung ihrer Kinder kümmert? Nennst du es einmischen, wenn die Königin dem König Dinge vorschlägt?«

»Ich kenne einige deiner Vorschläge, ich erinnere mich auch an einige deiner... Eingriffe in die Erziehung. O ja, und wie. Wenn das keine Einmischung ist, was dann? Wann hättest du dich je wirklich eingemischt?«

Olympias lächelt. »Du schweigst? Versprich es – schwör es!«

Aristandros seufzt und wendet sich wieder dem Widderfleisch zu. »Ich schwöre es, bei Zeus, der Ammon ist.«

»Einmal habe ich mich eingemischt, als ich zufällig von einem schlechten Vertrag hörte, den Philipp mit jemandem abgeschlossen hatte. Damals habe ich einen Brief geschrieben.«

Aristandros zuckt zusammen, schneidet sich tief in den linken Zeigefinger, läßt das Messer fallen und hebt die Hände. »O ihr Götter! Vertrag! Und die Perser haben Hermias gefoltert. Du? Ah, aber... Das ist Verrat!«

Olympias lächelt eisig. »Kein Verrat. Ich habe es für Alexander getan. Mein Sohn ist das Gefäß des Gottes Ammon. Wie du wohl weißt. Ammon will, daß seine Herrschaft über Ägypten wieder hergestellt wird. Das ist Alexanders Aufgabe. Er wird sie erfüllen. Später. Ein Krieg Philipps gegen Persien wäre jetzt nicht sinnvoll, für Ammon.«

Aristandros starrt sie an, ungläubig, mit verzerrtem Gesicht. »Aber – ah, das ist Wahnsinn!« Er schüttelt den Kopf und rauft sich die Haare, beschmiert sie mit Blut und Darmstückchen. »Nicht zu reden von allem anderen, aber... Götter! Alexander soll nach Ägypten, das Reich der Perser zerstören, ihre Herrschaft in Ammons Land beenden – aber er kann doch nicht dorthin *fliegen!* Er *muß* durch Asien marschieren, mit dem Heer, und die Perser bekämpfen. Der Vertrag, wenn alles gutgegangen wäre, hätte die Dinge sehr viel einfacher für ihn gemacht. Und – Philipp ist erst fünfundvierzig, er ist stark und gesund, er ist König und wird es noch lange sein. Indem du ihn schwächst, was du getan hast, schwächst du Makedonien, und wenn Alexander Ammons Willen erfüllen soll, braucht er ein starkes Makedonien.«

Olympias nickt; noch immer spielt das eisige Lächeln um ihre Mundwinkel. »Philipps Macht kümmert mich nicht, da er mich nicht an ihr teilhaben läßt. Und mein Sohn wird tatsächlich einmal ein starkes Makedonien brauchen – Makedonien und Hellas zusammen. Philipps Pläne, der Vertrag mit Hermias, all das hätte vielleicht zum Krieg gegen Artaxerxes geführt, ehe Hellas geeint ist. Es wäre Schwäche gewesen und zu schlimmerer Schwäche geworden. Deshalb...«

Aristandros steht reglos da; nur die Lider flattern. »Du schwächst also den Vater, um später den Sohn zu stärken? In der Hoffnung, daß er dann seine Macht mit dir teilt? Du... bist wahnsinnig, Olympias.«

»Hüte deine Zunge, Priester! Du sprichst mit der Königin!«

Aristandros lächelt schwach. »Ich würde auch dem König sagen, er sei wahnsinnig, wenn ich es für sinnvoll hielte. Meine Zunge hüte ich, wenn *ich* es will. Oder die Götter. Außerdem wäre ich an deiner Stelle nicht so sicher, was die späteren Verläufe angeht.«

Olympias deutet mit dem Zeigefinger auf ihn. »Denk nach, Aristandros. Philipp ist ein großer König und Krieger. Wenn es zum Krieg mit Persien kommt, kann er siegen oder verlieren. Wenn er siegt, beendet er Persiens Herrschaft; vielleicht nicht nur an der Küste Asiens, vielleicht sogar in Ägypten. Die Götter wollen aber, daß Alexander dies tut, nicht Philipp. Und wenn Philipp verliert, ist Makedonien so geschwächt, daß Alexander es gar nicht erst versuchen kann. Deshalb *darf* Philipp den Krieg nicht führen.«

»Und du bist so sicher, daß dein Einfluß auf Alexander, auf Alexander den König, größer sein wird als dein Einfluß auf Philipp? Bedenke, er war bei Aristoteles, und als er zurückkam, um in Philipps Abwesenheit das Land zu lenken, hat er nicht viel um deinen Rat gegeben. Er ist nicht dein Werkzeug, Olympias.«

»Er wird es sein.« Ihre Stimme ist ruhig, gelassen, vollkommen sicher.

Aristandros hebt die Schultern. »Wie du meinst. Auch Königinnen dürfen träumen. Nur – laß mich aus dem Spiel. Meine Pflichten gelten dem König, den Göttern, dem Volk. Und wenn ich du wäre, würde ich dafür sorgen, daß Alexander nie etwas von deinen Plänen und ... Briefen erfährt.«

Olympias lacht leise. »Philipp ist stark und gesund. Er wird noch lange König sein. Du sagst es. Alexander wird lange warten müssen, wie? Und was, wenn er nicht so lange warten muß? Wenn er die Macht früher erhält – aus meinen Händen?«

Aristandros starrt sie an, stumm, mit halboffenem Mund.

Olympias nickt. »Und vergiß nicht, du bist mein Mitwisser.«

Aristandros spuckt aus. »Der Vertrag? Deine Pläne für die ... Machtübergabe? Ich weiß nichts!«

Olympias lächelt. »Du weißt es. Ich werde sagen, du hättest es von Anfang an gewußt. Wem wird man glauben, Priester?«

Der dunkelhäutige Sklave kehrt in den Palast zurück. Er sucht Archelaos, aber der Hausmeister ist nirgends zu finden. Antipatros ebensowenig; beide scheinen außerhalb von Pella unterwegs zu sein. Der

Sklave nähert sich zögernd, dann entschlossen dem Hauptmann der Palastwache. Pausanias wehrt ihn zunächst ab, lauscht dann doch, unterbricht ihn nach wenigen Worten, nimmt ihn mit in einen der vorderen Türme, neben dem Tor; dort sind Wachstuben, und dort ist Pausanias' Schreibstube. Sie steigen höher, auf die oberste Plattform. Pausanias lehnt sich an die Mauerkante, winkt den Sklaven zu sich. Dann packt er ihn und stößt ihn vom Turm.

Alexander wechselt ein paar Worte mit Kleitos, nachdem die Boten und Aufklärer berichtet haben und neue losgeschickt worden sind. Die Marschsäule kriecht unter der Vormittagssonne nach Süden; es ist heiß, der Sommer versengt die Felder rechts der Straße. Links, reglos in der Windstille, blendet das Meer; der Verband der Lastschiffe, fast immer auf gleicher Höhe mit den Truppen, ist eine dunkle Erleichterung, eine Sammlung von Ruhepunkten für die Augen – noch. Philipps Bote hat das Marschziel genannt; Chaironeia liegt im Binnenland.

Alexander wendet Bukephalos und reitet zurück, vorbei an den marschierenden Kämpfern, die unter ihren Waffen und Packen schwitzen. Weiter hinten, auf einem der Karren, sichtet Drakon und Philippos, am Vortag von Mieza aus zu ihnen gestoßen, die Vorräte der Heiler. Sie reinigen und schleifen Drakons Werkzeug, die Knochensägen, die Wundmesser, die Zangen. Um sie her stehen und liegen Bündel und Körbe: Kräuter, saubere Tücher, Kistchen mit weiteren Messern, Nadeln, Klammern.

Philippos hält ein paar merkwürdig geformte Zangen hoch, dann ein sehr langes, dünnes, gerades Messer. »Wozu ist das alles?«

Drakon kaut auf einem Zahnstocher; mit schnellen Bewegungen der Zunge und der Lippen befördert er ihn in einen Mundwinkel. »Die Zangen sind zum Entfernen von Pfeilspitzen aus einem Körper. Und das Messer? Du weißt, es gibt Wunden, die zu schlimm sind, als daß wir sie je heilen könnten. Das Messer ist mein besonderer Freund, ein Herzenfresser und Seelenesser. Der Freund, der die Qualen beendet.«

Philippos läßt das Messer fallen, als ob es glühend heiß wäre. Alexander reitet vorbei, wendet dann erneut und bleibt neben dem Karren. »Gute Zusammenarbeit?« Er zwinkert.

Philippos lächelt gequält. »Gut, gut. Von Aristoteles habe ich alles gehört, was ich je über Heilkräuter wissen wollte. Von Drakon höre ich jetzt alles, was ich nie über Messer wissen wollte.«

Drakon grinst, spuckt den Zahnstocher aus und langt nach einem kleinen Brett, auf dem Kräuterhäufchen liegen: Steineppich, Salbei, Schlangen- und Königskraut, Minze. Drakon hackt und schneidet alles, nicht zu klein, und rollt es zu Bällchen, die er in ein Lorbeerblatt wickelt. Es gelingt ihm, diese Arbeit kunstvoll zu beenden, ohne auf dem holpernden Karren etwas zu verschütten.

»Wozu ist das gut?«

Drakon steckt ein Bällchen in den Mund. »Zum Kauen, Alexander, wozu sonst? Es macht den Atem rein und angenehm. Du brauchst es nicht; dein Atem ist ein Wunder.«

»Warum kaust du immer?«

Drakon grinst, bückt sich und hebt einen Beutel hoch; darin rasselt es. Er öffnet ihn – es ist schon fast ein Sack – und zeigt Philippos und Alexander seine Sammlung feinster Zähne. »Gesunde Dinge kauen macht die Zähne gesund; kräftige Dinge kauen macht sie kräftig. Oder hält sie gesund und kräftig. Ihr wißt ja, ich schneide Leuten, die ihre Zähne verloren haben, die Gaumen auf und pflanze ihnen neue ein.«

Philippos schüttelt sich; Alexander grinst. »Dann könntest du doch eigentlich aufhören zu kauen und deine Zähne ausfallen lassen. Ich bin sicher, Philippos würde dir die besten aus deiner Sammlung einsetzen.«

Beide Heiler betrachten einander; beide sagen gleichzeitig: »O nein.«

13. DER ANTRAG
DES DEMOSTHENES

Von Kanopos nach Kyrene, von dort mit einem korinthischen Frachter über Pylos, Korkyra und andere Plätze nach Korinth – für Tekhnef war es zunächst eine beschwerliche Reise. Sie war bisher nur auf dem Nil gefahren und litt tagelang unter Seekrankheit; später genoß sie die Fahrt ebenso, wie sie die Enge an Bord haßte. Niemand, außer dem Kapitän in seinem Verschlag unter dem Achterdeck, war je allein oder außer Sicht der anderen. Manchmal saßen Dymas und Tekhnef im Bug, zählten die Sterne, gaben ihnen neue wunderliche Namen, sprachen leise über die Zukunft. Einiges bedurfte keiner Erörterung. Dymas wollte wandern, eine neue, noch bessere Kithara besitzen und sie noch besser spielen, vielleicht eine wandernde Musikertruppe für vielschichtige Klänge und berauschendes Zusammenspielen aufbauen; wenn nicht jemand sie beraubte, hätten sie für Jahre genug Geld. Er hatte die zehn Minen aus Karchedon niemals angerührt; sie lagen in einem Bankhaus von Korinth, mit dem auch Demaratos Geschäfte abwickelte. Er besaß die Münzen in seinem Gürtel, noch einmal fünf Minen, etwas über fünfhundert Drachmen. Die Goldmünzen, die Kleonike nicht mehr gebraucht hatte, ließen sich in Korinth hinterlegen oder in Silber umwechseln und würden fast drei Talente ergeben, an die achtzehntausend Drachmen: ein ungeheures Vermögen.

Erörtert werden mußte jedoch, ob Tekhnef ihn begleiten wollte oder sich dabei langweilen würde. Sie war frei; ihr gehörte eigentlich alles, was sie aus Kleonikes Haus geborgen hatte. Aber sie wollte mitkommen, den Norden und andere Weltgegenden sehen, Dymas' Tage ertragen und seine Nächte teilen. Vielleicht, schlug sie mit einem schrägen Lächeln vor, könnte sie ein wenig üben und ihn später auf dem Aulos begleiten, wozu sie möglicherweise mit Lust imstande sei.

Etwas anderes, das keiner Erörterung bedurfte, waren Kinder, die sie nie haben würden. Dymas wollte nicht, da er es nicht für sinnvoll hielt, Kindern unstetes Wanderleben zuzumuten, samt den zwangsläufig damit verbundenen Gefahren und Mühen. Tekhnef konnte keine Kinder haben. Anders als bei manchen Völkern im Inneren Libyens war es bei ihrem Stamm nicht üblich, Mädchen den winzigen Phallos zu nehmen, damit sie nie bestimmte Formen von Lust empfänden; sie war jedoch nicht geraubt, sondern vom Stamm verkauft worden, und vorher hatte die uralte Heilerin sie einer grauenhaften Metzelei unterzogen, damit sie nie Kinder gebäre, in Gefangenschaft und fern vom Heiligen Ganzen. Die zackige Narbe lief quer über ihren Unterleib.

Widrige Winde hielten sie einen halben Mond im Hafen von Korkyra fest; sie genossen die Zeit an Land, in einem Zimmer über einer Schänke. In Korinth begaben sie sich, nachdem sie ähnliche Unterkunft gefunden hatten, zu dem von Demaratos empfohlenen Bankhaus, wo sie das Gold und einen Teil des Silbers ließen.

Demaratos kümmerte sich um seine heimischen Geschäfte und war ausnahmsweise nicht auf Reisen. Grimmig äußerte er sich zum sizilischen Krieg und den Verwicklungen seiner Heimatstadt: »Es geht zu Ende; Tausende sind gestorben und werden noch sterben, und am Ende ist alles wie vorher. So leicht ist Karchedons Macht nicht zu erschüttern.«

Dymas berichtete von den Dingen, die er gesehen und gehört hatte; Demaratos lauschte schweigend. Schließlich sagte der Musiker:

»Mit Hamilkar habe ich vereinbart, daß ich, wenn es *mir* gefällt, hin und wieder Dinge berichte, die ich für wichtig halte. Auch dir gegenüber will ich so verfahren. Betrachte mich als – freien Mitarbeiter, der keine Aufträge mehr entgegennimmt.«

Sie verbrachten den Winter in Korinth. Dymas ließ sich eine neue, bessere Kithara bauen, mit dem Metalljoch und den Wirbeln, die er gerettet hatte, und lehrte Teknef die Kunst des Aulos und die Gesetze der Töne.

Im Frühjahr gingen sie an Bord eines Schiffs, das eine der tausend Inseln zwischen Hellas und Asien ansteuerte; sie fuhren von einem Eiland zum anderen, machten Musik, ohne allzu viel Feindschaft auszulösen durch die Vermengung der Klänge und die unübliche Tatsache, daß ein Kitharist oder Kitharode mit einer Frau auftrat. Den Winter über lebten sie auf Delos; im Frühjahr nahm ein Frachtsegler sie mit zum Piräus, nach Athen.

Einige erkannten Dymas wieder, obwohl seit seinem letzten Aufenthalt sechs Jahre vergangen waren. In den Schänken, in denen er damals gespielt hatte, hieß man ihn willkommen, trotz seiner vermischten Musik und trotz der Frau, die noch dazu schwarz war und Barbarin.

An dem Abend, als ein Bote die Nachricht von Philipps kühnem Zug brachte, saßen sie vor einer Schänke am Nordrand der Agora, aßen und redeten. Sie sahen, wie der staubbedeckte Mann zwischen den Tischen und den beweglichen Verkaufsständen entlanglief. Später sahen sie die augenblicklichen Vorsitzer der Phylen, die Ratsherren des Prytaneion, aus der runden Tholos kommen, wo sie gemeinsam gespeist hatten; sie sahen, wie sich die Panik ausbreitete, wie würdige Männer in weißen Gewändern über die Agora rannten, Tische umstießen, Zelte und Verkaufsstände in Brand setzten, um die Stadt zu wecken, zu sammeln. Dann hörten sie, daß der Makedone die unüberwindlichen, so oft überwundenen, von einem Heer gesperrten Thermopylen einfach umgangen hatte und bereits im Besitz der weit östlich davon gelegenen Stadt Elateia war, auf dem Weg nach Attika. Am nächsten Tag war Dymas auf einem der obersten Ränge des Dionysos-Theaters, als Demosthenes seine bis dahin heftigste Kampfrede hielt.

Zwei Tage später verließen sie Athen, gingen zum Piräus, fanden ein Schiff, das sie nach Kreta mitnahm, wo sie bis zum nächsten Frühjahr blieben. Als sie Athen wieder erreichten, hatte der furchtbare Makedone die Stadt noch immer nicht angegriffen, und es war wieder Zeit für einen der Anträge des Demosthenes.

Eubulos und Demades hatten sich abgesprochen. Der jüngere Mann sollte den letzten, wahrscheinlich vergeblichen Versuch machen, Demosthenes im rhetorischen Zweikampf niederzuringen; der alte angesehene Eubulos sollte alles durch eine gemessene, gemäßigte Rede vorbereiten. Draußen war kaltes Frühjahr; ein beinahe eisiger Seewind fegte über Athen. In der Versammlung wurde es immer hitziger; niemand konnte aussprechen; keinem gelang es, länger als einige Momente die Ruhe herzustellen. Redner wurden unterbrochen, niedergeschrien, manche gaben auf. Die Mehrheit, das stand fest, war hinter Demosthenes; zum Teil aus Überzeugung, zum Teil aus Reue darüber, nicht früher auf ihn gehört zu haben, zum Teil auch, möglicherweise, aus anderen, minder ehrbaren Gründen.

Eubulos, alt und müde geworden, hatte gegen den Rat von Demades und Aischines im Vorjahr darum gebeten, von der Bürde der öffentlichen Gelder und ihrer Verwaltung befreit zu werden – zu einem ungünstigen Zeitpunkt, im frühen Sommer, als Athens Flotten noch nicht aus dem Norden heimgekehrt waren, wo sie Byzantion und Perinthos entsetzen und Philipp in die Schranken weisen sollten. In der damals herrschenden Stimmung war es Demosthenes mühelos gelungen, seinen Parteigänger Lykurgos zum Nachfolger bestimmen zu lassen. Eubulos hatte altes Ansehen in den Streit einzubringen, war aber nun seit fast einem Jahr ohne Amt. Aischines, ohne Zweifel einer der geschicktesten Redner und nahezu unübertrefflich in seiner Bedenkenlosigkeit – selbst Demosthenes schien ihn gelegentlich deshalb zu bewundern –, war nicht in der Stadt und hätte auch bei Anwesenheit allenfalls seinen Hals in Gefahr gebracht, wenn er als Redner aufgeboten worden wäre. Er hatte etwa zu der Zeit, da Lykurgos die Nachfolge des Eubulos antrat und Athen den Krieg zur See betrieb, in Delphi geweilt, wo auf Betreiben Philipps nur sieben Jahre nach dem Ende des Dritten Heiligen Kriegs der Vierte Heilige Krieg beschlossen worden war, gegen Amphissa und Ostlokris, wiederum wegen Frevels. Aischines hatte zugestimmt; ferner hatte er bei der nächsten Beratung, im Herbst, dafür gesorgt – wenn auch nicht allein –, daß die im Rat zu Delphi versammelten Heiligen Gesandten der angeschlossenen Städte und Staaten die Amphiktyonie aufforderten, Philipp zum obersten Feldherrn in diesem Heiligen Krieg zu machen.

»Und wenn schon«, sagte Eubulos laut; einen Moment herrschte gespannte Stille. »Was ist geschehen? Noch ist nichts geschehen, was nicht rückgängig zu machen wäre oder in allgemeinem Nutzen enden könnte. Amphissa und die östlichen Lokrer haben gefrevelt; die delphische Amphiktyonie hat Philipp zum Feldherrn gemacht. Es steht Delphi frei, einen Feldherrn zu bestimmen – hättet ihr geschrien, wenn sie einen Athener gewählt hätten, sagen wir Chares?«

Hypereides sprang auf, hurtiger, als man es dem von Wohlleben geblähten Leib des Makedonenfeindes zugetraut hätte. »Chares?« rief er. »Chares, o edler Eubulos, ist ein guter Seemann, seit Jahren Stratege zur See, Nauarch Athens. Delphi hat keine Flotte!«

Eubulos wartete, bis das Gelächter endete. »Ich danke für die Belehrung, teurer Hypereides; wie konnte ich dies nur vergessen, da ich doch selbst jahrelang eure Schätze an Chares und seine Niederlagen verschwenden mußte?«

Hier und da wurde Empörung laut; Hypereides wechselte einen Blick mit Demosthenes, der zögerte und dann Lykurgos zunickte. Lykurgos stand auf und hob die Hand.

»Als dein unwürdiger Nachfolger in diesem Amt, edler Eubulos, teile ich einige deiner Einschätzungen. Es mag aber sein, daß die Unternehmungen des ruhmreichen und verdienstvollen Chares deshalb gescheitert sind, einige jedenfalls, weil ihm nicht genug Mittel zur Verfügung standen. Weil, ah, jemand die Gelder der Stadt nicht in ausreichendem Umfang für den Ausbau der Flotte verwenden wollte.«

Eubulos biß die Zähne zusammen; seine Wangenmuskeln arbeiteten. »Ich habe dafür gesorgt, daß die Flotte verdreifacht wurde. Wer mir vorwirft, zum Schaden Athens gespart zu haben, der ist ein Lügner!«

Demosthenes lächelte und deutete auf Lykurgos. Demades seufzte. Leise sagte er einem seiner Mitarbeiter: »Jetzt kippt es. Darauf hätte Eubulos sich nicht einlassen dürfen.«

Lykurgos breitete die Arme aus; ein mildes, gleichzeitig überlegenes und zerknirschtes Lächeln um die Lippen. »Fern sei es von mir, solches behaupten zu wollen, Eubulos; wir alle wissen, was wir dir verdanken. Es gab aber andere, wie du weißt – denken wir nur an Philokrates, der vor sieben Jahren jenen schändlichen Frieden mit Philipp durchgesetzt hat; der Philipps Eroberungen bestätigte; der die Rüstung Athens gehemmt und vermindert hat; den unser Freund Hypereides, ein Wohltäter der Vaterstadt, zu Recht anklagte; dessen Verurteilung zum Tode Hypereides erwirkte. Jener große Hypereides, der im vorigen Jahr aus eigenem Vermögen und ohne darum viel Aufhebens zu machen der Stadt zwei Trieren gestiftet und ausgerüstet hat!«

Eubulos hob die Schultern. »Verdienstvoll. Hypereides hat auch genug an euch verdient, daß er sich um euch verdient machen kann.«

Gelächter; Demades grinste leicht. »Schafft er es doch?« murmelte er; sein Mitarbeiter rümpfte die Nase.

»Aber reden wir nicht von den Verdiensten des teuren, ach wie so teuren Hypereides. Reden wir von den Dingen, um die es wirklich geht. Vor fast zwanzig Jahren hatten wir den Bundesgenossenkrieg; fast gleichzeitig begann der Dritte Heilige Krieg. Nun haben wir den Vierten. Wir hatten Kriege zwischen Athen und Sparta und Theben und überhaupt fast allem, was Hellenen je an Staaten gegründet haben. Man könnte sagen, sobald irgendwo zwei Hütten stehen, handelt es sich um einen Staat, und ab der dritten schiefen Holzhütte beginnt die Bereitschaft, Krieg gegen andere Schuppen zu führen. Erinnert euch weiterhin daran, daß es nicht die Athener waren, die Spartas Seeherrschaft beendet und durch die eigene ersetzt haben – es waren die Perser, mit ihren phönikischen Flotten. Erinnert euch an den Beginn der großen

Kriege – Menschenalter ist es her, zu Zeiten des Dareios. Hellenische Städte in Asien, frei und wohlhabend, die so lange die Lande ringsum beherrscht hatten, gerieten unter die Herrschaft der Perser und erhoben sich. Wer hat ihnen geholfen? Nicht wir, Freunde; sie waren unsere Kinder, und wir haben sie den Barbaren überlassen. Dann...«

Demosthenes holte tief Luft, stand auf und unterbrach Eubulos. Seine hohe Stimme schnitt, wie ein Messer oder eine Peitsche; diesmal brach sie nicht.

»Ja, edler Eubulos; du hast recht, edler Eubulos, und keine Einwände sind möglich gegen deine trefflichen Kenntnisse der entlegenen Geschichte, edler Eubulos.« Seine Stimme wurde ein wenig weicher, honigweich. »Wir haben sie nicht gerettet, wir haben zugelassen, daß Dareios sie niedertrampelt. Aber unsere Vorfahren waren stolz, Eubulos; als Dareios verlangte, daß sie ihm symbolisch hellenische Erde schicken sollten, zum Zeichen der Unterwerfung, da haben sie sich geweigert.«

»Und wie!« sagte Eubulos. »Sie haben die Heiligkeit der Gesandten verletzt – die Gesandten des Dareios getötet!«

»Ein Fehler, ein Frevel, zweifellos. Wir sind heute klüger, zum Glück; auch der Großkönig ist klüger als sein ferner Vorfahr. Damals, Männer von Athen, kam Dareios mit einem gewaltigen Heer, und es wurde bei Marathon vernichtet. Sein Sohn, Xerxes, folgte einige Jahre später, verwüstete Hellas, schändete die Tempel Athens, zerstörte die Akropolis – und wurde geschlagen. Erinnert euch, daß damals der König der Makedonen auf persischer Seite in den Kampf zog! Und heute...«

Demades sprang auf. »Fesselnd, Demosthenes, höchst aufregend und lehrreich. Aber findest du nicht, daß deine Zwischenrufe in eine eigene Rede zu münden beginnen? Laß Eubulos sprechen; was du sagen willst, kannst du danach sagen. Ich verspreche, daß ich dich immer nur kurz unterbreche.«

»Und heute«, kreischte Demosthenes, »zieht wieder ein Barbar durch Hellas, mit einem Heer, und auch er wird vernichtet werden!«

Eubulos stand ohne zu schwanken: ein ohnmächtiger Fels in der Flut. Demades schloß die Augen; in dem Getöse konnte er sein eigenes Seufzen nicht mehr hören. Demosthenes fuchtelte mit den Armen. Es war nicht festzustellen, ob er die Versammlung beruhigen oder noch weiter aufpeitschen wollte.

Es dauerte sehr lange, bis Eubulos weitersprechen konnte. Sein Gesicht war eine Maske, die Stimme brüchig. »Da ihr offenbar entschlossen seid, den Weg zu gehen, der ins Unheil führen muß...«

Er wurde von mehreren Schreiern unterbrochen, die wiederum von anderen niedergeschrien wurden.

»...will ich nur die wichtigsten Dinge zusammenfassen, erwähnen, berühren. Vor zehn Jahren, vor zwölf Jahren, vor vielen Jahren...«

Hypereides brüllte: »Dreizehn, vierzehn, fünfzehn!«

»...wurde Philipp in den Dritten Heiligen Krieg gezogen. Er machte Friedensvorschläge; wir haben sie nicht angenommen. Wir haben die Thermopylen besetzt – Philipp ist ausgewichen, weil er nicht die Schlacht, sondern den Frieden und die Einigung wollte. Wir haben ihn zum Kampf gezwungen; er hat erneut Frieden angeboten; wir haben wieder abgelehnt. Wir haben ihn *gezwungen,* uns zu besiegen; wir haben ihn *gezwungen,* in eine Lage zu kommen, in der er die Bedingungen des Friedens festsetzen konnte.«

»Armer Philipp«, sagte Lykurgos. »So furchtbar gezwungen zu werden.«

»Seit Jahren bietet er einen Heiligen Bund aller Hellenen an – mit gleichen Rechten und innerer Autonomie für alle. Wir haben immer alles abgelehnt. Wir haben ja sogar Krieg gegen unsere eigenen Bundesgenossen geführt, als sie gleichberechtigt sein wollten statt Knechte. Seit vielen Jahren...«

»Siebzehn«, sagte Hypereides. »Achtzehn. Neunzehn. Ruhe.«

»...warnt Philipp uns davor, den Großkönig zu unterschätzen. Persien hat uns vor fünfzig Jahren einen allgemeinen Frieden aufgezwungen; dann begann der Verfall. Artaxerxes hat ihn aufgehalten, umgekehrt; er hat Ägypten wieder unterworfen, er hat seine Satrapen botmäßig gemacht, er hat das Reich gestärkt. Nun schickt er uns Gold, damit wir gegen Philipp kämpfen. Sobald wir Hellenen einander zerfleischt haben, wie wir es immer tun, wird Artaxerxes zuschlagen. Philipp weiß es. Philipp hat uns gewarnt. Im vorigen Jahr hat er erneut Frieden angeboten, die Einrichtung eines Bundes, eines Heiligen Hellenischen Bundes, der endlich Frieden halten und Persien strafen soll für die Schändung unserer Tempel, für die Unterdrückung der Hellenen in Asien. Wir haben abgelehnt, weil wir nicht Frieden, sondern unsere Vormacht wollen. Theben hat die Thermopylen besetzt – Philipp ist ausgewichen, *weil er den Krieg nicht will!* Selbst in dieser Lage hat er ein Bündnisangebot gemacht.«

Es war ein wenig stiller geworden. Nicht, weil Eubulos sie beeindruckt hätte; die meisten hörten einfach nicht hin.

»Bedenkt, ehe ihr den letzten unwiderruflichen Entscheid fällt: Wir können die Makedonen als gleichberechtigte Hellenen anerkennen – und alle anderen Hellenen auch. Wir können Frieden schließen, ohne etwas von unserem Ansehen, unserem Wohlstand, unseren Einrichtungen zu verlieren. Wir können die Bedrohungen abwehren – denn nicht Persien ist die eigentliche Bedrohung: Wir selbst sind es, mit unserem ewigen Hader. Oder wir gehen den Weg des Demosthenes. Viele Tote, viele Kosten, viel Zerstörung, und am Ende die Schwächung aller.«

Er setzte sich; hier und da scharrten einige Athener mit den Füßen, ein paar klatschten.

Demosthenes erhob sich, verneigte sich in Richtung Eubulos und streckte den Versammelten die Hände entgegen, die Handflächen nach oben.

»Die Probleme, über die ihr beratet, Männer von Athen, sind entscheidend für die Zukunft; ich will daher Vorschläge für ihre Lösung machen. Es sind nicht wenige Fehler, die für die schlechte Lage verantwortlich sind, und sie haben sich auch nicht im Laufe kurzer Zeit angehäuft; doch ist nichts mißlicher, als daß ihr euch nur solange mit den Dingen beschäftigt, wie ihr als Zuhörer dasitzt oder eine Neuigkeit gemeldet wird; danach geht jeder fort, ohne sich darum zu kümmern, ja ohne auch noch daran zu denken. Die Rücksichtslosigkeit und Habgier, die Philipp an den Tag legt, ist so groß, wie ihr gehört habt; daß es aber unmöglich ist, ihm darin durch Reden Einhalt zu gebieten, weiß jeder. Wenn es darum ging, über unsere Rechte zu reden, sind wir niemals unterlegen, sondern stets beherrschen wir unsere Gegner und haben die besseren Begründungen.«

Demades stand auf. »Da du vom Reden redest, o Demosthenes, will mir scheinen, daß du diese Rede schon vor drei Jahren gehalten hast. Damals, als Hermias kurz vor der Hinrichtung stand.«

»Dein Gedächtnis sei gepriesen!« Demosthenes klatschte in die Hände. »In der Tat hat sich seither wenig geändert, so daß ich Teile der damaligen Rede wiederholen möchte. Nicht für meine Freunde, deren Verhalten tadellos ist – für dich, Demades, und deine Leute. Für Eubulos. Für alle, die immer noch träumen! Steht es denn deshalb mit Philipps Verhältnissen schlecht oder mit denen der Stadt gut? Wenn er die Waffen ergreift und ausrückt, um alles zu wagen, wir hingegen untätig dasitzen und über unsere Rechte reden, dann geben Taten gegenüber Worten den Ausschlag, und alle richten sich nicht nach dem, was wir vortragen, sondern nach dem, was wir tun: aber unser Handeln ist nicht dazu angetan, jemanden, dem Unrecht widerfährt, davor zu bewahren. Darum haben sich die Menschen in den Städten in zwei Parteien gespalten. Die einen lehnen es ab, über jemanden eine Gewaltherrschaft auszuüben oder unter dem Joch eines anderen zu stehen, sondern wollen in Freiheit und nach den Gesetzen gemäß der Gleichheit ihr politisches Leben bestimmen; die anderen streben nach der Herrschaft und sind zu einer Abhängigkeit von einem anderen bereit, mit dessen Hilfe sie glauben, ihre Ziele durchsetzen zu können; Leute, die auf Philipps Seite stehen und die nach Tyrannis und Gewaltherrschaft streben, haben überall die Oberhand gewonnen, und ich weiß nicht, ob unter allen Städten außer Athen und Theben noch eine demokratisch geführt wird!«

»Ich glaube, du verwechselst zweierlei«, sagte Demades. »Demokratie und Demosthenokratie.«

Demosthenes lachte mit den anderen; dann fuhr er fort. »Diejenigen, die unter Philipps Einfluß Politik betreiben, haben bei allem politischen Handeln das Sagen, zuerst und am meisten von allem dadurch, daß sie, wenn sie bereit sind, sich mit Geld bestechen zu lassen, einen Geldgeber für ihre eigenen Interessen haben, und zweitens, was nicht von geringerer Bedeutung ist, weil ihnen jederzeit, wenn sie es fordern, eine Streitmacht zur Verfügung steht, um ihre Gegner zu bezwingen. Wir aber gleichen Menschen, die Rauschmittel getrunken haben. Dadurch stehen wir dann so sehr in schlechtem Ruf, daß von den Staaten, die in Gefahr schweben, die einen mit uns um die Vorherrschaft streiten, die anderen um den Ort der gemeinsamen Beratungen, und einige entschlossen sind, eher für sich allein Verteidigungsmaßnahmen zu ergreifen als mit uns zusammen.«

»Du meinst wohl Chalkis.« Demades wedelte mit einem Zipfel seines Gewandes. »Aber du entstellst die Dinge. Sie wollten durchaus mit uns zusammen kämpfen, aber gleichberechtigt, nicht als unsere – deine – tributpflichtigen Diener.«

»Es gibt aber einige Leute, die, noch bevor sie die Reden über die Probleme angehört haben, sogleich fragen: ›Was ist also zu tun?‹, nicht, um danach zu handeln, sondern um den Redner loszuwerden. Trotzdem muß man euch sagen, was zu tun notwendig ist. Ihr müßt die feste Überzeugung gewinnen, daß Philipp gegen die Stadt Krieg führt und den Frieden gebrochen hat, und daß er der ganzen Stadt und ihrem Boden übelgesinnt und feindlich ist und auch den Göttern der Stadt, die ihn vernichten mögen; doch bekämpft er nichts mehr als den freiheitlichen Staat, und seine Absichten und Bestrebungen haben kein größeres Ziel, als diesen zu vernichten.«

»Deshalb«, schrie Demades in den Beifall, »bietet er ja auch immer Frieden und Ausgleich an. Deshalb schont er athenische Gefangene und entläßt sie.«

»Er will die Herrschaft haben, in euch allein sieht er dabei seine Rivalen. Wenn er aber euren guten Verstand voraussetzt, dann muß er zu dem Schluß kommen, daß ihr ihn haßt. Und er weiß genau, daß ihm, auch wenn er über alle Völker die Macht hätte, noch keine Sicherheit gegeben wäre, solange bei euch die Demokratie besteht, sondern daß, falls ihm etwas zustieße – wofür es für einen Menschen viele Möglichkeiten gibt –, alles, was jetzt unter Zwang zusammengehalten wird, sich euch zuwenden und bei euch seine Zuflucht suchen wird. Denn ihr seid in der Lage, den Herrschsüchtigen Widerstand zu leisten und allen Menschen zur Freiheit zu verhelfen. Daher will Philipp nicht, daß eure Freiheit seine Interessen beeinträchtigt.

Als erstes müßt ihr ihn als unversöhnlichen Feind unseres freiheitlichen Staates und unserer Demokratie ansehen; zweitens muß euch klar sein, daß alles, was er jetzt unternimmt, sich gegen uns richtet. Also paßt euch der Art an, in der Philipp Krieg führt: Gebt denen, die sich zur Wehr setzen, Geld und alles, was sie brauchen, entrichtet selbst Kriegssteuern, Männer von Athen, und sorgt für ein Heer, schnelle Kriegsschiffe, Pferde und alles übrige für den Krieg. Denn wie wir jetzt die Dinge anpacken, das ist lächerlich; und ich glaube, daß Philipp selbst wohl wünscht, daß die Stadt nicht anders handle als so wie ihr jetzt.

Wenn jemand meint, das erfordere viel Kosten, viel Mühen und Arbeit, so hat er völlig recht; zieht er jedoch die Folgen in Betracht, die der Stadt drohen, falls sie das nicht tun will, so wird er finden, daß es seinen Vorteil hat, wenn wir freiwillig unsere Pflichten erfüllen. Was ein freier Mann Zwang nennen würde, ist nicht nur eingetreten, sondern schon längst dagewesen, und wir müssen darum beten, nicht in den Zwang von Knechten zu geraten. Und welcher Unterschied besteht da? Daß für den freien Mann den größten Zwang das Gefühl der Schande wegen der Geschehnisse hervorruft, und ich wüßte keinen stärkeren zu nennen; bei dem Knecht hingegen bewirken ihn Schläge und körperliche Züchtigung. Doch das möge nicht geschehen, und es ist schon würdelos, es zu erwähnen.«

Demades klatschte laut und langsam. »Fürwahr, edler Demosthenes. Würdelos, es zu erwähnen. Dann doch lieber ohne große Worte Sklaven versichern, Knaben verstümmeln, persisches Gold annehmen.«

Er wurde niedergeschrien. Demosthenes achtete nicht auf ihn. Als es ruhiger wurde, sagte er: »Persisches Gold, jawohl. Gold von Verbündeten. Nichts braucht die Stadt für die bevorstehenden Ereignisse so sehr wie Geld. Es haben sich glückliche Umstände ergeben; wenn wir sie richtig nutzen, könnte der Erfolg eintreten. Denn die Leute, denen der Großkönig vertraut und die er für seine Wohltäter hält, sind voll Haß auf Philipp. Es bleibt unseren Gesandten nur noch, dem Großkönig möglichst gefällig zu Gehör zu bringen, daß derjenige, der beiden Unrecht tut, gemeinsam zu strafen ist, und daß für den Großkönig Philipp viel gefährlicher ist, wenn er vorher uns überfallen hat. Denn wenn uns ein Unheil trifft, so wird er sogleich ohne Hemmungen gegen den Großkönig ziehen.«

»Und dabei sollten wir helfen«, schrie Demades. »Bevor uns ein Unheil trifft.«

»Ich sehe, daß mancher zwar vor dem Herrscher in Susa und Ekbatana in Furcht ist und sagt, er sei der Stadt feindlich gesonnen, obwohl er ihr schon früher aus ihrer schwierigen Lage geholfen und auch jetzt seine Hilfe zugesagt hat; andererseits erlebe ich, daß derselbe Mann über den ganz nahe vor den Toren immer mächtiger werdenden Räuber der Hellenen sich anders äußert. Das muß mich doch in Erstaunen versetzen.

Ihr seid von dem Grundsatz abgewichen, den euch eure Vorfahren mitgegeben haben, und Leute, die diese Politik treiben, haben euch eingeredet, daß es überflüssig und nutzlos sei, an der Spitze der Hellenen zu stehen und mit einer festen Streitmacht allen, die Unrecht erleiden, zu helfen. Infolgedessen gelangte ein anderer in die Stellung, die ihr hättet einnehmen müssen, und dieser wurde reich, mächtig und Herr über vieles, und das mit Recht; denn ein ehrenvolles, großes und stolzes Vorrecht, um das während einer langen Zeit die bedeutendsten Städte untereinander stritten, riß er, da es aufgegeben war, an sich.

Wenn ihr nun die Fülle an Waren und das Angebot an Lebensmitteln auf unserem Markt seht und der Ansicht seid, daß die Stadt sich in keiner schlechten Lage befindet, so beurteilt ihr dies weder angemessen noch richtig. Denn nach solchen Maßstäben ist nur zu beurteilen, ob ein Markt oder ein Volksfest schlecht oder gut ausgestattet ist. Doch eine Stadt, die Philipp als alleinige Widersacherin und Führerin des Freiheitskampfes aller ansieht, darf man nicht danach messen, ob es mit ihrem Warenangebot gut steht, sondern ob sie auf die Treue ihrer Verbündeten bauen kann und ob sie stark ist, danach muß man sie beurteilen; aber das alles sieht bei euch unsicher und gar nicht gut aus.«

»Warum sollte die Stadt schöner sein als du, da du sie doch gestaltest?« sagte Demades. »Und die Treue der Verbündeten, die du als Knechte behandelst! Du redest Unsinn, Demosthenes!«

Demosthenes zeigte ihm die Zähne. »Sobald es zur Beratung unseres Verhältnisses zu Philipp kommt, steht stracks jemand auf und sagt, daß man keinen Unsinn reden und nicht den Krieg fordern darf, und ›einige Leute wollen euch um euer Geld bringen‹ und andere Redensarten. Doch bin ich der Ansicht, daß wir nicht den Aufwand für unsere Rettung als Last ansehen dürfen, sondern die Folgen, wenn wir dazu nicht bereit sind. Warum sagen sie, daß diejenigen, die dazu raten, euren Besitz nicht preiszugeben, Kriegstreiber sind? Weil sie die Schuld für die Widrigkeiten, die der Krieg mit sich bringen wird – denn es ist unumgänglich, ja unumgänglich, daß der Krieg viele Beschwerden mit sich bringen wird –, auf diejenigen abwälzen wollen, die es vorziehen, euch das Beste zu raten. Sie glauben nämlich, daß, wenn ihr einmütig Philipp Widerstand leistet, ihr ihn bezwingen werdet und ihnen selbst dann die Möglichkeit genommen wird, sich von ihm kaufen zu lassen.«

Hier stand Eubulos auf, konnte sich aber im Gejohle kein Gehör verschaffen, hob die Hände und ließ sich wieder auf seinen Sitz fallen.

»Philipp will eure Stadt nicht in seine Gewalt bringen, nein, er will sie völlig vernichten. Er weiß, daß ihr weder in Knechtschaft leben noch euch einer Herrschaft unterwerfen könntet – denn ihr seid zu herrschen gewöhnt –, daß ihr ihm aber mehr Schwierigkeiten als alle anderen Menschen machen könnt. Deshalb wird er euch nicht schonen. Es muß euch also bewußt sein, daß der Kampf auf Biegen und Brechen geht, und ihr müßt diejenigen, die sich Philipp verkauft haben, vor aller Augen zu Tode prügeln; denn es ist unmöglich, ja unmöglich, die äußeren Feinde zu bezwingen, wenn ihr nicht die in der Stadt selbst im Zaume haltet.«

Demosthenes wartete, den Kopf ein wenig zurückgelegt, die Augen halb geschlossen, ein entrücktes Lächeln um den Mund. Als der Lärm leiser wurde, hob er wieder die Arme.

»All dieses Gerede führt zu nichts. Laßt uns Taten sehen. Laßt uns Taten tun! Hypereides, unser aller Freund und Wohltäter, hat vor einigen Tagen vorgeschlagen, die kriegerische Stärke Athens zu vermehren. Es ist ja ein Recht, ein teures Vorrecht der Bürger, für die Stadt zu kämpfen. Hypereides sagte, man solle bedenken und erwägen, ob nicht in dieser Zeit wichtigster Entscheidungen das Bürgerrecht ausgedehnt werden soll – auf die unter uns wohnenden Fremden aus anderen hellenischen Gegenden. Er schlägt, mit anderen Worten, die Bewaffnung der Metoiken vor, und im äußersten Notfall auch die Freilassung und Bewaffnung der Sklaven. Ich sage euch – nein! Nichts davon! Wir werden, vereinigt mit den tapferen Thebanern, die Anmaßung des Makedonen in den Staub treten! Dazu, Männer von Athen, sind wir Manns genug! Wir, die freien Bürger der Stadt, ohne Fremde und Sklaven. Laßt uns aufbrechen; laßt uns zu den anderen gehen, die schon ausgezogen sind. Laßt uns ein Ende machen! Laßt uns beschließen, keines der tückischen Angebote Philipps anzunehmen, sondern das Recht und die Tugend durchzusetzen! Laßt uns beschließen, daß nun, nach der Jugend, auch die Älteren ausziehen zum Sieg und zum Ruhm! Laßt uns alle waffenfähigen Bürger bis fünfundvierzig Jahre aufbieten! Laßt uns frei sein, groß und ehrenvoll! Laßt uns siegen! – Der Antrag des Demosthenes!«

Die Versammlung trampelte, schrie, klatschte, tobte; von überall kamen Männer, um Demosthenes auf die Schulter zu klopfen, sein Gewand zu berühren, seine Handgelenke zu umfassen. Der alte Sprecher des Rats hob die Arme, aber es dauerte sehr lange, bis es ruhiger wurde.

Plötzlich sprang Demades auf. Er verneigte sich vor dem Sprecher, der eben förmlich »Der Antrag des Demosthenes« rufen wollte, um die Abstimmung einzuleiten. Demades ging dorthin, wo Demosthenes stand. Ringsum wurde es endlich völlig still. Demosthenes blickte ihm verblüfft entgegen; und sehr mißtrauisch.

Demades lächelte. Er legte den rechten Arm fast liebevoll um die Schultern seines Widersachers.

»Ich habe nur dies zu sagen, Freunde, Athener, tapfere Männer, kriegstüchtige Bürger der Stadt! Wie ihr alle bin ich überwältigt. Ich glaube nicht, daß ein anderer Antrag als der des Demosthenes hier und heute sinnvoll wäre.«

Demosthenes schnitt eine Grimasse. »Was hast du vor, du Schuft?«
sagte er leise.

»Deshalb will ich nur eines sagen, nur eines hinzutun, nur eines fordern. Ja, laßt uns alle hinausziehen, gemeinsam kämpfen, gemeinsam
siegen, oder, wenn es den Göttern so gefällt, gemeinsam in Ruhm und
Ehre sterben. Aber wir wollen noch mehr tun als dies; wir wollen den
Antrag des Demosthenes ergänzen. Damit er wirklich alles umfasse.
Niemand soll sagen, die Älteren des Rats hätten keine Gelegenheit erhalten, sich mit der Tugend und Kraft der Jugend zu messen. Laßt uns,
dies meine erste Ergänzung, alle waffenfähigen Athener bis zum fünf-
zigsten Lebensjahr aufbieten! Und laßt uns die Kriegskasse der Stadt
füllen, damit alles bestens bereitet werde. Nicht nur das Gold des Artaxerxes, sondern eigenes Gold und Silber wollen wir einbringen!
Demosthenes in seiner Bescheidenheit hat vergessen zu erwähnen, daß
er zehn Talente in Gold beizutragen wünscht. Ich besitze nicht so viel,
aber drei Talente in Silber, für Waffen und Vorräte und Heilkräuter,
will ich mit Lust der Stadt stiften! Dies wären meine Ergänzungen zum
Antrag. Laßt uns nun abstimmen über den Antrag des Demosthenes!«

Der Sprecher sagte die Wörter abermals; die Abstimmung war fast
einmütig. In dem Gewirr, dem brodelnden Lärm, den Schreien wandte
sich Demosthenes mit verkniffenem Gesicht an Demades.

»Was hast du dir dabei gedacht? Du ... Belastung des Erdbodens!«

Demades legte einen Finger an die Nase. »Ich hatte vor einigen Tagen
leider keine Gelegenheit, dir Glück zu deinem sechsundvierzigsten Geburtstag zu wünschen, edler Demosthenes. Und zufällig weiß ich, daß
der Perser nicht nur der Stadt Athen, sondern auch einem ihrer edelsten
Bürger Gold geschenkt hat.«

14. CHAIRONEIA

Mit sechsundzwanzig zählte Emes schon zu den Alten, aber es gab
deren viele. Ein paar saßen an einem der wenigen Feuer, wachten,
sprachen leise mit den Posten, die aus dem Dunkel kamen, einen
Schluck Wasser mit sehr wenig Wein tranken und weitergingen.
Offiziere waren in der Nähe, beredeten noch einmal die Anweisungen
der Strategen oder stritten um genaue Schrittlängen von bestimmten
Teilen des Lagers zu bestimmten Teilen des Schlachtfelds.

Emes hockte ein paar Armlängen vom Feuer entfernt. Trotz aller
Unruhe hatte er sich bei Sonnenuntergang hingelegt und geschlafen,
zur Verwunderung jüngerer Kämpfer. Er erinnerte sich an seine ersten
Einsätze, vor denen er auch nicht hatte schlafen können, obwohl er
damals nur als Parmenions Pferdebursche und Lanzenschleifer mitge-
zogen war, nicht als Krieger. Zwei Obolen hatte er bekommen, am Tag,
dazu das Lageressen, viele Erlebnisse, Gefahren, Mühsal und das Gefühl, einer großen Gemeinschaft anzugehören. Er hatte gesehen und
gespürt, wie Parmenion und Philipp aus dem Chaos, der Niederlage,
dem Regen und Aufruhr von Aloros ein neues Heer aufbauten, das im
folgenden Jahr die Phoker vernichtete. Noch ein Jahr später ging sein
Dienst bei Parmenion zu Ende; mit vierzehn, voll ausgewachsen und
begierig, begann er die Ausbildung zum Hopliten, erhielt drei Obolen
am Tag, eine halbe Drachme, und die schweren Waffen des Fußkämp-
fers, aber auch dessen schweres Gepäck. Der König hatte mit Parmenion und Antipatros, gegen den Widerstand vieler Fürsten, gewisse
Neuerungen durchgeführt. Die Einheiten wurden nicht mehr nur nach
Herkunftsgegenden zusammengestellt, die Offiziere nicht von den
Fürsten der jeweiligen Gegend, sondern vom Stab des Heeres ernannt,
die Bewaffnung einheitlich gemacht. Früher hatten die Kämpfer ihre
eigenen Speere, Schwerter und Panzer mitgebracht oder von Handwerkern und Herstellern gekauft, vom Sold. Philipp hielt es für wirksamer
und billiger, Waffenschmiede, Speerschäfter, Lederwerker und andere
Fachleute als Heeresteil zu führen, zu besolden und nach einheitlichen

Vorschriften Waffen anfertigen zu lassen; dafür senkte er den Sold ein wenig, weil die Krieger ihn weder für Grundnahrung noch für Waffen ausgeben mußten.

Sie besserten ihn allerdings gelegentlich auf, wie ihre Kampfkraft. Der wichtigste Teil der Ausbildung waren die ewigen Grenzgefechte gegen Illyrer, Paionen und Thraker; dabei wurden besonders die Neuen eingesetzt, unter erfahrenen Offizieren, oft zusammen mit Söldnern aus dem Süden, und dabei gab es oft genug Gelegenheit zu gründlichen Plünderungen.

Nach einem Jahr als Hoplit erhielt Emes vier Obolen. Es folgte der Olynthische Krieg, der Zug durch die Chalkidike, dann der Marsch nach Hellas, die Nicht-Erstürmung der Thermopylen. Die anstrengenden Märsche, Philipps verblüffende Winkelzüge: In dieser Nacht machte Emes sich mit einem gewissen Erstaunen klar, daß der kommende Tag auf dem Feld von Chaironeia die erste wirkliche Schlacht sein würde, Grenzgefechte und Scharmützel nicht gerechnet, die das Heer als Ganzes zu bestehen hatte, seit jenem Tag vor dreizehn Jahren, als die Phoker auf dem Krokusfeld vernichtet wurden. Die großen Erfolge, die die hellenische Welt verändert hatten, waren fast immer durch List, durch Gold, durch schnelle Märsche und überraschende Rückzüge errungen worden. Oder durch Überfälle, wie bei dem vier Jahre zurückliegenden Zug unter Antipatros nach Epeiros, wo sie den Molosserkönig Arybbas abgesetzt und seinen Neffen Alexandros zum Herrscher gemacht hatten – zu schnell, zu wuchtig, als daß Arybbas auch nur die Grenzfestungen hätte verstärken können, ehe es zu spät war.

Er dachte an ruhigere Tage, Festungsdienst in Beroia, Ausbildungsdienst in Pella, an zwei oder drei Frauen, an die ganze Drachme, die er nun jeden Tag erhielt, die aber nicht ausreichen konnte, eine Familie zu ernähren. Eine Familie, die er nicht haben wollte; seine eigene in den Bergen loszuwerden war schwer genug gewesen. Er wollte dieses Leben und sonst keines: die Feuer und die anderen Kämpfer, die wachen Nächte, die Märsche, das Gelächter, die Lieder und notfalls, irgendwann, möglichst fern in der Zukunft, ruhmreichen Tod in einer strahlenden Schlacht, wie es den Göttern gefiel.

Jemand legte ihm eine Hand auf die Schulter. Er blickte auf und sah das Gesicht des schwarzen Kleitos.

»Denkst du etwa, Emes?«

Er lachte. »Ich erinnere mich an die Zukunft.«

Kleitos grinste. »Gut so. Kämpfer, die vor der Schlacht denken, taugen nicht viel. Denken macht müde.« Er ging weiter.

Kleon, auch schon seit Olynth dabei, rekelte sich und grunzte. »Als ob man denken müßte, um müde zu werden. Mann, werd ich reinhauen, wenn alles vorbei ist. Ich glaub, die da drüben haben besseres Futter als wir. Hmmm – attischer Schinken, Wein, aber Bäche davon, und zwar unverdünnt. Wehe, jemand zwingt mich, vor Ablauf von drei Tagen nüchtern zu werden.«

»Schinken«, sagte Emes leise. »Feigen. Im Kephissos gibt's Fische.« Sein Magen knurrte; er wühlte im Beutel und zerkaute eine halbe Handvoll Körner. »Besser so, als während der Schlacht scheißen müssen, was?«

»Wie lang geben wir uns, und denen?« sagte Kleon. »Eine Stunde, zwei Stunden? Mehr nicht, sonst wird's zu heiß.«

»Vielleicht sitzen drüben jetzt welche, die das gleiche über uns sagen.«

Kleon spuckte aus. »Vergiß es. Philipp, und Parmenion, und Alexander – wer soll uns da besiegen? Ich war dabei, als der Junge zum ersten Mal geführt hat, oben gegen die Thraker. Wie ein Alter. Keine Zweifel, kein Schwanken, und nie ›geht vor‹, sondern immer ›mir nach‹.« Er kicherte. »Vielleicht waren wir deshalb so gut – schnell drauf, damit ihm nix zustößt. Und dabei immer freundlich, nicht wie ein paar von den Hochnasen.«

»Ich frag mich grad was anderes. Wie macht er das, daß er immer so gut riecht?«

Kleon hob die Schultern. »Wahrscheinlich wäscht er sich öfter als du, Mann. Falls Götter sich waschen müssen.«

»Götter?«

»Na ja, fast.« Er grinste. »Wir haben's doch gut, oder? Können uns sogar die Götter aussuchen. Und lieber *den* als die Bande vom Olymp. Von denen hat nämlich noch keiner bei uns mitgemacht, wenn's drauf ankam.«

Lange vor Morgengrauen regte sich das Lager. Philipp, Alexander und Aristandros, umgeben von den meisten Offizieren und vielen Kampfern, brachten die Weihopfer dar; der Altar war ein flacher weißer Stein in der Nähe des Königszelts.

Die Ebene wurde langsam grau; aus dem feuchten Boden und den Wasserläufen stiegen Nebelschwaden. Philipp wandte sich an den Einäugigen. »Du weißt, was zu tun ist? Los.«

Antigonos hob die Hand und winkte die Unterführer der Leichtbewaffneten zu sich; sie verließen das Lager.

Nur wenige Meilen oberhalb der Stelle, wo er in den Kopais-See mündete, verlief der Kephissos hier nach Südosten, nahe am Fuß des steilen, kaum noch bewaldeten Akontion. Ein Teil des makedonischen Lagers befand sich auf der untersten Hangterrasse, wo der Boden schon trocken, aber noch beinahe eben war. Nach Westen zu flachte sich der Berg ab; der Uferstreifen begann unmittelbar am Fuß des Hangs und war schmal. Gegenüber mündeten drei Bäche, die aus den Bergen südlich der Ebene kamen. Einer brachte den Schmutz der boiotischen Stadt mit, die auf einem Ausläufer des Gebirgszugs lag; die beiden anderen flossen aus östlich der Ortschaft liegenden Tälern.

Es gab drüben eine kleine Burg, vermutlich von den Einwohnern als Akropolis bezeichnet. Darin hatten die Athener und Thebaner ihren Stab untergebracht. Die beiden großen Mannschaftslager befanden sich dort, wo die anderen Bäche aus den Bergen kamen: zuerst das der Athener, am Haimon, dann das der Thebaner und der übrigen Boiotier an dem Rinnsal, dessen Name Molos war. Der Bach, der die Abfälle von Chaironeia zum Kephissos spülte, hatte keinen Namen; oder keiner der Aufklärer und der Gefangenen wußte ihn.

Der Dunst wurde lichter; fern über dem Kopais-See rötete sich der Himmel. Es war nun hell genug, um abends unvollendet gebliebene Arbeiten wieder aufzunehmen. Koinos und einer von Alexanders jungen Gefährten, Laomedon, trieben die Sklaven und Gefangenen der letzten Monate an. Die begonnenen Latrinengräben wurden zum Fluß hin verlängert; Zimmerleute und ein paar Leichtverletzte, die nicht in die Schlacht ziehen würden, errichteten einen niedrigen Zaun mit breiten Balken, zum Aufsitzen.

Philipp stieg zu einem Felsvorsprung hinauf, der etwa zehn Mannslängen über dem Lager in die Ebene ragte; er winkte Parmenion und Alexander, ihm zu folgen. Als Alexander sich noch einmal umwandte, sah er neben dem nächsten Feuer Perdikkas stehen. Er hatte den Brustschutz umgehängt, aber noch nicht verschnürt; die weißen Zähne blitzten im Zwielicht.

Philipp starrte in den Dunst. Der Nebel löste sich langsam auf, zuerst zu Schwaden, an einigen Stellen zu Schlieren und Schleiern. Die harten, lange und gut ausgebildeten Krieger der Makedonen, die thessalischen Reiter, die thrakischen und illyrischen Hilfstruppen, die Kernmannschaft der Söldner, sie alle wußten, daß es nicht gut war, vor dem Kampf reiche Mahlzeiten zu sich zu nehmen; nur wenige Feuer brannten, es wurde nicht gekocht oder gebraten. Auf der anderen Talseite stachen Punkte durch den Nebel; der Boden dort schien von Feuerstellen gesprenkelt zu sein.

»Sie werden sich in die Schurze machen.« Parmenion war Philipps Blick mit den Augen gefolgt.

Philipp hatte nicht geschlafen; das zerklüftete Gesicht war ruhig. Nur um die Augen lag ein Ausdruck, den Parmenion zu gut kannte: Trauer.

»Habe ich ihnen genug Angebote gemacht?« sagte Philipp leise.

Parmenion blickte Alexander an, als wollte er ihn mit den Augen zu Philipp schieben. Alexander nickte unmerklich; er legte die Hand auf die Schulter seines Vaters.

»Mehr Angebote als genug. Bündnisse, Gleichberechtigung, Frieden, du hast es immer wieder angeboten, Vater. Als sie sich bei den Thermopylen schlagen wollten, bist du ausgewichen. Sie haben es nicht verstanden; sie haben deine Gesandten zurückgeschickt. Was heute da unten geschieht, ist nicht deine Schlacht – bis jetzt. Es ist die Schlacht des Demosthenes. Es wird aber deine Schlacht sein. Unsere.«

Philipps Gesicht hellte sich ein wenig auf. »Lysikles hat den Oberbefehl; er taugt nicht viel. Chares hat auf See so oft versagt, daß man ihn dem anderen unterstellt. Sie sind überlegen – den Zahlen nach.«

Parmenion pfiff auf zwei Fingern. »Kleitos, Philotas.« Seine Stimme hallte über das Lager. »Fertigmachen!«

»Sind wir noch immer der gleichen Meinung wie gestern?« Philipp fuhr sich über das linke Auge.

»Sie werden ohne Zweifel so vorgehen, wie du es erwartest.« Parmenion hieb sich mit der flachen Hand auf den Brustpanzer. »Bleibt es bei der Aufstellung?«

Alexander schwieg; er wartete ab. Philipp kratzte sich den Nacken. »Sohn?«

Alexander blickte wieder zur anderen Talseite; zwischen den Feuern war deutlich Bewegung, aber noch hing der Nebel zu dicht.

»Die Athener neben den Hügeln von Chaironeia, die Thebaner und

Boiotier zum Fluß hin«, sagte er langsam. »Die Besten auf dem Flügel am Fluß – Thebens Heilige Schar. Sie werden den Angriff führen; die übrigen werden vorrücken, aber eher behutsam.«

»Die Lager…« Philipp knurrte etwas Unverständliches. »Es sei denn, sie nehmen die längeren Wege auf sich – Athener aus dem oberen Lager zum Fluß, Thebaner aus dem unteren nach oben. Ah, nein; wenn drüben Parmenion stünde…«

Parmenion lachte. »Dann hättest du jetzt schon verloren, Philipp. Gib dir Mühe.«

Philipp schnaubte. Sie hörten die Stimmen der Offiziere, das Klirren der Waffen und Rüstungen. Irgendwo wieherten ein paar Pferde. Klammer Schweiß, Nachtgerüche, ein Hauch von den Latrinen, vermengt mit zu wenig Feuerrauch. Zu wenig, um der Mischung die vertraute Schärfe zu geben. Dann der Duft von heißem Kräuterwein; Hephaistion kam mit einem großen Gefäß zu ihnen. Sie tranken, leerten den Krug; Hephaistion nahm ihn wieder entgegen, lächelte knapp und glitt vom Felsen.

Philipp wischte sich den Mund und atmete tief durch. »Wir werden die Sache etwas anders angehen als gestern besprochen. Ein paar Änderungen.« Er deutete zum anderen Hang, wo sich die Umrisse der Burg von Chaironeia abzuzeichnen begannen. »Parmenion. Du nimmst die Söldner, wie besprochen, die meisten Pezhetairen und den kleineren Teil der Thessalier. Ich… die übrigen Pezhetairen und die Barbaren.«

Parmenion sog zischend Luft durch die Zähne. »Den rechten Flügel?«

Philipp wandte sich an seinen Sohn. »Du mußt ein gutes Auge haben, und Kraft, und Ruhe, Alexander. Ich gebe dir, was ich gestern noch selbst nehmen wollte. Du erhältst die übrigen Thessalier und die Gefährten zu Pferd – die ganze schwere Reiterei. Den linken Flügel. Es ist deine Schlacht.« Er legte ihm die Hände flach auf die Schultern, ließ die Finger gereckt.

Alexander starrte in das wilde, wüste Gesicht. Langsam, sehr langsam hob er die Arme und legte die Hände auf Philipps Schultern. »Unsere Schlacht«, sagte er heiser. »Du bist der Amboß; du wirst den Angriff der Athener auf dich ziehen, die wahrscheinlich gar nicht angreifen sollen. Parmenion hält die Mitte. Ich werde angreifen – gegen die Heilige Schar, die selbst angreifen soll. So?«

Philipps Finger bogen sich endlich, drückten, bohrten sich in die

Schultermuskeln. »Du der Hammer, Parmenion der Arm, ich der Amboß. So sei es. Aufbruch!«

Alexander hielt ihn fest. »Ich danke dir, König der Makedonen. Du und Parmenion, ihr habt das Schwert geschmiedet; ich bin stolz, es führen zu dürfen.«

»Die Mitte geradehalten, wie?« knurrte Parmenion. »Wenn wir Athener wären, würde ich es nicht wagen, aber mit unseren Leuten... Guter Plan, alter Freund.« Er grinste und wandte sich zum Gehen. Über die Schulter sagte er: »Und wer zählt die Knochen?«

Das Geplänkel der Leichtbewaffneten in den Hügeln hatte bereits begonnen. Weit rechts, am Fluß, marschierte die heilige Blüte der Thebaner. Demosthenes fand sich plötzlich neben Demades, als die Athener ihr Lager verließen. Vor ihnen, neben ihnen, hinter ihnen Tausende Landsleute; durch die Lücken, die noch zu schließen waren, sahen sie weit voraus die furchtbare Phalanx des makedonischen Haupttreffens. Sie wußten, daß es Tausende waren, sechzehn Reihen tief gestaffelt; sie wußten, daß nur die ersten drei Reihen die langen Sarissen ausgerichtet halten würden, sobald es losging. Aber es war wie eine von Eisen und Tod starrende Wand.

»Der Boden ist feucht.« Demades blickte zu den Seiten, dann wieder nach vorn, wo die schrägen Strahlen der Morgensonne auf den Spitzen der makedonischen Sarissen glitzerten.

»Sehr aufregend. Und?«

Demades warf ihm einen Seitenblick zu. »Kein Staub; wir werden alles sehen können. Nämlich nichts, sobald wir dran sind. Und wenn die Sonne höher steht, gibt es den nächsten kleinen Nebel.«

Sie waren langsamer gegangen; ein athenischer Unterführer rempelte sie von hinten an. »Los, los, aufschließen.« Dann erkannte er die Männer. »Um Vergebung – aber...«

Demosthenes öffnete den Mund, Demades kam ihm zuvor.

»Deine Pflicht, ich weiß. Wir gehorchen, wie jeder gute waffenfähige Bürger.«

Demosthenes knurrte etwas über Demokratie. Es klickte. Er blieb stehen, nahm die Kiesel aus dem Mund, betrachtete sie mißmutig und steckte sie in den Beutel, den er unter dem Brustschutz trug.

Demades grinste. »Du solltest sie im Mund lassen. Sonst verstehen die Makedonen dich nicht, wenn du um Gnade bittest.«

Demosthenes verzog das Gesicht. Schweigend gingen sie weiter. Vor ihnen schlossen sich die Reihen und Glieder. Sie befanden sich fast in der Mitte der Aufstellung; nicht weit rechts von ihnen richteten sich die boiotischen Bundesgenossen aus. Irgendwer bei ihnen sang, zwei oder drei Stimmen fielen ein – ein Spottlied auf jemanden, vielleicht einen Herrscher, alt und seit Jahrzehnten immer wieder abgeändert. Weiter vorn flehte jemand mit flackernder Stimme die Götter an, ihm Tugend, Ruhm und Tod zu gewähren; die Stimme brach mit einem erstickten Schluchzlaut ab. Es roch nach Tausenden von Männern, die lange marschiert waren und in schmierigen Decken geschlafen hatten, ohne sich waschen zu können. Es roch nach Schweiß, nach Eisen, nach Angst.

Der Unterführer war weitergegangen; nun stand er neben einem Mann, der sich wand, zur Seite und nach vorn beugte und dann würgend übergab. Dabei stieß er hohe quiekende Laute aus. Der Helm, noch nicht festgebunden, rutschte vom Kopf und fiel in die Lache. Der kurze Chiton unter dem Brustschutz war verfärbt; eine bräunliche Flüssigkeit rann die Beine hinab.

Der Unterführer stieß ihn an. Der Mann raffte sich auf, bückte sich nach seinem Helm und ließ die Stoßlanze fallen. Irgendwie gelang es ihm, mit seltsam verrenkten Gliedern den Helm zu halten, die Lanze aufzuheben und das Schwert mit dem Ellenbogen tiefer in den Gürtel zu schieben.

»Zuviel Wein«, sagte er heiser. »Götter – zuviel Wein.« Er richtete sich auf, nickte, als der Unterführer leise etwas sagte, band den Helm fest und ging nach vorn.

»Ein tapferer Mann«, murmelte Demades. »Viel tapferer als mancher, der mit einem Lied und einem Lachen in den Kampf zieht. Wer die Furcht besiegt, kann auch den Feind besiegen. Wer keine Furcht kennt, ist wahrscheinlich nur dumm.«

Demosthenes zischelte. »Warum muß ich ausgerechnet neben dir stehen und mir so etwas anhören?«

Demades tippte mit der Spitze seiner Lanze an seinen Kesselhelm. Er war schlicht, ohne jeden Schmuck; der von Demosthenes hatte eine Art Wulst aus vergoldeter Bronze.

»Du wirst dir noch viel mehr anhören müssen. Todesschreie, Demosthenes; das Kreischen der Verwundeten; nicht zu reden vom Jammern der Witwen und Waisen. Dein erster Kampf?«

»Der war vor zehn Jahren. Und vor drei Jahren auf Euboia.«

»Vor zehn Jahren? Als Philipp immer ausgewichen ist und keine Schlacht wollte? Und auf Euboia, wo wir in ein paar Städte einmarschiert sind, die freiwillig die Tore geöffnet haben?« Demades klackte mit der Zunge. »Viel Vergnügen.«

Schwach, eben noch hörbar, drang von weit rechts etwas zu ihnen, was am Ursprungsort der Töne rhythmisches Gebrüll sein mochte. Demosthenes lauschte mit verdrehtem Kopf.

»Die Schwüre der Liebenden«, sagte Demades. »Die Pärchen der Heiligen Schar. Machen sie immer. Kein Feind soll unversehrt zwischen uns treten und so weiter.«

Der Aufmarsch war beendet. Über dreißigtausend Athener, Boiotier und Thebaner standen etwa zwanzigtausend Makedonen, Verbündeten und Söldnern gegenüber. Etwas wie feierliche Stille lag über der Ebene. Dann quäkte eine Salpinx, weitere fielen ein. Heisere, gebrüllte Befehle. Ein paar Meldereiter galoppierten hinter den athenischen Truppen entlang. Der linke Flügel rückte vor, dann die Mitte; die saubere Ordnung der Aufstellung zerfiel, als die Reihen und Glieder sich bewegten. Von links, aus den Hügeln, wo die Leichtbewaffneten beider Seiten längs den Kampf eröffnet hatten, flogen Wolken von Pfeilen auf, ein Hagel aus Steinen und geschleuderten Metallstückchen ging auf die linke Flanke der Athener nieder. Die ersten Männer fielen; Schreie, neue Befehle, der Versuch, ein Kampfgeschrei auszustoßen.

»Hast du sie gesehen?« Demades und Demosthenes, nebeneinander, in einem der letzten athenischen Glieder, blickten geradeaus, nach vorn, wo sich beim Vorrücken immer wieder Lücken auftaten. »Gefällt mir nicht. Die stehen da so ruhig. Wir hätten es nicht tun sollen, weißt du. Hellenen gegen Hellenen, wie üblich. Ah ja. Die Suppe, die du seit zwanzig Jahren anrührst...«

Der Vormarsch der Athener und Boiotier stockte, wurde wieder angetrieben, stockte erneut. Der linke Flügel flatterte gewissermaßen unter dem Pfeil- und Steinhagel aus den Hügeln. Lysikles, der den Oberbefehl hatte, schickte Meldereiter los; wieder quäkten Signaltrompeten. Einige Reihen Hopliten des linken Flügels schwenkten und stürmten in die Hügel, um die Belästigung durch die makedonischen Leichtbewaffneten zu beenden; Männer aus den hinteren Gliedern, in schwerem Laufschritt, mußten nach vorn und zur Seite, um die Lücken zu schließen.

Die makedonischen Glieder standen reglos in der Morgensonne;

kein Laut, kein Ruf, kein Schrei, kein Signal war von ihnen zu hören. Eine gespenstische, genaue Bewegung erfolgte plötzlich in der Mitte, wo offenbar das schwere Fußvolk, die Kerntruppe stand: Die drei ersten Glieder senkten die Sarissen, hielten die langen Speere waagerecht. Ein Wall aus Eisenzähnen auf sechs oder sieben Schritt langen Schäften starrte den Athenern und Boiotiern entgegen – ein Wall, den sie rot färben mußten, mit dem eigenen Blut, um nahe genug an die Gegner heranzukommen, um ihre Stichlanzen und die kurzen Schwerter einsetzen zu können. Der Vormarsch stockte.

Inzwischen stand die Sommersonne halbhoch am Himmel; Dunst stieg aus der feuchten, von zahllosen Schritten aufgewühlten Erde. Demosthenes kniff die Augen zusammen, bis sie schmale Schlitze bildeten. Die Makedonen wurden nicht unsichtbar; dazu war der Dunst zu fein. Aber wie Geister verschwammen sie plötzlich, ohne völlig ungenau zu werden. Dann, immer noch lautlos, mit gleichmäßigen Bewegungen, rückte der rechte Flügel vor, dem linken der Hellenen entgegen. Der Aufprall der ersten Glieder ließ den Boden wanken, zerfetzte die Luft, verfinsterte die Welt. Kampfschreie und Todesschreie, das Wimmern von Verstümmelten, das Klirren von Eisen auf Eisen, ein dumpferes Dröhnen, wo Lanzen auf Schilde stießen, und der stechende Gestank von Blut und Kot und Schweiß und Angst und Gier betäubten die Männer in den hinteren Gliedern, die noch nicht eingreifen durften, noch nicht eingreifen mußten.

Etwas schien weiter vorn zu geschehen, etwas zugunsten der Verbündeten. Demades stolperte über einen Toten, raffte sich wieder auf. Sie rückten vor, immer weiter; der Boden war übersät mit Waffen und Leichen, mit stöhnenden, niedergetrampelten Männern aus Athen. Demosthenes trat auf die Brust eines gefallenen Makedonen, taumelte, blieb stehen. »O die Füße«, ächzte er.

Demades schnitt eine Grimasse. »Was ist los?«

Demosthenes hüpfte auf einem Bein weiter. »Ein Stein... Kiesel.«

»Hast du wieder an den Zehen gelutscht?«

Demosthenes grunzte, hüpfte und ließ sich zu Boden sinken. Demades rief über die Schulter zurück: »Was war mit deinem Antrag?«

Demosthenes hob die Hand, blieb sitzen, zog eine Sandale aus. Er hockte auf und zwischen Sterbenden und Toten beider Seiten, hielt sich den Fuß. Er zog den Beutel unterm Brustschutz hervor, nahm die Kiesel heraus, betrachtete sie und steckte sie in den Mund. Langsam zupfte er das Schwert, Stückchen für Stückchen, aus dem Gurt, legte es neben sich, legte die Lanze auf den Boden, zwischen zwei Leichen. Den Helm behielt er auf.

Es dauerte nicht einmal zwei Stunden, vom ersten Zusammenprall bis zum Ende, zur hellenischen Katastrophe, zum Albtraum und zur Flucht. Zu Triumph und Rausch und Würgen.

Sie ritten durch die Ebene, vorbei an marschierenden Abteilungen auf dem Weg zu ihren Stellungen. Parmenion schwieg; seine Augen waren überall. Hin und wieder winkte er jemandem zu oder deutete auf etwas. Philipp brüllte Befehle, rief einzelnen Männern, die er alle mit Namen anredete, Aufmunterungen, Scherze oder Unflätigkeiten zu. Alexander hielt Ausschau nach einigen Gefährten, die er in der Schlacht an seiner Seite sehen oder vielleicht spüren wollte. Am Rand eines sumpfigen Stücks, wo der Bach Molos sich sickernd verbreitete, zügelte Philipp seinen schwarzen Hengst.

»Trennung. Die Götter mögen mit dir sein, Sohn. Meine Gedanken sind es – sofern ich sie lange genug von anderen Dingen losreißen kann.« Er streckte den Arm aus, berührte Alexanders Hand. Mit dem Kinn wies er auf eine Gruppe berittener Gefährten. »Krateros, Laomedon, Meleagros zu mir!«

»Aber... meine Freunde.«

»Im Krieg gibt es keine Freunde, nur Fragen der Nützlichkeit, Junge.« Parmenions tiefe Stimme schnarrte wie eine beschädigte, mit dem Fingernagel angerissene Saite.

Philipp grinste. »Du hörst es. Du brauchst Ungestüm, auf deinem Flügel. Wir brauchen die Gelassenen, die Wägenden, die mit den harten Wangenmuskeln, die Durchbeißer.«

Die besonders tüchtigen, besonders edlen, besonders ausgezeichneten jungen Offiziere, die keine eigenen Einheiten hatten, wurden neu aufgeteilt. Parmenion stöhnte, als Philipp ihm die lynkestischen Fürstensöhne Heromenes, Alexandros und Arrhabaios nahm, um sie der Leibtruppe unter Pausanias zuzuteilen. »Du hast Attalos.« Der König blinzelte. »Den kann ich mit seinen Leuten nicht in Pausanias' Nähe holen, oder? Also!«

Parmenion hielt sich zurück. Auch als die Schlacht begann, griff er nicht ein. Er saß hoch aufgerichtet auf seinem Pferd, hinter dem mittleren Abschnitt der makedonischen Reihen, umgeben von einigen Stabsoffizieren und Meldereitern. Er beobachtete, nahm Meldungen entgegen, erteilte halblaut äußerst knappe, genaue Befehle. Alles mochte davon abhängen, daß bestimmte Bewegungen keinen Moment zu früh, aber auch keinen Moment zu spät ausgeführt wurden, wenn Philipps Meisterplan aufgehen sollte.

Thebens Heilige Schar, die Unbesiegbaren, die Liebenden, die Heroen: Sie waren geachtet, gefürchtet, sie waren die Besten, und sie waren sicher, daß niemand sie angreifen würde. Immer waren sie es, die den Angriff vortrugen, und es waren immer die anderen, die ihnen gegenüberstanden, die sich meist vergebens bemühten, dem Angriff zu wehren. Sie hielten den rechten Flügel der hellenischen Aufstellung, in der Ebene am Kephissos, wo kein Hügel, kein Fels, keine Enge ihre Wucht und Beweglichkeit mindern konnte. An diesem Tag mehrten sie ihren unsterblichen Ruhm durch tapfere Gegenwehr, Tugend und Tod.

Die Männer nahmen das übliche Gerangel kaum zur Kenntnis. Sie folgten ihren Offizieren und kümmerten sich nicht darum, welcher Stratege aus welchen Gründen welche Stabsoffiziere bei sich haben wollte.

Emes sah Philotas, Parmenions Sohn, zu Fuß, in der Rüstung eines Hopliten. Er ging vielleicht zehn Schritte vor der Gruppe her, die wie von selbst Reihen bildete, und unterhielt sich mit einem der älteren Unterführer. Es war gut, ihn dabeizuhaben. Sohn des großen Parmenion und *hetairos* Alexanders; irgendwie waren die jungen Männer etwas Besonderes. Alle schnell und sehnig, immer vorneweg, lebendiger als die meisten Stabsoffiziere; sie konnten anpacken und, o ihr Götter, sie konnten saufen, ohne umzufallen. Perdikkas, Krateros, Ptolemaios, Seleukos, die ganze Truppe; alle bis auf Alexander selbst, der kaum trank. Vielleicht, überlegte Emes, hatte er als Junge zu oft einen betrunkenen Vater gesehen. Denn Philipp war auch darin der Größte aller Makedonen.

Alexander und die anderen Jungen mußten irgendwo weiter links sein; vorhin hatten sie ihn aus der Ferne gesehen, und es war, als wäre eine warme Woge durch die Reihen geschwappt. Als wäre die Sonne vorzeitig aufgegangen, die eben erst auf den Himmel kroch. Es würde noch ein paar Jahre dauern, bis sie alle ganz entwickelt waren, richtige Gesichter kriegten und die nötigen Macken; irgendwie unterschieden sie sich jetzt nur durch die Haarfarbe. Aber sie waren sehr gut, und in ein paar Jahren würden sie alle unvergleichlich sein. Es hatte nur zustimmendes Brummen gegeben, als die Kämpfer hörten, daß Philipp den rechten Flügel nehmen und seinem Sohn die Hetairenreiter überlassen wollte, die sonst der König selbst führte. Sie standen den Besten gegenüber, Thebens Heiliger Schar, und wem außer Alexander und seinen Gefährten kam es zu, sie zu besiegen? Niemand zweifelte daran, daß sie siegen würden, sie alle, gegen die Übermacht der verbündeten Hellenen. Es zweifelte aber auch keiner daran, daß es blutig werden würde.

In der Reihe von sechzehn Mann, am linken Flügel der Teil-Phalanx, war Emes zweiter hinter dem Unterführer. Die besten vorn und hinten; in der Mitte die Jüngeren. Drüben sahen sie die Hellenen, die sich ausrichteten; es schien die Stelle zu sein, wo Athener und Boiotier nebeneinanderstanden. Emes zerbrach sich einen Moment den Kopf darüber, weshalb Parmenion die Phalanx in mehrere Gruppen spaltete; er war aber noch nicht zu einer Erklärung gelangt, als Philotas die Sarissa reckte und dann quer hielt.

Die Reihen standen still. Philotas drehte sich um, musterte die Gesichter im ersten Glied, nickte und lächelte.

»Ihr steht gut, Männer. Habt ihr die Schlangenlinien gesehen, die unsere Freunde drüben machen? Sie haben zu gut gegessen und getrunken, fürchte ich; hoffentlich haben sie uns noch etwas übrig gelassen. Sie werden sich in die Schurze machen, wenn's losgeht. Paßt auf, daß ihr nicht darauf ausrutscht. Und – bleibt einfach stehen. Kein Vormarsch, kein Durchhauen, nur die Stellung halten. Den Rest erledigen andere. Wir wollen die Schlacht ja nicht allein gewinnen. Philipp und Alexander würden sich sonst grämen.«

Salpinx-Signale schnitten das Gelächter ab. Die Hellenen marschierten vor, zögernd, wie es schien. Philotas hob die Sarissa. Die ersten drei Glieder richteten die Sarissen aus: Unterführer einschließlich Philotas, Emes und seine Nebenleute, die Männer dahinter. Und Totenstille.

Alexander ritt an der Spitze des Keils; neben ihm und hinter ihm Perdikkas, Ptolemaios, Seleukos, Hephaistion, Erigyios. Die Heilige Schar, angegriffen statt anzugreifen, wankte und brach auf, als die schwere thessalische Reiterei und die Panzerreiter der makedonischen *hetairoi* mit Schreien, wie Rasende, mit ungeheurer, betäubender Wucht in sie hineinstieß, hineinfraß, die ausgerichteten Reihen zerfetzte.

Auf dem rechten Flügel ließ Philipp seine Truppen vorrücken, den Kampf der Fußkrieger eröffnen; dann gab er den Befehl, langsam zu weichen. Parmenions Mitte, der rechte Teil seines Treffens, von Kleitos und Koinos geleitet, machte die rückwärts gerichtete Bewegung mit, langsam, zäh, ohne wirklich nachzugeben. Die stärksten Teile der Phalanx, in der Parmenions Söhne Philotas, Hektor und Nikanor standen, gab keinen Fußbreit Boden preis.

Die schiefe Stellung, die sich ergab, zwang die Athener, die Philipp gegenüberstanden, ihre Glieder auszudünnen, zu überdehnen, um Fühlung mit dem zurückweichenden Gegner und den verbündeten Boiotiern rechts von ihnen zu halten. In diese Schwachstelle stießen plötzlich Thessalier und Söldnerreiter vor – Parmenions Phalanx öffnete sich, um sie durchzulassen. Das Treffen der Verbündeten zerriß. Hinter den athenischen und boiotischen Reihen trafen die durchgebrochenen Reiter auf Alexander und die Kataphrakten, die Thebens Heilige Schar zertrümmert hatten und nun das boiotische Haupttreffen von der Seite und im Rücken angriffen.

Überall brannten Feuer, unsichtbare Flammen in der Sommersonne. Die Makedonen hatten die Vorräte aus den beiden hellenischen Lagern geholt und schwelgten. Nach den Mühen der Eilmärsche, der kargen Kost, der Enthaltsamkeit des Morgens und der gewaltigen Anstrengung des Kampfs ergaben die Krieger sich dem Sieg, unterlagen dem Triumph. Teile der gegnerischen Ausrüstung, die Bettgestelle der athenischen Führer, die Klapptische und Schemel der boiotischen Offiziere wurden zu Feuerholz, über dem sich an Sarissen halbe Ochsen drehten. Besonders beeindruckt waren die makedonischen Truppen von den ungeheuren Weinvorräten der hellenischen Verbündeten.

Sklaven und Gefangene trugen Verwundete beider Seiten dorthin, wo die makedonischen und hellenischen Heiler, von Parmenion nach der Schlacht allesamt Drakon unterstellt, ihre Zelte und Werkzeuge hatten, halb im Schatten eines Felsvorsprungs am Fuß des Akontion und oberhalb der Latrinen. Hier war das Wasser des Kephissos noch sauber.

Drakon kniete neben einem blutüberströmten Mann, dessen linker Arm entsetzlich zerfleischt und mehrfach gebrochen war; er hing so gut wie leblos von der Schulter. Drakon kaute auf einem breiten Grashalm. In der Hand hielt er eine scheußliche Säge mit groben Zähnen, verkrustet und an mehreren Stellen rostig.

»Haltet ihn gut fest!«

Drei Männer drückten den Verwundeten auf den niedrigen Tisch; ein vierter nahm den über die Kante baumelnden Arm und zog ihn straff. Der Krieger kreischte vor Schmerzen und Furcht, konnte aber die Augen nicht von Drakons Säge abwenden. Dann sackte sein Kopf, er verlor das Bewußtsein.

Erigyios, Ptolemaios, Kleitos, ein paar Schreiber und mehrere überlebende Führer der Heiligen Schar gingen über den Teil des Schlachtfelds, wo der von Alexander geführte Reiterangriff den Verband der Besten Thebens zertrümmert hatte. Philipps Anweisungen waren lästig und eindeutig: die Toten zu ehren und Namenslisten anzulegen.

Pausanias kam von einem der Feuer unterhalb Chaironeias zum König, um über die Verwundeten und Gefallenen der Leibtruppe zu berichten; er sah Attalos, der neben Philipp stand, spuckte aus und wandte sich ab.

Eine große Menge entwaffneter Hellenen, unter ihnen Demades, hockte zwischen vier Feuern, bewacht von kretischen Bogenschützen und wandernden Posten. Einer der Makedonen, in voller Rüstung, biß in ein halbes Huhn, während er auf und ab ging; die andere Hälfte steckte auf der Spitze seiner Lanze. Gefangene und Sklaven schleppten Brotfladen, Wasserschläuche, einige Weingefäße und Kessel mit Brühe zu den Hellenen.

Philipp, Parmenion und Alexander standen mit Truppenführern in der Nähe und berieten. Hephaistion, den Kopf mit einem blutigen Fetzen umwickelt, ließ sich auf einen herumliegenden Bettzeugbeutel fallen, verschränkte die Arme über dem Knie und legte das Gesicht in die linke Ellenbeuge. Immer mehr Makedonen sammelten sich um den König, der plötzlich in die Hände klatschte und brüllte: »Ruhe!« Dabei grinste er. Während der Lärm abebbte, legte er den Arm um Parmenion, der sich halb umgedreht hatte und zusah, wie gefallene Athener zu einem abgeteilten Feldstück getragen wurden; auch dort standen Schreiber und Gefangene, die vielleicht einige Namen der Toten nennen konnten.

»Das ist alles, was blieb vom Antrag des Demosthenes«, sagte Parmenion heiser.

Philipp, der sich eben seinen Kriegern zugewandt hatte, stand mit offenem Mund und stieß ein jaulendes Geräusch aus; Parmenion zuckte zusammen.

»Der Antrag des Demosthenes!« schrie der König.

Die Offiziere, dann die übrigen Kämpfer nahmen den Ruf auf, unter Gejohle und Gelächter; sie begannen einen Rhythmus zu klatschen und wiederholten die Formel noch und noch. Philipp und Parmenion, Attalos, Demetrios, Antigonos, Koinos und andere bildeten eine lange Reihe, die Arme ausgestreckt und auf die Schultern des Nebenmannes gelegt, tanzten vor, zurück und seitwärts, mit gemessenen Schritten, zu dem brausenden Gesang »der ANtrag DES demOStheNES – der ANtrag DES demOStheNES – der ANtrag DES demOStheNES...«

Alexander war zu Hephaistion getreten; beide sahen mit einem halben Lächeln zu. Aus der unübersehbaren Masse der Gefangenen sprang plötzlich Demades auf und brüllte mit der Stimme des erfahrenen Redners: »HALT!« Dann, als einige der singenden Tänzer sich unterbrachen und zu ihm umschauten, rief er:

»Hört auf damit! Es ist widerlich und schändet die Götter!«

Wachen kamen von zwei Seiten und wollten sich einen Weg zu ihm bahnen, durch die Menge der hockenden und sitzenden Gefangenen. Alexander klatschte in die Hände und rief: »Halt, laßt ihn!«

Philipp löste sich von Parmenion und Attalos und wandte sich den Gefangenen zu. Er kniff die Augen zusammen.

»Wer bist du denn, daß du so kühn redest?«

Demades stand hoch aufgerichtet, mit hängenden Armen da. Seine Stimme klang verächtlich, aber sein Gesicht war ausdruckslos. »Ich bin Demades, der Athener. Und nicht so kühn wie du, Philipp. Ich beleidige lediglich einen Barbaren, der sich in würdelosem Gehüpfe ergeht. Du bist viel verwegener, denn du schmähst die Götter und zertrampelst die Ehre der Toten. Deine Waffentat hat dich neben Agamemnon erhoben, aber du redest wie das Schandmaul Thersites.«

Attalos schnitt eine Grimasse und legte die Hand an den Schwertgriff. Philipp grinste. Parmenion sagte sanft, fast liebevoll: »Das gefällt mir.«

Philipp winkte Alexander zu sich, dann deutete er auf die Wachen. »Bringt ihn her – ehrenvoll. Kann mir jemand sagen, wie der Ratsherr Demades gekämpft hat?«

Parmenion hüstelte. »Ich kann es dir sagen. Er hat drei von unseren Männern getötet, im Nahkampf, und wollte sich überhaupt nicht ergeben.«

Philipp und Alexander tauschten Blicke aus; Alexander nickte und lächelte. Philipp brach plötzlich in schallendes Gelächter aus.

»Du warst dagegen, gegen den Antrag des Demosthenes, nicht wahr? Und ... er ist geflohen, glaube ich, aber du bist geblieben. Ich mag das. Ich mag einen kühnen Mund, wenn er einem tapferen Mann gehört. Sei unser Gast, Demades. Alexander, bewirtest du ihn?«

Alexander ging Demades entgegen, aber der Athener hielt ihn mit einer Handbewegung auf. »Ich will weder Gast sein noch bewirtet werden. Ich bin nichts als ein waffenfähiger Bürger Athens – wie all die anderen hier.« Er wies auf die Masse der Gefangenen.

Philipp seufzte. »Nach dem Sieg binde den Helm fester; nach der Niederlage schärfe die Zunge, was? Na gut. Wenn ich dich nun bäte, neun kluge Athener auszuwählen und mit ihnen, als Gesandtschaft, in deine Stadt zu gehen, würdest du dann geruhen, mein Gast zu sein?«

Stille. Die meisten Makedonen waren ebenso überrascht wie Demades und seine Schicksalsgefährten. Parmenion begann zu lächeln. Alexander bedeutete den Wachen, sie sollten sich zurückziehen.

Demades kratzte sich den Kopf. »Zehn Männer als Gesandtschaft? Kommt drauf an ... Es hängt davon ab, was wir in Athen sagen sollen. Man könnte uns ja hinrichten, wenn deine Botschaft unerfreulich sein sollte.«

Philipp hob die Hände über den Kopf, ließ sie fallen, ächzte. »Müssen wir das hier verhandeln? Im Sitzen, bei Wein und Braten, ist das Feilschen vergnüglicher. Komm.« Er wandte sich ab. Demades zögerte einen Moment, dann folgte er langsam.

Parmenion wartete, bis Demades und Alexander mit Philipp verschwunden waren; er fuhr sich mit dem Finger die Nase entlang und betrachtete Attalos, Antigonos und die anderen Offiziere.

»Die Hellenen sind weiter zu entwaffnen«, sagte er laut. »Wenn das geschehen ist, werden sie wie entwaffnete Gäste behandelt – edle Geiseln, nicht Gefangene.«

»Dies ist widerlich und würdelos.« Eubulos sah sich in dem kleinen, dunklen Raum um; er rümpfte die Nase und machte ein paar Schritte hin zu der Bank aus schwarzem Holz, die an der rückwärtigen Wand stand. Hoch über ihr waren zwei winzige Öffnungen im Mauerwerk angebracht, eher zur Verbesserung der Luft denn zur Beleuchtung. Gegenüber, neben der schweren Holztür, gab es eine größere Fensteröffnung; sie war verschlossen mit einem vielfach unterteilten Rahmen, der kleine bunte Glasstückchen hielt. In der Mitte des Raums stand ein dunkler Tisch, übersät mit Weinflecken und Brandstellen, darum her etliche Schemel.

Lykurgos legte die Hand an sein kantiges Kinn. »Würdelos, fürwahr. Aber notwendig. Setz dich, edler Eubulos.«

Der alte Mann ließ sich auf die Bank fallen und blinzelte. »Notwendig? Welche Notwendigkeit zwingt mich, Athen zu verlassen und den Piräus aufzusuchen, um im Hinterzimmer einer schäbigen Spelunke mit euch was auch immer zu beraten?«

Lykurgos wechselte einen Blick mit Hypereides. Der fette Politiker hatte die Oberlippe hochgezogen. »Nicht meine Vorstellung von einem gemütlichen Treffen.« Seine Stimme war leise und scharf. »Aber es muß sein. Es gibt ein paar Dinge zu beraten.«

Eubulos schloß die Augen. »Tief sind wir gesunken. Früher konnten solche Beratungen auch in Hinterzimmern in Athen erledigt werden.« Er öffnete die Augen wieder und starrte die beiden anderen an. »Worauf warten wir?«

Lykurgos holte Luft, um etwas zu sagen, unterbrach sich aber, als es an der Tür scharrte. Er öffnete. Eine blinde schwarze Sklavin tappte herein. Sie trug ein Brett; darauf standen Becher. Ihr folgte ein kleiner Junge mit vorstehenden Augen und verquollenen Zügen; seine Zunge schien im linken Mundwinkel festgewachsen zu sein. Speichelfäden rannen ihm übers Kinn. Er trug eine halbgroße Amphore. Sie war asymmetrisch geformt, eher wie ein Ziegenbalg denn wie ein Gefäß.

»Sieben Becher?« sagte Eubulos, als die beiden den Raum verlassen hatten. »Wer kommt denn noch?«

Lykurgos goß ein und reichte zuerst Eubulos mit einer Verbeugung, dann Hypereides mit einem Grinsen einen Becher. »Rat mal.«

Eubulos schnaubte. »Wenn ich wüßte, was ihr hier eigentlich bereden wollt...«

Hypereides kam zum Tisch und lehnte sich an die Kante. »Die Lage, edler Eubulos. Was sonst?«

»Seit wann müssen Ratsherren die Lage der Stadt Athen in einer Kneipe im Piräus bereden?«

Lykurgos hob die Schultern. »Gewisse Teilnehmer an dieser Besprechung sollten zur Zeit in Athen nicht gesehen werden.«

»Ah.« Eubulos trank, schluckte, blinzelte wieder. »Ich werde alt, meine Augen sind müde, meine Ohren werden immer schlechter. Vergeßlich bin ich auch.«

Hypereides lachte; die goldene Schnalle, die über dem Wanst den Umhang zusammenhielt, hüpfte wie ein Zicklein. »Recht so. Wir sollten alles vergessen, was heute hier gesagt wird. Nur eines nicht: das, worauf wir uns am Ende einigen.«

Eubulos knurrte leise.

Lykurgos ließ sich auf einen Schemel sinken, blickte zur Tür, dann zu Eubulos. »Es dauert.« Seine Mundwinkel zogen sich herab. »Hoffentlich nicht zu lange. Dieser Sommersturm...«

Eubulos hob die Brauen. »Sommersturm? Piräus? Jemand von einem Schiff? Hm. Ich weiß nicht... Wem gehört der Laden hier?«

Hypereides lächelte. »Wir kommen der Sache näher. In diesem Raum treffen sich gelegentlich Leute, deren Bedeutung ein Treffen erheischt; allerdings ist die Reinlichkeit ihrer Absichten bisweilen minder groß als ihre Bedeutung, und es kann geschehen, daß ihre Herkunft in bestimmten Momenten eine Wanderung durch Athen wenig ratsam erscheinen läßt.«

»Bah.« Eubulos lehnte sich zurück und rieb den Rücken an der Wand. »Red nicht so geschwollen – falls du anders reden kannst. Wer ist es? Perser? Phönikier?«

»Ein edler Perser. Nach der Katastrophe von Chaironeia wimmelt die Stadt ohne Zweifel von Philipps Spitzeln...«

Eubulos verschränkte die Arme und reckte das Kinn vor. »Ich habe mit den Persern nichts zu bereden. Und Chaironeia hätte nicht stattgefunden, wenn ihr nicht alle auf das Geschwätz von Demosthenes hereingefallen wärt.«

Lykurgos entblößte die Zähne in einem freudlosen Lächeln. »Es widerstrebt mir, edler Eubulos, ebenso wie dir, die wichtigsten Dinge der Stadt hier zu bereden. Ich bin immer für den offenen Streit und die Ehrlichkeit gewesen – wie du weißt. Es gibt aber Umstände, die behutsame Umwege erzwingen.«

»Wer noch? Mit dem Perser sind wir vier.« Eubulos klang bestenfalls verdrossen.

»Die edelsten Häupter Athens.« Hypereides grinste breit.

»Unmöglich.« Eubulos kniff die Augen zu. »Einige der edelsten sind gefallen. Demades ist gefangen. Phokion ist unterwegs zu Philipp. Wer bleibt?«

»Phokion«, murmelte Lykurgos; er kaute auf der Unterlippe. »Ein Jammer. Ein rechtschaffener Mann. Ein guter Stratege. Mit mehr

Unterstützung hätte er Olynth retten können. Vor vier Jahren hat er Philipp daran gehindert, Megara zu besetzen. Er hat den Tyrannen Kleitarchos aus Eretria vertrieben und überhaupt Euboia gerettet. Nachdem Chares versagt hatte, ist es ihm zu danken, daß die Flotten Byzantion und Perinthos entsetzen konnten. Warum... warum konnten wir ihm nicht den Oberbefehl in Boiotien geben?«

Eubulos lachte rasselnd. »*Weil* er ein rechtschaffener Mann ist. Ein kluger und gerechter Mann. Der sich nie auf ein Treffen im Hinterzimmer einlassen würde, ebenso wie er sich geweigert hat, etwas mit eurem wahnsinnigen Krieg zu tun zu haben.«

Hypereides legte die Hände flach auf den Tisch; er stand gebeugt und starrte auf Eubulos hinab. »Vergangen. Vorbei. Da die anderen sich verspäten, laß uns schon mal anfangen.«

»Womit?«

»Mit den Dingen, um die es geht.« Er richtete sich wieder auf und zählte an den Fingern ab. »Philipp hat gesiegt; was werden seine Forderungen sein? Die Vernichtung Athens? Theben hat er bereits besetzen lassen; der boiotische Bund ist aufgelöst, Theben hat die Hegemonie verloren. Mit wem können wir noch rechnen? Der Herrscher der Lakedaimonier ist tot – Archidamos, König von Sparta, ist in Italien gefallen, als Söldner, mit vielen seiner Männer. Sparta scheidet aus. Der edle Perser, den wir erwarten, bringt Nachrichten vom Tod des Großkönigs.«

»Was?« Eubulos fuhr auf. »Artaxerxes Ochos ist tot?«

Hypereides seufzte. »Er hat Persien wieder groß gemacht; in seinem Schatten konnte manches gedeihen. Nun ist der Baum gefällt worden, durch Gift. Sein Sohn, Arses, ist der neue Großkönig; er ist wohl grundsätzlich gewillt, sein mildes Wohlwollen über uns zu ergießen, aber Genaues wird der Gesandte sagen. Sobald er eintrifft.«

Eubulos blickte auf den Tisch und die Becher. »Wer sind die anderen drei? Wir, der Perser – wer noch?«

»Xenokrates.«

Eubulos starrte Lykurgos an. »Der Leiter von Platons Akademie? Er ist aus Chalkedon; kein Athener. Und – was soll er hier?«

Hypereides setzte sich endlich hin. »Er hat, auf unsere Bitten, einen Brief geschrieben und mit schnellem Boten abgeschickt. Nach der Katastrophe.«

»An wen?«

»An Aristoteles. Mit der Bitte, auf Philipp einzuwirken, damit die Bedingungen nicht allzu hart werden.«

Eubulos grunzte. »Blödsinn. Aristoteles wird nicht auf Xenokrates hören und Philipp nicht auf Aristoteles. Was ist das hier eigentlich, diese Versammlung? Athener, die einen Chalkedonier anflehen, er möge sich bei einem Stageiriten verwenden, damit dieser auf einen Makedonen einredet? Ist das der Stolz Athens? Würmer. Ratten. Geschmeiß.«

Hypereides hob die Schultern. »Danke, gleichfalls. Wozu verhilft uns Stolz in dieser Lage?«

»Mit mehr Stolz und Verstand wärt ihr... aber es hat ja doch keinen Zweck.«

»Vater der Heimat«, sagte Lykurgos leise; es klang durchaus nicht spöttisch. »Vielleicht hast du recht. Vielleicht hätten wir wirklich einen Ausgleich suchen sollen. Aber es ist jetzt zu spät dazu. Der Schaden ist geschehen; wir müssen versuchen, ihn zu begrenzen. Für Athen, nicht für oder gegen die eine oder andere Partei.«

Eubulos starrte zur Tür. »Wer noch?«

»Aischines.« Hypereides sagte es mit einem Unterton von Ablehnung, von Bedauern, beinahe von Haß. »Der Makedonenfreund. Der Friedensfreund. Vielleicht hat er ja Einfälle.«

»Wer noch?«

Hypereides sah Lykurgos an; Lykurgos setzte ein schräges Lächeln auf, das sofort wieder abrutschte und zu einer Grimasse wurde.

Eubulos beobachtete sie; er richtete sich auf und hieb auf den Tisch. »Also ist das Schwein entkommen? Ist *er* der siebte?«

Demosthenes kroch förmlich auf dem Bauch vor Eubulos. Großer Meister. Mein Lehrherr. Du dem ich alles verdanke. Die anderen sahen mehr oder minder unbewegt zu; einzig der Gesandte des neuen Großkönigs erlaubte sich einen Gesichtsausdruck der Verwunderung.

»Arses, mein Herr, und seine Berater, Bagoas der Hurtige und Bagoas der Heile, versichern die Stadt und die Bürger ihres unverbrüchlichen Wohlwollens und der weiteren Hilfe im Kampf gegen den gemeinsamen Feind.« Der Perser machte eine Pause und musterte die Gesichter von Eubulos und Aischines. Xenokrates nutzte die Gelegenheit, um aufzustehen und zur Tür zu gehen.

»Wenn die edlen Herren der Stadt mir vergeben...«

Hypereides hielt ihn am Ärmel des langen Chiton fest. »Wohin so eilig, Freund?«

Der Philosoph aus Chalkedon kicherte schrill. »Was ich zu sagen hatte, habe ich gesagt. Was ich hören wollte, habe ich gehört. Wenn es um die Zukunft und... hintergründige Absprachen geht, möchte ich lieber gehen, ehe ich höre, was ich später besser nicht gehört haben sollte.«

»Ein kluger Mann.« Der Perser wandte sich den anderen zu, nachdem die Tür geschlossen worden war. »Wir rechnen auf eure Bündnistreue. Natürlich hat sich, seit ich aufbrach, die Lage ein wenig geändert. Chaironeia verändert vieles. Wie steht es damit?«

Lykurgos räusperte sich. »Man wird vorsichtiger auftreten müssen.«

»Das ist gewiß. Aber – *wie* vorsichtig?«

Aischines hatte sich neben Eubulos niedergelassen und zu Boden gestarrt; nun blickte er auf. »Ihr seid ganz einfach wahnsinnig – immer noch. Das Heer ist geschlagen, Theben besetzt, keiner weiß, was Philipp mit Athen anstellen wird, und ihr redet mit einem Gesandten des Großkönigs, als ob Athen über sich und die Zukunft verfügen könnte.«

Der Perser lächelte. Er hatte lange, weiße Zähne und einen gestutzten schwarzen Bart. Seine Kleidung war unauffällig: Chiton, Reiseumhang, Sandalen. An den Fingern blinkten ein paar Ringe, aber sie schienen nicht übermäßig kostbar. Nur die Haltung und hin und wieder ein Gesichtsausdruck unterschieden ihn von einem beliebigen reisenden Händler. »Vielleicht sollte ich mich zurückziehen, bis ihr Einigkeit über die Lage der Stadt erzielt habt?«

Hypereides klang verärgert. »Es gibt zwei Gruppen. Die Makedonenfreunde und die Athener...«

Aischines unterbrach ihn. »Ich lasse mir von dir nicht absprechen, daß ich Athener bin. Die zwei Gruppen unterscheiden sich durch andere Dinge. Die Vernünftigen, die wissen, daß man Hellas einigen muß, auch wenn Athen nicht die Führung dabei erhält. Und die Gestrigen, die meinen, nur das, was Athen zur Hegemonie verhilft, sei hinnehmbar. So einfach. Eubulos und ich vertreten die erste Gruppe; Demosthenes, Lykurgos und Hypereides die andere. Bevor wir weiterreden, sollten wir vielleicht von dir erfahren, was dein Herr in den kommenden Jahren zu tun beabsichtigt.«

Der Perser runzelte die Stirn. »In den nächsten Jahren? Eine lange Zeit, Athener. Zunächst einmal muß Arses seine Herrschaft sichern und festigen. Von den indischen Grenzbergen bis nach Ägypten, von Arabien bis zum Bosporos, vor allem in den Herzen und Köpfen seiner Untertanen. Unter diesen Umständen kann kein Eingreifen in Hellas oder Makedonien erwogen werden. Ich bin auch nicht hier, um euch zu raten, tut dies oder unterlaßt jenes. Meine Aufgabe ist nur, festzustellen, wie sich eurer Meinung nach die Beziehungen zwischen Athen und dem Großkönig entwickeln sollten. Dabei müssen wir, natürlich, über Philipp reden.«

»Was meinst du – Zögling?« Eubulos blickte hinüber zu Demosthenes, der die Hände im Schoß gefaltet hatte und entrückt, beinahe verträumt blickte.

Der Redner fuhr sich mit den Fingern durch den dünnen Bart. »Ich? Wozu?«

»Was wird Philipp verlangen, für den Frieden?«

Demosthenes wiegte den Kopf. »Die Auslieferung einiger Leute. Das Ende unseres Seebunds. Die Aufgabe unserer Selbständigkeit. Die Hinnahme einer Besatzungstruppe. Ein Bündnis mit ihm, gegen Persien. Einen seiner Vertrauten als Herrscher – als Satrap. Was weiß ich denn.«

Eubulos beugte sich vor. »Ich höre dich noch reden. Er haßt uns. Er will uns vernichten. Jetzt scheinst du nicht mehr überzeugt davon, daß er die Stadt zerstören will, oder?«

Demosthenes lächelte. »Ach, edler Eubulos, du weißt doch, was man so im Eifer sagt, wenn es gilt, bestimmte Ziele zu erreichen.«

»Auslieferung, wie?« murmelte Aischines; er starrte Demosthenes an. »Gute Idee. So würden wir dich endlich los.«

»Der Großkönig hat seit je gute Freunde aufgenommen, wenn sie seines Schutzes bedurften.«

Demosthenes hob die Hand und nickte. »Ich danke dir und deinem Herrn. Ich werde es erwägen. Aber noch ist es nicht so weit.«

»Ausliefern!« knurrte Eubulos. »Athen mag besiegt sein, Athen mag eine Dummheit begangen haben, Athen mag auf die Gnade des Makedonen angewiesen sein – aber ausliefern?«

»Wie können wir dem vorbeugen?« Hypereides wandte sich an Lykurgos. »Du hast noch nichts dazu gesagt.«

»Ich weiß es nicht. Wir wissen ja nichts. Demades ist bei Philipp, wie Phokion. Was können sie erreichen? Was will er?«

Aischines lachte. »Was er will? Das, was er seit zwanzig Jahren will:

einen hellenischen Bund. Wir haben ihm nicht zugehört – *ihr* habt ihm nicht zugehört, als er es im Guten gefordert hat. Jetzt wird er euch zwingen.«

»Wie? Wie wird er uns zwingen?« Demosthenes klickte mit den Kieseln in seinem Mund. »Mit dem Schwert?«

»Das hat er schon getan. Nachdem wir ihn dazu gezwungen haben. Wenn er Athen angriffe, wer sollte die Stadt verteidigen?«

Hypereides sprang auf und ging unruhig hin und her. »Wir können den Metoiken das Bürgerrecht geben. Die Sklaven freilassen und bewaffnen.«

»Gegen Philipps erfahrene, glänzend ausgebildete, siegreiche Truppen? Pah.«

»Was denn dann, Eubulos? Weißt du Besseres?«

»Setz dich, Hypereides. Und hört mir alle zu. Auch ich weiß nicht, was auf uns zukommt. Es wird härter sein als wir hoffen, vielleicht aber auch milder als wir befürchten. Nur über eines müssen wir uns klar sein: Kein Geheimvertrag mit Persien rettet uns, wir müssen uns selbst retten. Indem wir beweisen, daß wir verläßlich sind, daß wir bereit sind, neue Verträge zu schließen; daß wir die Schuldigen bestrafen.«

Demosthenes knirschte mit den Zähnen, lachte aber dann. »Klingt gut, Eubulos. Und wenn Philipp in die Stadt reitet, wie viele Leichen willst du ihm zeigen?«

Aischines hob die Hand. »Es ist nicht gesagt, daß Philipp selbst kommt. Vielleicht schickt er einen Gesandten. Parmenion. Antipatros. Oder seinen Sohn, Alexander.«

»Antipatros ist von Pella unterwegs hierher«, sagte Demosthenes. Er grinste. »Wie meine, eh, Verbindungen mir sagen. Parmenion ist nach der Schlacht mit einem Teil des Heeres losmarschiert, Richtung Korinth und wahrscheinlich weiter nach Süden. Auf die Peloponnes – Sparta. Und Alexander? Ich habe ihn kennengelernt, vor, uh, acht Jahren. Damals war er ein Jüngelchen, ziemlich blöde, fast schwachsinnig.«

Aischines kicherte. »Ich weiß. Ich kenne die Geschichte. Er hat sich geweigert, deine Flöte zu blasen, wie? Und *du* hast blöde ausgesehen.«

Demosthenes zuckte mit den Schultern. »Spielt das eine Rolle? – Ihr wollt mich also den makedonischen Wölfen vorwerfen?«

Eubulos verdrehte die Augen. »Zu gern. Aber das geht nicht. Wir müssen einen anderen opfern. Damit Philipp sieht, daß wir es ernst meinen – und wir müssen es so machen, daß alle begreifen, daß wir uns nicht in unsere inneren Angelegenheiten reden lassen. Du bist leider zu wichtig.«

Aischines und einige andere ehrenwerte Männer gingen der Gesandtschaft entgegen. Sie kamen zurück, begleitet von Demades und Phokion. Alexander und Antipatros blieben vor der Stadt, im Lager, das die makedonischen Truppen am Rand der Straße nach Acharnai und Theben aufgeschlagen hatten.

Demades und Phokion berichteten von den langen Unterredungen zunächst mit Philipp, dann während der Reise mit Antipatros und Alexander; es seien verschiedene Überlegungen ausgesprochen, zum Teil auch erörtert worden, aber niemand wisse genau, was der König und sein Sohn beabsichtigten. Die Truppen? Das sei nur ein Teil des Heers, aber ausreichend zum Sturm auf Athen; schnell aufzubauende Belagerungsmaschinen in Einzelteilen seien im Troß.

Der Rat beschloß, die Tore offen zu lassen. Abends kam eine makedonische Reitertruppe zum Acharnai-Tor, hielt, ritt eine Weile die Mauern entlang. Die Stadt war unruhig; als Demosthenes sich in der Nähe der Agora zeigte, flogen ein paar Steine. Man schlief nicht gut in dieser Nacht; Demosthenes verbrachte sie im Haus der rhodischen Händler, wo er lange mit einem Fremden sprach, von dem es nur hieß, er habe einen gepflegten schwarzen Bart und sei gewiß kein Händler.

Am nächsten Morgen erschienen makedonische Truppen vor den anderen Toren. Alle standen offen, wenn sie auch von Skythen und athenischen Wachmannschaften gehütet wurden, aber die Makedonen ritten nicht ein. Vormittags kam ein Offizier, als Bote; er wandte sich an den Vorsteher des Dionysos-Theaters: Der bedeutende Schauspieler Lyson und seine Leute wollten am folgenden Tag auf die Bitte des makedonischen Prinzen und zur Erbauung der Bürger Athens einige Stücke aus verschiedenen Werken ruhmreicher Athener aufführen. Nach kurzer Rücksprache mit dem Prytaneion wurde das Theater für diesen Zweck freigegeben. Allerdings rätselte man, weshalb es ausgerechnet dieser von allen in Frage kommenden Orten sein mußte. Warum nicht ein Platz, ein anderes Theater, ein Stadion? Das Dionysos-Theater war schäbig, heruntergekommen, mit unebenen Gängen und Sitzen aus morschem Holz.

Nachmittags liefen Gerüchte durch die Stadt. Alexander sei bereits eingezogen. Alexander werde am folgenden Tag nach der Aufführung die Stadt besetzen lassen. Die Makedonen würden die Stadt überfallen, während alle waffenfähigen Bürger im Theater säßen. Demosthenes sei geflohen. Eine persische Flotte werde abends den Piräus erreichen. Nein, Philipp und Parmenion stünden mit dem Hauptheer nur wenige Stunden entfernt.

Die Vorführung war für den mittleren Nachmittag angesetzt. Es war ein heißer, strahlender Sommertag. Mittags verließ ein langer Zug makedonischer Truppen das Lager und schien zu verschwinden. Die Athener, die in der Nähe des Acharnai-Tores gewartet hatten, wurden enttäuscht. Dann hörte man die Trompeten, von Westen: Die Makedonen hatten einen großen Bogen gemacht und näherten sich nun auf der Heiligen Straße. Sie ritten in die Stadt ein, in ordentlichen Reihen: nur Kataphrakten und leichte Reiter, kein einziger Fußkämpfer. Das Zaumzeug der Pferde, die Helme und Brustpanzer der Männer, die Schilde und Lanzen und Schwerter: Alles blitzte in der Sonne.

In der Mitte des prachtvollen Zugs ritt Alexander auf einem weißen Pferd ohne Zaumzeug, sogar ohne Decke. Er trug nichts als einen weißen Chiton mit Purpursaum, dazu einen schlichten Ledergurt. Keine Waffe, kein Stück Rüstung, kein Helm. Er wirkte schmächtig, fast zerbrechlich, und strahlend schön. Die Sonnenstrahlen sammelten sich in seinem blonden Haar: Phoibos Apollon selbst schien gekommen, die Stadt zu besuchen. Und eine Theateraufführung zu sehen.

Lysons Schauspieltruppe, unbeeindruckt von der erlauchten Versammlung, bot eine seltsame Mischung dar; die Bewegungen waren genau, die Verse schwebten, die Worte waren bestens zu vernehmen, aber insgesamt löste die Aufführung Unbehagen aus. Was auch an zwei oder drei überleitenden Worten liegen mochte. Ein Stück aus dem *Archelaos* des Euripides, behandelnd die edle Abkunft des makedonischen Königshauses, wurde vom Chor einstimmig eingeleitet mit der Erklärung, es handle sich um ein Werk eines in Athen vergessenen, seinerzeit aus Athen geflohenen Dichters namens Euripides, den der kunstsinnige Herrscher der Makedonen vor siebzig Jahren zu seinem *hetairos* erhoben habe. Ein Stück aus den *Babyloniern* des großen Aristophanes – der Protagonist trug eine Maske, die dem Gesicht des Demosthenes ähnelte – löste den Chor zu Einzelmasken auf: Sklaven, die unter der Peitsche des Protagonisten mit der Handmühle schufteten und Namen wie Rhodos, Kos, Olynth, Byzantion, Chalkis, Megara trugen: Athens geknechtete Bundesgenossen. Es folgte ein Stück aus den *Rittern* des Aristophanes, mit dem Protagonisten in der Demosthenes-Maske als barbarischer Sklave des Herrn Demos, über den er durch Schmeichelei, Aneignung fremden Verdienstes und Brutalität gegenüber seinen Mitsklaven eine Tyrannis errichtet hat. Zum Schluß gab es ein Stück aus den *Persern* des Aischylos, dessen Worte – dem Chor zufolge – von Philipps Sohn Alexander, einem Schüler des Aristoteles, leicht verändert worden waren: die bittere Klage des Volkes und der Königin über den ungerechten, schändlichen und dazu schlecht vorbereiteten Krieg, der so viel edles Blut gekostet und nichts erbracht hatte als Schande und vielleicht die Erkenntnis, daß man falschem Rat gefolgt sei.

Alexander verließ das Theater als erster, gefolgt von Antipatros. Draußen bestieg er Bukephalos und ritt von der Südseite zur Nordseite der Akropolis, zur Agora. Dort waren inzwischen makedonische Hopliten eingetroffen, die die wichtigsten Zugänge und Gebäude besetzt hielten und Packlasten mitgebracht hatten. Die Körbe und Ballen wurden geöffnet: Sie enthielten Weihrauch, Harze, Tücher, Weihgaben. Alexander opferte an allen Altären, bestieg Bukephalos und verschwand. Mit ihm verschwanden seine Kämpfer, seine Unterführer, der grimmig schweigsame Antipatros. Der Schauspieler mit der Demosthenes-Maske bat das Volk von Athen für den nächsten Morgen zu einer Bürgerversammlung.

Dymas verfolgte die Darbietungen vom obersten Rang des Theaters aus. Lysons Schauspieler waren nicht schlecht, aber die hin und wieder eingreifenden – oder einfallenden – Musiker konnten offenbar nicht einmal richtig stimmen.

Tekhnef war nicht im Theater – sie war eine Frau; sie war schwarz; sie hatte keinen Zutritt, und keine Lust. Dymas war zwar kein Athener, nicht einmal Metoike, gelangte jedoch ohne Schwierigkeiten in den großen Halbkreis. Was immer am Ende herauskommen mochte – die Makedonen würden ohne Zweifel nicht Athen zerstören, was Demosthenes zufolge ihr oberstes Ziel sein sollte. Wenn Philipp es wirklich wünschte, hätte er nicht seinen Sohn und Antipatros geschickt, um die Seelen zu verwirren und Auftritte zu gestalten, sondern wäre selbst gekommen, mit dem ganzen Heer.

Eine Weile hatte er, zuerst beim Einreiten, dann im Theater, den Sohn des Makedonen beobachtet. Antipatros, Verkörperung der Staat-

lichkeit und List, aber auch der Dauer und des Ausgleichs, schien nur
als Berater mitgekommen zu sein; die Leitung der seltsamen bewaffneten Gesandtschaft lag ohne Zweifel in Alexanders Händen. Dymas
hatte keinerlei Hang zu Knaben oder älteren Männern, räumte aber ein,
daß der Königssohn, schlank und etwas kleiner als die meisten, mit heller Haut, hellen Haaren und geschmeidigen Bewegungen, sicherlich der
schönste Mann war, den er je gesehen hatte. Unübersehbar war auch,
daß die harten makedonischen Kämpfer ihn vergötterten. Sohn des großen Philipp, jung, strahlend, angenehm im Umgang – wie zu hören
war; Demades sollte es gesagt haben – und außerdem fähig als Verwalter, gerecht als Richter, gewaltig als Kämpfer, zweimal siegreich als
Führer: Wen sonst sollte man vergöttern? Der Musiker begriff auch
sehr gut die Stimmung in Athen, die nach dem Einreiten der Makedonen umgeschlagen war. Zumindest teilweise. Sie hatten gehaßt und gefürchtet, und nun ritt Apollon selbst ein; sie hatten, von Demosthenes
bearbeitet, mit den Schwertern der Barbaren gerechnet, und nun lud
man sie zu einer Theateraufführung.

Mehr als alles andere beschäftigte den Musiker jedoch der Vollmond.
Es war später Nachmittag oder früher Abend; vom höchsten Rang des
Dionysos-Theaters konnte er sehen, wie die strahlende Scheibe über
die Akropolis stieg, hell sichtbar im sinkenden Sonnenlicht. Als es
schnell dunkler wurde und das Licht des Mondes das ganze Theater
erreichte, glühte die Glatze des Antipatros, in der ersten Reihe, wie
mattes Gold auf. Das echte Gold daneben war Alexanders Schopf.

Jemand berührte ihn am Arm, als nach dem Ende der Vorstellung
alles zu den Ausgängen drängte. Dymas wandte sich um.

»Demaratos! Was machst *du* denn hier?«

Der Korinther zwinkerte. »Gewisse Dinge muß man sich ansehen.
Hast du einen Augenblick Zeit?«

Sie begaben sich zu einer kleinen Schänke, nordöstlich des Theaters,
jenseits der großen Straße, die um die Akropolis führte.

Demaratos trank schwarzes Bier, Dymas zögerte und schloß sich
an. Der Korinther blickte nach rechts und links und beugte sich vor.

»Die Stimmung in der Stadt gefällt mir nicht.«

Dymas zuckte mit den Schultern. »Sie hat mir noch nie gefallen, seit
ich zum ersten Mal hier war. Was mißfällt dir?«

»Diese Mischung... Einerseits nachhallender Haß, mit Stolz und
Trotz vermengt. Andererseits beginnende Begeisterung für Alexan-

der. Und in der Mitte eine ungeheure Mehrheit von dumpfen Zweifeln und Ergebenheit. Ein Instrument, auf dem Demosthenes vorzüglich spielen könnte.«

Dymas kniff die Augen zusammen. »Warum bekümmert es dich – Händler?«

Demaratos lachte unterdrückt. »Sagen wir, es gibt viele Dinge, an denen mir liegt. Eines ist die schöne *Eirene* [Friede], in deren Gesellschaft die Geschäfte besser gedeihen als unter der Fuchtel des Ares.«

»Friede um jeden Preis, Korinther?«

Demaratos schnitt eine Grimasse. »Keineswegs. Wenn die Freiheit bedroht ist und das Wohlergehen, dann ist kein Krieg zu teuer. Aber Philipp bedroht weder die Freiheit noch den Wohlstand der Athener. Die Friedensbedingungen sind mehr als mild.«

Dymas hob eine Braue. »Friedensbedingungen? Bis jetzt kennt keiner sie – soweit ich weiß.«

Demaratos starrte in sein Bier. »Ah, du weißt, ich habe gute Beziehungen, hierhin und dorthin. Hast du Zeit, heute?«

»Was willst du von mir?«

»In der Stadt laufen viele Männer herum, die im Auftrag des Demosthenes Stimmung gegen Makedonien zu machen versuchen. Alles, damit es nicht zu einem Ausgleich kommt.« Leiser setzte er hinzu: »Einige, die so etwas tun, oder tun könnten, in der richtigen Umgebung, sind aber *gegen* Demosthenes. Sagen wir, sie tun einem alten Korinther den Gefallen, Demosthenes durch dummes Geschwätz, das angeblich von ihm stammt, mehr zu schaden, als sie es durch kluge Reden je könnten.«

Dymas rümpfte die Nase. »Und jetzt soll ich mit der Kithara losziehen und ihnen Anlaß dazu geben?«

»Klug, mein Freund, aber nicht klug genug. Sie werden dir Anlaß geben, gewisse Lieder zu singen – Verse vorzutragen.«

Dymas lehnte sich zurück. »Nein.«

»Nein?«

»Berichte schreiben, Nachrichten sammeln, wenn mir danach zumute ist, das ist eines. Meine Kunst, Demaratos, steht niemandem zur Verfügung außer der Kunst selbst und dem Vergnügen der Menschen, oder ihrer Trauer.«

Demaratos lächelte. »Jeder hat seinen Preis, Dymas. Auch du.«

»Nicht in diesem Fall.«

»Doch. Einen Preis gibt es, den du mir immer zahlen wolltest und den ich bis jetzt abgelehnt habe.«

Dymas hielt einen Moment die Luft an. »Du sprichst von viereinhalb Minen, um die du mich in Karchedon gekauft hast.«

»Sing, Dymas; sing heute abend, und du bist frei.«

Dymas sang. In einer Schänke begann jemand, kaum daß Dymas eingetroffen war und zu stimmen begann, mit einer Preisrede auf den Krieg, zur Festigung der athenischen Vorherrschaft, die, wie jeder wisse, nötig sei zum Wohle aller Hellenen. Dymas unterbrach ihn, indem er ein abgewandeltes Lied Sapphos sang.

> *Einer sagt: die Reiter; der zweite: Fußvolk;*
> *jener: Schiffe seien das Schönste auf der*
> *weiten Erde. Ich aber will euch sagen:*
> *das, was man lieb hat.*
>
> *Mit ein wenig Denken kann dies auch jeder*
> *leicht verstehen. Helena, allerschönste*
> *aller Frauen, wollte als ihren Mann den*
> *tapfersten Helden,*
>
> *der das stolze Troja von Grund auf tilgte.*
> *Nicht der Tochter, nicht der geliebten Eltern*
> *dachte sie, nein, Kypris verführte sie durch*
> *innige Liebe.*
>
> *Meiner Lydia wogendes Schreiten, ihre*
> *lichten Augen möchte ich lieber sehen*
> *als der Lyder Streitwagen und ihr waffen-*
> *starrendes Fußvolk.*

In einer anderen Schänke pries ein Mann die Beharrlichkeit des Demosthenes, der unzugänglich für die Reize des Eros oder jenes neuen Apollon auf dem Stolz Athens bestand.

Dymas rief: »Laß mich dazu ein Lied singen, Freund; wie wir wissen, fand ja heute etwas im Theater des Dionysos statt. Ich habe hier ein leicht abgewandeltes Gebet des großen Anakreon an Dionysos.« Dann sang er.

Herr, dem Eros, der junge Stier,
*   dunkeläugiger Nymphen Schwarm*
und sogar Antipatros
scherzend folgen, der weithin auf
hohen Bergen dahin du schweifst,
herzlich bitte ich dich: O komm,
komm zu uns und erhöre mein
*   heißes Flehen in Gnade!*
Dem Demosthenes rate gut,
laß, Dionysos, redlich ihn
*   diese Liebe erwidern!*

Auf dem kleinen Platz vor einer belebten Schänke ließ Dymas sich nieder, trank Wein und hielt die Kithara auf dem Schoß. Jemand stand auf und schmähte die Zecher, daß sie in der Stunde der Not ihrer Vaterstadt zu trinken wagten, statt zu den Waffen zu greifen. Dymas griff in die Saiten und sang.

Die dunkle Erde trinkt den Regen,
die Bäume trinken aus der Erde.
Das Meer trinkt alle Ströme,
die Sonne trinkt die Meere,
der Mond trinkt Sonnenglanz.
Athen, von Rednerworten trunken,
trank Blut und tränkte Chaironeia.
Nun trinkt das Volk begierig auch
des Königssohns Schönheit und Licht.
Warum willst du, von Zorn betrunken,
mir diesen milden Trank verwehren?

Aber dieser Redner schien echt zu sein. Als sich Beifall und Gelächter gelegt hatten, schrie er wieder los. Dymas ließ ihn eine Weile reden, dann stand er auf, die Kithara aufs Knie gestemmt, den Fuß auf einem Stuhl. Er klemmte den beweglichen Hornbogen, mit dem er die Stimmung aller Saiten zugleich erhöhen konnte, fast über die Mitte der sieben Spielsaiten, schlug einige schrille Unharmonien und sang.

Was soll ich mit dir machen,
schwatzhafte Eule du?
Bei deinen leichten Flügeln
dich packen und sie stutzen?
Soll ich etwa die Zunge

aus deinem Schnabel reißen?
Im Traum lieb' ich Eirene,
so wonnevoll verstöpselt,
und fast wär's mir gekommen,
da weckt mich dein Gezeter!

In der letzten Schänke schließlich, in der ein halb betrunkener Mann ein weiteres Lob auf Demosthenes in die Nacht schrie, brüllte Dymas ihn mit mächtiger Stimme nieder und sang.

Könnte man jedem Menschen öffnen die Brust,
gründlich zu wägen des Herzens Inhalt und Wesen,
und zum Freund jenen wählen, der ohne Falsch ist –
ach, wie einsam wäre Demosthenes dann!

Er legte die Kithara fort, trank, nahm lächelnd die Beifallsbekundungen entgegen. Ein alter Bekannter trat an seinen Tisch.

»Nett. Außerdem die Wahrheit. Ich hab dich aber noch nie so laut singen hören.«

Dymas nickte. »Ich hatte auch noch nie einen Grund, so laut zu singen.«

»Welchen Grund denn?«

»Freiheit.«

Ein halbes Dutzend Reiter, gefolgt von vielleicht fünfzehn Sklaven und Dienern, näherte sich einem kleinen Lager, das fast auf dem Strand errichtet war, zwischen der hellen herbstlichen See und den braunen Hügeln. Philippos der Heiler glitt von seinem Falben und wandte sich an einen der leichtbewaffneten Posten; der Mann lehnte an einem Felsen und aß eine Stopfwurst.

»Nee, wir machen hier nur ein bißchen sauber. Paar Verwundete und Streuner, das Übliche. Durchgang, zwischen Philipp und Pella.«

Philippos suchte zwischen den Zelten und Hütten und fand schließlich Drakon, der vor einem der größeren Zelte verwundete und fußkranke Makedonen versorgte, vielleicht fünfzehn oder zwanzig. Aus dem Lager führten schwere Karrenspuren nach Norden, wurden zu einem dünnen Strich und verschwanden in den Hügeln. Drakon kaute auf einem Zweig von irgendeinem Obstbaum und betrachtete das Gemächt des Hopliten Emes, der ein dumpfes Ächzen hören ließ, als der Arzt unabsichtlich mit dem hängenden Ende des Zweigs die Wunde berührte.

»Wird heilen, Junge. Ziemlich schnell. Als ob wir sonst keine Sorgen hätten... Wie hast du das gemacht?«

Emes versuchte ein Grinsen. »Meinungsverschiedenheit. Eine schöne Boiotierin. Hinterher war mir der Preis zu hoch, und sie hatte ein Messer.«

Drakon blickte auf und grinste Philippos an, wandte sich dann wieder dem Krieger zu. »Also, die nächsten paar Tage solltest du nicht an nackte Frauen denken. Huh, hätt ich nicht sagen sollen, was? Da geht's schon los.« Er schüttelte den Kopf; Emes wimmerte leise. »Ist schon in Ordnung für nen Krieger, von wegen stramm und bereit und so; wird aber zuerst mal wehtun. Mach dir keine Sorgen, nichts ist für die Ewigkeit, du nicht und der nicht. Ehe du stirbst, kannst du ihn wieder verwenden.«

Philippos lachte. »Ein herzhaftes Wort zur falschen Zeit. Wie steht's denn?«

»Schräg«, knurrte Emes. »Der Kleine drückt sich vorm Üben. Keine Weiber, kein Plündern, kein Geld. Scheißkrieg.«

Drakon stand auf; grinsende Helfer umringten Emes, ohne jeden Versuch, ihm zur Hand zu gehen. »Gut, dich zu sehen, Philippos. Wie war's in Athen?«

Philippos hob die Schultern. »Groß, laut, schmutzig.« Er sah zu, wie Drakon in einem Stapel von Werkzeug nach einer bestimmten Säge wühlte. »He, woher hast du die?« Es war eine schöne und scharfe Säge, mit glänzenden kleinen Zähnen und Elfenbeingriff.

»Hat er geklaut«, sagte Emes.

»Und die Verhandlungen?« sagte Drakon; er hielt die Säge hoch.

Philippos setzte sich auf einen Schemel; einer der Helfer brachte Wasser und Wein. Drakon kaute immer noch auf seinem Zweig und kratzte etwas von der Säge – Blut oder Schmutz.

»Die Verhandlungen?« Philippos kicherte und berichtete von den Ereignissen in Athen, dem Lager, den Ritten zur Stadt, der Theateraufführung. »Danach ging alles glatt. Alexander hat ihnen zuerst nen heiligen Schrecken eingejagt mit diesem Hin und Her und Euripides und Aristophanes. Dann haben er und Antipatros noch mal mit Demades, Phokion und Aischines geredet, nicht mit den anderen, und ihnen ein paar Hinweise gegeben. Der Rest hat eigentlich darauf gewartet, daß wir Athen niederbrennen. Hatte Demosthenes ihnen ja auch oft genug gesagt, von wegen Philipp haßt Athen und will die Stadt zerstören, dieser ganze Unsinn. Jedenfalls – Alexander verlangt den Kopf von Demosthenes, die Auflösung des Seebunds, die Auflösung der Flotte, dies und das, natürlich den Verzicht auf persisches Gold und so weiter. Alles einerseits sehr sachlich, ohne Schärfe, anderseits unendlich liebenswürdig. Die Athener haben ihn längst nicht mehr Alexander genannt, sondern Apollon. Dann haben sie, als Zeichen guten Willens und Beweis fortdauernder Eigenständigkeit, ihren obersten Strategen bei Chaironeia, Lysikles, zum Tode verurteilt, weil er das Heer in den Untergang geführt hätte. Demades hat öffentlich mit Alexander verhandelt und in Athen ein sehr großes helles Gesicht gekriegt; angeblich ist es ihm ja gelungen, die Stadt zu retten. Dabei war das, was hinterher bei den Verhandlungen rausgekommen ist, genau das, was Alexander von vornherein haben wollte. Demosthenes wird nicht ausgeliefert; die Stadt behält ihre Autonomie, verpflichtet sich aber, im Winter bei den Bundesverhandlungen in Korinth mitzumachen und dem Bund beizutreten, den Philipp haben will; der attische Seebund wird aufgelöst, aber Athen behält seine Flotte – und verpflichtet sich, einem hellenischen Bund Heer und Flotte zur Verfügung zu stellen. Und Antipatros stand finster daneben, die ganze Zeit. War gut abgesprochen. Ein Blick auf sein Gesicht, und dann doch lieber Alexanders Forderungen nachkommen.«

Drakon legte eine kleine Feile an und schliff an zwei Zähnen der feinen Säge herum. »Wir haben also alles gekriegt, was wir haben wollten?«

Philippos grinste. »Nicht nur das. Philipp hat für den Winter alle Hellenen außer Sparta nach Korinth eingeladen. Athen hat zugestimmt und wird zu allem Ja sagen – also machen die anderen Hellenen auch mit. Philipp kriegt seinen Bund. Demades ist der große Mann; Demosthenes ist zumindest vermindert. Und Alexander? Wenn er zwei Tage länger geblieben wäre, hätten die Athener ihn zum Gott erhoben. Er hat allen den Kopf verdreht. Und der berühmte Leochares macht auf Kosten der Stadt Athen zwei Statuen aus Gold und Elfenbein, von Philipp und Alexander, für den Rundbau in Olympia, den Philipp gerade errichten läßt. – Also, hör mal, diese Säge...«

Drakon feilte immer noch. »Also Friede und Freundschaft? Und ein hellenischer Bund?«

»Und alles, was Philipp je haben wollte. Dank Alexander. Woher hast du diese Säge, Mann? So was Feines hab ich noch nie gesehen.«

»Hast du unterwegs gute Zähne gefunden?«

Philippos hob die Hände über den Kopf. »Hör doch mit deinen Zähnen auf, sonst schlag ich sie dir aus. Gib mal her, das Ding. Oooh, wirklich wunderschön. Die beste Arbeit, die ich je gesehen hab. Muß doch ein Vergnügen sein, damit einen Knochen abgesägt zu kriegen.« Er untersuchte den Elfenbeingriff; erhaben, in feinsten Umrissen, waren darauf Elefanten zu sehen, ein Pferdekopf, Palmen, Frauen mit steilen Brüsten, am Knauf das Zeichen der Göttin Tanit.

»Kommt aus Karchedon.« Drakon streckte die Hand aus und nahm die Säge wieder an sich. »Gute Arbeit, stimmt. Und scharf.«

»Karchedon? Im Westen, in Libyen? Wie kommt das hierher?«

»Hat ein athenischer Arzt mir gegeben. Nach der Schlacht, als wir zusammen die Trümmer beseitigt und geflickt haben.«

»Geschenkt? Oha. Muß aber doch kostbar sein.«

Drakon grinste. »Na ja, nicht richtig geschenkt. Sagen wir, er hat sie verloren.« Er nahm eine andere Säge, hielt sie hoch: ein scheußliches Raubtier, rostig, schartig, mit stumpfen und abgebrochenen Zähnen. »Genauer gesagt, er ist umgefallen. Ohnmächtig geworden, als er gesehen hat, wie ich *damit* ein Bein abschneide. Dabei hat er seine Säge verloren.«

⁕

Im Winter wurde der Korinthische Bund begründet; Philipp und die hellenischen Staaten mit Ausnahme Spartas schlossen eine Symmachie, den ewigen Bundesvertrag zur Erhaltung des allgemeinen Friedens. In Korinth wurde ein Bundesrat eingerichtet, das Synedrion, bei dem alle beteiligten Staaten Gesandte und Bevollmächtigte unterhielten; Philipp wurde zum Hegemon und Bundesfeldherrn bestimmt. Die Mitglieder sicherten einander innere Autonomie zu sowie Wahrung der jeweiligen Verfassungen durch ein allgemein gültiges Verbot gewaltsamer Umwälzungen. Der Bund beschloß den Rachefeldzug gegen Persien, mit Philipp als allein bevollmächtigtem Strategen, mit Heeresfolge der hellenischen Staaten, mit Einsatz der athenischen Flotte zur Unterstützung des hauptsächlich makedonischen Landheers.

»Philipps Traum«, sagte Aristoteles. »Die Einheit der Hellenen, das Ende der ewigen Bruderkriege. Aber zur Vorbereitung des Kriegs gegen den Großkönig blieb noch vieles zu tun. Und dabei hat Alexander einen seiner zwei großen Fehler gemacht.«

»Was wäre der andere?« Peukestas runzelte die Stirn. »Ich weiß nur von diesem einen.«

Aristoteles lachte leise. »Beide haben mit den Barbaren zu tun. Sein größter Fehler war, daß er versucht hat, die Barbaren wie Hellenen zu behandeln, eine Verschmelzung zweier Dinge zu bewirken, die nicht zu verschmelzen sind. Sein erster Fehler, damals, ging in die gleiche Richtung.«

Er selbst sei in Stageira gewesen und habe nichts unmittelbar gesehen oder erlebt, aber die guten Beziehungen zu den ehemaligen Schülern und zu Antipatros hätten ihn später in Kenntnis gesetzt – in Kenntnis von vielen Dingen, die nicht unbedingt allen Chronisten bekannt gewesen seien.

»Es ist unverständlich – wenn man nicht einige Dinge berücksichtigt. Alexander wußte immer sehr wohl, was er wert war. Du kennst die Geschichte, nehme ich an, von seiner Antwort, als man ihm vorschlug, bei seiner Schnelligkeit und seinem vorzüglichen Umgang mit Pferden solle er doch bei den Wettkämpfen von Olympia teilnehmen. Er wollte nicht; er sagte, sich im Feld zu messen sei eine Sache, da seien alle Männer gleich, aber im Spiel und im Wettkampf gebe es Unterschiede, und da er es in Olympia nicht mit Wettkämpfern königlichen Ranges zu tun haben werde, wolle er weder sich noch die anderen beschämen. Ähnlich war es ja auch, als er bei seinem letzten Aufenthalt in Korinth, als das Synedrion ihn zu Philipps Nachfolger als Hegemon machte, dem kynischen Lästerer Diogenes begegnete.«

»Lästerer?« Peukestas schüttelte den Kopf. »Du erstaunst mich, Aristoteles. Ich... er gilt doch als großer und wichtiger Denker, als Philosoph.«

Aristoteles grunzte matt und tastete nach der Hand seiner Tochter. »Ein Schluck Wein, Kind. – Danke. Philosoph? Sokrates hat gefragt, ob es Tugend gebe. Platon hat versucht, den Menschen vorzuschreiben, was sie als Tugend zu verstehen hätten. Ich habe versucht, Listen aller Kenntnisse anzulegen, auch aller Vorgänge, die den Menschen als tugendhaft gelten, um später, irgendwann einmal, aus diesen Listen und Kenntnissen ein allgemeines Gesetz der Tugend ableiten zu können. Was vielleicht gar nicht möglich ist. Diogenes hat einfach nur gesagt, es gebe keine Tugend. Er hat die Reinlichkeit verachtet, was sein Recht ist, wenn es ihm denn gefällt – aber er hat es durch Gestank, den er verbreitete, den anderen ebenfalls aufgezwungen. Er hat die Höflichkeit des

Umgangs der Menschen untereinander geschmäht. Er hat das Geld und die Besitzenden verachtet – sein gutes Recht; aber dann hätte er sie nicht anbetteln dürfen. Nein, Diogenes war kein Philosoph; er war ein Narr. Als Alexander ihn fragte, ob er etwas für ihn tun könne, und Diogenes sagte: ›Geh mir aus der Sonne‹, da soll Alexander gesagt haben: ›Wenn ich nicht Alexander wäre, möchte ich Diogenes sein.‹ Es wurde dies gedeutet als Achtung, geradezu Ehrfurcht des Königs vor dem Denker.«

»Und? Deiner Meinung nach?«

»Es war das genaue Gegenteil. Diogenes war zu minderwertig, um etwa eine Strafe oder derlei zu verdienen. Alexander, der König, der Herrscher, Schüler eines nicht völlig unbedeutenden Philosophen, wollte etwas ganz anderes sagen – wenn ich nicht der Beste wäre, der ich ja bin, möchte ich lieber nicht der Zweitbeste sein, sondern dann gleich der Letzte – der letzte Dreck.«

Peukestas zögerte, dann lachte er. »Soviel zu Diogenes. Du wolltest von Alexanders Fehler reden.«

Aristoteles schloß die Augen. Halblaut sprach er von Philipps klugen Plänen – für den nächsten Brückenkopf in Asien. Er wollte seinen erstgeborenen Sohn, den fast schwachsinnigen Arridaios, mit der Tochter eines Satrapen vermählen. Die Vorgänge seien nur erklärbar, wenn man Dinge voraussetze, die wahrscheinlich, aber unbewiesen seien: Olympias, und Besorgnisse Alexanders. Olympias habe möglicherweise in dem Angebot Philipps an den Satrapen Pixodaros eine Gelegenheit gesehen, den Verlauf der Dinge in ihrem Sinn zu fördern; Alexander habe möglicherweise befürchtet, sein längst nicht ausgebrannter, tatendurstiger Vater werde ihn noch jahrelang im zweiten Glied stehenlassen. »Dabei hatte er ihn deutlich herausgehoben, bevorzugt, mit schwierigen Dingen betraut. Chaironeia war Alexanders Schlacht, der Beitritt Athens zum Bund war Alexanders Werk; er hätte wissen müssen, daß Philipp ihn nicht hinter, sondern neben sich handeln lassen würde.«

Aber vielleicht habe Olympias den Sohn überzeugen können, der Vater wolle ihn abschieben, wolle Arridaios, der eben doch nur fast, aber nicht ganz schwachsinnig war, zum neuen Thronfolger aufbauen. Deshalb schickte Alexander hinter Philipps Rücken einen eigenen Gesandten an Pixodaros, teilte diesem mit, Arridaios sei ein lallender Narr, und für die Tochter des Satrapen komme eigentlich nur Alexander selbst als Gemahl in Frage. Daraufhin weigerte sich Pixodaros natürlich, Arridaios zu erwägen; und Philipp sah einen klugen und hilfreichen Plan durchkreuzt.

»Antipatros hat mir davon erzählt.« Aristoteles lachte leise. »Philipp ist wie ein rasender Stier über Alexander hergefallen; er hat ihn, wie die Makedonen so treffend sagen, unangespitzt in den Boden gerammt. Als ob der König ein derartiges Mißtrauen seines Sohns verdient hätte! Schlimmer noch: als ob der künftige Herrscher Makedoniens gut genug wäre für die Tochter eines Satrapen.«

Und Philipp habe dann die Gelegenheit genutzt, sich endgültig der Königin zu entledigen. Deren ewige Eingriffe und Ränke damit beendet werden sollten. Phila, die erste Frau, hatte ihm keine Kinder geboren; Audata, die Illyrerin, war Mutter einer Tochter, Kynnane, die Philipp mit seinem Neffen Amyntas vermählt hatte, dem Sohn seines Bruders und Vorgängers Perdikkas; Philinna, die Tänzerin aus Larisa, hatte Arridaios geboren; Olympias schließlich Alexander und Kleopatra. Die fünfte Frau, Nikesipolis aus Pherai, wiederum eine Thessalierin, war bei der Geburt der Tochter Thessalonike gestorben, als Alexander eben vier Jahre alt war, oder fünf; zuletzt hatte Philipp zur Besiegelung des Friedens und zur Sicherung der Nordgrenzen Meda zur Frau genommen, die Tochter des Getenkönigs Kothelas, im Jahr vor der Schlacht bei Chaironeia.

»Außer Olympias waren sie alle – nebenher. Nur Olympias war rechtmäßige Gemahlin, Fürstin, Herrscherin. Nun sah Philipp voraus, daß der Persien-Feldzug ihn lange aus Makedonien fernhalten würde, und daß eine Erneuerung und Festigung der Bindungen zwischen ihm und den Gebietsfürsten hilfreich wäre. Ein kluger Gedanke, ein richtiger Gedanke, und ein furchtbarer Fehler.«

15. VERSCHWOREN UND VERBANNT

Seit Stunden ritten sie bergauf, immer nach Nordwesten. Die fruchtbare lynkestische Hochebene, die im Sommer braun und verbrannt sein würde, lag längst hinter ihnen, ebenso die von Pella im Osten über Edessa weit nach Westen, zur illyrischen Küste führende Straße. Dort, in einem großen umwallten Gasthaus, hatten sie die Nacht verbracht. Es war gut gewesen, nach all den Monden wieder die vertrauten Laute zu hören, den späten lynkestischen Frühling zu riechen, mit Bauern und Händlern in der eigenen Sprache über die wichtigen Dinge zu reden: die Äcker, die Saaten, die Frühlingsregen, die Verheerungen der Wildschweine, winterliche Wolfsjagden. Und die Abgaben für den Herrscher der Makedonen, dem so viele junge Männer der Gegend gefolgt waren. Es war auch gut gewesen zu sehen, zu hören, zu spüren, daß hier der Herr von Pella immer noch weniger galt als die Fürsten der Lynkestis. Philipp war weniger König der Makedonen als vielmehr Argeadenfürst, dem Eorden, Lynkesten und andere Hochland-Bewohner seit langem tributpflichtig waren, mehr nicht.

Von einer verkrüppelten Pinie, weit rechts voraus, am Rand eines steinigen, von Steinmauern umgebenen Felds flatterte träge ein großer Vogel auf. Zu weit fort, um es genau sagen zu können; Heromenes hielt ihn für einen Geier. Er richtete sich auf, holte tief Luft und stieß einen langen, schrillen Schrei aus. Das Pferd blieb ruhig. Arrhabaios, der vor ihm ritt, drehte sich um. Der Muskel an seinem linken Auge zuckte sehr schnell – Zeichen der Freude oder Erregung. Im dichten Buschwerk am Fuß des Hangs zeterten ein paar Rebhühner, flogen aber nicht auf.

»Ist was?«

Heromenes grinste. »Reine Lust, großer Bruder. Die teure Heimat.«

Arrhabaios hob die Schultern und blickte wieder nach vorn. Der steinige Weg wand sich zwischen Hügelkuppen, Gebüsch und kleinen Feldern den Hang entlang, immer aufwärts. Von einem flachen Stein in der Wegmitte, über dem die Luft waberte, glitt eine Schlange nach rechts, unter die Zweige eines Stachelbuschs mit gelblichen Blüten.

Gegen Mittag rasteten sie unter breiten Eichen in einem Nebental; es gab hier eine Quelle, die sich zu einem Bach entwickelte, der weiter nördlich in einen Arm des Erigon floß. Heromenes hatte das Gefühl, jeden Stein und Strauch zu kennen. Chaironeia, Korinth, Sparta, der Hafen von Gytheion waren nur noch Namen aus fernen Weltgegenden, eigentlich längst ohne Bedeutung.

Einer der Sklaven durfte nicht rasten; sie schickten ihn voraus. Als sie am mittleren Nachmittag das Tal erreichten, an dessen Nordende die kleine Burg stand, wartete der Verwalter bereits, um ihnen das Willkommen zu entbieten, das den Herren der Berge zustand: den mit einem Lächeln angedeuteten Kniefall, den Becher mit Wein und Wasser, Brot und Obst. Sie nahmen es entgegen, ohne von den Pferden zu steigen.

»Ein paar Tage Ruhe, ehe wir zum Vater reiten.« Arrhabaios beschirmte die Augen mit der Hand und schaute über das weite grüne Tal. Pferde und Rinder grasten am Flußufer, zwischen Wasser und Weg; die Felder oberhalb der Weiden waren sauber und offenbar gut bestellt; an den Hängen, um die Steinhütten mit ihren umfriedeten Gemüsegärten, wimmelte es von Schafen und Ziegen.

»Ist Alexandros nicht mitgekommen?«

Heromenes wandte sich um, beinahe unwillkürlich; hinter ihm und Arrhabaios ritten ein paar beurlaubte lynkestische Leibkrieger, Diener und Sklaven. »Er hat Aufträge von Philipp zu erledigen, in Pella und Therme. Vielleicht kann er im Sommer heimkommen.«

Die Burg war auf einem Felssockel errichtet, die Grundmauern gewaltige Steinquader. Darüber ragten die eigentlichen Mauern und Türme auf: ein wildes Gemisch aus Bruchsteinen, Ziegeln und Lehm, hier und da von mächtigen Baumstämmen gestützt und mit Bronzeringen gesichert. Sie ritten durchs Tor; die Diener des Haushalts, die Familie des Verwalters und ein paar Pferdeknechte warteten im Burghof, auf den unebenen Platten. Sie halfen den heimkehrenden Fürstensöhnen von den Pferden, nahmen ihnen Waffen und Rüstungen ab und geleiteten sie ins Wohngebäude. Der große Saal – die Steinwände teils geschlämmt, teils mit dunkel gebeizten Hölzern verkleidet – duftete nach frischen Blumen, nach dem Eintopf aus Bohnen, Zwiebeln, Schaffleisch, Schweinefleisch und Rindfleisch, nach erhitztem Wein.

Heromenes und Arrhabaios nahmen die Burg wieder in Besitz, wenn auch nur für einige Tage. Der eigentliche Familiensitz, behaust von den Geistern der Ahnen und dem alten, harten Vater, lag weitere eineinhalb

Tagesreisen nordwestlich in den Bergen. Aber auch hier gab es die Dinge der Kindheit, des Erinnerns und der Überlieferung: alte Wappenschilde an den Wänden, erbeutete Waffen, Trophäen aus den Jahrhunderten der Selbständigkeit und der Tributpflicht, Aufzeichnungen auf gebrannten Tontafeln, Bilder auf polierten Holzscheiben, schwere schwarze Truhen zur Aufbewahrung von kostbaren Tüchern, Fellen, Münzen und anderem Gut.

Abends, nachdem der Verwalter sie verlassen hatte, saßen die Brüder vor dem lodernden Feuer, tranken Wein und beredeten die Nachrichten aus den Bergen. Und die Pläne.

»Was denkst du nun – fern von Pella, vom Heer und dem Argeaden?« Heromenes musterte das Gesicht des anderen, über den Rand des silbernen Bechers.

Arrhabaios' Auge zuckte. »Ich halte es noch immer für... gefährlich. Es muß gut vorbereitet sein.«

»Wollen wir den Vater einweihen?«

»Ich weiß nicht. Ich bin nicht einmal sicher, ob wir mit Alexandros reden sollten.«

Heromenes setzte den Becher ab, hart. »Er ist unser Bruder!«

Arrhabaios nickte; seine Stimme klang nicht besonders begeistert. »Aber er ist viel mit Alexander zusammen.«

»Vielleicht hast du recht. Nach dem, was wir über die Lage in den Bergen gehört haben, sollten wir es trotzdem versuchen. Auch ohne Alexandros.«

Arrhabaios schwieg einen Moment. Seine Blickte streiften die düsteren Wände entlang; die alte schartige Streitaxt glomm schwach im Widerschein des Feuers. »Die hohen Abgaben. Die Abwesenheit der Söhne, die Philipps Kriege führen müssen. Die Dinge im Süden, in Hellas, die hier niemanden berühren. Und Philipp hat die Grenzen gesichert – dafür sollten wir ihm dankbar sein.«

Heromenes grinste. »Wir sind ihm unendlich dankbar. Sein, ah, Schutz war wertvoll. Und ist überflüssig. Die Paionen und Illyrer können uns nichts mehr anhaben. Wann war die Zeit je besser für... die Lynkesten?«

Arrhabaios nickte langsam. »Bleibt immer noch die Frage: Wer tut es, wann, wie? Und wer soll König in Pella sein?«

»Wir müssen sehr vorsichtig sein.« Heromenes beugte sich vor, ergriff einen Stock und stocherte im Feuer. »Lassen wir Vater aus dem

Spiel. Kein Wort zu Alexandros. Sie werden zustimmen, wenn alles vorbei ist, aber...«

Arrhabaios schnitt eine Grimasse. »Es wird sehr schwierig werden, alles vor Vater zu verbergen. Du kennst ihn doch. Um die Sache in Gang zu bringen, brauchen wir viele Helfer, viele der Edlen aus der Gegend. Sie sind ihm alle ergeben; wir können nicht sicher sein, daß sie ihm nichts davon sagen.«

»Wir können überhaupt nicht sicher sein. Wir sind erst dann sicher, wenn alles getan ist.«

»Philipp ist gar nicht so schlecht – als Führer und König, wenn man ihn für sich nimmt. Aber jetzt, als hellenischer Hegemon und Bundesfeldherr, wird er schwierig, noch schwieriger als ohnehin. Der Herrscher der Argeaden, na ja, Makedonen – der König in Pella kann nicht herrschen wie ein Tyrann; er muß uns befragen – die Edlen, die Offiziere, die Waffenfähigen. Der hellenische Bundesfeldherr dagegen muß das nicht; sein Amt hat er vom Synedrion in Korinth, nicht von uns erhalten. Er braucht unseren Rat nicht, auch nicht unsere Zustimmung. Es wird vielen nicht gefallen – nicht nur hier in der Lynkestis. Ich nehme an, wenn alles getan ist, werden auch die Eorden, die Oresten, die Pierier und fast alle anderen zustimmen.«

Heromenes fuhr sich durch das drahtige dunkle Haar. »Haben wir die Plätze getauscht? Es kommt mir so vor, als ob ich *mich* reden hörte. Wo sind deine Einwände und Vorbehalte?«

Arrhabaios kicherte halblaut. »Einer muß doch hin und wieder warnen. Aber nicht dauernd. Jedenfalls: Wer auch immer Philipp nachfolgt, wird sehr vorsichtig sein müssen. Die Hellenen werden ihm nicht gehorchen. Der Krieg gegen den Großkönig wird nicht stattfinden. Der Bund wird aufgelöst. Das Heer ist dann zu groß, der König wird es nicht mehr bezahlen können. Und die Bedeutung der Fürsten wächst.«

Heromenes gähnte. »Das hatten wir doch schon alles. Sind wir denn einig, wer König sein soll?«

Arrhabaios runzelte die Stirn. »Es gibt nur einen. Wie du sehr gut weißt. Vor Philipp war Perdikkas König; sein Sohn Amyntas ist dreiundzwanzig, klug, ein guter Kämpfer, gesund. Und er wurde von einer orestischen Mutter geboren. *Nicht* von einer Epeirotin.«

»Amyntas.« Heromenes kniff die Augen zusammen. »Er wird sich zum König machen lassen – wer würde sich weigern? Aber was ist mit Alexander? Wenn Philipp stirbt...«

»....wird Alexander von Philipps Freunden, von Parmenion und Antipatros und dem Heer, zum König erhoben. Er hat Pella gut gelenkt, als Philipp im Feld war. Er hat die Schlacht von Chaironeia gewonnen. Er hat Athen in den Bund gebracht – geredet. Die Krieger küssen den Boden unter seinen Füßen.«

»Also keine Aussichten für Amyntas, solange Alexander lebt.« Heromenes' Stimme klang dumpf; er hatte den Kopf in den Nacken gelegt und sprach durch die Zähne.

»Solange Alexander lebt.« Arrhabaios hob den Becher.

Heromenes trank ihm zu, stumm.

»Aber das können wir nicht allein.« Arrhabaios stand auf und ging durch den Saal, zur Tür, machte kehrt. »Es sei denn, wir wollten nicht leben. Es wird Gold kosten. Sehr viel Gold.«

Heromenes schob die Unterlippe vor. »Wieviel, meinst du, wird es wert sein?«

Arrhabaios blieb stehen; er stemmte die Fäuste in die Hüften. »Kommt drauf an. Kommt drauf an, wen du fragst.«

»Demosthenes, zum Beispiel. Und – den Großkönig.«

»Hah.« Arrhabaios ließ sich in seinen Sessel sinken. »Natürlich. Auflösung des Bundes von Korinth. Freiheit für die hellenischen Staaten. Einfluß für die Fürsten der Berge. Kein Krieg gegen Persien. Ja, es müßte Demosthenes und Arses einiges wert sein.«

»Was verlieren wir?« Heromenes beugte sich vor, die Ellenbogen auf die Knie gestützt, das Kinn in der rechten Handfläche. »Sind wir sicher, daß ein schwacher König stark genug ist, um dafür zu sorgen, daß Illyrer und Paionen nicht zu schnell erstarken?«

»Man kann... Verträge schließen. Sie werden ebenfalls nicht undankbar sein, wenn Philipp ausfällt.«

Sklavinnen und Sklaven, unter der Aufsicht von Admetos, schleppten Packen, Bündel und Truhen aus den Gemächern der Königin. Zimmerleute, von Archelaos abgestellt, zerlegten das große Bett aus geschnitztem Holz mit Elfenbein und Leder. Andere Diener rollten Bärenfelle und feine Teppiche ein. Die Körbe mit Kleidern und Tüchern, am Vortag von Dienerinnen unter Leitung der stummen Thrakerin gepackt, wurden hinausgetragen. Gegenüber, im Bad, bauten Handwerker des Palasts die kostbaren Becken aus.

Olympias stand im Nebenzimmer, in dem einmal die Kinder geschlafen hatten. Sie trug das lange, goldverzierte weiße Kleid, die mit bunten Steinen und Silberknöpfen besetzten Reisestiefel und den Purpurumhang. Die Schlange hatte sich um den Hals geringelt, wiegte den Kopf hin und her und zischte. Alexander, am Fenstersims lehnend, schien die gespaltene Zunge zu beobachten. Er hatte die Arme verschränkt, die Hände weit unter die Achseln geschoben: als ob er sich zusammenhalten müßte, um nicht zu bersten oder zu zerfallen. Sein Gesicht war bleich.

Aristandros trat beiseite, als Admetos erschien, um einen großen Weidenkorb mit Rollen, Tintenfläschchen, Schreibhalmen und anderen Kleinigkeiten zu holen. Der Seher wirkte gelassen wie meistens; in seinen Zügen waren allenfalls Entschlossenheit und ein wenig Unbehagen zu lesen.

»Es ist der Wille der Götter«, sagte er mit flacher Stimme.

»Wahnsinn, Wahnsinn, Wahnsinn!« Olympias kreischte beinahe. Sie reckte die Arme, als wollte sie mit ihren roten Nägeln Aristandros' Augen auskratzen. »O welcher Wahnsinn! Ich habe Ammons Gefäß geboren, und nun wirft Philipp mich hinaus wie ein altes benutztes Tuch. Keine Macht, kein Reichtum, kein Einfluß. Und mein Sohn, Ammons Gefäß, wird in Pella festgehalten, an der kurzen Leine, statt losziehen und sein Schicksal erfüllen zu können, wie es dem Nachkommen des göttlichen Achilles zusteht. Welch ein Wahnsinn!« Sie schüttelte die immer noch tiefrote Mähne; die Schlange pendelte und zischte.

Alexander lehnte reglos am Sims, wie eine Statue aus Eis. Nur seine Wangenmuskeln lebten.

Aristandros versuchte, die flackernden Augen der Königin mit dem Blick festzuhalten. »Der Wille der Götter.« Seine Stimme klang etwas schärfer. »Ich habe es dir so oft gesagt, Olympias. Macht, Reichtum, göttliche Ehren, was immer du begehrst – all dies ist nichts, nur ein Stäubchen in der Sonne, verglichen mit dem Willen der Götter.«

Alexander sagte, fast unhörbar: »Und was genau ist der Wille der Götter – deiner Meinung nach, Seher?«

Aristandros wandte sich dem jungen Mann zu, aber Olympias sprach schneller. »Daß du Ägypten eroberst und befreist, Ammons Herrschaft wiedererrichtest, dein Schicksal erfüllst, mein Sohn. Und ich werde der Mond sein, du die Sonne, Helios. Je heller du strahlst, um so mehr Licht ist mein.« Jäh war ihre Stimmung umgeschlagen;

nun lächelte sie. Dann überzog wieder eine Wolke ihr Gesicht – eine Mischung aus Stolz und Gier, Widerwillen und Empörung.

Alexander schien sich selbst zu umarmen; er schauderte. »Ist das alles so?« Er wandte sich Aristandros zu.

Der Seher breitete die Arme aus. »Mehr oder weniger. Ammon hat dich auserwählt. So sagen es die Sterne, alle Orakel, und auch der heiligste und älteste Tempel von allen – Ammons Heiligtum in Siwah, in der Wüste.«

Leise, fast zischend sagte Alexander: »Habe ich denn keinen eigenen Willen? Bin ich eine Puppe an seltsamen Fäden, die ins Nichts und in die Ewigkeit führen, in die Schwärze, wo die Götter und meine Ahnen an ihnen zupfen? Bin ich denn nur ein Schauspieler, der Achilles darstellen muß, mit Wörtern und Bewegungen, die ein anderer erdacht hat? All dies nur, weil Achilles einer meiner frühen Vorfahren ist?«

»Das tut doch nun gar nichts zur Sache.« Olympias starrte Aristandros an, der etwas hatte sagen wollen. »Philipp hat einen Teil des Heers nach Asien geschickt, um den Weg zu bereiten – seinen Weg. Es ist nicht der deine, Sohn. Parmenion führt dieses Heer, und er wird entweder siegen oder untergehen. Wenn er mit dem Heer untergeht, verlierst du viele gute Männer, die du brauchst, um das zu tun, was zu tun ist. Wenn er gewinnt, verlierst du sie auch, denn dann werden sie nicht deinen Zielen dienen, sondern denen von Philipp und Parmenion. Philipp hat mich entehrt und verstoßen – mich, die Mutter von Ammons Gefäß!«

»Entehrt?« Alexander hob eine Braue. »Immerhin gibt er dir *seine* Leibtruppe als Geleit. Pausanias wird dich schützen und ehren, bis du in Epeiros bist.«

Olympias hob die Hände, fast beschwörend. »Weniger Ehre für mich, Sohn, als Berechnung. Philipp wird die Nichte von Attalos zur Frau nehmen – zur rechtmäßigen Gemahlin und neuen Königin. Pausanias haßt Attalos und seine Tochter. Es ist besser, wenn sie nicht zusammentreffen. Ehre, pah! Sie ist Makedonin, und Philipp ist keineswegs zu alt, um noch neue Kinder zu zeugen. Bedenk es, Alexander! Wenn Kleopatra ihm einen Sohn gebiert, wird er Makedone sein, reiner Makedone, was du nicht bist. Wer wird Philipps Thron und Macht erben? Bedenk es, Alexander! Und – komm mit, komm mit mir, nach Epeiros! Hier bist du verloren, oder du wirst es bald sein.

Alexandros, mein Bruder, dein Onkel, König in Epeiros – Alexandros wird helfen – dir, mir, uns!«

Aristandros schloß die Augen. Er murmelte etwas, hob dann die Hände zum Himmel.

Alexander starrte die Schlange an, mit schmalen Augen. »Du... denkst, was ich befürchte? Du willst das Land mit Krieg überziehen? Gegen Philipp und sein mächtiges Heer, das Hellas bezwungen hat? Gegen meine Freunde und Waffenbrüder, gegen Parmenion und Perdikkas und Hephaistion und die anderen?« Er stöhnte dumpf auf. »Du wirfst einen bösen Schatten auf meine Seele. Du erstickst mein Feuer.«

Olympias kam zu ihm, mit schnellen, trippelnden Schritten; sie legte die Hände auf seine Schultern. »Vergiß sie. Vergiß sie alle, auch... deinen Lustknaben Hephaistion! Komm mit, Sohn Ammons. Dies hier ist nicht länger deine Heimat.«

Alexander schüttelte sie ab. »In Athen«, sagte er, fast verträumt, »habe ich einen Altar gesehen, geweiht Dem Unbekannten Gott. Es kann oder muß einen geben, der all die anderen Götter beherrscht und lenkt, der sie bindet. Wie kannst du sagen, ich darf mir nicht aussuchen, welchem Gott ich dienen will? Wie kannst... wer bist du, daß du sagen kannst, mein Platz ist hier oder da?«

»Ich bin deine Mutter!«

»Und Philipp ist mein Vater.«

»Nein. Philipp ist nicht dein Vater, Alexander.«

Sein Gesicht verdüsterte sich. »*Was* sagst du da?«

»Philipp ist nicht dein Vater. Philipp war nur – ein Werkzeug. Dein Vater ist Ammon.«

Alexander zögerte; dann lachte er grimmig. »Sehr gut. Zwischen Vätern und Söhnen gibt es ja oft Streit. Ich brauche diesen Kampf also nicht gegen Philipp zu führen, sondern kann meinen Zorn an Ammon auslassen.«

Aristandros schüttelte den Kopf; sehr ruhig sagte er: »Das ist lästerlich, Alexander.«

Er hob die Schultern, straffte sich, ließ die Arme baumeln. »Man hat mich gelehrt, das blendende Mittagslicht des Denkens zu nutzen, um das Zwielicht des Aberglaubens zu bezwingen. Wenn du das lästerlich nennst, ist dies nur deine Ansicht. Ich werde selbst die Götter befragen. Der Sohn des Königs braucht keinen Priester – ich brauche dich nicht, daß du zwischen sie und mich trittst und mir ihre Weisungen übersetzt und deutest. Vielleicht verbergen sich die Götter im blendenden Licht der Sonne, so daß keiner sie sehen kann, ohne zu erblinden. Ich glaube aber nicht, daß sie sich im Bauch der Nacht verbergen, und auch nicht im Nebel der Orakel. – Ich wünsche dir eine gute Reise, Mutter.« Er neigte den Kopf und ging hinaus.

Olympias, die Arme halb erhoben zu einer Umarmung, starrte hinter ihm her, das Gesicht eine Maske aus gefrierendem Zorn, aus Ungläubigkeit, Enttäuschung und Schmerz. »Entgleitet mir denn alles?« Ihre Stimme hob sich wie zu einem Kreischen, brach dann und wurde dumpf. »Nichts mehr in der Hand? Nichts mehr mein eigen?«

Aristandros kratzte sich den Kopf; um seine Augen lag die Andeutung eines Lächelns. »Wir sind geboren, um zu sterben.« Seine Stimme war kühl und schien aus der Ferne zu kommen. »Wir ergreifen, was wir nicht halten können. Der Mensch ist eine Frage, die am besten unbeantwortet bleibt, glaube ich. Wenn es auch meine Aufgabe sein mag, Antworten zu finden auf Fragen, die keiner je stellt. Wenn dein Sohn die Götter herausfordert, dann tut er dies, weil die Götter es so angeordnet haben. Er ist an einem Ort, wo du und ich ihn nicht mehr berühren können.«

Ein paar Stunden mochten die Dinge warten, oder von anderen getan werden. Noch ehe der Zug der Königin, die keine Königin mehr war, Pella verlassen hatte, waren Alexander und Hephaistion zu Pferd im Hafen von Pella eingetroffen. Sie ließen die Tiere auf einer Wiese am Westende. Hephaistion befahl dem Jungen, der dort Schweine hütete, auf die Pferde zu achten. Alexander hielt eine drei-Obolen-Münze hoch und gab sie dem Jungen, mit einem Lächeln.

Sie schlenderten über den Hafendamm, schwiegen, betrachteten die Läden und die Leute. Ein Frachtschiff aus Ägypten lag am Kai. Dunkelhäutige Männer mit Augen, die viel Salz und Weite gesehen hatten, luden Ballen feinster Gewebe aus, Krüge und spitzbödige Amphoren mit ägyptischem Wein, die auf dem Kai in Gestellen untergebracht wurden, und Kisten voll bunter Fläschchen, Elfenbeinschnitzereien, Götterfiguren und Amuletten aus Silber, Gold, Goldbronze und farbigen Steinen. Alexander versuchte, mit den Leuten zu reden; sie waren freundlich, sprachen aber kaum Hellenisch. Und sie rochen seltsam, nach endlosen Tagen auf See, nach Salzwasser und Salzfleisch und Salzfisch, nach fremden Gewürzen und Bilge und Schweiß. Hephaistion stand mit gerümpfter Nase ein paar Schritte entfernt.

Das kleine Segelboot, ein Geschenk Parmenions an Alexander, lag an der Innenseite der Außenmole, die Hafenbecken und Meer trennte. Sie stiegen hinein, ruderten durch die Ausfahrt, setzten das Segel und ließen sich vom Nordwestwind, den Wellen und einem Gespräch treiben, das nach und nach einschlief. In der Ferne kroch träge einer der neuen Dreidecker vorüber, gegen den Wind, möglicherweise unterwegs nach Aloros, wo einige der Trieren lagen, sofern sie nicht die Küsten schützten oder am Hellespont Parmenion und seiner asiatischen Truppe den Rücken freihielten. Delphine näherten sich dem Boot, umkreisten es, verschwanden wieder; später sahen sie Thunfische. Irgendwann refften sie das Segel und ließen das Boot dümpeln. Alexander stand auf und zog sich aus; er glitt über die Bordwand und schwamm. Hephaistion zögerte kurz, dann folgte er.

Plötzlich sprang der Wind um; er wurde kräftiger und kam aus Südwesten. Sie mußten sich anstrengen, um wieder an Bord zu gelangen, ehe das Boot zu weit entfernt war. Lachend ließen sie sich von Wind und Sonne trocknen. Alexander breitete die Kleidungsstücke auf dem Boden aus, setzte sich, blickte zu Hephaistion auf und streckte die Hand aus.

Der Wind trieb das Boot zur Küste, ein Stück östlich des Hafens. Ein Bach mündete hier ins Meer, in einem Dschungel aus Schilf. Das Boot schnüffelte sich zwischen die Halme, setzte dann mit dem Bug auf und ruckte zwei-, dreimal.

Hephaistion löste sich aus Alexanders Armen, kniete und blickte über Bord. »Gestrandet. Ah, das ist der Bach.«

Alexander stand auf, legte den Schurz an und streifte den Chiton über. Er beugte sich vor, stützte sich mit dem Ellenbogen auf Hephaistions Schulter, mit der anderen Hand auf die Bordwand und starrte die Halme an, dann das Wasser des Bachs, der sich wenige Schritte entfernt mit dem Meer vermischte.

»Es fließt. Alles fließt. Alles ist dauernd im Wandel. Vielleicht steigen wir ja nicht nur nicht zweimal in den selben Fluß – können wir zweimal ins selbe Boot steigen?«

Hephaistion blickte zu ihm auf, mit einem traurigen Lächeln. »Du klingst betrübt, Lieber. Was ist los?«

Alexanders Stimme war Jahrhunderte entfernt. »Es ist feige, den Tod durch Wasser zu fürchten. Oder den Tod in der Schlacht. Den Tod überhaupt – man kann ihn immer sehen, in welken Blumen und zahnlosen Greisen. Aber ist es auch feige, wenn einer etwas fürchtet, was er nicht sehen kann?«

Hephaistion berührte Alexanders Rücken. »Was ist es, das du nicht sehen kannst, Achilles?«

»Irgendwo ist da ein Band – ein Saum – eine Kante oder Schneide aus Dunkelheit. In meinem Kopf. Außerhalb meiner Sichtweite. Dunkelheit, die immer näher zu kommen droht.« Er setzte ein schräges Lächeln auf. »Manchmal spüre ich, daß ich nicht schlafen darf, weil mich die Dunkelheit einholen und umfangen wird, wie eine Falle, während ich schlafe und sie nicht vertreiben kann.«

Hephaistion blickte bestürzt. »Aber... dieses Dunkel... weißt du, woraus es gemacht ist? Ist es ein Dunkel, das aus Fieber entsteht, aus Trunk, aus Erschöpfung, aus Wahnsinn – welche Art Dunkel ist es?«

»Ich weiß es nicht – noch nicht. Das Dunkel aus zu viel Licht, die Blindheit der zu deutlichen Sicht?« Er zuckte mit den Schultern, richtete sich auf und starrte wieder in den Bach. »Und alle reden darüber, aber sie geben dem Dunkel andere Namen. Verschiedene.«

»Wer ist das, sie alle? Was für Namen?«

Alexander summte leise, dann pfiff er, als ein paar Vögel aus dem Ried aufflogen. Er schaute ihnen nach, beinahe neidvoll. »Manchmal wünschte ich, ich könnte einfach alles fallenlassen und fliegen, wie diese Vögel. Dich und die anderen mitnehmen, Krateros, Perdikkas, Ptolemaios, Erigyios, Leonnatos, Eumenes, du weißt schon, die ganze Bande, einfach alles fallenlassen und wegfliegen, den Wind nach Norden reiten, zwischen den Barbaren versickern, irgendwas.«

Hephaistion nickte. »So ähnlich fühle ich mich manchmal auch. Bloß...«

Alexander seufzte. »Ich weiß; es ist darin keine Tugend. Ein Feigling kann rennen und sich verbergen, aber wir, wir müssen uns den Dingen stellen, sonst entgleiten uns alle Dinge. Und dann ist nichts mehr von uns übrig, was noch wert wäre, versteckt zu werden. Weißt du, ich glaube, dieses Dunkel hat wirklich Namen. Viele. Einer davon ist Schicksal. *Moira.* Was es schickt, was geschickt wird, was vielleicht in uns angelegt wurde und wächst und ausbricht.«

Hephaistion biß sich auf die Lippe. »Wir tun nichts dazu, können ihm aber nicht entgehen – so?«

Alexander nickte, sehr langsam. »Und dann das Gefühl, alles, das ganze Leben diesem dunklen Wort opfern zu müssen. Das Leben, die

Wünsche, die Freunde, die Gedanken, alle Sehnsucht. Eben alles. Erinnerst du dich, wir haben einmal... Oder war das Kleitos? Ich weiß es nicht mehr. Keiner hat mich je gefragt, was ich tun will; alle sagen mir immer, was ich ihrer Meinung nach sein und tun sollte. Philipp will, daß ich seinen Thron übernehme, seine Träume träume, seine Kriege führe, seine Eroberungen vollende, seinen Frieden kröne. Aber jetzt wird er die Nichte von Attalos zur neuen Königin machen, neue Kinder zeugen, vielleicht einen Sohn. Olympias ist aus Epeiros, ich bin eigentlich nur Halbmakedone, diese neuen Kinder werden reinblütige Makedonen sein, verwandt mit einem der wichtigsten Fürsten. Was, wenn... Ah, du weißt schon. Und Parmenion ist in Asien, mit dem halben Heer, um den Boden zu bereiten, die hellenischen Städte zu befreien, die Perser zurückzutreiben. Vielleicht ist gar nichts mehr zu tun übrig, wenn ich... falls ich je König werde. Olympias wollte immer nur ein Werkzeug aus mir machen, Gefäß des Ammon, der auch Zeus ist; etwas, das sie benutzen, verwenden, verbiegen konnte, zu ihrem eigenen Nutzen und ihrer eigenen Macht und ihrem eigenen Ruhm. Aristandros will, daß ich Priester und König zugleich bin, sagt aber, ich lästerte die Götter, sobald ich wie ein Priester denke. Dann gab es da natürlich Aristoteles, und Parmenion, und Antipatros, und, ah, Artabazos und all die anderen. Und... Achilles, der in meinem Blut ist, der in höchstem Ruhm starb, ja, wie auch ich sterben will, aber muß es so bald sein, so jung?« Er drehte sich um und sah Hephaistion in die Augen. »Sag es mir, Patroklos.«

Hephaistion legte die Hand auf Alexanders Unterarm. »Du hast Freunde, weißt du?« sagte er, sehr eindringlich. »Freunde, die dir nicht sagen, was du tun und sein sollst; Freunde, die dich einfach wegen dessen lieben, was du bist.«

Alexander berührte ihn an der Schulter; er lächelte. »Wegen dessen, was ich bin? Eine kostbare Gabe des Schicksals seid ihr, meine Freunde – aber: Was bin ich denn? Wer ist Alexander?«

Mit der Begründung, sie wolle alte Freunde besuchen, ließ Olympias den Zug über die nördliche Straße reiten: nicht von Pella Richtung Aloros und Aigai, dann den Haliakmon aufwärts in die Elimiotis, durch das Land der Tymphaier, über das Pindos-Gebirge nach Epeiros, sondern nach Edessa, zum Begoritis-See, in die Lynkestis. Pausanias wußte, wie alle, daß Olympias dort keine Freunde hatte und daß die Straße ein Umweg war, wenn man nach Epeiros wollte; aber er stellte keine Fragen, und die ehemalige Königin belohnte ihn auf ihre Art, nachts, wenn es sich so einrichten ließ, daß niemand etwas bemerkte. Ohne sein Wissen schien sie noch von Pella aus Boten vorausgeschickt zu haben; in einem großen Gasthof wartete einer ihrer Vertrauten mit der Nachricht, die Herren einer nahen Burg würden es sich zur Ehre anrechnen, die Schwester des Königs von Epeiros bewirten zu dürfen. Pausanias, sechs ausgewählte Männer der königlichen Leibtruppe und Olympias mit zwei Dienerinnen verließen am nächsten Morgen die Straße, der der übrige Zug langsam folgte, und ritten in die Berge. Pausanias rätselte eine Weile, was ausgerechnet die anmaßenden Lynkesten Heromenes und Arrhabaios dazu bewogen haben mochte, die verhaßte Epeirotin zu sich zu bitten, hüllte sich dann aber in das Gewand des Schweigens und den Umhang der Geduld.

Die ersten Hochzeitsgäste, aus ganz Makedonien und Teilen von Hellas gekommen, hatten sich bereits zurückgezogen. Alexanders Schwester Kleopatra war nicht mehr zu sehen; sie schien der neuen Kleopatra, Philipps Königin, keine besonders innigen Gefühle entgegenzubringen. Philipp trank heftig, ebenso Attalos, Onkel und ehemals Vormund der Braut. Kleitos hielt sich aufrecht und trank wenig; zwischendurch verließ er gelegentlich den Festsaal, um nach den Wachen zu sehen. Pausanias, dessen Aufgabe dies eigentlich gewesen wäre, begleitete Olympias auf ihrer Reise nach Epeiros und fehlte. Antipatros führte ein langes, offenbar verwickeltes Gespräch mit einer Sängerin; Antigonos der Einäugige lehnte schweigend an einer Wand: Auch seine Liebe zu Attalos war begrenzt.

Zwischen den prunkvoll gewandeten, größtenteils längst betrunkenen Gästen saß Alexander: steif, angespannt, in schlichten weißen Gewändern ohne jeden Schmuck. Aus einem Silberbecher trank er Wasser mit wenig Wein, lauschte, sprach kaum.

Der einzige im Saal, der sich durch seine Kleidung wirklich von den anderen abhob, war Parmenion. Er trug die Sachen, die er unterwegs getragen hatte; er roch nach Pferd und Feld, und sein Chiton war ebenso befleckt wie der Umhang, der hinter ihm über der Lehne lag.

Plötzlich sprang er auf; seinen Bewegungen waren weder die mehr als sechzig Jahre anzumerken, noch die Muhen der Reise, noch die Mengen des Weins. Auch seine Zunge war beherrscht, wie immer. Er hob den Becher. Irgend jemand grölte »Ruhe!«

»Große Freude, Wonnen und Frohlocken allenthalben, König und Herr, Freund und Gefährte – und ihr alle! Um diesem Fest beiwohnen zu können, ehe der König seiner neuen Königin beiwohnt, um die Hochzeit zu bezeugen vor dem Zeugen, habe ich unser Heer in Asien verlassen und bin geritten, hart und schnell – und ich hoffe, Philipp wird dies in dieser Nacht ebenfalls tun.«

Gelächter; jemand schrie: »Hart reiten und schaumig reiten, ja, und abreiben.« Philipp wieherte vor Lachen; Kleopatra lächelte. Alexander verzog keine Miene.

Parmenion trank einen großen Schluck. »Wie auch immer – gerade rechtzeitig zur Feier habe ich Pella erreicht, um mit euch allen zu feiern. Nicht zuletzt auch mit ihm, der eines Tages Philipps Ruhm und Macht erben wird – mit Alexander, denn dir, Junge, kann eine neue und *andere* Mutter nicht schaden.«

Wieder dröhnte Gelächter auf. Nur Attalos lachte nicht mit. Alexander hob den Becher und versuchte, Parmenion zuzulächeln.

»Ich bedaure, euch so bald wieder verlassen zu müssen, im Morgengrauen, aber es ist meine Aufgabe, die Truppen bereitzumachen für den Tag, da König Philipp zu uns kommt, um uns zu unerhörten Siegen in Asien zu führen.«

Philipp röhrte etwas; es ging im Gelächter und Beifall unter.

»Ich bin gekommen, wie ich war und bin – schmutzig und befleckt, keine Zeit, die Kleidung zu wechseln. Aber meine Freude ist um so lauterer. Und ich hoffe, ihr alle stimmt mir zu, daß bis zum Morgen noch einige lautere Dinge befleckt sein sollten, und daß der König komme, bevor ich gehen muß.«

Parmenion setzte sich, grinsend. Durch den Beifall und das Gelächter brüllte Philipp, mit schwerer Zunge: »Darauf kannst du wetten, alter Freund.«

Attalos kam schwankend auf die Füße; er hob seinen Becher, blinzelte hinauf, schien sich am Gefäß festzuhalten. Er schielte Parmenion an, dann Philipp, dann Alexander; irgendwer rief wieder um Ruhe.

»Und noch etwas sollten wir nicht vergessen.« Attalos rülpste, schüttelte sich, sprach dann klarer. »Viele von uns, von den alten Fürsten und ihren Familien, waren nie besonders glücklich über Philipps Königin. Weil wir den König achten, haben wir die Epeirotin geehrt. Aber laßt uns jetzt darauf trinken, daß das Ergebnis dieser Nacht, und vieler Nächte mehr, die Verbindung von Makedoniens König mit einer makedonischen Frau, uns einen rechtmäßigen makedonischen Erben bringe.«

Alexander sprang auf, weiß wie eine frische Wand. Er schrie: »Was bin ich denn, du mieser Schuft? Ein Bastard, oder was?« Er schleuderte seinen Becher in Attalos' Gesicht.

Wer noch stehen konnte, war aufgesprungen. Alles schrie durcheinander, aber nur für Momente. Attalos, blutrot, warf mit seinem Becher; Alexander wich mit einer knappen Bewegung aus. Er bekam wieder Farbe; seine Hände waren ruhig, seine Haltung straff. Die Augen, ein ätzendes Blau, bohrten sich in Attalos' Gesicht.

Philipp erhob sich schwerfällig. Er schwankte und stützte sich auf Kleopatras Schulter. Die neue Königin blickte teils verängstigt, teils belustigt zwischen Philipp, Attalos und Alexander hin und her.

»Ich lasse es nicht zu, daß mein Sohn Gäste beleidigt – nicht den Onkel und Vormund der Königin!«

Kleitos kam mit kleinen Schritten näher; Parmenion war aufgestanden und wechselte Blicke mit Antipatros, der das Gesicht verzog, als ob er an Kopfschmerzen litte.

Alexander richtete sich noch straffer auf; seine Stimme war schneidend. »Vielleicht sollte der König der Makedonen seine Verwandtschaft sorgfältiger auswählen.«

An Philipps Schläfe pochte eine Ader, sein Gesicht war verzerrt. »Was willst du damit sagen?«

Alexander blieb ganz kühl. »Wer den Sohn beleidigt, beleidigt auch den Vater. Du solltest die Dinge in ihrer Reihenfolge betrachten.«

»Ich betrachte, was und wie und wann *ich* will. Meine...«

Alexander unterbrach. »Ist es deine neue Politik, dich mit Schuften und Gesindel gemein zu machen?«

Philipps Gesicht wurde zur Fratze; er riß sich von Antipatros los, der ihn zurückhalten wollte. »Halt die Schnauze, Zwerg – raus. Sofort. Ich will dich nicht mehr sehen.«

Alexander nickte. »Besser so. Menschen sollten sich nicht mit Schweinen im Stall suhlen.«

Auf Kleitos' Zeichen hielten Männer der Leibwache Attalos fest, der nach einer Waffe suchte. Philipp brüllte wie ein wunder Eber, schob Antipatros beiseite, machte ein paar taumelnde Schritte zu Alexander hin, hob die rechte Hand wie zum Schlag, nestelte am Griff seines Zierschwertes, blieb an einer Teppichfalte hängen und krachte zu Boden.

In die lähmende, betäubte Stille hinein sagte Alexander eisig: »Seht ihn an. Er prahlt damit, daß er euch nach Asien führen will, kann aber nicht einmal einen Raum durchqueren.«

Kleitos und Parmenion ergriffen Alexanders Arme und führten ihn aus dem Saal. Philipp versuchte sich zu erheben, kam langsam auf ein Knie; Antipatros reichte ihm die Hände, um ihn hochzuziehen. Attalos sackte auf seine Liege; das Gesicht zeigte nichts als Trunkenheit und Triumph. Kleopatra kaute an der Nagelhaut ihres linken kleinen Fingers. Antigonos der Einäugige versuchte, die übrigen Gäste zu beruhigen. Philipps Gesicht war tiefrot; seine Hand lag am Griff des Zierschwerts.

In der Vorhalle ließen sie Alexander los. Kleitos pfiff auf zwei Fingern; von irgendwo erschienen Koinos und Perdikkas. Er sprach leise mit ihnen.

Parmenion, schlagartig nüchtern und überlegen, starrte in Alexanders Gesicht. »Sohn, das war sehr gut. Es war aber auch sehr schlecht.«

Alexander hob den Kopf ein wenig mehr. »Wie meinst du das?«

Parmenion grinste. »Attalos ist eine Sau. Ich weiß es; er ist ja mein Schwiegersohn, und du hast recht, man soll sich seine Verwandten besser aussuchen. Ein Jammer, daß man ihn nicht in Pferdekotze ertränken kann. Ich fürchte, ich werde ihn mitnehmen müssen.«

Kleitos war mit Perdikkas und Koinos fertig; beide verschwanden im Laufschritt. Er wandte sich Parmenion und Alexander zu und nickte. »Parmenion hat recht.«

»Ich verstehe nicht . . .«

Parmenion verschränkte die Arme und lehnte sich an eine Säule. »Du mußt aus dem Weg. Sofort. Nimm ein paar Freunde mit – aber laß Hephaistion hier. Philipp wird das verstehen – du bist verärgert, aber nicht sein Feind. Geh nicht zu Philipps Feinden, Junge: nicht nach Persien, nicht nach Athen. Und bei allen Göttern, geh nicht zu deiner Mutter nach Epeiros. Verlaß das Land, bis er nach dir schickt.«

»Meinst du, er wird nach mir schicken?« Alexander klang ungläubig.

Kleitos hüstelte. »Ich geh rein, nach dem Rechten sehen. Falls . . .« Er legte die Hand auf Alexanders Schulter; dann umarmte er ihn kurz.

Parmenion sah plötzlich alt aus, uralt und besorgt. »Er liebt dich doch, Junge. Er wird dich zurückholen wollen, sobald . . . sobald das hier vorbei ist. Zuerst muß er Attalos loswerden. Natürlich. Bleibt wohl an mir hängen; ich werd ihn vermutlich mit nach Asien nehmen müssen. Halt die Ohren offen, Sohn. Und, wie gesagt – laß Hephaistion hier. Vielleicht kann er Philipp weichklopfen.«

Alexander nickte langsam. »Du bist weise. Ich will tun, was du sagst, Parmenion – mein Vater.«

Parmenion lächelte mühsam und umarmte Alexander. Kleitos tauchte plötzlich wieder auf, mit einem schrägen Grinsen.

»Er ist der Herr, auch wenn er betrunken ist. Er weiß genau...«

»Was sagt er?« Parmenion runzelte die Stirn.

»Alexander ist verbannt, mit seinen besten Freunden. Harpalos, Nearchos, Ptolemaios, Erigyios, Laomedon. Ausdrücklich diese fünf. Ebenso ausdrücklich haben alle anderen hierzubleiben, vor allem Hephaistion.«

⁎

Pythias war vor einiger Zeit in die Küche gegangen, um ein Nachmitternachts-Mahl zu bereiten. Der Duft von Fleisch, Fett und Gewürzen zog durchs Haus. Aristoteles schnupperte und unterbrach seine Erzählung. Zwei der Öllämpchen erloschen gleichzeitig; da auch das Feuer fast niedergebrannt war, schien der Raum erfüllt von tanzenden Dämonenschatten.

Peukestas stand vom Schemel auf und streckte sich. Mit knurrendem Magen blieb er einen Moment neben dem Lager des Sterbenden.

»Du mußt dich eingesperrt fühlen.« Aristoteles, eingesunken zwischen Decken und Fellen, schrumpfte und dehnte sich wieder aus, als die Flämmchen der letzten Lampen flackerten. »Krieger lieben die frische Luft, wie man sagt.«

Peukestas kauerte vor der Feuerstelle, legte Holz und Rollen nach, blies und hustete, als Asche aufflog. »Die Nächte unter freiem Himmel.« Er hustete noch einmal. »Es ist ein wenig stickig hier.«

»Öffne das Fenster. Vielleicht hilft es.«

Der Makedone nahm den Rahmen aus der Öffnung; die Nachtluft aus dem kleinen Innenhof war schal und bestenfalls lau, aber erfrischend im Vergleich zur Luft im Raum, die nach Wein roch, nach Krankheit, wucherndem Tod und längst verzehrten Speisen. Die neuen Düfte aus der Küche konnten sich erst jetzt richtig entfalten.

Pythias brachte drei flache Tonschalen; darin schwammen kleine schwarze Würste, nicht in Öl, sondern in Schweinefett gebraten, mit

Zwiebeln und Lauch. Aristoteles fühlte sich kräftig genug, um aufrecht zu sitzen, viele Kissen und Decken im Rücken, und ohne Hilfe zu essen. Als sie fertig waren, trug Peukestas die Schalen in die Küche; Pythias füllte die Öllämpchen auf, durch spitze Bronzetrichter, zündete sie an und setzte den Rahmen wieder in die Fensteröffnung.

»Vieles von dem«, sagte Aristoteles, »was in dieser Zeit geschah, weiß ich von Demaratos dem Korinther. Ein alter Freund, Gastfreund Philipps, Freund und Begleiter Alexanders.«

»Ich weiß. Ich habe ihn gekannt. Nein, nicht gekannt; dazu war ich zu weit weg von der Mitte der Macht. Aber ich habe ihn gesehen. Ein tapferer Mann.«

Aristoteles lächelte. »Fürwahr. Er muß damals etwa so alt gewesen sein wie ich heute. Er hat die Aussöhnung zwischen Philipp und Alexander bewirkt; später ist er mit nach Asien gegangen. Trotz seines Alters. In der ersten großen Schlacht hat er an Alexanders Seite gekämpft. Er ist dann, glaube ich, irgendwo in Persien gestorben, kurz vor dem Aufbruch nach Indien, nicht wahr?«

»Alexander hat ihn prachtvoll geehrt, mit einer Feier und einem riesigen Grabhügel. Aber der war leer; die Gebeine von Demaratos hat der König nach Korinth heimführen lassen.« Peukestas ließ sich wieder auf dem Schemel nieder. »Ich habe wenig davon mitbekommen; es war die Zeit meiner Verwundung und Krankheit. Der Grund, weshalb ich nicht mit nach Indien gezogen bin. Ich habe das Fest nicht gesehen, nur den Hügel. Du hast ihn gekannt – Demaratos?«

»Aus Pella, ja. Er war Gastfreund bei Philipp, wie gesagt; aus dieser Zeit kannten wir uns. Wir haben viele gute, lange Gespräche gehabt. Von jener kostbaren Art, die ohne persönliche Vertraulichkeiten die Stunden zwischen Sonnenuntergang und Morgengrauen erfüllt.«

»Wo warst du, als es zu diesem Zwist kam zwischen Philipp und Alexander?«

»Ich war dabei.« Aristoteles lachte halblaut. »Ich war einer der geladenen Gäste. Damals, Peukestas, vor fünfzehn Jahren, ließ mich bisweilen die Weisheit im Stich. Als der Streit ausbrach, konnte ich nur zusehen; ich lag in einer Ecke, auf einer mit Fellen gepolsterten steinernen Liege, betrunken – zu betrunken, um aufzustehen und etwas zu sagen, was doch keinem genutzt haben würde. Demaratos war auch dabei. Wir sind dann zusammen nach Mieza geritten und haben überlegt, wie der Bruch zu heilen wäre. Später hat er mir von seiner Reise nach Illyrien erzählt.«

*

Irgendwo in den öden, grauweißen Steinwüsten Illyriens begriff Demaratos, was Karst bedeutete. Bisher hatte er sich unter *dikella* steinige Ebenen vorgestellt, ohne Wasser, ohne Grün, ohne Menschen. Nun ritt er mit zwei Dienern und wechselnden illyrischen Führern über knirschenden Boden, flechten- und grasbedeckten Kalkstein, in dem sich immer wieder Trichter öffneten. Einer der Führer brachte ihn abends, nach einem langen Gespräch in Fetzen mehrerer Sprachen, zu einem unterirdischen Fluß, der alle Rede übertönte und das Licht der Fackeln blitzend brach. Er aß mit Dorfbewohnern, die an einem kleinen See wohnten und behaupteten, es sei dies eine riesige Quelle. Er zog über Flächen, die immer wieder aufgebrochen waren, durchfurcht wie von Götterkarren. Alle zwei Tage erreichte er das Gebiet eines anderen illyrischen Teilfürsten; mit jedem mußte neu verhandelt werden.

Die Verbannten hausten im allerletzten Dorf auf dem allerletzten Hügel der bewohnbaren Welt, zwischen Ziegenhirten und wilden Kräutern. Die aus Bruchsteinen aufgetürmten, mit Soden und Rindestückchen gedeckten Hütten sahen scheußlich aus. Bei näherer Betrachtung stellte Demaratos jedoch fest, daß er weit Schlimmeres gesehen und erwartet hatte. Sieben der Hütten waren in erträglichem Zustand: die Arbeit von Alexander, Ptolemaios, Erigyios, Laomedon, Nearchos und Harpalos. Der illyrische Gebietsfürst ehrte die Gäste, den Sohn des fernen furchtbaren Philipp und seine Gefährten, indem er ihnen für die Dauer ihres Aufenthalts das Dorf und die Bewohner zu eigen gab und außerdem einige seiner Töchter sowie andere Mädchen sandte. Die Gäste ehrten ihren Gastgeber, indem sie sich der Illyrerinnen erfreuten, die Häuser bewohnbar machten und aus Langeweile nützliche Dinge taten. Laomedon, der angeblich eine fremde Zunge zu verstehen und zu sprechen begann, wenn er nur zehn Atemzüge lang hatte lauschen dürfen, sprach tatsächlich fließend den örtlichen Dialekt, soweit Demaratos dies beurteilen konnte. Auch hatte er inzwischen Alexander und Ptolemaios die Grundzüge des Persischen gelehrt. Erigyios und Nearchos bauten Karren, besserten

Häuser aus, ersetzten die schwachen Holzbögen der Hirten durch zusammengesetzte Waffen von großer Durchschlagskraft, mit denen man noch auf zweihundert Schritt einen Wolf oder anderes töten konnte. Harpalos, Mann der Zahlen und Waren und Märkte, hatte mit der Erschließung der Gegend für den Handel begonnen; im siebten Haus türmten sich Schnitzereien, Metallfinger, Salzsäcke, Felle, Sackpfeifen von angeblich erstaunlicher Klangfülle.

Im übrigen waren die jungen Männer rastlos. Lange Ritte, Erkundungszüge, nächtliche Orgien reichten nicht aus, den ungeheuren Tatendrang zu befriedigen und die scheinbar unerschöpfliche Energie vor allem von Alexander und Ptolemaios aufzubrauchen. Harpalos der Hinkende konnte bei vielen Dingen nicht mitmachen; für die anderen gab es zu wenig zu tun. Sie rannten um die Wette, kleine Strecken im Tal oder große Strecken über die Hügel und durch die ausgespülten Klüfte; sie rangen, droschen mit klobigen Schwertern aufeinander ein, stemmten Steine, bauten Häuser und rissen sie wieder ab. Die Beziehungen zu den Einheimischen waren unterschiedlich. Alexander war umgänglich – Könige können sich Herablassung leisten. Nearchos ging alles mit kretischer List und Freundlichkeit an. Die makedonischen Fürstensöhne dagegen nahmen hin, was man ihnen darbot, und taten, was zur Behebung ihrer Langeweile nötig war; ansonsten wahrten sie eine anmaßende, hochfahrende Ferne.

Es war Nachmittag, als der Korinther das Dorf erreichte. Er entlohnte seinen Führer, der sich sofort auf den Heimweg machte; dann besichtigte er die Gebäude.

»Gute Arbeit habt ihr geleistet. Wie war der Winter?«

»Trocken und warm.« Nearchos deutete auf den gemauerten Kamin. »Haben wir kaum gebraucht.«

Die Häuser der jungen Männer aus Pella hatten vielerlei Feinheiten aufzuweisen. Nearchos' Haus, das er mit einer schlanken, hellblonden Illyrerin teilte, war aus Bruch- und Feldsteinen gebaut, mit Kalkmörtel befestigt und verfugt, innen mit mehreren Kalkfarben gestrichen; zwei Innenwände waren mit hellem Holz getäfelt. Die Decke, in dieser Gegend ansonsten unüblich, bestand aus dicken Balken mit einer Bretterschicht, das Dach aus flachen Steinen und Holzschindeln auf einem Lattengerüst, ebenfalls mit Kalkmörtel. Es gab einen doppelten gemauerten Rauchabzug, für den Kamin und den teils gemauerten, teils aus Metallplatten bestehenden Herd. Das breite Bett – ein niedriges Holzgestell, mit Leder bespannt und mit Decken und Fellen belegt – stand etwas erhöht auf einem Sockel aus kleineren Steinen und Mörtel. Felle und grobe Knüpfarbeiten aus Schilf bedeckten den übrigen Boden, fein verfugte flache Steine. An zwei Wänden standen Regalgestelle mit Lederrollen und Hausrat.

»Und ein großer Dank an Aristoteles«, sagte Nearchos, der Demaratos' Blicke mit einem Lächeln verfolgte. »Er hat uns all dies gelehrt. Dabei haben wir so oft geächzt, weil wir gar nicht wissen wollten, wie man eine Töpferscheibe baut oder ein Tierfell enthaart, reinigt, spannt, trocknet, mit Stein und Kreide glättet, um anschließend darauf zu schreiben. Wir hatten ja Papyros – aber hier oben ist der Einzelhandel mit ägyptischen Einfuhrgütern schlecht entwickelt.«

»Was ist mit den Lederrollen?«

Nearchos ging zu einem der Regale und zog eine Rolle heraus. »Zeichnungen und Berechnungen. Und ein paar Versuche, in attischer Kurzschrift über Vorfälle zu berichten.«

Demaratos betrachtete die Zeichnungen auf der Haut; sie waren übersichtlich, genau und reich an Einzelheiten. »Eine Art Ofen, wie?«

»Ein Kalkofen.« Nearchos deutete mit einer Kopfbewegung nach draußen. »Steht am Fuß des Hügels, an der Nordseite. Komm, sieh dir die anderen Häuser an.«

»Was habt ihr denn sonst noch so gebaut hier oben?«

Während sie den Rundgang machten, erzählte Nearchos von den kargen Anfängen und den Labyrinthen der Langeweile. »Wir haben natürlich zuerst mal versucht, ein trockenes Haus zu kriegen. Für alle. War ein bißchen eng, vor allem, als dann die Mädchen dazukamen. Und gelegentlich ein bißchen laut. Also mehrere Häuser. Hausrat – es gab hier nur unsägliche Dreckpötte; also haben wir angefangen, in der Umgebung nach brauchbaren Böden zu suchen, mit Dank an Aristoteles, und dann fing das Töpfern an, mit kleinem Brennofen und allem, was dazugehört.« Inzwischen hatten sie eine kleine Schmelze und eine Schmiede, eine Gerberei, einen ersten Webstuhl, danach ein paar verfeinerte und verbesserte; die Stelle am Rand des alten Dorfs, wo die Häuser standen, war mit Walzen eingeebnet worden; von der Quelle weiter oberhalb hatten sie eine mit Platten abgedeckte Wasserleitung zum Platz zwischen den Gebäuden gezogen, die dort in einem Becken mit mehreren Trögen und einem Abfluß endete.

Und sie hatten die Gegend erforscht. Erigyios und Alexander hatten

Karten gezeichnet, lange Gewaltmärsche zu Fuß unternommen, bei denen sie eine Holzperlenkette trugen und für jedes mit geübten, gleichmäßigen Schritten zurückgelegte Stadion – zweihundert Schritte – eine Perle abzählten. Mit Laomedons Hilfe hatte Alexander lange Gespräche mit den Alten geführt, um alles über die Heilkräuter und die Heilkunst der Illyrer zu erfahren. Ptolemaios war zum Waffenschmied geworden; seine Messer, Schwerter und Lanzenspitzen hatten in kürzester Zeit Ruhm errungen, nicht nur in diesem Dorf und den umliegenden, sondern auch weiter fort.

»Harpalos hatte ein paar gute Einfälle.« Ptolemaios kratzte sich die behaarte Brust und grinste breit. Er trug ein schlichtes illyrisches Obergewand mit halblangen Ärmeln; es wurde über den Kopf gestreift, hatte einen bis kurz oberhalb des Nabels reichenden Ausschnitt am Hals und endete in Höhe des Gemächts. Darunter trug er nur einen Schurz. Für seine Arbeiten und die langen Wege, die er wie die anderen zurücklegte, schien es besser geeignet als der übliche hellenische Chiton.

Demaratos betrachtete die Versammlung auf dem Platz zwischen den Häusern: junge, hagere, sehnige Männer, die sich wie Raubtiere bewegten; schlanke, schweigsame Frauen, die der Korinther keinesfalls schön, wohl aber feurig nennen mochte mit ihren kleinen Nasen, glimmenden Augen und schwieligen Händen; Sklaven, denen man das Staunen über die vielen Veränderungen ansah. Schlagartig fühlte er sich alt und verbraucht.

»Was für Ideen?«

Ptolemaios kaute auf der Unterlippe. Er hatte überlange Eckzähne, und die Kerbe im Kinn war fast eine Grube. »Ach, tausend Dinge. Das erste, was er gemacht hat, war, alles Geld einzusammeln, das wir bei uns hatten. Und dann hat er Geschäfte gemacht. Ich schätze, was den Wert der Waren angeht, die er hortet, sind wir heute zehnmal wohlhabender als im Herbst.«

Alexander kniff ein Auge zu. »Manchmal frage ich mich, ob Philipp sich mehr gedacht hat, als zuerst für uns sichtbar war.«

»Was meinst du?« Demaratos betrachtete den künftigen König der Makedonen, der in diesem Sommer zwanzig Jahre alt würde. Er war einen halben Kopf kleiner als die anderen, schmächtiger, aber jede Bewegung verriet harte Muskeln und unendliche Energie. Im Gesicht hatte sich etwas verändert; der Korinther konnte es nicht gleich benennen. Es waren keine Linien oder Runzeln, dazu war das Gesicht immer noch zu jung. Etwas wie neue Umrisse unter dem Fleisch, eine unerwartete und unbeugsame Härte, wie unter lieblichen Pflanzen verborgene Steinwälle.

»Vielleicht hat er uns einen Gefallen getan.« Alexander führte seine rätselhafte Rede nicht weiter aus; er nickte einer Illyrerin zu. »Reden wir später darüber. Wir wollen das Festmahl vorbereiten, zu Ehren des weitgereisten Gastfreundes Demaratos.«

Er ging zu einem Gestell an der Südseite seines Hauses; dort standen mehrere Tongefäße unterschiedlicher Größe. Er hob eines herunter, rührte mit einem Holzlöffel darin und goß durch ein Tuch, das die Frau spannte, eine dunkle Flüssigkeit in einen kleineren Topf. Im Tuch sammelten sich allerlei Dinge – Kräuter, Bröckchen, zerfallene Reste von Tieren, bei denen Demaratos nicht wußte, ob er genau wissen wollte, was es einmal gewesen war.

Die anderen verteilten sich, um ihren Teil der Vorbereitungen zu erledigen. Der Korinther sah zu, wie Alexander das Tuch nahm, verknotete und auswrang; die restliche Flüssigkeit sickerte in den Topf. Die Illyrerin kam aus dem Haus, mit einem Schemel, Mörser und Stößel; sie setzte sich in die Sonne und zerkleinerte Salzbrocken.

»Magst du kosten?« Mit einem Lächeln hielt Alexander dem Korinther den Topf hin. »Du mußt wissen, ich bin hier der Kräuter- und Würzmeister.«

Demaratos tauchte den kleinen Finger in die schwarze Brühe und berührte seine Zunge. »Ahuuu.« Er schluckte und verdrehte die Augen. »Was ... eine Art *garon*, oder?«

Alexander nickte. »Ein paar Flußfische, sehr kleine, und Eingeweide von größeren, mit Salz, tausend Kräutern, ein paar Tropfen vom hiesigen Wein, der scheußlich ist.«

»Ah. Ich habe chalkidischen Wein dabei. Darf ich ihn als meinen Beitrag zum Mahl anbieten?« Er klatschte in die Hände und befahl einem seiner Sklaven, den Schlauch herbeizubringen.

»Wir werden dir ewig danken.« Alexander senkte spöttisch den Kopf. »Zurück zur Tunke. Sie hat vier Monde in diesem großen Topf in der Sonne gestanden und vor sich hin gestunken. Das Wichtigste sind zerstoßene Iriswurzel und Thymian.«

»Laß mich nochmal ...« Demaratos kostete erneut; diesmal war er vorsichtiger. »Also, hm, ein bißchen scharf, aber eigentlich nicht schlecht. Iris, wie?«

»Sie ist hier sehr gut, sehr kräftig.«

Die Sklaven schleppten Schemel und Tische aus den Häusern auf eine ebene, felsige Stelle westlich von Laomedons Haus. Am Rand fiel der Hügel steil ab, zu steil sogar für Ziegen; lediglich einige Stachelbüsche, die Laomedon zufolge im Herbst rötliche Beeren trugen, konnten sich dort halten. Die weite, zerklüftete Trichterlandschaft erstreckte sich vom Fuß des Hügels gen Norden, durchsetzt von immer wieder versickernden Wasserläufen, gesprenkelt mit Buschgruppen. Der Weg, den Demaratos gekommen war, schlängelte sich zwischen Trichtern, Sträuchern, Wäldchen und grünen Flächen zuerst nach Westen, dann nach Süden und verschwand in einer Schlucht. Gegenüber der Terrasse zog sich am Fuß eines graugrünen, schrundigen Berges ein seltsamer Morast in Schlangenlinien dahin. Das ganze Land wirkte wie eine uralte, aber noch nicht vernarbte Wunde, unbestimmbarer Körperteil eines insgesamt schorfbedeckten verdrossenen Titanen, dessen fortdauernde geistige Abwesenheit das Überleben von Menschen eben noch zuließ.

Der genau im Westen ragende Berg, über dem die Sonne immer schneller sank, beunruhigte Demaratos einen Moment; plötzlich fiel ihm ein, woran er ihn erinnerte, und er brach in Gelächter aus.

Erigyios blickte ihn verdutzt von der Seite an; er breitete Felle über die Schemel und den für Demaratos bestimmten Scherenstuhl. »Was hast du?«

»Der Berg, drüben.« Demaratos deutete, wieherte, hielt sich die Seiten. Im Abendlicht besonders scharf umrissen schien dort ein Kopf aufzuragen, das Profil mit klumpiger Nase, fliehendem Kinn und dünnen Bartfransen nach Norden gerichtet.

»Na ja, ein Gesicht, aber was ist daran so witzig?«

Demaratos ließ sich in den Sessel plumpsen. »Ihr könnt es nicht wissen, fürchte ich.« Er gluckste abermals. »Bis auf Alexander – oder?«

Alexander schüttelte den Kopf. »Ich weiß nicht, was du meinst.«

»Aber du warst doch in Athen! Ah, ich vergesse, daß er sich sehr zurückgehalten haben dürfte, als du da warst. Das da drüben ist ein getreues Abbild des unübertroffenen und unerträglichen Demosthenes.«

Beim Essen schwiegen sie zunächst; die Verbannten genossen den Wein, den Demaratos mitgebracht hatte. Nur Alexander trank kaum davon; er aß auch spärlich. Die Illyrerinnen saßen ein wenig abseits und unterhielten sich leise in ihrer groben Sprache. Demaratos war verblüfft über die Güte und Reichhaltigkeit des Mahls. Es gab süßliche, vergorene, mit Mehl angedickte Ziegenmilch, in der trockene Beeren vom letzten Herbst schwammen; in Öl gesottene Bällchen aus Hirse, Kräutern und gehacktem Fleisch; etliche frische, gebratene Flußfische, zu denen die von Alexander bereitete Tunke wunderbar schmeckte; ein ganzes gebratenes Zicklein; Frühlingszwiebeln; eingelegte Gemüsearten, deren Namen Demaratos nicht kannte; mit Honig gebackene hauchdünne Brotfladen; Ziegenkäse; dazu Wein und Wasser.

Schließlich seufzte Demaratos zufrieden auf, leckte sich die Finger, wischte sie am Chiton ab, rülpste und sah die jungen Männer der Reihe nach an. Harpalos, mit feinem, ausrasiertem schwarzen Bart, trotz seiner Behinderung ebenso drahtig und geschmeidig wie die anderen, erwiderte den Blick mit ausdruckslosem Gesicht. Erigyios blinzelte und zupfte an seinem rechten Ohr, in dem ein kleiner Silberring mit baumelndem Löwenköpfchen steckte. Laomedon tupfte sich die fleischigen Lippen und verzog ein wenig das Gesicht; die von einem Messerstich verbliebene Narbe auf der rechten Wange krümmte sich. Ptolemaios hatte die Arme verschränkt und drei Finger der Rechten an Kinn und Wange gelegt. Nearchos saß gerade und schaute an Demaratos vorbei, wie die abweisende Statue eines mit entlegenen Gedanken befaßten Rechtsgelehrten. Alexander, die Hände hinterm Kopf gefaltet, blickte in die Ferne, ins Blut des Himmels über der Stelle, wo die Sonne versunken war.

»Ich lobe eure bemerkenswerte Zurückhaltung.« Der Korinther lächelte. »Es ziemt sich so, für Fürstensöhne und treffliche Krieger. Nur wer sich selbst beherrscht, kann andere leiten.«

Ein kleiner Muskel zuckte im Gesicht von Ptolemaios, der einen Moment seine langen Eckzähne entblößte. Alexanders Augen zeigten immer noch den sehnsüchtigen, fernen Blick.

»Ihr werdet euch denken können, daß ich nicht ohne Botschaften und Aufträge in diese barbarische Einöde komme. Aber laßt mich auf meine Weise beginnen. Die wichtigen Dinge zuerst.«

Er nippte an seinem Wein, schloß die Augen und berichtete vom Herbst und vom Winter in Pella, von Philipps abflauendem Zorn, vom knospengleich schwellenden Bauch der neuen Königin, von der Entsendung des halben Heers nach Asien, von Parmenion und Attalos, die beide jenseits des Hellespont vordrangen, um die hellenischen Städte vom persischen Joch zu befreien und den Boden für Philipp vorzubereiten. Von der Ruhe in Hellas, Ruhe ohne Bruderkriege; und von

Olympias, die in Epeiros am Hof ihres Bruders Alexandros Gift sprühte und Fäden sponn.

»Ich weiß.« Alexander sprach sehr leise. »Sie verfolgt mich mit Briefen, sogar hier. Komm zu uns. Hilf mir, den Krieg gegen Philipp zu bereiten. Wo bleibst du? Warum bist du nicht gleich hergekommen. Hast du auch genug zu essen. Du solltest häufiger schreiben, wenn du schon nicht kommst. Schreib mir, wann du kommst. Wie viele Krieger brauchen wir, um Philipp angreifen zu können.« Er seufzte, ohne seine Lage zu verändern, aber der sehnsüchtige Ausdruck war verhaltenem Zorn und etwas anderem gewichen – Abwehr, Ekel? Demaratos war nicht sicher.

»Und?« Der Korinther sagte nur dieses eine Wort.

Alexander wandte ihm das Gesicht zu; es wirkte hart und entschlossen. »Krieg gegen meinen Vater? Gegen meine Freunde und Waffenbrüder? Mit ein paar Molossern und Barbaren gegen das beste Heer der Oikumene?« Er hob die Brauen. »Es wäre Wahnsinn. Und Frevel. Man kann mit den Göttern hadern, das Schicksal verfluchen, den Eltern trotzen; aber es ist unmöglich, den Willen der Götter zu wandeln, Moira zu rühren, Vater und Mutter nicht zu ehren. Sie sind Teil des Ganzen, das uns ausmacht. Ich kann nicht Zeus mit einem Blitzstrahl vernichten. Ich kann nicht meine Mutter schänden. Ich kann nicht Krieg gegen Philipp führen.«

»Philipp... hatte zu gewissen Zeiten andere Vorstellungen.«

Alexander lachte halblaut. »Er hat das Land von einem Raubtier, einer giftigen Riesenschlange befreit, die längst nicht mehr seine Mutter war. Die seinen Vater und seinen ältesten Bruder und viele andere getötet hatte. Ich...« Er zögerte, schluckte, trank Wasser und räusperte sich. »Ich würde, wenn es zu einer solchen Lage käme, das gleiche tun. Das Andenken meiner Mutter ehren und das Ungeheuer töten. Besser ist es aber, dafür zu sorgen, daß ein solches Ungeheuer sich nicht entwickeln kann. Oder... einen Käfig bauen.«

Ptolemaios schnitt eine Grimasse. »Bist du denn so sicher, daß das Ungeheuer nicht schon da ist?«

»Gekränkter Stolz, gehemmte Herrschsucht, verquere Eitelkeit.« Alexander klang wie ein alter, weiser, über den Zustand der Menschen betrübter Mann. »Mehr nicht. Vielleicht ist darin, dahinter, ein Ungeheuer; man muß dafür sorgen, daß es nicht herauskommt.«

Demaratos blähte die Wangen und ließ die Luft mit einem leisen

Knall entweichen. »Du sagtest vorhin, am Nachmittag, Philipp hätte euch vielleicht einen Gefallen getan...«

Alexander antwortete nicht; Laomedon warf seinem Bruder Erigyios einen auffordernden Blick zu.

»Ich glaube, was Alexander meint... Also, der König hat ihn und uns verbannt, wegen eines Streits, um Alexander aus dem Weg zu haben, während er die Belange des Königreichs neu ordnet, die Gebietsfürsten neu an sich bindet, all dies. Gleichzeitig« – Erigyios faßte wieder nach dem Ohrläppchen – »hat er uns gezwungen, das Beste aus uns und der Lage zu machen. Es ist eine Erprobung, eine Prüfung.«

Demaratos nickte langsam. »So ist es, meine Freunde. Eine schwere Prüfung sollte es werden. Philipp weiß, was ihr hier tut...«

»Woher?« Harpalos fuhr auf und kniff die Brauen zusammen.

»Philipp weiß fast immer, was diejenigen tun, an deren Wohl ihm liegt oder deren Ränke er zeitig durchschauen will. Philipp unterhält Spitzel in Athen und Theben, aber auch in Susa und Pasargadai. Und in Pārsa – das ist Persepolis. Wie könnte er da versäumen, sich über euch Gedanken zu machen? Er ist zufrieden.«

»Warum? Womit?«

»Weil ihr tut, was er erhofft hatte. Er ist zufrieden mit den Zeichnungen, Maschinen und Bauwerken von Nearchos; mit der Art, wie Harpalos die Schätze eures kleinen Reichs mehrt; mit Laomedons Forschungen in Sprache und Gebräuchen; mit Erigyios' Jagd- und Verführungskünsten; mit den Waffen und Waffentaten des Ptolemaios; mit der Art, wie Alexander all das tut, was jeder einzelne von euch macht, und wie er alles zusammenhält.«

Er betrachtete sie. Sie sagten nichts, aber die Mienen hatten sich verändert; Demaratos las Fragen, Staunen, Anflüge von Ärger, Neugier.

»Vor allem wollte er wissen, wie es mit der Treue steht, mit der Verläßlichkeit.« Der Korinther fuhr sich mit der Hand über die Augen. Es wurde nun schnell dunkel. Und kühl; er fröstelte und zog das Fell enger um die Schultern.

»Er sagte mir: ›Wenn ich Alexander mit seinen Freunden verbanne, und der Junge geht nicht zu seiner Mutter, rüstet kein illyrisches Heer gegen Makedonien aus, obwohl er beides könnte und dies beweist – dann kann ich ihm in Krieg und Frieden, in der Schlacht und in den Staatsgeschäften meinen Rücken anvertrauen.‹ Und – er ist zufrieden, mit euch allen.«

»Was kommt als nächstes?« sagte Alexander.

»Wie meinst du das?«

»Ich kenne meinen Vater. Er tut nichts, ohne mindestens eine dreifache Absicht dabei zu haben.«

Demaratos lachte. »Das ist wahr. O wie wahr, Sohn meines Gastfreundes.« Er beugte sich vor. »Du und ich, wir beide reiten morgen. Er braucht dich. Die anderen bleiben hier. Und zwar aus mehreren Gründen. Philipp sagt, wenn einige Illyrer besseres Leben gekostet haben, werden sie nicht so leicht wieder zu schlechten Waffen greifen, um die Grenzen anzutasten. Philipp sagt, wenn sie Fortschritte erleben, können sie zu Freunden und Verbündeten werden. Philipp will, daß ihr eure Arbeit fortsetzt. Und daß ihr, wenn er euch ruft, später, im Sommer, oder spätestens im nächsten Jahr, daß ihr ihm dann gut ausgebildete, gut bewaffnete Bundesgenossen mitbringt.«

Es dauerte lange, bis der Korinther die erregten Reden und Gegenreden, die Entrüstung und Enttäuschung so weit beschwichtigt hatte, daß er fortfahren konnte.

»Außerdem – sicher ist sicher. Im Krieg und beim Herrschen gibt es keine Freunde. Wie ihr wißt. Es gibt vor allem Nutzen; Fragen der Nützlichkeit und der Erfordernisse. Philipp ist ein kluger Mann. Und ein sehr listiger Herrscher. Er hat euch und andere aus Pella verbannt, aufgeteilt, um euch zu prüfen und den Nutzen für Makedonien zu mehren.«

»Welche anderen?«

Demaratos blickte Alexander von der Seite an. »Oh, diesen und jenen. Philotas ist bei Parmenion, in Asien; Krateros in einer Festung in den lynkestischen Bergen; Koinos in Thessalien. Alle erledigen ihre Aufgaben bestens – und alle sind fern von Pella.«

»In den lynkestischen Bergen?« Alexanders Stimme klang verträumt. »Ich dachte es mir...«

»Die Grenzen gegenüber Epeiros.« Demaratos legte den Kopf in den Nacken; die ersten Sterne waren am Himmel. »Du hast es dir gedacht, wie? Wenn er dich prüft, wird er Alexandros keinesfalls blind vertrauen, zumal nicht dann, wenn Olympias bei ihm ist und ihm Gift ins Ohr träufelt. Nein, er sieht sich vor, zu unser aller Wohl. Und dies ist das einzige, was noch zu tun bleibt, ehe er nach Asien gehen kann.«

»Was hat er vor?«

»Epeiros fester an sich binden. Alexandros so fest an sich binden, daß

Krateros und die anderen abgezogen werden können. Daß die Grenzen ewig sicher sind.«

Alle starrten ihn an.

»In wenigen Monden, im Frühsommer, wird er deine Schwester Kleopatra mit deinem Onkel Alexandros vermählen.«

Wut und Wein forderten ihre Opfer. Nach und nach verschwanden alle in ihren Häusern. Demaratos und Alexander blieben zurück; und die Illyrerin, die Alexanders Lager teilte.

»Du hast kaum getrunken. Magst du meinen Wein nicht?«

Alexanders Zähne blitzten im Widerschein des Feuers, das am Rand der Terrasse brannte. »Doch, er ist gut.«

Demaratos sah zu, wie die Illyrerin, die das Feuer neu angefacht hatte, geräuschlos und beinahe gleitend zu ihrem Schemel zurückkehrte. Ein Schatten unter den Schatten. »Ist es Philipps Schatten?«

Alexander betrachtete ihn aufmerksam. »Du bist sehr scharfsinnig, Demaratos. Ja. Gegröle in der Nacht; die ewigen Streitereien zwischen ihm und Olympias, die nur halb so schlimm waren, wenn keiner etwas getrunken hatte.« Er starrte ins Dunkel und sprach halblaut weiter. »Bewußtlosigkeit, weißt du. Ich habe mich beobachtet, und andere, nach zuviel Wein. Es ist wie Schlaf, ohne zu schlafen. Man sagt Dinge, die man nicht meint. Man tut Dinge, die man sonst nicht täte. Wer traurig ist, wird noch trauriger, wer munter ist, noch munterer. Andere, die freundlich sind, werden plötzlich zu giftigen Tieren. Die dunkle Innenseite, oder Unterseite... Dämonen. Es ist schlimm genug, daß keiner weiß, wer er ist, und daß jede Nacht, im Schlaf, ein völlig Fremder da liegt. Es muß nicht durch Wein herbeigeführt werden.«

Demaratos seufzte leise. »Du bist streng. Und du vergißt, daß Wein auch andere Eigenschaften hat. Du hast den ersten und den letzten Schluck deines Bechers den Göttern hingegossen. Gift? Würdest du den Göttern Gift weihen?«

Etwas wie schneidender Spott lag in Alexanders Stimme. »Den Göttern? Da sie über allem sind, ist ihnen alles gleich geheiligt oder schändlich. Die Weinspritzer waren für den Unbekannten Gott.«

Der Korinther musterte die Illyrerin. Die kurze Nase warf keinen Schatten; der breite, volle Mund war ein wenig zusammengepreßt. Die braunen Haare, die in die Stirn fielen, waren schwarz in der Schwärze der Nacht und von einem fremdartigen Rot, wo sie die Glut des Feuers auffingen. Sie schien den Blick zu spüren und wandte ihm das Gesicht zu.

»Welche anderen Eigenschaften sollte Wein sonst noch haben?« sagte Alexander.

»Er wärmt. Er schmeckt, wenn er gut ist. Und er ist ein Band zwischen den Menschen. Wie gemeinsam erlittener Hunger oder eine gemeinsam durchfochtene Schlacht, so gibt auch gemeinsam getrunkener Wein Nähe und Wärme. Er kann die Nächte erhellen und die Reden fließen lassen. Sie werden dadurch nicht besser oder tiefer, aber angenehmer. Leichter zu ertragen. Und man schläft gut – danach.«

»Er nich schlaf«, sagte die Illyrerin. Zum ersten Mal hörte Demaratos ihre Stimme; sie war rauh und schartig, wie ein altes Messer, dessen Schärfe nicht mehr offensichtlich, aber durchaus noch vorhanden ist. »Er nich schlaf, auch nach Zusammenliegen er wach und lauf.«

Alexander starrte ins Feuer. »Nähe, Wärme... Der angenehme Druck, mit dem bisweilen das Bündel der tausend Halme, die ein Mensch ist und von denen er vielleicht ein oder zwei Dutzend kennt, zusammengebunden wird. Die wenigen Momente, in denen ich weiß, wer ich bin. Oder zu wissen glaube.«

»Das Bündel?« Demaratos gähnte und rieb sich die Augen. »Die Halme sind all die Dinge, die du in dir hast. Aber sie hängen auch ab von Dingen um dich her. Odysseus war Niemand, als er keine Heimat hatte. Um Jemand zu sein, brauchst du einen Ort. Mauern und Wände. Den Baum, in dessen Schatten du den einen Traum geträumt hast, an den du dich Jahre später erinnerst, wenn die gleiche Mischung aus Gerüchen wie damals wieder in deine Nase dringt – eine bestimmte Erde, Gras in Blüte, Eselskot, der Geruch der Füße und Kleider des Treibers, der eben vorübergeht, verschütteter Wein, Erbrochenes neben einem Brunnen, all das und mehr.« Er grübelte einen Moment. »Platon hat ein unbewohnbares Staatswesen erdacht, einen Un-Ort, an dem alle Niemand wären. Du hast vielleicht deinen Ort noch nicht gefunden.«

»Wo ist dein Ort, Demaratos?«

»Mein Ort? Korinth. Ich kann die Heimat verlassen, weil ich sie in mir trage. Ich bin immer mit einem Teil in Korinth, weil ein Teil von Korinth immer in mir ist.«

»Dieser Ort hier...« Alexander deutete mit dem rechten Arm ins Dunkel, dann auf das Haus, auf die Illyrerin, die ihn mit einem verhangenen Lächeln ansah. »Hier bin ich Jemand gewesen. Ich hatte Aufgaben – die Freunde zusammenhalten und antreiben, Häuser bauen, ein kleines Reich errichten. Es hat Augenblicke gegeben. Momente, in denen ich wußte, wer Ich ist. Es gibt Momente, in der Vereinigung zweier Körper, in denen die tausend Halme ein Bündel werden und das Bündel immer dichter gepreßt ist. Dann kommt der Moment des Wissens. Aber das ist zugleich der Moment der Auflösung, in dem die Halme weiter zerstreut werden als je zuvor. So scheint es, jedes Mal. Und da alle Frauen und Männer dies erleben, ist es vielleicht so, daß wir alle in diesem winzigen Moment, zwischen dichtester Bündelung und vollkommener Zerstreuung, wenn wir fühlen, daß wir Jemand sind, der sofort erlischt – vielleicht ist es so, daß wir in diesem Moment alle Menschen sind, daß keiner Jemand, sondern jeder Alle ist. Wie auch dann, wenn man Wissen weitergibt, das die Geschlechter und die Jahrhunderte angehäuft haben. Irgendwie bin ich Aristoteles, wenn ich ein Heilkraut so berühre, wie ich es von Aristoteles gelernt habe. Und sie« – er deutete auf die Frau – »wird irgendwie Alexander sein, wenn sie zu ihren Leuten zurückgeht und ihnen Dinge zeigt, die sie hier gesehen hat. Aber ich werde morgen ein anderer Alexander sein. Einer, der neben dir durch die Einöde reitet und nicht nach Pella heimkehren will, wonach er sich sehnt.«

»Vielleicht nennt dir dein Sehnen irgendwann den Ort, der dein ist. An dem du du sein wirst.«

Alexander lächelte gequält. »Mein Ort? Mein Sehnen? Immer die andere Seite des Berges. Die Oikumene. Der Rand der Welt. Vielleicht muß ich alle Orte sehen.«

»Dann mußt du alle Menschen werden.«

16. DIE KLINGEN VON AIGAI

Dymas probte mit anderen Musikern – Tekhnef, ein Tympanist, eine Meisterin auf der Harfe, ein zweiter Kitharist, eine Sängerin – für die ungewöhnlichste Musiktruppe der Oikumene, als ein Bote ihn zu sprechen verlangte. Ein Hellene aus Asien, ohne Zweifel, aber das war nicht ungewöhnlich – die Frau mit der Harfe stammte aus Halikarnassos.

»Was willst du?« sagte Dymas unwirsch, als er dem Mann ins Freie gefolgt war.

»Eine Empfehlung von Bagoas.«

»Hah.«

»Er erwartet dich im Piräus. Ich soll dich an dies und jenes erinnern, wenn du keine Lust haben solltest. An eine Nacht in Ägypten, zum Beispiel.«

Wortlos stieg Dymas auf den Wagen, nachdem er den anderen ungenau Bescheid gesagt hatte. Das Gefährt, von zwei Pferden gezogen, brachte sie zum Piräus, zum Hafen, zum Kai. Dort stiegen sie in ein Ruderboot, das von vier stummen Sklaven zu einem prachtvollen Segler gesteuert wurde, der mehrere Stadien vom Kai entfernt mit einem Treibanker auf der Reede lag.

Bagoas war nicht fett, aber fülliger geworden. Dymas schwieg, bis der Perser ihm Wein eingeschenkt hatte. Sie saßen allein auf dem Achterdeck, auf seidebespannten Sitzen, unter einem golddurchwirkten Leinendach.

»Du wirst dich fragen.« Bagoas sprach nicht weiter.

Dymas grunzte. »Nein.«

Bagoas lächelte dünn. »Deine Mitarbeit hat nachgelassen, Musiker.«

Dymas nickte. »So ist es. Ich habe mich von alledem getrennt. Keine Berichte mehr – weder für Hamilkar noch für Demaratos noch für dich.«

»Das stimmt nicht.« Bagoas strich sich den Bart. »Du berichtest, wenn du magst; du berichtest nur nicht mehr als Befehlsempfänger – oder gegen Geld.«

»Dann sagen wir: Ich mag nicht mehr – für dich jedenfalls nicht.«

»Wegen Kanopos?«

Dymas starrte auf seine Fingerspitzen. Die Abdrücke der engen Metallkuppen waren gut zu sehen; vor einer Stunde hatte er noch die Kithara gehalten. »Nein, nicht wegen Kanopos, Perser. Was dort geschehen ist, war grausam, aber alle Mächte sind grausam, wenn es ihnen sinnvoll erscheint. Ich zweifle nicht daran, daß auch die Hellenen oder Karchedonier die alte Frau und die anderen getötet hätten, wenn es für sie nötig gewesen wäre. Die Art, in der es geschehen ist, nicht die Tatsache des Tötens...«

Bagoas verzog keine Miene. »Zu deinem Glück weiß ich, daß du treu bist. Du hast außer zu denen, die es ohnehin wissen, nie über unsere Verbindung gesprochen. Wenn es anders wäre, hätte ich dich längst töten lassen.«

»Was willst du? Warum holst du mich her?«

Bagoas beugte sich vor. »Zweierlei. Ich will, daß du ohne Auftrag gelegentlich Dinge bemerkst und berichtest, wenn dir danach zumute ist. Sagen wir, jedes Jahr einmal. Oder öfter – wenn dir danach zumute ist. Ansonsten bist du frei, kannst gehen wohin du willst, ohne Sorge um persische Messer.«

»Ich werde es mir überlegen.« Dymas knurrte eher, als daß er sprach. »Das war alles?«

»Nein. Zwei Dinge. Wichtige Dinge, die ich im Augenblick keinem anderen anvertrauen kann. Sie sind der Preis für deine unbedrohte Freiheit.«

Dymas zog die Nase hoch und spuckte aus. »Was ist es?«

Bagoas lächelte, noch dünner als zuvor. »In einer Stunde wird ein Geschäftsfreund an Bord kommen. Ich werde hier, an dieser Stelle, mit ihm gewisse Dinge bereden. Du wirst unter Deck sitzen und lauschen. Dann wirst du aufbrechen, um das, was du gehört hast, Demaratos zu berichten. Er ist noch nicht, aber bald in Aigai.«

Dymas hob die Hände und ließ sie wieder sinken. »Aigai! O ihr Götter! Was soll ich in Makedonien!«

»Berichten. Einem anderen würde er nicht glauben. Und einem anderen kann ich diese Sache nicht anvertrauen.«

»Was ist das für ein seltsames Spiel – Bagoas der Heile verrät einem Korinther in Makedonien, was er mit einem Athener zu bereden hat?«

Bagoas runzelte die Stirn. »Es ergibt sich eben manchmal, daß bestimmte Ziele nur auf Umwegen anzusteuern sind. Frag nicht nach den Zielen, du wirst nichts erfahren.« Er starrte in Dymas' Augen. »Dein Leben, Musiker, und das von Tekhnef.«

Dymas schwieg lange Momente. Schließlich sagte er, mit heiserer Stimme: »Gut. Zum letzten Mal, Perser. Aber sag mir etwas anderes – etwas, das mich seit Kanopos beschäftigt.«

»Was ist es?«

»Die alte Frau, Kleonike. Sie hatte ein Amulett. Deine Leute haben es ihr in den Leib gebrannt. So, wie sie es getragen hat, schien es viel zu bedeuten.«

Bagoas lachte. Er beugte sich vor und malte mit weinfeuchtem Finger ein *ankh* auf die Elfenbeinplatte des Tischs, dann in die Schlaufe das Auge des Horos. »Dies?«

»Dieses, Bagoas.«

»Leben und Logos, Musiker. Es ist das Zeichen einer Gruppe von Leuten. Vieler Leute, die Persiens Herrschaft beenden wollen. Leben und klaren Verstand und die alten Götter, so etwa, und Freiheit vom Joch der Großkönige.«

»Wer gehört dazu? Nur Ägypter?«

»Sie haben ein ägyptisches Zeichen genommen, weil es bestimmte Inhalte hat, und Ähnlichkeit mit anderen. Wenn du die Augen zusammenkneifst, bis das *ankh* verschwimmt, erhältst du das Zeichen der Tanit – Göttin der Tyrer und Karchedonier. Wenn du, mit zusammengekniffenen Augen, auf das Zeichen des Horos schaust, bildet es mit dem *ankh* ein Zeichen in der keilförmigen Schrift Babylons. Das Zeichen für Gott.«

»Sie sind also deine Gegner?«

Bagoas nickte. »So etwa. – Trink aus und geh unter Deck, Musiker. Such dir eine bequeme Lage.«

Dymas lauschte. Er war nicht besonders verblüfft, als er die Stimme des Atheners hörte, die jeder kannte: die Stimme von Demosthenes. Er verheimlichte dem Perser etwas; Bagoas spürte es auch, konnte die Zurückhaltung des Redners jedoch nicht überwinden. Was Demosthenes zu sagen hatte, war allerdings wichtig genug: Attalos, Onkel der makedonischen Königin, einer der wichtigsten Fürsten, zur Zeit in Asien als Stellvertreter des Strategen Parmenion, war bereit, beim Tod Philipps Parmenion und andere Offiziere ermorden zu lassen und Philipps Neffen Amyntas auf den Thron zu heben. Makedonien würde gegen persisches Gold und politische Zusicherungen Athens den Bund von Korinth auflösen, sich aus Mittelhellas und Asien zurückziehen und Friedensverträge für die Ewigkeit schließen.

Auf dem langen Weg nach Norden, ohne Tekhnef, grübelte Dymas immer wieder, welches Spiel Bagoas spielen mochte. Welche Rolle Demaratos hatte. Was Demosthenes warum für sich behielt. Und was man in Aigai mit der Mitteilung anfangen konnte.

Er fand Demaratos erst nach langem Suchen; Aigai und Umgebung waren übervoll von Gästen, die der Hochzeit des Epeiroters Alexandros mit Philipps Tochter beiwohnen wollten.

Der Korinther hörte sich alles an. Er schien sehr nachdenklich. Schließlich sagte Dymas:

»Ich weiß nicht, um was es bei diesem verdeckten Spiel geht, aber kannst du etwas damit anfangen?«

Demaratos kaute auf der Unterlippe. »Sei froh, daß du nicht mehr weißt, Dymas; du wärst innerhalb weniger Stunden tot, trotz aller Versicherungen des Persers. Ja, ich kann etwas damit anfangen; nein, ich weiß nicht, was es soll. Es ist eine Warnung – offenbar will jemand Philipp töten, vielleicht hier, heute, morgen. Jemand, der mit Attalos in Verbindung steht. Demosthenes hat etwas verborgen, sagst du? Vielleicht weiß er, wer den Mord begehen soll. Ich frage mich nur, warum Bagoas uns das wissen läßt. Es wäre doch gut für Persien ... Ich will sehen, was ich tun kann. Vielleicht sollten morgen im Theater alle ohne Waffen sein.«

Dymas hob die Brauen. »Kannst du das bewirken? Wer bist du?«

Demaratos lächelte. »Ein korinthischer Händler mit Beziehungen. Ich danke dir.«

Manchmal fühlte sie sich alt. Eine alte Frau, die bald vierzig sein würde. Sie lächelte, als sie an die vergangene Nacht dachte, an den kräftigen Ambrakier, an die Jugend. Langsam watete sie ins flache Uferwasser des Pambotis-Sees, tauchte ein und schwamm. Das Alter glitt von ihr, blieb zurück in den Kräuselwellen. Sie drehte sich auf den Rücken, ließ sich treiben.

Es war ein warmer, windstiller, klarer Tag. Der Gipfel des hohen Tomaros, den die Molosser Tmaros nannten und den oft Wolken verbargen, war deutlich zu sehen. Olympias schloß einen Moment die Augen und breitete die Arme aus, wie einer der Adler des Zeus, dem der Gipfel geheiligt war. Sie flog auf dem Wasser.

Verjüngt und erfrischt stieg sie wieder an Land. Die stumme Thrakerin, alt und faltig geworden, half ihr beim Abtrocknen und reichte ihr die Gewänder. Sie durchquerten den schmalen Schilfgürtel, gingen über die Bohlen des erhöhten Wegs durch den Ufersumpf und zurück in den Ort. Olympias hatte begonnen, Dodona zu hassen. Aber an diesem Morgen liebte sie alles: die Straßen mit den tanzenden, unebenen Steinen; die schäbigen Häuser, zu lange nicht mehr beworfen; die dunkel gekleideten Frauen und die Männer mit den harten Augen; den dreieckigen Platz mit dem verkrüppelten Baum und der alten Stele des Gottes. Nicht einmal der Dreck der göttlichen Tauben, die den Orakelhain ebenso besudelten wie die Stadt, störte sie.

Das Haus, in dem der König – sie dachte kaum noch an ihn als den kleinen Bruder Alexandros; die Macht und die Ansichten hatten jede Innigkeit beendet – sie untergebracht hatte, lag auf einem Hügel; von der Terrasse sah sie rechts den Hain und den Berg, unter sich die Stadt, dahinter den See, links, nach Westen, die von Sümpfen und kleinen Seen durchsetzte Ebene, in der kaum eine Tagesreise entfernt Passaron lag, von Alexandros vorübergehend zur Hauptstadt erwählt, schäbig und bedeutungslos und, soweit es sie betraf, am anderen Ende der Welt. Aber neben dem Bett in ihrem größten Gemach, in dem sie die Nacht verbracht hatte, stand der Schreibtisch, und auf dem Schreibtisch lag der Brief, den der Ambrakier übermittelt hatte. Eine versiegelte, mit sorgfältigst verknoteten Fäden umwickelte Rolle in einer mit Wachs verschlossenen und auch außen versiegelten Röhre aus rötlichem Ton. Sie hatte die Siegel erbrochen und die Fäden durchschnitten. Die Leidenschaft der Nacht, die Höhepunkte des Beilagers waren ihr danach wie eine geziemende Fortsetzung der Wonnen erschienen, die der Brief enthielt, die Demosthenes ihr in dürren Worten bescherte.

Sie hatte gewußt, daß Passaron leer war – der König und sein Hofstaat hatten den Ort verlassen, vor vielen Tagen. Sie waren durch Dodona gekommen und dann weiter nach Osten gezogen, zum Zygos-Paß, durch die Berge ins nördliche Thessalien, weiter zum Oberlauf des Haliakmon und flußabwärts, nach Aigai, zur alten Königsstadt Makedoniens. Sie hatte gewußt, daß Philipp zur Festigung des Friedens ihre Tochter Kleopatra mit Alexandros vermählen wollte; sie hatte gewußt, daß Alexandros, der aus seiner langen Zeit in Pella das Mädchen kannte, das im Herbst siebzehn Jahre alt sein würde, die Vermählung vor allem aus politischen Gründen wünschte. Sie hatte gewußt, daß all dies nun geschehen sollte, und sie hatte jede einzelne Phase des Unternehmens gehaßt. Sie hatte die Götter angefleht, im Zygos-Paß Steine regnen zu lassen und Alexandros darunter zu begraben. Sie hatte geträumt, ihre Tochter treibe sich als Dirne in Hafenschänken herum, und der Traum war ihr ein Genuß gewesen, verglichen mit dem Gedanken an die Vermählung. An das endgültige Scheitern aller Versuche, die nicht unbeträchtliche Kriegsmacht von Epeiros gegen Philipp in Gang zu bringen.

Sie trat auf die Terrasse, einen Becher mit unverdünntem Wein in der Hand, und blickte nach Osten; sie träumte sich in die Luft, hoch über den Tomaros, so hoch, daß sie bis Aigai schauen konnte. Sie trank einen Schluck, dann noch einen und noch einen. Auf das Wohl des widerwärtigen Atheners, der ihr mitgeteilt hatte, persisches Gold sei über einen tyrischen Händler nach Aloros gelangt und dort gewissen lynkestischen Fürsten ausgehändigt worden, die dafür sorgen würden, daß am Tag der Hochzeit die Frage der Thronfolge erörtert werden könne. Auf das Wohl des Hauptmanns der Königswache; sie würde Pausanias nicht vermissen, dessen Körper Vorzüge hatte, die durch sein allzu anhängliches Gemüt gemindert wurden. Auf das Wohl des Admetos, dem sie einen letzten Auftrag gegeben hatte. Er würde endlich frei sein; und er würde nicht wissen, welchen Zwecken der harmlose letzte Auftrag diente.

Olympias leerte den Becher. Einen Moment hielt sie ihn in der Hand; dann schleuderte sie ihn von der Terrasse, den Hang hinunter; dabei stieß sie einen langen, schrillen Schrei aus, einen Schrei der Lust und des Triumphs. Er hallte weit über die Ebene, an diesem windstillen Morgen. Im heiligen Hain flogen ein paar Tauben von den Eichen auf.

Wieder eine endlose Nacht, vielleicht die letzte, für den einen oder anderen. Heromenes ließ die Würfel über das Brett rollen. Draußen war der gleichmäßige Schritt der Posten zu hören, ein Gemurmel vom Feuer im Innenhof der Festung. Niemand sollte die hochstehenden Gäste stören oder gar bedrohen können, die aus ganz Hellas angereist waren.

Drei tropfende Fackeln erhellten die Wachstube, in der Heromenes, Arrhabaios und Pausanias saßen und würfelten. Pausanias war halb betrunken; die beiden lynkestischen Fürstensöhne hatten ihn lange beobachtet und wußten, wieviel er vertrug. Er durfte nicht nüchtern werden, aber auch nicht besinnungslos betrunken.

Die Lynkesten gehörten nicht zur königlichen Leibwache, der einige von Alexanders Gefährten zugewiesen worden waren, darunter Perdikkas, Leonnatos und der »Zwillingsbruder« des Thronfolgers, der blonde schmächtige Attalos, der in dieser Nacht Postendienst tat. Die Vorbereitungen der Hochzeitsfeier, die gewaltige Menge der Gäste, die nötigen scharfen Sicherheitsvorkehrungen, nicht zuletzt auch die Probleme der Versorgung, Betreuung und Unterbringung der edlen Gäste aus der halben Oikumene hatten nicht nur die Zahl der in und um Aigai eingesetzten Diener und Sklaven vervielfacht, sondern auch die der Kämpfer. Makedonische Gebietsfürsten brachten ohnehin Einheiten ihrer Landes- oder Haushaltstruppen mit, denen oft die jeweiligen Fürstensöhne als Hauptleute vorstanden. Fürsten und Fürstensöhne gehörten zu den geladenen Gästen; ihre Begleitmannschaften wurden den königlichen Leibtruppen gleichgestellt und arbeiteten bei der Versorgung und Betreuung der Gäste mit. Heromenes und Arrhabaios kümmerten sich mit ihren Leuten um Thessalier, Boiotier, Lokrer und Phoker, die in einer Zeltstadt ein wenig flußaufwärts von Aigai untergebracht waren. Andere hatten Aufnahme in Häusern der Stadt gefunden, verbrachten die Nächte in den Gebäuden umliegender Festungen, schliefen auf flachbödigen Flußschiffen, die am Ufer des Haliakmon festgemacht waren, auf Karren, oder einfach so, unter den Sternen.

Heromenes hatte sich freiwillig für eine der unangenehmsten Aufgaben gemeldet: die Überwachung, Anlage, Säuberung und Betreuung der Latrinen. Aigai und fast alle anderen Orte am Fluß waren auf das Wasser des Haliakmon angewiesen, da die Brunnen längst nicht mehr ausreichten, um die wachsende Bevölkerung mit Trinkwasser zu versorgen. Tausende Gäste durften nicht einfach tagelang den Fluß zum Abwasser machen – Gäste, ihre Diener, Sklaven, Wächter, Treiber, Köche, Reittiere, Packtiere, Zugtiere, Schlachttiere. Heromenes und seine Leute – Sklaven und lynkestische Sippenkrieger –, unterstützt von Haushaltstruppen des Königs, besorgten Wasser, legten Kot- und Abfallgruben an, leerten sie, und sie hatten deshalb überall freien Zugang und Zugriff auf Einrichtungen von Burg und Palast.

Die Stadt und das Land waren unruhig, aber in der Burg war kaum etwas davon zu hören. Sie wußten, daß draußen die Musiker und Tänzer, Sänger, Schauspieler und Dichter durch die Gassen und Schänken zogen, von Feuer zu Feuer; daß die Bäcker und Wurstmacher und Köche und all ihre Helfer und Sklaven ebenso durch die Nächte arbeiteten

wie die Fuhrleute, die Obst und Getreide und Wein und Fleisch heran-
schafften. Im Wachraum war nichts zu vernehmen außer den Schritten
der Posten draußen, dem Zischen und Knistern der Fackeln, dem Gemurmel der Männer im Hof, wo hin und wieder brennendes Holz
knackte oder polternd stürzte, und dem Rollen der Würfel.

Sie waren Kunstwerke, von einem Schnitzer in Aloros angefertigt aus
dem Oberschenkelknochen eines Auerochsen. Arrhabaios hatte sie besorgt; der Knochenschnitzer war ein wenig verwundert gewesen über
die Sonderwünsche, die leichte Unregelmäßigkeit, die mit dem Auge
nicht wahrgenommen werden konnte. Pausanias gewann nahezu unausgesetzt; auf seiner Seite des Tischs türmten sich Münzen – silberne
Halbdrachmen aus Athen, makedonische Goldstatere mit dem Kopf
des Apollon, persische Dareiken, Münzen aus Tyros und Korinth und
Syrakus.

»Genug für eine längere Reise«, sagte Heromenes halblaut.

Pausanias schnitt eine Fratze. Seine Augen waren rot unterlaufen. Er
sprach kaum, brütete, würfelte und gewann. Sie hatten über das Reich
und die Sippen gesprochen, über das Heer in Asien unter Parmenion
und jenem anderen, dessen Namen keiner nennen wollte, über die Ehre
und die Rache, über das kurze Gedächtnis von Königen, die manchmal
Schande geschehen ließen und den Schänder schützten, wodurch sie die
Schuld übernahmen. Irgendwann fiel Pausanias' Kopf neben die Münzen, lag auf dem Tisch; sein Schnarchen dröhnte durch den Wachraum.
Heromenes wickelte sich in eine Decke und legte sich auf die Bank
neben der Tür; Arrhabaios übernahm die Wache.

Vor Morgengrauen strömten die Gäste zum Theater von Aigai, wo
die größten, schönsten und wichtigsten Darbietungen stattfinden sollten. Es war der letzte Tag und der Höhepunkt der Hochzeitsfeiern. Die
Vermählung hatte bereits stattgefunden; Gesandte der wichtigsten hellenischen Städte – außer Sparta – hatten Philipp goldene Kränze und
Kronen gereicht. Demades, der mit Aischines und Hypereides aus
Athen gekommen war, hatte Philipp den Ehrenrang eines schutzbefoh-
lenen Gastfreunds der Stadt verliehen. Hypereides war als einziger der
Makedonenfeinde in den Norden gereist; Philipps Einladung hatte
auch Männern wie Lykurgos gegolten, selbst Demosthenes wäre willkommen gewesen, aber sie hatten sich für unpäßlich, unabkommlich,
reiseuntüchtig erklärt.

Die meisten Gäste trugen Blumenkränze und hatten ihre besten Kleider angelegt; es waren mehr als zwanzigtausend Menschen im Theater versammelt. Demaratos, in einem langen, goldbestickten Chiton und purpurgesäumten Umhang, stand neben Aristoteles und Kallisthenes, dessen bissige Bemerkungen von den Umstehenden teils mit Gelächter, teils mit Schweigen oder bisweilen auch Zischen verfolgt wurden. Die Musiker, die den Tag beginnen sollten, hielten sich noch hinter der Bühne auf.

Kallisthenes deutete auf den rechten Eingang; sie standen in einem der mittleren Ränge und konnten wie die meisten anderen sehen, was in der unmittelbaren Umgebung des Theaters geschah.

»Da müßten sie gleich kommen. Wo bleibt der dreizehnte Gott? Die anderen zwölf sind vermutlich abwesend.«

Wunderbar gearbeitete Statuen der olympischen Gottheiten schmückten den Eingang; sie waren aus Elfenbein und Gold und mit kostbaren goldenen Kränzen geschmückt. Philipp hatte zum Zeichen seiner Würde und Macht sein eigenes Bild als dreizehntes zu ihnen stellen lassen.

»Mäßige deine Zunge. Es könnte sein, daß dich der Blitz des Zeus erwischt«, sagte Aristoteles halblaut.

Kallisthenes lachte. »Oder ein donnernder Furz des Dreizehnten.«

Vom Palast her näherte sich der Festzug; im Theater stiegen einige auf die Sitze, um besser sehen zu können. Vor dem Eingang standen ausgewählte Männer, die edelsten von Philipps Leibwache. Aristoteles erkannte einige seiner Schüler – Perdikkas, Leonnatos, Attalos, Hekataios. Sie waren geschmückt, mit hellen Umhängen, roten und goldenen Schulterspangen, goldenen oder vergoldeten Waffengurten, aber sie trugen keine Schwerter, nur die bekränzten Lanzen, die sie senkrecht vor sich hielten. Ebenso weitere Wachen im Eingang und an der Innenseite, neben und auf der Bühne. Die frühe Sonne glitzerte auf den Spitzen der Lanzen, füllte das Theater mit weichem Licht, belebte die tausend Farben der Gewänder und Kränze, leuchtete golden auf Philipps Kopfschmuck.

Der König trug ein schlichtes weißes weites Gewand, keine Waffen, keinen Panzer. Rechts von ihm ging Alexander, links der neue Schwiegersohn, Schwager und Verbündete, König Alexandros von Epeiros. Beide waren ebenfalls ganz in Weiß gekleidet, mit Gold bekränzt und waffenlos. Ein paar Schritte hinter ihnen folgte ein Trupp der königlichen Leibwache, angeführt von Pausanias; sie trugen Festgewänder mit leeren Waffengurten und hatten nicht einmal Lanzen, anders als die Wächter am und im Theater.

Danach, von den Rängen noch kaum zu sehen, kam die Gruppe der Frauen – Kleopatra die Braut, die andere Kleopatra, Philipps hochschwangere Königin, die edlen Fürstinnen der Makedonen.

»Sieht er nicht süß aus?« sagte Kallisthenes. »Seine Glatze ist frisch beworfen worden, glaube ich.« Er deutete auf Antipatros, der vor der Bühne wartete, zusammen mit einigen der wichtigsten Berater, Freunde und Offiziere. An diesem Tag trug nicht einmal Antipatros einen Helm. Antigonos der Einäugige, gleich neben ihm, hatte seinen wilden Bart gestutzt und sich in Purpur gehüllt.

Aus der Schar der Geschmückten vor dem Eingang trat ein Mann vor und rief Philipp etwas zu. Im erwartungsvollen Geraune der Gäste war nichts zu hören, es schien aber ein Scherzwort zu sein, denn der König lachte und blieb stehen. Mit einer Handbewegung bedeutete er den anderen, sie sollten weitergehen und ihre Plätze einnehmen. Alexander und Alexandros traten in den Eingang. Der Thronfolger war blaß in seinem weißen Gewand.

»Wie frischer Käse«, sagte Kallisthenes. Er kicherte. »Wie eine magere Made in frischem Käse. Alexander, die makedonische Königsmade. Oder Larve. Käseraupe.«

Demaratos seufzte und stieß ihn mit dem Ellenbogen an; Aristoteles wandte sich nicht um, aber seine Stimme war ungewöhnlich scharf. »Halt doch endlich dein dummes Maul, Neffe.«

Der Mann, mit dem Philipp irgendwelche Worte wechselte, war ein lynkestischer Fürstensohn, Arrhabaios, soweit Aristoteles sich erinnerte. Philipp stand allein vor ihm; die Leibwache hielt Abstand, der ganze Zug stockte.

Pausanias, Hauptmann der königlichen Leibwache, trat näher; als ob er Philipp bitten wollte, er möge doch weitergehen. Philipp wandte sich ihm zu. Pausanias' Hand verschwand einen Moment in der Brustfalte seines weißen Gewands, kam zum Vorschein, hielt einen Doch, hob sich und stieß zu.

Einige Lidschläge lang schien die Welt den Atem anzuhalten. Totenstille lag über dem Theater, über den Wegen. Philipp stand, schwankte, stürzte; Pausanias stieß Arrhabaios beiseite und rannte los, einen Nebenweg hinab, zu einem alten Tempelchen. Etwas bewegte sich dort; der helle Schweif eines Pferdes?

Dann brach das Chaos aus. Ein vieltausendstimmiger Schrei des Entsetzens stieg aus dem Theater auf. Alexander und Alexandros liefen zurück zum gestürzten König; gleichzeitig rannten Männer der Wache los, hinter Pausanias her. Heromenes, der in der Nähe seines Bruders Arrhabaios gestanden hatte, schloß sich ihnen an; plötzlich hatte er eine Lanze.

Demaratos schlug die Hände vors Gesicht. Kallisthenes starrte mit aufgerissenen Augen hinüber zum Ort des Mordes. Aristoteles, bleich und gesammelt, folgte dem Mörder mit den Augen. Pausanias hatte einen guten Vorsprung; er würde das wartende Pferd erreichen, aufspringen und davonreiten, ehe ihn jemand daran hindern konnte. Der Philosoph erkannte einige der Verfolger an ihren Bewegungen – er hatte sie jahrelang laufen, stehen, sitzen, ringen und schlummern sehen. Perdikkas war dabei, Leonnatos, Attalos.

Plötzlich strauchelte Pausanias und schlug lang hin. Wein wuchs dort neben dem Weg; Wein umwucherte den kleinen Tempel, neben dem das Pferd wartete. Vielleicht hatte er sich in einer Weinranke verfangen. Er kam auf die Knie, auf die Füße; dann waren sie bei ihm. Heromenes führte den ersten Stoß. Aristoteles sah die Lanzen blinken; danach nur noch Getümmel. Er wandte sich ab.

Allmählich ließen der Lärm, das Geschrei, die Rufe nach. Die Makedonen im Theater hatten die Kränze vom Kopf genommen; man hörte Frauen weinen. Aristoteles sah, daß auch viele hellenische Gäste nicht mehr geschmückt waren. Einige hatten sich die Festgewänder vor der Brust zerrissen. Demaratos saß reglos, in sich versunken; neben ihm Kallisthenes, kreideweiß. Aristoteles stieß ihn an.

»Denk daran, daß du immer alles aufzeichnen wolltest«, rief er. Bloßes Reden wäre unhörbar gewesen. »Dies ist ein furchtbarer Tag, für uns alle. Schau hin, damit du später schreiben kannst.«

Kallisthenes blickte zu ihm auf, öffnete den Mund, schloß ihn wieder. Tränen rannen seine Wangen hinunter.

Eine Hand fiel auf die Schulter des Philosophen. Aristoteles wandte sich um. Demades war mit den anderen Athenern ein paar Ränge herabgestiegen. Aischines hielt einen Blumenkranz in den Händen und zerfetzte ihn mit kleinen, ruckartigen Bewegungen. Sein Gesicht war düster. Der Makedonenfeind Hypereides hatte die Stirn gerunzelt. Demades, blaß und verstört, drückte Aristoteles' Schulter.

»Was ... was geschieht jetzt? Du kennst sie doch alle.«

Aristoteles schüttelte langsam den Kopf. »Ich kenne sie nicht alle. Ich weiß nicht, was in einem solchen Fall in Makedonien geschieht. Der Fall ist nicht gerade alltäglich. Und Philipp war einzigartig.«

Hypereides zuckte mit den Schultern. »Wie man's nimmt. Doch, du hast recht, Philosoph. Er war einzig. Was bedeutet es für Hellas? Für Athen? Freiheit?«

Demades fauchte. »Die hatten wir, auch unter Philipp. Es bedeutet allenfalls Krieg und Verwüstung, Mann. Wenn nicht jemand den Kopf behält.«

»Wer?« sagte Aischines rauh.

Aristoteles wandte sich ab und versuchte, sich einen Weg abwärts durch das Gedränge zu bahnen. Langsam, unendlich langsam kam er voran. Er war noch weit von der Fläche vor der Bühne entfernt, als der scharfe Klang von Trompeten die Luft zerriß.

Alle hatten es gesehen. Antipatros bewegte sich als erster. Die Führer der Leibwache, die auf ihrem Posten geblieben waren, sahen seine Hände, verstanden, gaben die stummen Befehle weiter. Antigonos, Demetrios, Glaukos, andere erfahrene Offiziere, die ältesten der Gebietsfürsten und einige Dutzend Kämpfer bildeten mit ihren Leibern einen Ring um die Stelle, wo Philipp in einer Blutlache lag. Aber sie schützten nicht den Sterbenden, der vielleicht schon tot war; sie schützten einen Lebenden.

Alexander kniete neben seinem Vater, bettete dessen Haupt in seinen Schoß. Seine Wangen waren naß, als er sich über das Gesicht des Königs beugte. Philipps Auge bewegte sich, zur Seite, nach unten, nach oben; er schien zu blinzeln, die Lippen zuckten. Vielleicht sagte er etwas, aber außer Alexander konnte niemand es hören. Einige Schritte entfernt lag die Königin; sie war nicht ohnmächtig geworden, sie war gestürzt. Ihre Hände rieben immer wieder über den Bauch. Sie hatte die Lider wie im Krampf geschlossen, warf den Kopf hin und her und stieß ein schrilles Wimmern durch die Nase aus. Alexandros stand hinter Alexander, die Hand auf dessen Schulter gelegt, und schaute zu den Frauen, die sich um die liegende Königin drängten. Alexanders Schwester war dabei, die neue Herrin von Epeiros.

Drakon kaute auf einem Weinblatt. Er kam mit schnellen Schritten zum Kreis; Antipatros ließ ihn durch. Der Arzt kniete neben Philipp und Alexander nieder, beugte sich über den König, tastete nach der Wunde, hielt das Ohr an Philipps Mund; dann nahm er, ohne sich aufzurichten,

Alexanders rechte Hand und legte sie auf die Augen des Königs. Er richtete sich sehr langsam auf, suchte Antipatros mit einem langen, traurigen Blick und schüttelte den Kopf. Er stand auf und ging zu den Frauen, kniete neben der schwangeren Königin, die nun Witwe war, sprang wieder auf und brüllte Befehle. Ein paar Mann der Wache kamen mit einer Decke, Lederriemen und Lanzen, fertigten eine Trage und hoben Kleopatra sanft darauf.

Antipatros stieß einen tiefen Seufzer aus, als endlich, endlich die Bläser von irgendwo Befehle erhielten und die Salpingen an die Lippen setzten.

Den scharfen Klängen der Signale folgte eine fast betäubende Stille, in der die Schritte der eintreffenden Truppen zu hören waren. Kleitos der Schwarze übernahm die Leitung; seine schnellen, harten Befehle waren gut zu hören. Das Gelände um das Theater wurde weiträumig abgesperrt; Hopliten und Bogenschützen bildeten eine Kette, besetzten die Seiten, die Ausgänge, die Bühne. Kleitos lief ein paar Schritte weiter, sah sich um, übertrug Hephaistion die Führung der unmittelbaren Leibwache, deren Hauptmann Pausanias gewesen war, trat dann zu den Fürsten und legte die rechte Hand auf die Brust. Sein Gesicht zeigte Entsetzen, aber seine Stimme schwankte nicht.

»Es ist alles gesichert, Hüter des Friedens.«

Antipatros nickte; der schützende Ring löste sich auf. Vom kleinen Tempel her kamen Krieger mit dem Leichnam des Mörders. Hephaistion und die anderen Fürstensöhne der Leibtruppe traten zu Alexander; Hephaistion berührte ihn sanft an der Schulter. Sie hoben Philipp auf; Alexander stützte den Kopf des Toten. Er blickte aus verschleierten Augen die Fürsten an, riß sich sichtbar zusammen und nickte Antipatros, Antigonos und Kleitos zu. Gemeinsam trugen sie Philipp ins Theater.

Die Gebietsfürsten berieten, kurz und offenbar ohne Meinungsverschiedenheiten. Der Älteste kam mit schweren Schritten zur Bühne. Er wartete. Kleitos sah sich um, winkte dem königlichen Hausmeister Archelaos und ging ihm ein paar Schritte entgegen. Archelaos trug ein langes Bündel; langsam und steif trat er zu Kleitos, verneigte sich, hielt ihm das Bündel hin. Er weinte laut.

Aristandros, der höchste Priester Makedoniens, schlug das schwere, mit Purpur gefärbte und mit Goldfäden bestickte Tuch zurück. Dann streckte er die Arme aus und hielt einen Moment lang die Hände über das offene Bündel. Er sah sich um, wies mit dem Kinn auf einen der einfachen Hopliten.

»Du da. Komm her.«

Emes trat vor, nachdem er die Lanze und das Schwert seinem Nebenmann gegeben hatte. Aristandros wandte sich den Fürsten zu, dem Theater, den Makedonen und den Gästen, die mit dieser Handlung eigentlich nichts mehr zu tun hatten.

»Die Gunst der Götter«, rief der Priester und Seher. »Ihre Gnade bewirke Heil. Das makedonische Volk in Waffen!«

Emes kniete und streckte die Arme aus, die Handflächen nach oben. Aristandros nahm das mannslange, uralte, kostbar verzierte Schwert der Könige aus dem Tuch, legte es auf die Hände des Kriegers, murmelte etwas. Im Theater war es totenstill; dennoch verstand keiner, was der Seher sagte.

Emes erhob sich, schwankend. Er ging zu Kleitos, der in die Knie sank und die Arme ausstreckte.

»Die Hauptleute!« rief Emes.

Kleitos nahm das Schwert entgegen, stand auf, hielt es hoch und ging zum Ältesten. Dieser kniete nicht.

»Die Fürsten und Väter!« sagte Kleitos. Er reichte dem Ältesten das Schwert und murmelte etwas. Der alte Fürst hob die Brauen und nickte knapp. Er wandte sich der Versammlung zu, stemmte das große Schwert, zeigte es.

»Wir konnten ruhen, denn das Schwert des Königs wachte und schützte uns.« Seine Stimme hallte durch das Theater. »Der König konnte ruhen, denn Antipatros hielt Wache. Der König wird ruhen, denn Antipatros wird wachen.« Er reichte das Schwert weiter. Antipatros nahm es und hielt es hoch.

»Hüter des Friedens«, sagte der Älteste der Fürsten. »Bewahrer des Schwerts der Könige. Bis das Volk und die Väter den neuen König wählen, muß einer herrschen und hüten. Willst du das Schwert bis dahin tragen, oder willst du es einem geben, der würdig ist, bis zum Tag der Wahl die Macht auszuüben?«

Antipatros hielt das Schwert auf seinen ausgestreckten Armen. Er wandte sich um, dorthin, wo der Leichnam des Königs lag. Alexander stand bleich und gefaßt, das weiße Gewand vom Blut seines Vaters besudelt. Neben ihm der König von Epeiros, Alexandros. An ihre Seite war noch einer getreten, ein kräftiger junger Mann, vier Jahre älter als

Alexander: Amyntas, Sohn des Perdikkas – Philipps Neffe, für den Philipp zunächst als Vormund geherrscht hatte, ehe er selbst zum König gewählt worden war.

Antipatros ging zu den drei jungen Männern. Seine Schritte wurden immer langsamer, immer schwerer. Er kniete vor ihnen nieder, neben dem Leichnam Philipps. Die Spitze des Schwerts berührte den Boden. Antipatros hielt den Kopf gesenkt; er betrachtete das Gesicht des toten Herrschers, des ermordeten Freundes. Dann blickte er auf.

Alexandros von Epeiros hatte die Arme verschränkt; sein Gesicht war Trauer und Beherrschung. Alexander, in der Mitte, starrte in die Ferne, mit brennenden Augen; seine Arme hingen wie leblos herab. Amyntas blinzelte schnell; er betrachtete den Griff des Schwerts, dann Antipatros. Die linke Hand lag an seiner Hüfte, die rechte kroch wie von selbst durch die Luft nach vorn.

Antipatros hielt die Klinge; die Spitze berührte noch immer den Boden. Langsam bewegte er die Arme. Das Schwert kippte, neigte sich, der Knauf berührte Alexanders Brust.

Philipps Sohn kehrte aus weiter Ferne zurück. Mit der Rechten nahm er die Waffe; mit der linken Hand ergriff er Antipatros' Rechte und zog ihn hoch. Er hob das Schwert.

Kleitos blickte die Bläser an. Die schrillen, mißtönenden Klänge aus den Salpingen hallten durch das Theater. Archelaos und Aristandros traten zu Alexander, der das Schwert wieder ins Tuch legte, das der Hausmeister hinhielt. Der Priester wickelte die Waffe ein.

»Es ist wohl – bis zu Wahl.« Der Älteste der Fürsten legte eine Hand auf Alexanders Schulter. »Bis das Volk und die Väter den neuen König bestimmen, wollen wir klagen. Geht heim, Freunde, und auch ihr, Gastfreunde, und klagt um ihn, der unter uns der Größte war.«

An diesem Tag schwitzte sogar der eisige Lykurgos. Es war schwül; die Hitze hing wie ein umgestülptes Suppengefäß über Athen. Kein Wind. Die Sonne stand hoch im Südosten.

Eubulos erhob sich ächzend. Der alte Mann trug nur einen Leinenschurz und einen schmalen Umhang, der eher dazu diente, den Schweiß aufzusaugen. »Noch etwas?«

Lykurgos blickte ihn an, als ob er die Rippen zählen wollte, die durch die Haut nach außen strebten. Mit einer matten Bewegung schob er das Tintentöpfchen von sich und rollte den Papyros ein.

»Nein, das wäre alles. Ich danke dir, edler Eubulos. Ohne deine Hilfe hätte diese, ah, Unregelmäßigkeit nicht so schnell geklärt werden können.«

Der Greis hustete und hielt sich einen Moment an der Tischkante fest. »Die Gelder der Stadt...« Er knurrte, räusperte sich, schluckte Schleim. »Es sieht besser aus als in vielen anderen Jahren.«

Lykurgos wischte sich die schweißnasse Hand am Chiton und stand ebenfalls auf. »Philipps Friede.« Er schnitt eine Grimasse. »Der Zuwachs im Handel und die Ersparnisse durch den Wegfall von Teilen der Rüstungskosten machen mehr aus als die Verluste, der Ausfall der Tributzahlungen unserer alten Bundesgenossen. Aber... Athen ist entmannt, Eubulos.«

Der alte Mann hob die Brauen und stampfte mit dem Stock auf die Fliesen. »Unsinn. Entmannt, pah. Schau dich um. Die Stadt wimmelt von Kindern. Keines davon hat Philipp gezeugt.«

Lykurgos lachte. »Du weißt, was ich meine. Übrigens, unter uns, Eubulos, im Vertrauen zwischen guten alten Feinden: Wenn es um Sachfragen geht, arbeite ich sehr gern mit dir zusammen. Dein Wissen ist zu wertvoll, als daß man es brachliegen lassen sollte. Über das, was wir als Stolz Athens betrachten, müssen wir uns dabei ja nicht streiten.«

Eubulos blinzelte. »Diese Versöhnlichkeit verstört mich. Laß uns doch bitte den Anstand wahren und nicht so tun, als hätten wir mehr gemein, jenseits von Sorgen um die Gelder der Stadt. Und der Stolz Athens? Wir sollten stolz darauf sein, daß heute niemand hungern muß. Daß die Waisen genährt und die Witwen getröstet sind. *Das*, edler Lykurgos, wäre mein Stolz – wenn ich noch ein Amt besäße. Daß wir nicht mehr damit befaßt sind, andere Hellenen umzubringen, bedrückt mich keineswegs.«

Lykurgos nickte stumm; seine Mundwinkel zogen sich abwärts. Nebeneinander verließen sie das Ratsgebäude. Im Schatten, in den Räumen des steinernen Hauses, hatten sie bereits geschwitzt; die Hitze draußen, auf dem Platz, in der Vormittagssonne, traf sie wie ein Keulenschlag. Schweigend gingen sie über die Agora.

In der Mitte des Platzes wartete eine Geistererscheinung auf sie. Eine einsame Gestalt, in einem weißen Festtagsgewand, auf dem Kopf einen Lorbeerkranz, drehte sich langsam im Kreis, die Arme ausgebreitet. Lykurgos blieb stehen und berührte Eubulos' Arm.

»Durchgedreht«, sagte er leise. »Armes Schwein. Gestern ist seine einzige Tochter gestorben.«

»Dank seiner und deiner Reden sind bei Chaironeia tausend Athener sinnlos gestorben. Mein Mitgefühl hat Grenzen.«

Lykurgos grunzte und ging weiter. Demosthenes bemerkte sie, hörte mit dem langsamen Tanz auf, ließ die Arme sinken und sah ihnen entgegen. Sein von Hitze und Empfindungen gerötetes Gesicht troff; er stank nach Wein und Erbrochenem.

»Freude, o Freude – Athener, frohlocket«, schrie er. Dann tanzte er wieder; dazu schlug er mit den Armen wie mit Flügeln.

»Freude?« Eubulos gluckste. »Über den Wahnsinn des Demosthenes?«

»Demosthenes war nie klarer als heute.« Der Politiker drehte sich schneller, taumelte, blieb stehen, klatschte in die Hände und machte einen Luftsprung. »Nie war Demosthenes so sehr Herr seiner selbst. Nie war ein Tag der Freude wie dieser. Frohlocket, Athener, ihr seid wieder frei!«

Lykurgos und Eubulos wechselten einen Blick.

»Es ist nämlich so.« Demosthenes streckte die Arme aus, als ob er die beiden Männer an sein beflecktes Gewand drücken wollte. »Heute früh gelang einem Dolch in Aigai, was den Schwertern und Lanzen in Chaironeia verwehrt blieb. Der Tyrann ist tot. Philipp ist gefallen. Goldener Tag der Freiheit für Hellas!«

»Woher willst du das wissen?« Eubulos zog die Brauen zusammen. »Wenn du nicht allzu sehr von Sonne und Wein geküßt wurdest...«

»Ich weiß es.« Demosthenes lachte laut.

»Aber auch der schnellste Bote braucht drei Tage, mindestens, von Makedonien hierher.«

Demosthenes nickte heftig und klatschte wieder in die Hände. »In drei Tagen werdet ihr es glauben. Frohlocket, Athener.«

Eubulos wandte sich kopfschüttelnd ab. »Was immer ich in drei Tagen glauben werde«, sagte er über die Schulter, »frohlocken werde ich sicher nicht. Ich werde mich fragen.«

»Was wirst du dich fragen?«

Eubulos sah Lykurgos eindringlich an. »Entweder ist er wahnsinnig. Oder... er weiß zu früh zu viel.«

17. ALEXANDER

In der Nähe des Palastes prallte Aristoteles mit Demaratos zusammen, der blindlings aus einer Gasse gerannt kam.

»Wohin willst du so eilig? Das Unheil ist geschehen, Freund. Lauf ihm nicht nach.«

Demaratos zupfte an seinem Gürtel. Er hatte schlichte Alltagskleidung angelegt. »Ich muß, ah, ich suche Alexander. Oder Antipatros. Oder einen anderen Hochrangigen.«

Aristoteles wies mit dem Daumen hinter sich. »Da ist der Palast. Zähl die Wachen; keine Maus kommt durch. Kein Wunder, an diesem Tag.«

»Du kennst sie doch...«

Aristoteles schnaubte. »Es ist gleich, ob Lehrer oder Gastfreund. Der König ist ermordet worden, und jetzt müssen die alten und die jungen Wölfe entweder das Fell aufteilen oder zusammenhalten. Dabei brauchen sie keine Fremden.«

Zwei Reihen Schwerbewaffneter riegelten den kleinen alten Königspalast ab. Er lag am Rand von Aigai, an einem Platz, auf den sieben Gassen mündeten. Ziersäulen und Bogengänge über Läden und vor Schänken ließen den Platz kleiner und dabei prächtiger scheinen. Die Vorderseite des Palasts mit kräftigeren Säulen, weißroten Flächen und erhabenen Bildnissen der alten Herrscher Makedoniens war zum Greifen nah, aber so weit entfernt und unzugänglich wie der Mond. Die Kette der Krieger begann an der langen flachen Unterkunft der Palastwachen und endete auf der anderen Seite neben der Gasse, die nach Südwesten führte, aus der Stadt in die Berge.

»Aber ich muß! Es ist wichtig, vielleicht lebenswichtig!«

Die Sperrkette öffnete sich, um jemanden durchzulassen: Philippos der Heiler kam aus dem Palast. Aristoteles rief seinen Namen.

Der Arzt war müde und niedergeschlagen, wie alle. »Ist es nicht ein furchtbarer Tag?« Er breitete die Arme aus und ließ sie nicht sinken, sondern fallen. »Gute und schlimme Dinge so nah beieinander. Einer stirbt, einer wird geboren.«

»Wer?«

Philippos rieb sich die Augen. »Kleopatra hat Philipp eine Tochter geboren. Ein paar Tage zu früh, und ohne Begeisterung. Sie wird Europe heißen. Mutter und Tochter sind gesund. Was auch immer das heute zählt.«

»Wir müssen unbedingt mit Antipatros reden. Oder Alexander.«

Philippos schob die Unterlippe vor; Demaratos blickte den Philosophen erstaunt an. »Wieso wir? Ich. Oder hast du auch ein Anliegen?«

»Anliegen haben heute Tausende. Ich habe eine wichtige Nachricht.« Aristoteles sprach leise. »Die vielleicht zur Aufklärung der Hintergründe beitragen kann.«

Demaratos pfiff durch die schadhaften Zähne. »Ich auch. So ein Zufall.«

Philippos grinste. »Die Herren Makedoniens beraten, und die hellenischen Gäste wissen alles, was die Fürsten wissen müßten, um ihr Amt auszuüben? Aber... na ja, es ist gleich. Sie sind nicht hier.«

»Wo sind sie denn?«

Philippos zuckte mit den Schultern. »Ich nehme an, in der Burg. Aber ob wir da reinkommen? Wir wollen es versuchen.«

Die Festung, auf dem Hügel im Herzen von Aigai, war noch gründlicher abgesperrt als der Palast. Die klobigen dunklen Mauern schienen tot, aber auf den Wehrgängen hörte man Schritte und Klirren. Das schwere Tor war geschlossen, bis auf den mannshohen Durchlaß für Menschen; davor und dahinter standen Schwerbewaffnete mit angelegten Lanzen.

»Eine dringende Nachricht für Antipatros«, sagte Philippos, als sie vor den Posten standen.

Der Unterführer verzog nicht einmal das Gesicht. »Was immer du bringst, kann nicht dringend genug sein, um jetzt zu stören.«

»Wer hat den Befehl am Tor?«

»Geh weg.«

»Legst du Wert auf deinen Kopf, Hoplit?«

Der Mann grinste. »Ich würde ihn verlieren, wenn ich euch durchließe.«

»Demaratos aus Korinth, Gastfreund Philipps; er hat Alexander aus Illyrien heimgeholt und weiß etwas über den Mörder. Aristoteles aus Stageira, Freund von Philipp, Antipatros und Parmenion, Lehrer

Alexanders – er weiß etwas. Ich bin Philippos der Heiler, *hetairos* des Prinzen. Noch einmal: Wer hat den Befehl hier?«

Der Krieger zögerte; dann drehte er sich halb um und murmelte etwas. Einer der Männer jenseits des Tores verschwand außer Sicht und kehrte nach ein paar Atemzügen zurück.

»Warten. Sie suchen Kleitos. Er wird entscheiden.«

Sie warteten schweigend. Es dauerte sehr lange, bis Kleitos der Schwarze erschien. Das Gesicht unter dem schlichten Kesselhelm war angespannt und düster; es hellte sich nicht auf, als er die Wartenden ansah.

»Sehr wichtig?« sagte er, ohne jede Begrüßung.

»Wahrscheinlich lebenswichtig – für Alexander.« Aristoteles' Stimme war flach und scharf.

»Wie gestern abend«, sagte Demaratos.

Kleitos seufzte. »Kommt.« Er trat beiseite.

Philippos berührte Aristoteles an der Schulter. »Viel Glück für euch. Er weiß, wo er mich findet, wenn er mich braucht.«

Kleitos führte die beiden Hellenen über den gepflasterten Innenhof. Überall standen und saßen Kämpfer in Gruppen, unterhielten sich leise oder starrten einfach in die Luft. Sechzehn Mann der Leibwache, in vergoldeten Rüstungen, aber mit echten Waffen, hüteten Philipps Leichnam, der auf einem Gerüst lag. Zu seinen Füßen, wie ein hingeworfenes Bündel auf den Steinen, lag verkrümmt, in eine schäbige Decke gehüllt, die Leiche des Mörders Pausanias.

Sie stiegen eine breite Treppe mit eingesunkenen, abgewetzten Stufen hinauf. Überall sperrten Posten die Gänge, die Absätze, die Durchlässe und die Fenster. Kleitos ging schnell, mit harten Schritten. Vor einer schwarzen, uralten Holztür mit Bronzebeschlägen blieb er stehen; auch hier Posten, sechs Mann mit schweren Waffen.

»Ich verlasse mich auf die Dringlichkeit eurer Anliegen«, sagte er. »Es ist nicht die Zeit für Förmlichkeiten.«

Demaratos war blaß; er nickte nur. Aristoteles lächelte mühsam.

Kleitos schlug mit der Faust gegen die Tür. Sie wurde sofort geöffnet; drinnen standen weitere vier Hopliten, allesamt wohl von Kleitos oder einem noch Höheren ausgewählt, zuverlässig und bedingungslos treu. Sie hüteten nicht etwa einen Beratungsraum, sondern eine Zwischenkammer vor einer neueren, helleren Tür, in deren glatter Oberfläche die Fackeln sich spiegelten.

»Aufmachen.«

Kleitos bedeutete den beiden Hellenen zu warten; er trat durch die Tür, die einer der Wächter sofort hinter ihm schloß. Die Blicke der Männer waren beinahe greifbar feindselig.

Die Tür ging auf, Kleitos winkte. »Eintreten – und viel Glück!« Er ließ sie an sich vorbeigehen, dann verschwand er wieder auf dem Gang.

Alexander lehnte an einem der Fenster zum Innenhof; er trug immer noch das weiße Gewand, besudelt vom Blut des Vaters. Darüber hatte er einen mit Bronzeplättchen besetzten Lederpanzer gestreift. Im Gurt steckten Schwert und Dolch; eine Lanze lag auf dem Fenstersims. Das Gesicht war bleich, angespannt, zeigte aber keine Regung, als er Demaratos und Aristoteles sah.

An einem langen Tisch aus dunklem Holz, auf dem Wein- und Wasserkrüge, Becher und eine Obstschale standen, zwischen Papyrosrollen, Täfelchen aus Wachs und Ton sowie Schreibzeug, saßen der Hausmeister Archelaos, Antigonos der Einäugige, Drakon, der Stabsoffizier Demetrios und der Älteste der Fürsten, Medios aus Edessa. Antipatros, mit Helm und Rüstung, hockte auf der Tischkante. Neben ihm stand Hephaistion; er hielt eine Rolle in der Hand. Auf einem Schemel, den Rücken an einem Wandbehang mit goldenen Löwen und blutiger Sonne, saß Alexandros von Epeiros.

»Die edlen Hellenen!« Drakon stand auf, mit einem halben Lächeln, und rückte zwei Scherenstühle zurecht.

Antipatros glitt von der Tischkante, kratzte sich den Bart und kam ihnen ein paar Schritte entgegen. Er wechselte einen stummen Blick mit Demaratos; dann wandte er sich an Aristoteles.

»Bist du sicher, Freund, daß du schweigen wirst?«

Aristoteles hob nur die Brauen.

Antipatros deutete auf Demetrios und Hephaistion. »Ihr beide – raus.« Sein Blick streifte den König von Epeiros. »Alexandros, du ebenfalls.«

Sie starrten ihn an, verblüfft, zornig, empört. Alexander stieß sich vom Sims ab und machte ein paar Schritte in den Raum hinein.

»Was soll das? Warum sollen sie gehen?«

Antipatros zuckte mit den Schultern. »Es ist notwendig. Du wirst gleich verstehen, Alexander.«

Der Sohn des toten Königs nickte den drei Männern zu; sie gingen hinaus, langsam und widerwillig. Alexander wartete, bis sich die Tür hinter ihnen geschlossen hatte.

»Und jetzt eine gute Erklärung, Antipatros.« Seine Stimme war wie ein Peitschenhieb.

Antipatros musterte den Philosophen. »Weißt du es?«

Aristoteles ließ sich auf einen der Stühle fallen. »Was? Die Bedeutung des Korinthers?«

Demaratos kicherte plötzlich. »Ich hätte wissen müssen, daß dem Scharfsinn des Aristoteles nichts entgeht.«

»Wovon redet ihr eigentlich?« Alexander kam zum Kopfende des Tisches und stemmte die Fäuste auf die Platte.

»Sie reden davon, daß deines Vaters Gastfreund Demaratos seit vielen Jahren Philipps wichtigster Beschaffer von Nachrichten und Aufklärer von Finsternissen ist.«

Alexander kniff die Augen zusammen, betrachtete den Korinther; langsam entspannte sich sein Gesicht. Dann begann er lautlos zu lachen. Er beugte sich vor und legte die Hand auf Demaratos' Schulter.

»Wohlgetan, Freund meines Vaters. Nun, da ich es weiß, scheint es mir so offensichtlich, daß ich mich frage, wieso ich es nicht längst...« Er blickte zu den älteren Makedonen hinüber. »Wer weiß es?«

Antipatros und Medios zuckten wie auf Verabredung mit den Schultern. Archelaos stieß Drakon an.

»Wir.« Der Heiler machte eine Kreisbewegung, die den Beratungsraum umfassen sollte. »Außer uns? Hm. Kleitos?«

»Aufforderung zum Raten?« Alexander ging zurück zum Fenster. »Parmenion – natürlich. Wer sonst?«

»Keiner. Niemand.« Demaratos rümpfte die Nase. »Ich wäre ein schlechter Aufklärer, andernfalls. Vielleicht gibt es den einen oder anderen, der mich irgendwie mit Makedonien in Verbindung bringt. Aber sicher nicht als Kopf, allenfalls als Zuträger.«

Aristoteles räusperte sich. »Ihr solltet eure Wachsamkeit nicht überschätzen und den Verstand eurer Gegner nicht gering achten, Makedonen. Wenn ich durch stilles Beobachten und Bedenken dahintergekommen bin – was ist dann mit Olympias? Mit Demosthenes? Mit den Persern? Seid ihr *so* sicher?«

Antipatros knurrte etwas; Medios sagte mit knarrender Stimme und müdem Gesicht: »Damit sollten wir uns später befassen. Es gibt vordringlichere Dinge zu klären.«

Alexander hakte die Daumen in den Gürtel. »Es ist gut, daß du die anderen hinausgeschickt hast, Antipatros. – Wirst du uns weiter deinen Kopf leihen, Demaratos?«

Der Korinther blickte von Alexander zu Antipatros, zu Drakon, zu Alexander. Aristoteles legte ihm eine Hand auf den Oberschenkel und hüstelte.

Demaratos nickte dem Philosophen zu. »Ich bedenke es, Freund. Es hängt alles zusammen. Ich will dem König der Makedonen weiter helfen. Nicht dienen; ich habe nie gedient und nie Befehle entgegengenommen. Helfen – wenn der neue König es wünscht. Abhängig davon allerdings, wer der neue König ist.«

Alexander zeigte keine Regung. »Sprich. Oder sprecht, beide. Weshalb seid ihr hier?«

»Laß mich beginnen.« Demaratos blickte Aristoteles von der Seite an; der Philosoph nickte.

»Viele andere Mitteilungen müssen warten; sie sind für den Augenblick belanglos. Nur eines. Auf einem phönikischen Prunkschiff, aus Kition, das den Piräus anlief, befand sich ein hoher Berater des Großkönigs. Er ist nicht an Land gegangen; Demosthenes ist zu ihm an Bord gekommen. Der Perser hatte Gold mitgebracht, und vermutlich Nachrichten, aber das weiß ich nicht. Ich weiß nur, daß Demosthenes Nachrichten hatte.« Demaratos runzelte die Stirn. »Sie sind nicht sehr erfreulich.«

Medios lachte; es klang eher wie ein Gebell. »Heute wurde unser König ermordet. Ich bezweifle, daß irgendetwas uns unerfreulich scheinen kann, verglichen damit.«

Alexander verschränkte die Arme. »Sprich weiter, Freund meines Vaters.«

»Die Mitteilung ist nicht sehr genau, weil nicht alles zu hören war. Offenbar gibt es eine Verabredung zwischen Demosthenes und einem hochstehenden Makedonen, einem Fürsten, über die Thronfolge; für den Fall, daß Philipp etwas zustößt. Diese Verabredung wurde nicht mündlich getroffen, sondern brieflich. Sie besagt, daß der Makedone, der Fürst, sich im Fall von Philipps Tod dafür einsetzt, Amyntas zum König zu machen. Und Parmenion und andere zu töten.«

Archelaos saß stumm da, die Augen auf die Tischplatte gerichtet. Drakon betrachtete einen Granatapfel und streckte die Hand nach ihm aus. Antigonos hatte sich abgewandt und musterte den Wandbehang, unter dem der Epeirote gesessen hatte; der goldene Löwe schien die blutige Sonne anzubrüllen. Medios hielt die Hände unterm Kinn gefaltet und rieb mit den Ellenbogen den Tisch.

»Wer ist es?« Antipatros schob den Helm zurück und starrte Demaratos an; sein Gesicht war zu einer Fratze verzerrt, gefrorener Ekel und geronnene Wut.

»Du weißt es.« Alexanders Stimme klang hell und unbeschwert. »Wir alle wissen es, nicht wahr? Attalos.«

Antipatros hob die Brauen und wartete.

Demaratos nickte langsam, fast widerwillig. »Briefe sind zwischen dem Athener und dem Fürsten gewechselt worden. Gestern habe ich es Philipp gesagt – allein. Deshalb heute keine Waffen im Theater. Aber...«

Aristoteles beugte sich vor. »Bevor ihr zu lange über Attalos nachdenkt – ich habe zwei Dinge zu sagen. Das eine ist: Angeblich soll persisches Gold in die Lynkestis gelangt sein, über den Hafen von Aloros. Es ist ein Gerücht. Das zweite, was zu sagen wäre, ist eine vertrauliche Mitteilung von Admetos, dem alten Diener der, ah, alten Königin. Auf dem Weg nach Epeiros wurde Olympias von den lynkestischen Fürstensöhnen Heromenes und Arrhabaios bewirtet; als sie sich zur Ruhe begeben hatte, haben die Lynkesten lange mit Pausanias gesprochen.«

Keiner sagte etwas. Aristoteles musterte die Gesichter und setzte ein dünnes Lächeln auf. »Arrhabaios war, wenn ich mich nicht irre, der Mann, der Philipp auf dem Weg ins Theater aufgehalten hat. Und Heromenes hatte eine Lanze und war bei denen, die Pausanias getötet haben.«

Immer noch Schweigen; nur Demaratos grunzte leise. Aristoteles' Lächeln gefror. Sehr langsam sagte er: »Rühre ich im falschen Kessel?« Er blickte Alexander an. »Deine Freunde Perdikkas, Leonnatos und Attalos der Tymphaier, Sohn des Andromenes, haben Pausanias getötet. Zusammen mit Heromenes. Was... wie ist deine Rolle hierbei? Deine Tränen schienen echt.«

Antipatros stieß lang angehaltene Luft aus. Alexander lächelte ein wenig traurig, wie es schien.

»Wir sind schon weiter«, sagte er leise. »Mißtraust du mir wirklich, Aristoteles?«

»Kein Wunder.« Antipatros nahm den Helm ab, hielt ihn einen Moment in den Händen und schleuderte ihn dann gegen die Wand. Es klirrte; der bronzene Kesselhelm sprang zurück, blieb vor Medios' Füßen liegen. Der alte Mann rührte sich nicht.

»Kein Wunder. Es ist alles derart verwickelt und böse.« Antipatros' Stimme bebte; mit beiden Händen fuhr er sich über den kahlen Schädel. »Attalos. Die Perser. Demosthenes. Die Lynkesten. Pausanias. Amyntas. Olympias. Und die Jungs – Perdikkas und die anderen. Wer soll sich da durchfinden?«

Alexander unterbrach; ohne Schärfe, aber entschieden. »Wir wollen einige Dinge klären. Holt die anderen wieder rein und macht weiter. Ich... werde Aristoteles und Demaratos etwas zeigen.«

Er ging zu einer Nische, neben dem Wandbehang, und berührte einen Löwenkopf des steinernen Schmucksockels. Dann stemmte er sich gegen das Mauerwerk. Es öffnete sich, quietschend, wie eine Drehtür. Alexander nahm eine Fackel aus der Eisenfaust an der Wand und winkte den beiden Hellenen.

Aristoteles und Demaratos erhoben sich, langsam. Der Korinther blickte Antipatros und Medios an. »Wer befiehlt?« Seine Stimme war kaum zu hören.

Antipatros grinste schräg und deutete auf Alexanders Rücken; Medios nickte. Alexander, der eigentlich nichts gehört haben konnte, sagte: »Ich.« Seine Stimme klang dumpf aus dem Gang.

Aristoteles seufzte und folgte dem Korinther. Sie gingen einige Schritte ins Dunkel, halb erhellt von der flackernden Fackel. Der enge Gang, vermutlich eingemauert zwischen den Wänden zweier nebeneinanderliegender Räume, endete an einer steilen, schmalen Wendeltreppe, die aufwärts und abwärts ging.

Alexander stieg voraus, in die Tiefe. Die Steine waren feucht und glitschig, die Luft schien aus einem vergangenen Jahrhundert übriggeblieben.

Als sie nach Aristoteles' Schätzung unterhalb des Burghofs sein mußten, endete die Treppe. Vor ihnen, in einem etwas breiteren Gang, glommen in ein paar Nischen und auf Mauervorsprüngen abgestellte Öllämpchen. Etwas wie der Widerhall eines dumpfen Geheuls wurde schriller und brach plötzlich ab.

Alexander öffnete eine eisenbeschlagene Tür. Fünf Männer waren in dem feuchten, schwarzen, nur von einigen Fackeln erleuchteten Raum. Der Boden schien Grundfels zu sein, die Wände waren pockige Quader, die Decke gewölbtes Gemäuer.

In einer Ecke, den Rücken zum Raum, stand Attalos. Das Gesicht des schmächtigen, blonden Makedonen war blaßgrün; er stemmte sich mit beiden Armen gegen die Wand und würgte. Um seine Füße hatte sich eine Lache von Erbrochenem gebildet. Nicht weit von ihm, die Hände an Eisenringe gefesselt, die in die Wand eingelassen waren, hing Arrhabaios. Seine Augen waren weit aufgerissen, die Lippen zerbissen, die Kleidung zerfetzt. Neben ihm stand Leonnatos, die Arme verschränkt. Sein Gesicht war blaß und grimmig.

Perdikkas bückte sich eben nach einem Wassereimer, füllte eine Kelle und leerte sie über dem Gesicht von Heromenes. Der Lynkeste lag auf einem Tisch; er war nackt. Die Hände waren, wie die seines Bruders, an Wandringe gebunden, die Füße an die mächtigen Tischbeine, die Beine gespreizt. Perdikkas wandte sich um und blickte den Eintretenden entgegen. Auch sein Gesicht war wie das von Leonnatos zur Maske geworden, in der außer Abscheu, Überwindung und Entschlossenheit nichts zu lesen stand.

Heromenes regte sich und stöhnte. Er hob den Kopf, sah Alexander und die beiden Hellenen, fletschte die Zähne, ließ den Kopf wieder sinken.

»Hast du keinen anderen Folterer?« Demaratos' Stimme war belegt.

»Wem soll er denn trauen?« Perdikkas hob die Schultern, betrachtete seine Hände, schloß und öffnete und schloß die Fäuste.

»Die Grundlagen der Staatskunst.« Aristoteles preßte die Lippen zu einem Strich. »Was habt ihr drei euch bloß gedacht?«

Perdikkas' Maske verrutschte; einen Augenblick lang war er der Schüler, den der große Lehrer bei einem dummen Fehler ertappt hat. »Nichts«, murmelte er. »Wir sind . . . wir haben einfach mitgemacht. Es war so . . . überzeugend, so richtig. Und – ah.« Er schüttelte den Kopf.

Leonnatos ließ etwas hören, was in anderer Umgebung vielleicht ein trübes Kichern gewesen wäre; hier, in dieser Lage, war es nur ein Krächzen. »Wir; ich; also.« Er ächzte. »Wir haben, wenn überhaupt, nur zwei Gedanken gedacht. Wie furchtbar, so nah vor uns, und wir konnten nichts tun; er war unser König, Führer und Vorbild. Und das zweite – wenn Alexander etwas damit zu tun hat . . . Er ist unser Freund, und dann dürfen keine Spuren bleiben.«

»Woher hatte Heromenes die Lanze? Alle, bis auf euch und die übrigen Lanzenträger, waren unbewaffnet.«

Alexander hatte die Daumen wieder im Gürtel. Seine Stimme war beherrscht. Er stand mit gespreizten Beinen und wippte auf den Füßen. »Pausanias hat alles überwacht. Er hatte das Messer unterm Gewand. Er hat auch dafür gesorgt, daß Heromenes die Lanze verstecken konnte.« Arrhabaios stieß ein hohles Kichern aus. »Ich hab ihm gesagt, es ist falsch. Aber er wußte alles besser.«

Perdikkas warf ihm einen langen Blick zu. »Du kannst ja doch reden! Warum erspart ihr uns nicht dieses...« Wieder betrachtete er seine Hände.

»Wenn das herauskommt, was ich befürchte«, sagte Alexander tonlos, »will ich nicht, daß irgendein Henker es hört.«

»Warum tust du es dann nicht selbst?« schrie Heromenes. »Komm, Junge, pack zu. Es wären doch nicht die ersten Eier, die du anfaßt.«

Alexander entblößte einen Moment lang seine Zähne. »Die such ich mir selber aus, Lynkeste. Außerdem« – er wandte sich Aristoteles und Demaratos zu – »würde *mir* niemand glauben. Was immer ich aus ihnen herausholte, wäre sinnlos, weil jeder sagen könnte, Alexander hat es sich ausgedacht, weil es ihm hilft, oder ihn selbst entlastet.«

»Das wird man auch von deinen Freunden sagen.«

»So ist es, Aristoteles mein Lehrer. Deshalb danke ich euch, daß ihr mitgekommen seid. – Perdikkas.«

Der breitschultrige Mann mit dem fein ausrasierten, schwarzen Bart seufzte und nickte. Er wandte sich wieder zum Tisch. Demaratos schloß die Augen, als Perdikkas' Hände nach den Hoden des Lynkesten griffen. Aristoteles beobachtete Alexander von der Seite. Im Gesicht seines ehemaligen Schülers regte sich nichts, als Heromenes aufbrüllte.

Lähmung und Trübsinn wären vielleicht bei Regen erträglicher gewesen; das strahlende, heiße Sommerwetter über Aigai machte alles unwirklich und schrecklich. Gäste brachen auf, nur Gemurmel, die Räder und die Tiere striemten die Stille.

Dymas versuchte, keinen Anteil zu nehmen, aber der Dunstkreis des Todes und der Trauer umschloß auch ihn. Er hatte keinerlei Bindungen an Makedonien; Philipps Leistungen erschienen ihm bemerkenswert; der Sohn und wahrscheinliche Nachfolger hatte ihn in Athen beeindruckt; all dies, ja, aber kein Grund zur Trauer. Irgendwie fühlte er sich jedoch an allem zumindest mitverantwortlich; er empfand sich als Todesboten – nicht einmal einen Tag, nachdem er die Botschaft des Persers überbracht hatte, war der König ermordet worden. Er schlurfte eine

Weile durch die Stadt, ohne etwas zu sehen oder zu hören. Am späten Nachmittag saß er, den Rücken am Stamm, unter der Rotbuche auf dem Hügel am Fluß, wo er die Nacht verbracht hatte und wo seine Dinge – Beutel und Kithara – unberührt lagen.

Eher wie von selbst nestelten seine Finger an der Tasche, in der das Instrument steckte. Er hielt die Kithara in den Händen, überrascht, betrachtete sie, dann seine Hände, die Adern darin und die Poren und Schwielen, als ob alles einem anderen gehörte. Mit der Außenseite des rechten Daumens strich er über die Saiten; die zweite und die fünfte klangen schräg. Er holte den kantigen Schlüssel hervor, steckte ihn in die Öffnungen der Wirbel, stimmte und zupfte ein paar Töne. Das Plektron aus Elfenbein, dann die Bronzekuppen für die Finger der Linken. Eigentlich tat er nichts dazu; nicht Dymas, sondern *es* spielte, wie *es* regnet oder dunkel wird.

Zwischen Hügel und Fluß lagerten einige Krieger; als der Tag sich neigte, zündeten sie Feuer an, aßen und tranken. Da kein Wind ging, waren die Klänge von Dymas' Kithara weit zu hören; er hielt die Augen geschlossen und ließ seine Finger über die Saiten irren. Als er irgendwann aufblickte, sah er, daß zwischen den Feuern und am Hügel fast fünfhundert Leute ihm lauschten, die meisten Krieger, ein paar mochten Bauern oder ärmere Bewohner von Aigai sein.

Er seufzte, schloß die Augen wieder und spielte weiter. Langsame Tänze, Melodien alter Klagelieder, verbunden mit Abschweifungen, die kreiselnde Krähen sein mochten, stürzende Geier, Strudel über einem sinkenden Schiff.

Jemand brachte ihm Wein in einer Lederflasche. Dymas lächelte, nickte, unterbrach das Spiel und trank. An einem der nächsten Feuer, umrissen von den Flammen und dem Widerschein des Sonnenuntergangs, sah er den kraftvollen Krieger, der morgens im Theater Makedoniens Volk in Waffen vertreten und das Königsschwert weitergereicht hatte. Dymas wäre niemals ins Theater gekommen, ohne die Hilfe von Demaratos; auf einem der hintersten, höchsten Ränge war er Zeuge geworden.

Eine schlanke, fast zerbrechliche Gestalt in einer dunklen Decke, die das Gesicht verhüllte, kam langsam von der Stadt her, taumelnd und stockend, ließ sich dann ein wenig rechts von Dymas neben einem Nußgesträuch nieder.

Der Musiker nahm noch einen Schluck; dann spielte er wieder. Zu einer trüben, schweren, lydischen Melodie, die sich immer neu verwandelte, umkehrte, zurückfand zum Beginn, sang er Verse, die er in Athen von einem heimwehkranken Skythen gehört hatte; auch sie kehrten immer wieder.

Steppenwind, hartes Gras, wirbelnde Hufe im Abend.
Fern vom Lachen der Liebsten erstick ich in Städten.

Plötzlich sprang der große Hoplit auf und kam näher. Er legte die Pranke über die Saiten; der Mann stank nach Wein und Entsetzen.
»Spiel für den toten König«, schrie er. »Ein Klagelied für Philipp.« Dymas blieb sitzen. »Ein Klagelied? Gut, aber nicht für deinen König, Freund, den ich nicht gekannt habe. Eines für einen anderen Toten – für alle Toten.«
Der Krieger hockte sich nieder, mit verzerrtem Gesicht. Dymas begann mit dem seltsamen Lied der ägyptischen Ruderer, ging in anderem Rhythmus zu einer Klage für Kleonike über.

Totentanz Ruderhand
fahr ich zur Unterwelt
ruh ich mich endlich aus
brech ich den Rudergriff
tanz ich den Totentanz
Äxte und Hämmer im Hof, bald bilden sie Kreise.
Söldner frösteln um Feuer im rötlichen Dämmer.
Niemandsland Nacht, besetzt von Schlangen und Dolchen.
Meine gelehrigen Vögel hab ich gegessen,
meine Götter brannte man mir in den Leib.
Noch verhüllt die Nacht mich und die gräßlichen Spiegel.
Bald erbricht sich der Tag über meinen Kadaver;
Tag, der Wände verschärft und Gedanken verwischt –
Totentänze des Morgens, Krähenkreise.
Totentanz Ruderhand
Steppenwind hartes Gras
Totentanz Ruderhand...

Der Hoplit richtete sich mühsam auf und hob die Hand, in der ein Messer blinkte. »Spiel für den König!« schrie er.
Dymas zog ein Knie an sich, bereit, sofort aufzuspringen. Die Rechte ließ die Kithara los und faßte nach dem Messer im Gürtel. »Musik, Freund, gehorcht nicht deinen Befehlen – nur meinen.«

Die schmächtige Gestalt bei dem Nußstrauch schien durch die Luft zu fliegen; eine Hand griff nach der des Kriegers und bog sie zurück. Der Hoplit ächzte.

»Friede, Emes.« Die Decke glitt vom Kopf und enthüllte das Gesicht Alexanders. »Spiel weiter, Musiker – *deine* Musik. Gegen die Nacht.«

Wie die meisten Hochzeitsgäste verließen die Athener Aigai noch am Tag des Mordes. Die zwangsläufig folgende innermakedonische Auseinandersetzung war nicht ihr Geschäft, um so mehr aber die Erschütterungen, die die Ereignisse in Athen auslösen würden.

Demades war überrascht und beinahe glücklich, als Hypereides in der Versammlung den heftig fuchtelnden Demosthenes unterbrach.

»Das ist alles Unfug. Es mag ja sein, daß du innigste Kenntnisse geheimster Vorgänge besitzt. Es würde mich im übrigen durchaus erfreuen zu erfahren, wieso du, wie ich hörte, am Tag der Ermordung bereits davon wußtest. Aber, ah, lassen wir das jetzt.«

Hypereides kratzte sich den Kopf und rieb sich die Augen. Sie waren sehr schnell gereist, in acht Tagen von Aigai nach Athen; die Mühen des Ritts hatten den Umfang des Politikers vermindert, und sein Gesicht war grau und eingefallen. Aber die Stimme trug und schnitt, wie eh und je.

»Du sagst, wir sollten Alexander vergessen. Ein dummer Junge, ein Einfaltspinsel. Mag sein. Es mag auch sein, daß die Makedonen nicht ihn, sondern diesen Amyntas zum neuen König machen. Ich bezweifle es. Aber« – er wandte sich an Demades – »wir haben ihn ja gesehen, als das Schwert überreicht wurde. Wir haben gesehen, mit welcher Gier Amyntas es betrachtet hat. Wer die Macht will, wer sie so gierig will, wird sie auch verwenden. Wie du allzu gut weißt, Demosthenes.«

Er wartete ungerührten Gesichts, bis das Gekicher der Versammlung endete.

»Ferner will ich nur zwei Dinge sagen. Erstens: Wer immer König von Makedonien ist, Alexander oder Amyntas, mag kleiner oder dümmer oder harmloser sein als Philipp, aber – er hat Makedoniens Heer, er hat Parmenion, er hat Antipatros. Ihr wißt, daß ich kein Makedonenfreund bin, aber solange Philipps Heer weiterbesteht und von Männern wie Parmenion geleitet wird, ist es für jeden Feind der Makedonen recht unerheblich, wer König ist. Sollte der neue Herrscher sich Parmenions entledigen und Antipatros verbannen, sähe es anders aus, aber das bleibt abzuwarten. Und zweitens: Wir haben einen gültigen Vertrag, wir sind Teil des Bundes von Korinth. Dessen Hegemon Philipp war. Philipp ist tot. Der neue König wird vielleicht versuchen, ebenfalls Hegemon und alleiniger Stratege des Bundes zu werden, aber auch das bleibt abzuwarten. Nur: Wenn wir jetzt, wie Demosthenes es vorschlägt, alle Verbannten heimholen, den Thebanern helfen, die makedonische Besatzung aus der Kadmeia zu vertreiben – vorausgesetzt, es gelänge uns –, die anderen hellenischen Staaten gegen Makedonien aufzuwiegeln und den Bund von Korinth aufzukündigen, ohne zuvor mit allen Beteiligten in Korinth darüber zu beraten – dann, edle Athener, brechen wir einen heiligen Vertrag. Und das sollten wir nicht tun; wir sollten abwarten.«

Er setzte sich. Demades versuchte die Stimmung einzuschätzen; Hypereides' Worte hatten sicher Eindruck gemacht, aber entschieden hatten sie nichts. Es war auch nicht der Tag der Entscheidung; damit würde man ohnehin warten, bis sichere Nachrichten aus Pella eintrafen. Die Mehrheit, an diesem Tag, würde sich vermutlich trotz allem auf Demosthenes' Seite schlagen.

Demosthenes schien es zu ahnen oder zu wissen; er nickte Hypereides lediglich zu, mit einem verkrampften Lächeln. Demades seufzte und stand auf.

»Abgesehen von allem anderen«, sagte er scharf, »ist das, was Demosthenes vorgeschlagen hat, nicht nur Unfug, wie Hypereides sagt, sondern gefährlicher Unfug. Gefährlich für uns – sagen wir: selbstmörderischer Unfug. Dreimal hast du uns in einen Krieg gegen Philipp geredet. Olynth, Byzantion, Chaironeia. Einmal ist nichts dabei herausgekommen, zweimal endete es für uns in einer Katastrophe. Erinnert euch an Chaironeia. Ich finde, das sollte sogar für die Eitelkeit des Demosthenes ausreichen. Du hast mit deiner Zunge mehr Athener getötet als Philipp mit dem Schwert. Laßt uns von anderen Dingen reden. Bevor Demosthenes wieder mit seinem ewigen Wahn anfing, ging es, glaube ich, um die Frage, ob wir mehr Geld und neue Sklaven brauchen für die Reinigung der Straßen und Plätze der Stadt.« Demades musterte Demosthenes mit einem schiefen Grinsen. »Zu viel Scheiße in Athen, heißt es.«

Gelächter. Eine Stimme weit hinten rief: »Demades hat recht. Es stinkt.«

Wieder Gelächter. Demosthenes stand auf, hob die Hände über den Kopf, ließ sie fallen und ging zum Ausgang.

Demades lachte. »Wenn du jetzt hinausgehst, Demosthenes, trägst du nicht zur Lösung des Problems bei. Im Gegenteil; du bringst noch mehr Scheiße auf die Straßen.«

Tage später in Pella erlebten sie einen anderen Alexander. Demaratos mußte bleiben, weil zu viele Dinge, die ihn betrafen, neu zu regeln waren; Aristoteles kam durch Pella, weil Makedoniens Hauptstadt für ihn am Reiseweg nach Stageira lag. Antipatros bat ihn, einige Tage zu verweilen und mit gutem Rat auszuhelfen.

Sie saßen am langen Tisch in den Gemächern des Königs. In Philipps Beratungsraum. Nichts war verändert. Philipps Waffen, soweit sie nicht in der vorläufigen Grabpyramide zu Aigai lagen, hingen an ihren Plätzen an der Wand; Philipps Statuen standen, wo sie immer gestanden hatten. Die Wandbehänge waren die gleichen, ebenso die Stühle, das Schreibzeug, der *kopron*-Verschlag, der rote Mantel am Haken neben dem Fenster.

Alexander saß am Tisch, vor sich einen unberührten Becher mit Wasser und Wein. Sein Gesicht war düster und angespannt; er starrte auf die Rollen und das Tintengefäß aus Silber mit den getriebenen Bildern einer Hirschjagd. Antipatros ging zwischen Tisch und Fenster hin und her, hin und her; irgendwann blieb er stehen, warf Aristoteles einen hilfesuchenden Blick zu, rang die Hände.

»Das geht nicht so weiter, Junge. Zehn Tage Trauer – zehn verlorene Tage. Ich weiß, du hast ihn geliebt, aber...«

Alexander hob die rechte Schulter. »Ich fühle mich immer noch, als ob ich ihn umgebracht hätte.«

»Das hättest du vielleicht tun sollen; dann wären die Dinge jetzt einfacher.« Aristoteles' spöttische Stimme schnitt durch die trübe Aura, die Alexander umgab, aber nur einen Moment lang. Das Feuer, der Zorn erloschen, und Alexander blickte wieder auf die Tischplatte.

»Hör auf, seine Sachen anzustarren. Wirf sie weg.« Antipatros hieb auf den Tisch. »Wir müssen Makedonien bedenken. Ein trauernder Sohn nützt uns nichts; wir brauchen einen Herrscher.«

»Ich bin nur Alexander der Sohn. König bin ich noch nicht.«

Antipatros nickte. »Morgen findet die Versammlung der Krieger und Fürsten statt. Sie werden dich zum König machen, ohne jeden Zweifel. Wen denn sonst?«

Alexander zog die Oberlippe zwischen die Zähne und sah sich um.

Antigonos starrte ihn an, mit einem verkrampften Lächeln, als ob er ihm durch den Blick seines heilen Auges Kraft übermitteln wollte. Das gläserne Auge schielte ein wenig. Medios schwieg, wie fast immer; seine Lider waren geschlossen. Demetrios lag in seinem Sessel und sah zu den Deckenbalken hinauf. Alexandros von Epeiros, auch er inzwischen eingeweiht, hatte die Hände auf dem Tisch gefaltet und betrachtete seinen Siegelring. Archelaos nahm nicht an der Beratung teil, ebensowenig einer der jungen Gefährten Alexanders. Aristoteles stand auf und trat hinter Demaratos, der wie geistesabwesend auf ein von der Rolle gerissenes Papyrosblatt schaute.

»Wem kann ich trauen – außer euch? Wer sagt denn, daß die Entscheidung, die morgen hier fällt, überall hingenommen wird? Werden die Thessalier mich zum Archon machen, die Amphiktyonen mich anerkennen, der Bund von Korinth?«

Aristoteles stützte sich auf die Schultern von Demaratos, der sich nicht regte und weiter den Papyros beschaute. »Sie alle werden den König der Makedonen anerkennen. Wenn er sich als König erweist. Wer außer dir sollte es sein?«

Alexander blickte ihn an; er wirkte erschöpft, mutlos. »Ich weiß es nicht. Arridaios, mein Halbbruder – er ist älter als ich.«

»Ein stotternder Narr. Weiter!« Demaratos sprach scharf, immer noch ohne die Augen vom Blatt zu nehmen.

»Amyntas. Er sagt, er weiß nichts von den Plänen der Lynkesten; er sagt, er hat nichts mit Attalos zu tun. Er ist der Mann meiner Halbschwester Kynnane...«

»Ich habe seine Augen gesehen. Sein Gesicht. Seine Hände. Als Antipatros mit dem Schwert vor euch kniete. Was immer er sagt – glaub ihm nicht.«

Alexander betrachtete den Korinther. »Bist du so sicher?«

Antipatros ging zu Alexander, packte ihn an den Schultern und schüttelte ihn; der Scherenstuhl ächzte und knirschte. »Wach auf, Alexander. Willst du die Krone denn nicht?«

Alexander schloß die Augen. »Muß ich sie wollen?«

Demaratos ließ das Blatt endlich sinken. »Es kann sein, daß ein Teil der Leute von Attalos, vielleicht noch ein paar Männer aus der Lynkestis, dazu die üblichen Querköpfe dich nicht wollen. Aber ich *weiß*, daß du die wichtigsten Fürsten hinter dir hast. Und die Kämpfer, die den Boden küssen, wo du gegangen bist.«

»Du – *weißt?*« Zum ersten Mal beteiligte sich Medios an der Beratung; er hatte die Brauen zusammengekniffen, und in seiner Stimme schwang eine ungewisse Drohung mit.

Der Korinther blickte ihn nicht an. »In der Tat, Medios, ich weiß. Weil Philipp mich gebeten hat, all dies und mehr zu wissen.«

»Ich möchte... ich wollte, es gäbe eine Höhle, in der nichts von der Welt zu spüren ist.« Alexanders Stimme war eher ein Flüstern.

Antipatros hob die Hände, ballte sie zu Fäusten, verschränkte sie im Nacken. »Trauer, ja, und Reue – oder Bedauern. Das fühlen wir alle, wenn einer stirbt, der groß war und länger hätte leben sollen. Aber du kannst dich nicht verstecken. Das Heer will dich. Die Fürsten wollen dich – fast alle.« Er atmete tief ein. »Parmenion und Antipatros wollen dich. Was soll in Makedonien geschehen, gegen das Heer, gegen Parmenion, gegen Antipatros? Und bevor du fragst, ja, ich bin sicher; ja, ich weiß es. Wir haben darüber gesprochen, ehe Parmenion nach Asien ging.«

Mit hohler Stimme sagte Alexander: »Dann ist es also mein Schicksal? Nichts, was ich wählen kann?«

Antipatros verzog das Gesicht. »Wärst du lieber eine Blume? Ein Büffel? Es ist dein Schicksal, ein Mensch zu sein. Ein Mann. Sohn eines Königs.«

»Und einer Königin.« Alexandros von Epeiros hob die Hand mit dem Ring. »Vergeßt Olympias nicht.«

»Ich will nicht über... meine Mutter reden. Nicht jetzt.«

»Ah, aber du mußt! Du mußt über vieles reden und entscheiden, Junge. Du kannst dich nicht verbergen.«

Aristoteles nickte. »Was Antipatros sagt, ist die Wahrheit. Du stehst im hellsten Licht, Alexander. Aller Augen sind auf dich gerichtet. Keine Höhle, keine Nische. Selbst dein Schweigen ist hörbar, selbst dein Schatten ist grell.«

Alexander stand auf, schob den Stuhl zurück und ging zum Fenster. Er verschränkte die Arme, schob die Hände unter die Achseln. »So kalt«, murmelte er.

Drakon, der in der Ecke neben dem *kopron* lehnte, hustete. »Sollen wir Feuer machen?«

»Es ist nicht der Raum.« Demaratos klang fast mitleidig. »Es ist kalt und einsam, da oben.«

»Wäge es ab – mit deinen inneren Schalen.« Aristoteles wühlte in seinem Bart. »Parmenion und Antipatros. Kleitos. Antigonos. Demetrios. Medios. Das Heer. Alexandros der Lynkeste, der sich von seinen Brüdern losgesagt und sich dir zu Füßen geworfen hat. Demaratos. Deine Gefährten. Bedenk, was Philipp getan hat. Bedenk, was auf dem Spiel steht. Erwäge das Gelächter des Demosthenes und den Jubel der Perser.«

»Und denk an die Grenzen«, sagte Antipatros eindringlich, fast flehend. »Wenn Pella wankt, wird der Bund von Korinth zerbrechen. Athen wird seine langen Arme ausstrecken, Theben wird sich anschließen. Die Illyrer, die Paionen, die Thraker, die Triballer. Sie alle wissen inzwischen, daß Philipp nicht mehr lebt. Es muß...«

Alexander ächzte. »Können wir das nicht bis morgen aufschieben? Wenigstens bis morgen?« Er wartete nicht auf eine Antwort; mit hängenden Schultern ging er zur Tür und verschwand.

Sie sahen einander an, ratlos. Demaratos stand auf; er nickte Drakon zu. Der Arzt verdrehte die Augen und ging hinaus. Der Korinther stülpte die Lippen vor, bis die Nase fast im Schnauzbart versank.

»Ich mag es eigentlich nicht. Aber es muß wohl sein. Vergeßt, was ihr jetzt seht.«

Er ging zur Wand, wo neben dem flachen Altar sein Lederbeutel stand, und holte einige Dinge heraus. Die anderen sahen ihm zu, mit fragenden, staunenden oder gleichmütigen Blicken.

Der Korinther hielt Knochenplättchen hoch; einige waren flach, andere gewölbt. Er legte sie auf den Altar, murmelte etwas, bückte sich, zog ein Tuchbündel und eine kleine Holzdose aus dem Beutel. Dann verwandelte er sich.

Er schob die flachen Scheibchen in seine Sandalen, die gewölbten in den Mund; er zog den Chiton aus, streifte den Leinenschurz auf die Oberschenkel hinab, schob ein tuchumwickeltes Plättchen zwischen die Beine, unmittelbar unter dem Gemächt; er zog den Schurz wieder hoch, rollte den weißen Chiton zusammen, nahm einen mit hellroten Streifen gesäumten braunen Chiton, zog ihn über den Kopf, stopfte den zusammengerollten hellen darunter, vor den Bauch; er musterte seine schlanken, kaum vom Alter gezeichneten Finger, öffnete die Holzdose und nahm Schmuckstücke heraus: drei Ringe mit schweren Steinen für die linke, zwei für die rechte Hand, ein Ohrgehänge aus Gold und roten Steinen, das er im rechten Ohrläppchen befestigte, wo keiner je ein Loch gesehen hatte. Er öffnete das Lid eines Bronzedöschens, berührte den Inhalt mit den Spitzen der Zeigefinger, fuhr sich durchs Gesicht; er klappte das Döschen zu, nahm ein anderes, rieb sich etwas in die grauschwarzen Haare und den Bart. Er bückte sich wieder, stopfte die überzähligen Dinge in den Beutel und hielt einen gelben Umhang hoch, den er über der rechten Schulter mit einer Spange schloß. Dann drehte er sich um.

Der drahtige, angegraute Händler aus Korinth war verschwunden. Ein Mann mit breitbeinigem Watschelgang und steifen Hüften kam zum Tisch. Haar und Bart waren graugesprenkeltes Rotblond, die Hängebacken glänzten fast fiebrig rot. Schmuck, Wanst und Gang lenkten allerdings völlig ab vom neuen Gesicht.

Antipatros klatschte in die Hände; Aristoteles brach in Gelächter aus. Medios sagte nichts, aber seine Augen funkelten.

Einige der jungen *hetairoi*, Offiziere der Burg, hohe und edle Diener des königlichen Hauses saßen, lagen, tranken und plauderten im großen Festsaal. Ringsum an den Wänden brannten Fackeln; in der Mitte loderte ein Feuer zwischen zwei Metallspiegeln, die es unendlich hin und her warfen. Eine Gruppe von Musikern mit Schellen, Rasseln, Lyren, Syringen, mehreren Sorten Flöten und einer Harfe war auf der erhöhten Plattform zugange; vor ihnen drehten sich einige halbnackte Tänzerinnen. Kleitos und Hephaistion bemühten sich vergebens, Alexander Becher mit Wein aufzudrängen. Er sah sich nach Wasser um, goß einen Becher voll und nippte.

»Du willst nüchtern bleiben – heute? Ehe du König wirst?« Eumenes war schon zu betrunken, um noch gerade zu stehen; er stützte sich schwer auf Leonnatos und stierte Alexander an.

Alexander hob kurz die Schultern, lächelte und nickte Drakon zu, der sich zu Perdikkas gesetzt hatte und den Becher hob.

Irgendwann stand Alexander auf, beinahe unbemerkt. Er verließ den Saal und wanderte durch den Palast. In den Gängen brannten Fackeln und Lampen. Je weiter er kam, um so stiller wurde es; der Lärm aus dem Festsaal verebbte, und die Schritte der Posten im Hof kamen wie aus weiter Ferne. Im Treppenhaus saßen Wachen; sie sprangen auf und grüßten, die Hand auf der Brust; Alexander lächelte und ging weiter, Treppen hinauf und hinab, Gänge entlang. Vor den Räumen, die einmal Olympias bewohnt hatte, blieb er kurz stehen. Eine Sklavin, die vor der Tür auf einer Matte schlief, wimmerte im Traum. Von drinnen hörte er das leise Summen einer Frau, das Schmatzen und Gurgeln eines Säuglings, dann ein zufriedenes Giggeln. Er starrte die Wand an, die Philipp im Gang hatte mauern lassen; die Tür war geöffnet. Er ging hindurch, mit weichen Schritten, fast wie ein Schlafwandler, streckte den rechten Arm aus, ließ die Fingerkuppen am Gemäuer schrappen. Dann wieder treppab, immer tiefer, vorbei an weiteren Wachen; eine halboffene Tür zog ihn an, und er betrat die riesige, von zuckenden Schatten erfüllte Küche. Der Lagerraum nebenan, nur durch einen Ledervorhang abgetrennt, quoll über von all dem, was für den nächsten Tag gebraucht wurde: halbe Schweine; Ochsenhälften; Hunderte kopflos tropfender Hühner, gerupft und ausgenommen; Bottiche mit lebenden Flußfischen, Seewasserwannen mit Meerestieren; gewalzte, zum Backen vorbereitete Brotfladen; Berge von Würsten und Schinken; ungeheure Mengen von Obst und Gemüse; große Gestelle voller Amphoren.

Er ging zurück in die Küche, gefolgt vom matten Schnappen und den Flossenschlägen der Fische, vom Plätschern des Wassers. Im riesigen gemauerten Herd glomm noch ein Rest Glut unter der Asche; in der Höhlung darunter, auf dem Boden, türmten sich ausgeglühte Holzkohlenschlacke, Asche und Abfall. Die Restglut, ein einsames Öllämpchen auf einem Tisch mit Schlachtermessern, eine zu drei Vierteln niedergebrannte Fackel gaben Zwielicht und zeugten Schatten. Er stand einen Moment vor den Gerüsten mit zahllosen Kesseln und Gefäßen. Dann ging er zurück zum Tisch, zögerte, schaute sich um. Er wimmerte leise, ließ sich auf die Knie nieder, kroch unter den Herd, wühlte sich in Asche und Abfall, zog die Knie an die Brust und umklammerte die Unterschenkel mit den Händen, unausgesetzt murmelnd.

Lange lag er so. Er hörte ferne Schritte, wie ungenaue Wassertropfen; er hörte den Gesang der Fische in ihren Bottichen und das Heulen der geschlachteten Hühner; er hörte die Schuppen der Schlange, die um die Welt kroch; er hörte das Malmen des Sandkorns, das eine Stadt zerdrückte; er sah als stechende Flamme den Schrei der Möwe, die sich in einen Dorn stürzt; er roch Kassia und Sesamöl, kydonische Äpfel und den blutigen Leibschurz der Königin und die Eingeweide des Widders; er fühlte die Gedärme der Nacht um seinen Hals und Splitter im Salböl der Worte und die Augen die seine Seele ritzten; er schmeckte die Qual einer reißenden Saite, das Sprudeln von Bernstein und zottige Zungen. Er atmete Feuer, die Morgensonne auf blutiger Klinge.

Langsam dehnte er sich, streckte sich, kroch aus der Höhlung. Taumelnd kam er auf die Beine und wankte zum Tisch. Mit zuckenden Fingern strich er über die Messer, die Klingen, die Griffe. Ein schlanker, spitzer Stahl, die Klinge eines zum Ausweiden benutzten Messers, deutete auf ihn, auf seine Lenden. Er berührte den Horngriff und stöhnte. Er ließ das Messer wieder los. Er begann leise zu summen, schaukelte den Oberkörper vor und zurück. Aus den Augenwinkeln sah er das Schlachterbeil, das im Hackklotz steckte. Er riß es heraus, hielt es hoch, legte den linken Arm auf den Klotz, legte die Klinge des Beils aufs Handgelenk.

Ein Geräusch, vom Lagerraum her. Alexander fuhr herum. Einen der Deckel mußte er wohl offengelassen haben; ein Aal war aus dem Zuber entkommen und wand sich über die Steine. Er tötete ihn mit dem Beil, hackte den peitschenden Leib in tausend Stückchen, zermalmte den Kopf mit der flachen Klinge. Das Beil ließ er auf dem Boden liegen, als er wieder zum Herd ging, mit schnellen sicheren Schritten. Er kniete, füllte die Hände mit Asche und Dreck, beschmierte sich Haar, Gesicht und Arme, zerriß den weißen Chiton und rieb Asche und Abfall über die Fetzen.

Am Rand der Stadt, wo sich die Wiesen zum Kanal senkten, saß zwischen zwei Häusern ein Bettler mit zerrissenen Kleidern, verschmiert von Asche und Dreck. Leute kamen aus der Gasse, einige der zahllosen Kämpfer, Bewohner der Stadt, allesamt angelockt von Feuern, von Lampen und Gelächter, Musik und Kreischen auf der Wiese. Drakon ging vorüber, der Arzt des Königs, langsam, die Augen am Boden; ein fetter rotwangiger Mann mit Schmuck an den Händen und im Ohr watschelte über die Wiese. Der Bettler sah nichts; er summte leise vor sich hin, der Oberkörper pendelte vor und zurück; sein Haar stand zu Berge, die Augen waren verdreht und wirr, die rechte Hand hielt er ausgestreckt. Einer der wandernden Philosophen kam vorbei, sah ihn, spuckte ihm in die Hand und ging weiter. Zwei Hopliten, beide betrunken, Arm in Arm; einer blieb stehen und warf dem Bettler eine Münze in die Handfläche.

Alexanders Faust schloß sich. Er hob sie vor die Augen, öffnete langsam die Finger, starrte die kleine Silbermünze an wie ungläubig; dann kam er schwerfällig auf die Füße und stolperte durchs schartige Dunkel zu den Feuern. Die Musik brach ab, nur das pulsierende Pochen von Trommeln setzte sich fort, wurde lauter, wilder, schneller. Ein Feuerfresser erbrach Glut vor einem Karren; ein Schwertschlucker zeigte die

Klinge herum, damit die Leute sehen konnten, daß sie echt war. Schlangenbeschwörer und Ringer, Gaukler und Wahrsager; ein paar Männer und Frauen tanzten, umrissen von den Feuern, die sich wie zuckende Schlangen im Wasser des Kanals spiegelten, unter den Bäumen, jenseits der Sträucher. Alexander starrte einem Mann nach, der einen gewaltigen Bären an einer Leine herumzerrte und ihn tanzen ließ. Er spielte immer noch mit der Münze und ging dann zu einem der Karren, vor dem eine alte Frau saß und Dinge hütete, die wahrscheinlich einer Gruppe von Pantomimen gehörten: Tücher, Töpfe, Dosen.

Alexander berührte sie an der Schulter. »Hier ist eine Münze für dich, Mutter. Ich brauche Schminke – aber schau nicht hin.«

Die Alte nahm das Geld, deutete auf die kleinen Gefäße und lächelte wie verträumt. »Keine Sorge, Junge; ich bin blind.« Ihre Augen waren Schlitze, die Haut gelblich.

Alexander kauerte nieder und starrte in die Töpfchen und Dosen; er drehte einen beschlagenen Metallspiegel hin und her, der das Lodern mehrerer Feuer bündelte und ihn blendete. Irgendwo brach ein Streit aus; er hörte schrille Stimmen, Gebrüll, einen Schrei, dann ging das Fest weiter. Die wahnsinnigen Trommeln wurden ein wenig leiser; in der Nähe spielte ein Kitharist schnelle Läufe, Einzeltöne, dann fremdartig klingende, unhellenische Vier- und Fünfklänge, immer im Rhythmus der Trommeln. Ein beißend heller Aulos fiel ein, andere Instrumente kamen hinzu. Vom nächsten Feuer stieg eine Wolke verbrannten Hammelfetts auf; es stank nach Wein und Körpern und feuchter Erde.

Alexander stand auf; von seinem zerfetzten Chiton riß er einen langen Tuchstreifen ab. Er ging in einem weiten Bogen um die Feuer, die Tanzenden, die Trinkenden zum Kanal, kniete zwischen den Sträuchern an der Böschung. Der nicht ganz volle Mond machte das Wasser zu leicht gekräuselter Molke. Fledermäuse rasten durch den Himmel; eine Eule schrie, und die Luft zwischen den Sträuchern war voll vom schweren Duft des Geißblatts. Etwas anderes mischte sich darunter, nicht nur Harn und Kot; etwas Schärferes.

Er beugte sich über das Wasser und betrachtete das Gesicht des hübschen Hermaphroditen, die hellroten Lippen, die geschwungenen Brauen, die dunklen Lider, die durch Ocker und Asche betonten Wangenknochen. Er tauchte den Tuchfetzen ins Wasser und reinigte, so gut es ging, sein verdrecktes Haar, ohne das Gesicht zu verschmieren.

Der scharfe Geruch wurde deutlicher; in der Nähe kroch etwas über den Boden, bog Halme und Sträucher; ein Ächzen und Knurren, das plötzlich endete. Alexander ließ den Tuchfetzen fallen, zog das Messer aus dem Gürtel und ging dem Ruch und dem erstorbenen Geräusch nach.

Ein Dutzend Schritte weiter, zwischen den Sträuchern am Ufer, fand er den Leichnam eines Mannes. Vielleicht war er es gewesen, der vorhin bei dem Streit jenen schrillen Schrei ausgestoßen hatte. Der Bauch war von einem tiefen Stich geöffnet; Eingeweide hingen heraus, quollen durch die Finger der rechten Hand, die im Tod noch immer verkrampft den Schnitt zu schließen suchten. Das Gesicht war verzerrt, die Zunge zwischen den Zähnen. Gesicht und Kleidung, soweit noch vorhanden, wirkten fremd, nicht nur durch den Tod. Der Mann mochte zwanzig Jahre alt gewesen sein, vielleicht ein Thraker, jedenfalls kein Makedone aus Pella. Alexander kniete neben ihm, tastete ihn ab; im Gürtel steckte ein Beutelchen mit Goldmünzen. Er nahm es an sich.

Summend, tänzelnd schwebte er zu den Feuern, schloß sich den Tänzern an. Ein junger, schlanker, dunkler Mann, einer der königlichen Leibtruppe, nahm ihn bei der Hand und zog ihn mit sich. Alexander folgte ihm ein paar Schritte, dann befreite er sich und wanderte zwischen den Feuern hindurch. Jemand reichte ihm einen Becher mit unverdünntem, schwerem Wein; er trank, leerte ihn, warf ihn hoch. Unmittelbar neben den Musikern, betäubt von den Klängen und der schnell einsetzenden Wirkung des Weins, tanzte er mit älteren Frauen einen wirbelnden Rundtanz; sie nahmen ihn mit zu einem Feuer, an dem ein triefender Weinkrug kreiste. Er biß in Fleisch – Hammelbraten, mit Knoblauch eingerieben –, das eine Hand aus dem Halbdunkel ihm hinhielt. Jemand, Mann oder Frau, versuchte ihn zu küssen, Hände schoben sich unter seinen Chiton.

Er kicherte, löste sich, kroch zur Seite, kam schwankend auf die Beine. Nicht weit von ihm, von einem der letzten, äußersten Feuer beleuchtet, sah er eine junge Frau. Sie hatte langes, glimmend schwarzes Haar, eine dunkel schwappende Woge; sie tanzte allein. Das Haar fiel über die halb entblößten Schultern und die Decke, die sie als Umhang trug: eine rote Decke mit einem weiten Loch, durch das sie den Kopf gesteckt hatte. Sie war zerbrechlich und schmerzhaft schön; das Gesicht einer wunden Aphrodite oder Astarte zeigte Qual und Ekstase. Alexander war bei ihr, sie tanzten wie miteinander verwachsen. Die junge Frau öffnete die Augen, lächelte, küßte ihn, ohne die Bewegungen zu unterbrechen, dann sagte sie leise: »Oh, aber dein Atem ist süß.«

Sie küßten einander wieder, standen einen Moment starr und sahen sich in den Augen des anderen gespiegelt. Die Frau deutete mit dem Kopf, kaum merklich, zum Rand des Feuerkreises, zum Ende der Wiese, wo das offene Land begann. Musik, Stimmen, Trommeln und Feuerschein blieben zurück, als sie in den kleinen Wald gingen. Auf einer Lichtung neben dem Wasser übergossen Mond und Sterne sie mit Honigmilch. Sie blieb stehen, wandte ihm das Gesicht zu, lächelte traurig und entrückt; wie eine Schlange wand sie den Körper, so daß die rote Decke von den Schultern zu den Füßen hinabglitt. Ihre Brüste waren schwarz gefärbt, mit Silberstäubchen an den Spitzen. Sie war nackt. Sie hatte keine Arme.

Alexander stand einen Moment starr; zwei Tränen rannen ihm die Wangen hinab. Er zerriß den Chiton endgültig, stieg aus dem Schurz, warf den Beutel des Toten auf die rote Decke. Die junge Frau ließ sich zu Boden sinken. Er legte sich zu ihr, nahm sie in die Arme, vergrub sein Gesicht zwischen den schwarzen Brüsten.

Im Innenhof der Burg, die gleichzeitig Palast und Festung war, staute sich trotz der frühen Stunde die Hitze. Es war die Hitze des Sommers, die Hitze der Bratfeuer, die Hitze der Körper. Keine Bilchmaus hätte noch Platz gefunden. An die dreitausend Mann Kerntruppen – Hetairenreiter und Pezhetairen – standen dort dicht an dicht, ohne Rüstung, in weißem Chiton, nur mit Lanze. Die schrägen Strahlen der Morgensonne machten die Spitzen zu einem Meer aus rötlichen Flammenzungen. Alle Offiziere der näheren Festungen waren da, mit Purpurschnüren auf dem Weiß der Schultern. Ebenfalls in Weiß, viele mit bekränzten Köpfen, standen die Fürsten der Städte und Lande Makedoniens bei den Kriegern; die älteren saßen auf Schemeln. Viele waren von den Feiern in Aigai und der Trauer um den toten König gleich nach Pella gekommen, statt in die entlegeneren Heimatgebiete zu reisen.

Am oberen Ende der Treppe, vor dem flachen Altarstein, brachten Alexander und Aristandros das übliche Opfer für die Götter dar: Fleisch, Brot, Früchte, Wein. Bei ihnen waren Medios, Antipatros, Archelaos und Alexandros von Epeiros; einige Stufen tiefer standen Antigonos und Demetrios, zu denen sich eben Kleitos gesellte: die Vertreter der Offiziere. Noch einer kam nun aus dem Hof, stieg die Treppe hinauf und blieb unterhalb von Kleitos stehen: Alexandros der Lynkeste. Ein leises Raunen, mehr ein Hauch als ein Flüstern, lief über den Hof. An der Seite, wo sich Küche und Speisekammern befanden, drehten sich die Bratspieße; während der Feier versuchten die Köche und Küchensklaven, leise zu sein, was nicht immer gelang.

Nach dem Opfer trat Medios vor, der Älteste der Fürsten. Aristoteles, am Fenster des Beratungsraums, spürte neben sich eine Bewegung und drehte sich um. Drakon und Demaratos hatten den Raum betreten und kamen zu ihm. Beide wirkten müde, übernächtigt; aber auch zufrieden. Der Korinther erinnerte nicht mehr an einen feisten watschelnden Lüstling; Aristoteles blickte die beiden fragend an.

»Alles in Ordnung.« Drakon gähnte, hielt die Hand vor den Mund und rekelte sich kurz. »Er wird es machen.«

»Seid ihr sicher?«

Demaratos rümpfte die Nase. »So sicher, wie man sein kann.«

»Was ist geschehen?«

Drakon wandte sich ab und starrte aus dem Fenster; Medios' Stimme hallte über den Platz. Er sprach von den Vorzügen tugendhafter und starker Könige, die sich zum Besten des Volks um Kraft und Wohlstand bemühen und kluge Söhne hinterlassen, wenn die Götter sie abrufen.

Demaratos verschränkte die Arme und trat einen Schritt zurück. »Wir haben ihn nicht aus den Augen gelassen. Wir haben gesehen, was er gesehen, gehört, was er gehört, vernommen, was er gesagt hat. Wir wissen, ungefähr, was er gefühlt und gedacht haben mag, und wir waren immer nah genug, um notfalls helfen zu können. Es war nicht nötig.«

Aristoteles schnaubte. »Ein esoterischer Vortrag, mein Freund. Kannst du es nicht ein wenig exoterischer machen?«

Demaratos lachte. »Später. In ein paar Jahren. Oder Jahrzehnten. Vielleicht schreib ich es für dich auf. Mal sehen. Jedenfalls . . .«

Er unterbrach sich. Medios hatte seine Rede beendet; die Versammelten stampften rhythmisch mit den Lanzenschäften.

Antipatros trat vor und hob die Hände. »Keine lange Rede von mir, Freunde, Fürsten der Makedonen, Herren des Landes, Hüter des Friedens, Krieger und Gefährten. Philipp war euer König, ein gewaltiger Kämpfer, ein großer Mann. Groß in der Schlacht, groß und weise im Gericht, mächtig und unüberwindbar im Gelage – ebenso furchtbar in seinem Zorn wie herrlich in seiner Freundschaft. Ist es so?«

Ein vieltausendstimmiges »So ist es!« dröhnte durch den Hof.

»Viele von euch waren Ziegenhirten, Bauern, Tagelöhner. Und Tagediebe.«

Gelächter.

»Es ist kaum zwanzig Jahre her. Philipp hat euch aus den Bergen geholt, er hat euch bewaffnet, gekleidet, genährt. Ist es so?«

»So ist es!«

»Makedonien war ein Trümmerhaufen, zerrissen von innerem Streit, ein Spielball für Fremde, für Hellenen und Barbaren. Philipp hat uns geeint, er hat uns stark gemacht, er hat uns die Kraft und den Stolz gegeben. Ist es so?«

»So ist es!«

»Der König wurde ermordet, von einem Mann, dem er sein Leben anvertraut hatte. Aber dieser Mann war nicht allein; es gab mehrere Verräter. Sie werden nicht lange leben – zwei habt ihr bereits gerichtet, in Aigai. Die übrigen werden leben, bis wir alles von ihnen erfahren haben, was wir wissen müssen. Wir, und der König der Makedonen, der entscheiden soll, was mit ihnen geschieht. Entscheiden, und bestrafen. Ist es so?«

»So ist es!«

»Ihr, Freunde und Gefährten, vor allem ihr, die ihr siegreich wart in den Bergen Illyriens, in den Steppen Thrakiens, auf den Feldern Boiotiens, vor den Toren Athens, ihr seid das Schwert Makedoniens, das Schwert des Königs! Ist es so?«

»So ist es!«

»Und dies« – er reckte das alte große Schwert der Könige – »ist das andere Schwert. Ihr kennt es, ihr, die ihr das eine Schwert seid. Wer soll diese beiden furchtbaren Waffen tragen? Wer soll diese beiden herrlichen Schwerter führen, für uns, für euch, für alle? Wer anders als der rechtmäßige Erbe, ein großer Kämpfer, der euch zum Sieg bei Chaironeia geführt hat – ein gerechter Herrscher, dessen Klugheit Pella genoß, als Philipp im Feld war? Wer außer ihm? Dies ist Philipps Sohn, Alexander. Wer außer ihm wäre stark genug, beide Schwerter zu halten? Wer klug genug, beide Schwerter zu führen? Wer mächtig genug, diese Bürde zu tragen? Wollt ihr ihm beide Schwerter geben?«

»Wir wollen!«

Antipatros und Medios hielten das Königsschwert hoch, Aristandros berühr.e den Griff. Alexander nahm das Schwert entgegen und zeigte es den Versammelten. Aristoteles kniff die Augen zusammen und musterte den neuen König, der dort drüben scheinbar ungerührt im Jubel stand. Es war nicht der verwirrte Junge vom Vorabend. Aristoteles blickte Drakon und Demaratos von der Seite an; beide waren versunken in das Schauspiel.

Alexander hob die rechte Hand. Der Lärm wurde leiser, endete, endete doch nicht, verwandelte sich zu etwas, das Aristoteles schon einmal gehört hatte: jenes unglaubliche Girren der Männer, wie damals auf dem Platz außerhalb der Stadt.

Alexander lächelte. Seine Stimme, hell und kühl, trug weit, füllte den Hof, drang durch die offenen Tore bis zur Menge, die vor dem Palast stand.

»Ich danke euch – euch allen. Ich will euch jetzt nicht langweilen mit den Dingen, die gemeinsam zu tun sind, oder der Art, wie Philipps Herrschaft vollendet werden sollte. Ich nehme an, ihr werdet das öfter hören, als einigen von euch lieb ist.«

Viele lachten; eine kräuselnde Kicherwelle breitete sich im Hof aus und verebbte.

»Hinter euch, drüben, ist für jeden ein Tropfen Wein und ein Krümel Brot bereitet.« Er wies auf die Bratfeuer, die Platten mit gebratenen Fischen, die Türme gebratener Hühner, die Wälle von Amphoren. Wieder flackerte Gelächter auf.

»Eßt, trinkt, seid fröhlich, Freunde. Wir werden bald zu euch kommen – sobald wir fertig sind mit den Dingen, die getan werden müssen. Was man so Arbeit nennt. Und eine Bitte: Betrinkt euch nicht zu früh zu gründlich. Vielleicht brauche ich heute noch euren nüchternen Rat.«

Der Beratungsraum füllte sich schnell. Medios war nicht dabei; die Kleinarbeit, die eigentlichen Herrschergeschäfte waren nicht Sache der Fürsten, sondern der Offiziere, der Beamten, der vom König berufenen Berater. Demetrios kümmerte sich um die Belange im Hof, Archelaos um den Palast, Aristandros um die Götter. Die beiden Hellenen und der Arzt setzten sich an den langen Tisch, als Alexander sie mit einem knappen Lächeln und Handbewegungen dazu aufforderte. Ferner waren anwesend Antipatros, Alexandros von Epeiros, Antigonos,

Kleitos, Eumenes, Perdikkas, Hephaistion, Hekataios, Leonnatos und Seleukos, außerdem fünf Schreiber. Diener brachten Wein, Wasser, Becher, Platten mit dampfendem Braten, Obst und Brot herein.

Antipatros sah zufrieden aus, aber auch ein wenig beunruhigt. »Das wäre das. Kommen wir zur Sache. Ah, wie fühlst du dich, Alexander?«

Antigonos schüttelte leicht den Kopf. »Er sieht besser aus als gestern, Antipatros, aber man fragt einen König nicht, wie es ihm geht. Man bittet ihn zu führen.«

Alexander schien müde, aber hellwach; sein Gesicht war anders als am Vortag. Härter und weicher zugleich. Er spürte Aristoteles' Blicke und nickte ihm zu. »Bittet man den König wirklich?« sagte er. Es war keine Frage.

Antipatros hatte den Unterton offenbar überhört. Er betrachtete die jungen Gefährten und schob die Unterlippe vor. »Perdikkas, Hephaistion, Seleukos, Leonnatos, Hekataios; hm. Ich hab ja nichts dagegen, daß du deine Freunde zum Feiern mitbringst, es ist dein Tag; aber wir haben wichtige Dinge zu bereden.«

Alexander nickte. Seine Züge veränderten sich nicht, nur der Ausdruck der Augen: Er wurde schärfer, wie die Stimme.

»So ist es, Antipatros. Wichtige Dinge. Mein Vater pflegte zu sagen, er könne schlafen, weil du wachst. Wirst du auch für mich wachen?«

Antipatros hob den Becher. Seine Stimme klang trocken und angespannt. »Wenn dies der Wunsch des Königs ist.«

»Es ist der Wunsch des Königs.« Alexander lächelte nicht mehr. »Da Parmenion nicht hier ist, muß ich mich auf euch beide als die Ältesten verlassen, Antipatros – und Antigonos.«

Antigonos faltete die Hände auf dem Tisch. »Wir sind Diener des Herrschers der Makedonen. Sprich.«

»Ich brauche keine Diener – nicht hier, nicht in dieser Runde. Ich brauche Freunde und Gefährten.«

Antipatros nickte; Antigonos grinste schwach. »Dann sprich als Freund und Gefährte. Aber sag uns, Freund Alexander, Gefährte König, wie kommt es, daß du heute – anders bist?«

Alexander schien einen Moment nach innen zu schauen. »Es war eine lange Nacht, Antigonos. Manche Nächte sind länger als andere. Einige können ein ganzes Leben umfassen. Ich habe Dinge gesehen, gehört und getan. Ich habe erfahren, daß es gut ist, Augen zu haben und Arme und Hände. Und sie nutzen zu können. Kleitos, deine Schwester gab mir ihre Milch, als ich klein war. Nun gib du mir dein Wissen.«

Aristoteles bemerkte ein leichtes Unbehagen bei Alexanders jungen Gefährten; sie tauschten Blicke, als müßten sie einander versichern, daß dies dort Alexander sei. Nur Hephaistion schien ungerührt.

Kleitos betrachtete Alexander mit einem offenen, fast herzlichen Lächeln. »Ich habe dir einmal gesagt, ich würde dir überallhin folgen. Hast du es vergessen – König?«

»Ich habe es bewahrt und gehütet, Freund. Sprich.«

Kleitos nickte; sein Gesicht wurde ernst. »Es sind Boten gekommen; ich habe seit dem Morgengrauen mit ihnen geredet. Und – ein Schnellsegler vom Hellespont.«

Alexander runzelte die Stirn. »Das sollten wir später besprechen. Die wichtigsten Dinge ... Zuerst andere. Alexandros, wann reist du heim?«

Der König von Epeiros hob die Schultern. »Bald. Morgen. Es sei denn, du brauchst mich.«

Alexander wandte sich an die Schreiber. »An Olympias, Mutter des Königs, Schwester des Königs von Epeiros und so weiter. Die üblichen Dinge, mit großer Freude; ich bitte sie, nach Pella heimzukehren und sende ihr Verehrung. Drei Ausfertigungen. Kannst du eine mitnehmen und ihr geben?«

Alexandros' Mundwinkel zuckten. »Wenn du willst ... Aber ein Bote wäre schneller.«

»Es ist nicht so eilig.« Alexander lächelte grimmig. »Dazu später mehr. Demaratos, hast du Geschäfte in Illyrien?«

Der Korinther grinste. »Diesmal nicht. Schick einen Boten.«

»Gut. Drei Ausfertigungen. Einer mit einem verläßlichen Boten. Die üblichen Anreden, Meldung von der Ermordung und dem neuen König, dessen Befehl an Ptolemaios, Nearchos, Harpalos, Erigyios und Laomedon, sofort heimzukehren. Desgleichen an Koinos, Krateros, Philatos – ah, Hephaistion, übernimm du das. Du weißt, wen ich haben will. Nimm einen Schreiber mit; macht alles fertig, ich unterschreibe selbst. Alexandros, du auch – Schreiber und Anweisungen für den Aufbruch an deine Leute.«

Der König von Epeiros, Hephaistion und zwei Schreiber verließen das Beratungszimmer; Alexandros' Gesicht war beinahe empört.

»Demaratos.«

Der Korinther zeigte keine Gemütsregung. »Ich habe schon mit Kleitos gesprochen; unsere Leute melden alle das gleiche. Laß ihn reden.«

Alexander nickte nur. Kleitos räusperte sich; seine Augen zeigten, daß er immer noch überrascht war.

»Es ist zu früh, um ganz sicher zu sein, aber es wird Unruhen geben. An *allen* Grenzen, Alexander.«

»Außer Epeiros, vermutlich.«

»Außer Epeiros, ja. Was ist mit den Hellenen?«

Kleitos sah Demaratos an. Der Korinther lächelte.

»Was erwartest du? Thessalien ist treu – bis auf ein paar Orte im Süden. Theben ist unruhig seit der Nachricht von Philipps Tod, aber die makedonische Besatzung der Burg reicht – noch. Vielleicht solltest du mehr Männer in die Kadmeia schicken. Nicht sofort, aber bald. In den anderen Städten des Bundes sieht es ähnlich aus. In Athen hat Demosthenes mit der neuen Wühlarbeit begonnen. Es heißt, er habe ein paar Stunden nach Philipps Tod, als er noch nichts davon wissen konnte, bereits darüber gesprochen.«

»Es würde zu anderen Dingen passen.« Alexander zog die Brauen zusammen. »Später kommen wir darauf zurück. Was ist mit dem Heer in Asien?«

Kleitos bückte sich und hob einen Beutel hoch, der unterm Tisch gelegen hatte. Er enthielt Schriftrollen.

»Günstige Winde – sie haben es nach drei Tagen gewußt. Attalos muß sich sehr schnell entschieden haben. Er schickt dir einige... anregende Briefe. Parmenion weiß offenbar nichts von ihrem Inhalt. Er legt dir sein Schwert zu Füßen und versichert dich der Treue und Zuneigung aller.«

»Wir können nicht zu lange warten. Parmenions Treue ist so sicher wie die Wiederkehr der Sonne an jedem Morgen, aber andere könnten wanken. Was ist an Truppen verfügbar?«

Antipatros schwieg; er hatte die Arme verschränkt und die Augen geschlossen. Antigonos und Kleitos wechselten einen Blick; der Einäugige deutete auf Rollen, die vor ihm lagen.

»Einige der besten Verbände sind in Asien, mit Parmenion und, äh, Attalos. Wir haben ungefähr fünfzehntausend Mann Fußtruppen und dreitausend Reiter. Dazu die Leute in den Grenzfestungen und die Söldner, die überall verteilt sind. Nicht sehr viel.«

Alexander nickte. »Wahr, und wir werden sie aufteilen müssen, um allen Gefahren zugleich begegnen zu können. Denn die Gefahren werden sich gleichzeitig ergeben. Es muß sein. Leonnatos, Eumenes. Nehmt einen Schreiber und bereitet vor. Ich unterschreibe später selbst.«

Er schloß einen Moment die Augen; schnell und genau nannte er Festungen, Truppenstärken, Namen von Befehlshabern, den Umfang von Verstärkungen, wohin diese zu verlegen seien, welche Vorkehrungen für den Herbst und Winter man treffen solle.

Eumenes und Leonnatos gingen mit dem Schreiber hinaus. Kleitos lächelte mühsam.

»Das hast du alles im Kopf? Wozu brauchst du *uns?*«

»Um mir zu sagen, ob es stimmt.« Alexander sah ihm in die Augen. »Du und Antigonos, ihr werdet heute noch reisen. Wir müssen schnell handeln. Die Illyrer, die Paionen, die Thraker, sie alle werden im Herbst ernten und Wintervorräte anlegen. Und im Winter schleifen sie die Waffen. Im Frühjahr fallen sie über uns her. Wenn wir sie nicht daran hindern. Die Hellenen sind schneller – und selbst wenn sie abwarten, wir können es uns nicht leisten, auch sie im Frühjahr gegen uns zu haben. Nicht alle gleichzeitig.« Er starrte auf seine Hände, überlegte, holte tief Luft. »Heute sollen sie feiern, morgen ausschlafen. Übermorgen breche ich mit allem auf, was Pella entbehren kann. Ihr reitet heute, ihr nehmt unterwegs jeden Mann mit, der nicht unbedingt in den Festungen gebraucht wird. Die Söldner aus dem Süden, Kreter, Sikelioten, was auch immer, schickt nach Pella. Antipatros und Leonnatos und Demetrios übernehmen sie, für die Nordgrenzen. Alle Thraker, Paionen, Triballer, Illyrer mit euch nach Süden. Sichert das Tempe-Tal, rückt durch Thessalien vor. Wir treffen uns... zwischen Pherai und Kynoskephalai.«

»Was hast du vor?« Zum ersten Mal sprach Antipatros.

Alexander grinste; einen Moment sah er aus wie ein Junge, der einen Streich aushecht. »Wir wollen doch nicht, daß Demosthenes sich unnötig Mühe macht.« Er klang ganz sanft, fast liebevoll. »Ich möchte die Thermopylen besetzen, ehe die Athener und Thebaner Zeit haben, große Pläne zu machen. Dann hätten wir im Frühjahr den Rücken frei, wenn wir in den Norden ziehen.«

»Was ist mit Asien?«

Alexander seufzte; seine Augen hatten wieder jenen fernen, sehnsüchtigen Ausdruck. Leise sagte er: »Lieber gestern als heute würde ich . . . Aber es hat keinen Sinn, nach Asien aufzubrechen, wenn Hellas und der Norden nicht vollkommen ruhig und für Jahre gesichert sind. – Wie lange werdet ihr brauchen?«

Antigonos und Kleitos sahen einander an; beide wirkten wie betäubt, überrannt und am Weg zurückgeblieben. Aber auch begeistert; das Feuer begann zu glimmen.

»Bis zum Tempe-Tal? Bis Pherai? Bis zu den Thermopylen?« Antigonos kniff sein heiles Auge zu. »Vorräte. Waffen. Münzen. Packtiere. Karren. Alles, was dazugehört?«

Kleitos murmelte Zahlen; dann hustete er und schaute auf. »Dreißig Tage. Von hier bis Kynoskephalai.«

Alexander lächelte. »Ich werde in fünfundzwanzig Tagen die Thermopylen besetzen. Wollt ihr nicht dabei sein?«

Antigonos stöhnte dumpf und hob die Hände; Kleitos kaute auf einem Stück Wangenfleisch, das er zwischen die Backenzähne gezogen hatte. Dann stand er auf und schlug Antigonos auf die Schulter; den Beutel mit Rollen schob er Demaratos zu.

»Auf, Einauge. Du mußt dein Schwert striegeln, deine Frau gürten und dich von deinem Pferd verabschieden. Oder so.«

»Wir werden den Mittag betrachten, zusammen, unten im Hof. Mit einem Schluck. Dann reitet ihr.« Alexander lächelte beiden zu, als sie gingen, dann wandte er sich an Demaratos. »Nun?«

Der Korinther deutete auf Perdikkas. »Laß ihn beginnen. Wir wollen ein Bild zusammensetzen. Es wird keinem gefallen.«

Perdikkas leerte seinen Becher, legte das Bratenstück fort, an dem er geknabbert hatte, und betrachtete Alexander.

»Im Verlies von Aigai habe ich dich zum ersten Mal gesehen, König.« Seine Stimme war rauh. »Heute bist zu zehn Jahre älter. Wo soll ich beginnen?«

»Vorn.«

Perdikkas hielt sich mit beiden Händen an seinem leeren Becher fest; Aristoteles lächelte mild und goß Wasser nach, dann Wein.

»Zur Klärung – Alexandros, der dritte Bruder, wußte nichts. Sie haben ihn nicht eingeweiht; sie waren mißtrauisch. Pausanias ist vor Jahren von Attalos entehrt worden; ihr kennt die Geschichte. Philipp hat ihm damals befohlen, sich nicht zu rächen, sondern die Rache dem König zu übertragen – und die Ehre. Diese Bergfürsten – Pausanias ist, ah, war Oreste – haben da ja strenge Vorstellungen. Als Philipp die Nichte von Attalos zur Königin gemacht hat, übernahm er, für Pausanias, auch die Schande, die für einen guten Oresten keineswegs nach sechs Jahren vergessen ist. Nun wird es heikel.«

Perdikkas schaute Alexander an, beinahe flehend; der König schloß die Augen und nickte kaum sichtbar.

»Wie du meinst. Einer deiner Zunftbrüder, Aristoteles... ein wandernder Denker namens Hermokrates...«

»Sprich ruhig weiter. Er taugt nichts.« Der Philosoph lächelte schwach.

Demaratos räusperte sich. »Hermokrates war ein paar Tage in Pella. Mit Olympias hat er die Höhle des Dionysos aufgesucht. Später, soweit ich weiß, hat er lange mit Pausanias geredet. Weiter, Perdikkas.«

»Hermokrates soll ihm gesagt haben, Ruhm sei das einzige, was erlittene Schande aufheben kann. Ruhm, und Rache. Am besten Ruhm *durch* Rache. Pausanias hat gefragt, wie er, als Fürstensohn, aber letzten Endes doch einfacher Kriegerführer, zu unsterblichem Ruhm gelangen könne; Hermokrates soll ihm gesagt haben, indem du entweder unsterbliche Ruhmestaten tust oder einen tötest, der schon unsterblich berühmt ist. Dann wird man deinen Namen immer mit dem seinen zusammen nennen. Und wenn du ganz sicher sein willst, tu es, wenn die ganze Oikumene zusieht.«

»Welcher König eher als Philipp, welcher Tag besser als jener in Aigai?« murmelte Antipatros.

»Pausanias...« Perdikkas brach ab; wie hilfesuchend starrte er den Korinther an. »Die letzten Schreiber sollten gehen.«

Demaratos verzog das Gesicht. »Muß ich die unangenehmen Dinge sagen?« Er wartete, bis die Schreiber den Raum verlassen hatten. »Nun gut. Pausanias hat seit Jahren mit deiner... Olympias das Lager geteilt.«

Alexander regte sich nicht; er hielt die Augen geschlossen, atmete nicht schneller, zuckte mit keinem Muskel. Nur seine Nase trat stärker hervor: Sie wurde blaß.

Perdikkas übernahm wieder. Mit monotoner Stimme berichtete er von den Dingen, die Heromenes und Arrhabaios ausgesagt hatten, ehe man sie hinrichtete. Von Gesprächen; von Briefen nach Athen und Persien; von persischem Gold und Verheißungen des Demosthenes; von Gesprächen mit Olympias und Pausanias; vom Wunsch der Bergfür-

sten, den übermächtigen Schatten des Königs durch neues Licht zu tilgen. Von Briefen an Attalos, Onkel der neuen Königin, Schwiegersohn
und Stellvertreter Parmenions als Befehlshaber in Asien.

»Wenn sie nicht gelogen haben; aber das glaube ich nicht, nicht in *der*
Lage.« Mit einer Grimasse betrachtete er seine Hände. »Arrgh. Sie, und
zumindest Attalos, wahrscheinlich auch Persien und Demosthenes,
wollten Philipp töten, Amyntas zum König machen, fertig. Pausanias
wollte Philipp töten, um Ruhm zu erringen und die Schande zu tilgen.
Olympias... wollte Philipp beseitigen, um dich zum König zu machen.
Damit du den Willen der Götter erfüllst. Und damit sie durch dich
Macht und Unsterblichkeit erlangt. Zwei verschiedene Pläne, Alexander. Aber – wo kommen sie zusammen? Wer hat sie verknüpft? Wer hat
dafür gesorgt, daß wir von der, ah, den Begegnungen zwischen Pausanias und den Lynkesten erfahren?«

Demaratos beugte sich vor. »Es gibt da noch etwas.«

Aristoteles warf ihm einen warnenden Blick zu; Drakon legte die
linke Hand auf den Arm des Korinthers.

Alexander öffnete sehr langsam die Augen und sah Demaratos
an, sah Drakons Hand, sah Aristoteles' Gesichtsausdruck. Er lächelte
traurig.

»Keine Schonung – Freunde. Wer hat Hermias verraten? Wer hat
Demosthenes die Möglichkeit gegeben, Hermias an die Perser zu verraten? Alles nur, damit das Gefäß des Ammon ungehindert und un-
vermindert all das tun kann, was Ammon gefällt?« Er biß die Zähne
zusammen und atmete tief. »Nun denn. Das Gefäß des Ammon ist
zerbrochen. Was machen wir mit Amyntas?«

Antipatros grunzte. »Ich dachte schon, du würdest das Naheliegende
vergessen. Willst du gelegentlich ruhig schlafen? Ach, ich vergaß, du
schläfst ja nicht.«

Perdikkas stand auf; er schien von einer schweren Last befreit und zu
großen Dingen entschlossen. »Ich muß etwas tun«, sagte er durch die
Zähne. »Amyntas? Vergiß ihn, Alexander. Es hat ihn nie gegeben.
Wenn du willst.«

Alexander blickte ihn an, dann Seleukos. »Ich will ihn vergessen –
gründlich.« Er zog sein Messer, hielt es an der Klinge und reichte es
Perdikkas. »Ich danke dir, Freund. Seleukos, geh mit. Und... danach
setzt euch mit Archelaos zusammen, der alles weiß und alle kennt. Wer
könnte noch beteiligt sein. Amyntas' engste Freunde. Attalos' wichtig-

ste Freunde und Verbündete. – Ich werde selbst mit Kynnane reden – später. Sie soll nicht zusehen.«

Nun waren nur noch Antipatros, Aristoteles, Demaratos, Drakon, Hekataios und Alexander übrig. Antipatros streckte die Hände nach dem Schriftenbeutel aus, den Kleitos hinterlassen hatte; Alexander nickte.

Der alte Makedone entrollte die Briefe und überflog sie. Sein Gesicht verfinsterte sich; schließlich trommelte er mit beiden Fäusten auf den Tisch.

»O ihr Götter! Das... das ist unglaublich.« Er schob eine der Rollen Alexander hin. »Er hat die Frechheit – also, mir fehlen die Worte. Er schickt dir Abschriften seiner Briefe an Demosthenes und der Briefe des Atheners an ihn. Darin wird über die Beseitigung des Prinzen Alexander und die Einsetzung von Amyntas verhandelt. Und nun schickt er dir alles mit der Bemerkung, er hätte sich wohl geirrt, und so ernst sei das alles nicht gemeint.«

Hekataios stand auf, trat hinter Alexander und legte ihm die Hände auf die Schultern. Die Miene des jungen *hetairos* zeigte Ekel und Entschlossenheit.

»Asien?«

Alexander legte den Kopf in den Nacken, schaute zu seinem Gefährten auf und lächelte matt. »Ich danke dir, Freund. Schreib du den Brief an Parmenion; ich unterschreibe, sobald er fertig ist. Such dir ein paar Männer, denen du vertraust. Nimm eine Triere. Nein, nimm drei – zur Sicherheit.«

Hekataios verließ die Beratung. Alexander erhob sich, ging zum Fenster und blickte hinab in den Hof, wo das große Fest immer lauter wurde. Ohne sich umzudrehen sagte er:

»Drakon, Demaratos – Sammler und Übermittler von Nachrichten, leiht ihr mir Augen und Ohren, wie ihr es für Philipp getan habt?«

Drakon betrachtete den Rücken des Königs. »Einige Dinge müßten geändert werden...«

Alexander wandte sich ihnen wieder zu. »Ich weiß. Viele Dinge. Und das Heer braucht neue Ärzte, eine bessere Versorgung. Unter Philipp war es schon viel besser als in allen anderen Heeren von Hellas. Vielleicht in der ganzen Oikumene. Aber – wir verlieren noch immer zu viele gute Männer, die nicht sterben müßten, wenn mehr Heiler und Kräuter und Verbände vorhanden wären. Du und Philippos?«

»Bis auf weiteres – ja.«

»Nutzt die klugen Kräuterlisten, die Aristoteles besitzt, meine Freunde.«

»Es gibt noch andere Dinge, die geändert werden müssen.«

Alexander legte eine Hand auf Drakons Schulter und seufzte. »Ich weiß, ich weiß. Morgen. Nicht jetzt.«

Demaratos kicherte. »Auge und Ohr soll ich dir leihen? Vergißt du nicht etwas, Junge?«

Alexander setzte sich wieder und trank einen Schluck Wasser. »Ich habe schon nachgezählt. Mein Vater hat mir an die achtzig Talente hinterlassen, im Schatz; und fünfhundert Talente an Schulden. Die Bergwerke werden neues Gold liefern – langsam. Die Steuereinnehmer und Zöllner werden Geld bringen – sehr langsam. Zu langsam. Ich werde mich auf meine Freunde stützen müssen. Die hier sind und die herkommen. Ptolemaios wird Truppen aufstellen und ausbilden, und aus der eigenen Tasche bezahlen – zuerst. Nearchos wird Architekten, Straßenbauer, Techniker jeder Art anwerben – und aus der eigenen Tasche bezahlen. Eumenes wird ein neues System des Verwaltens und Aufzeichnens entwickeln – und bezahlen. Harpalos wird den Staatsschatz regeln – und aufstocken. Was kannst du mir leihen, Demaratos?«

Der Korinther grinste. »Ich habe gute Geschäfte gemacht, nicht zuletzt mit Hilfe deines Vaters. Ich sehe aufregende Zeiten vor uns, von denen ich etwas miterleben möchte. – Ich kenne da einige Leute... Wie wäre es mit fünfhundert Talenten?«

Alexander riß die Augen auf. »So viel?«

»Wie gesagt, es gibt Leute, die bereit wären, ihr Geld in ein verheißungsvolles Unternehmen zu stecken. Wenn du nicht nach ihren Namen fragst.«

»Ich danke dir – Freund Demaratos. Demaratos mit den klugen Augen. Demaratos, dem nichts entgeht.« Alexander lächelte boshaft. »Demaratos mit Watschelgang und Hängebacken, mit Ringen an den Fingern und am rechten Ohr. Oder war es das linke? Wie auch immer – ich danke dir. Sei sicher, daß ich es dir vergelten werde. Später.«

Demaratos erholte sich schnell von seiner Verblüffung. »Es gibt ein kretisches Wort, König der Makedonen. Wenn ein König bei dir Schulden hat, hast du ein Königreich. Wie sollte ich mich nun anders fühlen als – königlich?« Er lachte.

Drakon blickte zwischen Alexander und Demaratos hin und her. Er schien etwas sagen zu wollen, schüttelte dann jedoch den Kopf.

Alexander blinzelte. »Hast *du* den Aal beseitigt, Drakon? Auch dir danke ich.«

Der Heiler hob die Hände; Aristoteles sah ihn zum ersten Mal fassungslos.

Antipatros stand auf. »Nicht, daß ich eure geheimen Botschaften verstünde. Es geht mich auch nichts an. Aber es gibt noch eines, was sofort zu klären wäre – Herr.«

Alexander kam zu ihm, mit kleinen Schritten. Er legte ihm beide Hände auf die Schultern und sah ihn eindringlich an. »Antipatros mein Vater. Hüter meines Rückens. Ich sage nein.«

Antipatros blinzelte sehr schnell. »Was meinst du?«

»Vielleicht ist sie ein Ungeheuer.« Alexander nahm die Hände von den Schultern des alten Mannes und ließ sie baumeln. Sein Gesicht veränderte sich, die Augen waren in der Ferne. »Wenn alles stimmt, was sie und der Seher sagen, bin ich an eine bestimmte Zukunft gefesselt, gebunden auf ein Rad aus Feuer... Ein Ungeheuer töten, die Mutter schänden, den Vater schlachten, mein Glied der Göttin opfern, Gefäß des Ammon sein – all dies, und mehr, wollen die Götter.« Sein Blick kehrte zurück, irrte im Raum umher, ruhte auf Aristoteles. »Nun denn.« Das Gesicht wurde hart und kalt. »Den Vater hat ein anderer geschlachtet, und was die übrigen Dinge angeht, soweit sie nicht schon geschehen sind, gedenke ich den Göttern zu trotzen und das Rad und die Fesseln zu zerstören. Vielleicht ist sie ein Ungeheuer. Aber da die Götter wollen, daß ich sie schände und töte, werde ich sie nicht anrühren. Sie darf nie, nie, nie die Macht in die Hände bekommen. Aber sie wird leben – auch aus politischen Gründen.«

Aristoteles sog Luft durch die Zähne. »Was immer sonst dahinterstecken mag, er hat recht, Antipatros. Viele werden sagen, er sei der einzige, dem Philipps Tod nützt. Man wird an der Verschwörung, oder den Verschwörungen, gründlich zweifeln. Amyntas, Attalos, Heromenes, Arrhabaios, Pausanias – wie viele werden noch sterben müssen, damit ihr sicher sein könnt? Der Tod von Olympias wäre ein Segen für die Oikumene, denn sie ist ein Ungeheuer. Aber nicht nur in Athen würden dann viele sagen: Seht, das ist der Beweis – erst der Vater, dann die Mutter, damit er alles allein hat und keinem etwas schuldet.«

Demaratos nickte. »So ist es. Die heute hier waren, die draußen feiern, die dich kennen, Alexander, lieben und bewundern dich. Aber schon die Brüder und Vettern der Bergfürsten, jene, die dich nicht gesehen haben, sind nicht unbedingt hinter dir und mit dir. Nein, Antipatros, du hast einen klugen König. Er weiß, daß die Macht unsicher ist, schwankend wie der Fuß, der einen Speer und sonst nichts als Brücke zwischen sich und dem Abgrund hat. Ein Fehltritt, und du stürzt; ein falscher Entschluß, und das Land steht in Flammen. Olympias darf nicht umkommen. Jedenfalls noch nicht.«

Alexander war einen halben Kopf kleiner als Antipatros, aber irgendwie schien es, als ob der alte, erfahrene Hüter des Staats zum jungen König aufschaute.

»Es soll sein, wie du sagst, Alexander.« Er versuchte ein wenig zu grinsen, was ihm nur mühsam gelang; dabei schaute er über Alexanders Schulter Aristoteles an. »Ich bin zufrieden – Junge. Nun sag mir nur noch, warum du den hellenischen Gedankengaukler die ganze Zeit dabeihaben wolltest.«

Alexander runzelte die Stirn und wandte sich dem Philosophen zu. »Warum?«

Aristoteles antwortete. »Weil er, o edler Antipatros, befürchtet hatte, ihr könntet aus lauter Schrecken über seine Verwandlung und seine Beschlüsse den Widerspruch vergessen, da, wo Widerspruch angebracht ist. Deshalb wollte er mich dabeihaben, denn er weiß, daß Aristoteles als Philosoph nicht viel taugt, bei anderen Dingen jedoch oft klarer sieht als jene, die mit ihnen befaßt sind.« Er kicherte leise. »Außerdem plagt ihn eine gewisse Eitelkeit – die Eitelkeit des Schülers, der wissen will, ob der Lehrer mit ihm zufrieden ist. Nun, wie ist es, Alexander?«

Der König lächelte. »Du bist zufrieden, Aristoteles.«

18. JENSEITS
DER THERMOPYLEN

Antipatros war nicht im Palast, als der Reisezug der Mutter des neuen Königs eintraf. Probleme des Nachschubs für das in Eilmärschen nach Hellas vordringende Heer Alexanders, Probleme der Versorgung der verstärkten Grenztruppen im Norden und Nordosten, Probleme des Nachschubs für die Männer am Hellespont, das Ausbleiben einer Nachricht über Attalos und Hekataios – zu viel zu tun, zu wenig Zeit. Hinzu kam, daß der eine oder andere *epistates* die Belange der von ihm verwalteten Stadt nicht mit einem der zuständigen Beamten, sondern mit Antipatros selbst besprechen wollte; desgleichen die Steuereinnehmer, desgleichen die Richter.

Olympias ritt in den Hof des Palasts, geführt und gefolgt von berittenen Dienern, von Sklaven, von Maultierkarren mit dem Besitz der Königinmutter. Ein paar Mann der Palastwache grüßten, zunächst verwirrt; Sklaven und Diener des Haushalts liefen herbei, um zu helfen. Olympias erkundigte sich nach Antipatros, nach Archelaos, aber auch der Herr des Haushalts war nicht zu finden. Mit einem dünnen Lächeln gab sie Anweisungen hinsichtlich des Gepäcks; dann stieg sie die Treppen hinauf. Ein Offizier der Palastwache trat ihr in den Weg, sichtlich von Zweifeln geplagt; Olympias schob ihn beiseite, und er wagte es nicht, Gewalt gegen Alexanders Mutter anzuwenden.

Sie wanderte langsam durch die Gänge, bis sie zu jenem kam, an dem ihre ehemaligen Gemächer lagen. Auch hier standen Posten, die bei ihrem Anblick grüßten, dann von einem Fuß auf den anderen traten und sie schließlich durchließen.

Sie betrachtete die Stelle im Gang, wo Philipp die Mauer hatte errichten lassen, die nun verschwunden war, spurlos. Dann hob sie die Schultern, richtete sich auf und trat zur Tür, hinter der Kleopatra lebte, Philipps Witwe.

Die Wachen standen am Ende des Gangs, schon halb im Treppenhaus. Etwas wie faßbares Unbehagen lag in der Luft. Und Stille. Von irgendwo, durch einen Boten herbeigeholt, tauchte Archelaos auf. Er kam die Treppe heraufgerannt. Bei den Wachen blieb er keuchend stehen.

»Wo ist sie?«

Einer der Männer deutete in den Gang.

Archelaos starrte ihn ungläubig an. »Ihr habt sie da reingehen lassen? O ihr Götter!« Er schob die Männer beiseite und lief zu den Gemächern der Witwe.

Ein langer, schriller Schrei hallte durch den Gang, durchs Treppenhaus, durch den Palast. Archelaos zuckte zusammen, stand einen Moment wie gelähmt; dann riß er die Tür auf.

Kleopatra lag auf dem Boden, in einer Blutlache; die rechte Hand klammerte sich um den Dolch, der in ihrer Brust steckte. Auf dem Schoß lag Philipps Tochter Europe, kaum zwei Monde alt. Das Wickeltuch war tiefrot. Der Kopf des Säuglings lag unnatürlich schräg; nur ein Hautfetzen verband ihn noch mit dem kleinen Körper.

Archelaos stieß ein würgendes Grunzen aus. Olympias stand ein paar Schritte entfernt, zwischen den Leichen und dem Fenster. Die Schlange ringelte sich um ihren Hals.

»Ah, Archelaos, gut dich zu sehen.« Sie betrachtete ihn mit einem milden, beinahe vorwurfsvollen Lächeln. »Wie kann man eine offensichtlich verwirrte Frau alleinlassen, mit ihrem Kind und einem Dolch?«

Archelaos starrte sie an. Sein Gesicht war kalkweiß.

Eumenes hatte abgenommen. Der fette Hellene, Leiter des königlichen Archivs, war mit der zweiten Heeresgruppe in Eilmärschen durch Thessalien gezogen, als Alexander mit der Hetairenreiterei bereits die Thermopylen besetzte. Nun saß er vor einem Zelt, eine Hand auf dem mit Rollen übersäten Tisch, in der anderen ein Hühnerbein. Er kaute und starrte über den schmalen Strand hinaus aufs Meer. Nur die knappen, vollmundigen Bemerkungen, mit denen er Fragen seiner Schreiber beantwortete, zeigten, daß er keineswegs döste.

Der Teil des Lagers, in dem die Nachrichten ausgewertet, gebündelt und an den König weitergegeben wurden, befand sich am Stadtrand von Alpenos, östlich der Engen. Leonidas, der große Spartaner, treu wie das Gesetz es befahl, hatte hier sein Versorgungslager gehabt, als er die Thermopylen gegen die Heere des Xerxes verteidigte.

Eumenes hatte in den heißen, grünblauen, stinkenden Quellen gebadet; er hatte mißmutig die schroffen, bewaldeten, unzugänglichen Hänge und Höhen betrachtet und im Geiste Philipp gedankt, der die Straße erweitert und geebnet hatte. Die drei »Tore« genannten Durchlässe, jeweils etwa fünfzehn Stadien voneinander entfernt, waren mit Mauern gesichert und von makedonischen Kerntruppen besetzt. Ein Teil des Heeres lagerte westlich der Engen, zwischen den Bergen, den Flüssen und der Stadt Antikyra; das Hauptlager befand sich weiter östlich, zwischen Alpenos und Nikaia.

Die älteren Krieger und viele Offiziere kannten den Ort längst; sie waren unter Philipp durch die Engen gezogen, hatten sie bei anderer Gelegenheit umgangen, hatten beim Ausbau der Straße mitgearbeitet. Außerdem waren sie Makedonen; die sagenhafte Bedeutung der Thermopylen für Hellas mochte ihnen Achtung einflößen, verbunden mit einer gewissen Geringschätzung jener, die sich so oft und fast immer vergebens in der trügerischen Sicherheit gewiegt hatten, die Felsen, Meer und Helden hier doch nie bieten konnten. Für den Hellenen Eumenes war es ein heiliger Ort; er hatte geweint, als er die Thermopylen zum ersten Mal sah und betrat. Geweint, der Helden der Vorzeit gedacht, den Göttern Opfer dargebracht, das Gedächtnis des Verräters Ephialtes verflucht. Und dann, den Weinbecher in der Hand, über sich selbst gelacht – als ob, jenseits der Sage, die Perser tatsächlich vom Verrat eines Mannes abhängig gewesen wären, der ihnen den Bergpfad, die Umgehung zeigen konnte.

Drakon war morgens aufgebrochen, um sich der Fußkranken und Siechen in den verschiedenen Lagern anzunehmen: Männer mit Fieber, mit verdorbenem Magen, mit geschwollenem Knöchel, mit entzündeten Körperteilen – das Übliche nach einem harten Marsch. Er war zu Fuß nach Osten gegangen; nun kam er zu Pferd von Westen, aus der Enge des letzten Tores. Er ritt bis unmittelbar neben Eumenes' Zelt, sprang ab, überließ das Tier einem Sklaven und kam zum Tisch.

Eumenes warf den Hühnerknochen fort und deutete auf den Schreiber, der mit dem Brief an Aristoteles beschäftigt war. »Weiter. – Drakon, der beste unter allen schlechten Ärzten, fiel eben vom Pferd. Sein ehrwürdiges Alter von beinahe fünf Jahrzehnten verbirgt er hinter ehrlosem Benehmen und einem ehrenrührigen Bart, wie du weißt. Er kaut auf einer welken Asphodele; sein Gesicht, das Dräuen des Zeus im Gewitter, verheißt Übles. – Später weiter. Na, Herr der Knochensägen?«

Drakon schob den Unterkiefer vor; die welke Blume richtete sich auf wie ein Phallos. »Laßt uns allein. Was ich zu sagen habe, ist nur für deine Ohren, o Bauchiger.«

Eumenes entließ die Schreiber mit ein paar Handbewegungen; er beugte sich vor, goß einen zweiten Becher voll und schob ihn dem Heiler hin. »Wein, mit etwas Wasser. Die Sonne geht ja bald unter, da darf man. – Also, was ist?«

Drakon setzte sich auf einen Haufen aus Fellen und Decken, nahm die Blume aus dem Mund, trank einen Schluck und streckte die Beine aus. »Ah. Böse Neuigkeiten, Freund. Ich habe, da ich ohnehin drüben war« – mit dem Kopf wies er nach Westen, jenseits der Thermopylen –, »die Boten abgefangen, die Briefe beschlagnahmt und mich seither gefragt, wer von uns beiden der Überbringer sein soll.«

Eumenes legte sein Gesicht in weinerliche Falten. »Ich bin schlecht zu Fuß. Außerdem ist ein häßlicher schlanker Greis wie du für Leute wie Apollon und Alexander eher erträglich als ein feister Mann im besten Alter. Allein mein Anblick würde den König daran erinnern, daß er zu lange nichts gegessen hat.«

Drakon starrte vor sich auf den Boden; mit dem rechten Fuß scharrte er Sand zu einem Häufchen und ebnete es sogleich wieder ein. »Na gut. Ich gehe. Hast du etwas für ihn?«

Eumenes wühlte in den Rollen. »Willst du Papyros, oder reicht dir zunächst eine Zusammenfassung?«

»Kein Papyros.«

Der Hellene nickte. »Gut. Übliches ist dabei; Meldungen aus rückwärtigen Lagern und Festungen, der Stand des Nachschubs, dergleichen. Und zwei Dinge von Bedeutung, aber nicht so eilig, daß er sie vor der Abendbesprechung haben müßte.« Er hielt eine Rolle hoch, dann eine zweite. »Kamen mit einem Schnellsegler an, heute mittag.«

»Was ist es?«

»Ein Brief von Hekataios, ein Schreiben von Parmenion. Beide behandeln Attalos und was damit zusammenhängt. Parmenion hat dann noch eine hastige Nachschrift hingekritzelt. Sie haben Attalos von seinen eigenen Leuten hinrichten lassen; keiner hat sich geweigert. Das Heer am Hellespont ist treu. Wichtiger – na ja, Parmenion hat die Dinge in der Hand, deshalb ist es nicht so überraschend; wichtiger ist die Nachschrift.« Er fuchtelte mit der zweiten Rolle. »Die Söldnerführer, Memnon und Mentor, haben ihnen ja heftig zugesetzt und sie an den Hellespont zurückgedrängt. Wie wir zu gut wissen. Seit einiger

Zeit war da aber Ruhe – jedenfalls fast. Parmenions Nachschrift sagt, weshalb.«

Drakon ächzte. »Mach's doch nicht so spannend.«

Eumenes lächelte. »Nachrichten aus dem Inneren des persischen Reichs brauchen lange. Vor allem Bestätigungen. Arses ist tot – ermordet.«

Drakon fuhr auf. »Was?«

»Der Großkönig wurde wahrscheinlich von Bagoas dem Hurtigen umgebracht – dem Eunuchen, der ihn vor ein paar Jahren auf den Thron gehoben hat. Der neue Großkönig heißt Dareios, aber es bleibt alles in der Familie. Arses war der jüngste Sohn von Artaxerxes Ochos, Dareios ist ein Sohn von Arsames, dem Bruder von Ochos' Vater. Also, er ist ein Vetter von Artaxerxes und...«

Drakon stand auf. »Deine Familiengeschichten kümmern mich jetzt nicht. Es gibt andere; Familiengeschichten, die schlimmer sind.«

»Was denn?«

Drakon winkte dem Sklaven, der ihm das Pferd brachte und auf Drakons Handbewegung hin außer Hörweite ging. Leise sagte der Arzt: »Meldung von Archelaos. Olympias ist wieder in Pella. Sie hat – ah, es war keiner da, der sie hätte hindern können. Sie hat Kleopatra und das Kind umgebracht und behauptet, Kleopatra hätte es selbst getan, in einem Anfall von Verwirrung.«

Eumenes schloß die Augen. »Viel Vergnügen bei der Weitergabe. O ihr Götter – was für eine Hexe!«

Bei Sonnenuntergang kehrte Drakon zurück. Er ließ sein Pferd in der Obhut der eigenen Sklaven und kam mit langsamen, steifen Schritten zu Eumenes, der eben den letzten Brief des Tages beendet hatte und den Haufen der von Alexander zu unterzeichnenden Rollen sichtete.

»Na?«

»Selber na. Hast du was zu trinken?«

»Mit Wasser?«

»Bah.«

Eumenes goß einen Becher voll, unverdünnt; Drakon trank ihn halbleer, im Stehen. Dann erst setzte er sich auf einen der Klappstühle.

»Heute keine Besprechung mehr; er will niemanden sehen. Er ist weiß geworden wie, ah, wie frischer Käse. Du sollst zwei Briefe fertigmachen. Einen an Olympias – Verehrung des Sohnes und so weiter. Leider sei nach neuesten Erkenntnissen eine Menge persischer Meu-

457

chelmörder unterwegs; daher müsse die Bewegung wichtiger Menschen eingeschränkt werden. Klartext, den Schmus kannst du ja dazutun: Olympias hat den Palast nicht zu verlassen, außer, wenn sie zu Aristandros und seinem Tempel will. Inner- und außerhalb des Palastes scharfe Bewachung. Der andere Brief, doppelt, an Archelaos und Antipatros: Olympias ist schärfstens zu bewachen; desgleichen Arridaios, Kynnane und überhaupt alle, denen sie möglicherweise etwas antun könnte.«

Eumenes seufzte. »Wie schön. Wann läßt er sie endlich erwürgen?«

Drakons Gesicht zog sich in die Länge; er krallte die Finger der Rechten in den grauschwarzen Bart. »Nie. – Ah, noch etwas. Morgen kommt eine Gesandtschaft aus Athen. Mal sehen, wie sie sich diesmal rauswinden.«

Je näher sie den Thermopylen kamen, um so langsamer wurde der Zug. Einige der Gesandten ritten, andere saßen auf zweirädrigen Karren, die von Pferden gezogen wurden; Demades und Demosthenes gingen zu Fuß. Demades unterhielt sich mit einem der Diener über die Art, in der die Geschenke an den König zu verpacken und zu überreichen seien. Die ersten Häuser von Nikaia lagen vor ihnen; in zwei Stunden, so schätzten die Führer, würden sie das Hauptlager der Makedonen erreichen. Reitertruppen hatten sie kurz angehalten, eine Weile geleitet und waren dann wieder verschwunden.

Demosthenes, der vorausging, blieb plötzlich stehen und wartete, bis Demades neben ihm war. Demades seufzte und schickte den Diener fort.

Demosthenes fingerte an seinem Reiseumhang herum. »Ah, ich, also...«

Demades schaute ihn von der Seite an, mit einem unverhohlenen Ausdruck von Abscheu. »Darauf warte ich, seit wir Athen verlassen haben.«

Demosthenes schnitt eine Fratze. »Wäre es nicht, bei allem, was den Menschen durch die Gnade und Verfügung der ewigen Götter zu erkennen gestattet ist, eine durchaus denkbare Annahme, daß der siegreiche junge König der Makedonen Anstoß nehmen möchte an einer Friedensgesandtschaft, die Demosthenes unter...«

Demades sagte halblaut: »Aaaah! Erspar mir dein dummes Geschwätz. Heb es dir auf für deine gehörlosen Anhänger.«

»Meinst du nicht, daß etwas an meiner Überlegung sein könnte?«

Demades nickte. »Daran ist zweifellos etwas. Das Übliche nämlich. Eitelkeit, solange du bei den Gewinnern bist; und Feigheit, wenn es ans Bezahlen geht.«

Der Zug hatte sich bereits ein wenig von ihnen entfernt. Demosthenes schaute hinter den anderen her, dann auf die Straße, zurück, nach rechts und links, als ob er etwas suchte. Makedonen, zum Beispiel. Er gab sich offenbar Mühe, tapfer und unbesorgt dreinzuschauen.

Demades hob die Hände. »Also gut; hau ab. Wahrscheinlich ist es auch besser so. Wenn sie dich als heiliges Opfer hätten, wären deine Leute noch unerträglicher.«

Demosthenes stieß einen tiefen Seufzer aus. »Das werde ich dir nie vergessen, edler Demades. Ich schulde dir mein Leben.«

Demades grinste; er lockerte ein Tuch, das er um die Hüfte gelegt hatte. »Dein Leben? Nicht der Rede wert.«

»Aber was, wenn er, ah, Alexander, meinen Kopf verlangt?«

Demades nahm das gelöste Tuch und warf es über den Kopf des Demosthenes, der nun aussah wie ein wandernder Bettler. »Deinen was? Kopf? Ich sag ihm die Wahrheit. Daß du nie einen hattest.«

*

»Kann ich sie haben? Behalten?« Peukestas deutete auf die Rollen; einige kringelten sich auf dem Tisch, andere steckten in einem hohen, engen Weidenkorb. »Die von Eumenes sind sehr unterhaltsam. Und die anderen...«

Pythias kniete vor dem Feuer, das sie neu anfachte; sie wandte den Kopf. »Du kannst dich auch gleich in dein Schwert stürzen, Makedone.«

»Wieso?«

Aristoteles grunzte nur; Pythias stand auf, nahm die Ölkanne und den schmalen Trichter, um die Lämpchen aufzufüllen. Ohne Peukestas anzusehen, sagte sie:

»Alexander ist tot, aber die anderen? Ich glaube nicht, daß Olympias dich einen Atemzug länger leben läßt, als sie braucht, um dich zu erstechen oder zu vergiften. Sobald sie nur ahnt, daß du derlei in deinem Besitz hast. Solange sie lebt, kannst du es nicht benutzen. Und sie ist zäh – nach allem, was ich weiß. Auch die übrigen leben ja noch. Ptolemaios,

Perdikkas, Eumenes – alle bis auf deinen Vater. Nicht zu vergessen der Hüter des Reichs, Antipatros.«

»Ein guter Freund«, murmelte Aristoteles. »Ich hatte viele gute und schlechte Schüler, dazu einige treffliche Feinde. Aber nur drei wirklich gute Freunde. Philipp, der alles schuf, ist tot; Parmenion, der sein Schwert war, ist tot. Antipatros der Hüter, der Mehrer, der Verwalter – er weiß, daß ich diese Schriften habe. Er weiß auch, daß ich sie niemals mißbrauchen würde. Nein, Peukestas; du kannst sie nicht haben. Sie werden brennen; später.«

»Und die Dinge, die ich nun weiß? Die ich gelesen und gehört habe?«

Aristoteles lächelte müde. »Gerüchte. Du kannst sie niederschreiben, wenn du deines Lebens überdrüssig bist. Ist denn nach allem, was in diesen Stunden gesprochen und gelesen wurde, das Wesen der Macht immer noch so undeutlich für dich? Bist du nicht zusammengezuckt, als Aristoteles und Demaratos so selbstverständlich der Folterung von Heromenes und Arrhabaios beiwohnten? Hast du es nicht – begriffen?«

Peukestas schwieg; er betrachtete die Rollen im Korb.

Die Stimme des Philosophen klang gelangweilt. »So viele Träumer. Wer die Macht hat, wer sie behalten und sichern will, ganz gleich, ob aus Eigennutz oder zugunsten des Volks, muß diese Dinge tun. Demaratos wußte es; er war zu lange zu nah an der Macht. Ich wußte es; ich habe zu viele Mächtige gekannt und mit ihnen gesprochen. Und Gedanken gedacht. Deshalb bin ich nicht zurückgeschreckt, damals in Aigai. Ich habe es nicht *gemocht*, wenn dieses schwache Wort dir etwas sagt. Ich habe es widerwärtig gefunden; und notwendig. Was wird Olympias mit *dir* anstellen, wenn sie weiß, daß du diese Rollen hast? Oder auch die anderen, die auf ihnen verzeichnet sind? Die seit Jahrzehnten die Macht verwalten, verwenden, gebrauchen, mißbrauchen? Eumenes, ein harmloser fetter Hellene? Ah, aber du irrst dich, Sohn Drakons. Er ist notfalls wie jenes lange Messer, mit dem dein Vater die unheilbaren Verwundungen behandelte. Er würde abwägen, sich erinnern oder es versuchen; er würde nach langem Denken sagen, wahrscheinlich sei nichts in den Briefen, was ihn gefährden oder belasten könnte. Und dann würde er dich zerquetschen, wie einen Käfer, der einfach durch sein Brummen, sein bloßes Dasein lästig ist – weil er den großen Eumenes gezwungen hat, einige Atemzüge lang über unwichtige Dinge zu grübeln. Perdikkas hat mir nie geschrieben, aber er weiß, daß andere es getan haben. Er würde die Schultern heben, mit seinem gezähnten Lächeln. Drakons Sohn besitzt gefährliche Schriften? Unwichtig – aber das Reich ist aufzuteilen, wer wird sich auf wessen Seite schlagen, was wird Olympias tun, kann durch die Schriften ein gefährliches Ungleichgewicht entstehen, kann man sie verwenden? Er würde das Andenken deines Vaters ehren, Peukestas; dann würde er dich erdrosseln lassen und die Briefe lesen, um sie gegen die anderen zu benutzen. Krateros, der gemütliche Bär, Freund der einfachen Krieger? Er würde dir den Hals umdrehen, mit einer Hand; mit der anderen würde er nach den Rollen greifen.«

»Du ... du gibst mir tödliche Waffen in die Hand, die ich nicht verwenden kann.«

Aristoteles ächzte; mühsam drehte er sich auf die Seite. Pythias kniete neben dem Lager und reichte ihm Wasser, half ihm trinken.

»Ich danke dir, Kind. – Es ist Wissen, Peukestas. Wissen ist Macht, Wissen ist eine Waffe, wenn man es als Waffe einsetzt. Das richtige Wissen zur falschen Zeit ist eine tödliche Waffe; zwei Tage früher oder später kann es harmlos sein, lau und unschädlich. Und wichtiger als die Waffe ist die Hand, die sie führt. Was waren die unermeßlichen Heere des Dareios gegen – euch? Dareios hatte gewissermaßen keine Hände; ihr wart in den Händen von Alexander, von Parmenion, von Kleitos, Philotas, Perdikkas, Hephaistion und den anderen. Dieses Wissen, das dort auf Rollen verzeichnet steht, in der Hand eines Mannes, der damit umgehen kann, ist eine furchtbare Waffe. In deiner Hand wäre es Selbsttötung, Peukestas.«

»Nenn mir die Hand, und ich gebe die Waffe weiter.«

Aristoteles lachte. »Du irrst. Du wirst sie nicht weitergeben. Unter den Rollen, die hier liegen – und von denen erst ein geringer Teil verbrannt ist –, gibt es zweierlei Waffen. Die eine Art, in der richtigen Hand, könnte das Reich Alexanders dauerhaft festigen. Die andere Art könnte es sehr schnell zerstören. Diese Art, Peukestas, hältst du in der Hand; aber deine Hand ist zu schwach, und die Zerstörung des Reichs ist das Gegenteil dessen, was du anstrebst.«

»Gib mir die andere Waffe.« Der Makedone hob flehend die Hände. »Gib sie mir – gib mir den Brief, in dem Alexander seinen Nachfolger benannt hat!«

»Bist du sicher, daß dieser Brief nicht zur Zerstörung führt? In deiner Hand? Geh die Namen durch – die Namen derer, die vielleicht in Frage kommen. Antipatros, Perdikkas, Ptolemaios, Seleukos, Antigonos, Krateros, Meleagros, all die andren. Geh du, Peukestas, Sohn Drakons, machtloser wiewohl edler Makedone, mit diesem Brief zu den Fürsten und Führern. Was, glaubst du, wird Perdikkas tun, wenn nicht sein Name der Name des Auserwählten ist? Was Ptolemaios, was Krateros, was die anderen? Glaubst du, die Herren der Welt unterbrechen ihren Streit – wegen der Worte eines Toten, geschrieben an einen anderen Toten, mit toter Tinte auf totem Papyros?«

Peukestas schwieg; er trank hastig. Dabei spürte er, als er die brennenden Augen schloß, die Blicke von Pythias, die ihn beinahe mitleidig musterte, und die von Aristoteles – kühl, entrückt, gleichmütig und unendlich überlegen.

»Wie ging es weiter?« sagte er schließlich, kaum hörbar.

Aristoteles setzte sich auf, mit Pythias' Hilfe. Er schaute zum Weidenkorb, in dem Rollen standen, dann zur Wand, zu den Regalen, in denen immer noch viele Rollen lagen. Dann lächelte er flüchtig.

»Die wichtigen Dinge sind noch da. Eine Rolle, neben anderen, die du besitzen kannst – ich will sie dir schenken, wenn du magst. Aber sie behandelt Ereignisse des nächsten Jahres. Laß uns noch kurz verweilen. Die athenische Gesandtschaft... Nun ja, sie gaben Alexander, was er haben wollte – nicht den Kopf des Demosthenes, den verlangte er auch erst später, wie du selbst wirst lesen können. Die unglaubliche Schnelligkeit, mit der er aus dem Norden nach Hellas gekommen war, lähmte jeden Widerstand, der sich erst hätte gründlicher regen müssen, um wirksam zu werden. Er bekam Athens Zusage, daß der Bund von Korinth weiter bestehen sollte. Daß Athens Flotte für den Rachefeldzug gegen Persien zur Verfügung stünde. Er reiste nach Delphi und Korinth, und als er im späten Herbst nach Pella heimkehrte, war er König der Makedonen, Archon der Thessalier, Feldherr der delphischen Amphiktyonie, Hegemon und Stratege des Bundes von Korinth – er war all das, was Philipp gewesen war.

Er war aber auch mehr. Damals schon, zumindest in mancher Hinsicht. Er hatte begonnen, das Heer umzubauen. Es gab neue Begriffe; Wörter, Peukestas, die den Dingen neue Bedeutung verleihen. Sein Vater hatte aus dem Fußvolk eine Kerntruppe hervorgehoben und zu Gefährten zu Fuß gemacht, Pezhetairen. Die übrigen hießen Hopliten, wie alle. Alexander nannte sie nun alle Pezhetairen; und die Kerntruppe Schildträger, Hypaspisten – Hopliten mochten für Athen in den Kampf ziehen, aber Makedoniens ruhmreiche, unbezwingliche Fußkämpfer mit den langen Sarissen sollten anders heißen. Er erweiterte die Einheiten, die Philipp aufgebaut hatte – die besonderen Truppen, die Techniker, die Belagerer, die Geographen, die Wegvermesser, die Baumeister, die Heiler. Und wie sein Vater tat er nichts ohne dreifachen Nutzen. Der Feldzug, den er im Frühjahr begann, hatte vielerlei Hintergründe; über den Verlauf wirst du gleich selbst lesen können.

Die Hintergründe waren etwas anderes. Bevor er nach Asien gehen konnte, mußten die Grenzen sicher sein. Er mußte wissen, ob er sich auf die Gebietsfürsten, die Verbündeten, die Beamten in Pella verlassen konnte. Ob Antipatros nicht doch schon zu alt war, um Pella zu leiten und Olympias zu zähmen. Was die Hellenen tun würden, wenn er weit fort war. Und wie das Heer, Philipps Heer, mit den neuen Hypaspisten, mit den Kerntruppen, mit den thessalischen Reitern und den verbündeten Agrianen unter seiner Führung kämpfen konnte. Er mußte wissen, ob die Offiziere Philipps verläßlich waren, und ob er sich bei seinen jungen Gefährten nicht nur auf die Treue, sondern auch auf ihre Fähigkeiten stützen konnte. All dies.

Und all dies beschrieb Ptolemaios, Sohn des Lagos, und er gab mir, ehe sie nach Asien aufbrachen, eine Abschrift. Später bat er mich, etwas einzufügen; ich habe es versäumt, du kannst es nachholen.«

»Was ist es?«

»Als sie am Istros standen, den die Kelten weiter am Oberlauf Danoubis nennen, und die Insel im Strom war voller Feinde, ebenso das andere Ufer, da empfand, schrieb Ptolemaios mir, Alexander jene ungeheure Sehnsucht, die ihn später immer weiter trieb, oder zog. Sehnsucht nach dem anderen Ufer, nach der anderen Seite der Berge, nach der verborgenen Seite der Dinge, nach der Unterseite des Schattens und der Rückseite des Windes. Er habe damals nicht gewußt, wie gewaltig dies Sehnen war und sein würde, schrieb Ptolemaios; deshalb habe er es nicht erwähnt.«

»Das Sehnen Alexanders...« murmelte Peukestas.

Aristoteles hustete; er ließ sich wieder sinken, lag auf dem Rücken. »Das Sehnen Alexanders, ja. Aber darüber werden wir zu reden haben – später. Lies. Es ist die besonders dicke Rolle, zu deinen Füßen, im Korb. Die mit dem roten Band.«

*

Bei Frühjahrsbeginn zog Alexander nach Thrakien zu Triballern und Illyrern, weil er von Abfallbestrebungen erfahren hatte und es ihm nicht geraten schien, sich weit von der Heimat zu entfernen, ohne diese Völker der Grenze befriedet zurückzulassen. Er brach von Amphipolis auf und drang in das Gebiet der sogenannten Freien Thraker ein, wobei er Philippoi und das Orbelosgebirge links liegenließ. Dann überschritt er den Nestos und kam nach neun Tagen an den Haimos. Dort stellten sich ihm am Aufstieg zur Paßenge eine Masse von Einheimischen in Waffen sowie die Freien Thraker entgegen. Sie hatten Karren zusammengefahren, Schutzwehr zur Verteidigung, falls man den gewaltsamen Durchbruch versuchte. Zugleich wollten sie diese Karren auf die makedonische Phalanx hinabrasen lassen; je dichter diese Säule war, desto gründlicher würden die herabrollenden Fahrzeuge sie zersprengen.

Alexander überlegte, wie man sicher das Gebirge überqueren könne. Als er zu der Ansicht gekommen war, einen anderen Weg gebe es nicht, befahl er den Schwerbewaffneten, sie sollten, wenn die Wagen herabkämen, auseinandertreten. So könnten die Wagen durch sie hindurchfahren. Die aber, die im Gelände feststeckten, sollten sich zu Boden werfen und unter den aneinander gelegten Schilden zusammenrollen, damit die Karren über sie hinwegbrausten. Und wie Alexander vermutet hatte, verlief alles weitere: Die einen schufen Lücken, bei den anderen rollten die Karren über die Schilde hinweg und richteten wenig Schaden an. Verluste gab es nicht.

Dann stürmten die Makedonen mit Gebrüll auf die Thraker los. Alexander ließ die Bogenschützen vom rechten Flügel vor die anderen Teile der Phalanx rücken, weil sie sich dort leichter bewegen und die Thraker beschießen konnten, wo sie sich näherten. Er selbst nahm Leibtrupen, Hypaspisten und Agrianen und bezog seinen Platz auf dem linken Flügel. Mit Pfeilschüssen trieb man die Thraker zurück; dann bezwang die Phalanx im Nahkampf die nicht gepanzerten, schlecht ausgerüsteten Gegner, so daß diese, als Alexander vom linken Flügel aus angriff, die Waffen wegwarfen und bergab flohen. Etwa tausendfünfhundert von ihnen kamen um, gefangen wurden wegen ihrer Behendigkeit und Geländekenntnis nur wenige. In makedonische Hand jedoch fielen alle Frauen, die sie begleiteten, sowie die Kinder und die ganze Habe.

Alexander ließ die Beute zum Verkauf in die Küstenstädte bringen.

Er selbst überstieg den Gebirgskamm und marschierte durch das Hai-mosgebirge zu den Triballern. Dabei kam er zum Fluß Lyginos, der vom Istros aus in Richtung auf den Haimos drei Tagereisen entfernt ist. Syrmos, der Triballerkönig, hatte Frauen und Kinder der Triballer zum Istros geschickt und sie dort auf eine der Inseln im Fluß hinüberbringen lassen. Der Name der Insel ist Peuke. Auf diese Insel hatten sich beim Anrücken Alexanders auch die den Triballern benachbarten Thraker geflüchtet, selbst Syrmos war mit seiner Umgebung dorthin geflohen. Die Hauptmasse der Triballer befand sich auf dem Rückzug zu dem Fluß, von dem Alexander tags zuvor aufgebrochen war.

Als er von dieser Bewegung hörte, kehrte er um und marschierte gegen die Triballer, auf die er traf, als sie gerade das Lager aufgeschlagen hatten. Überrascht suchten sie sich im bewaldeten Flußtal zum Kampf aufzustellen. Alexander ordnete die Phalanx in Marschsäulen und führte sie; Bogenschützen und Schleuderer ließ er vorauslaufen, um die Barbaren mit Pfeilen und Steinen zu beschießen, in der Absicht, sie in offenes Gelände herauszulocken. Und in der Tat, in Schußweite gera-ten, rannten sie im Pfeilhagel zum Gegenangriff, um die Bogenschützen in einen Nahkampf zu verwickeln. Alexander gab Philotas den Befehl, mit den Reitern aus Obermakedonien rechts die Feinde anzugreifen, wo sie am weitesten vorgelaufen waren; Herakleides und Sopolis mit der Reiterei aus Bottiaia und Amphipolis ließ er links vorstoßen. Die Phalanx und auseinandergezogen vor dieser die übrigen Reiter sollten in der Mitte vorrücken.

Solange man lediglich mit Schußwaffen kämpfte, waren die Triballer kaum im Nachteil. Als aber die Phalanx mit aller Wucht in sie einbrach und auch die Reiterei nicht mehr nur Speere warf, sondern unterstützt durch die Wirkung der Pferdeleiber überall herandrängte und über sie herfiel, wandten sie sich zur Flucht durch den Wald in Richtung auf den Fluß. Dreitausend gingen dabei zugrunde. Nur wenige wurden gefan-gen, denn der Wald vor dem Fluß war dicht, und die hereinbrechende Nacht hinderte die Makedonen an der Verfolgung. Von den Makedo-nen fielen elf Reiter, dazu an die vierzig Fußkämpfer.

Am dritten Tag nach dieser Schlacht kam Alexander an den Istros, den größten der Flüsse in Europa. Dort traf er die Kriegsschiffe an, die be-fehlsgemäß durch das Euxeinische Meer und anschließend flußaufwärts von Byzantion her gekommen waren, bemannte sie mit Bogenschützen und schweren Fußkämpfern und wollte die Insel anlaufen, auf die sich Triballer und Thraker geflüchtet hatten. Man versuchte eine Landung; die Barbaren stellten sich zur Abwehr am Ufer der Insel überall dort auf, wo die Schiffe sich näherten. Deren Zahl indes war gering und auch die Streitmacht auf ihnen klein. Im übrigen erwies sich die Insel an den meisten Stellen auch als zu steil für eine Landung und die Strömung des Flusses als reißend, so daß an ein Herankommen nicht zu denken war. So zog Alexander die Schiffe wieder ab und beschloß, über den Istros selbst gegen die Geten vorzugehen, die er schon in Massen am jenseitigen Ufer versammelt sah, um ihn an der Landung zu hindern. Es waren dies etwa viertausend Reiter und mehr als zehntausend Mann zu Fuß. So stieg er selbst auf eines der Schiffe, ließ überdies die Lederhäute, unter denen die Leute zu nächtigen pflegten, mit Heu vollstopfen, zu Flößen verbinden und an Booten zusammenholen, was sich in der Gegend fand. Den Fluß überschritten zusammen mit Alexander eintausendfünfhundert Reiter sowie etwa viertausend Mann zu Fuß.

Man setzte noch in der Nacht über, und zwar an einer Stelle, wo sich ein hohes Getreidefeld befand. So ließ sich besser verbergen, wie man sich dem Ufer näherte. Am Morgen rückte Alexander noch vor Tagesanbruch durch das Getreide vor, wobei er den Leuten befahl, die Lanzen quer zu halten und so die Halme umzuknicken, bis man auf unbebautes Gelände kam. Die Reiterei folgte der Fußtruppe, solange man durch das Getreide marschierte; als man aber das Feld hinter sich hatte, zog Alexander selbst sie nach rechts und befahl Nikanor, die Phalanx in Schlachtordnung auseinandergezogen vorzuführen. Die Geten hielten bereits dem ersten Ansturm der Reiter nicht stand, denn Alexanders Kühnheit schien ihnen ganz unglaublich, mit der er in einer Nacht über den Istros gelangt war, ohne eine Brücke zu schlagen; etwas Furchtbares war für sie auch die geschlossene Reihe der Phalanx, und ein schrecklicher Schlag der Reiterangriff. So flohen sie zuerst in die Stadt, für sie etwa dreißig Stadien vom Fluß entfernt. Als sie sahen, wie Alexander seine Phalanx den Fluß entlang heranführte, um zu vermeiden, daß sie eingekreist würde, wenn die Geten eine Falle gelegt hätten, die Reiterei hingegen in Kampfformation, da verließen sie auch die Stadt, denn sie war nur mangelhaft befestigt. Sie nahmen an Frauen und Kindern auf die Pferde, was diese tragen konnten, und flohen zu unbewohntem Land, möglichst weit vom Fluß entfernt. Alexander nahm die Stadt und in ihr alles, was die Geten zurückgelassen hatten; die Beute ließ er durch Meleagros und Philippos nach rückwärts bringen. Er zerstörte den Ort und brachte am Ufer des Istros Dankopfer für Zeus, Herakles und den Istros selbst dar. Dann führte er noch am gleichen Tag alle seine Leute unversehrt ins Lager zurück.

Darauf kamen zu Alexander Gesandte von anderen Völkern, die in Unabhängigkeit am Istros wohnen, dazu auch von Syrmos, dem König der Triballer, sowie den Kelten. Sie sagten ausnahmslos, sie kämen, weil sie nach einem Freundschaftsvertrag mit Alexander strebten, und es wurden mit ihnen allen gegenseitige Abmachungen beschworen. Die Kelten fragte Alexander auch, was sie von allen Dingen, die den Menschen zustoßen könnten, am meisten fürchteten. Sie sagten, sie fürchteten sich lediglich davor, daß ihnen der Himmel auf den Kopf falle. Sie seien zwar voller Bewunderung für Alexander, doch wenn sie Gesandte zu ihm schickten, so geschehe dies weder aus Furcht noch weil sie sich Nutzen davon versprächen. Diese Leute nun nannte er Freunde und machte sie zu Bundesgenossen. Dann schickte er sie heim und bemerkte zur ganzen Sache nur, die Kelten seien Windbeutel.

Er wollte nun in das Gebiet der Agrianen und Paionen vorrücken. Da trafen Meldungen ein, Kleitos, Sohn des Bardylis, sei abgefallen und Glaukias, König der Taulantier, habe sich diesem angeschlossen. Zugleich meldeten die Boten, die Autariaten hätten die Absicht, ihn unterwegs anzugreifen. Daher schien es ihm das beste, sofort aufzubrechen. Zu dieser Zeit befand sich Langaros, der König der Agrianen, schon lange befreundet mit Alexander, im Lager und hatte die ansehnlichsten, bestgerüsteten seiner Leibtruppen bei sich. Als er hörte, Alexander erkundige sich über die Autariaten, sagte er, um diese brauche man sich keine Sorgen zu machen, sie seien die Schlappsten der ganzen Gegend. Er selbst werde bei ihnen einfallen, damit sie sich etwas mehr um ihre eigenen Dinge kümmerten. Dies führte er mit Genehmigung Alexanders dann auch durch und brandschatzte ihr Gebiet.

Langaros wurde von Alexander geschätzt und erhielt solche Geschenke, die bei den Makedonen als die ehrenvollsten gelten. Vor allem aber versprach Alexander, ihm seine Schwester Kynnane zur Frau zu geben, sobald er nach Pella käme. Indes starb Langaros bald nach der Rückkehr aus dem Felde an einer Krankheit.

Alexander zog den Fluß Erigon hinauf nach Pellion. Diese Stadt war der bestbefestigte Platz der ganzen Gegend; deshalb hatte Kleitos sie besetzt. Alexander lagerte am Eordaios in der Absicht, am nächsten Tag die Mauer zu stürmen. Die Leute des Kleitos hielten jedoch die umliegenden steilen und dichtbewaldeten Berge besetzt, um die Makedonen von allen Seiten anzugreifen. Glaukias, der Taulantierkönig, war mit seinen Hilfstruppen noch nicht zur Stelle.

Alexander rückte nun gegen die Stadt vor. Da töteten die Gegner drei Knaben, drei Mädchen und drei schwarze Widder und brachen auf, mit den Makedonen den Kampf zu beginnen. Sobald es aber zum Nahkampf kam, liefen sie davon, obwohl die von ihnen besetzten Stellungen kaum zugänglich waren. Man fand die geschlachteten Opfer so, wie sie sie liegengelassen hatten.

Am gleichen Tage noch gelang es Alexander, die Stadt einzuschließen. Er errichtete vor den Mauern ein Lager und wollte die Gegner mit Hilfe der Umwallung abriegeln. Jedoch erschien tags darauf Glaukias, der Taulantierkönig, mit starker Streitmacht, und Alexander mußte den Plan fallenlassen, denn nicht nur Zahl und Kampfkraft der in die Stadt Geflohenen waren groß, auch Glaukias würde ihm mit einer Masse Leute zusetzen, wenn er den Sturm auf die Mauern wagte. So schickte er Philotas mit Reitern sowie Tragtieren auf Verpflegungssuche. Glaukias, der das Abrücken des Philotas und seiner Leute bemerkte, ging gegen sie vor und besetzte die Hügel rund um die Ebene, in der man Getreide mähen wollte. Nun aber nahm Alexander Hypaspisten, Bogenschützen und Agrianen sowie etwa vierhundert Reiter, um ihnen zu Hilfe zu kommen. Den Rest des Heeres ließ er vor der Stadt, um zu verhindern, daß man herauslief und sich mit Glaukias vereinigte. Glaukias verließ, als er Alexander heranrücken sah, die Hügel wieder, und Philotas konnte sich mit seinen Leuten ins Lager retten. Bei Kleitos und Glaukias aber herrschte die Ansicht, man habe Alexander in einem für ihn höchst ungünstigen Gelände eingeschlossen. Die steilen Berge ringsumher waren mit einer Menge Reiter, vielen Speerschützen, Schleuderern und einer großen Zahl Gepanzerter besetzt, und auch die Eingeschlossenen in der Stadt waren bereit anzugreifen. Das Gelände, durch welches Alexanders Zufahrtsweg führte, war eng und waldig, begrenzt überdies an der einen Seite durch den Fluß, an der anderen durch einen steilen Berg mit senkrecht aufragenden Klippen, so daß der Platz kaum ausreichte, in Viererreihen durchzumarschieren.

Diesen Umständen gemäß stellte Alexander seine Truppen auf, und zwar so, daß die Phalanx eine Tiefe bis zu hundertzwanzig Mann bekam. Links und rechts ließ er diese durch je zweihundert Reiter sichern, wobei er befahl, völlige Stille zu halten und auf seine Befehle zu achten. Als erstes befahl er den Hopliten, die Lanzen aufrecht zu halten, dann auf ein Zeichen sie zum Angriff zu fällen und dabei mit gesenkter Lanze einmal eine Rechtsschwenkung zu vollziehen, dann wieder nach links zu schwenken. Indem er dabei die Phalanx schnell vorwärts marschieren ließ, änderte er so fortwährend die Marschrichtung, und indem in einem fort die Ordnung gewechselt wurde, formierte die Phalanx sich immer wieder neu. Schließlich ließ er den linken Flügel eine Art Stoßkeil bilden und den Gegner angreifen.

Dieser hatte längst schon über die Schnelligkeit und Genauigkeit gestaunt, mit der man Alexanders Befehle ausführte. Nun aber hielt man dem Angriff der Truppe nicht stand, sondern verließ die nächstgelegenen der Hügel. Alexander befahl, den Schlachtruf anzustimmen und mit den Lanzen gegen die Schilde zu schlagen. Die Taulantier gerieten durch diesen Lärm noch mehr in Verwirrung und führten deshalb eiligst ihre Leute zur Stadt zurück.

Als Alexander sah, daß einige der Gegner noch einen Hügel besetzt hielten, an dem sein Zufahrtsweg vorbeiführte, ließ er seine Leibwache und die Hetairen, die er bei sich hatte, die Schilde nehmen und zu Pferd steigen, um hügelaufwärts anzugreifen: Dort sollte die Hälfte absitzen, falls die Gegner den Platz weiter zu behaupten suchten, und zusammen mit den Berittenen den Kampf beginnen. Als die Gegner sahen, daß Alexander gegen sie vorrückte, gaben sie den Hügel auf und zogen sich in die Berge zurück. Nun besetzte Alexander mit seinen Hetairen den Hügel und holte die Agrianen zusammen mit den Bogenschützen heran, insgesamt zweitausend Mann. Die Hypaspisten ließ er über den Fluß gehen, gefolgt von den nachrückenden Phalanxabteilungen: Sobald sie drüben wären, sollten sie eine Linksschwenkung vollziehen, so daß sofort nach Überschreiten des Flusses Schild an Schild stehe und das Ganze den Eindruck einer dicht geschlossenen Reihe mache. Er selbst bezog einen Beobachtungsposten und konnte von dem Hügel aus jede feindliche Bewegung überblicken. Die Gegner sahen die Phalanx über den Fluß gehen und griffen von den Bergen herab an, um über Alexander und seine Umgebung herzufallen, die als letzte abrückten. Jetzt aber stürzte sich Alexander selbst mit seinen Leuten auf sie, und auch die Phalanx erhob ihr Schlachtgeschrei, als wolle sie durch den Fluß zum Gegenstoß antreten. Und da rissen die Barbaren aus.

Alexander führte Agrianen und Bogenschützen im Geschwindschritt an den Fluß und durchschritt diesen als erster. Als er sah, daß die Gegner noch immer versuchten, das Ende seiner Säule anzugreifen, stellte er am Ufer die Schleudergeschütze auf und ließ diese schießen, so weit sie reichten und was sie an Geschossen hergaben; schießen sollten auch die Bogenschützen noch mitten im Wasser. Die Leute des Glaukias wagten nun nicht mehr, in Schußweite zu kommen, und so gelangten die Makedonen über den Fluß, ohne daß einer von ihnen getötet wurde.

Zwei Tage später erfuhr Alexander, daß Kleitos und Glaukias mit ihren Truppen eine ungünstige Stellung bezogen hatten, und daß weder Posten aufgestellt noch Wall oder Graben um das Lager gezogen waren. Auch lagerten sie weit auseinandergezogen. Da nahm er die Hypaspisten, die Agrianen und die Bogenschützen sowie die Phalanxabteilungen von Perdikkas und Koinos und ging noch während der Nacht über den Fluß. Das übrige Heer hatte Befehl zu folgen. Als er die Zeit für einen Überraschungsangriff gekommen sah, wartete er die Vereinigung mit den übrigen Truppen nicht ab, sondern schickte Bogenschützen und Agrianen vor. Diese fielen völlig unerwartet über den Gegner her, wo er am schwächsten war und sich der Stoß am härtesten auswirken mußte. So tötete man die einen noch im Schlaf. Was floh, fing man mühelos, so daß viele bei ihrer panischen Flucht vernichtet werden konnten. Etliche wurden lebend gefangen. Die Verfolgung erstreckte sich bis zum Bergland der Taulantier, und wer sich retten konnte, dem gelang dies nur, indem er seine Waffen fortwarf. Kleitos selbst floh zunächst in die Stadt, zündete diese aber an und zog sich zu Glaukias ins taulantische Gebiet zurück.

Während dieser Zeit waren einige, die man aus Theben verbannt hatte, von gewissen Leuten aus der Stadt dorthin zurückgeholt worden, um einen Aufstand anzuzetteln. Sie ergriffen Amyntas und Timolaos, Angehörige der Besatzung der Kadmeia, die sich außerhalb der Festung aufhielten, und töteten sie. Dann zogen sie in die Bürgerversammlung und hetzten die Thebaner auf. Dem Volk schienen sie um so glaubwürdiger, weil sie versicherten, Alexander sei in Illyrien umgekommen, ein Gerücht, das überdies bei vielen weit und breit die Runde machte, war er doch schon seit geraumer Zeit abwesend, ohne daß man irgendeine Nachricht von ihm erhalten hatte. Alexander glaubte die Ereignisse in

Theben keineswegs auf die leichte Schulter nehmen zu dürfen. Seit langem schon hatte er Athen in ähnlichem Verdacht und unterschätzte die thebanische Tollkühnheit keineswegs, vor allem, falls die Spartaner mitmachen würden und sich andere peloponnesische Staaten sowie die nie ganz zuverlässigen Aitoler der thebanischen Bewegung anschlössen. So marschierte er durch eordaiisches und elimiotisches Gebiet an den stymphaischen und parauaischen Bergen vorbei und erreichte am siebten Tage Pelinna in Thessalien. Von dort aus konnte er sechs Tage später in Boiotien einfallen, so daß die Thebaner erst von seiner Durchquerung der Thermopylen erfuhren, als er mit dem ganzen Heer bereits in Onchestos stand. Und auch jetzt noch verkündeten die Drahtzieher des Abfalls, es handle sich lediglich um eine Heeresgruppe des Antipatros, die aus Makedonien eingetroffen sei. Alexander sei tot, und den Boten, die meldeten, es sei Alexander selbst, der heranrücke, setzte man schwer zu.

Er selbst brach von Onchestos auf und erreichte am nächsten Tag Theben, und zwar beim Tempelgebiet des Jolaos. Dort lagerte er, denn er wollte den Thebanern noch Zeit geben, ihre Haltung zu ändern. Diese aber stürmten, Reiter und Leichtbewaffnete in Menge, aus der Stadt heraus bis an das Lager Alexanders, beschossen die Vorposten und töteten dabei sogar eine geringe Anzahl Makedonen. Nun sandte Alexander Leichtbewaffnete und Bogenschützen, ihren Vorstoß abzuwehren.

Am nächsten Tag zog Alexander mit dem ganzen Heer an den nach Eleutherai und Attika führenden Toren vorbei, rückte aber nicht einmal jetzt bis an die Mauern vor, sondern schlug ein Lager in der Nähe der Kadmeia auf, um der Besetzung der Burg aus der Nähe Hilfe bringen zu können. Die Thebaner hatten die Kadmeia durch einen doppelten Wall eingeschlossen, daß niemand von außen die Eingeschlossenen unterstütze. Andererseits sollten auch diese nicht durch einen Ausfall bei ihnen Schaden anrichten, wenn sie selbst sich die Gegner draußen vornahmen. Alexander wollte sich immer noch mit den Thebanern lieber auf gütlichem Wege als im Kampf auseinandersetzen und verharrte in seinem Lager nahe der Kadmeia. Nun erwogen einige Thebaner, zu Alexander hinauszugehen und für die Mehrzahl des Volkes Verzeihung für den Aufstand zu erhalten. Die Verbannten aber, dazu die, die sie herbeigeholt hatten, meinten, man habe von Alexander nicht die geringste Milde zu erwarten, und trieben daher das Volk mit allen Mitteln in den Kampf. Alexander verzichtete vorerst trotzdem auf jeden Angriff.

Perdikkas, der die Vorposten des Lagers befehligte und mit seiner Abteilung nicht weit von den Verschanzungen des Gegners stand, wartete Alexanders Angriffssignal gar nicht erst ab, sondern rückte aus eigenem Ermessen als erster an die Befestigung heran und fiel nach deren Zerstörung über die thebanische Bewachung her. Ihm folgte Amyntas, Sohn des Andromenes, und führte seinerseits die eigene Abteilung vor, als er sah, daß Perdikkas bereits in die Befestigung eingedrungen war. Sobald Alexander dies merkte, führte er den Rest des Heers heran, damit jene beiden nicht abgeschnitten durch die Thebaner in Gefahr gerieten. Er gab Bogenschützen und Agrianen das Zeichen, anzugreifen und ebenfalls in die Verschanzungen einzubrechen, hielt sich aber mit den übrigen Hypaspisten vorerst noch außerhalb.

Inzwischen drängte Perdikkas energisch nach, um auch die zweite Verschanzung zu durchstoßen, wurde jedoch durch einen Speer getroffen, stürzte nieder und mußte schwerverwundet ins Lager gebracht werden. Nur mit Mühe überstand er seine Verletzungen. Seine Leute schlossen nun die Thebaner ein, wobei sie Unterstützung durch die Bogenschützen erhielten. Aber während sie den Thebanern nachsetzten, wandten sich diese plötzlich zum Gegenstoß, und nun war es an den Makedonen, sich zurückzuziehen. Dabei fielen der Kreter Eurybotas, Führer der Bogenschützen, und siebzig seiner Leute. Die übrigen flohen zur Leibtruppe und Hypaspisten zurück.

Alexander erkannte, daß zwar seine Leute davonliefen, sich bei der Verfolgung jedoch auch die Ordnung der Thebaner aufgelöst hatte; so fiel er über sie mit der geschlossenen Phalanx her, und diese drängte die Gegner wieder in die Stadt hinein. Dabei gelangten auch Makedonen in die Stadt. Die Mauern zu besetzen hatte man wegen der großen Zahl aufgestellter Vorposten unterlassen. So kamen die einen von außen an die Kadmeia heran, vereinigten sich mit deren Besatzung und stiegen gemeinsam in die untere Stadt hinab; die anderen stiegen über die Mauern, die inzwischen von den mit den Fliehenden in die Stadt gelangten Leuten besetzt worden waren, und stürmten zum Marktplatz. Kurze Zeit noch hielten sich die Thebaner. Als aber die Makedonen von allen Seiten herandrängten und auch Alexander bald hier, bald dort zu sehen war, liefen die thebanischen Reiter auseinander und galoppierten aus der Stadt. Wer zu Fuß war, suchte sich zu retten, so gut es ging.

Nun aber begannen in ihrem Zorn weniger die Makedonen als vielmehr Phoker, Plataier und die anderen Boioter wahllos die Thebaner niederzuhauen, obwohl diese bereits den Widerstand aufgegeben hatten. Dabei machte man keinen Unterschied zwischen denen in den Häusern, in die man einbrach, anderen, die sich noch zur Wehr setzten, und wieder anderen, die als Schutzflehende zu den Heiligtümern geeilt waren. Und weder Frauen noch Kinder wurden verschont.

Diese Katastrophe erschütterte wegen der Bedeutung der eroberten Stadt, der Schnelligkeit, mit der das alles geschah, und nicht zuletzt wegen der Ungewöhnlichkeit der Vorgänge die übrigen Hellenen nicht weniger als die unmittelbar Beteiligten.

Den Thebanern legte man die voreilige und völlig unüberlegte Abfallbewegung wie auch die Besetzung als Folgen göttlichen Zornes aus, und dies nicht ganz ohne Grund, ähnlich wie auch das Gemetzel seitens der Stammesgenossen, das die Folge uralten Hasses war. Und nicht ganz zu Unrecht führte man die völlige Versklavung der Stadt, die ja an Stärke und Kriegsruhm zu dieser Zeit alle anderen überragte, auf den Zorn der Gottheit zurück; denn dies sei nach langer Zeit die Rache für den Verrat Thebens im Perserkrieg und zugleich auch für die Einnahme von Plataiai trotz vorher abgeschlossener Verträge, wobei man die Stadt vollkommen versklavt hatte.

Die an der Eroberung der Stadt beteiligten Bundesgenossen, denen Alexander die Regelung der thebanischen Angelegenheit übertrug, beschlossen, die Kadmeia weiterhin besetzt zu halten, die Stadt selbst aber zu zerstören und ihren Landbesitz mit Ausnahme der heiligen Stätten den Bundesgenossen zu übertragen. Frauen, Kinder und was an Männern noch übrig war, sollten in die Sklaverei verkauft werden, ausgenommen Priester, Priesterinnen und Gastfreunde Philipps oder Alexanders sowie anderer Makedonen. Das Haus des Dichters Pindar sowie dessen Nachkommen ließ Alexander aus Verehrung für diesen bewahren.

Als bekannt wurde, was den Thebanern zugestoßen war, verurteilten die Arkader, die den Thebanern ursprünglich hatten zu Hilfe kommen wollen und schon aufgebrochen waren, eiligst alle die zum Tode, von denen sie zu solcher Unterstützung veranlaßt worden waren; die Eleer nahmen ihre Verbannten wieder auf, weil diese Alexander genehm waren, während die Aitoler Gesandte, jeder Stamm für sich, zu

Alexander schickten, um sich zu entschuldigen, weil sie ebenfalls bei der Nachricht vom thebanischen Aufstand den Abfall versucht hätten.

In Athen feierte man gerade die Großen Mysterien, als einige thebanische Flüchtlinge unmittelbar aus dem Gemetzel dort eintrafen. Vor Schreck ließ man Mysterien Mysterien sein und brachte aus dem offenen Land seine Habe in die Stadt in Sicherheit. Die Volksversammlung wählte auf Antrag des Demades zehn Gesandte, um sie zu Alexander zu schicken, und zwar Leute, von denen man wußte, daß ihnen Alexander gewogen war: Sie sollten ihm die Glückwünsche des athenischen Volkes zu seiner unversehrten Rückkehr aus dem illyrischen und triballischen Krieg sowie für die Bestrafung des thebanischen Abfallversuches überbringen. Er gab der Gesandtschaft eine freundliche Antwort, verlangte unter anderem aber durch ein Schreiben die Auslieferung von Demosthenes, Lykurgos, Hypereides, Polyeuktos, Chares, Charidemos, Ephialtes, Diotimos und Moirokles. Sie nämlich seien verantwortlich für die Katastrophe Athens von Chaironeia und auch für das, was man später bei Philipps Tod verbrochen habe; auch nannte er sie am Abfall der Thebaner nicht weniger schuldig als die Aufständischen in Theben selbst.

Die Athener lieferten diese Männer nicht aus, sondern schickten eine zweite Gesandtschaft zu Alexander mit der Bitte, er möge seinen Zorn gegen die zur Auslieferung Verlangten fahren lassen. Das tat Alexander denn auch, vielleicht weil ihm der Zug nach Asien wichtiger war und er keinen Grund zu bösen Gedanken unter den Hellenen zurücklassen wollte.

Nachdem dies geregelt war, zog Alexander heim nach Makedonien und brachte dem olympischen Zeus Opfer dar. Auch veranstaltete er Spiele in Aigai; es wurde sogar ein Wettkampf zu Ehren der Musen abgehalten. Um diese Zeit gab das Standbild des Orpheus in Pierien Schweißwasser von sich, was die Seher jeder in seiner Art auslegten. Aristandros aus Telmessos sprach Alexander Mut zu, denn es sei offenkundig, daß Epiker und alle, die sich als Sänger mit künstlerischer Verklärung beschäftigten, gewaltig zu tun haben würden, Alexander und seine Taten in Worten und Tönen zu besingen.

19. AUFBRUCH

Hilf mir, Muse, die Taten des Mannes zu singen,
den es nach Trojas Zerstörung so weit umhertrieb.
Vieler Völker Städte und Wesen erfuhr er,
litt auch auf den Meeren vielerlei Qualen
um die eigene Rettung, die Heimkehr der Freunde.
Aber die Freunde vergingen trotz all seiner Mühen,
durch Vergehen und Frevel gingen sie unter,
Narren, da sie die Rinder des Sonnengotts fraßen.
Drum schien Helios nie auf den Tag ihrer Heimkehr.
Hilf mir auch hiervon zu singen, himmlische Muse...

»Hilf, schwarze Göttin, mir, ihn zum Schweigen zu bringen!« Aristoteles hob in gespielter Verzweiflung die Hände und lächelte Tekhnef an. Sie beugte sich vor und schob das Tympanon über den Tisch, bis es in einer Pfütze Mondlicht ruhte; die Schellen klirrten kurz.

Dymas ließ die Kithara sinken. »Was mißfällt dir, Herr der Gedanken?«

»Vieles, Sklave der Saiten. Mein mißratener Neffe Kallisthenes wird, wenn die Götter ihm wohlwollen und Asien ihm genug Zeit läßt, meine begonnene Arbeit fortsetzen und eine heile, unverderbte Fassung der Gesänge des göttlichen Homer erstellen. Und nun kommst du – *damit* an.«

Demaratos hatte dem Philosophen nicht alles, aber doch vieles über den Musiker erzählt. In jenem Herbst, da Alexander Theben zerstören ließ, schrieb Aristoteles an Dymas in Athen, er werde im Frühjahr dorthin kommen und eine Art Akademie einrichten; er hoffe, lange Gespräche über die Welt, die Musik und gewisse Vorfälle in Karchedon, Kanopos und anderswo führen zu können, um das schadhafte Wissen eines Philosophen durch die kundigen Äußerungen eines Musikers zu ergänzen.

Dymas und Tekhnef hatten längst die Hoffnung aufgegeben, mit den in Athen lebenden oder durch Athen reisenden Musikern ihre Träume verwirklichen zu können. Die einen waren allzu seßhaft und schreckten davor zurück, durch die gesamte Oikumene zu wandern; andere waren entweder nicht gut genug oder zu sehr auf bestimmte Formen festgelegt, als daß sie Dymas' Vermählung hellenischer, phrygischer, lydischer, ägyptischer und phönikischer Musik hätten vollziehen können. Es blieben Wanderlust, Überdruß hinsichtlich Athens, und dazu die Aussicht oder Gewißheit, in Asien andere, bessere, lebendigere Musiker finden zu können. Daher hatten sie beschlossen, Athen den Rücken zu kehren und sich entweder gleich nach Asien zu begeben oder zunächst in den Norden, um im Frühjahr auf den Spuren oder im Troß von Alexanders Heer durch den Osten zu ziehen. Dymas schrieb an den Philosophen, der sie daraufhin bat, nordwärts zu reisen und ihn in Mieza oder, falls sie früher kämen, in Stageira aufzusuchen.

Das Nymphaion, in dem bald andere Lehrer die edle Jugend Makedoniens unterrichten würden, eignete sich trefflich als Winterheim. Die Luft war klar und scharf, seltener Schnee eine Erquickung, die Sonne niemals eine Last, und die Gebäude widerstanden gleichermaßen der Hitze wie der Kälte und dem Sturm. Drei Monde lagen nun schon hinter ihnen; aus den langen durchredeten Nächten des Anfangs war eine vorsichtige Freundschaft geworden, in die der Philosoph Tekhnef immer stärker und inniger einschloß. Die kleine Tochter befand sich bereits in Athen, mit den meisten anderen Angehörigen des Haushalts; Aristoteles sprach kaum über seine tote Gemahlin, genoß aber sichtlich die Anwesenheit einer Frau, die nicht Sklavin oder Dirne war.

Dymas griff nach dem Becher mit gewürztem Wein, trank und spuckte irgendein Kraut ins neben ihm stehende Kohlenbecken. »Was ficht dich an? Mangelnde Achtung? Größere Singbarkeit? Fünf Versfüße zum Tanzen statt sechs zum Stolpern? Die Ausmerzung all der grauenvollen Beiwörter, die nicht Homer entsprechen, sondern den Redefiguren seiner Tage?«

Aristoteles grinste. »All das ficht mich an, genau. Mir fehlen die rosenfingrige Eos und derlei. Wer wagt es, sich an Homer zu vergreifen?«

»Als er noch sang, hatte er vielen zugehört, und was er verwenden konnte, hat er genommen. Er hat nicht für Fürsten und Philosophen gesungen, sondern für Dirnen und Kämpfer und betrunkene Seeleute im Piräus. Auch anderen ist es so ergangen wie ihm, und es ist gut, daß gesungene Worte leben und sich verändern. Nur wenn sie auf Ton oder Papyros gefesselt sind, sterben sie, und nur wenn sie tot sind, können

Philosophen und andere ihre schändlichen Gelüste an ihnen befriedigen. Vielleicht hat man zu seiner Zeit sagen müssen, die rosigen Finger der Eos streichelten den Himmel; müssen wir nicht heute, da wir an die Morgenröte, nicht aber an Eos glauben, dies nicht – übersetzen? ›Ehe die rosichten Finger der Eos den Himmel liebkosten, glitt ein trunkener Sänger von dem erhabenen Pfühle, und es flohen frohlockend aus dem Gehege der Zähne diese geflügelten Worte: Freunde, ich muß mal pissen.‹«

Tekhnef brach in Gelächter aus, Aristoteles wieherte. Dymas kam leicht taumelnd auf die Beine und ging hinaus, sein Wasser an einer Eiche abzuschlagen. Es war eine kalte klare Spätwinternacht; die Wölkchen heißen Harns wurden im Licht des Mondes zu fahlem Gold.

Als er wieder ins Haus trat und sich in den Scherensessel fallen ließ, befragte Aristoteles Tekhnef nach den Sangesbräuchen ihrer Heimat, an die sie sich kaum noch erinnerte.

»Ich war zehn, und was ich vor allem weiß, sind die späteren Dinge. Aufgewachsen bin ich als Sklavin einer Halbhellenin in Ägypten, wie du weißt. Wenn ich in mich horche, höre ich viele Stimmen; die meisten sind hellenisch oder ägyptisch und reden Hellenisch oder Ägyptisch. Dann wurde ich die Gefährtin dieses trunkenen Kitharoden und zog mit ihm durch Hellas und Asien und zu den Inseln. Was sich am Oberlauf des Nils tat, ist mir fremder als die Berge Makedoniens.« Sie lachte leise. »Und nun will er wieder nach Asien, angeblich, um dort neue Musiker zu finden. Ich glaube, mein Gefährte lechzt eher danach, das Gemetzel zu sehen und in eherne Verse zu gießen – fünffüßige Verse, die geflügelt verschweben auf dem Gesang, statt in den Ketten von Tinte und Papyros zu schmachten.«

»Wohl gesprochen, Gespielin des Nachtwinds.« Dymas trank, rülpste, nahm die Kithara und zupfte ein paar Töne, die wie volltrunkene Satyrn durch wirres Geäst zu hüpfen schienen.

Köstlich ist es, den Wein
aus Feindesschädeln zu schlürfen;
köstlicher, unter den Sternen
bei der Liebsten zu liegen.

»Asiens Sterne sind dafür ganz besonders geeignet.«

Aristoteles betrachtete ihn aufmerksam. »Wein aus Feindesschädeln schlürfen – o Musiker: Hast du dies je getan?«

Dymas runzelte die Stirn. »Als geflügeltes Wort genommen: ja. Ansonsten ziehe ich Becher vor.«

»Hast du getötet?«

Dymas schloß die Augen. »Ich habe getötet, Aristoteles. Zweimal auf Schiffen, als ich ohne das Messer niemals an Land gekommen wäre. Dreimal an Land, als ich ohne das Messer nie wieder Sterne gesehen hätte. Es hat aber keine Bedeutung. Bedeutung« – er öffnete die Augen, blickte Tekhnef an und lächelte langsam – »hätte es, wenn die darin verwickelten Menschen wichtig gewesen wären. Wichtig für mich. Sie waren dies nicht, ich hatte sie nie zuvor gesehen. Es waren keine Feinde im guten Sinn – alte Vertraute, deren Haß man jahrelang gehegt hat. Sie kamen einfach so vorbei, wollten meine Kehle und den Gurt mit Münzen zertrennen. Einer wollte Tekhnef mit Gewalt nehmen.«

Aristoteles nickte. »Dann ist es gut. Ich hatte gefürchtet, du seiest einer jener Sänger, die vielleicht von Blut reden, aber beim Klang der Schwertermusik in Ohnmacht fallen. Wirst du das Gemetzel besingen?«

»Ich weiß es nicht. Vielleicht komme ich nicht nahe genug heran, um es wirklich zu sehen. Vielleicht reißt es mich so sehr hin, daß ich die Kithara um ein Schwert eintausche und nur noch kämpfe, statt zu singen. Wer weiß.«

»Du könntest drüben Bagoas treffen.«

Dymas grunzte. »Ich hoffe es. Ich will ihn noch dies oder jenes fragen. Vielleicht wäre es nicht schlecht, die Kithara einzutauschen; mit einer Schwertspitze an der Kehle würde er vielleicht antworten.«

Er sprach nicht weiter, auch nicht, als Aristoteles nach den möglichen Fragen fragte. Tekhnef räusperte sich und sagte leise:

»Manchmal spricht er im Schlaf. Von Kleonikes Leichnam und dem ins Fleisch gebrannten Amulett. Hat es etwas damit zu tun, Liebster?«

Dymas seufzte. »Ich wußte nicht, daß ich nachts spreche. Ich weiß nicht einmal, ob es Dymas ist, der dann spricht; vielleicht sind wir ja nachts andere Menschen. Aber es stimmt, damit hat es etwas zu tun.«

Aristoteles lächelte verhalten. Er beugte sich vor und nestelte an seinem Hals; dann hielt er das Amulett in der Hand und ließ es pendeln. Mond und Feuer sammelten sich im Auge des Horos.

»Woher hast du es?«

»Von einem sterbenden Händler, der zuvor Seefahrer war. Er hat einmal eine Botschaft aus Ägypten in den Norden gebracht.«

Dymas lauschte mit unbewegtem Gesicht, Tekhnef mit weit geöffneten Augen, während Aristoteles berichtete, was er von den Reden des Mannes behalten hatte – von Ammons neuem Gefäß, das aus dem Norden kommen sollte, um die Perser zu zerschmettern und Ammons Herrschaft neu zu errichten.

»Das Amulett«, murmelte der Musiker schließlich. »Kleonike hat von den Reden der Ammonspriester gesprochen. Bagoas sagte, es sei das Zeichen der Gegner des Großkönigs – von Karchedon über Ägypten und Tyros bis Babylon. Hamilkar habe ich nicht danach fragen können; seit meinem Gespräch mit Bagoas habe ich den Karchedonier nicht mehr gesehen. Demaratos wußte vom Amulett, konnte mir aber auch nicht mehr sagen. Oder wollte nicht; vielleicht, um mich nicht in Gefahr zu bringen.« Er hob die Hände, streckte sie wie abwehrend aus. »Irgendetwas stimmt an dieser ganzen Geschichte nicht. Wenn Bagoas das Haupt aller Spitzel der Perser ist und in dieser Eigenschaft Artaxerxes und Arses und dem neuen Großkönig Dareios gedient hat beziehungsweise dient; wenn Hamilkar das Haupt der Spitzel und Nachrichtenbeschaffer von Karchedon ist, wie vorher Adherbal; wer ist dann Demaratos? Nur ein korinthischer Händler? Was hat er in Aigai und Pella getan?«

Aristoteles hob die Schultern. »Ich weiß es nicht, Dymas. Vergiß nicht, er war seit vielen Jahren ein guter Freund, Gastfreund Philipps, und hat mit ihm Geschäfte gemacht. Es muß gar nicht mehr sein; er hatte einfach Philipps Ohr.«

Tekhnef blinzelte. »Du lügst, Aristoteles. Du lügst sehr geschickt, aber du lügst.«

Dymas lachte. »Schönste Gazelle der nächtlichen Auen meines Gemüts – zweifellos hast du recht, aber es ist unziemlich, dem edlen Philosophen, der unser Gastgeber ist, derlei ins Gesicht zu sagen.«

Aristoteles machte eine wischende Handbewegung. »Ich hatte das Gesicht eben abgewandt; die herkömmlichen Sitten wurden nicht beschädigt. Aber du warst noch nicht fertig, Musiker.«

»Ja. Es ist da noch etwas. Wenn all dies so ist, gleichgültig, wer Demaratos in Wahrheit sein mag, korinthischer Händler oder Haupt aller geheimen Freunde Makedoniens, bleiben mehrere Fragen. Kleonike gegenüber habe ich nie von Bagoas gesprochen, weil sie die Perser haßte. Hamilkar, Demaratos und Bagoas wußten, daß ich alle drei mit Nachrichten versorgt habe. Als ob... als ob sie nicht gegeneinander, sondern irgendwie miteinander arbeiteten. Warum hat Bagoas mich zu

Demaratos geschickt, damit der Korinther vom Verrat des Attalos erfährt? Es hat den Mord an Philipp nicht verhindert, aber es ist doch fast, als ob Bagoas, der den Tod Philipps wünschen mußte, ihn hätte verhindern wollen. Und irgendwie glaube ich, er wußte mehr über das Amulett; was er sagte, klang so, als ob da noch etwas wäre. Aber was?«

Aristoteles breitete die Arme aus; im Zwielicht wurden alle Gebärden zu verschatteten Ungeheuern, die aufflogen und sich nirgends niederließen. »Es klingt so. Ich weiß es nicht, und dies ist keine Lüge, schwarze Göttin der Klänge. – Ich bitte um eines, Dymas. Wenn du – wenn ihr in Asien erfahrt, was hinter allem ist, wo die Fäden zusammenkommen und welches Bild sie ergeben, laßt es mich wissen.«

Tekhnef nickte stumm; Dymas richtete sich auf. »Ich nehme an, du wirst von deinem Neffen Kallisthenes, der bei Alexander ist, mit Nachrichten versorgt werden. Ist er nicht näher am Quell aller Geheimnisse?«

Aristoteles seufzte. »Das Geheimnis ist Alexander. Er ist so viele Menschen... Kallisthenes ist ein guter Schreiber und ein schlechter Menschenkenner; seine spitze Zunge, die er nie zügeln kann, wird ihn eines Tages umbringen, und ich werde demjenigen, der ihn tötet, nicht einmal zürnen können. Mein Neffe sieht, was man ihm zeigt; du, Dymas, und vielleicht noch mehr du, schwarze Göttin, ihr seht, was man vor euch verbergen will. Ich weiß nicht, ob Alexander weiß, welche Finger das Amulett halten, das ja auch seine Mutter trägt, noch, ob er herausfinden will und kann, was das eigentliche Spiel ist. Wenn ihr es erfahrt, und wenn ihr die Erkenntnis überlebt, laßt es mich wissen!«

*

Pythias hatte lange verkrampft auf dem Schemel gesessen, nahe dem Kopf ihres sterbenden Vaters. Nun stand sie auf, dehnte sich, gähnte und rieb sich die Augen.

»Dieses Nichtstun macht hungrig. Wer von euch möchte etwas?«

Peukestas wickelte das rote Band um die ineinandergedrehten Rollen. Er hatte laut gelesen, hin und wieder durch Bemerkungen oder Erklärungen des Philosophen unterbrochen. Seine Kehle war trocken.

»Hunger weniger – aber ein heißer Wein wäre nicht schlecht.«

»Und du, Vater?«

Aristoteles kehrte aus entfernten Gegenden des Denkens zurück.

»Ah – Luft, Pythias. Und warmer Wein, ja. Laß ein wenig Luft herein; ich fürchte, unser junger Freund erstickt.«

Pythias öffnete den Schnurvorhang und löste das Türbrett; Peukestas half ihr, ebenso mit dem Fenster. Kühle, frische Herbstluft drang durch die beiden Öffnungen; der Himmel über dem kleinen Innenhof begann sich grau zu färben. Peukestas atmete tief.

»An einem frühen Herbstmorgen ist etwas in der Welt, das wie Aufbruch schmeckt.« Aristoteles setzte sich auf; mit geschlossenen Augen und weit offenen Nasenlöchern sog er die Frische ein. »Aufbruch, ja. O wie wahr. Aristoteles bricht auf; heute.« Er öffnete die Augen und lächelte Pythias an, die in die Küche ging. Peukestas sah, wie sich ihr Rükken versteifte und der Gang unsicher wurde – nur einen Moment.

»Ich habe immer bedauert, daß die großen Aufbrüche im Frühling stattfinden, meistens jedenfalls. Die Gründe sind klar und vernünftig. Im Winter ist es kalt und naß und stürmisch; nur waghalsige Kapitäne laufen dann aus, und an Land ist man besser daheim aufgehoben. Trotzdem – keine Zeit ist wie ein guter Herbst. Man weiß, was das Jahr des Lebens gebracht oder genommen hat; die Pflanzen und die Erde atmen tiefer und riechen kräftiger. Nicht der süßliche Geruch des Frühlings; es ist der schärfere, reichere Ruch des Herbstes, der uns sagt, daß etwas Neues beginnt und etwas Altes endet. Deshalb habe ich versucht, neue Anfänge im Herbst zu machen. Es ging nicht immer – jedenfalls nicht sofort. Als ich von Athen fortging nach Atarneus, das war im Herbst. Auch der kleine Wechsel von Atarneus nach Mytilene. Dein Vater kam im Herbst zu mir, und mein Entschluß, nach Makedonien zu gehen, nach Mieza, fiel im Herbst, wenn auch der Umzug erst im Frühjahr erfolgen konnte. Als ich Makedonien verließ, um nach Athen zurückzukehren, war es ebenfalls Frühling. Anders als heute, da ich dieses Gefängnis, den alten siechen Leib aufgeben werde.«

Peukestas stand am Fenster, das Gesäß an den Sims gelehnt; die Augen des Philosophen richteten sich auf ihn, sahen ihn aber nicht. Sie waren fern, sehr fern. Das Gesicht wirkte kräftiger, voller, gesünder als abends oder in der Nacht. Er sah nicht aus wie einer, der bald sterben wird.

»Warum habe ich nicht früher daran gedacht?« Aristoteles murmelte nun, sprach in sich hinein. »Das Sehnen Alexanders ... Ist es nicht eher ein herbstliches Gefühl? Wir alle haben ihn als Erfüllung des Frühlings gesehen, in seiner Jugend, seinem Drängen, seinem – Sehnen. Ist es nicht doch ein Herbst-Sehnen; der Drang, das alte herbstliche Hellas, dessen

Sonne sich längst neigt, durch einen gewaltigen Aufbruch in den nächsten Frühling zu retten?«

Peukestas wartete.

»Aber darüber werde ich im langen Winter meines Gestorbenseins nachdenken.« Aristoteles' Augen kehrten in die Gegenwart zurück; er lächelte fast fröhlich. »Vielleicht gibt es sie alle ja doch, die Götter und die Unterwelten; dann werde ich über Platons Kopf hinweg mit Sokrates sprechen können, im Schatten, wenn der Fährmann mich ans andere Ufer gebracht hat; dann werde ich auch Alexander sehen und über den Herbst befragen. Aber bleiben wir hier, Sohn Drakons. Reden wir von Aufbrüchen.

Im Herbst, damals, ah nein, es war Sommer; Alexander war noch nicht zurück vom Istros. Damals erhielt ich ein Schreiben aus Athen; Demades teilte mir mit, eine Gruppe einflußreicher Männer sei dafür, daß neben der Akademie Platons ein zweites, anderes großes Lehrgebäude errichtet werde. Man bot mir alles, was ich nur wünschen konnte – einen guten Ort, und zumindest für den Anfang ausreichende Geldmittel. Delphi mag der Nabel der Welt sein; jener Spalt, aus dem die Pythien ihre verschleierten Weisheiten hören. Aber Athen ist der Mittelpunkt all dessen, was Hellas ausmacht – das Bemühen, die Schleier zu zerreißen, die vor dem Wissen hängen; das helle klare gnadenlose Licht der Vernunft und der helle gnadenlose Wahnsinn, Zwillingsbruder des Denkens; die klügsten und dümmsten Menschen; Waren aus der ganzen Oikumene, die Theater und Schauspieler, die besten Speisen, die besten Dichter, die schlechtesten Politiker, Platons Nachkommen für die Fehde und Themistokles' Nachkommen für die Freundschaft, die letzten guten Kitharisten und vorzüglichen Aulosbläser... Ah, Unsinn, ich schwärme.« Er lachte.

Peukestas kicherte halblaut. »Gut, den großen Aristoteles schwärmen zu hören. Aber – ich habe einige deiner Schriften gelesen und entsinne mich, daß du die Aulosmusik als orgiastisch verurteilt und verbannt hast.«

Aristoteles verdrehte den Kopf; Pythias kam mit einem Brett aus der Küche. Darauf standen neue Becher und ein dampfender Krug.

»Du hast nicht gründlich gelesen, Peukestas. Ich habe die orgiastische Musik als unethisch und somit ungeeignet für die Verwendung bei der Erziehung der Jugend bezeichnet. Das ist keine Rede wider den Aulos; es ist eine Rede wider eine bestimmte Form, ihn zu verwenden.

Außerhalb der Jugenderziehung ist mir die Musik der Auleten immer lieb gewesen. Wie heißer Wein – ich danke dir, meine liebe Tochter – wie heißer Wein, den man nicht trinken sollte, wenn man kühlen Kopf bewahren will.«

Er trank, aufrecht auf dem Lager sitzend. Pythias kauerte zunächst auf dem Boden, setzte sich dann bequemer hin, den Rücken an die Liege gelehnt. Peukestas ging mit seinem Becher zurück zum Fenster. Die ersten Vögel sangen; der Himmel wurde heller, bald mußte die Sonne aufgehen.

Aristoteles erzählte von seinen Sommerwanderungen durch Makedonien, das er vor dem Aufbruch noch einmal betrachten wollte. Er berichtete von der Erntezeit und dem Alltag, von den Reden der Schiffbauer in Therme und dem Schweigen der unermeßlichen Wälder, die Schiffbauholz und Pech lieferten und doch unberührt schienen. Und von einer unfreiwilligen Belauschung, als er außerhalb Pellas den Hügel erstieg, auf dem Aristandros der Seher über der Höhle des Dionysos seinen kleinen Tempelbezirk unterhielt.

Olympias war bei ihm; vier makedonische Krieger, die sie begleitet und bewacht hatten, warteten am Fuß des Hügels, im Schatten einer Eiche. Olympias und der Seher sprachen laut, im Tempel, wo Aristandros Kräuter und Feldfrüchte auf dem Altar ausgebreitet hatte, Wein als Gabe vergoß und dann mit Olympias aus einem silbernen Becher trank.

»Da oben hockt er, am Ende der Welt«, sagte die Frau erbittert. »Am Ufer dieses Flusses, Istros, verhandelt er mit Barbaren. Wartet auf ihre Gesandtschaften. Ah, was könnte er statt dessen alles tun!«

Die Stimme des Sehers war laut, aber beherrscht; es klang, als hätten sie dies schon mehrmals besprochen, und als verlöre Aristandros demnächst die Geduld. »Es ist eine Möglichkeit, notwendige Dinge zu tun, und die Sicherung des Friedens der Grenzen dient nicht nur dem Volk und dem König, sie gefällt auch den Göttern.«

»Ich bin müde, Aristandros – müde, alt und ungeduldig. All die Jahre ohne wirkliche Macht, ohne wirklichen Einfluß, ohne die Möglichkeit, die Dinge so zu gestalten, wie ich es für nötig und sinnvoll und unabdingbar halte. Neben einem Gemahl, der nicht auf mich hört. Nun habe ich alles getan, was ich tun konnte, um meinen Sohn an die Macht zu bringen, wo er Ammons Willen erfüllen kann. Und wo er mir jene kleine Macht geben könnte, die ich brauche, um die nötigen Dinge zu tun. Für die Götter und ihren Einfluß im Volk; für dich; für mich; für alle. Und jetzt?

Jetzt sitzt er da oben im Norden, Antipatros hält mich von allem fern, und was ist mit dem Willen Ammons?«

»Diese Dinge brauchen ihre Zeit. Um Ammons Herrschaft in Ägypten wieder zu errichten, braucht dein Sohn festen Halt unter den Füßen – ein sicheres Makedonien mit sicheren Grenzen. Am Schluß wird er gehen, wohin er gehen muß, weil die Götter und die Moira es so festgesetzt haben. Er wird nach Ägypten gehen, die Perser vertreiben, Ammons Herrschaft wieder errichten; er wird das Staunen der Welt sein und jung sterben, als von allen bewunderter Halbgott. Ist dir das nicht genug?«

Olympias' Stimme hallte herb und beißend durch den Tempel. »Nein, Aristandros, es ist mir nicht genug. Denn – was habe *ich* davon?«

Aristoteles gab das Gespräch wörtlich wieder; dann sprach er von den Vorfällen in Hellas, die durch Alexanders Entschlossenheit und die betäubende Wucht seines Vormarschs endeten, ehe aus dem leichten Grollen ein schreckliches Beben werden konnte. Und von der Heimkehr des Philosophen nach Athen, ohne noch einmal mit dem König zusammengetroffen zu sein.

»Drakon und Demaratos haben mir noch einige Briefe geschrieben; später natürlich Kallisthenes, mein Neffe. Und Dymas. Aber das war nach dem Übergang, aus Asien. Drakons Schreiben enthielten viele Dinge, die er nicht genau wissen konnte, sondern lediglich aus Anzeichen und Hinweisen erschloß. Und es gibt weitere Aufzeichnungen anderer, nicht nur von ihm und Demaratos. Nimm die Rolle dort, mit der abgerissenen Ecke.«

*

Die letzten Opfer, die letzten Weihegaben in Pella. Ein Teil des Heeres war bereits in den letzten Wintertagen nach Osten gezogen; Alexander hatte die Dinge für Hellas und Makedonien geregelt und würde nun folgen, mit den anderen. Für Antipatros ließ er Anweisungen zurück, dazu zwölftausend Fußkämpfer und tausendfünfhundert Reiter. Und Olympias, ehrenvoll zu bewachen und außer Reichweite der Macht zu halten.

Krieger, Offiziere, Palastbeamte, der Stab des Antipatros, Olympias und andere sahen zu, als der König und Aristandros, der ihn nach Asien begleiten würde, das letzte Opfer darbrachten.

Drakon und Demaratos standen in der Nähe des Altars; sie hatten die kleinen Unstimmigkeiten bemerkt, die beim Opfer aufgetreten waren – Aristandros' Zögern bei der Auslegung dessen, was die Leber des getöteten Widders bedeute; Alexanders schnelle, schneidende Worte, halblaut am Altar, die den Seher zwangen, bestimmte Dinge zu sagen.

Als das Opfer beendet war und im Hof der Aufbruch der letzten Truppenteile begann, wandte sich Alexander noch einmal an seinen Seher. Drakon und Demaratos waren immer noch in der Nähe; Alexander hatte sie erblickt, schien sich aber nicht um sie zu kümmern.

»Wir brechen nun alle zusammen nach Asien auf.«

Aristandros nickte. »Wie ich sehr wohl weiß, Gefäß des Ammon.«

Alexander verzog verärgert das Gesicht. »Du solltest mich in dieser Zeit nicht als Gefäß des Ammon betrachten, Priester, sondern als König der Makedonen und obersten Bundesfeldherrn aller Hellenen. Kannst du das?«

Aristandros lächelte beherrscht. »Ich will es versuchen, König.«

Alexander nickte. »Klingt schon besser. Wir haben das mehrmals besprochen. Falls du es vergessen hast oder nicht glauben mochtest, was ich sagte, laß es mich wiederholen. Unsere Ahnen glaubten an einen ganzen Haufen von Göttern, die sich mehr oder minder wie Wegelagerer benehmen. Der große Homer hat sie in Ketten gelegt, Ketten aus dem Erz seiner Verse. Der große Euripides hat, auch hier in Pella, in seinen Stücken die Namen der Götter neu verwendet, als Bild oder Schlüssel für menschliche Geisteszustände. Ich glaube, daß die Götter genau das sind – Bilder, die wir erdacht haben, um unseren Ängsten und Zweifeln und Hoffnungen Gestalt geben zu können. Aber das ist für dich und mich und ein, zwei andere. Für das Heer werden wir so tun, als ob wir an die Götter und die Notwendigkeit dieser Opferhandlungen glaubten.«

Aristandros blickte ihn nachdenklich an. »Was immer du sagst, Alexander, König, Herr. Aber du weißt so gut wie ich, daß *du* tatsächlich glaubst...«

Alexander unterbrach ihn scharf. »Was immer ich glaube, zahlt jetzt nicht. Noch weniger Bedeutung hat das, was du über meinen Glauben zu wissen meinst. Ich glaube, daß es vielleicht einen Gott gibt, vielleicht den Unbekannten Gott der athenischen Altäre, der all die anderen beherrscht und leitet und bindet. Einen Gott, vielleicht den geheiligten Geist der Perser, der sich nicht aufführt wie ein Räuber und Mörder aus den illyrischen Bergen. Einen Gott, der Wärme und Wissen und Liebe und rechter Sinn ist. Aber – was zählt, ist das Heer. Die Männer. Sie sind nichts ohne Führung, ich bin nichts ohne sie. Sie glauben an Zeus, den Häuptling aller Wegelagerer, und an all die anderen. Ich sage nicht, daß ich überzeugt wäre, all dies sei Unfug. Vielleicht ist etwas daran; vielleicht sind all diese Wegelagerer und Mutterschänder zusammen der Eine Gott, den ich suche. Deshalb will ich nicht nur den Schein wahren; du und ich, wir werden die Gebräuche achten und Opfer darbringen und um Rat und Leitung bitten und die Orakel befragen. Das Heer muß sehen, daß wir glauben – oder daß wir wenigstens so tun, als ob.«

Aristandros nickte wieder; seine Augen waren Schlitze. »Wozu erzählst du mir all diese Dinge, die ich doch weiß?«

Alexander streckte die Hand aus und faßte den Umhang des Priesters an, mit Daumen und Zeigefinger. »Ich sage es dir, damit du das Wichtigste begreifst – das Allerwichtigste. Das Heer zählt; nicht dein Glaube oder mein Zweifel. Und ich führe das Heer. Du willst, daß ich nach Ägypten gehe; ich weiß es. Ich werde nach Ägypten gehen, und weiter, mit dem Heer, und du kommst mit. Aber« – nun zerrte er an Aristandros' Umhang – »begreif eines, o höchst edler und wertvoller Seher und Priester Aristandros von Telmessos: Wenn ich ein Orakel will, gib mir den Spruch, den ich will – anders als eben bei der Leber. Wenn die Leber schlecht ist, wirst du sagen, sie sei gut – außer, ich befehle etwas anderes. Wenn du glaubst, die Götter seien gegen mich, wirst du dem Heer sagen, daß die Götter auf unserer Seite sind.«

Aristandros schloß die Augen. »Aber ich muß den Göttern gehorchen...«

Alexander grinste plötzlich, wie ein Junge. »Wenn ich das Gefäß des Ammon bin, bin ich ein Gott. Gehorch *mir*.«

Nur Drakon war noch in der Nähe, als Alexander sich von Olympias verabschiedete. Bukephalos schnaubte und scharrte im Hof; die Diener warteten. Antipatros stand bei ihnen; er betrachtete den Abschied oben, auf der Treppe, mit einem undurchschaubaren Gesichtsausdruck.

Sie umarmten einander, langsam, wie Liebende, und blieben einige Zeit eng aneinandergepreßt stehen. Olympias ergriff schließlich die Schultern ihres Sohns, schob ihn von sich, nahm ihn dann bei beiden Ohren und küßte ihn auf den Mund. Als sie sprach, war es, als ob sie die Worte in seinen Mund hauchen wollte, auf seine Zunge, in sein Innerstes.

»Reite schnell und reite gut, mein Sohn. Unterwirf die Lande, mein Sohn. Ich will deinen Ruhm. Ich will deine Standbilder sehen, überall, neben den Altären von Zeus, der Ammon ist. Unterwirf die Lande, die Länder, die Berge und Wüsten und Menschen, mein Sohn. Und – schick mir Silber, schick mir Gold, schick mir Schmuck und Reichtümer, Sklaven und kostbare Tücher und Duftstoffe. Die Mutter des größten Königs soll besser dastehen als irgendeine Bergfürstin, Sohn. Schick mir all die Reichtümer, die du findest, die dir zufallen, die dein sein werden. Ich kann sie gebrauchen – für mich, für dich, für das Königreich, wenn du zuläßt, daß ich Antipatros auf den Platz verweise, der ihm zukommt...«

Alexander legte seine Hand auf ihre Lippen. Mit einem beinahe traurigen Lächeln sagte er: »So viel für dich, Mutter? Der Reichtum der ganzen Welt? Und was soll ich für mich behalten?«

Olympias küßte die Innenseite seiner Hand. »Es ist nicht der Wille der Götter, daß du lang genug lebst, um dich deiner Siege und Reichtümer zu erfreuen.«

Alexander starrte einen Moment in ihre Augen; dann ließ er sie los, wandte sich ab, lief die Treppe hinunter, umarmte Antipatros wortlos und sprang auf sein Pferd.

*

»Die Sonne geht auf. Ein neuer Tag. Jeder neue Tag ist der letzte, Kinder. Alexanders neuer Tag, als er selbst das Königsschiff über den Hellespont steuerte, war sein erster in Asien – und sein letzter in Hellas. Er selbst war sein Charon, wie es sich für einen König geziemt, und der Hellespont sein Styx. Denn an diesem Tag starb Alexander.

In Elaios brachte er ein Opfer dar am Grab des Protesilaos, der mit Agamemnon nach Troja zog und als erster Asiens Boden betrat. Als sie auf dem Schiff waren und den halben Weg nach Asien zurückgelegt hatten, schlachtete er einen Stier und brachte Poseidon aus goldener Schale ein Trankopfer dar. In voller Rüstung betrat er dann als erster den Boden Asiens. Aber...« Aristoteles hob die Hände; sein Lächeln war eher eine Grimasse.

»Drakon war bei ihm. Und der Musiker, Dymas, der während der Überfahrt die Kithara spielte und die Opferhandlung mit feierlichen Gesängen begleitete. Drakon schrieb, Dymas habe, als die Opfer dargebracht waren, die Tonart gewechselt und zwei Spottlieder gesungen. Eines auf den Fährmann, der sich für die Sonne hält und nicht weiß, daß er der Mond ist; ziemlich wirr, fürchte ich. Und eines auf die Zurückbleibenden, die meinen, das Schiff, das sich entfernt, gehe am Horizont unter, während vom Schiff aus die Zurückbleibenden Zurückgebliebene sind, Untergänger.

Da, so schrieb Drakon, drehte Alexander sich um, schaute nach Europa zurück, stieß einen langen lustvollen Jubelschrei aus und sagte: ›Ich danke den Göttern, die mich aus Misthaufen, zänkischen Dörfern und Mäusekriegen erlöst haben.‹ Dann behauptete er, er wisse nicht, wer Olympias sei und könne sich nicht einmal daran erinnern, Demosthenes je vergessen zu haben.«

Peukestas lachte flüchtig. »Wie gut ich ihn verstehen kann. Oder zu verstehen hoffe. Aber was meinst du damit, daß er an diesem Tag starb, Aristoteles? Und...«

Der Philosoph unterbrach ihn. »Er war viele Menschen und viele Rätsel. Zauberer und Dränger, hellwacher Träumer, klar wie Wasser und undurchsichtig wie schwerer Wein, liebevoll und grausam, alles von allem und von allem mehr als jeder andere. Beutegierig und großzügig – vor dem Aufbruch hat er noch alle neuen und freigewordenen Ländereien verteilt, und schließlich hat Perdikkas gesagt: ›Aber was behältst du für dich?‹ Da soll Alexander geantwortet haben: ›Meine Freunde und meine Hoffnung‹, und Perdikkas gab die Geschenke zurück und sagte, dann wolle er auch nicht mehr. Alexander war alles, für alle. Sagen wir so: Der Mensch, der Philipps Sohn und Erbe war, starb an diesem Tag, wenn er auch seinen eigenen Tod erst später begriff. Verkündet hat er ihn, soweit ich weiß, zum ersten Mal, als er später das Angebot des Dareios ablehnte, der ihm alle Länder westlich des Euphrat geben wollte.«

Peukestas knurrte leise. Dann sagte er: »Und was war nun mit dem Amulett? Und mit Bagoas? Ich habe ihn ja gesehen, aber ich weiß nichts.«

Aristoteles lächelte. »Das Amulett und Bagoas? Ah, Freund, das ist eine andere Geschichte.«

ENDE DES ERSTEN TEILS

Anhang

Namen & Begriffe

Im Prinzip wurde dem Kontext entsprechend jeweils die griechische Fassung verwendet, dies jedoch nicht immer konsequent. Die deutschen Namensformen Philipp und Alexander sind den großen Makedonenherrschern vorbehalten; jeder andere Träger dieser Namen ist ein Philippos oder Alexandros. Die bekanntesten Ortsnamen finden sich in ihrer eingebürgerten deutschen Form (Athen/Piräus/Theben statt Athenai/Peiraieus/Thebai); daß mir Milet (statt Miletos) erträglich, Halikarnaß (statt Halikarnassos) dagegen scheußlich erscheint, ist ebenso subjektiv wie das Gefühl, die griechische »Petersilie« durch den absurden deutschen »Steineppich« ersetzen zu sollen, der im Text weniger modern wirkt. Lateinische Begriffe wie »Grieche« oder »Karthago« sind im Mund eines Hellenen des 4. Jahrhunderts v C unmöglich; ebenso unmöglich, aber wegen seiner Handlichkeit unvermeidlich ist etwa der »Offizier«, dessen griechische Entsprechung (?) *lochagos* im Deutschen genauso ungeläufig ist wie die einzelnen militärischen oder zivilen Rangbezeichnungen der Zeit.

Hinsichtlich der Topographie Makedoniens habe ich mich an die neueren Ausgrabungen gehalten, die Aigai beim heutigen Vergina lokalisieren statt, wie lange angenommen, weiter nordöstlich bei Edessa. Pella, heute im Binnenland, lag damals noch fast an der Küste des seither verlandeten Golfs von Therme (Saloniki). Die Karte zu Teil I zeigt an dieser Stelle den wahrscheinlichen damaligen Küstenverlauf.

Allianzen & Agenten

Nach dem Untergang der alten Reiche Ägyptens und Mesopotamiens gab es von 510 bis 330 v C drei wirtschaftlich und politisch miteinander verflochtene, konkurrierende Großmächte im Mittelmeer: Karthago im Westen, etwa im Dreieck Libyen-Gibraltar-Korsika; Persien im Osten, zwischen Nil, Indus und Hellespont; und die jeweilige griechische Hegemonialmacht, abwechselnd Sparta und Athen mit wechselnden Verbündeten. Sizilien und Kyrene waren ebenso Schauplätze des Engagements von Sparta und Athen wie z. B. Kleinasien; Karthago war durch Handelsinteressen und das Sonderverhältnis zu seiner Mutterstadt Tyros in den Osten eingebunden; Xerxes ließ die Dardanellen peitschen und wies die Karthager an, keine gemästeten Hunde mehr zu verzehren – zwei ähnlich ergebnislose Unterfangen; wenn Sparta sich mit Persien verbündete, nahm Athen Kontakte zu Karthago auf; als Theben unter Epameinondas kurzzeitig Hegemonialmacht war, holte man sich einen karthagischen Schiffbaumeister für die Flottenrüstung; der von Athen verbannte Themistokles ging ebenso selbstverständlich nach Persien wie später Artabazos nach Pella, nicht zu reden von Gestalten wie Alkibiades, der binnen weniger Jahre athenische, spartanische und persische Kommandoposten innehatte, nicht zu reden auch vom griechisch-karthagischen Dauerkontakt bzw. Dauerkonflikt auf Sizilien.

Nach vielen Auseinandersetzungen verzeichnen die Historiographen Hinrichtung oder Verbannung von Verrätern, Spionen etc. der jeweils anderen Seite; auch der gegenseitige Austausch gefangener Spione ist spätestens zur Zeit Hammurabis nachweisbare Gepflogenheit. Man wird allerdings zwischen realen politischen Gegebenheiten einerseits und Kenntnissen der Historiographen andererseits zu unterscheiden haben, oder überhaupt zwischen Praxis und Theorie. Mit den Kenntnissen, die die antiken Geographen von der Welt hatten, wäre kein Fernhändler je an ein Ziel gekommen; da die genaue Kenntnis von Karawanenwegen, Wasserstellen, Anlegehäfen, Entfernungen etc. Voraussetzung für Handel und Gewinn war – »Wissen ist Macht« – und mindestens ebenso wichtig wie Kapital, kann man wohl davon ausgehen, daß erfahrene Händler und Kapitäne dieses Wissen nur zunftintern weitergaben, auf keinen Fall jedoch zur allgemeinen Verbreitung einem Eratosthenes oder Hekataios verfügbar machten. Zweifellos wußten die jeweils Regierenden der Großmächte nicht nur durch Händler und permanent im gesamten Mittelmeer verschobene Söldnerkontingente Bescheid über Vorgänge in den anderen Ländern; ebenso zweifellos wurden aber die jeweiligen Spionagedienste nicht zu Nutz und Frommen von Historiographen offengelegt. Daß es auch bei guter Fernaufklärung und detaillierten Kenntnissen der Interna des Gegners zu Fehleinschätzungen kommen kann, belegen CIA und KGB.

Philipps »Geheimdienst« scheint sehr effektiv gewesen zu sein und wurde wohl ähnlich professionell gehandhabt wie die einzigartig professionelle makedonische Armee. Abgesehen von Belagerungen, Scharmützeln und Auseinandersetzungen mit den Phokern im Dritten Heiligen Krieg, gab es zwischen Makedonien und den griechischen Staaten genau eine offene Feldschlacht: Chaironeia 338 v C. Alle anderen Erfolge Philipps waren Früchte von Diplomatie, von Manövern, von Bestechungen, von genutzten Detailkenntnissen über Interna. Ähnlich effektiv müssen die gleichen Leute später für Alexander gearbeitet haben, der – soweit sich dies aus den Quellen rekonstruieren läßt – nicht nur vor den militärischen Auseinandersetzungen genau wußte, wo welche gegnerischen Einheiten in welcher Stärke unter welchem Kommando standen, sondern auch lange voraus die Qualitäten persischer Satrapen kannte und wußte, wen er als Verwalter übernehmen konnte und wen besser nicht. Die Aufklärung der Perser, Karthager und Athener war ebenfalls genau genug, um den jeweils besten Adressaten für Bestechungsgelder o. ä. zu kennen. Daß ein Teil der Alexander-Literatur den zunächst ausbleibenden persischen Widerstand nach Alexanders Asien-Übergang als Versagen der persischen Aufklärung oder Fehleinschätzung der persischen Führung deutet, scheint mir unhaltbar; die Abwehr derartiger Invasionen fiel zunächst in die Zuständigkeit der betroffenen Satrapien, eine Mobilisierung der gesamten Heeresmacht nahm mehr Zeit in Anspruch und konnte erst erfolgen, wenn die Satrapien überfordert waren, und schließlich konnten auch frühere griechische Invasoren (z. B. Agesilaos 396f.; vgl. Chronologie) zunächst unbehelligt landen.

Es liegt, wie gesagt, in der Natur der geheimdienstlichen Dinge, daß genaue Namen, Daten etc. hierzu von den antiken Historiographen nicht verzeichnet sind. Bagoas »der Heile« ist fiktiv bzw. aus mehreren realen Persern der Alexandertexte (vor allem Arrian) zusammengesetzt. Der Korinther Demaratos war Händler und Gastfreund Philipps, schenkte Alexander den Hengst Bukephalos und brachte die Versöhnung zwischen Philipp und Alexander zustande; seine Rolle in der Geschichte (er begleitete Alexander bis an die Grenzen Indiens, wo er starb) geht über jene Dinge hinaus, die man einem bloßen Händler und Gastfreund abnehmen würde. Alles andere ist unbeweisbare, aber möglicherweise plausible Spielerei. Der Karthager Hamilkar erscheint in Alexanders letzten Tagen als Gesandter in Babylon; daß in einem Moment, in dem nur noch zwei Großmächte übrig sind, die westliche Großmacht Karthago – nächstes Angriffsziel Alexanders – einen bloßen Händler nach Babylon schicken soll, scheint mir eine viel fantastischere Annahme zu sein als die, daß es sich bei ihm um den Chef der karthagischen Geheimdienste gehandelt haben könnte.

Musik & Mysterien

Über diese beiden wichtigen Bereiche des antiken Lebens ist kaum etwas bekannt. Genaues über die Mysterien wußten offenbar nur die Initiierten, die einer Schweigepflicht unterlagen und schwiegen; der »innere Monolog« der Olympias im 4. Kapitel von Teil I ist der zweifellos unzulässige Versuch, mit Hilfe antiker Sakraltexte aus Griechenland, Ägypten, Mesopotamien und Indien unter Hinzuziehung von C. G. Jung und Erich Neumann eine Unschärfe-Relation des Mysterienkomplexes zu erstellen.

Die Versuche neuerer Musikwissenschaftler, aus den theoretischen Schriften von Pythagoras und Boethius (und den Äußerungen z. B. von Platon und Aristoteles über die Bedeutung der Musik) eine Art Rekonstruktion zu bewerkstelligen, lesen sich wie das hypothetische Unterfangen, aus einem Essay von Descartes und einem von Adorno die gesamte Musik zwischen Bach und Bartok zu destillieren. Überdies stellen die Theoretiker oft die für praktische Belange falschen Fragen. Es ist sicher, daß die Musik (und ihre Bedeutung im Leben) in Griechenland ebenso entwickelt war wie Dichtung, Architektur, Malerei und Plastik; daß es enge Beziehungen zwischen Dichtung und Musik, zwischen Musik, Tanz und Kultus gab. Wir haben jedoch keinerlei Tondokumente, und die wenigen mit Buchstaben verschlüsselten Hinweise auf Melodien reichen nicht aus, wirklich Substantielles zu sagen. Andererseits sind die Dinge längst nicht so kompliziert, wie die Musikwissenschaft sie macht. Wir wissen, daß die Griechen auf Musik ähnlich reagiert haben wie wir – sie konnte Heiterkeit auslösen, Gelassenheit, Schwermut, Ekstase; wir wissen nur nicht, welche Sorte Musik welche Empfindungen auslöste. Was Aristoteles entzückte, wäre für uns möglicherweise Katzenmusik; ihm dagegen könnte ein a-Moll-Akkord äußerst dissonant klingen. Was an der grundsätzlichen Ähnlichkeit des Reagierens auf Musik nichts ändert.

Spätestens im 5. Jahrhundert v C gab es in Griechenland und anderen Mittelmeerländern professionelle Musiker, Virtuosen. Aus der bildlichen Darstellung antiker Instrumente wie Lyra oder Kithara lassen sich keinerlei Schlüsse auf ihre Stimmbarkeit ziehen; allerdings wäre die Annahme absurd, professionelle virtuose Musik auf Saiteninstrumenten hätte sich darauf beschränkt, unscharf gestimmte Saiten anzureißen, ohne sie durch Greifen zu modifizieren. Das ist nur bei den vielsaitigen Harfen denkbar. Wer einmal versucht hat, eine frei schwingende Saite in der Tonhöhe durch Greifen zu verändern, weiß, daß dabei nur dumpfes Knurren und Schnarren zustande kommt. Die simple Existenz virtuoser Kitharisten zwingt zur Annahme entwickelter Spieltechniken; da die antiken Saiteninstrumente sämtlich nicht über ein Griffbrett verfügten, muß es andere Möglichkeiten des Greifens gegeben haben – z. B. mit Hilfe einer Art von Fingerhüten. Ferner muß zur Feinstimmung der Saiten irgendeine Art Wirbel existiert haben, wahrscheinlich auf der Rückseite der immer von vorn dargestellten Instrumente.

Die »Tongeschlechter« Ionisch, Lydisch, Phrygisch und ihre Mischformen unterscheiden sich vor allem durch Art und Umfang der Intervalle – um ein klassisches Definitionsmuster zu verwenden: so ähnlich wie Dur und Moll, nur anders (und schärfer). Was immer über die dekretierte Trennung der Musikarten, die Unmöglichkeit der gleichzeitigen Verwendung bestimmter, verschiedenen Göttern geweihter Instrumente, die »einzig zulässige« Metrik und Form für bestimmte Anlässe etc.

geschrieben wurde, geht von der abenteuerlichen Vorstellung aus, Künstler ließen sich zweihundert Jahre lang von Priestern, Sittenwächtern und derlei in ihr Handwerk hineinreden; dann hätte Aischylos keinen zweiten Schauspieler eingeführt, und Aristophanes hätte sich an das athenische Gesetz gehalten, das die Verunglimpfung von Politikern auf der Bühne verbietet. Die Art, wie der erfundene Dymas mit Text und Musik umgeht, scheint mir wesentlich realistischer zu sein.

Einige Begriffe, die in ihrer Funktion für den Roman bereits im Text erläutert sind, wurden hier nicht mehr aufgenommen, da z. B. »Ammon: ägyptischer Gott, von den Griechen mit Zeus gleichgesetzt« nicht über die Erklärungen im Text hinausgeht, also lediglich eine Verdoppelung wäre, eine ergiebigere Erläuterung andererseits zum enzyklopädischen Stichwortartikel werden müßte, den man bitte in hierfür zuständigen Nachschlagewerken suche.

Zu Gegenden, Volksstämmen etc. konsultiere man die Karte.

Agora: »Versammlung, Marktplatz«; in griech. Städten der meist zentrale Platz mit Rats- und Verwaltungsgebäuden.

Aulos: Flöte, in der Antike meist als Doppelaulos, wobei eine Flöte die Melodie, die andere einen Bordunton spielt.

Boule: »Wille, Rat, Ratsversammlung«, in Athen und anderswo die institutionalisierte Volksversammlung; sie tagt im *Bouleuterion.*

Chiton: »Unterkleid, Hemd, Gewand«, der gemeinmediterrane Leibrock (bei den Römern Tunika), ursprünglich wohl phönikisch; von Männern meist kurz (Oberschenkel), von Frauen meist lang getragen, mit kurzen Ärmeln und verschiedenen Formen des Gürtens.

Dareike: gr. *dareikos,* pers. Goldmünze zunächst von Dareios I., später allgemein auch für die Goldmünzen anderer Großkönige; entsprach 20 *sigloi* (Silber-Schekel).

Drachme: zunächst Massemaß, daraus Münze, regional und zeitlich unterschiedlich. Die athenische Drachme (zu 6 Obolen) bestand aus ca. 4,4 g Silber und entsprach einem Sechstausendstel eines Talents (ca. 26,2 kg). Die ursprüngliche Unterteilung des babylonischen Massemaßes Talent (1 T. = 60 Minen, 1 Mine = 60 Schekel) wurde in Griechenland teilweise dezimalisiert: 100 Drachmen = 1 Mine, 60 Minen = 1 Talent. Mine und Talent sind jedoch keine Münzwerte, sondern nur Rechnungs- und Masseeinheiten. Drachmen wurden zu unterschiedlichen Zeiten auch als Vielfaches geprägt: Zwei- (Didrachmen), Vier- (Tetradrachmen), auch Zehndrachmenstücke (Dekadrachmen) mit entsprechend höherem Gewicht und Feingehalt. Lange Zeit war 1 Drachme der Basissold für Soldaten, der Tageslohn eines qualifizierten Handwerkers etc.

epistates: »Vorsteher, Befehlshaber«, in Makedonien vom König ernannter und diesem verantwortlicher »Bürgermeister« einer Stadt.

Euxeinisches Meer: das Schwarze Meer.

Hegemon: »Führer, Feldherr, Fürst, Gebieter«.

hetairos: »Freund, Gefährte, Kamerad«; *hetaira* ist all dies weiblich sowie später auch »Dirne, Buhlerin«. In Makedonien war der König eine Art *primus inter pares,* die übrigen Fürsten nicht Untertanen, sondern Gefährten, aus denen sich Offizierskorps und Reiterei (Hetairenreiter), aber auch die höheren Verwaltungsämter rekrutierten. Besonders bevorzugte *hetairoi* Philipps oder Alexanders wurden zum *somatophylax* (»Leibwächter«) ernannt.

Kadmeia: angeblich vom sagenhaften Kadmon gegründete Burg/Zitadelle der Stadt Theben.

Karchedon: griech. Name von Karthago, phön. Qart Hadasht, »neue Stadt«.

497

Kassia: Gewürz; unklar, ob es sich hierbei um eine bestimmte Lorbeerform oder eine spezielle Verarbeitung von Zimtöl handelte.

Kataphrakten: schwere gepanzerte Kavallerie.

Kinnamon bzw. *Kinnamomon:* Zimt.

Kithara: Saiteninstrument mit großem Schallkasten und bis zu elf Saiten; *Kitharist* ist der Musiker, der die Kithara spielt, *Kitharode* jener, der sie zur eigenen Gesangsbegleitung verwendet.

Kitros: zitronenähnliche Frucht.

Klepsydra bzw. *Klepshydra:* Wasseruhr.

koine eirene: »allgemeiner Friede«.

kopron: »Scheißhaus«, Abtritt, Toilette.

kydonische Äpfel: Quitten (nach der kret. Stadt Kydonia).

Logograph: »Redenschreiber«, Verfasser von (meist Gerichts-)Reden gegen Bezahlung.

Lyra: Leier.

Mainade: »Rasende«, berauschte bzw. in Ekstase geratene Frau.

Medimnos: »Scheffel«, ca. 52 l, unterteilt in 48 *choinikes* à 1,08 l.

Metoike, Metöke: »Ansiedler, Beisasse«; Fremder, der Gastrecht genießt, aber keine Bürgerrechte besitzt; »Gastarbeiter«.

Parasange: ca. 5,5 km.

Phyle: ursprünglich »Stamm«, später Bezirk; im 5. Jh. v C bestand Athen aus zehn Phylen, deren jede 50 Abgeordnete entsandte.

Prytaneion: Gemeindehaus, Heimstatt des staatlichen Herdfeuers; hier tagten die 50 Abgeordneten der jeweils für 35 oder 36 Tage zuständigen Phyle; Vertreter der übrigen neun Phylen nahmen an den Beratungen teil.

Stadion: ca. 180 m.

Stater: ursprünglich Massemaß (ca. 8,1 bis 8,7 g), dann auch Gold- oder Silbermünze (z. B. als silberner Didrachmon). Philipps Goldstater und die entsprechenden späteren Prägungen Alexanders hatten den Gegenwert von 20 Silberdrachmen.

Truppenteile, Ränge etc.: sehr unsicher, da von den antiken Autoren nie genau definiert. Basiseinheit scheint die Reihe von 16 (ursprünglich wohl 10) Kämpfern gewesen zu sein, geführt von einem Dekadarchen (»Herr von Zehn«, Zehnerschaftsführer). Bei der Reiterei gab es die vermutlich 16 × 16 Mann umfassende Ile (etwa Schwadron) sowie Unterteilungen (Halb-Ile etc.); ähnliche kleinere Gruppierungen dürfte es auch beim Fußvolk gegeben haben. Die nächste größere Einheit, Pentekosiarchie (»Fünfhundertschaft«) unter einem Pentekosiarchen, bestand aus 32 × 16 Mann, war also eine Fünfhundertzwölfschaft.

Unter Philipp und Alexander bestand das makedonische Kernheer im wesentlichen aus folgenden Teilen: a) der Phalanx der »normalen« Fußtruppen, schwere Hopliten, ausgerüstet mit Schwert, kleinem Schild und der bis zu 6 m langen Sarisse, gegliedert in 6 Taxeis, wobei jede Taxis (oft nach Gebieten rekrutiert) aus 3 Pentekosiarchien bestand, also 6 × 3 × 512, zusammen 9216 Mann, dazu Offiziere, Stäbe, Melder, Troß etc.; b) der »Garde« der Hypaspisten, 3 Taxeis zu je 2 Pentekosiarchien, zusammen 3072 Mann, ausgerüstet mit größerem Schild, Schwert und kurzem Stoßspeer (Xyston), die im Gegensatz zur defensiven Phalanx meist offensive Aufgaben hatten, ebenso wie c) die Hetairenreiterei, ursprünglich aus

498

vom König belehnten Adligen, berittene »Gefährten«. Unter Philipp waren es etwa 800 Mann, von Alexander später verdoppelt; ihre Bewaffnung bestand aus Schwert und Xyston. Daneben gab es zahlreiche spezialisierte Truppenteile – Belagerer, Leichtbewaffnete, Aufklärer, »Gebirgsjäger« –, z. T. rekrutiert aus unterworfenen oder tributpflichtigen Stämmen mit besonderen Kampftraditionen. Einigermaßen undurchschaubar sind die von Alexander in den letzten Jahren vorgenommenen Neugliederungen; es scheint sich um die Bildung von strafferer organisierten, selbständigen, z. T. auch gemischten Verbänden gehandelt zu haben, wahrscheinlich als Fünfhundert- und Tausendschaften, letztere bei den Reitern Hipparchie, bei den Fußkämpfern Chiliarchie genannt. Allerdings taucht der Rang eines Chiliarchen mehrfach auf – einmal als »Tausendschaftsführer«, dann aber auch als Bezeichnung/Ehrentitel für Perdikkas im Sinn eines Oberbefehlshabers.

DIE WICHTIGSTEN PERSONEN

Mit vorangestelltem Asterisk (*) markierte Personen sind erfunden, die übrigen historisch gesichert, wenn auch nicht in jeder Einzelheit ihres Verhaltens im Roman. Die meisten Lebensdaten sind Mutmaßungen, da die antiken Autoren nur selten präzise Altersangaben machen. Alexanders Daten sind gesichert, ebenso die von anderen wichtigen Personen; z. B. heißt es über Antigonos Monophthalmos, er sei 81 Jahre alt gewesen, als er bei Ipsos fiel, so daß 382 als Geburtsjahr in Frage kommt. Von vielen anderen weiß man, daß sie zumindest ungefähr Altersgenossen Alexanders gewesen sein müssen, da sie als seine Jugendfreunde erwähnt werden – Hephaistion, Harpalos, Nearchos, Ptolemaios etc. Bei Nearchos, Aristandros und anderen ist kein Todesdatum erwähnt; die Angaben in der nachstehenden Liste sind also frei erfunden, wenn auch möglicherweise wahrscheinlich aufgrund der Umstände.

Einige Namen tauchen in den Quellen und im Roman mehrfach auf; von den vielen Trägern etwa der Namen Ptolemaios oder Attalos sind hier nur die wichtigsten aufgeführt.

*Adherbal: karthagischer Kaufherr, Vorgänger von Hamilkar als Leiter des karth. Geheimdiensts.

*Admetos: Vertrauter der Olympias.

*Agathon: athenischer Kaufherr.

Aischines: athen. Politiker, ca. 389–314, Gegner des Demosthenes.

Alexandros: a) A. II., ältester Bruder Philipps, ca. 390–368, nach einjähriger Herrschaft von seinem Schwager Ptolemaios von Aloros ermordet;
b) Alexandros von Epeiros: Bruder der Olympias, geboren ca. 360, seit 352 zur Erziehung in Pella, ab 342 König von Epeiros, starb 331 auf einem Feldzug in Italien;
c) Alexandros der Lynkeste, Bruder der Verschwörer Heromenes und Arrhabaios; Reiterführer unter Alexander, Ende 334 des Postens enthoben, ca. 330 verhaftet und kurz nach Philotas angeklagt und hingerichtet.

Amyntas: a) A. III., Vater Philipps, König von Makedonien 393–369, ermordet von seinem Schwiegersohn Ptolemaios von Aloros, vermutlich auf Anstiftung der Königin Eurydike;
b) A. IV, Sohn von Philipps Bruder und Vorgänger Perdikkas III., ca. 362–336, von Alexander »beseitigt«.

Antigonos: genannt Monophthalmos, »der Einäugige«, hoher maked. Offizier unter Philipp und Alexander, ca. 382–301. Seit 334 Satrap von Groß-Phrygien; nach Alexanders Tod während der Diadochenkriege zeitweilig »König von Asien«.

Antipatros: maked. Feldherr und Politiker, neben Parmenion wichtigster Helfer und Freund Philipps, unter Alexander Statthalter für Europa; ca. 400–319.

Apelles: der berühmteste Maler der griech. Antike, zeitweilig in Pella und mit Alexander befreundet.

*Apollonios: rhodischer Kaufmann, Geschäftsfreund des Demosthenes.

*Archelaos: königlicher Hausmeister in Pella.

Aristandros von Telmessos: oberster Seher und Priester unter Philipp und Alexander, ca. 385–?.

Aristoteles: der Philosoph, Sohn des früheren Leibarztes von Philipps Vater Amyntas, später von Philipp als Lehrer nach Mieza/Makedonien geholt und dort Erzieher Alexanders (etwa 342–340), danach in Athen; ca. 384–322.

Arrhabaios: lynkestischer Fürstensohn, mit seinem Bruder Heromenes in die Ermordung Philipps verwickelt und hingerichtet.

Arridaios: oder Arrhidaios, Alexanders schwachsinniger Halbbruder, Sohn Philipps und der Thessalierin Philinna, 358–317; 322 von der maked. Heeresversammlung als Philippos III. Arridaios zum Teil-König gemacht, 317 von Olympias ermordet.

Artabazos: persischer Fürst, ca. 387–325, bekleidete hohe zivile und militärische Ränge, lehnte sich ca. 350 als Satrap gegen Artaxerxes III. auf und verbrachte einige Jahre in Pella.

Arybbas: Onkel der Olympias, seit etwa 360 Regent (für den minderjährigen Alexandros) in Epeiros, 342 von Philipp abgesetzt, ging dann nach Athen.

Attalos: a) maked. Fürst, Schwiegersohn Parmenions, Onkel und Vormund von Philipps letzter Frau Kleopatra, als Beteiligter an der Verschwörung gegen Philipp und Alexander 336 ermordet; b) vornehmer junger Makedone, Freund Alexanders, dem er angeblich wie ein Zwilling glich; nahm am Asienzug als Offizier teil (328 Taxiarch, in Indien Trierarch der Flotte). Er war mit Perdikkas' Schwester vermählt; über sein Ende ist nichts bekannt.

*Bagoas der Heile: persischer Fürst, Leiter des pers. Geheimdiensts.

Bagoas der Holde: schöner pers. Eunuch, Günstling und Liebling Alexanders.

*Bagoas der Huldreiche: pers. Politiker.

Bagoas »der Hurtige«: Eunuch, »graue Eminenz« am pers. Hof; beseitigte 338

Artaxerxes III. Ochos, half Arses auf den Thron, beseitigte 336 auch diesen und stützte Dareios III., der ihn bald darauf töten ließ.

Barsine: Tochter des Artabazos, mit diesem ca. 350–348 in Pella, später vermählt mit dem rhodischen Söldnerführer Mentor, nach dessen Tod mit seinem Bruder Memnon, nach dessen Tod einige Zeit Geliebte Alexanders, dem sie spätestens 328/27 einen Sohn Herakles gebar. 309 zusammen mit ihm von Polyperchon umgebracht.

Demades: athen. Politiker, Gegner des Demosthenes, Makedonenfreund, ca. 380–319.

Demaratos: Kaufherr aus Korinth, Gastfreund Philipps, später auch Alexanders, ca. 400–327.

Demetrios: hoher maked. Offizier unter Philipp und Alexander.

Demosthenes: athen. Politiker, Makedonenfeind, berühmter Redner; ca. 382–322.

Drakon: maked. Arzt.

*Dymas: fahrender Sänger und Musiker.

*Emes: maked. Hoplit.

Erigyios: vornehmer Makedone, Jugendfreund Alexanders, mit diesem in Mieza erzogen, von Philipp mit Alexander verbannt; ca. 356–327.

Eubulos: athen. Politiker, lange Zeit wichtigster Finanzpolitiker der Stadt, ca. 410–330.

Eumenes: Grieche aus Kardia, schon unter Philipp als Verwaltungsmann in Pella, mit Alexander befreundet; ca. 362–316. Verwaltete unter Alexander die »Königlichen Tagebücher« und sonstige Hof-Aufzeichnungen; nach Alexanders Tod anfangs einer der mächtigsten Diadochen in Asien.

Eurydike: a) Gemahlin von Amyntas III., Mutter Philipps; vermutlich 369 an Amyntas' Ermordung beteiligt, ermordete mit ihrem Schwiegersohn Ptolemaios von Aloros 368 sowohl die eigene Tochter, Ptolemaios' Frau Eurynoe, als auch den eigenen Sohn, Alexandros II., herrschte mit Ptolemaios bis zum Regierungsantritt ihres zweiten Sohns Perdikkas 365; angeblich 359 von Philipp getötet:
b) Audata, Tochter des Illyrerkönigs Bardylis, 359 Philipps 2. Frau, Mutter der später mit Amyntas IV. vermählten Kynnane, nannte sich (oder wurde genannt) seit der Vermählung mit Philipp Eurydike;
c) wahrscheinlich eigentlicher Name von Philipps letzter Frau Kleopatra b).
d) Tochter von Amyntas b) und Kynnane/Eurydike b), 322 mit Arridaios vermählt, mit diesem 317 von Olympias ermordet.

Hamilkar: karthag. Kaufherr und Politiker, Leiter des karth. Geheimdienstes.

Harpalos: Jugendfreund Alexanders, Finanzgenie, Schatzmeister zunächst des Heeres, später des Reichs; nach undurchsichtiger »Flucht« 333 zeitweilig in Megara, 331 wieder bei Alexander, der ihn sofort in alter Funktion weiterverwendete. 324 floh er mit Geld und Truppen nach Griechenland, vermutlich 323 auf Kreta ermordet.

*Hasdrubal: phönikischer Händler, Geschäftsfreund des Demosthenes.

Hekataios: Jugendfreund Alexanders, überbrachte den Hinrichtungsbefehl gegen Attalos nach Asien.

Hephaistion: Alexanders *alter ego*, vornehmer Makedone, in den letzten Jahren 2. Mann des Heers, 324 in Ekbatana gestorben.

Hermias: Satrap, Fürst von Atarneus/Kleinasien, Onkel der Frau des Aristoteles, nach Geheimvertrag mit Philipp von den Persern hingerichtet.

Heromenes: Fürstensohn aus der Lynkestis, mit seinem Bruder Arrhabaios in die Ermordung Philipps verwickelt und hingerichtet.

Hypereides: athen. Politiker und Händler, Parteigänger des Demosthenes, ca. 390–322.

Kallisthenes: Autor und Historiograph, Neffe des Aristoteles, ca. 370–327.

Kassandros: Sohn des Antipatros, ca. 356–297; nach dem Tod seines Vaters einer der wichtigsten und mächtigsten Diadochen.

Kleitos: genannt »der Schwarze«, hoher maked. Offizier unter Philipp und Alexander, Bruder von Alexanders Amme Lanike, ca. 367–328. Seit 330 zusammen mit Hephaistion Führer der Hetairenreiter; im Streit von Alexander ermordet.

*Kleonike: halbhellenische Handelsherrin in Kanopos/Ägypten.

Kleopatra: a) Alexanders Schwester, mit Alexandros von Epeiros vermählt, 353–309; auf Befehl des Antigonos ermordet, als sie sich mit Ptolemaios b) vermählen wollte.
b) Nichte des Attalos, letzte (7.) Frau Philipps, hieß ursprünglich wohl Eurydike; ca. 354–336.

Koinos, hoher maked. Offizier unter Philipp und Alexander, Taxiarch; erzwang als Sprecher der meuternden Truppen die Umkehr in Indien und starb wenige Tage später (ca. 362–325).

Krateros: Freund Alexanders, mit ihm in Mieza erzogen; beim Asienzug von Anfang an Taxiarch, später Oberbefehlshaber nach Alexander, zuletzt von diesem als Stratege für Europa vorgesehen; fiel im 1. Diadochenkrieg (ca. 358–321).

Laomedon: vornehmer junger Makedone, Bruder des Erigyios, Freund Alexanders, mit diesem von Philipp verbannt. Auf dem Asienzug zuständig für die »kriegsgefangenen Barbaren«, Stabsoffizier; nach Alexanders Tod Satrap von Syrien, 319 von Ptolemaios gefangen. Über sein Ende ist nichts bekannt.

Leonidas: Lehrer Alexanders in Pella.

Leonnatos: Freund Alexanders, mit ihm in Mieza erzogen; hoher Offizier während des Asienzugs, nach Alexanders Tod Satrap des nördlichen (hellespontischen) Phrygien, 322 bei Krannon gefallen.

Lykurgos: athen. Politiker, Antimakedone, ca. 390–324.

Lysimachos: a) Lehrer des jungen Alexander;
b) hetairos Alexanders, Stabsoffizier, in den letzten Jahren immer in Alexanders Nähe, nach dessen Tod einer der mächtigsten Diadochen, beherrschte zeitweilig Teile Makedoniens und Kleinasiens sowie Thrakien, fiel 80jährig gegen Seleukos (ca. 361–281).

*Mandrokles: Geschäftsführer der Kleonike.

Medios: a) *hoher Makedonenfürst, Ältester des Staatsrats; b) einer der hetairoi Alexanders, Gastgeber beim »letzten Gelage« in Babylon.

Meleagros: Jugendfreund Alexanders, mit ihm in Mieza erzogen; Offizier (Taxiarch); ca. 356–322.

Memnon: rhodischer Söldnerführer in pers. Diensten, ca. 380–333.

Mentor: Bruder Memnons, ebenfalls Söldnerführer, ca. 390–340.

Nearchos: Kreter, Jugendfreund Alexanders, unter Alexander zunächst Satrap von Lykien und Pamphylien, dann Kommandeur der indischen Flotte; nach Alexanders Tod wieder Satrap, später mit Antigonos verbündet, nach 314 nicht mehr erwähnt.

Nikanor: a) Stief-, später Schwiegersohn des Aristoteles, mit Alexander befreundet; ca. 358–315;
b) einer der Söhne Parmenions, Führer der Hypaspisten in Asien, gestorben 330 in Persien durch Krankheit.

Parmenion: maked. Fürst, wichtigster Stratege Philipps und Alexanders, ca. 400–330; nach der Hinrichtung seines Sohnes Philotas in Alexanders Auftrag ermordet.

Pausanias: a) maked. Thronprätendent, von Philipp besiegt;
b) Führer von Philipps Leibgarde, ermordete 336 Philipp in Aigai.

Perdikkas: a) P. III., älterer Bruder und Vorgänger Philipps, fiel 359 gegen die Illyrer;
b) Jugendfreund Alexanders, mit diesem in Mieza erzogen; auf dem Asienzug von Anfang an Taxiarch, später nach Alexander, Hephaistion und Krateros höchster Mann des Heers. Bei Alexanders Tod übernahm er dessen Siegelring; sein Versuch, das Reich (und seine eigene Macht) zu konsolidieren, löste den 1. Diadochenkrieg aus. 321 wurde er von den eigenen Leuten (im Auftrag u. a. von Seleukos) am Nil ermordet.

*Peukestas: junger Makedone, befragt den sterbenden Aristoteles.

Philippos: Arzt, Freund Alexanders, später sein Leibarzt.

Philokrates: athen. Politiker, handelte 346 mit Philipp einen nach ihm benannten Frieden aus, wurde später deshalb in

Athen angeklagt und auf Betreiben von Demosthenes und Hypereides in Abwesenheit zum Tode verurteilt.

Philotas: Sohn Parmenions, Jugendfreund Alexanders, Offizier schon unter Philipp; in Asien Führer der Hetairenreiter, 330 nach einer angeblichen Verschwörung gegen Alexander hingerichtet.

Polyperchon: maked. Offizier, führte seit ca. 333 eine Taxis; 324 zusammen mit Krateros als Kommandeur der Veteranen nach Europa geschickt. Über seine Rolle in den Diadochenkriegen vgl. Chronologie.

Proteas: Sohn Lanikes, Neffe des Kleitos, mit Alexander befreundet und in Mieza erzogen; bemerkenswerter Trinker. Ende 334 von Alexander zu Antipatros geschickt, von diesem als Flottenkommandeur verwendet, ab 332 wieder bei Alexander.

Ptolemaios: a) von Aloros, Schwiegersohn von Amyntas III., den er 369 ebenso umbrachte (umbringen ließ?) wie 368 seine Frau Eurynoe und seinen Schwager Alexandros II.; 365 von Perdikkas III. getötet;
b) P., Sohn des Lagos, Jugendfreund Alexanders und mit ihm zusammen verbannt. Seit ca. 330 hoher Offizier; nach Alexanders Tod erhielt er Ägypten, das die von ihm begründete Dynastie bis 30 v C beherrschte. Lebenszeit ca. 356–282.

Pythias: a) Aristoteles' Frau, Nichte des Hermias;
b) Aristoteles' Tochter, später vermählt mit Nikanor.

Roxane: baktrische Fürstentochter, geb. ca. 345, seit 327 mit Alexander vermählt, dem sie postum einen Sohn (Alexander IV.) gebar. Nach Alexanders Tod brachte sie vermutlich eigenhändig seine zweite Gemahlin Stateira (ebenfalls schwanger) um. Ca. 310 ließ Kassandros sie und den 12jährigen Thronfolger töten.

Seleukos: Jugendfreund Alexanders, mit ihm in Mieza erzogen und von Anfang an Offizier beim Asienzug; später Begründer der Seleukidendynastie, ermordet 281/280. Zu seiner Rolle in den Diadochenkriegen vgl. Chronologie.

Sisygambis: Mutter des Dareios, seit 333 bei Alexander; sie starb 323.

*Tekhnef: Nilotin, Musikerin.

CHRONOLOGIE

ca. 1100–700 v C – Herausbildung der griech. Städte und Siedlungsgebiete (Athen, Sparta, Korinth, Theben; Attika, Boiotien, Thessalien etc.); griech. Besiedlung des westlichen Kleinasien; Griechen übernehmen Seefahrt, Handel und Schrift von den Phönikiern.

ca. 750 Homer.

750–550 Griech. Kolonisation von der Krim bis zur Provence, Gründungen u. a. in Südfrankreich (Massalia/Marseille, Nikaia/Nizza), Unteritalien (Kyme/Cumae, Rhegion/Reggio, Kroton/Crotone, Taras/Tarent), Sizilien (Syrakosai/Syrakus, Katane/Catania, Zankle/Messana/Messina, Akragas/Agrigent), Nordafrika (Kyrene), Ägypten (Naukratis, Rhakotis) usw.

592 Griech. Söldner in Ägypten.

ca. 540 Ende der griech. Expansion im Westen nach Seesieg der verbündeten Karthager und Etrusker gegen Griechen vor Korsika, wenig später karthag. Siege in Westsizilien und westlicher Kyrenaika: Festlegung der Einfluß- und Siedlungsgrenzen. Gleichzeitig Ende der Expansion nach Osten, als ab 546 Kleinasien unter persische Hoheit gerät.

530 f. Perser erobern Ägypten; Perserreich vom Indus bis zum Nil und Bosporos.

521 Beginn der Regierung von Dareios I.

513 Skythen-Feldzug der Perser zur Donau; Thrakien wird pers. Satrapie; Dareios schickt Gesandte bzw. Aufklärer nach Griechenland und Unteritalien.

500 Beginn des »jonischen Aufstands« der kleinasiatischen Griechen gegen Perser; Athen und Eretreia stellen Schiffe, Sparta verweigert Hilfe.

493 Endgültige Niederlage der Aufständischen, Wiederherstellung der persischen Herrschaft, Dareios' Feldherr und Schwiegersohn Mardonios überschreitet den Hellespont, sichert Thrakien; Makedonien unter Alexandros I. (ca. 498–454) pers. Vasallenstaat.

491 Pers. Gesandte fordern symbolische Unterwerfung der Griechen; Athen und Sparta lehnen ab, Ermordung der Gesandten.

490 Pers. »Straffeldzug«, Eroberung der Inseln; Sieg der Athener unter Miltiades bei Marathon, Beginn des Aufstiegs von Athen zur zweiten Macht neben Sparta. Boiotier besiegen Thessalier und vertreiben sie aus Mittelgriechenland.

487 Seekrieg Athen–Aigina.

485 Dareios I. stirbt; Nachfolger Xerxes rüstet für Rachefeldzug (Brückenbau über Dardanellen, Anlegung von Depots in Thrakien etc.).

482 Flottenbauprogramm des Themistokles in Athen.

480 Persischer Angriff; Zug des Xerxes durch Thrakien und Makedonien; Makedonen müssen Heeresfolge leisten. Einnahme der Thermopylen, Besetzung und Verwüstung von Boiotien und Attika, Zerstörung Athens. Griech. Seesieg bei

Salamis, gleichzeitig Sieg der Westgriechen (Syrakus, Akragas) auf Sizilien gegen Karthager.

479 Zweite Besetzung Athens; Griechen lehnen Mardonios' Friedensbedingungen ab, Sieg der verbündeten Griechen bei Plataiai (Boiotien), Flottenunternehmen gegen Kleinasien mit Erstürmung des pers. Schiffslagers.

478 Flotte befreit Griechenstädte auf Zypern, Einnahme von Sestos und Byzantion, Öffnung der Handelswege zu den Getreideländern am Schwarzen Meer.

477 Aufforderung der Jonier an Athen, kleinasiatische Griechen gegen Persien zu schützen; Gründung des Attischen Seebunds (Inseln und Kleinasien unter Athens Hegemonie; Bundesgenossen stellen Schiffe oder zahlen Tribut), Athen wird stärkste Wirtschaftsmacht. – Im Westen drängt Hieron von Syrakus (478–467) Etrusker zurück, dehnt sein Reich auf Unteritalien aus, herrscht mittels Geheimpolizei.

471 Themistokles verbannt, flieht nach Persien.

470 Als Folge der Kriege zwischen Syrakus und Etruskern verliert Athen Absatzmärkte im Westen, Preissturz bei attischer Keramik etc.

469 f. Offensive Weiterführung des Kriegs gegen Persien, Anschluß weiterer Städte Kleinasiens an den Attischen Seebund. Spannungen zwischen Sparta und Athen wegen athenischen Machtzuwachses.

466 Spartaner siegen gegen Argos und Tegea, festigen ihre Hegemonie auf der Peloponnes.

465–463 Athener belagern vom Seebund abgefallene Insel Thasos, nehmen sie ein und annektieren thasische Besitzungen in Thrakien. Xerxes stirbt, Nachfolger wird sein Sohn Artaxerxes I. (bis 424).

464 Aufstand in Messenien gegen Sparta; Athen sendet Hilfsheer für Spartaner, das 462 von Sparta zurückgewiesen wird.

461 Athen kündigt Bund mit Sparta, verbündet sich mit Argos; Korinth und Aigina bilden Koalition mit Sparta. Neuorientierung der athenischen Außenpolitik unter Perikles mit doppeltem Ziel: Fortführung des Perserkriegs, Schwächung Spartas.

460 König Inaros (Libyer) versucht in Ägypten Aufstand gegen persische Herrschaft, Athen schickt Hilfsflotte.

459 Kapitulation der Messener gegen Sparta; Athens Flottenpräsenz im Golf von Korinth stört die korinthische Stellung im sizilisch-italischen Getreidehandel.

457 Sparta interveniert in Mittelgriechenland, um Thebens Hegemonie in Boiotien gegen Athen zu stützen; Kämpfe zwischen Thebanern und Spartanern einer-, Athenern andererseits.

456 Aigina kapituliert nach 3jähriger Belagerung vor der athenischen Flotte; Piräus übernimmt Aiginas Handel und wird größter Umschlaghafen der hellenischen Welt. Athenische Flotte in Ägypten von Persern blockiert.

455 Athener zerstören spartanische Werften in Gytheion, Höhepunkt der Macht Athens.

454 Zusammenbruch des ägyptischen Aufstands gegen Persien; athenische Flotte im Nildelta vernichtet. – In Makedonien Beginn der Herrschaft Perdikkas' II. (bis 413), der die Landgewinne und Machtposition seines Vorgängers Alexandros I. nicht halten kann und immer weiter in die griechischen Konflikte einbezogen wird.

453 Athenischer Flottenzug unter Perikles zum Golf von Korinth, Anschluß der Achaier, Ausdehnung der Macht- und Wirtschaftsinteressen Athens nach Westen durch Verträge mit sizilischen Städten. Vereinbarung eines fünfjährigen Waffenstillstands zwischen Sparta und Athen. – Vereinigung der nichtgriechischen Sikuler auf Sizilien zum Kampf gegen sizilische Griechen.

450 Fortsetzung des Seekriegs gegen Persien, athenische Flotte siegt bei Salamis/ Zypern.

449 Friedensvertrag zwischen Persien und Athen; kleinasiatische Griechenstädte erhalten Autonomie innerhalb des persischen Reichs, Athen respektiert persisch-phönikische Handelssphäre im Ostmittelmeer und mischt sich nicht mehr in Ägypten ein. Athen ist damit neben Persien und Karthago dritte Großmacht im Mittelmeer.

448 Gesamtgriechische Friedenskonferenz in Athen kommt nicht zustande wegen Widerstands von Sparta. Krieg der delphischen Amphiktyonie gegen Phoker um Unabhängigkeit des Heiligtums (2. Heiliger Krieg).

447 Erhebung in Mittelgriechenland gegen Athen; Boiotien, Phokis, Lokris nach Sieg bei Koroneia unabhängig.

446 Megara und Euboia fallen von Athen ab, Euboia wird zurückerobert. Friede zwischen Athen und Sparta auf der Basis des jeweiligen Besitzstands.

445 Athen gibt nach Friedensschluß Westexpansion auf und orientiert sich nach dem thrakisch-pontischen Norden mit Gründung von Kolonien und zunehmender Intervention in Thrakien und Makedonien.

440 Krieg zwischen Tarent und Thurioi in Süditalien; Samos fällt vom Seebund ab.

439 Samos von Athen erobert.

438 Innere Kämpfe in Epidamnos (illyrische Küste), Streit zwischen Korinth und Korkyra um Intervention.

433 Hilfsgesuch von Korkyra an Athen wegen korinthischer Rüstung; Athen nimmt gegen Korinth und Sparta gerichtete Westpolitik wieder auf, entsendet Hilfsflotte.

432 Poteidaia (korinthische Kolonie auf der Chalkidike) fällt vom Seebund ab, von Athen belagert. Handelssperre Athens gegen das mit Sparta verbündete Megara. Sparta fordert ultimativ Aufhebung der Sperre, Freigabe Poteidaias und Aiginas, volle Autonomie der Mitglieder des Seebunds. Athen lehnt ab. Kriegsbeschluß Spartas.

431 Beginn des Peloponnesischen Kriegs; Sparta verbündet sich mit peloponnesischen, mittelgriechischen, sizilischen Staaten, Athen mit Makedonien und Thrakien. Archidamos II. von Sparta verwüstet Attika, Thebaner überfallen das mit Athen verbündete Plataiai, Plünderungszug der athenischen Flotte gegen Aigina und die Peloponnes.

430 Archidamos wieder in Attika, Flottenzug der Athener unter Perikles zur Peloponnes. Pest in Athen führt zu Friedensgesuch, das Sparta ablehnt.

429 Poteidaia kapituliert vor den Athenern; Archidamos belagert Plataiai; Athener von Olynthiern auf der Chalkidike geschlagen. Flottensieg der Athener bei Naupaktos gegen Peloponnesier. Thraker fallen in Makedonien ein.

428 Lesbos fällt vom Seebund ab, Athener belagern Mytilene; Archidamos wieder in Attika.

427 Lesbos von den Athenern, Plataiai von den Spartanern eingenommen. Bürgerkrieg auf Korkyra, beendet durch Eingreifen der athenischen Flotte; Koalitionskrieg auf Sizilien, Intervention der Athener auch dort. Tod des Archidamos.

426 Athenische Feldzüge in Aitolien und Akarnanien.

425 Agis II. von Sparta fällt in Attika ein; athenische Siege gegen Spartaner und Korinther.

424 Athenische Erfolge in Akarnanien und auf der Peloponnes; Heeresreform des Brasidas in Sparta, Vorstoß von Brasidas gegen Athens Verbündete im Norden, Makedonien unterstützt Sparta. Niederlage der Athener gegen Boiotier. In Sizilien Bündnis der dortigen Städte gegen athenische Einmischung, Abzug der athenischen Flotte. Tod von Artaxerxes I., sein Nachfolger Dareios II. (bis 404) erneuert Frieden mit Athen.

423 Erfolge von Brasidas im Norden.

422 Neues Bündnis zwischen Athen und Makedonien.

421 Friedensschluß zwischen Athen und Sparta, nicht anerkannt durch Spartas Bundesgenossen Korinth, Megara und Theben; dies führt zu einem Bündnis Athens mit Sparta und einem Bündnis der Peloponnesier mit Argos. Neue Spannungen zwischen Athen und Sparta wegen unvollständiger Erfüllung der Friedensbedingungen.

420 Bündnis Spartas mit Boiotien; Bündnis Athens mit Argos, Mantineia, Elis; Elis schließt Spartaner von den Olympischen Spielen aus.

419 Athen unterstützt Angriff von Argos gegen Epidauros.

418 Spartaner unter Agis II. besiegen Argiver und Athener bei Mantineia, Wiederherstellung von Spartas Hegemonie auf der Peloponnes.

416 Athenischer Flottenzug gegen die spartafreundliche Insel Melos. Hilfsgesuch von Segesta (Sizilien) an Athen gegen Selinus und Syrakus.

415–413 Sizilischer Feldzug der Athener mit 260 Schiffen und 25 000 Mann.

414 Belagerung von Syrakus; Sparta entsendet Hilfsheer.

413 Athenische Niederlage vor Syrakus, Kapitulation. In Makedonien Regierungsantritt von Archelaos I. (bis 399), der nach 40jährigem Niedergang die Königs-
macht wieder stärkt, das Heer reformiert und einen Hofkreis griechischer
Kulturträger sammelt; zeitweilig halten sich Euripides, Thukydides, der Maler
Zeuxis, der Musiker Timotheos u. a. in Pella auf. – Dekeleia in Attika von Spartanern besetzt, Wiederausbruch des Kriegs.

412 Vertrag zwischen Sparta und Persien gegen Athen, persische Hilfsgelder und
Flottenunterstützung für Sparta.

411 Athen verliert Euboia; Seesieg der Spartaner vor Eretreia, Seesieg der Athener
am Hellespont.

410 Athenischer Seesieg vor Kyzikos (Propontis) schwächt Sparta und ermöglicht
wieder Getreidehandel mit Schwarzmeer-Kolonien Athens. – Auf Sizilien wenden sich die nichtgriechischen Elymer aus Segesta um Hilfe an Karthago.

409 Erfolge der Athener unter Alkibiades im Norden, der Spartaner auf der Peloponnes. – Karthager, Elymer und Sikuler greifen sizilische Griechen an, Zerstörung von Selinus und Himera.

408 Einnahme von Byzantion, Chalkedon u. a. durch Alkibiades; spartan. Flotten-
führer Lysandros befreundet sich mit pers. Prinzen Kyros und erhält wieder
Gelder für Sparta. – Stellungskrieg und Rüstungen auf Sizilien.

407 Seesieg der Spartaner gegen die Athener vor der kleinasiatischen Küste.

406 Athenische Flotte im Hafen von Mytilene eingeschlossen. In Athen Einschmel-
zung von Weihgeschenken, Flottenbau, Bewaffnung von Sklaven und Greisen,
Bündnisverhandlungen mit Karthago. – Karthager erobern Akragas; in Syrakus
wird Dionysios zum allein bevollmächtigten Feldherrn gewählt. – Seesieg der
Athener südlich von Lesbos; die siegreichen Strategen in Athen wegen versäum-
ter Bergung schiffbrüchiger Seeleute hingerichtet.

405 Lysandros stellt mit persischem Geld spartanische Flotte wieder her, Seesieg
gegen Athener im Hellespont (3000 Gefangene getötet), Blockade des Piräus,
Hungersnot in Athen. – Dionysios, gestützt auf Söldnerheer, macht sich zum
Tyrannen von Syrakus; Karthager erobern Gela und Kamarina. Friedensschluß
zwischen Karthago und Syrakus unter Anerkennung des neuen Status quo.

404 Athen kapituliert; Korinth und Theben fordern völlige Zerstörung der Stadt, von
Sparta abgelehnt. Auf Samos kultische Verehrung des Spartaners Lysandros (erste Vergöttlichung eines Griechen zu Lebzeiten). – Tod von Dareios II., Nachfolger Artaxerxes II. Mnemon (bis 358). Ägypten fällt unter Amyrtaios II. von Persien ab und bleibt bis 342 unabhängig. – Beginn der jahrzehntelangen spartani-
schen Vormacht in Griechenland. In Syrakus Beginn der Herrschaft des Dionysios I. mit Hilfe von Leibgarde und Geheimpolizei, Befestigungen, Aufrustung
(Verstärkung der Flotte auf 300 Schiffe), Enteignung von Großgrundbesitzern,
Einführung einer Vermögenssteuer etc.

402–400 Krieg Sparta–Elis; Elier zum Eintritt in den Peloponnesischen Bund Spartas gezwungen.

401 In Persien Erhebung des Kyros gegen Artaxerxes II. mit Hilfe griechischer Söldner. Nach Kyros' Tod in der Schlacht bei Kunaxa/Euphrat Rückmarsch *(Anabasis)* der griech. Söldner unter Xenophon zum Schwarzen Meer.

400 Satrap Tissaphernes rüstet zur erneuten Unterwerfung der kleinasiatischen Griechen; Sparta verspricht ihnen Hilfe. Beginn des spartanisch-persischen Kriegs (bis 386) mit ersten Feldzügen in Kleinasien.

399 Nach dem Tod des Archelaos Niedergang Makedoniens unter mehreren rasch aufeinander folgenden schwachen Königen. In Sparta Beginn der Herrschaft von König Agesilaos (bis 360). In Athen wird Sokrates wegen Gottlosigkeit und Jugendverführung zum Tode verurteilt.

398 Der athen. Stratege Konon tritt in persische Dienste und erhält Befehl über pers. Flotte.

397 Dionysios erklärt Karthago den Krieg; Eroberung von Eryx und Motye. Karthager gründen Lilybaion (Marsala) als neuen Stützpunkt und starten Gegenangriff.

396 Karthager erobern Motye und Eryx zurück, belagern Syrakus, Ausbruch einer Seuche im Belagerungsheer. – Kleinasienfeldzug des Spartaners Agesilaos.

395 Spartanischer Sieg bei Sardes gegen Perser. Persische Hilfsgelder an griechische Staaten zur Finanzierung eines Aufstands gegen Sparta. Bündnis zwischen Boiotien, Athen, Korinth, Argos, Euboia, Lokris und Akarnanien gegen Sparta mit Bundesrat in Korinth.

394 Agesilaos bricht Offensive in Kleinasien ab; spart. Sieg bei Korinth gegen die Verbündeten. Im Sommer Seesieg der Perser bei Knidos, Untergang der spart. Flotte, Ende der spart. Seeherrschaft in der Ägäis. Perser sichern kleinasiatischen Griechen Autonomie zu.

393 Pers. Flotte verwüstet Spartas Küsten; Wiederaufbau der athen. Befestigungsanlagen mit persischem Geld; Erneuerung des Attischen Seebunds. – Amyntas III., König von Makedonien (bis 370), versucht sein geschwächtes Reich durch wechselnde Bündnisse zusammenzuhalten.

392 Friede zwischen Syrakus und Karthago mit karthag. Gebietsverlusten; Athener ernennen Dionysios ehrenhalber zum Archon von Sizilien. – Sparta bietet Frieden an gegen Abtretung bzw. Aufgabe aller kleinasiatischen Griechenstädte und schlägt allgemeinen Frieden *(koine eirene)* mit Autonomie aller Staaten vor; Athen lehnt ab. Athenisch-spartanische Kämpfe um den Hafen Lechaion bei Korinth.

391 Beginn der Expansion von Syrakus, Übergriffe nach Süditalien. Neuer spart. Feldzug in Kleinasien; Athens Flottenpolitik führt zu Spannungen mit Persien.

389 Athen. Flottenzüge; Bosporos und kleinasiatische Inseln zurückerobert; Athen unterstützt Aufstand auf Zypern gegen Persien.

388 Dionysios erobert Unteritalien; Platon besucht Syrakus.

387 Annäherung Sparta–Persien als Folge der athen. Politik, Sperrung des Hellespont durch spart.-pers. Flotte. – Rom von Kelten erobert.

386 Bündnis zwischen Dionysios und italischen Kelten. – Annahme des von Persien und Sparta ausgehandelten »Königsfriedens«: Griechen in Kleinasien gehören zu Persien, alle anderen griech. Staaten sind autonom, Athens Bündnisverträge werden aufgelöst. Herstellung der Hegemonie Spartas unter persischer Militärgarantie.

385 Dionysios gründet Kolonien an der Adria. – Beginn der gewaltsamen Hegemoniepolitik Spartas in Griechenland. Athenische Söldner unterstützen Ägypten gegen pers. Wiedereroberungsversuch.

384 Flottenzug des Dionysios gegen Etrurien, Anlage eines Hafens in Korsika. Unteritalische Griechenstädte suchen Bündnis mit Karthago gegen Syrakus.

383 Athen. Söldner unterstützen Odrysenkönig Kotys bei Eroberung von ganz Thrakien; makedonische Gebietsverluste.

382–374 Krieg des Dionysios gegen Karthager und südital. Griechen. Beginn des Olynthischen Kriegs: Angriff der Spartaner gegen Chalkidike, Olynth unterworfen und zur Heeresfolge gezwungen. Besetzung der Burg von Theben (Kadmeia) durch Spartaner.

379 Erhebung Thebens gegen Sparta, Bündnis Thebens mit Athen, thebanische Hegemonie in Boiotien. Dionysios erobert Kroton.

378 Zweiter Attischer Seebund, gegen Sparta, unter Wahrung der Bedingungen (Autonomie etc.) des Königsfriedens. Erfolgloser Zug der Spartaner gegen Theben.

377 Maussollos, Satrap von Karien, macht sich unter pers. Oberhoheit selbständig, Hauptstadt Halikarnassos.

376 Athen. Flotte siegt bei Naxos gegen Spartaner, Erneuerung der athen. Seeherrschaft, Wiederherstellung des Chalkidischen Bunds mit Olynth.

375 Weiterer Seesieg der Athener gegen Sparta, Bündnis Athens mit Makedonien, Niederlage der Spartaner in Boiotien gegen Theben. Dionysios besiegt Karthager in Westsizilien.

374 Karthager siegen bei Kronion/Nordsizilien, Friede mit karth. Gebietsgewinnen. – Erneuerung des Königsfriedens, Sparta erkennt Athens Seegeltung an.

373 Thebaner zerstören Plataiai. Perser greifen mit griech. Söldnern Ägypten an, werden von Ägyptern und griech. Söldnern zurückgeschlagen.

372 Athenische Flotte besetzt Korkyra und Kephallenia, Ende der spart. Seemacht auch im Westen. Einigung Thessaliens unter dem Tyrannen Jason von Pherai, Aufrüstung, Plan eines Kriegs gegen Persien.

371 Zusammenbruch der Hegemonie Spartas, spart. Hilfsgesuch an Persien, Annäherung Athen–Sparta auf der Basis des Königsfriedens, Ausschluß der Thebaner unter Epameinondas wegen Verletzung der Autonomie boiotischer Städte.

Spartanischer Kriegszug gegen Theben endet mit schwerer Niederlage gegen Epameinondas. Neue Bündnisse Athens gegen Theben. Einführung des Ammonskults in Athen, Gleichsetzung Ammons mit Zeus.

370 Erhebung Arkadiens gegen Sparta; Peloponnes-Zug des Epameinondas beendet Spartas Großmachtstellung. Jason von Pherai ermordet; Ermordung des Amyntas III. von Makedonien, Nachfolger sein Sohn Alexandros II.

369 Bündnis Sparta–Athen, Sperrung des Isthmos; Epameinondas durchbricht Sperre und zieht erneut in die Peloponnes. Thebaner Pelopidas interveniert in Thessalien, Makedonen besetzen Larisa.

368 Letzter Karthagerkrieg des Dionysios, ohne Gebietsveränderungen. Dionysios und seine Söhne erhalten durch Ehrenbeschluß athenisches Bürgerrecht. Bündnis des Dionysios mit Athen. – Ptolemaios von Aloros, Schwiegersohn von Amyntas III., läßt dessen Sohn Alexandros II. ermorden und regiert, mit der Witwe Eurydike, als Vormund für Alexandros' jüngeren Bruder Perdikkas. Der dritte Sohn des Amyntas, Philipp, wird als Geisel nach Theben gebracht.

367 Tod des Dionysios. Epameinondas zieht nach Thessalien (befreit den vom Tyrannen Alexandros von Pherai festgesetzten Pelopidas) und auf die Peloponnes, Anschluß Achaias an Theben. Pelopidas und der Spartaner Antalkidas verhandeln gleichzeitig mit Artaxerxes II. in Susa (»Wettkriechen der Griechen«); pers. Friedensdekret zugunsten Thebens, Selbstmord des Antalkidas.

365 Weitere Expansion Thebens, Widerstand Athens. Epameinondas läßt durch karthagischen Baumeister Nobas Flotte bauen. Der Spartanerkönig Agesilaos dient Persern als Söldnerführer und erhält Geld für Sparta. Ermordung des Ptolemaios von Aloros; Perdikkas III., König von Makedonien, holt Philipp aus Theben heim.

364 Flottenzug des Epameinondas, Anschluß von Byzantion, Chios, Rhodos an Theben; Anschluß von Pydna, Methone und Poteidaia an Athen; Pelopidas siegt und fällt gegen Alexandros von Pherai, Boiotier beherrschen Thessalien.

362 Satrapen-Aufstand gegen Artaxerxes II. Letzter Zug des Epameinondas in die Peloponnes, Sieg und Tod in der Schlacht bei Mantineia gegen Athener und Spartaner. Friedensschluß auf der Basis des Status quo.

361 Agesilaos von Sparta als Söldnerführer in ägyptischen Diensten gegen Persien. – Alexandros von Pherai besiegt athen. Flotte.

360 Perdikkas III. besetzt Amphipolis; thrakische Expansion unter Kotys auf Kosten athenischer Besitzungen. Tod des Molosserkönigs Neoptolemos in Epeiros, Regentschaft seines Bruders Arybbas als Vormund für Neoptolemos' Sohn Alexandros.

359 Perdikkas III. fällt gegen Illyrer; Thronwirren in Makedonien; Perdikkas' Bruder Philipp II. setzt sich gegen mehrere von Athen, Thrakien und Gebietsfürsten unterstützte Prätendenten durch, regiert zunächst als Vormund für Perdikkas' Sohn Amyntas IV. Tod Artaxerxes' II., Nachfolger sein Sohn Artaxerxes III. Ochos.

358 Alexandros von Pherai ermordet. Philipp II. und sein Stratege Parmenion besiegen Paionen und Illyrer; Philipp unterstützt Larisa gegen Pherai (Thessalien).

357 Dionysios II. von Syrakus (seit 367) von seinem Schwager Dion mit Hilfe der Karthager abgesetzt, Alleinherrschaft Dions mit Versuch einer Durchführung von Platons Staatstheorie. – Philipp II. vermählt sich mit Olympias, Tochter des Neoptolemos von Epeiros. Eroberung von Amphipolis. – Beginn des athenischen Bundesgenossenkriegs; wegen athen. Hegemoniepolitik fallen Chios, Rhodos, Kos und Byzantion vom Seebund ab und verbünden sich mit Maussollos von Karien.

356 Niederlage der athen. Flotte bei Embata. Philipp erobert athen. Küstenstädte im Norden (Poteidaia, Pydna); Alexander III. (der Große) geboren; Philipp besetzt thasische Stadt Krenides, Umbenennung in Philippoi. – Phoker werden auf Betreiben Thebens in Delphi wegen Kultfrevels angeklagt und verbünden sich mit Sparta. Besetzung Delphis, Aufstellung eines Söldnerheeres aus Mitteln des delphischen Tempelschatzes; Dritter Heiliger Krieg.

355 Niederlage der Phoker gegen Boiotier und Thessalier. Philipp nimmt Königstitel an. Ende des athen. Bundesgenossenkriegs, Athen erkennt Unabhängigkeit der Abtrünnigen an.

354 Angriffskrieg der Phoker unter Onomarchos, Besetzung der Thermopylen. Eubulos, Leiter des Finanzwesens in Athen, reformiert und saniert athen. Staatskasse; Beginn der polit. Karriere des Demosthenes.

353 Onomarchos besetzt Orte in Boiotien und besiegt Philipp in Thessalien.

352 Philipp schlägt Phoker in Südthessalien, Onomarchos fällt. Vertreibung des Tyrannen Lykophron von Pherai, Wiederherstellung alter Stadtrechte in Thessalien durch Philipp. Vorstoß Philipps gegen Phoker nach Süden löst Panik in Griechenland aus; Athener und Peloponnesier besetzen Thermopylen. Philipp zieht ab. Alexandros, Thronfolger in Epeiros (Bruder der Olympias), zur Erziehung an den Hof nach Pella geholt.

351 Weitere Kämpfe zwischen Phokern und Boiotiern. Philipp schließt Bündnisse mit Thrakien und Byzantion.

350 Hermias, Schüler Platons und Freund des Aristoteles, wird als persischer Satrap Tyrann von Atarneus und Assos.

349 Philipp unterwirft chalkidische Städte, bedroht Olynth. Bündnis Athen–Olynth, erste Rede des Demosthenes gegen Philipp.

348 Olynth erobert und zerstört, Euboia fällt von Athen ab. Erfolglose athen. Feldzüge für Olynth und gegen Euboia.

347 Boiotier besetzen Abai in Phokis. Tod Platons; Aristoteles geht an den Hof des Hermias und vermählt sich mit dessen Nichte Pythias. Dionysios II. wieder in Syrakus.

346 Erfolge von Philipps Zermürbungstaktik: Phoker zum Frieden gezwungen, Ende des Heiligen Kriegs, Thermopylen an Philipp übergeben, Delphi wieder

unabhängig, Phokis zur Rückzahlung des geplünderten Tempelschatzes verpflichtet, Philipp an Stelle von Phokis in den Amphiktyonen-Rat aufgenommen. »Philokrates-Friede« zwischen Philipp und Athen auf der Basis des Status quo, in Athen verfochten von Philokrates, Eubulos und Aischines, gegen Demosthenes und Hypereides.

345 Beginn der langjährigen Agitation des Demosthenes gegen Makedonien. Artaxerxes III. Ochos erneuert Persiens Großmachtstellung, wirft mit Hilfe griech. Söldner unter Memnon und Mentor Aufstände in Kleinasien, Zypern, später Phönikien nieder.

344 Neuer Zug Philipps gegen Illyrer; Philipp zum Archon des Thessalischen Bunds gewählt. Korinth entsendet Söldnerheer unter Timoleon nach Syrakus zur Beseitigung der Tyrannis. Karthager versuchen Blockade; Dionysios ergibt sich und wird nach Korinth verbannt.

343 Philipp erkennt Messenien und Arkadien als selbständig gegenüber Sparta an; Euboia von Parmenion besetzt; in Athen Philokrates auf Antrag des Hypereides verurteilt. Vertrag Philipps mit Artaxerxes: Makedonien verzichtet auf Eingriffe in Kleinasien, Persien überläßt Makedonien Griechenland, Aufhebung der pers. Garantien des Königsfriedens.

342 Timoleon besiegt Karthager bei Segesta, karthag. Gegenoffensive. Rückeroberung Ägyptens durch Perser. Philipp setzt Arybbas als Regent von Epeiros ab und dessen Neffen, seinen Schwager Alexandros, als König ein. Geheimvertrag mit Hermias von Atarneus; Aristoteles kommt als Erzieher nach Mieza/ Makedonien. Spartas König Archidamos III. geht als Söldnerführer nach Italien.

341 Athener nehmen Oreos/Euboia ein und gründen proathenischen Städtebund auf Euboia; Kriegsreden des Demosthenes gegen Philipp. Hermias wird nach Verrat des Geheimvertrages gefangengenommen und hingerichtet; Hymnos des Aristoteles auf Hermias.

340 Demosthenes erreicht Hellenischen Bund gegen Philipp; Makedonen belagern Perinthos und Byzantion und kapern athenische Getreideschiffe. Athen erklärt den Krieg.

339 Timoleon/Syrakus und Karthago schließen Frieden bei unverändertem Besitzstand. Athen schickt Flotten nach Perinthos und Byzantion, Philipp zieht ab und unterwirft Thrakien bis zur Donaumündung. Auf Betreiben Philipps beschließt Delphi Vierten Heiligen Krieg wegen Kultfrevels, diesmal gegen Amphissa und Ostlokris; Thebaner besetzen Thermopylen. Philipp wird zum Feldherrn der delphischen Amphiktyonie berufen, umgeht Thermopylen und besetzt Elateia in Phokis; Panik in Athen.

338 Nach Bündnis zwischen Theben und Athen weicht Philipp westlich aus und besetzt Amphissa, Delphi, Naupaktos; Archidamos von Sparta fällt in Italien. August: Schlacht bei Chaironeia/Boiotien, Makedonen schlagen verbündete Athener, Thebaner und Boiotier. Theben besetzt; Alexander als Philipps Gesandter verhandelt in Athen, schonender Friede: Auflösung des Seebunds,

Wahrung der athen. Autonomie, Athen behält Heer und Flotte. Zug Philipps durch die Peloponnes bis Gytheion; im Winter Gründung des Korinthischen Bundes mit ewigem Bündnisvertrag zur Wahrung des allgemeinen Friedens bei innerer Autonomie aller Staaten; Philipp bevollmächtigter Bundesfeldherr. Griechen (außer Sparta) garantieren Heeresfolge bei Rachefeldzug gegen Persien. Artaxerxes III. stirbt, Nachfolger Arses.

337 Korinthischer Bund beschließt Straf- bzw. Rachefeldzug gegen Persien wegen Zerstörung von Athen und Schändung griech. Heiligtümer (480/79), Philipp wird mit der Führung des Kriegs beauftragt. Vermählung Philipps mit Kleopatra, Nichte des Gebietsfürsten Attalos (Schwiegersohn von Parmenion); Attalos ficht Alexanders Thronfolgerecht an, Zwist zwischen Alexander und Philipp. Alexander verbannt, geht nicht zur bereits aus dem Land gewiesenen Olympias nach Epeiros, sondern in die illyrische Einöde. Entsendung eines makedonischen Teilheers unter Parmenion und Attalos nach Kleinasien.

336 Persische Truppen drängen Makedonen von Ephesos und Milet zurück bis an den Hellespont. Philipp vermählt seine Tochter Kleopatra mit Alexandros von Epeiros; bei der Hochzeitsfeier in Aigai wird Philipp ermordet. Thronwirren in Makedonien. Alexander III. der Große setzt sich durch, läßt Rivalen und Gegner hinrichten bzw. ermorden, kommt durch schnellen Zug nach Griechenland einer Erhebung zuvor, wird in Thessalien, Delphi und Korinth als Nachfolger Philipps in den jeweiligen Ämtern bestätigt. – Dareios III. Kodomannos (bis 330) nach Ermordung des Arses neuer König von Persien.

335 Balkanfeldzug Alexanders zur Sicherung der Grenzen, Unterwerfung der thrakischen Triballer, Überschreitung der Donau, Sieg gegen die Geten, anschließend Niederwerfung eines Aufstands in Illyrien. In Athen erhält Demosthenes persische Hilfsgelder gegen Makedonien; Erhebung in Theben, Athen und der Peloponnes. Alexander gelangt in Eilmärschen von Illyrien nach Boiotien, Theben verweigert Kapitulation, wird erobert und zerstört. Athen erklärt seine Ergebenheit, verweigert aber Auslieferung des Demosthenes.

334 Alexander überschreitet ohne pers. Widerstand den Hellespont; Beginn seines Asienzugs mit makedonischem Heer, kleinen griechischen Bündniskontingenten, Söldnern und Flotte (ca. 160 Schiffe, davon 20 von Athen gestellt). Sieg am Granikos über pers. Westheer, anschließend Eroberung weiterer Teile Kleinasiens. – Sein Schwager und Onkel Alexandros von Epeiros, Bruder der Olympias, setzt nach Italien über, wo er Tarent (im Bündnis mit Rom) gegen unteritalische Stämme unterstützt.

333 Söldnerführer Memnon wird pers. Oberbefehlshaber im Westen, gewinnt Inseln und Teile der Küste zurück, plant Offensive gegen Griechenland und Makedonien; athenische Gesandtschaft bei Dareios. Memnon stirbt wahrend der Belagerung von Mytilene an einer rätselhaften Krankheit. Alexander erobert kleinasiatisches Hinterland, löst Knoten von Gordion, Vorstoß südlich ans Meer, im November Schlacht bei Issos mit Sieg über Dareios' Hauptheer.

332 Eroberung Phönikiens, Parmenion erbeutet Dareios' Kriegsschatz in Damaskos. Im August wird Tyros nach siebenmonatiger Belagerung zerstört. Alexander

lehnt Friedensangebot des Dareios (Bündnis und Abtretung der Länder westlich des Euphrat) ab, erobert Gaza und stößt nach Ägypten vor, wird im November in Memphis als Pharao und Sohn Ammons anerkannt.

331 Gründung von Alexandreia; Zug zum Ammonstempel von Siwah; Verwaltungsreform in Ägypten; Aufbruch nach Mesopotamien. Dort Anfang Oktober
Sieg bei Gaugamela gegen vielfache pers. Übermacht. Einzug in Babylon; im
Dezember Besetzung der pers. Hauptstadt Susa. – Erhebung Spartas unter König Agis III.; auf Drängen des Demosthenes beteiligt sich Athen nicht am Aufstand gegen Makedonien. Nach anfänglichen Siegen unterliegt Agis bei Megalopolis gegen Antipatros und fällt. – Alexandros von Epeiros wird bei Bruttium/
Italien ermordet.

330 Eroberung der persischen Kernlande, Plünderung und Brandschatzung von
Persepolis. In Ekbatana beendet Alexander den panhellenischen Rachefeldzug,
entläßt griechische Kontingente; Parmenion bleibt mit einem Teil des Heeres
zur Sicherung der Verbindungen in Ekbatana zurück; Alexander verfolgt den
fliehenden Dareios. Dieser wird (Juli) von Bessos gefangengenommen und ermordet. Bessos macht sich zum Großkönig als Artaxerxes IV.; ebenso Anspruch
Alexanders auf Rechtsnachfolge. Alexander übernimmt Siegel und Diadem des
Großkönigs und läßt Dareios feierlich bestatten. Opposition des makedonischen
Offiziersadels gegen Orientalisierung wird niedergeschlagen; Philotas (Führer
der Hetairenreiterei) wegen angeblicher Verschwörung hingerichtet, sein Vater
Parmenion ermordet. Unterwerfung des iranischen Nordostens.

329 Hungersnot in Griechenland, Beginn der Inflation nach Ausmünzung des pers.
Goldschatzes; Alexander läßt Getreide nach Griechenland und Makedonien lie-
fern. Er überschreitet den Hindukusch nach Norden; Widerstand der Ostiranier
unter Bessos, der von Ptolemaios gefangen und als Usurpator hingerichtet wird.
Vorstoß nach Norden bis zum heutigen Samarkand (Marakanda); Aufstand der
Sogdier unter Spitamenes, der im Winter Marakanda besetzt.

328 Heeresreform; Einstellung persischer Mannschaften; Neugliederung des Heers
in selbständige kleinere Einheiten. Krateros wehrt Vorstoß des Spitamenes ab,
makedonische Offensive nach Norden. In Marakanda tötet Alexander im Streit
seinen Lebensretter Kleitos. Im Winter wird Spitamenes von Skythen ermordet,
Zusammenbruch der Erhebung.

327 Unterwerfung des östlichen·Sogdien; Alexander vermählt sich mit Fürstentochter Roxane, versucht persisches Hofzeremoniell einzuführen und bricht Widerstand durch Terror (u. a. Hinrichtung von Aristoteles' Neffe Kallisthenes). Aufbruch von Baktrien nach Indien.

326 Alexander überschreitet Indos, Vorstoß nach Osten; im Juni Sieg am Hydaspes
(Jhelum) gegen König Poros; Bau einer Indosflotte, Unterwerfung des Punjab.
Am Hyphasis (Bias) Meuterei des durch Strapazen und Monsun erschöpften
Heeres, Umkehr.

325 Unterwerfung der Indos-Ebene, Kampf mit indischen Mallern, lebensgefähr-
liche Verwundung Alexanders. Sicherung der Indosmündung durch Festungs-
bau, Rückkehr nach Westen in drei Gruppen: Flotte unter Nearchos, nördliche

Heeresabteilung unter Krateros über gangbare Straßen, südliche Gruppe unter Alexander durch die gedrosische Wüste. Von Alexanders Heeresgruppe überlebt etwa ein Drittel.

324 Alexander erreicht persische Kernlande, Nearchos' Flotte die Tigrismündung. Hinrichtung unbotmäßiger Satrapen; Schatzmeister Harpalos, Jugendfreund Alexanders, flieht mit Söldnern und 5000 Talenten von Babylon nach Athen. Massenhochzeit von Susa zur Verschmelzung von Makedonen und Persern, Neugliederung des Heeres durch Aufstellung persischer Einheiten. Alexander erläßt Amnestiebefehl für Griechenland und erzwingt Rückkehr aller Verbannten (außer Thebanern). In Opis/Tigris meutern makedonische Veteranen gegen ihre Entlassung; Alexander verkündet Gleichstellung von Makedonen und Persern und verlangt Eintracht und Gemeinschaft. Folgenlose Aussöhnung mit den Veteranen, die – 11 000 Mann – unter Krateros nach Makedonien heimgeschickt werden. Krateros soll Antipatros als Statthalter für Europa ablösen; Antipatros »zum Rapport bestellt« nach Babylon, wohin er jedoch aus »Altersgründen« nicht reist. Hephaistion stirbt in Ekbatana.

323 Alexanders Rückkehr nach Babylon, Hafen- und Flottenbau, Vorbereitung eines Zugs um Arabien mit anschließendem Westfeldzug gegen Karthago und bis nach Gibraltar. Am 29. Mai erkrankt Alexander nach Gelage; am 31. Mai setzt er den Beginn des Arabienzugs für 4. Juni fest; sein Zustand verschlechtert sich. Am 10. Juni (28. Daisios des maked. Kalenders) stirbt er mit nicht ganz 33 Jahren in Babylon.
Makedonische Heeresversammlung in Babylon regelt Nachfolge wie folgt: Alexander IV., nach Alexanders Tod geborener Sohn Roxanes, und Arridaios, Alexanders Halbbruder, als Philippos III. Arridaios werden gleichberechtigte Könige. Bis zur Volljährigkeit des ersteren Gewaltenteilung und Leitung der Reichsteile durch »vormundschaftliche« Statthalter: Perdikkas als Oberbefehlshaber in Asien, Krateros als Heerführer und »Vorsteher des Königtums« in Asien, Antipatros als Stratege von Makedonien und Griechenland, Lysimachos für Thrakien, Antigonos der Einäugige für Phrygien und Lykien, Eumenes für Kappadokien, Ptolemaios der Lagide für Ägypten, weitere Sonderstellungen für Seleukos, Kassandros (Sohn des Antipatros), Leonnatos, Peithon etc. Alexanders Arabien- und Westfeldzug werden ebenso kassiert wie die Gleichberechtigung der Orientalen.
Unter dem Einfluß von Hypereides und Demosthenes erklärt Athen den Korinthischen Bund für aufgelöst und ersetzt ihn durch Bündnisse gegen Makedonien; Aufstellung eines Söldnerheers unter Leosthenes. Bei den Thermopylen zwingt Leosthenes Antipatros zum Rückzug in die Stadt Lamia, wo die Makedonen eingeschlossen werden. Thessalien und Peloponnes schließen sich Athen an. Aristoteles verläßt Athen, um einer Anklage wegen »makedonischer Gesinnung« zu entgehen, und begibt sich nach Chalkis/Euboia.

322 Leosthenes fällt vor Lamia, Antiphilos wird sein Nachfolger. Leonnatos (Satrap des Hellespontischen Phrygien) unternimmt Hilfszug für Antipatros, Belagerung von Lamia beendet. Antiphilos drängt Antipatros nach Norden; Leonnatos fällt. Im Sommer Niederlage der athenischen Flotte gegen Makedonen bei

Amorgos; Ende der Seemacht Athen. Krateros kehrt mit Alexanders Veteranen aus Asien zurück; Antipatros und Krateros siegen bei Krannon/Thessalien über griechisches Bundesheer. Athen kapituliert vor Antipatros, Demokratie und griech. Bund aufgelöst, makedonische Besatzung im Piräus. Hypereides wird hingerichtet, Demosthenes flieht und begeht Selbstmord. Aristoteles stirbt in Chalkis. – Politische Intervention von Korinth und Karthago beendet »Demokratenherrschaft« in Syrakus. – Erster Diadochenkrieg (bis 319): Bündnis zwischen Antigonos, Antipatros, Krateros, Ptolemaios, Lysimachos gegen den nach Alleinherrschaft und Reichseinheit strebenden Perdikkas; diesen unterstützen Eumenes, Peithon, Seleukos, Olympias. Ptolemaios' Feldherr Ophellas besetzt Kyrene; Karthager verlegen Grenzbesatzung zurück und schaffen »Pufferzone« an der östlichen Syrte.

321 Alexanders Leiche soll zur Ammonsoase gebracht werden; Ptolemaios »konfisziert« sie in Ägypten, setzt sie in Memphis bei, später in Alexandreia. Perdikkas greift Ägypten an, wird nach gescheitertem Nilübergang und Niederlage von Peithon und Seleukos ermordet. In Kleinasien siegt Eumenes gegen Krateros und Antipatros, Krateros fällt. Bei Triparadeisos (Syrien) Neuverteilung der Macht unter den Verbündeten: Antipatros Reichsverweser, sein Sohn Kassandros und Antigonos Heerführer in Asien, Seleukos Statthalter in Babylonien, Peithon erhält die östlichen Satrapien. Einigung mit Ptolemaios, der Ägypten, Kyrene »und was er Richtung Sonnenuntergang als speererworbenes Land hinzugewinnen werde« behalten soll. Karthager verlegen Grenze gegen Kyrene/Ägypten ca. 200 km nach Westen zurück.

320 Antigonos überwirft sich mit seinem Stellvertreter Kassandros und strebt Herrschaft in Asien an; er schlägt Eumenes in Kappadokien und schließt ihn in der Festung Nora ein. Ptolemaios beginnt Verwaltungsreform in Ägypten und gründet synkretistischen Staatskult des Sarapis (Osiris + Apis).

319 Tod des Antipatros, der nicht seinen Sohn Kassandros, sondern Alexanders alten Taxiarchen Polyperchon zum Nachfolger, Kassandros zu dessen Stellvertreter ernennt. Kassandros läßt den athenischen Politiker Demades wegen alter Verbindungen zu Perdikkas hinrichten; Perdikkas' Bruder Alketas in Pisidien von Antigonos geschlagen. Ptolemaios besetzt Syrien und Phönikien. – Beginn des 2. Diadochenkriegs (bis 316): Antigonos und Kassandros erkennen Polyperchon nicht an; dieser verkündet im Namen von Philippos Arridaios die Freiheit aller Griechenstädte und zieht makedonische Besatzungen ab. Olympias unterstützt ihn. Polyperchon ernennt Eumenes zum Strategen von Asien. – Auf Sizilien Putschversuch des Strategen Agathokles, der Syrakus belagert; karthagische Intervention.

318 Agathokles beendet Belagerung, vorläufige Einigung zwischen ihm und Karthago sowie syrakusischen Oligarchen. – Eumenes verliert Kleinasien und Syrien an Antigonos, den Seleukos und Ptolemaios unterstützen. Antigonos stellt Kassandros Flotte zur Verfügung; Kassandros besetzt den Piräus. Polyperchon setzt sich auf der Peloponnes durch, gleichzeitig wird jedoch seine Flotte bei Byzantion von Antigonos vernichtet.

317 Kassandros besetzt Athen, ernennt Demetrios von Phaleron zum Haupt eines oligarchischen Systems. Im Namen ihres Mannes Philippos Arridaios erklärt Eurydike (Enkelin Philipps) Polyperchon für abgesetzt und überträgt Kassandros die Reichsverweserschaft sowie Antigonos den Oberbefehl in Asien. Bürgerkrieg in Makedonien: Kassandros/Arridaios/Eurydike gegen Polyperchon/ Olympias/Roxane/Alexander IV. Zunächst Erfolge von Polyperchon und Olympias, die Philippos Arridaios und Eurydike umbringen läßt. In Babylon Vereinigung von Antigonos, Seleukos und Peithon gegen Eumenes, unentschiedene Schlacht in Medien. – In Syrakus erfolgreicher Putsch des Agathokles.

316 Agathokles beginnt mit Aufrüstung und Expansion auf Sizilien, belagert Messana (Messina), bricht die Belagerung jedoch nach karthagischer Intervention ab. – Antigonos siegt bei Susa über Eumenes und läßt ihn hinrichten; Seleukos, von Antigonos bedrängt, flieht zu Ptolemaios. Kassandros setzt sich in Makedonien durch, Hinrichtung der Olympias; Roxane und Alexander IV. »in Gewahrsam«. Antigonos inoffiziell »König von Asien«.

315 Beginn des 3. Diadochenkriegs (bis 311), »völkerrechtliches« Ende des einheitlichen Alexanderreichs durch Übergang von persönlichen zu zwischenstaatlichen Bündnissen. Kassandros, Lysimachos, Ptolemaios und Seleukos verbünden sich gegen Antigonos, der Syrien besetzt und Polyperchon zum Strategen der Peloponnes macht; dafür tritt Polyperchon ihm die de facto bei Kassandros liegende Reichsverweserschaft ab. Polyperchons Sohn Alexandros geht zu Kassandros über und wird von diesem zum Strategen der Peloponnes gemacht, gegen seinen Vater. Antigonos baut weitere Flotte und gründet Bund der Inselbewohner.

314 Kassandros besiegt die mit Antigonos verbündeten Aitoler, dehnt Makedonien bis zur Adria aus.

313 Antigonos erobert Kleinasien; Aufstand in Thrakien gegen Lysimachos. Ophellas, Statthalter des Ptolemaios in Kyrene, macht sich selbständig. Lysimachos setzt sich gegen Odrysen und Thraker durch.

312 Antigonos beauftragt seinen Sohn Demetrios mit Kriegsführung gegen Ptolemaios; Demetrios erobert Syrien und Phönikien zurück, wird dann bei Gaza von Ptolemaios besiegt. Ptolemaios besetzt erneut Syrien; mit seiner Unterstützung gewinnt Seleukos Babylonien zurück – Beginn der Zeitrechnung der späteren seleukidischen Dynastie. Antigonos und Demetrios beginnen Gegenangriff, drängen Ptolemaios nach Ägypten zurück.

311 Demetrios erobert Babylon; Verständigungsfriede auf der Basis des Status quo: Kassandros erhält Makedonien bis zur Volljährigkeit Alexanders IV., Lysimachos behält Thrakien, Ptolemaios Ägypten, Antigonos Asien, Seleukos wird ausgeschlossen. Alexander IV. bleibt in Gewahrsam bei Kassandros. Anerkennung der Unabhängigkeit der griechischen Städte, kein neuer Reichsverweser. – Agathokles beginnt auf Sizilien Krieg gegen Karthager.

310 Karthagischer Gegenangriff; Agathokles verliert alle eroberten Gebiete, wird in Syrakus eingeschlossen und startet Verzweiflungsunternehmen: Einschiffung des Heeres, Überfahrt nach Afrika, Belagerung von Karthago, erster Sieg bei

Tynes (Tunis). – De facto existieren nun fünf Monarchien im ehemaligen Alexanderreich: Seleukos in Babylonien (»Ausschluß« beim Friedensvertrag berührte seine tatsächliche Position nicht), Antigonos im übrigen Asien, Ptolemaios in Ägypten, Lysimachos in Thrakien, Kassandros in Makedonien. Um den (bei Volljährigkeit von Alexanders Sohn) drohenden Machtverlust zu verhindern, ermordet Kassandros Roxane und den 12jährigen Alexander IV. Seleukos gibt Babylon als Hauptstadt auf und gründet Seleukeia am Tigris. Ptolemaios besetzt Zypern und macht seinen Bruder Menelaos zum Statthalter.

309 Polyperchon erhebt Herakles, Sohn Alexanders von Barsine, bei Volljährigkeit zum Thronfolger; Kassandros bietet Polyperchon Beteiligung an der Herrschaft und die Strategie der Peloponnes an. Daraufhin läßt Polyperchon Herakles erdrosseln. Damit ist das makedonische Königshaus in der männlichen Linie ausgerottet. Ptolemaios greift Kleinasien an, will sich mit Alexanders Schwester Kleopatra vermählen, um legitime Dynastie zu gründen. Antigonos läßt Kleopatra in Sardes ermorden. – Zur Unterstützung des Agathokles zieht Ophellas von Kyrene gegen Karthago, wird dort in seinem Lager auf Geheiß des Agathokles ermordet.

308 Freundschaftsvertrag zwischen Kassandros und Ptolemaios; Ptolemaios interveniert in Griechenland, besetzt Sikyon und Korinth, erneuert den Korinthischen Bund. Rückeroberung von Kyrene durch Ptolemaios.

307 Antigonos' Sohn Demetrios besetzt Athen, vertreibt maked. Besatzung, Wiederherstellung der Demokratie. Pyrrhos, Sohn eines illyrischen Königs, wird Herrscher von Epeiros und macht sich unabhängig von Kassandros. – Karthager besiegen Agathokles, der mit den Resten seines Heers nach Syrakus heimkehrt.

306 Demetrios erobert Zypern, bedroht Ägypten von See her; Feldzug des Antigonos scheitert nach Niederlage gegen Ptolemaios im Nildelta.

305 Nach Antigonos nehmen nun auch Ptolemaios, Kassandros, Lysimachos und Seleukos Königstitel an. Vergebliche Belagerung des ptolemaischen Rhodos durch Demetrios. Seleukos unterwirft Baktrien und tritt indische Satrapien an den Maurya-Herrscher Chandragupta ab.

304 Kassandros belagert Athen, wird von Demetrios aus Mittelgriechenland verdrängt; Friede zwischen Rhodos und Antigonos/Demetrios.

303 Erfolge von Demetrios gegen Polyperchon auf der Peloponnes. Pyrrhos von Epeiros verbündet sich mit Demetrios.

302 Antigonos und Demetrios erneuern den Korinthischen Bund und vereinbaren einen allgemeinen Frieden sowie letzten Endes gegen Kassandros gerichtete Bündnisse. Kassandros bringt ein Gegenbündnis mit Ptolemaios, Seleukos und Lysimachos zustande – 4. Diadochenkrieg. Kassandros geht in Thessalien gegen Demetrios vor, Lysimachos in Kleinasien gegen Antigonos.

301 Demetrios räumt Griechenland, um seinem Vater zu Hilfe zu kommen. Schlacht bei Ipsos/Phrygien: Lysimachos und Seleukos (mit indischen Kriegselefanten) siegen, Antigonos fällt, Demetrios flieht nach Ephesos. Endgültige Aufteilung

des Reichs, nicht jedoch Ende der Diadochenkriege. In den folgenden Jahrzehnten entsteht eine Vielzahl kleinerer Fürstentümer in Kleinasien (Pontos, Bithynien, Pergamon, Kappadokien etc.), daneben die hellenistischen Großmächte mit wechselnden Grenzen und fortdauernden Auseinandersetzungen (5. Diadochenkrieg 288–286, 6. D'krieg 282–281, zahlreiche Auseinandersetzungen um Syrien, Griechenland usw.), vor allem das Reich der Seleukiden (311/281–63 v C, umfassend etwa Babylonien, Persien, Nordsyrien, östliches Kleinasien), das der Ptolemaier (320–30 v C, Ägypten, Kyrenaika, Sinai, Teile Palästinas), das der Antigoniden (Antigonos Gonatas, Enkel des A. Monophthalmos, wurde nach seinem Sieg über vordringende Kelten 276 als König von Makedonien anerkannt; 167 v C gelangte Makedonien unter röm. Verwaltung). Die ca. 300 v C Lysimachos unterstehenden Gebiete wurden teils von Makedonien übernommen, teils wurden daraus die o. g. kleineren Fürstentümer.

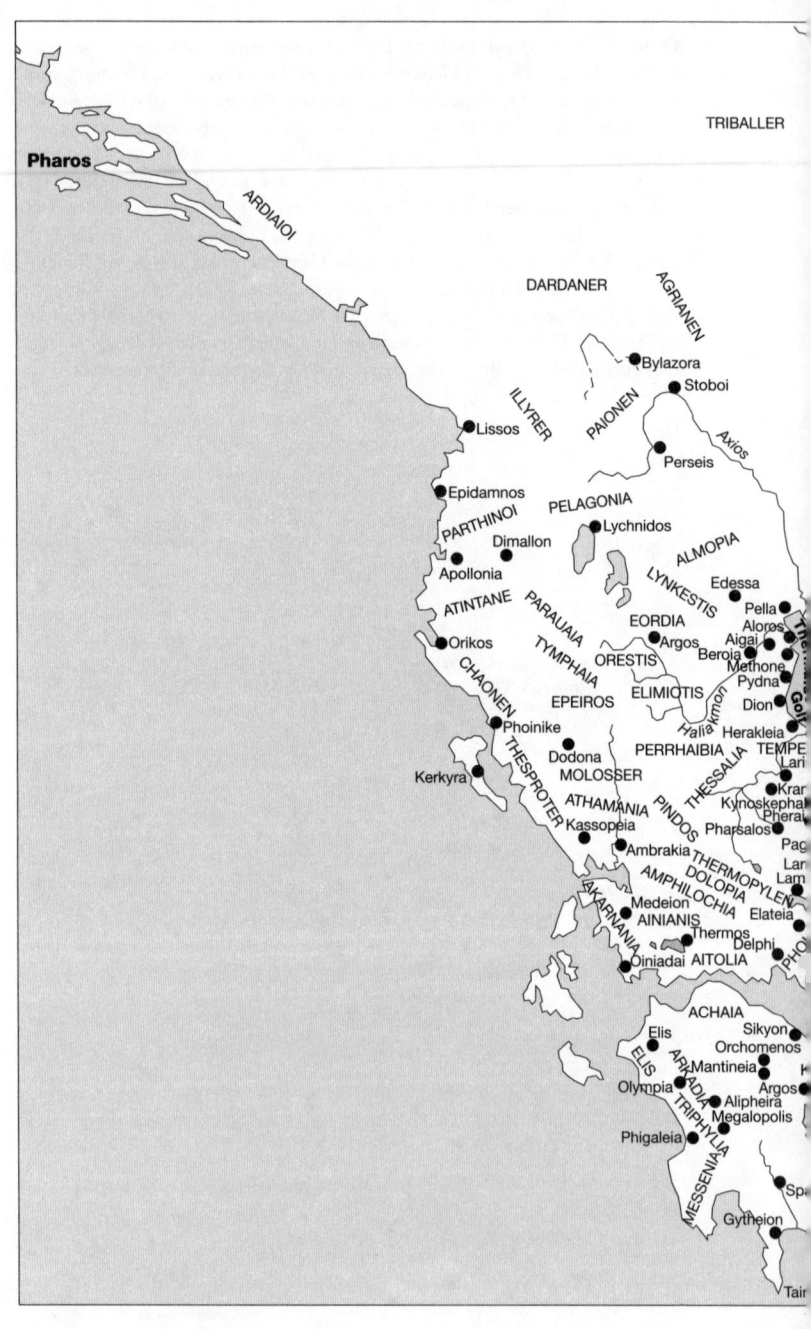

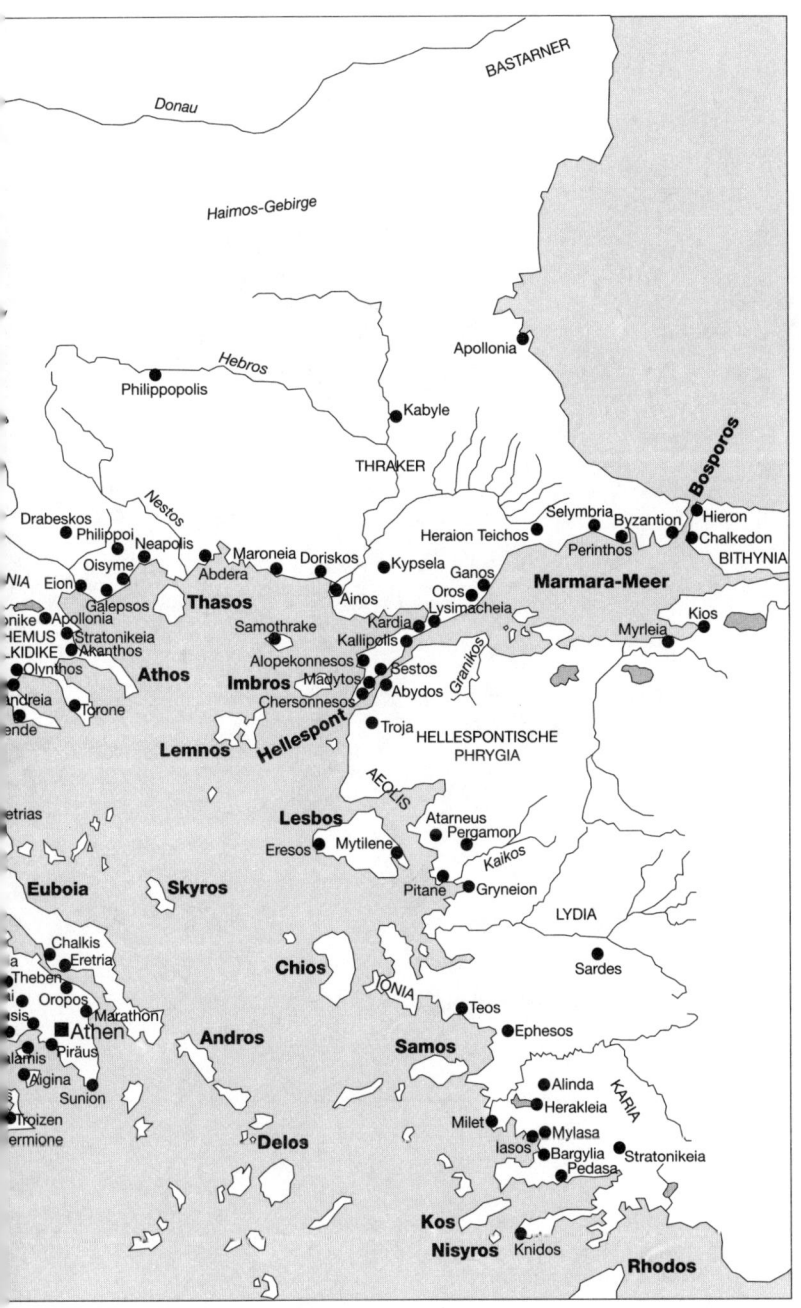

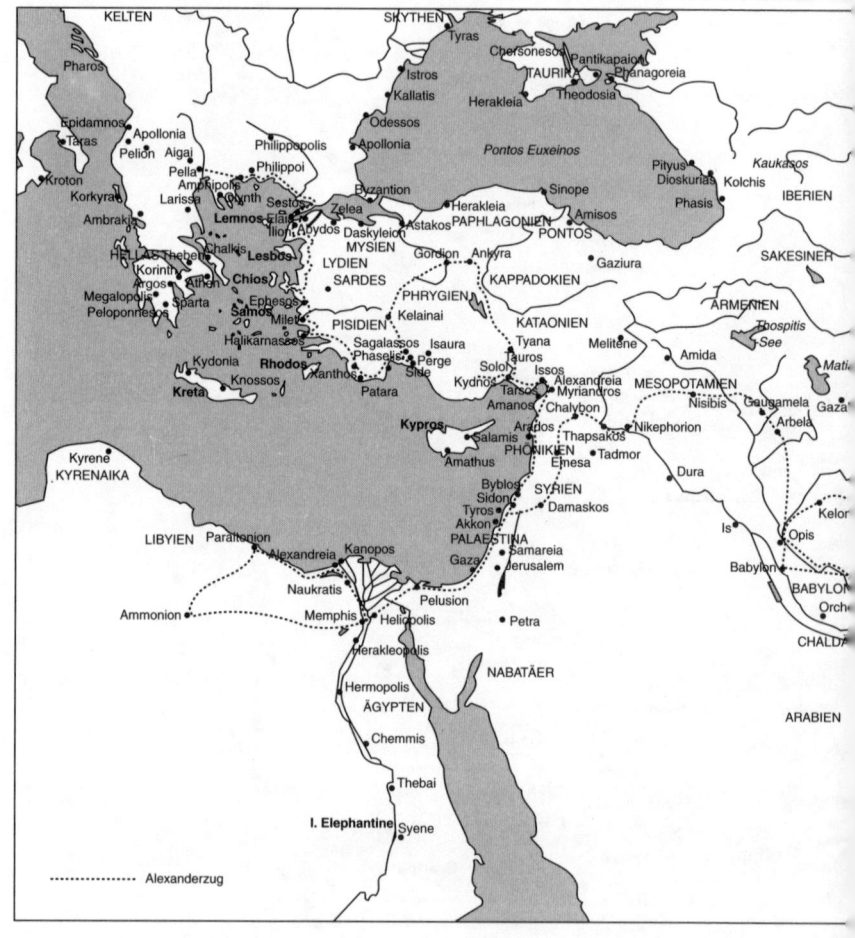